Łańcuch ze złota

CASSANDRA CLARE

Łańcuch ze złota

Ostatnie godziny
Księga pierwsza

Przełożyła Małgorzata Strzelec

Wydawnictwo MAG
Warszawa 2021

Tytuł oryginału:
Chain of Gold. The Last Hours – Book One

Redakcja:
Urszula Okrzeja

Korekta:
Magdalena Górnicka

Ilustracja na okładce:
Cliff Nielsen

Opracowanie graficzne okładki:
Piotr Chyliński

Projekt typograficzny, skład i łamanie:
Tomek Laisar Fruń

ISBN 978-83-67023-00-9
Wydanie I (oprawa twarda)

ISBN 978-83-67023-11-5
Wydanie II (oprawa miękka)

Wydawca:
Wydawnictwo MAG
ul. Krypska 21 m. 63, 04-082 Warszawa
tel./fax 22 813 47 43
www.mag.com.pl

Wyłączny dystrybutor:
Dressler Dublin sp. z o. o.
ul. Poznańska 91, 05-850 Ożarów Maz.
tel. 22 733 50 10
www.dressler.com.pl

Druk i oprawa: CPI Moravia Books s.r.o.

Clary
(tej prawdziwej)

Część pierwsza

„Był to pamiętny dla mnie dzień i wywołał we mnie wielką zmianę. Niejednemu się to w życiu przydarza. Gdybyśmy mogli wymazać taki dzień ze swego życia — jak bardzo zmieniłby się bieg jego! Zatrzymaj się, czytelniku, na chwilę i pomyśl o długim łańcuchu z żelaza i złota, z cierni i kwiatów, który by cię nigdy nie oplątał, gdybyś nie dał utworzyć się jego pierwszemu ogniwu w tym pamiętnym dniu".

Charles Dickens, *Wielkie nadzieje*
(przeł. Antoni Mazanowski)

Minione dni

1897

Lucie Herondale miała dziesięć lat, gdy pierwszy raz spotkała chłopca w lesie.

Wychowywała się w Londynie i takie miejsce jak Brocelind przerastało jej wyobrażenia. Las otaczał rezydencję Herondale'ów ze wszystkich stron, czubki drzew pochylały się ku sobie jak nieufni rozmówcy szepczący sobie do uszu. Latem były ciemnozielone, jesienią przypominały wypolerowane złoto. Dywan mchów pod stopami był niesamowicie zielony i miękki – ojciec powiedział jej, że na jego poduszkach nocą śpią faerie, a z kwiatów podobnych do białych gwiazd, które rosły tylko w ukrytej krainie Idrisu, wyrabiano bransoletki i pierścienie na ich delikatne dłonie.

James, rzecz jasna, powiedział jej, że faerie nie mają żadnych poduszek, śpią pod ziemią i porywają nocą niegrzeczne małe dziewczynki. Lucie nadepnęła mu za to na stopę, dlatego tata porwał ją na ręce i zaniósł do domu, zanim wyniknęła z tego poważniejsza walka. James wywodził się ze starodawnego i szlachetnego rodu Herondale'ów, ale to nie znaczyło, że pociągnięcie młodszej siostry za warkocze, kiedy wymagają tego okoliczności, jest poniżej jego godności.

Pewnej nocy jasno świecący księżyc obudził Lucie. Blask wlewał się do jej pokoju niczym mleko, malując się białymi prążkami na łóżku i wypolerowanej drewnianej podłodze.

Zsunęła się z łóżka i wyszła przez okno, lądując delikatnie na kwietnej rabacie. To była letnia noc, więc nie marzła w koszuli nocnej.

Skraj lasu, tuż za stajniami, gdzie trzymano ich konie, wyglądał, jakby się jarzył. Pomknęła w jego stronę jak mały duch. Gdy sunęła między drzewami, jej stopy w rannych pantoflach prawie nie zostawiały śladów na mchu.

Początkowo zabawiała się robieniem wianków z kwiatów i wieszaniem ich na gałęziach. Potem udawała, że jest Śnieżką uciekającą przed myśliwym. Biegła przez plątaninę drzew, odwracała się nagle i nabierała gwałtownie powietrza, przykładając teatralnym gestem grzbiet dłoni do czoła. „Nie zabijesz mnie" – mówiła – „bo w moich żyłach płynie królewska krew i pewnego dnia zostanę dwa razy potężniejszą królową od mojej macochy. I każę ściąć jej głowę".

Później pomyślała, że być może nie zapamiętała zbyt dokładnie opowieści o Śnieżce.

Mimo to świetnie się bawiła i dopiero po czwartym albo piątym biegu przez las zdała sobie sprawę, że zabłądziła. Nie widziała już przez drzewa znajomego kształtu rezydencji Herondale'ów.

Spanikowana zaczęła obracać się w miejscu. Las nie wydawał się już magiczny. Zamiast tego drzewa pochylały się nad nią jak groźne duchy. Wydało jej się, że słyszy dźwięk nieziemskich głosów w szeleście liści. Napłynęły chmury i zakryły księżyc. Znalazła się sama w ciemności.

Lucie była dzielna, ale miała raptem dziesięć lat. Zaszlochała słabo i ruszyła biegiem w kierunku, który uznała za właściwy. Jednakże las tylko pociemniał, a ciernie stawały się coraz bardziej splątane. Jeden zaczepił o jej koszulę nocną i ją rozdarł. Lucie potknęła się...

I upadła. Miała wrażenie, że spada jak Alicja do Krainy Czarów, chociaż trwało to dużo krócej. Przekoziołkowała i uderzyła o mocno ubitą ziemię.

Usiadła z jękiem. Leżała na dnie okrągłej wykopanej w ziemi dziury. Ściany jamy były gładkie i wznosiły się na kilka stóp – krawędź znajdowała się daleko poza zasięgiem jej rąk.

Próbowała wbijać palce w otaczające ją ściany z ziemi i wspiąć się, jakby wchodziła po drzewie, ale ziemia była miękka i kruszyła się pod jej rękami. Po piątym razie, kiedy spadła z powrotem na dno jamy, spostrzegła coś białego, co lśniło w pionowej ścianie. Miała nadzieję, że to korzeń, który pomoże jej we wspinaczce, więc rzuciła się do niego, wyciągnęła rękę, żeby go złapać...

Ziemia odpadła, odsłaniając biały przedmiot. Niestety to nie był korzeń, ale biała kość. W dodatku to nie była zwierzęca kość...

– Nie krzycz, bo je tu ściągniesz – rozległ się głos nad nią.

Lucie odchyliła głowę i popatrzyła. Nad jamą pochylał się chłopiec. Był starszy od jej brata Jamesa, miał może szesnaście lat. Miał cudną melancholijną twarz i proste czarne włosy, które ani odrobinę się nie kręciły. Ich koniuszki prawie dotykały kołnierzyka koszuli.

– Kogo? – zapytała Lucie, opierając pięści na biodrach.

– Faerie – odpowiedział. – To jedna z ich pułapek. Zwykle łapią w nie zwierzęta, ale bardzo by się ucieszyły, gdyby zamiast tego znalazły w pułapce dziewczynkę.

Lucie aż zatkało.

– Chcesz powiedzieć, że mnie zjedzą?

Roześmiał się.

– Wątpię, ale mogłabyś skończyć, usługując arystokratom faerie przez resztę życia w krainie pod wzgórzem. Nigdy więcej nie zobaczyłabyś swojej rodziny.

Poruszył znacząco brwiami.

– Nie próbuj mnie nastraszyć.

– Zapewniam cię, że mówię jedynie prawdę – odpowiedział. – Nie zniżyłbym się nawet do półprawdy.

– I nie wygłupiaj się – zbeształa go. – Jestem Lucie Herondale. Mój ojciec to Will Herondale i jest bardzo ważną osobą. Jeśli mnie uratujesz, dostaniesz nagrodę.

– Herondale? Ależ ja mam szczęście.

Chłopak westchnął i przysunął się do brzegu jamy. Wyciągnął rękę do Lucie. Spostrzegła bliznę na grzbiecie jego prawej dłoni. Paskudną, jakby się popatrzył.

– Wyskakuj.

Lucie złapała go za nadgarstek obiema rękami. Chłopak wyciągnął ją z jamy z zaskakującą siłą. Chwilę potem oboje stali obok dziury. Teraz Lucie lepiej go widziała. Był starszy, niż myślała, i miał na sobie wieczorowy strój. Księżyc znowu wyszedł, więc widziała, że chłopak ma zielone oczy w odcieniu leśnego mchu.

– Dziękuję – oznajmiła sztywno.

Otrzepała koszulę nocną. Była cała uwalana ziemią.

– Chodźmy – zaproponował łagodnie nieznajomy. – Nie bój się. O czym porozmawiamy? Lubisz opowieści?

– Uwielbiam– odpowiedziała Lucie. – Kiedy dorosnę, zostanę znaną pisarką.

– To brzmi cudownie – odparł chłopiec. W jego głosie pojawiła się marzycielska nuta.

Ruszyli ścieżką wśród drzew. Chłopak robił wrażenie, jakby wiedział, dokąd iść, jakby dobrze znał las. Pewnie jest odmieńcem, domyśliła się Lucie. Tak dużo wiedział o faerie, chociaż ewidentnie nie był jednym z nich. Ostrzegł ją, by nie dała się porwać przez faerie, bo pewnie właśnie to przydarzyło się jemu.

Nie zamierzała o tym wspominać, żeby go nie zawstydzać – być odmieńcem, zostać zabranym od własnej rodziny, to musiało być straszne. Zamiast tego wciągnęła go w rozmowę o księżniczkach z bajek i o tym, która z nich jest najlepsza. Miała wrażenie, że w okamgnieniu znaleźli się z powrotem w ogrodzie przy rezydencji Herondale'ów.

– Myślę, że z tego miejsca księżniczka trafi już sama do zamku – powiedział chłopiec, kłaniając się.

– O, tak – odpowiedziała Lucie, patrząc na okno swojej sypialni. – Myślisz, że się zorientują, że wyszłam?

Roześmiał się i odwrócił, żeby odejść. Zawołała za nim, kiedy doszedł do bramy.

– Jak masz na imię? Ja się przedstawiłam. A jak ty się nazywasz?

Wahał się chwilę. Pośród nocy składał się z samej czerni i bieli, jak ilustracja z jednej z jej książek. Ukłonił się nisko i z wdziękiem, w sposób, w jaki kiedyś kłaniali się rycerze.

– Nie zabijesz mnie, bo w moich żyłach płynie królewska krew i pewnego dnia będę dwa razy potężniejszy od królowej – powiedział. – I każę ściąć jej głowę.

Lucie aż sapnęła z oburzenia. Podsłuchiwał ją, gdy bawiła się w lesie? Jak śmiał sobie z niej żartować! Uniosła pięść, zamierzając mu pogrozić, ale on już zniknął pośród nocy, zostawiając za sobą tylko śmiech.

Minie sześć lat, nim Lucie znowu go zobaczy.

1

Dobry duch

„Tak samo widma naszych własnych pragnień stają pomiędzy nami a dobrym duchem naszych myśli i światło jego zaćmiewają”*.

Charles Dickens, *Barnaba Rudge*

James Herondale właśnie walczył z demonem, gdy nagle został wciągnięty do piekła.

To nie był pierwszy raz i z pewnością nie będzie ostatni. Chwilę wcześniej klęczał przy krawędzi spadzistego dachu w centralnym Londynie, z wąskimi nożami do rzucania w obu rękach, i myślał o tym, jak obrzydliwe śmieci zbierają się w mieście. Poza ziemią, pustymi butelkami po dżinie i zwierzęcymi kośćmi w rynnie poniżej jego lewego kolana niewątpliwie utknął martwy ptak.

Jakże wytworne jest życie Nocnych Łowców, doprawdy. Chociaż brzmi całkiem ciekawie, pomyślał James, patrząc w pusty zaułek w dole – w wąską przestrzeń zawaloną śmieciami i słabo oświetloną księżycowym światłem. Specjalna rasa wojowników, potomków anioła, obdarzonych mocami, które pozwalały im dzierżyć broń wykonaną z adamasu i nosić czarne Znaki świętych

* Przeł. Tadeusz J. Dehnel.

runów na ciele, które czyniły ich silniejszymi, szybszymi i bardziej śmiercionośnymi od każdego Przyziemnego. Runów, dzięki którym płonęli jasno pośród nocy. Nikt nigdy nie wspominał o tym, że można niechcący przyklęknąć na martwym ptaku, gdy czeka się na pojawienie się demona.

Krzyk poniósł się echem w zaułku. James znał ten dźwięk – głos Matthew Fairchilda. Skoczył z dachu bez chwili wahania. Matthew Fairchild był jego *parabatai* – jego towarzyszem w walce, wiązało ich braterstwo krwi. James przysiągł, że będzie go bronił, chociaż to nie miało znaczenia – i bez przysięgi oddałby życie za Matthew.

Spostrzegł rozmazaną plamę ruchu w końcu zaułka, w miejscu skrętu prowadzącego za wąski szereg domów. James obrócił się, kiedy demon wynurzył się z rykiem z cieni. Stwór miał prążkowane, szare ciało, zakrzywiony ostry dziób z zębami jak haki i rozczapierzone, podobne do zwierzęcych łap stopy z nierównymi szponami. Deumas, pomyślał ponuro James. Doskonale pamiętał, że czytał o tych demonach w jednej ze starych książek, jakie dał mu wuj Jem. Pod jakimś względem się wyróżniały. Były może wyjątkowo agresywne, a może niezwykle niebezpieczne? Co za ironia losu, gdyby po wielu miesiącach całkowitego braku demonicznej aktywności musiał natknąć się razem z przyjaciółmi akurat na jednego z najbardziej niebezpiecznych demonów.

A skoro już o przyjaciołach mowa – gdzie właściwie podziewali się jego przyjaciele?

Deumas znowu ryknął i rzucił się na Jamesa. Ślina sączyła mu się z pyska długimi, zielonkawymi pasmami śluzu.

James wziął zamach gotowy rzucić nożem. Demon na chwilę skupił na nim wzrok. Ślepia skrzyły mu się zielenią i czernią, były napełnione nienawiścią, która nagle zamieniła się w coś innego.

W coś, co przypominało rozpoznanie. Tyle że demony, a przynajmniej te poślednie, nie rozpoznawały ludzi. To były agresywne zwierzęta, którymi kierowały czysta chciwość i nienawiść. Kiedy zaskoczony James zawahał się, ziemia pod nim się szarpnęła. Zdążył tylko pomyśleć „O nie, tylko nie teraz", zanim świat poszarzał i zapadła cisza. Budynki wokół niego zamieniły się w nierówne cienie, a niebo w czarną jaskinię przeszywaną białymi błyskawicami.

Zacisnął dłoń na nożu, ale nie na rękojeści, tylko na ostrzu. Ból był jak policzek wymierzony w twarz, który wyrwał go ze stuporu. Świat powrócił gwałtownie wraz ze wszystkimi kolorami i dźwiękami. James ledwie zdążył zauważyć, że deumas leci, wyciągając ku niemu szpony, kiedy sznury przecięły powietrze, oplotły nogi demona i szarpnęły go do tyłu.

Thomas! – pomyślał James i rzeczywiście jego niezwykle wysoki przyjaciel pojawił się za deumasem uzbrojony w bolę. Za nim stał Christopher z łukiem i Matthew z serafickim nożem błyszczącym w dłoni.

Deumas uderzył o ziemię z kolejnym rykiem i w tej samej chwili James rzucił nożami. Jeden wbił się w gardło demona, a drugi w czoło. Oczy uciekły potworowi w głąb czaszki, jego ciałem wstrząsnęły spazmy i nagle James przypomniał sobie, co czytał na temat deumasów.

– Matthew... – zaczął, ale w tej samej chwili demon eksplodował, zalewając Thomasa, Christophera i Matthew posoką i przypalonymi kawałkami czegoś, co można opisać tylko słowem „maź".

Paskudzą, przypomniał sobie poniewczasie James. Deumasy słynęły z tego, że zostawiały po sobie wyjątkowy bałagan. Większość demonów znikała, umierając. Niestety nie deumasy.

Deumasy wybuchały.

– Jak...? Co...? – wyjąkał Christopher, któremu ewidentnie zabrakło słów. Śluz ściekał mu ze szpiczastego nosa i okularów w złotych oprawkach. – Ale jak...?

– Chcesz zapytać, jak to możliwe, że wreszcie wytropiliśmy ostatniego demona w Londynie i musiał się on okazać najbardziej obrzydliwym spośród demonów? – James był zdziwiony, jak zwyczajnie brzmi jego głos. Już otrząsnął się z tego, że przelotnie zobaczył królestwo cieni. Przynajmniej jego ubranie pozostało nietknięte, demon zapaskudził głównie drugi koniec zaułka. – Nie naszą rzeczą pytać dlaczego, Christopherze.

James miał wrażenie, że przyjaciele patrzą na niego z pretensją. Thomas przewrócił oczami. Ocierał się chusteczką, która już była przypalona i uwalana w krwi demona, więc to niewiele pomogło.

Serafickie ostrze Matthew zaczęło trzaskać i przygasać. Nasączone anielską energią serafickie noże były bronią, której Nocni Łowcy często najbardziej ufali, ich najlepszą obroną przed demonami, ale zdarzało się, że gasły w nadmiarze demonicznej krwi.

– To oburzające – oznajmił Matthew, odrzucając zgaszone ostrze na bok. – Masz pojęcie, ile wydałem na tę kamizelkę?

– Nikt nie kazał ci wybierać się na patrol w stroju statysty do „Bądźmy poważni na serio" – odparł James, rzucając mu czystą chusteczkę. W tej samej chwili poczuł pieczenie w ręce. Miał krwawe rozcięcie na dłoni od ostrza noża. Zamknął pięść, żeby towarzysze tego nie zauważyli.

– Moim zdaniem nie wygląda jak statysta – odparł Thomas, który już skupił się na ocieraniu Christophera.

– Dziękuję – powiedział Matthew i skłonił się do niego lekko.

– Myślę, że jest ubrany jak główny bohater – uściślił z szerokim uśmiechem Thomas.

James nie znał nikogo, kto by miał bardziej życzliwą twarz i łagodniejsze piwne oczy. Co nie znaczyło, że kpienie z przyjaciół nie sprawiało Thomasowi przyjemności.

Matthew otarł chusteczką od Jamesa przybrudzone złote włosy.

– To pierwszy raz od roku, kiedy spotkaliśmy podczas patrolu prawdziwego demona, dlatego przypuszczałem, że kamizelka przetrwa ten wieczór. Zresztą żaden z was nie włożył stroju bojowego.

To prawda, że Nocni Łowcy zwykle polowali w odpowiednich strojach bojowych – w swego rodzaju elastycznych zbrojach z twardego, podobnego do skóry czarnego materiału odpornego na krew demonów, ostrza i temu podobne, ale wyraźny spadek demonicznej aktywności w mieście sprawił, że trochę mniej przejmowali się regułami.

– Thomas, przestań mnie wycierać – zaprotestował Christopher, wymachując rękami. – Powinniśmy iść do Tawerny i tam doprowadzić się do porządku.

Cała grupa mruknęła zgodnie. Kiedy ruszyli w drogę powrotną, idąc w kierunku głównej ulicy, James rozmyślał nad tym, że Matthew miał rację. Ojciec Jamesa, Will, często opowiadał mu o patrolach, na jakie chodził ze swoim *parabatai*, Jemem Carstairsem, teraz dla Jamesa po prostu wujem Jemem, podczas których musieli walczyć z demonami praktycznie każdej nocy.

James i pozostali młodzi Nocni Łowcy nadal obowiązkowo patrolowali ulice Londynu, szukając demonów, które mogłyby skrzywdzić populację Przyziemnych, ale w ciągu ostatnich kilku lat demony pojawiały się coraz rzadziej. I bardzo dobrze, rzecz jasna, a jednak... To było niewątpliwie dziwne. Jeśli idzie o resztę świata, demoniczna aktywność ani trochę się nie zmieniła, więc co wyróżniało Londyn?

Mimo później pory na ulicach było mnóstwo Przyziemnych. Żaden nawet nie zerknął na ubabranych Nocnych Łowców, gdy szli Fleet Street. Chronił ich czar, dzięki któremu pozostawali niewidoczni dla wszystkich, którzy nie mieli Widzenia.

To dziwne uczucie być otoczonym przez ludzi, którzy cię nie widzą, pomyślał James. Fleet Street była siedzibą gazet i sądów w Londynie, na każdym kroku stały jasno oświetlone puby wypełnione drukarzami, adwokatami i urzędnikami sądowymi, którzy pracowali do późna i pili do świtu. Na pobliski Strand wysypała się zawartość teatrów i sal rewiowych, hałaśliwe grupki elegancko ubranych młodych ludzi ze śmiechem goniły za ostatnimi omnibusami.

Policjanci też byli na patrolach, a ci mieszkańcy Londynu, którzy na swoje nieszczęście nie mieli domów, kucali, pomrukując, przy piwnicznych odpowietrznikach, z których buchało ciepłe powietrze – nawet w sierpniu noce bywały wilgotne i chłodne. Kiedy minęli grupkę takich przygarbionych postaci, James spostrzegł bladą skórę i błyszczące oczy wampira.

Odwrócił wzrok. Nie zajmował się Podziemnymi, dopóki nie łamali Prawa. W dodatku był zmęczony, mimo energii jaką dawały mu Znaki. Przerzucenie do tego innego świata pełnego szarego światła i czarnych, postrzępionych cieni zawsze go wyczerpywało. To mu się przydarzało od lat; wiedział, że miał na to wpływ krwi jego matki, czarownicy.

Czarownicy byli potomkami ludzi i demonów, mogli posługiwać się magią, ale nie mogli nosić runów ani posługiwać się adamasem – czystym, krystalicznym metalem, z jakiego wykonuje się stele i serafickie ostrza. Stanowili jedną z czterech gałęzi Podziemnych obok wampirów, wilkołaków i faerie. Matka Jamesa, Tessa Herondale, była właśnie kimś takim, tyle że jej matka nie była zwykłą kobietą, lecz Nocną Łowczynią. Sama Tessa potrafiła zmieniać swój wygląd i przybierać postać dowolnej osoby, żywej lub martwej. Takiej mocy nie miał żaden inny czarownik. Była niezwykła jeszcze pod jednym względem – czarownicy nie mogą mieć dzieci. Tessa stanowiła wyjątek. Wszyscy zastanawiali się, co to znaczy dla Jamesa i jego siostry, Lucie, pierwszych znanych wnuków demona i istoty ludzkiej.

Przez wiele lat wydawało się, że to dla nich nie ma żadnego znaczenia. Zarówno James, jak i Lucie mogli nosić Znaki i wyglądało na to, że mają takie same zdolności jak inni Nocni Łowcy. Oboje widzieli duchy, na przykład na stałe zamieszkujące Instytut gadatliwe widmo – Jessamine – ale to nie było nic niezwykłego w rodzinie Herondale'ów. Wydawało się, że oboje mogą okazać się cudownie normalni, a przynajmniej tak normalni, jak to możliwe w przypadku Nocnych Łowców. Zapomniało o nich nawet Clave – organizacja sprawująca władzę wśród Nocnych Łowców.

A potem James skończył trzynaście lat i pierwszy raz udał się do królestwa cieni. W jednej chwili stał na zielonej trawie, a w drugiej na zwęglonej ziemi. Podobnie spalone niebo rozciągało się nad nim. Poskręcane drzewa wyrastały z ziemi jak nierówne szpony szarpiące powietrze. Widział takie miejsca na drzeworytach w starych książkach. Wiedział, na co patrzy – na świat demonów. Piekło.

Zaraz potem wrócił gwałtownie na ziemię, ale jego życie już nigdy nie było takie samo. Przez lata żył w obawie, że w każdej chwili może znowu zostać wyrzucony do królestwa cieni.

Zupełnie jakby niewidzialna lina łączyła go ze światem demonów i w każdej chwili mogła się napiąć, wyrywając go ze znajomego środowiska w miejsce wypełnione ogniem i popiołem.

Przez ostatnie kilka lat dzięki pomocy wuja Jema zaczął myśleć, że nad tym panuje. I dzisiejszy wieczór wstrząsnął nim, chociaż przeskok trwał tylko kilka sekund. Ulżyło mu, gdy zobaczył przed sobą Diabelską Tawernę.

Diabelska Tawerna rozgościła się przy Fleet Street pod numerem drugim obok szacownie prezentującej się drukarni. W przeciwieństwie do drukarni na Diabelską Tawernę rzucono czar ochrony, dzięki czemu Przyziemni nie widzieli jej ani nie słyszeli hałasów hulanek wylewających się przez okna i otwarte drzwi. Była zbudowana z muru pruskiego w tudorskim stylu, ale drewno próchniało i rozpadało się i całość trzymała się razem tylko dzięki zaklęciom czarowników. Za barem stał właściciel, wilkołak imieniem Ernie, który nalewał piwo do kufli, klientelę stanowiła mieszanina pixie, wampirów, likantropów i czarowników.

Normalnie Nocnych Łowców powitano by w takim miejscu raczej chłodno, ale klienci Diabelskiej Tawerny przywykli do chłopców. Przywitali Jamesa, Christophera, Matthew i Thomasa okrzykami i kpinami. James został w pubie, żeby wziąć drinki od barmanki Polly, a reszta poszła na górę do swoich pokojów, zostawiając na schodach ślady z demonicznej krwi.

Polly była wilkołakiem i zaopiekowała się chłopcami, kiedy James pierwszy raz wynajął pokoje na poddaszu trzy lata temu. Chciał zapewnić im kryjówkę, do której mógłby wycofać się z przyjaciółmi bez stojących im nad karkiem rodziców. To ona pierwsza zaczęła ich nazywać Wesołymi Złodziejaszkami przez skojarzenie z Robin Hoodem i jego drużyną. James podejrzewał, że on jest Robinem z Locksley, a Matthew – Willem Scarlet. Thomas bez wątpienia był Małym Johnem.

Polly zachichotała.

– Prawie was nie poznałam, kiedy przywlekliście się tutaj wysmarowani tym czymś, jakkolwiek to nazywacie.

– To ichor – powiedział James, biorąc od niej butelkę reńskiego wina. – Posoka demonów.

Polly zmarszczyła nos, przerzucając mu przez ramię kilka mocno przechodzonych ściereczek kuchennych. Dała mu dodatkową, którą przyłożył do rozcięcia na dłoni. Przestało już krwawić, ale nadal bolało.

– Niech to diabli.

– Minęły wieki, odkąd widzieliśmy demona w Londynie – powiedział James. – Możliwe, że zareagowaliśmy nieco wolniej, niż powinniśmy.

– Pewnie za bardzo się boją, żeby się tu pokazać – odparła życzliwie Polly, odwracając się po kieliszek dżinu dla stałego bywalca Picklesa, który był kelpie.

– Boją się? – powtórzył James, nieruchomiejąc. – Czego się boją?

Polly też zamarła.

– Och, niczego – odparła i odeszła pośpiesznie na drugi koniec baru.

James poszedł na górę, marszcząc czoło. Podziemni bywali czasem tajemniczy.

Gdy już pokonał dwa ciągi skrzypiących schodów, znalazł się przed drewnianymi drzwiami, na których lata temu wycięto zdanie: „Ważne jest, jak człowiek żyje, nie jak umiera*. S.J.”.

* Przeł. Tadeusz J. Dehnel.

James pchnął drzwi ramieniem i zastał Matthew i Thomasa już siedzących przy okrągłym stoliku pośrodku pokoju wyłożonego boazerią. Kilka okien o wypaczonych i zniszczonych przez czas szybach wychodziło na oświetloną ulicznymi latarniami Fleet Street; po drugiej stronie znajdował się budynek sądu królewskiego, ledwie widoczny na tle pochmurnego nocnego nieba.

Ten pokój był lubianym i znajomym miejscem o podniszczonych ścianach, ze sfatygowanymi meblami i małym ogniem płonącym na kominku. Na kominku stało popiersie Apolla, któremu dawno temu utrącono nos. Pod ścianami ustawiono regały z okultystycznymi książkami napisanymi przez przyziemnych magów – biblioteka Instytutu nie pozwalała na takie rzeczy, ale James je zbierał. Był zafascynowany myślą o tych, którzy nie narodzili się w świecie magii i cieni, a jednak tęsknili za nim tak mocno, że nauczyli się wyważać prowadzące do niego wrota.

Zarówno Thomas, jak i Matthew wytarli się już z krwi demona i mieli na sobie pogniecione, ale czyste ubrania, a ich włosy – ciemny blond w przypadku Thomasa i ciemnozłote w przypadku Matthew – nadal były wilgotne.

– James! – wykrzyknął Matthew na widok przyjaciela. Oczy miał podejrzanie błyszczące; na stole już stała do połowy opróżniona butelka brandy. – Czy widzę przed sobą butelkę taniego napitku?

James postawił wino na stole w chwili, gdy Christopher wynurzył się z małej sypialni na drugim końcu poddasza. Sypialnia znajdowała się już tam, zanim wynajęli pokoje; nadal stało tam łóżko, ale żaden ze Złodziejaszków nie korzystał z niego poza tym, że czasem się tam myli, przechowywali broń i ubrania na zmianę.

– James, myślałem, że poszedłeś do domu – powiedział z uśmiechem Christopher.

– A czemu, do licha, miałbym iść do domu? – James usiadł obok Matthew i rzucił ścierki od Polly na stół.

– Nie mam pojęcia, ale mogłeś – odparł Christopher, wyciągając krzesło. – Ludzie ciągle robią dziwne rzeczy. Mieliśmy raz kucharkę, która poszła na zakupy i znaleziono ją dwa tygodnie później w Regent's Park. Została dozorczynią w zoo.

Thomas uniósł brwi. James i pozostali nigdy do końca nie wiedzieli, czy wierzyć w opowieści Christophera. Nie kłamał, ale kiedy tylko rzecz nie wiązała się ze zlewkami i próbówkami, to Christopher poświęcał jej zaledwie ułamek uwagi.

Christopher był synem ciotki Jamesa, Cecily i wuja Gabriela. Miał piękne rysy swoich rodziców, ciemnobrązowe włosy i oczy w kolorze, który można było porównać do koloru bzu. „U tego chłopaka tylko się marnują!" – często powtarzała Cecily i wzdychała jak męczennica. Christopher powinien mieć powodzenie u dziewcząt, ale grube szkła okularów zasłaniały większość jego twarzy i wiecznie miał proch strzelniczy za paznokciami. Większość Nocnych Łowców traktowała broń Przyziemnych z podejrzliwością albo w ogóle się nią nie interesowała – zastosowanie runów na metalu lub pociskach sprawiało, że proch się nie zajmował, a broń bez runów do niczego się nie przydawała w walce z demonami. Christopher jednak miał obsesję na jej punkcie – uważał, że można broń zapalającą przystosować do potrzeb Nefilim. James musiał przyznać, że pomysł umieszczenia działa na dachu Instytutu brzmiał dość kusząco.

– Twoja dłoń – odezwał się nagle Matthew, pochylając się i skupiając spojrzenie zielonych oczu na Jamesie. – Co się stało?

– To tylko rozcięcie – odpowiedział James.

Rana przebiegała ukośnie przez dłoń. Kiedy Matthew wziął go za rękę, srebrna bransoletka na prawym nadgarstku Jamesa zadzwoniła o butelkę wina na stole.

– Powinieneś był mi powiedzieć – zbeształ go Matthew, sięgając do kamizelki po stelę. – Zająłbym się tym od razu w zaułku.

– Zapomniałem.

Thomas, który przesuwał palcem po krawędzi kieliszka, ale nie pił, zapytał:

– Coś się stało?

Thomas był denerwująco spostrzegawczy.

– To była tylko króciutka chwila – odparł niechętnie James.

– Wiele rzeczy rozgrywa się błyskawicznie, a mimo to są bardzo złe – powiedział Matthew, przykładając stelę do skóry Jamesa. – Na przykład ostrze gilotyny spada bardzo szybko. Kiedy eksperymenty Christophera wybuchają, to też dzieje się to w okamgnieniu.

– To chyba jasne, że nie eksplodowałem ani zostałem ścięty na gilotynie – odparł James. – Po prostu... wszedłem do królestwa cieni.

Matthew poderwał gwałtownie głowę, chociaż nadal pewną ręka rysował *iratze*, run leczniczy, który stopniowo nabierał kształtu na skórze. James już czuł, jak ból słabnie.

– Myślałem, że to już się skończyło – powiedział Matthew. – Myślałem, że Jem ci pomógł.

– Pomógł mi. Minął rok od ostatniego razu. – James pokręcił głową. – Chyba za bardzo się rozmarzyłem, myśląc, że tak będzie już zawsze.

– Czy to zwykle nie zdarza się, kiedy się denerwujesz? – zapytał Thomas. – To przez atak demona?

– Nie – odpowiedział szybko James. – Nie, nie sądzę... Nie.

James prawie palił się do walki. Lato było frustrujące – pierwsze od ponad dziesięciu lat, którego nie spędził z rodziną w Idrisie.

Idris znajdował się w środkowej Europie. Chroniony ze wszystkich stron czarami pozostał nietknięty, ukryty przed oczami Przyziemnych i przed ich wynalazkami – nie było tam torów kolejowych, fabryk, węglowego dymu. James wiedział, że jego rodzina nie mogła tam wyjechać w tym roku, ale miał własne powody, by żałować, że jest w Londynie, a nie Idrisie. Patrole były jedną z niewielu rzeczy, które pozwalały mu na chwilę o tym zapomnieć.

– Demony nie przeszkadzają naszemu przyjacielowi – powiedział Matthew, kończąc run leczniczy. Kiedy siedział tak blisko swojego *parabatai*, James prawie czuł jego znajomy zapach: mieszkankę mydła i alkoholu. – Musiało chodzić o coś innego.

– W takim razie powinieneś porozmawiać ze swoim wujem – poradził Thomas.

James pokręcił głową. Nie chciał zawracać głowy wujowi Jemowi z powodu czegoś, co trwało ułamek chwili.

– To nic takiego. Demon mnie zaskoczył. Złapałem ostrze przez nieuwagę. To na pewno dlatego.

– Zamieniłeś się w cień? – zapytał Matthew, odkładając stelę.

Czasem, kiedy James zostawał wciągnięty do królestwa cieni, przyjaciele mówili mu, że widzieli, jak rozmywa się przy krawędziach. Czasem zamieniał się całkowicie w cień, który miał jego kształt, ale był przezroczysty i nienamacalny.

Kilka razy, naprawdę bardzo rzadko, udawało mu się zamienić w cień i przejść przez litą barierę, ale nie chciał mówić o tych sytuacjach.

Christopher podniósł wzrok znad notesu.

– A skoro już mowa o demonach...

– O których bynajmniej nie mówiliśmy – wtrącił Matthew.

– ...co to był za demon? – zapytał Christopher, zagryzając koniec ołówka. Często zapisywał szczegóły walk z demonami. Twierdził, że to pomaga mu w jego badaniach. – Mam na myśli tego, który wybuchł.

– W przeciwieństwie do tego, który nie wybuchł? – zapytał James.

Thomas, który doskonale pamiętał wszelkie szczegóły, powiedział:

– To deumas. To dziwne, że się tu znalazł. Zwykle nie przepadają za miastami.

– Zachowałem odrobinę jego krwi – powiedział Christopher, wyjmując z zakamarków ubrania zakorkowaną probówkę z zielonkawą substancją. – Uprzedzam, żeby żaden z was tego nie pił.

– Zapewniam cię, że nikt z nas nie miał takich planów, kapuściana głowo.

Matthew zadygotał.

– Dość już tego gadania o krwi. Wypijmy toast za powrót Thomasa do domu!

Thomas zaprotestował. James uniósł kieliszek i wzniósł toast z Matthew. Christopher już miał stuknąć probówką w kieliszek Jamesa, kiedy Matthew, klnąc pod nosem, skonfiskował ją i zamiast tego podał Christopherowi kieliszek.

Thomas, mimo obiekcji, sprawiał wrażenie zadowolonego. Większość Nocnych Łowców zaliczała coś podobnego do Grand Touru po ukończeniu osiemnastego roku życia, kiedy opuszczali swój instytut na rzecz jakiegoś za granicą. Thomas dopiero kilka tygodni temu wrócił po dziewięciu miesiącach spędzonych w Madrycie. W podróży chodziło o to, żeby poznać nowe obyczaje i poszerzyć horyzonty. Thomas niewątpliwie sam się przy okazji poszerzył.

Chociaż był najstarszy z ich grupy, to zawsze był drobnej budowy. Kiedy James, Matthew i Christopher pojawili się w porcie, żeby poczekać na jego statek z Hiszpanii, przepatrywali tłum i o mały włos nie poznaliby przyjaciela w muskularnym młodzieńcu, który schodził po trapie. Teraz Thomas był z nich najwyższy i tak opalony, jakby wychowywał się na farmie, a nie w Londynie. Mógł trzymać półtorak w jednym ręku, a w Hiszpanii nauczył się posługiwać nową bronią – bolą – sznurem z obciążnikami, którym obraca się nad głową i rzuca. Matthew często mówił, że czuje się, jakby zaprzyjaźnił się z życzliwym olbrzymem.

– Kiedy już skończycie, to mam nowiny – powiedział Thomas, odchylając się z krzesłem. – Znacie tę starą rezydencję w Chiswick, która należała kiedyś do mojego dziadka? Nazywano ją Domem Lightwoodów. Dostała ją moja ciotka Tatiana od Clave parę lat temu, ale nigdy z niej nie korzystała. Wolała mieszkać w Idrisie w jakiejś rezydencji z moją kuzynką, ehm...

– Gertrude – podsunął mu usłużnie Christopher.

– Grace – sprostował James. – Ona nazywa się Grace.

Była też kuzynką Christophera, ale James wiedział, że chłopcy nigdy jej nie poznali.

– Tak, Grace – przytaknął Thomas. – Ciotka Tatiana zawsze żyła razem z nią w całkowitej izolacji od reszty Idrisu. Nie przyjmowała żadnych gości, nikogo takiego. Najwyraźniej jednak postanowiła przeprowadzić się z powrotem do Londynu, więc moi rodzice są z tego powodu w rozterce.

Serce Jamesa zabiło mocno, powoli.

– Grace... – zaczął. Zauważył, że Matthew rzucił mu szybkie spojrzenie z ukosa. – Grace... przeprowadza się do Londynu?

– Wygląda na to, że Tatiana zamierza wprowadzić ją do towarzystwa. – Thomas robił wrażenie skonsternowanego. – Pewnie poznałeś ją w Idrisie? Czy twój dom nie sąsiaduje z rezydencją Blackthornów?

James odruchowo pokiwał głową. Czuł ciężar bransoletki na prawej ręce, chociaż nosił ją od tylu lat, że zwykle nie pamiętał o jej obecności.

– Zwykle widywałem ją latem – odpowiedział. – Oczywiście nie widziałem jej tego lata.

Nie tego lata. Nie był w stanie przekonać rodziców, kiedy powiedzieli, że rodzina Herondale'ów spędzi lato w Londynie. Nie był w stanie wyjawić powodu, dla którego chciał wrócić do Idrisu. W końcu z ich punktu widzenia praktycznie nie znał Grace. Choroba, zgroza, jaka go pochwyciła na myśl, że nie zobaczy Grace przez kolejny rok, nie były czymś, co potrafił wyjaśnić.

To był sekret, jaki ukrywał od trzynastego roku życia. Oczami wyobraźni widział wysoką bramę rezydencji Blackthornów i swoje ręce przed sobą, dziecinne ręce bez blizn, ścinające pilnie cierniste pnącza. Widział westybul rezydencji, zasłony wydymające się w oknach, słyszał muzykę. Widział Grace w sukni w kolorze kości słoniowej.

Matthew przyglądał mu się w zamyśleniu. Jego zielone oczy nie skrzyły się już wesoło. Matthew, jedyny spośród przyjaciół, wiedział, że coś łączy Jamesa i Grace Blackthorn.

– W Londynie jest aż tłoczno od nowych przybyszy – zauważył Matthew. – Rodzina Carstairsów też niedługo tu przyjedzie, prawda?

James pokiwał głową.

– Lucie nie posiada się z radości, bo zobaczy Cordelię.

Matthew dolał sobie wina.

– Nie dziwię się, że mają dość wiejskiego życia w hrabstwie Devon... Jak się nazywa ich dom? Cirenworth? Myślę, że przyjadą za dzień albo dwa...

Thomas rozlał zawartość swojego kieliszka, a razem z nim przewrócił też kieliszek Jamesa i probówkę Christophera. Thomas wciąż jeszcze nie przyzwyczaił się do tego, że zajmuje znacznie więcej miejsca w świecie, i czasem był bardzo niezręczny.

– Powiedziałeś, że przyjedzie cała rodzina Carstairsów?

– Bez Eliasa Carstairsa – odpowiedział Matthew. Elias był ojcem Cordelii. – Za to przyjedzie Cordelia i... rzecz jasna... – Urwał znacząco.

– O, do diabła – powiedział Christopher. – Alastair Carstairs. – Miał minę, jakby zrobiło mu się niedobrze. – Dobrze pamiętam, prawda? To wyjątkowy hultaj?

– „Hultaj" to niezwykle życzliwe podsumowanie – odparł James.

Thomas wycierał rozlany alkohol. James patrzył na niego z troską. Thomas był w szkole nieśmiałym, drobnym chłopcem, a Alastair był paskudnym szkolnym tyranem.

– Możemy unikać Alastaira, Tom. Nie ma powodu, byśmy spędzali z nim czas, a ja nie wyobrażam sobie, żeby on rwał się do naszego towarzystwa.

Thomas zakrztusił się, ale nie w reakcji na słowa Jamesa. Zawartość probówki Christophera zrobiła się nagle fioletowobrązowa i zaczęła przeżerać stół. Wszyscy skoczyli i złapali ścierki od Polly. Thomas oblał blat wodą z dzbanka, oblewając też Christophera, a Matthew złożył się wpół ze śmiechu.

– Doprawdy – powiedział Christopher, odgarniając z oczu mokre włosy. – Myślę, że to podziałało, Tom. Zneutralizowałeś działanie kwasu.

Thomas kręcił głową.

– Ktoś powinien zneutralizować ciebie, ty barania...

Matthew popłakał się ze śmiechu.

James czuł się zupełnie oderwany od tego radosnego zamieszania. Od wielu lat w setkach wymienianych w tajemnicy listów między Londynem i Idrisem on i Grace przysięgali sobie, że pewnego dnia będą razem. Że pewnego dnia będą dorośli, a wtedy pobiorą się, nie zważając na plany rodziców, i zamieszkają razem w Londynie. To było ich marzenie.

Dlaczego więc nie powiedziała mu, że przyjeżdża?

***

– Och, popatrz! Royal Albert Hall! – wykrzyknęła Cordelia, przyciskając nos do okna powozu.

To był piękny dzień, słoneczne światło zalewało Londyn, przez co rząd białych domów w South Kensington aż skrzył się jak rząd pionków z kości słoniowej w drogim zestawie do gry w szachy.

– Architektura Londynu jest naprawdę wspaniała.

– Co za przenikliwe spostrzeżenie – rzucił przeciągle jej starszy brat Alastair, który ostentacyjnie czytał podręcznik arytmetyki w kącie powozu, jakby chciał obwieścić wszystkim, że nie zamierza nawet wyglądać przez okno. – Na pewno nikt do tej pory nie skomentował budynków w Londynie.

Cordelia spiorunowała go wzrokiem, ale on nie oderwał oczu od książki. Nie rozumiał, że ona tylko próbuje poprawić wszystkim humor? Jej matka, Sona, opierała się wyczerpana o ścianę powozu, pod oczami miała fioletowe sińce, a jej zwykle promienna brązowa skóra była teraz ziemista. Cordelia martwiła się o nią od tygodni, odkąd z Idrisu przyszły wieści dotyczące ich ojca.

– Rzecz w tym, Alastair, że teraz będziemy tu mieszkać, a nie tylko przyjeżdżamy z wizytą. Będziemy poznawać ludzi, podejmować gości, nie musimy siedzieć w Instytucie, chociaż bardzo chętnie zostałabym blisko Lucie...

– I Jamesa – dodał Alastair, nie podnosząc wzroku znad książki.

Cordelia zazgrzytała zębami.

– Dzieci. – Matka zganiła ich wzrokiem.

Alastair poczuł się urażony – za miesiąc skończy dziewiętnaście lat i z pewnością nie był dzieckiem. Przynajmniej w jego mniemaniu.

– To poważna sprawa – mówiła dalej Sona. – Jak wiecie, nie przyjechaliśmy do Londynu dla zabawy. Jesteśmy tu w imieniu naszej rodziny.

Cordelia i jej brat popatrzyli po sobie nieco mniej wrogo. Wiedziała, że on też się martwi o matkę, chociaż nigdy by się do tego nie przyznał. Po raz milionowy zastanawiała się, jak dużo Alastair wie na temat sytuacji ojca. Wiedziała, że brat wie więcej niż ona i że nigdy nic jej na ten temat nie powie.

Serce zabiło jej mocniej, gdy powóz zatrzymał się przed numerem 102 przy Cornwall Gardens, przy jednym z domów w rzędzie wspaniałych, białych wiktoriańskich budynków z numerem wypisanym surową czernią na pierwszej kolumnie od prawej. Kilka postaci stało na frontowych schodach pod portykiem. Cordelia natychmiast rozpoznała Lucie Herondale, trochę wyższą, niż kiedy ostatni raz się widziały. Jasnobrązowe włosy miała upięte i schowane pod kapeluszem, a jasnoniebieski żakiet i spódnica pasowały do jej oczu.

Obok niej stały dwie osoby. Jedną była matka Lucie, Tessa Herondale, słynna – przynajmniej wśród Nocnych Łowców – żona Willa Herondale'a, który kierował Londyńskim Instytutem. Robiła wrażenie tylko odrobinę starszej od córki. Tessa była nieśmiertelną czarownicą, potrafiła zmieniać wygląd i w ogóle się nie starzała.

A obok Tessy stał James.

Cordelia pamiętała, jak pewnego razu, gdy była małą dziewczynką, wyciągnęła rękę, żeby pogłaskać łabędzia na stawie obok jej domu. Ptak ją zaatakował, uderzył w pierś i przewrócił. Przez kilka minut leżała na trawie, dusząc się i nie mogąc zaczerpnąć tchu. Bała się, że już nigdy więcej nie złapie oddechu.

Pewnie nie było to najbardziej romantyczne stwierdzenie na świecie, ale za każdym razem gdy widziała Jamesa Herondale'a, czuła się, jakby znowu zaatakował ją łabędź.

Był piękny, tak piękny, że zapominała oddychać, gdy na niego patrzyła. Miał nieokiełznaną czarną czuprynę, która robiła wrażenie miękkiej w dotyku, długie ciemne rzęsy okalały mu oczy w kolorze bursztynu albo miodu. Miał teraz siedemnaście lat i nie wyglądał już jak tykowaty młodzik, ale był smukły, śliczny i idealnie poskładany jak cudowny przykład architektury.

– Ups! – Jej stopy uderzyły o ziemię i prawie się potknęła.

Jakimś cudem wykaraskała się z powozu i stała teraz na chodniku, a właściwie chwiała się na nim, starając się złapać równowagę na nogach, które jej zdrętwiały po wielu godzinach bezruchu.

James natychmiast stanął obok niej i położył rękę na jej ramieniu.

– Daisy? Nic ci nie jest?

Tak ją przezywał. Nie zapomniał.

– Niezdara ze mnie. – Rozejrzała się z żalem. – Miałam nadzieję na bardziej wdzięczne przybycie.

– Nie masz się czym przejmować. – Uśmiechnął się i serce zabiło jej szybciej. – Chodniki w South Kensington są naprawdę bestialskie. Sam więcej niż raz zostałem przez nie zaatakowany.

Odpowiedz błyskotliwie, ponagliła siebie. Powiedz coś dowcipnego.

James jednak już się odwrócił, kiwając głową do Alastaira. Cordelia wiedziała, że obaj nie lubili się w szkole, ale matka nie miała o tym pojęcia. Sona myślała, że Alastair był bardzo popularny.

– Widzę, że przyjechałeś – powiedział James intrygująco beznamiętnym tonem. – Wyglądasz...

Obrzucił jasne, żółto-białe włosy Alastaira z pewnym zdumieniem. Cordelia czekała, aż skończy zdanie, i miała ogromną nadzieję, że powie coś w rodzaju „jak burak", ale nie zrobił tego.

– ...dobrze – dokończył James.

Chłopcy popatrzyli na siebie w milczeniu, a Lucie zbiegła po schodach i objęła Cordelię.

– Tak bardzo, bardzo się cieszę, że cię widzę! – zdołała wykrztusić. Dla Lucie wszystko było „bardzo, bardzo, bardzo", nieważne: piękne, podniecające czy potworne. – Droga Cordelio, będziemy się cudownie bawić...

– Lucie, Cordelia i jej rodzina przyjechali do Londynu, żebyście mogły razem trenować – wtrąciła się łagodnie Tessa. – Czeka was mnóstwo pracy i obowiązków.

Cordelia spuściła wzrok na buty. Tessa była uprzejma, powtarzając oficjalny powód, dla którego Carstairsowie przyjechali do

Londynu w takim pośpiechu – ponieważ Cordelia i Lucie miały zostać *parabatai*. Prawda jednak była inna.

– Na pewno pani pamięta, kiedy sama miała pani szesnaście lat, pani Herondale – odpowiedziała Sona. – Dziewczęta uwielbiają tańce i sukienki. Na pewno ja taka byłam w ich wieku i podejrzewam, że pani także.

Cordelia wiedziała, że ich matka w żadnym razie taka nie była, ale trzymała język za zębami. Tessa uniosła brwi.

– Pamiętam, że brałam kiedyś udział w wampirzej zabawie. To było jakieś przyjęcie w domu Benedicta Lightwooda, nim zachorował na demoniczną ospę i zamienił się w robaka, rzecz jasna...

– Mamo! – Lucie była zgorszona.

– Naprawdę zamienił się w robaka – powiedział James. – A właściwe w straszliwego, ogromnego węża. To była absolutnie najciekawsza rzecz na zajęciach z historii.

Tessę przed dalszymi komentarzami uratował przyjazd furgonów z rzeczami Carstairsów. Kilku rosłych mężczyzn zeskoczyło z jednego z wozów i zaczęli ściągać płótna przykrywające różne pedantycznie unieruchomione sznurami meble.

Jeden z mężczyzn pomógł zejść z pierwszego furgonu Risie, pokojówce i kucharce Sony. Risa pracowała dla rodziny Jahanshah, odkąd Sona był nastolatką i towarzyszyła jej od tej pory. Była Przyziemną obdarzoną Widzeniem i w związku z tym cenną towarzyszką dla Nocnej Łowczyni. Risa mówiła tylko po persku. Cordelia zastanawiała się, czy mężczyźni na furgonie próbowali ją zagadywać. Risa doskonale rozumiała język angielski, ale wolała milczeć.

– Podziękuj, proszę, w moim imieniu Cecily Lightwood, za to, że użyczyła nam swojej służby – mówiła matka Cordelii do Tessy.

– Och, rzeczywiście! Będą przychodzić od wtorku do czwartku, żeby zająć się najcięższymi obowiązkami, dopóki nie wynajmiesz własnej służby – odpowiedziała Tessa.

„Najcięższe obowiązki" to było wszystko, czym Risa – która gotowała, robiła zakupy i pomagała ubierać się Sonie i Cordelii – nie będzie się zajmowała, na przykład szorowanie podłóg albo doglądanie koni. Pomysł, że Carstairsowie wynajmą niedługo własną służbę, był kolejną uprzejmą fikcją. Cordelia o tym wiedziała. Kiedy wyjeżdżali z Devonu, Sona zwolniła całą służbę z wyjątkiem Risy, bo starała się zaoszczędzić jak najwięcej pieniędzy, dopóki Elias Carstairs czekał na proces.

Duży kształt na jednym z furgonów przyciągnął spojrzenie Cordelii.

– Mamo! – wykrzyknęła. – Przywiozłaś fortepian?

Matka wzruszyła ramionami.

– Lubię muzykę od czasu do czasu. – Machnęła władczym gestem na tragarzy. – Cordelio, będzie tu spore zamieszanie i mnóstwo kurzu. Może przejdziecie się z Lucie po okolicy? A ty, Alastair, zostaniesz i pomożesz mi kierować służbą.

Cordelia była zachwycona perspektywą spędzenia czasu z Lucie. Alastair tymczasem nie wiedział, czy krzywić się, bo musiał zostać z matką, czy się napuszyć, bo powierzono mu obowiązki pana domu.

Tessa Herondale miała rozbawioną minę.

– James, idź z dziewczętami. Może do Ogrodów Kensington? To niedaleko stąd, a dzień jest piękny.

– Ogrody Kensington robią wrażenie bezpiecznych – odparł z powagą James.

Lucie przewróciła oczami i złapała Cordelię za rękę.

– Chodźmy – powiedziała i ściągnęła ją po schodach na chodnik.

James, z racji długich nóg, z łatwością dotrzymał im kroku.

– Nie ma powodu uciekać – powiedział do siostry. – Matka nie zawlecze cię z powrotem i nie zażąda, żebyś pomogła wnosić fortepian do domu.

Cordelia zerknęła na niego z ukosa. Wiatr targał mu włosy. Nawet włosy jej matki nie były tak czarne, w dodatku połyskiwały czerwienią i złotem. Włosy Jamesa były czarne jak atrament. Uśmiechnął się do niej, jakby wcale nie przyłapał jej na tym, że się na niego gapi. Z drugiej strony pewnie przywykł w towarzystwie Nocnych Łowców, że ludzie się na niego gapią. Nie tylko z powodu urody, ale też z innych przyczyn.

Lucie uścisnęła jej rękę.

– Tak się cieszę, że tu jesteś – oznajmiła. – Nie myślałam, że to wreszcie się stanie.

– Dlaczego? – zdziwił się James. – Prawo wymaga, żebyście razem trenowały, zanim zostaniecie *parabatai*, a poza tym ojciec uwielbia Daisy i ustala reguły...

– Twój ojciec uwielbia wszystkich Carstairsów – odparła Cordelia. – Nie jestem pewna, czy ja sama mam w tym jakąkolwiek zasługę. Możliwe, że lubi nawet Alastaira.

– Myślę, że jest przekonany, że Alastair ma ukrytą głębię – odparł James.

– Tak samo jak ruchome piaski – powiedziała Cordelia.

James się roześmiał.

– Dość tego – przerwała im Lucie i uderzyła Jamesa w ramię dłonią w rękawiczce. – Daisy to moja przyjaciółka, a ty zagarniasz ją całą dla siebie. Idź zająć się czymś innym.

Szli Queen's Gate w stronę Kensington Road, otaczał ich rumor przejeżdżających omnibusów. Cordelia wyobraziła sobie, jak James odchodzi w tłum, gdzie z pewnością znajdzie ciekawsze zajęcie, a może zostanie porwany przez piękną dziedziczkę fortuny, która zakocha się w nim od pierwszego spojrzenia. Takie rzeczy zdarzały się w Londynie.

– Będę szedł za wami dziesięć kroków, jakbym niósł tren, ale muszę mieć was w zasięgu wzroku, bo inaczej matka by mnie zabiła i przegapiłbym jutrzejszy bal, a wtedy Matthew by mnie zabił i umarłbym dwa razy – odparł James.

Cordelia uśmiechnęła się, ale James już zostawał w tyle zgodnie z obietnicą, dając im swobodnie porozmawiać. Cordelia starała się ukryć rozczarowanie. Teraz w końcu mieszkała w Londynie i będzie widywała Jamesa częściej i nie tylko przelotnie; miała nadzieję, że stanie się częścią jej codzienności.

Obejrzała się na niego. Już wyjął książkę i czytał, idąc i pogwizdując cicho.

– O jakim balu mówił? – zapytała przyjaciółkę.

Do Ogrodów Kensington weszły przez bramę z kutego żelaza i znalazły się w cieniu listowia. Park był pełen niań z wózkami i młodych par. Dwie małe dziewczynki plotły wianki, chłopiec w marynarskim ubranku ganiał za kółkiem, piszcząc z uciechy. Podbiegł do wysokiego mężczyzny, który wziął go na ręce i podrzucił w powietrze ze śmiechem. Cordelia zacisnęła na chwilę powieki, myśląc o ojcu, o tym, jak podrzucał ją, gdy była bardzo mała, a ona śmiała się i śmiała, gdy ją łapał.

– Odbędzie się jutro wieczorem – wyjaśniła Lucie, biorąc Cordelię pod rękę. – Urządzamy go z okazji waszego przyjazdu do Londynu. Będzie tam cała Enklawa, będą tańce, matka będzie mogła popisać się nową salą balową. A ja będę mogła popisać się tobą.

Cordelię przeszedł dreszcz, trochę z podniecenia, a trochę ze strachu. Enklawa to oficjalna nazwa dla Nocnych Łowców mieszkających w Londynie; każde miasto miało swoją Enklawę, która podlegała miejscowemu Instytutowi, a także stojącym wyżej Clave i Konsulowi. Wiedziała, że to niemądre, ale na samą myśl o takim tłumie skóra ją mrowiła z niepokoju. Życie, jakie prowadziła ze swoją rodziną – w ciągłym ruchu poza chwilami spędzonymi w Cirenworth w Devonie – było wolne od tłumów.

A jednak musiała to zrobić. Przyjechali do Londynu właśnie po to, żeby to zrobić. Pomyślała o matce.

To nie bal, powiedziała sobie. To pierwsza potyczka w wojnie.

Zniżyła głos:

– Czy wszyscy tam będą wiedz... Czy oni wiedzą o moim ojcu?

– O, nie. Bardzo niewiele osób poznało szczegóły i niewiele na ten temat mówią. – Lucie przyjrzała jej się w zamyśleniu. – Czy mogłabyś...? Jeśli powiesz mi, co się stało, to przysięgam, że nie powiem o tym nikomu, nawet Jamesowi.

Cordelię zabolało serce, jak zawsze, kiedy myślała o ojcu. Musiała jednak powiedzieć Lucie i będzie musiała powiedzieć też innym. Nie zdoła pomóc ojcu, jeśli nie zażąda wprost tego, czego chce.

– Jakiś miesiąc temu mój ojciec wybrał się do Idrisu – powiedziała. – To była bardzo tajna misja. Odkryto gniazdo demonów kravyād tuż poza granicą Idrisu.

– Naprawdę? To są te wyjątkowo paskudne demony, prawda? Ludożercy?

Cordelia pokiwała głową.

– Wybiły prawie całe stado wilkołaków. To właśnie wilki przekazały informację do Alicante. Konsul zebrała ekspedycję Nefilim i wezwała mojego ojca ze względu na jego wiedzę na temat rzadkich demonów. Razem z dwoma Podziemnymi pomógł zaplanować wyprawę mającą na celu zniszczenie kravyādów.

– To brzmi niesłychanie ekscytująco – powiedziała Lucie. – Cudownie, że można tak współpracować z Podziemnymi.

– To się jeszcze okaże – odparła Cordelia. Obejrzała się. James szedł spory kawałek za nimi i nadal czytał. Nie mógł ich słyszeć. – Misja się nie powiodła. Kravyādy zniknęły, a Nefilim zapędzili się na tereny, które klan wampirów uważa za swoje. Doszło do walki. Krwawej.

Lucie pobladła.

– Na Anioła. Ktoś zginął?

– Kilku Nefilim odniosło rany – odpowiedziała Cordelia. – A klan wampirów uważa, że my, to znaczy Nocni Łowcy, sprzymierzyliśmy się z wilkołakami, żeby ich zaatakować. Zrobił się potworny bałagan i może to doprowadzić do zerwania Porozumień.

Lucie była przerażona. Cordelia wcale jej się nie dziwiła. Porozumienia to traktat pokojowy zawarty między Nocnymi Łowcami a Poziemnymi, który pomagał zachować porządek. Gdyby doszło do ich zerwania, mogłoby to doprowadzić do wybuchu krwawego chaosu.

– Clave rozpoczęło dochodzenie – powiedziała Cordelia. – Wszystko załatwiono, jak należy. Myśleliśmy, że mój ojciec zostanie wezwany na świadka, ale zamiast tego aresztowano go. Obwiniają go za niepowodzenie misji. Ale to nie jego wina. Nie mógł wiedzieć... – Zamknęła oczy. – Fakt, że tak bardzo zawiódł Clave, prawie go zabił. Będzie musiał żyć z poczuciem winy.

Jednak nikt z nas nie spodziewał się, że dochodzenie zostanie zamknięte, a on zostanie aresztowany. – Ręce jej się trzęsły; splotła mocno palce. – Przysłał mi jeden list, ale potem już nic. Zabronili mu. Umieszczono go w areszcie domowym w Alicante, dopóki nie odbędzie się proces.

– Proces? – powtórzyła Lucie. – Tylko dla niego? Ale przecież misją kierowali też inni, zgadza się?

– Oczywiście, ale mój ojciec został kozłem ofiarnym. Całą winę zrzucono na niego. Moja matka chciała pojechać do Idrisu, żeby się z nim zobaczyć, ale on jej zabronił – dodała Cordelia. – Powiedział, że musimy pojechać do Londynu, bo jeśli zostanie skazany, to wstyd, jaki spadnie na naszą rodzinę, będzie ogromny i musimy szybko się od niego odciąć.

– To byłoby okropnie niesprawiedliwe! – Oczy Lucie zabłysły. – Wszyscy wiedzą, że praca Nocnych Łowców jest niebezpieczna. Na pewno, gdy twój ojciec zostanie przepytany, uznają, że zrobił wszystko, co w jego mocy.

– Być może – odparła cicho Cordelia. – Ale potrzebują kogoś, żeby go obwinić, a on pasuje do tej roli, bo mamy niewielu przyjaciół wśród Nocnych Łowców. Ciągle się przeprowadzaliśmy z powodu choroby papy i nigdzie nie zagrzaliśmy miejsca. Byliśmy w Paryżu, Bombaju, Maroku...

– Zawsze uważałam, że to naprawdę wspaniałe życie.

– Próbowaliśmy znaleźć klimat, który najlepiej odpowiadałby jego zdrowiu, lecz teraz moja matka czuje, że ma bardzo niewielu sprzymierzeńców. Dlatego jesteśmy tutaj, w Londynie. Ma nadzieję, że szybko znajdziemy przyjaciół, więc jeśli naszemu ojcu będzie grozić więzienie, to ktoś stanie w naszej obronie.

– Zawsze jest wuj Jem. W końcu to twój kuzyn – zauważyła Lucie. – A Cisi Bracia cieszą się ogromnym poważaniem Clave.

Wuj Jem to był James Carstairs, znany większości Nefilim jako brat Zachariasz. Cisi Bracia byli lekarzami i archiwistami Nefilim. Niemi, długowieczni, potężni, mieszkali w Cichym Mieście, w podziemnym mauzoleum, z którego tysiące wyjść prowadziło do świata powyżej.

Zdaniem Cordelii najdziwniejsze w nich – a także ich żeńskim odpowiedniku, Żelaznych Siostrach, które wycinały broń i stele z adamasu – było to, że sami wybierali sobie ten los. Jem był kiedyś zwykłym Nocnym Łowcą, *parabatai* ojca Lucie, Willa. Kiedy został Cichym Bratem, potężne runy uciszyły go i poznaczyły bliznami, zamknęły na zawsze jego oczy. Cisi Bracia nie starzeli się fizycznie, ale też nie mieli dzieci, żon ani domów. Wiedli okropnie samotne życie. Cordelia z pewnością widziała brata Zachariasza – Jema – przy różnych ważnych okazjach, ale nie czuła, że zna go tak dobrze jak James i Lucie. Jej ojciec nigdy nie czuł się swobodnie w towarzystwie Cichego Brata i przez całe życie robił co w jego mocy, żeby zapobiegać rodzinnym wizytom Jema.

Gdyby tylko Elias myślał inaczej, Jem mógłby teraz być ich sprzymierzeńcem. A w obecnej sytuacji Cordelia nie miała nawet pojęcia, jak zagadnąć brata Zachariasza.

– Twój ojciec nie zostanie skazany – pocieszyła ją Lucie, ściskając jej dłoń. – Porozmawiam z rodzicami...

– Nie, Lucie. – Cordelia pokręciła głową. – Wszyscy wiedzą, jak blisko trzymają się nasze rodziny. Nie uznają twoich rodziców za bezstronnych. – Odetchnęła. – Zwrócę się do Konsul. Bezpośrednio. Może nie zdawać sobie sprawy, że Clave próbuje uciszyć skandal z Podziemnymi, zrzucając całą winę na mojego ojca. Łatwiej wytknąć palcem jedną osobę niż przyznać, że wszyscy popełnili błąd.

Lucie pokiwała głową.

– Ciotka Charlotte jest życzliwa, na pewno pomoże.

Ciotka Charlotte to była Charlotte Fairchild, pierwsza kobieta, jaką kiedykolwiek wybrano na Konsula. Była też matką *parabatai* Jamesa, Matthew i starą przyjaciółką rodziny Herondale'ów. Konsul miała ogromną władzę i kiedy Cordelia pierwszy raz usłyszała o uwięzieniu ojca, od razu o niej pomyślała. Niestety Konsul nie mogła uwolnić, kogo zechce, jak wyjaśniła Sona. Pewne frakcje w Clave, potężne frakcje, zawsze naciskały na Konsul, żeby zrobiła tę czy inną rzecz, a ona nie mogła ryzykować ich gniewu. Gdyby zwrócili się do Konsul, to tylko pogorszyłoby sytuację ich rodziny.

Osobiście Cordelia uważała, że jej matka się myli. Czy nie na tym właśnie polegała władza, że można ryzykować, że rozgniewa się innych ludzi? Jaki sens ma bycie kobietą-konsulem, jeśli nadal zamartwiasz się tym, czy wszystkich zadowolisz? Jej matka była zbyt ostrożna, zbyt lękliwa. Sona uważała, że jedynym wyjściem z obecnej sytuacji będzie wydanie Cordelii za kogoś wpływowego, za kogoś, kto zdoła uratować ich rodzinę, jeśli Elias trafi do więzienia.

Jednakże Cordelia nie zamierzał wspominać o tym Lucie. Nie chciała nikomu o tym mówić. Ledwie sama była w stanie o tym myśleć. Nie miała nic przeciwko małżeństwu, ale chciała wyjść za właściwą osobę i zrobić to z miłości. Małżeństwo nie mogło być częścią umowy, mającą na celu zmniejszenie wstydu rodziny, skoro jej ojciec nie zrobił nic złego. Cordelia rozwiąże ten problem za pomocą własnego sprytu i odwagi, a nie sprzedając swoją rękę.

– Wiem, że w tej chwili to wygląda naprawdę potwornie... – powiedziała Lucie, a Cordelia miała wrażenie, że przegapiła część wypowiedzi przyjaciółki – ...ale wierzę, że to niedługo się skończy i twój ojciec znowu będzie bezpieczny. A na razie jesteś w Londynie i możesz ze mną trenować, i... Och! – Lucie zabrała rękę z uścisku Cordelii i pogrzebała w torebce. – Prawie zapomniałam. Mam dla ciebie kolejny odcinek *Pięknej Cordelii* do przeczytania.

Cordelia uśmiechnęła się i spróbowała odsunąć na bok myśli o ojcu. *Piękna Cordelia* to powieść, którą Lucie zaczęła pisać jako dwunastolatka. Chciała w ten sposób pocieszyć Cordelię podczas jej przedłużonego pobytu w Szwajcarii. Opisywała przygody młodej, porażająco pięknej kobiety imieniem Cordelia, uwielbianej przez przystojnego mężczyznę, który nazywał się lord Hawke. Niestety zostali rozdzieleni, kiedy piękna Cordelia została porwana przez piratów i od tamtej pory próbowała do niego wrócić, ale jej powrót komplikowały liczne przygody, a także tak wielu atrakcyjnych mężczyzn, którzy zawsze zakochiwali się w niej i pragnęli się z nią żenić, że Cordelia już dawno straciła rachubę.

Nieodmiennie przez cztery lata Lucie co miesiąc przesyłała nowy rozdział, a Cordelia sadowiła się z romantycznymi przygodami swojej fikcyjnej imienniczki i zatracała się w nich na jakiś czas.

– Cudownie – powiedziała, biorąc arkusze papieru. – Nie mogę się doczekać, żeby się dowiedzieć, czy Cordelia uciekła od tego nikczemnego Króla Bandytów!

– Jak się okaże, Król Bandytów wcale nie jest taki całkiem nikczemny. Widzisz, jest najmłodszym synem diuka, który zawsze był... Wybacz... – Lucie urwała, kiedy Cordelia spiorunowała ją wzrokiem. – Zapomniałam, jak nie cierpisz, kiedy opowiada ci się historię, zanim ją przeczytasz.

– Owszem. – Cordelia szturchnęła przyjaciółkę zwiniętym w rulon rękopisem. – Ale dziękuję, moja droga, przeczytam natychmiast, jak tylko będę miała chwilę dla siebie. – Obejrzała się przez ramię. – Myślisz... To znaczy okropnie chcę pogawędzić z tobą sam na sam, ale czy to nie jest okropnie niegrzeczne kazać twojemu bratu tak iść za nami?

– Ani odrobinę – zapewniła ją Lucie. – Popatrz na niego. Książka całkiem go pochłonęła.

Rzeczywiście. Chociaż James sprawiał wrażenie całkowicie skupionego na lekturze, był w stanie z godnym podziwu wdziękiem omijać przechodniów idących z naprzeciwka, czasem kamień albo gałąź leżące na ziemi, a raz nawet małego chłopca z kółkiem. Cordelia podejrzewała, że gdyby ona spróbowała czegoś takiego, wpadłaby na drzewo.

– Masz takie szczęście – powiedziała, nadal oglądając się przez ramię na Jamesa.

– A niby to czemu, u licha? – Lucie wytrzeszczyła oczy.

O ile James miał bursztynowe oczy, to Lucie miała jasnoniebieskie, kilka odcieni jaśniejsze od oczu ojca.

Cordelia odwróciła gwałtownie głowę.

– Och, bo...

„Bo możesz codziennie spędzać czas z Jamesem?". Wątpiła, żeby Lucie uznała to za szczególny dar. Nie odbierało się tego w taki sposób, kiedy chodziło o członka własnej rodziny.

– To taki dobry starszy brat. Gdybym poprosiła Alastaira, żeby szedł dziesięć kroków za mną w parku, to na pewno szedłby przez cały czas tuż obok mnie, żeby mnie denerwować.

– Phi! Pewnie, że uwielbiam Jamiego, ale ostatnio jest potworny. Odkąd się zakochał.

Równie dobrze mogłaby spuścić Cordelii na głowę bombę zapalającą. Wszystko wokół niej się rozpadło.

– Co takiego?!

– Zakochał się – powtórzyła Lucie z miną kogoś, kto z radością dzieli się ploteczkami. – Oczywiście nie powie, w kim, ale to Jamie, a on nigdy nic nam nie mówi. Jednak ojciec go zdiagnozował i mówi, że to z całą pewnością miłość.

– Mówisz o tym tak, jakby zachorował na gruźlicę. – Cordelii w głowie się kręciło z niepokoju. James się zakochał? W kim?

– Bo to trochę podobne, nie? Pobladł, stał się humorzasty i cały czas wygląda przez okno jak Keats.

– A Keats wyglądał przez okno?

Czasem trudno było nadążyć za Lucie.

Lucie mówiła dalej, nie zważając na pytanie, czy największy angielski poeta romantyczny rzeczywiście wyglądał godzinami przez okno, czy też nie.

– Nic nie powie nikomu poza Matthew, a Matthew milczy jak grób w sprawach Jamesa. Ale tego ranka usłyszałam niechcący kawałek ich rozmowy...

– Niechcący? – Cordelia uniosła brew.

– Możliwe, że chowałam się pod stołem – odpowiedziała z godnością Lucie. – Ale to tylko dlatego, że zgubiłam kolczyk i właśnie go szukałam.

Cordelia zdusiła uśmiech.

– Mów dalej.

– Zdecydowanie jest zakochany i Matthew uważa, że zachowuje się niemądrze. Chodzi o dziewczynę, która nie mieszka w Londynie, ale niedługo przyjedzie tu na dłużej. Matthew nie pochwala jego wyboru... – Lucie urwała nagle i złapała Cordelię za nadgarstek. – Rety!

– Auć! Lucie...

– Cudna młoda dama, która przyjedzie do Londynu! Ale ze mnie głupia gęś! To jasne, że miał na myśli ciebie!

– Tak? – powątpiewała Cordelia. Zbliżały się do Long Water, widziała już słońce skrzące się na powierzchni jeziora.

– Miał na myśli ciebie – ekscytowała się Lucie. – Och, jak cudownie! Wyobraź sobie, gdybyście się pobrali! Byłybyśmy naprawdę siostrami!

– Lucie! – Cordelia zniżyła głos do szeptu. – Nie mamy dowodu, że miał na myśli mnie.

– Musiałby być szalony, żeby się w tobie nie zakochać – odparła Lucie. – Jesteś okropnie ładna i tak jak powiedział Matthew, dopiero co przyjechałaś do Londynu na dłużej. O kogo innego może chodzić? Enklawa nie jest aż tak duża. To musisz być ty.

– Sama nie wiem...

Lucie wytrzeszczyła oczy.

– Bo on się tobie nie podoba? Cóż, to naturalne, przynajmniej na razie. Znasz go całe życie, więc pewnie nie robi na tobie nadzwyczajnego wrażenia, ale jestem pewna, że można przywyknąć do jego twarzy. Nie chrapie i nie opowiada ordynarnych dowcipów. Naprawdę nie jest taki najgorszy – dodała roztropnie. – Zastanów się, dobrze? Zatańcz z nim jutro z jeden raz. Masz sukienkę, prawda? Musisz mieć piękna sukienkę, żebyś stosownie go olśniła.

– Mam sukienkę – pośpiesznie zapewniła ją Cordelia, chociaż daleko jej było do czegoś olśniewającego.

– Gdy już go olśnisz, to on się oświadczy – mówiła Lucie. – Wtedy zastanowimy się, czy masz się zgodzić, czy nie, a jeśli tak, to czy zaręczyny mają być długie. Może lepiej tak, żebyśmy mogły skończyć trening *parabatai.*

– Lucie, w głowie mi się kręci od tego wszystkiego! – zaprotestowała Cordelia i obejrzała się z niepokojem przez ramię. Czy James usłyszał cokolwiek z tego, co powiedziały? Nie, nie wyglądało na to. Nadal szedł i czytał.

Zdradziecka nadzieja wezbrała jej w sercu i przez chwilę wyobrażała sobie, że jest zaręczona z Jamesem i została powitana w rodzinie Lucie. A Lucie, teraz jej siostra zgodnie z prawem, niesie pęk kwiatów na jej ślubie. Ich przyjaciele, bo z pewnością mieliby przyjaciół, wykrzykują: „Och wy dwoje jesteście idealną parą...".

Zmarszczyła nagle czoło.

– Dlaczego Matthew mnie nie pochwala? – zapytała i zaraz odchrząknęła. – Gdybym rzeczywiście była dziewczyną, o której rozmawiali, a jestem pewna, że nie jestem.

Lucie machnęła nonszalancko ręką.

– Uważa, że tej dziewczynie nie zależy na Jamesie, choć, jak już ustaliłyśmy, możesz z łatwością się w nim zakochać, jeśli włożysz w to trochę pracy. Matthew za bardzo chroni Jamesa, ale nie musisz się go obawiać. Może i nie przepada za wieloma osobami, ale dla tych, których polubi, jest bardzo miły.

Cordelia pomyślała o Matthew, *parabatai* Jamesa. Prawie nie odstępował Jamesa, odkąd razem uczęszczali do szkoły w Idrisie. Cordelia spotkała go parę razy przy różnych towarzyskich okazjach. Matthew miał złociste włosy i piękny uśmiech, ale podejrzewała, że pod wdziękiem słodkiego kociaka kryje się lew, który ujawniłby się, gdyby ktoś skrzywdził Jamesa.

Tyle że ona nigdy nie skrzywdziłaby Jamesa. Kochała go. Kochała go całe życie.

A jutro będzie miała szansę mu to powiedzieć. Była przekonana, że to doda jej odwagi, żeby zwrócić się do Konsul i poprosić o wyrozumiałość dla ojca, zwłaszcza gdy James będzie stał u jej boku.

Cordelia uniosła podbródek. Tak, po jutrzejszym balu jej życie całkiem się zmieni.

Minione dni

Idris, 1899

Co roku, odkąd James sięgał pamięcią, jego rodzina i on spędzali lato w rezydencji Herondale'ów w Idrisie. To był wielgachny gmach ze złoto-żółtego kamienia z ogrodami opadającymi ku zaczarowanej zielonej przestrzeni lasu Brocelind. Wysoki mur oddzielał ich od posiadłości Blackthornów po sąsiedzku.

James i Lucie całymi dniami bawili się na skraju ciemnego lasu, pływając i łowiąc ryby w pobliskiej rzece, jeżdżąc konno po zielonych polach. Czasem próbowali zerknąć ponad murem na dom Blackthornów, ale był cały porośnięty ciernistymi pnączami. Ostre jak brzytwy kolce porastały też bramę do posiadłości Blackthornów, jakby dom dawno temu porzucono, ale wiedzieli, że mieszka tam Tatiana Blackthorn. Widywali czasem z daleka jej powóz przyjeżdżający i wyjeżdzający, z oknami i drzwiami dokładnie zamkniętymi.

James zapytał raz, dlaczego nie utrzymują kontaktów z sąsiadką, zwłaszcza że Tatiana była spokrewniona z jego wujami, Gideonem i Gabrielem Lightwoodami. Tessa wyjaśniła dyplomatycznie, że rodziny są skłócone, odkąd na ojca Tatiany spadło przekleństwo, a oni nie zdołali go uratować. Ojciec i mąż Tatiany zmarli tamtego dnia, a jej syn Jesse kilka lat później. Obwiniała Willa i swoich braci za poniesioną stratę. „Ludzie zamykają się czasem w swojej goryczy i pragną znaleźć kogoś, kogokolwiek, żeby obwinić go o swoje cierpienie. To wielka szkoda, bo Will i twoi wujkowie pomogliby jej, gdyby mogli" – powiedziała Tessa.

James nie myślał dużo więcej o Tatianie; nie chciał znać dziwnej kobiety, która bezpodstawnie nienawidziła jego ojca. A potem latem, kiedy James skończył trzynaście lat, do Willa przyszła wiadomość z Londynu, że Edmund i Linette Herondale'owie, dziadkowie Jamesa, zmarli z powodu influency.

Gdyby Willa nie pochłonęła tak jego strata, to może sprawy przybrałyby inny obrót.

A tak wydarzenia potoczyły się tak, jak się potoczyły.

Wieczorem, po wiadomości o śmierci Linette i Edmunda Will siedział na podłodze w bawialni, a Tessa w wyściełanym fotelu za nim, podczas gdy Lucie i James wyciągali się na dywanie przed kominkiem. Will opierał się plecami o nogi Tessy i patrzył na ogień, nie widząc go tak naprawdę. Wszyscy słyszeli, jak otwierają się frontowe drzwi; Will podniósł wzrok, gdy wszedł Jem, ten zaś podszedł do Willa i usiadł obok niego w swoich szatach Cichego Brata. Oparł sobie głowę Willa na ramieniu, a Will złapał w pięści przód jego szaty i zapłakał. Tessa pochyliła się nad nimi i we trójkę pogrążyli się w smutku ludzi dorosłych, w sferze, której James nie potrafił jeszcze przeniknąć. Po raz pierwszy do Jamesa dotarło, że jego ojciec może z jakiegoś powodu płakać.

Lucie i James uciekli do kuchni. Tam zastała ich Tatiana Blackthorn – siedzieli przy stole z kucharką Bridget, która dała im pudding na kolację. Przyszła poprosić Jamesa, żeby ściął kolczaste pnącza.

Wyglądała jak szara wrona i zupełnie nie pasowała do ich jasnej kuchni. Nosiła suknię ze znoszonej serży z postrzępionymi mankietami i rąbkiem oraz przekrzywiony brudny kapelusz z wypchanym ptakiem o oczach z paciorków. Włosy miała siwe, jej skóra była szara, oczy mętnie zielone, jakby żałość i gniew odebrały jej wszelkie kolory.

– Chłopcze, moja brama klinuje się z powodu dzikich róż – powiedziała, patrząc na Jamesa. – Ktoś musi je ściąć. Zajmiesz się tym?

Może sprawy potoczyłby się inaczej, gdyby James nie rwał się do tego, żeby pomóc ojcu, chociaż nie miał pojęcia, w jaki sposób. Może odmówiłby. Może zastanowiłby się, dlaczego pani Blackthorn nie poprosi o to osoby, która od lat zajmowała się przycinaniem dzikich róż, i dlaczego nagle właśnie tego wieczoru potrzebowała pomocy.

Nie zrobił tego jednak. Wstał od stołu i poszedł za Tatianą o zmierzchu. Słońce już zachodziło, drzewa lasu Brocelind wyglądały, jakby płonęły, kiedy Tatiana szła przez teren między ich domami w stronę swojej frontowej bramy. Była zrobiona z czarnego, poskręcanego żelaza, a na łuku nad nimi widniały słowa „lex malla, lex nulla".

Złe prawo to żadne prawo.

Pochyliła się pośród opadłych liści i wyprostowała, trzymając ogromny nóż. Ewidentnie kiedyś był ostry, ale teraz ostrze miało ciemnobrązowy kolor od rdzy, prawie czarny. Przez chwilę James wyobrażał sobie, że Tatiana Blackthorn przyprowadziła go tam, żeby go zabić. Wytnie mu serce i zostawi go na ziemi, a krew rozleje się wokół niego kałużą.

Zamiast tego wepchnęła mu nóż do ręki.

– Proszę, chłopcze. Nie śpiesz się.

Przez chwilę myślał, że się uśmiechnęła, ale może to była tylko gra światła i cienia. Odeszła pośród szelestu suchej trawy, zostawiając go przy bramie z zardzewiałym nożem w ręce jak najbardziej pechowego konkurenta do ręki Śpiącej Królewny. Z westchnieniem James zaczął ciąć kolczaste zarośla.

A przynajmniej spróbował. Tępe ostrze niczego nie cięło, kolczaste gałęzie gęsto porastały pręty bramy. Więcej niż raz pokłuł się wrednymi cierniami.

Obolałe ręce wkrótce miał jak z ołowiu, a na jego białej koszuli pojawiły się plamki krwi. To idiotyczne, powiedział sobie. Z pewnością to przekraczało zobowiązania wobec sąsiadki. Na pewno rodzice zrozumieliby, gdyby wyrzucił nóż i wrócił do domu. Na pewno...

Nagle pośród pnączy pojawiły się białe jak lilie dłonie.

– Herondale – szepnął ktoś. – Pomogę ci.

Popatrzył ze zdumieniem, jak kilka gałęzi spada. Chwilę potem w dziurze pojawiła się blada i drobna dziewczęca twarz.

– Herondale – powtórzyła. – Potrafisz mówić?

– Tak. I mam imię. Nazywam się James.

Jej twarz zniknęła. Rozległ się brzęk i chwilę potem sekator, może nie tyle nowy, ile sprawny, wysunął się spod bramy. James pochylił się po niego.

Prostował się, kiedy usłyszał, że ktoś go nawołuje po imieniu. To była jego matka.

– Muszę iść, ale dziękuję ci, Grace – powiedział. – Nazywasz się Grace, prawda? Grace Blackthorn?

Usłyszał ciche westchnienie i dziewczyna znowu pojawiła się w dziurze.

– Och, ale wróć, proszę – powiedziała Grace. – Jeśli wrócisz jutro wieczorem, to wymknę się do bramy i porozmawiamy, kiedy będziesz ciął pnącza. Minęło tyle czasu, odkąd rozmawiałam z kimkolwiek poza mamą.

Wyciągnęła rękę między prętami i zobaczył czerwone linie w miejscach, gdzie pokaleczyły ją ciernie. James podniósł swoją i ich dłonie musnęły się przelotnie.

– Obiecuję – powiedział zaskoczony własnymi słowami. – Wrócę.

2

Popioły róż

„Choćby był jak pąk róży
Blask urody się chmurzy
I nawet miłość dłużej
Nie trwa niż jawy bieg"*.

Algernon Charles Swinburne, *Ogród Persefony*

– Matthew – powiedział James. – Matthew, wiem, że tam jesteś. Wyjdź, bo przysięgam na Anioła, że przetrącę ci kark jak żabie.

James leżał na stole bilardowym w sali gier w Instytucie i piorunował wzrokiem przestrzeń poniżej.

Bal trwał już co najmniej pół godziny i nikt nie był w stanie znaleźć Matthew. Tylko James domyślił się, gdzie się schował jego *parabatai* – to był jeden z jego ulubionych pokojów, wygodny i pięknie ozdobiony przez Tessę. Miał lamperię z tapety w szare i czarne pasy, a powyżej pomalowano go na szaro. Wisiały tam oprawione portrety i drzewa genealogiczne, stały wygodne, wysiedziane sofy i fotele uszaki. Piękny komplet do gry w szachy błyszczał jak klejnot na humidorze z cygarami marki

* Przeł. Stanisław Barańczak.

Dunhill. Stał tam także masywny stół do bilardu, pod którym obecnie ukrywał się Matthew.

Rozległ się brzęk i jasnowłosa głowa Matthew wychyliła się spod stołu. Zamrugał, patrząc na Jamesa.

– Jamie, Jamie, czemu tak ponaglasz człowieka? – zapytał z udawanym smutkiem. – Właśnie uciąłem sobie cudowną drzemkę.

– Zatem czas na pobudkę. Jesteś potrzebny na sali balowej, bo brakuje nam ludzi. Zjawiła się szokująca liczba panien.

– Do diabli z salą balową – powiedział Matthew, wychodząc spod stołu. Wyglądał doskonale w gołębiej szarości i miał bladozielony goździk w butonierce. W ręce trzymał karafkę z rżniętego szkła. – Chrzanić tańce. Zamierzam pozostać tutaj i dokumentnie się ululać. – Zerknął na karafkę, a potem spojrzał z nadzieją na Jamesa. – Możesz mi towarzyszyć, jeśli chcesz.

– To porto mojego ojca – zauważył James. Wiedział, że to mocny i bardzo słodki alkohol. – Rano okrutnie to odchorujesz.

– *Carpe* karafkę – odparł Matthew. – To dobre porto. Zawsze podziwiałem twojego ojca, wiesz? Zamierzałem być taki jak on. Chociaż poznałem raz pewnego czarownika, który miał trzy ręce. Jedną mógł się pojedynkować, drugą tasować karty, a trzecią rozsznurowywać damie gorset, wszystko jednocześnie. To dopiero gość, którego warto naśladować.

– Ty już się ululałeś – zauważył z dezaprobatą James i sięgnął po karafkę.

Matthew był jednak za szybki i zabrał ją, jednocześnie łapiąc przyjaciela za rękę. Ściągnął go ze stołu i przez chwilę turlali się po podłodze jak dwa szczeniaki. Matthew śmiał się jak opętany, a James próbował wyrwać mu karafkę.

– Zejdźże ze mnie! – wydyszał Matthew i puścił Jamesa, który poleciał do tyłu z takim impetem, że karafka wyleciała mu z ręki. Ochlapał się porto.

– Patrz, co narobiłeś! – zawołał James. Próbował chusteczką zetrzeć czerwoną plamę na gorsie koszuli. – Cuchnę jak gorzelnik i wyglądam jak rzeźnik.

– Phi, żadna z dziewczyn i tak nie zwróci uwagi na twój strój – żachnął się Matthew. – Wszystkie będą za bardzo zajęte patrzeniem w twoje wielkie, złote ślepia. – Wytrzeszczył oczy tak, że wyglądał jak wariat. A potem zrobił zeza.

James tylko zmarszczył czoło. Miał duże oczy w kolorze jasnozłotej herbaty i w czarnej oprawie, ale zbyt wiele razy dręczono go w szkole z powodu ich niezwykłości, żeby potrafił się teraz nimi cieszyć.

Matthew wyciągnął ręce.

– Rozejm – zaproponował przypochlebnie. – Niech zapanuje między nami pokój. Możesz wylać resztę porto na moją głowę.

James wykrzywił usta w uśmiechu. Nie dało się długo gniewać na Matthew. Właściwie w ogóle nie można było się na niego rozgniewać.

– Chodź ze mną na salę balową, żeby nie zabrakło tam panów, a będziemy mogli ogłosić rozejm.

Matthew podniósł się posłusznie. Bez względu na stan upojenia trzymał się pewnie na nogach. Pomógł Jamesowi wstać i poprawił mu marynarkę, żeby ukryć plamę po porto.

– Chcesz się napić porto czy wystarczy ci, że się nim upaprałeś? – Pokazał Jamesowi karafkę.

James pokręcił głową. Już był podenerwowany i chociaż porto pomogłoby mu się uspokoić, to też namieszałoby mu w głowie. Chciał myśleć trzeźwo, na wszelki wypadek. Wiedział, że ona może nie zjawić się tego wieczoru. Ale kto wie. Minęło sześć miesięcy od jej ostatniego listu, a teraz była w Londynie. Musiał być przygotowany na każdą ewentualność.

Matthew westchnął i odstawił karafkę na kominek.

– Wiesz, co się mówi – powiedział, gdy wyszli z pokoju i ruszyli w stronę balu. – Pij, a będziesz spał, śpij, a nie będziesz grzeszył, nie grzesz, a będziesz zbawiony. Zatem pij, by zyskać zbawienie.

– Matthew, ty potrafisz grzeszyć nawet przez sen – rozległ się rozleniwiony głos.

– Anna – powiedział Matthew, wspierając się na ramieniu Jamesa. – Przysłano cię po nas?

O ścianę opierała się kuzynka Jamesa, Anna Lightwood, cudownie ubrana w dopasowane spodnie i koszulę w prążki. Miała niebieskie oczy Herondale'ów, które zawsze nieco niepokoiły Jamesa – miał wrażenie, że patrzy na niego jakaś część jego ojca.

– Jeśli mówiąc „posłano po was", masz na myśli, że mam was zawlec na salę balową wszelkimi możliwymi sposobami – odpowiedziała Anna. – Jest tam trochę dziewcząt, które potrzebują kogoś do tańca i kogoś, kto powie im, że ładnie wyglądają, a ja nie dam rady zająć się wszystkimi sama.

Muzycy na sali zagrali nagle. Popłynął żywy walc.

– Do licha, tylko nie walc – rzucił zrozpaczony Matthew. – Nienawidzę walca.

Zaczął się cofać. Anna złapała go za marynarkę.

– O nie, nie, nic z tego – powiedziała i zdecydowanie zagoniła obu na salę.

***

– Przestań się przeglądać – rzucił znużonym tonem Alastair. – Dlaczego kobiety wiecznie się przeglądają? I dlaczego marszczysz czoło?

Cordelia spiorunowała odbicie brata w tremo. Czekali przed salą balową w Instytucie. Alastair doskonale prezentował się w czerni i bieli, z jasnymi włosami pokrytymi pomadą i w rękawiczkach z koźlej skórki.

Bo mnie ubiera matka, a ty możesz nosić, co zechcesz, pomyślała, ale nie powiedziała tego na głos, ponieważ matka stała tuż obok. Sona postanowiła sobie, że będzie ubierać córkę zgodnie z najnowszą modą, chociaż ta moda w ogóle nie pasowała Cordelii. Na dzisiejszy wieczór wybrała dla niej suknię w odcieniu jasnego lila obrębioną błyszczącymi dżetami. Jej włosy zebrano w kaskadę loczków, a przez gorset ledwie mogła oddychać.

Zdaniem Cordelii wyglądała okropnie. Pastele były według żurnali szalenie modne, ale żurnale oczekiwały, że dziewczęta będą bladymi blondynkami o drobnym biuście, a Cordelia w żadnym razie nie należała do tego gatunku. W pastelach wyglądała mdło i nawet gorset nie był w stanie spłaszczyć jej piersi. W dodatku ciemnorude włosy nie były cienkie i rzadkie, przeciwnie – były gęste i długie jak włosy matki, sięgały jej do pasa przy szczotkowaniu. Wyglądały idiotycznie poskręcane w drobne loczki.

– Ponieważ muszę nosić gorset – warknęła. – I sprawdzałam, czy już posiniałam.

– Wtedy miałabyś twarz pod kolor sukienki – odparł Alastair.

Cordelia żałowała, że nie ma z nimi ojca; zawsze jej mówił, że wygląda pięknie.

– Dzieci – zbeształa ich matka.

Cordelia miała przeczucie, że będzie do nich mówiła „dzieci", nawet kiedy będą starzy, siwi i będą docinać sobie, siedząc na fotelach na kółkach.

– Cordelio, gorset nie tylko nadaje sylwetce kobiecych kształtów, ale pokazuje, że dama jest dobrego urodzenia i delikatna. Alastair, zostaw siostrę w spokoju. To ważny wieczór dla nas wszystkich i musimy postarać się zrobić dobre wrażenie.

Cordelia wyczuwała niepokój matki, bo jako jedyna zakrywała włosy *rusari*[*] i nie orientowała się, kto na sali jest wpływowy, podczas gdy w Instytucie w Teheranie wiedziałaby to natychmiast.

Sytuacja się zmieni po dzisiejszym wieczorze, powtórzyła sobie znowu Cordelia. Nie miało znaczenia, czy sukienka wygląda na niej okropnie. Liczyło się to, żeby oczarowała wpływowych Nocnych Łowców na sali, którzy mogą przedstawić ją Konsul. Sprawi, że Charlotte zrozumie... że oni wszyscy zrozumieją, że jej ojciec może i jest kiepskim strategiem, ale to nie powód, żeby wrzucać go do więzienia. Sprawi, że zrozumieją, że rodzina Carstairsów nie ma nic do ukrycia.

Sprawi, że jej matka się uśmiechnie.

Drzwi na salę balową otworzyły się i zobaczyli Tessę Herondale w różowym szyfonie z różyczkami we włosach. Cordelia wątpiła, żeby Tessa potrzebowała gorsetu. I bez tego wyglądała eterycznie. Trudno uwierzyć, że ta kobieta pokonała armię metalowych potworów.

– Dziękuję, że poczekaliście – powiedziała. – Chciałam wprowadzić was razem i przedstawić. Wszyscy nie mogą się wprost doczekać, żeby was poznać. Wejdźcie, wejdźcie!

---

[*] Słowa perskie są transkrybowane zgodnie z zasadami polskiej transkrypcji języka perskiego (przyp. tłum.).

Wprowadziła ich na salę. Cordelia przypominała sobie jak przez mgłę, że kiedyś bawiła się tu z Lucie. Sala była wtedy całkiem pusta, a teraz wypełniały ją światło i muzyka.

Zniknęły ciężkie brokaty ze ścian i aksamitne zasłony. Sala była przestronna i jasna, pod ścianami stały ławki z jasnego drewna wyściełane biało-złotymi poduszkami. Fryz ze złotych ptaków latających między drzewami ciągnął się nad zasłonami – gdy dokładniej im się przyjrzeć, widać było, że to czaple. Na ścianach wisiały różne orientalne bronie, miecze w pochwach zdobionych klejnotami, łuki z kości słoniowej i jadeitu, sztylety z rękojeściami w kształcie słońc i anielskich skrzydeł.

Większość sali uprzątnięto, żeby zrobić miejsce dla tańczących, ale stał tam kredens zastawiony szklankami i dzbankami z lemoniadą z lodem oraz kilka stołów nakrytych na biało. Starsze mężatki i parę młodszych, które nie miały z kim tańczyć, stały pod ścianami zajęte plotkowaniem.

Cordelia natychmiast rozejrzała się za Lucie i Jamesem. Lucie odnalazła natychmiast – tańczyła z młodym ciemnym blondynem– ale na próżno szukała na sali ciemnej potarganej czupryny Jamesa. Nie było go tam.

Nie miała jednak czasu zastanawiać się nad tym. Tessa była doskonałą gospodynią. Prowadziła Cordelię i jej rodzinę od jednej grupki do drugiej, przedstawiając ich, wychwalając zalety. Cordelię przedstawiono ciemnowłosej dziewczynie parę lat od niej starszej, która wyglądała zupełnie swobodnie w bladozielonej sukni obrębionej koronką. „Barbara Lightwood" – powiedziała Tessa, a Cordelia ucieszyła się. Dygnęły obie. Lightwoodowie byli kuzynami Jamesa i Lucie, wpływową rodziną.

Jej matka natychmiast zaczęła rozmawiać z rodzicami Barbary, Gideonem i Sophie Lightwoodami. Cordelia skupiła wzrok na Barbarze. Czy chciałaby posłuchać o jej ojcu? Pewnie nie. Patrzyła na parkiet z uśmiechem na twarzy.

– Kim jest chłopiec, z którym tańczy Lucie? – zapytała Cordelia.

Barbara parsknęła śmiechem.

– To mój brat, Thomas – odpowiedziała. – I chociaż raz nie potyka się o własne nogi!

Cordelia spojrzała raz jeszcze na ciemnego blondyna, który śmiał się razem z Lucie. Był bardzo wysoki, miał szerokie ramiona i wyglądał wręcz onieśmielająco. Czy podobał się Lucie? Wspominała o nim w swoich listach, ale tylko jako o jednym z przyjaciół brata.

Alastair, który stał na obrzeżach grupki ze znudzoną miną – prawdę mówiąc, Cordelia prawie o nim zapomniała – nagle się rozpromienił.

– Charles! – zawołał z zadowoleniem. Wygładził przód kamizelki. – Wybaczcie, proszę, muszę pójść się przywitać. Nie widzieliśmy się od wieków.

Zniknął wśród stolików, nie czekając na pozwolenie.

Matka Cordelii westchnęła.

– Chłopcy. Brak mi słów.

Sophie uśmiechnęła się do córki, a Cordelia pierwszy raz zauważyła potworną bliznę na jej policzku. Jej żywość, sposób, w jaki się poruszała i mówiła, sprawiały, że w pierwszej chwili szramy się nie zauważało.

– Dziewczęta też bywają nieznośne – zauważyła. – Szkoda, że nie widziałaś Barbary i jej siostry Eugenii, kiedy były dziećmi. Zgroza!

Barbara się roześmiała. Cordelia zazdrościła jej, że ma tak dobry kontakt z matką. Chwilę potem młody szatyn podszedł i zaprosił Barbarę do tańca. Dziewczyna została porwana na parkiet, a Tessa skierowała Sonę i Cordelię do następnego stolika, gdzie wuj Lucie, Gabriel Lightwood siedział obok pięknej kobiety o długich ciemnych włosach i niebieskich oczach – swojej żony, Cecily. Will Herondale opierał się o brzeg stołu ze skrzyżowanymi rękami i uśmiechem.

Twarz Willa złagodniała na widok Tessy i idącej za nią Cordelii. Cordelia widziała w nim cząstkę tego, kim stanie się James, gdy dorośnie.

– Cordelia Carstairs – powiedział, gdy już przywitał jej matkę. – Jak wypiękniałaś.

Cordelia się rozpromieniła. Jeśli Will uważał, że ona wygląda ładnie, to może jego syn też tak pomyśli. Oczywiście, zważywszy na słabość Willa wobec wszystkiego, co ma na nazwisko Carstairs, to pewnie Alastaira też uznałby za idealnego i ładnego.

– Podobno przyjechałaś do Londynu, żeby zostać *parabatai* Lucie – odezwała się Cecily. Wyglądała niemal tak młodo jak Tessa, a ponieważ nie była nieśmiertelną czarownicą, można było się zastanawiać, jak to robi. – Cieszę się. Najwyższy czas, żeby więcej dziewcząt zostawało *parabatai*. Mężczyźni zbyt długo monopolizowali ten stan.

– Cóż, w końcu pierwsi *parabatai* byli mężczyznami – zwrócił jej uwagę Will w sposób, który sprawił, że Cordelia zaczęła się zastanawiać, czy Cecily też uważała go za nieznośnego, tak jak ona myślała o Alastairze.

– Czasy się zmieniają – odparła z uśmiechem Cecily. – To nowoczesna epoka, mamy światło elektryczne, automobile...

– To Przyziemni mają elektryczne światło – poprawił ją Will. – My mamy magiczne światło.

– A automobile to chwilowa moda – wtrącił Gabriel Lightwood. – To się nie utrzyma.

Cordelia zagryzła usta. Nie tak wyobrażała sobie ten wieczór. Miała czarować ludzi i wpływać na nich, a zamiast tego czuła się jak dziecko zepchnięte na obrzeża rozmów dorosłych na temat automobilów. Z ogromną ulgą zauważyła, że Lucie porzuciła Thomasa na parkiecie i podbiegła do niej. Objęły się, a potem Cordelia obejrzała ładną sukienkę Lucie z niebieskiej koronki, podczas gdy Lucie wpatrywała się ze zgrozą w lila koszmar na Cordelii.

– Mogę zabrać Cordelię do pozostałych dziewcząt? – zapytała Sonę, posyłając jej swój najbardziej czarujący uśmiech.

– Oczywiście. – Sona sprawiała wrażenie zadowolonej. W końcu po to przyprowadziła tu Cordelię, prawda? Żeby poznała synów i córki wpływowych Nocnych Łowców. Chociaż Cordelia wiedziała, że tak naprawdę to głównie synów, a nie córki.

Lucie wzięła Cordelię za rękę i zaprowadziła do stołu z poczęstunkiem, gdzie zebrała się grupka dziewcząt w kolorowych sukienkach. Z lawiny imion i nazwisk podczas prezentacji Cordelia wychwyciła tylko kilka: Catherine Townsend, Rosamund Wentworth i Ariadne Bridgestock, która musiała być spokrewniona z Inkwizytorem. Była wysoką, śliczną dziewczyną kilka lat starszą od pozostałych. Miała śniadą skórę o odcień ciemniejszą od skóry Cordelii.

– Jaka ładna sukienka – powiedziała do Cordelii ciepłym tonem Ariadne. Jej własną uszyto z podkreślającego jej urodę jedwabiu w kolorze wina. – Wydaje mi się, że ten odcień nazywa się „popiołem róż”. Jest szalenie popularny w Paryżu.

– O, tak – przytaknęła jej ochoczo Cordelia. Nie poznała zbyt wielu dziewcząt, dorastając, właściwie żadnej poza Lucie, więc jak miała im zaimponować i je oczarować? To było okropnie ważne. – Rzeczywiście to sukienka z Paryża. Z Rue de la Paix. Sama Jeanne Paquin ją uszyła.

Zauważyła, że zaniepokojona Lucie otwiera szeroko oczy. Rosamund zacisnęła usta.

– Masz duże szczęście – odparła chłodno. – Większość z nas, z tej małej londyńskiej Enklawy, rzadko wyjeżdża zagranicę. Musisz uważać nas za bardzo nudne.

– Och... – Cordelia zdała sobie sprawę, że popełniła gafę. – Nie, w żadnym razie...

– Moja matka zawsze mówiła, że Nocni Łowcy nie powinni tak bardzo interesować się modą – orzekła Catherine. – Uważa, że to przyziemne.

– Ponieważ tak wiele razy wypowiadałaś się o strojach Matthew z podziwem, rozumiem, że ta reguła dotyczy tylko dziewcząt? – wtrąciła cierpko Ariadne.

– Ariadne, doprawdy... – zaczęła Rosamund i roześmiała się. – O wilku mowa! Patrzcie, kto przyszedł.

Patrzyła w stronę drzwi na drugim końcu sali balowej, przez które weszło właśnie dwóch chłopców. Cordelia najpierw zobaczyła Jamesa, jak to zwykle ona. Był wysoki, piękny, uśmiechnięty – wizja malarza w czerni i bieli ze zmierzwionymi hebanowymi włosami.

Usłyszała, jak Lucie jęczy, kiedy dziewczyny zaczęły szeptać między sobą imię Jamesa, a zaraz potem na tym samych oddechu wymieniały Matthew Fairchilda.

Oczywiście. *Parabatai* Jamesa. Minęły lata, odkąd Cordelia go widziała. Pamiętała szczupłego blondyna. Teraz to był dobrze zbudowany młody mężczyzna, którego włosy pociemniały do odcienia spiżu. Miał twarz rozpustnego anioła.

– Oni są tacy przystojni – jęknęła niemal z bólem Catherine. – Nie uważasz, Ariadne?

– Ehm, tak – przytaknęła tamta pośpiesznie. – Tak mi się wydaje.

– Ona nie widzi nikogo poza Charlesem – wyjaśniła Rosamund.

Ariadne zaczerwieniła się, a dziewczyny wybuchły śmiechem. Poza Lucie, która przewróciła oczami.

– To tylko chłopcy – powiedziała.

– James to twój brat – odparła Catherine. – Nie jesteś obiektywna. On jest prześliczny.

Cordelię ogarnął niepokój. James najwyraźniej nie był tylko jej odkryciem. On i Matthew przystanęli, żeby pośmiać się z Barbarą i jej partnerem do tańca. James objął Matthew za ramiona i uśmiechnął się. Był taki piękny, że patrzenie na niego bolało jak strzała wbita w serce. To jasne, że nie tylko ona musiała to zauważyć. James niewątpliwie mógł przebierać w dziewczynach.

– Matthew też nie wygląda najgorzej – dodała Rosamund. – Ale jest skandaliczny.

– To prawda – powiedziała Catherine z błyskiem w oku. – Musisz na niego uważać, panno Carstairs. Dorobił się niezłej reputacji.

Lucie zaczęła różowieć z gniewu.

– Zgadnijmy, którą James pierwszą poprosi do tańca – powiedziała jasnowłosa dziewczyna w różowej sukience. – Na pewno ciebie, Rosamund. Wyglądasz dzisiaj ślicznie. Kto by się tobie oparł?

– Ach, właśnie, kogo obdarzy swoimi względami mój brat? – rzuciła przeciągle Lucie. – Kiedy miał sześć lat, zwymiotował do własnego buta.

Pozostałe dziewczyny ostentacyjnie udawały, że jej nie słyszą. Ktoś, kto okazał się bratem Rosamund, przyszedł zaprosić jasnowłosą dziewczynę do tańca. Charles opuścił Alastaira i przeszedł przez salę, żeby wziąć Ariadne za rękę i zabrać na parkiet. Will i Tessa już tańczyli, podobnie jak obaj wujowie Lucie ze swoimi żonami.

Chwilę potem Matthew Fairchild podszedł do stołu. Nagle znalazł się zaskakująco blisko Cordelii. Mogła teraz zauważyć, że jego oczy nie są ciemne, jak myślała, ale mają ciemny odcień zieleni jak leśny mech. Skłonił się lekko przed Lucie.

– Mogę prosić o ten taniec?

Lucie zerknęła na pozostałe dziewczyny, a Cordelia potrafiła odczytać znaczenie tego spojrzenia, jakby czytała książkę. Ona bynajmniej nie przejmowała się reputacją Matthew. Uniosła wysoko głowę i popłynęła na parkiet u boku drugiego syna Konsul.

I chwała jej za to, pomyślała Cordelia. Jednakże Lucie zostawiła ją samą z dziewczynami, które z pewnością jej nie polubiły. Słyszała, jak parę z nich szepcze między sobą, że Cordelia robi wrażenie strasznie z siebie zadowolonej. Wychwyciła nawet imię swojego ojca i słowo „proces"...

Wyprostowała się sztywno. Popełniła błąd, wspominając o Paryżu. Nie pogłębi błędu, okazując słabość. Spojrzała na parkiet z uśmiechem przyklejonym do ust. Dostrzegła brata, który rozmawiał teraz z Thomasem Lightwoodem. Siedzieli razem na ławeczce, jakby wymieniali się sekretami. Nawet Alastair lepiej radził sobie z czarowaniem wpływowych ludzi niż ona.

Niedaleko od nich opierała się o ścianę dziewczyna ubrana niezwykle modnie. Tyle że to była moda męska. Była wysoka i niemal przesadnie smukła, miała bardzo ciemne włosy jak Will i James. Nosiła je ścięte krótko i ugładzone pomadą, z koniuszkami ułożonymi w precyzyjne loczki. Dłonie miała smukłe, poplamione atramentem i tytoniem, piękne jak dłonie posągu. Paliła krótkie cygaro, dym przelatywał obok jej twarzy niezwykłej urody – o wyrazistych, ale delikatnych rysach.

To Anna, zdała sobie sprawę Cordelia. Anna Lightwood, kuzynka Lucie. Z pewnością była najbardziej onieśmielającą osobą na sali.

– O rety – powiedziała Catherine, kiedy muzyka przybrała na sile. – To walc.

Cordelia spuściła wzrok. Potrafiła tańczyć, matka zatrudniła nauczyciela tańca, żeby nauczył ją kadryla i lansjera, statecznego menueta i kotyliona, ale walc to uwodzicielski taniec, przy którym czuje się ciało partnera. Początkowo wywołał skandal. Nigdy się go nie nauczyła.

Bardzo chciałaby zatańczyć walca z Jamesem. On pewnie w ogóle nie miał ochoty tańczyć. Wolał rozmawiać z przyjaciółmi, jak każdy młody człowiek. Usłyszała kolejny wybuch chichotu i szeptów, a potem głos Catherine:

– Czy to nie jest ta dziewczyna, której ojciec...

– Daisy? Masz ochotę zatańczyć?

Tylko jeden chłopak tak się do niej zwracał. Podniosła wzrok z niedowierzaniem i zobaczyła, że stoi przed nią James.

Jego piękne włosy były jak zawsze potargane i przez to jeszcze bardziej czarujące. Jedno pasmo spadało mu na czoło. Gęste i ciemne rzęsy ocieniały bladozłote oczy. Kości policzkowe Jamesa przypominały skrzydła.

Grupka dziewczyn oniemiała. Cordelia miała wrażenie, że szybuje.

– Niestety... – zająknęła się, nie mając pojęcia, co właściwie mówi. – Nie umiem tańczyć walca.

– W takim razie cię nauczę – odparł James i chwilę potem wirowali na parkiecie.

– Bogu dzięki, że byłaś wolna – mówił z absolutną szczerością James, kiedy poruszali się wśród par, szukając miejsca. – Bałem się, że będę musiał poprosić do tańca Catherine, a ona będzie gadać, jaki to Matthew jest skandaliczny.

– Cieszę się, że mogę pomóc, ale ja naprawdę nie potrafię tańczyć walca – odparła z odrobiną goryczy Cordelia.

– Ja też nie potrafię. – James uśmiechnął się szeroko i obrócił do niej. Stała tak blisko niego i w dodatku się dotykali: jego dłoń była na jej przedramieniu. – A w każdym razie nie tańczę zbyt dobrze. Możemy się umówić, że spróbujemy nie deptać sobie po palcach?

– Postaram się – zgodziła się Cordelia i pisnęła słabo, gdy wziął ją w objęcia.

Pokój zakołysał się przelotnie. To James, jej James, obejmował ją i położył rękę na jej łopatce. Drugą dłoń Cordelii położył sobie na ramieniu.

I potem zaczęli tańczyć, a ona starała się, jak mogła, żeby go naśladować. Przynajmniej tyle umiała – dawała się prowadzić, reagowała na ruch partnera. James dobrze tańczył, co nie dziwiło, bo zawsze poruszał się z wdziękiem, więc podążanie za nim było łatwe.

– Nieźle – pochwalił James. Chciał zdmuchnąć pasemko z czoła, ale ono spadło mu jeszcze bardziej na oczy. Uśmiechnął się z żalem, a Cordelia potrzebowała całej siły woli, żeby nie odgarnąć mu włosów. – Cóż, ale to nadal wstyd, gdy twoi rodzice tańczą lepiej od ciebie.

– Hmm, mów za siebie – mruknęła Cordelia. Dostrzegła Lucie tańczącą z Matthew kilka kroków dalej. Lucie się śmiała. – Może Catherine zakochała się w Matthew? – zasugerowała. – Może ją fascynuje?

– To byłoby ekscytujące, a zapewniam cię, że nic ekscytującego nie wydarzyło się londyńskiej Enklawie od bardzo dawna.

Oczywiście taniec z Jamesem był sam w sobie nagrodą, ale do Cordelii dotarło, że może być też pożyteczny.

– Myślałam właśnie, ilu ludzi należy do Enklawy i jak niewielu z nich znam. Oczywiście jesteście ty i Lucie...

– Powinienem oprowadzić cię po reszcie? – zapytał, gdy wykonywali skomplikowany obrót. – Czy kilka wskazówek, kto jest kto, sprawiłoby, że poczułabyś się tu bardziej jak w domu?

Uśmiechnęła się.

– Owszem. Dziękuję.

– Tam – powiedział, wskazując tańczących Charlesa i Ariadne, której suknia błyszczała w świetle. – Charlesa znasz, a towarzyszy mu jego narzeczona, Ariadne Bridgestock.

– Nie wiedziałam, że są zaręczeni!

W kącikach oczu Jamesa pojawiły się zmarszczki.

– Wiesz, że Charles prawie na pewno zajmie pozycję Konsula, kiedy jego matka ustąpi po trzeciej kadencji? Ojciec Ariadne jest Inkwizytorem, to bardzo korzystny alians polityczny dla Charlesa... chociaż jestem pewien, że poza tym ją kocha.

James nie sprawiał wrażenia, jakby rzeczywiście w to wierzył, chociaż zdaniem Cordelii Charles wpatrywał się w narzeczoną z uwielbieniem. Miała nadzieję, że James nie stał się cynikiem. James, którego pamiętała, był wszystkim, ale nie cynikiem.

– A to musi być Anna – powiedziała.

To nie mógł być nikt inny niż kuzynka opisana przez Lucie w listach: piękna, nieulękła, zawsze ubrana w najlepsze stroje z Jermyn Street. Rozmawiała i śmiała się ze swoim ojcem Gabrielem w pobliżu drzwi do sąsiedniej sali.

– Rzeczywiście – potwierdził James. – A to jej brat, Christopher, tańczy z Rosamund Wentworth.

Cordelia spojrzała na szczupłego chłopca w okularach, które rozpoznała ze zdjęć. Wiedziała, że Christopher jest jednym z bliskich przyjaciół Jamesa razem z Matthew i Thomasem. Tańczył z ponurą miną ze wściekłą Rosamund.

– Niestety Christopher o wiele lepiej czuje się w towarzystwie próbówek i zlewek niż w towarzystwie kobiet – dodał James. – Miejmy nadzieję, że nie ciśnie biedną Rosamund o stół z poczęstunkiem.

– Jest w niej zakochany?

– Boże, skąd, ledwie ją zna. Poza Charlesem i Ariadną jeszcze Barbara Lightwood i Oliver Hayward są po słowie. Anna wiecznie łamie komuś serce. Poza tym nie wiem o żadnym innym krojącym się tu romansie. Chociaż może ty, Daisy, i Alastair ożywicie nieco atmosferę.

– Nie sądziłam, że jeszcze pamiętasz to stare przezwisko.

– Co? Daisy? – Trzymał ją blisko w tańcu. Czuła jego ciepło, od którego przechodziły ją dreszcze. – Oczywiście, że pamiętam. Sam ci je nadałem. Mam nadzieję, że nie chcesz, żebym przestał tak cię nazywać.

– Oczywiście, że nie. Lubię je. – Zmusiła się, żeby nie odwracać wzroku. Dobry Boże, patrzył na nią z tak bliska. Jego oczy miały kolor złotego syropu, wręcz szokujący przez kontrast ze źrenicami. Słyszała szepty, wiedziała, że dla wielu ludzi jego oczy są dziwne, świadczą o jego inności. I chociaż były koloru ognia i złota, to ona wyobrażała sobie, że to serce słońca. – Chociaż chyba do mnie nie pasuje. Daisy to imię dla ślicznej dziewczynki ze wstążkami we włosach.

– Cóż, w takim razie pasuje do ciebie przynajmniej pod pewnymi względami.

Uśmiechnął się. To był słodki uśmiech, do jakiego przywykła u Jamesa, ale kryło się w nim coś więcej. Chodziło mu o to, że jest ładna, czy że jest małą dziewczynką? Dobry Boże, flirtowanie było irytujące.

Chwileczkę, czy James Herondale z nią flirtował?

– Jutro spotykamy się w parę osób na pikniku w Regent's Park – powiedział i Cordelia cała zesztywniała. Czy zamierzał ją zaprosić? Wolałaby przejażdżkę we dwoje albo spacer, ale zgodzi się na wspólne spotkanie z przyjaciółmi. Prawdę mówiąc, zgodziłaby się nawet na wizytę w Hadesie. – Na wypadek gdyby Lucie ci o tym nie wspomniała...

Urwał. Nagle już nie patrzył na nią, ale na kogoś, kto właśnie wszedł na salę. Cordelia spojrzała w tym samym kierunku i zobaczyła wysoką kobietę, chudą jak strach na wróble. Była ubrana w suknię sprzed kilku dekad, czarną jak strój żałobny Przyziemnych, i miała siwe pasma we włosach. Tessa zmierzała ku niej pośpiesznie z zatroskaną miną. Will szedł za nią.

Kiedy Tessa do niej dotarła, kobieta odsunęła się na bok, odsłaniając stojącą za nią dziewczynę. Była ubrana w odcienie kości słoniowej, łagodna kaskada biało-złotych loków okalała jej twarz. Dziewczyna zrobiła wdzięczny krok w stronę Tessy i Willa, żeby ich przywitać, i w tej samej chwili James wypuścił dłoń Cordelii.

Już nie tańczyli. James odwrócił się od Cordelii bez słowa i ruszył przez salę do nowo przybyłych. Ona stała jak zamrożona, podczas gdy James pochylił się, żeby pocałować dłoń dziewczyny, która właśnie weszła. Na parkiecie rozległy się chichoty. Lucie odsunęła się od Matthew, wytrzeszczając oczy. Alastair i Thomas odwrócili się do Cordelii ze zdziwieniem.

Cordelia wiedziała, że matka zaraz zauważy, że jej córka dryfuje pośrodku parkietu jak zagubiony holownik, i rzuci się ku niej, a Cordelia umrze ze wstydu. Rozejrzała się po sali za najbliższym wyjściem, gotowa uciekać, kiedy ktoś złapał ją za rękę. Ktoś ją zręcznie obrócił i pewnie chwycił – chwilę potem znowu tańczyła, automatycznie odzwierciedlając ruchy partnera.

– Tak właśnie. – To był Matthew Fairchild. Jasne włosy, słodka woda kolońska, niewyraźny uśmiech. Trzymał ją delikatnie prowadząc w walcu. – Po prostu... staraj się uśmiechać i nikt niczego nie zauważy. James i ja w opinii publicznej to właściwie jedno i to samo.

– James... poszedł – wydukała zaszokowana Cordelia.

– Wiem. Fatalne zachowanie. Nie zostawia się damy na parkiecie, chyba że ktoś naprawdę zajął się ogniem. Poproszę go później na słowo.

– Słowo – powtórzyła Cordelia. Zaskoczenie zaczynało ustępować w niej miejsca gniewowi. – Słowo?!

– Kilka słów, jeśli to poprawi ci samopoczucie?

– Kto to jest? – zapytała o nowo przybyłą dziewczynę Cordelia.

Prawie nie chciała tego robić, ale lepiej poznać prawdę. Zawsze lepiej znać prawdę.

– Nazywa się Grace Blackthorn – odpowiedział cicho Matthew. – Jest wychowanicą Tatiany Blackthorn. Właśnie przyjechały do Londynu. Podobno dorastała w jakiejś dziurze w Idrisie. Stąd zna ją James. Ich drogi krzyżowały się latem.

„Dziewczyna, która nie mieszka w Londynie, ale niedługo przyjedzie tu na dłużej".

Cordelii zrobiło się niedobrze. I pomyśleć, że uwierzyła, że Lucie mówi o niej! Że James może coś do niej czuć.

– Źle wyglądasz – zauważył Matthew. – To przez mój taniec czy konkretnie przeze mnie?

Cordelia się wyprostowała. Była w końcu Cordelią Carstairs, córką Eliasa i Sony ze starego rodu Nocnych Łowców. Była dziedziczką słynnej Cortany, która przechodziła w rodzinie Carstairsów z pokolenia na pokolenie. Przyjechała do Londynu, żeby ratować ojca. Nie załamie się publicznie.

– Możliwe, że trochę się denerwuję – powiedziała. – Lucie wspomniała, że nie przepadasz za ludźmi.

Matthew zaśmiał się zaskoczony, ale zaraz przywołał na twarz wyraz leniwego rozbawienia.

– Doprawdy? Lucie to prawdziwa gaduła.

– Ale nie jest kłamczuchą.

– Obawiam się, że nie jest. Nie mogę cię nie lubić, bo nawet cię nie znam. Znam za to twojego brata. Uprzykrzał mi życie w szkole, a także Christopherowi i Jamesowi.

Cordelia zerknęła niechętnie na Jamesa i Grace. Wyglądali razem olśniewająco, on ciemnowłosy, ona piękna jak sopel lodu. Jak popiół i srebro. Jak, jak, och, jak Cordelia mogła myśleć, że ktoś taki jak James Herondale zainteresuje się kimś takim jak ona?

– Alastair i ja bardzo się różnimy – powiedziała. Nie chciała dodawać niczego więcej. Byłaby nielojalna wobec brata. – Na przykład ja lubię Oscara Wilde'a, a on nie.

Matthew drgnął kącik ust.

– Widzę, że od razu uderzasz prosto w słaby punkt. Czytałaś dzieła Oscara?

– Tylko *Doriana Greya*. Miałam potem koszmary.

– Chciałbym mieć portret na strychu, który ukazywałby moje grzechy, podczas gdy ja pozostałbym młody i piękny. I to nie tylko ze względu na grzechy. Wyobraź sobie, że można by na nim wypróbowywać nową modę. Mógłbym przemalować włosy portretu na niebieskie i przekonać się, jak to wygląda.

– Nie potrzebujesz portretu. Przecież jesteś młody i piękny.

– Mężczyźni nie są piękni. Są przystojni – sprzeciwił się Matthew.

– Thomas jest przystojny. Ty jesteś piękny – odparła Cordelia, czując, że wygrywa w niej duch przekory. Matthew robił wrażenie uparciucha. – James też jest piękny – dodała.

– Był bardzo nieatrakcyjny jako dziecko – odparł Matthew. – Wiecznie skrzywiony i musiał dorosnąć do własnego nosa.

– Teraz dorósł do wielu rzeczy – zauważyła Cordelia.

Matthew się roześmiał, jakby sam był zaskoczony własną reakcją.

– To bardzo szokująca uwaga, Cordelio Carstairs. Jestem wstrząśnięty. – Ale oczy mu się śmiały. – Czy James wspominał o jutrze?

– Powiedział, że gdzieś się wybieracie. Na piknik, chyba. Nie jestem jednak pewna, czy jestem zaproszona.

– Oczywiście, że tak. Ja cię zapraszam.

– Och. A możesz?

– Myślę, że przekonasz się, że mogę robić, co tylko zechcę. I zwykle to robię.

– Bo twoja matka jest Konsulem?

Uniósł brew.

– Zawsze chciałam ją poznać – powiedziała Cordelia. – Jest tu dzisiaj?

– Nie, jest w Idrisie – odparł Matthew, z wdziękiem wzruszając ramionami. – Wyjechała kilka dni temu. To nietypowe dla Konsula, żeby mieszkać w Londynie. Matka rzadko tu bywa. Clave jej potrzebuje.

– Och. – Cordelia starała się ukryć rozczarowanie. – Jak długo...

Matthew obrócił ją nagle, aż pozostali tancerze spojrzeli zaskoczeni.

– Przyjdziesz jutro na piknik, prawda? – zapytał. – Dotrzymasz towarzystwa Lucie, kiedy James będzie wzdychał za Grace. Chcesz, żeby Lucie była szczęśliwa, prawda?

– Oczywiście, że tak... – zaczęła Cordelia i wtedy się rozejrzała. Zdała sobie sprawę, że nie widziała Lucie od dłużej chwili.

Bez względu na to, jak bardzo wyciągała szyję i rozglądała się, nie widziała niebieskiej sukienki przyjaciółki ani błysku jej brązowych włosów. Zdumiona odwróciła się do Matthew:

– Ale gdzie ona jest? Dokąd poszła Lucie?

3

Żywa ręka

„Ta żywa ręka, gorąca i skłonna
Do uścińnienia – gdyby była martwa
I lodowata w milczeniu mogiły –
Byłaby zmorą twoich dni i nocy,
A ty, by zagłuszyć wyrzuty sumienia,
Serce byś własnej pozbawiła krwi,
Byleby w mych żyłach znów mogła popłynąć"*.

John Keats, *Ta żywa ręka...*

To trochę przypominało tę chwilę we śnie, kiedy zdajesz sobie sprawę, że śnisz, tyle że tym razem było dokładnie na odwrót. Kiedy Lucie zobaczyła chłopca z lasu na sali balowej, uznała, że śni, i dopiero kiedy jej rodzice zaczęli śpiesznie iść do niego i jego dwóch towarzyszek, zrozumiała, że to nie jest sen.

Jak otumaniona przepchnęła się przez tłum ku drzwiom sali balowej. Gdy zbliżyła się do rodziców, rozpoznała kobietę, z którą rozmawiali, jej suknię z tafty rozciągniętą na kościstych ramionach, za duży kapelusz z koronką i tiulem, pamiętnego wypchanego ptaka. Tatiana Blackthorn.

* Przeł. Włodzimierz Lewik.

Lucie zawsze trochę bała się Tatiany, zwłaszcza kiedy przyszła do ich domu i zażądała, by James ściął kolczaste pnącza na bramie. Zapamiętała, że Tatiana wyglądała jak bardzo wysoki szkielet, ale z czasem jakby się skurczyła. Nadal była wysoka, ale już nie olbrzymia.

Obok niej stała Grace. Lucie pamiętała, że była ogromnie wytwornym dzieckiem, ale teraz wyglądała inaczej. Była zimna, piękna i posągowa.

Lucie jednak prawie na nią nie spojrzała. Wpatrywała się w chłopca, który z nimi przyszedł. W odmieńca, którego ostatnim razem widziała w lesie Brocelind.

W ogóle się nie zmienił. Jego włosy nadal wyglądały jak atramentowa plama rozlana na czole, miał te same upiornie zielone oczy. Był też tak samo ubrany jak w lesie – w ciemne spodnie i koszulę w odcieniu kości z rękawami podwiniętymi powyżej łokci. Bardzo dziwny strój na balu.

Obserwował Tessę i Willa witających Tatianę i Grace. Will pochylił się, żeby pocałować dłoń Grace w satynowej rękawiczce. Co dziwne, żadne z nich nie przywitało chłopca. Kiedy Lucie podeszła do nich, ściągnęła zdziwiona brwi. Rozmawiali ze sobą, całkowicie go ignorując, rozmawiali poprzez niego, jakby w ogóle go tam nie było. Jak mogli być tak niegrzeczni?

Lucie podeszła z otwartymi ustami, wpatrując się w chłopca, w jej chłopca, w jej chłopca z lasu. Uniósł głowę i zobaczył, że ona patrzy, i ku jej zdumieniu na jego twarzy odmalowała się zgroza.

Lucie zamarła. Widziała, że James idzie w ich kierunku przez tłum, ale chłopiec już odsuwał się od Tatiany i Grace i szedł w stronę Lucie. Właściwie to pędził do niej jak koń, który poniósł na Rotten Row.

Nikt inny go nie zauważył. Nikt nie spojrzał na żadne z nich, nawet kiedy złapał Lucie za nadgarstek i wyciągnął z sali.

***

– Wyświadczysz mi ten zaszczyt i zatańczysz ze mną? – zapytał James.

Był świadom obecności rodziców i Tatiany Blackthorn, obserwującej wszystko swoimi zielonymi jak trucizna oczami. Był świadom muzyki wokół, własnego bicia serca, które rozlegało się gromem w jego uszach. Był świadom tego wszystkiego, ale każda z tych rzeczy wydawała mu się odległa, jakby znalazła się za ścianą ze szkła. Prawdziwa na sali była jedynie Grace.

Rodzice Jamesa patrzyli na niego z troską na twarzach. Ogarnęły go wyrzuty sumienia, że musieli zastanawiać się, dlaczego przybiegł do Grace. Z ich punktu widzenia ledwie się znali. Jednakże wyrzuty sumienia też były odległe. Rodzie nie wiedzieli tego, co on. Nie wiedzieli, jakie to ważne.

– Śmiało, Grace – powiedziała Tatiana z szerokim uśmiechem na chudej twarzy. – Zatańcz z dżentelmenem.

Nie podnosząc wzroku, Grace podała rękę Jamesowi. Ruszyli na parkiet. Dotykanie Grace było jak dotykanie adamasu po raz pierwszy – czuł, jak iskry płyną mu żyłami, gdy przyciągnął ją do siebie, położył jedną rękę na jej ramieniu, a drugą w talii. Zawsze miała mnóstwo wdzięku, gdy tańczyli jako dzieci w zarośniętym ogrodzie przy jej domu w Idrisie. Teraz jednak inaczej odbierał jej bliskość.

– Dlaczego nie powiedziałaś mi, że przyjeżdżasz? – zapytał cicho.

W końcu uniosła głowę i wstrząsnęło nim zrozumienie. Grace potrafiła być nieruchoma prawie jak posąg, ale odczuwała z niesamowitą intensywnością. Była jak ogień płonący w sercu lodowca.

– Nie przyjechałeś do Idrisu – powiedziała. – Czekałam... Spodziewałam się ciebie... ale nigdy nie przyjechałeś.

– Napisałem – odpowiedział. – Napisałem ci, że nie przyjedziemy tego lata.

– Mama znalazła list. Najpierw schowała go przede mną. Myślałam, że zapomniałeś o mnie. A potem wreszcie znalazłam go w jej pokoju. Była potwornie zła. Powiedziałam jej, że tylko się przyjaźnimy, ale... – Pokręciła głową. James miał świadomość, że wszyscy na sali gapią się na nich. Nawet Anna przyglądała im się z zaciekawieniem poprzez dym cygara, który otaczał ją jak mgła znad Tamizy. – Nie powiedziała mi, co napisałeś, tylko uśmiechała się, dni mijały, a ty nie przyjeżdżałeś. Tak bardzo się bałam. Kiedy nie jesteśmy razem, więź między nami słabnie. Czuję to. A ty nie?

Pokręcił głową.

– Miłość musi być w stanie przetrwać rozstanie – powiedział najdelikatniej, jak potrafił.

– Nie rozumiesz. Ty masz życie w Londynie, przyjaciół, ja nie mam nic. – Głos jej zadrżał od intensywności uczuć.

– Grace. Nie mów tak.

Pomyślał jednak o zarośniętym domu pełnym stojących zegarów i psującego się jedzenia. Przysięgał, że pomoże jej od tego uciec.

Przesunęła dłoń na jego ręce. Czuł jej palce wokół nadgarstka, poniżej srebrnej bransoletki. „Lojalność mnie wiąże".

– Powinnam była wierzyć, że napiszesz – szepnęła. – Że pomyślisz o mnie. Ja myślałam o tobie każdej nocy.

Każdej nocy. Wiedział, że to niewinne słowa, ale złapał się na tym, że zesztywniał. Minęło tyle czasu, odkąd ostatni raz ją pocałował. Nie pamiętał, jakie to uczucie, nie tak do końca, ale wiedział, że było wstrząsające.

– Ja myślę o tobie codziennie – odpowiedział. – A teraz, kiedy tu jesteś...

– Nie sądziłam, że kiedykolwiek do tego dojdzie. Myślałam, że nigdy nie zobaczę Londynu – powiedziała. – Ulice, powozy, budynki, to wszystko jest takie cudowne. Ludzie... – Rozejrzała się po sali. W jej oczach pojawił się namiętny błysk, niemal wygłodniały. – Nie mogę się doczekać, żeby ich wszystkich poznać.

– Spotykamy się jutro – powiedział James. – Całą grupą w Regent's Park. Matka pozwoli ci przyjść?

Oczy Grace zabłysły.

– Myślę, że tak – odpowiedziała. – Powiedziała, że chce, bym poznała ludzi w Londynie i... och, chciałabym poznać twojego *parabatai*, Matthew. I Thomasa, i Christophera, o których tyle opowiadałeś. I... chciałabym, żeby mnie polubili.

– Oczywiście – mruknął i przyciągnął ją bliżej do siebie.

Była lekka i szczupła, niemal tak miękka i ciepła jak Daisy...

Daisy! Na Razjela, parę minut temu tańczył z Daisy. Nie pamiętał, żeby poprosił o wybaczenie, bo musi odejść. Nie pamiętał, jak ją zostawił.

Po raz pierwszy oderwał wzrok od Grace i rozejrzał się za Cordelią. Znalazł ją po chwili – łatwo ją było wypatrzyć, bo nikt inny nie miał włosów w takim kolorze, ciemnym odcieniu czerwieni, jakby ogień przeświecał przez krew. Tańczyła z Matthew, jak zauważył z zaskoczeniem. Matthew obejmował ją, a ona się uśmiechała.

Ogarnęła go ulga. Czyli nie zrobił jej przykrości. To dobrze. Lubił Cordelię. Ucieszył się, widząc ją pośród tutejszych dziewczyn, wiedząc, że może poprosić ją do tańca, a ona nie wyciągnie z tego żadnych mylnych wniosków na temat jego intencji. Ich rodziny się przyjaźniły.

Muzyka ucichła. Przerwa na odświeżenie się. Pary zaczęły opuszczać parkiet. James uśmiechnął się na widok Jessamine, ducha zamieszkującego Instytut, a teraz unoszącego się nad głową Rosamund Wentworth, która właśnie plotkowała z przyjaciółmi. Jessamine uwielbiała słuchać plotek, chociaż nie żyła od ćwierćwiecza.

Cordelia mignęła mu, gdy odchodziła pośpiesznie od Matthew. Rozglądała się, jakby kogoś szukała. Może brata? Alastair jednakże siedział pogrążony w rozmowie z Thomasem. Bardzo to dziwne; James był przekonany, że Thomas nieszczególnie przepadał za Alastairem w szkole.

– Matka mnie wzywa – powiedziała Grace. – Lepiej już pójdę.

Tatiana rzeczywiście przywoływała córkę. James musnął dłoń Grace. Wiedział, że nie mogą się trzymać za ręce jak Barbara i Oliver. Nie mogli otwarcie okazywać uczuć.

Nie teraz. Ale pewnego dnia...

– Jutro, w parku – powiedział. – Znajdziemy czas, żeby porozmawiać.

Skinęła głową i odeszła pośpiesznie w stronę Tatiany, która stała samotnie w drzwiach sali balowej. James popatrzył za nią. Pomyślał, że chociaż spędzili razem tyle letnich miesięcy w ciągu wielu lat, to Grace nadal była dla niego tajemnicą.

– Jest bardzo ładna – rozległ się za nim znajomy głos.

Odwrócił się i zobaczył Annę opierającą się o ścianę. Miała upiorną umiejętność znikania z jednego miejsca i pojawiania się w drugim, jakby była poruszającym się punktem światła.

James oparł się o ścianę obok niej. Spędził w ten sposób wiele tańców, opierając się o tapetę projektu Williama Morrisa w towarzystwie cierpkiej kuzynki. Gdy za dużo tańczył, czuł się, jakby zdradzał Grace.

– Tak uważasz?

– Domyślam się, że właśnie z jej powodu popędziłeś przez salę jak Oscar na widok herbatnika. – Oscar był golden retrieverem Matthew, znanym z lojalności, ale niekoniecznie inteligencji. – Fatalne maniery, Jamesie, żeby tak porzucać miłą Cordelię.

– Mam nadzieję, że znasz mnie na tyle, żeby wiedzieć, że nie pędzę do każdej ładnej dziewczyny, jaką zobaczę – zirytował się James. – Może przypominała mi dawno utraconą ciotkę.

– Moja matka jest twoją ciotką, a nigdy aż tak nie cieszyłeś się na jej widok. – Anna uśmiechnęła się z błyskiem w niebieskich oczach. – Skąd znasz Grace Blackthorn?

James obejrzał się za Grace, którą przedstawiano Charlesowi Fairchildowi. Biedna Grace. Charles nie zainteresuje jej ani trochę. James lubił starszego brata Matthew w dostatecznym stopniu i byli praktycznie rodziną, ale tamten interesował się wyłącznie polityką Nocnych Łowców.

Grace kiwała głową i uśmiechała się uprzejmie. James zastanawiał się, czy powinien ją ratować. Nie było czegoś bardziej odległego od doświadczeń Grace niż świat Alicante, jego dramaty i polityka.

– A teraz myślisz, że powinieneś ją ratować przed Charlesem – powiedziała Anna, przeczesując palcami wypomadowane włosy. – Nie dziwię ci się.

– Nie lubisz Charlesa? – James był nieco zdziwiony.

Anna patrzyła na świat z pobłażliwą wyrozumiałością. Rzadko zapędzała się tak daleko, żeby naprawdę kogoś polubić, a jeszcze rzadziej, żeby kogoś nie lubić.

– Nie mogę podziwiać wszystkich jego decyzji – odpowiedziała Anna, ostrożnie dobierając słowa. James zastanawiał się, jakie decyzje ma na myśli. – Śmiało, Jamie, idź jej na ratunek.

James zdążył zrobić tylko kilka kroków, kiedy świat wokół niego przesunął się i zmienił. Anna zniknęła, podobnie jak muzyka i śmiech. Wokół niego wirowała szara, bezkształtna pustka. Słyszał tylko bicie swojego serca. Podłoga przechyliła się pod nim jak pokład statku.

Nie!– krzyknął w myślach, ale nic nie mogło tego powstrzymać. Cienie podnosiły się wokół niego, a świat szarzał.

***

Chłopiec pociągnął Lucie korytarzem i przez pierwsze otwarte drzwi, trafili do pokoju gier. Nie zamknął drzwi, tylko podszedł do kominka, żeby zapalić magiczne światło, więc Lucie sama je zamknęła i na wszelki wypadek przekręciła klucz w zamku.

Odwróciła się gwałtownie i spojrzała oskarżycielsko.

– Co tu, u licha, robisz?

Chłopiec uśmiechnął się. Najdziwniejsze, że nie wyglądał na starszego, niż go zapamiętała – miał szesnaście, może siedemnaście lat. Nadal był smukły, a w normalnym świetle zamiast w księżycowym był potwornie, wręcz szokująco blady. Jego skóra miała chorobliwy, sinawy odcień, a zielone oczy błyszczały jak w gorączce i były podkrążone.

– Zostałem zaproszony – powiedział z naciskiem.

– Nie możesz tu przebywać – zaprotestowała Lucie, opierając ręce na biodrach. Magiczne światło zapłonęło jaśniej i widziała teraz, że w pokoju panuje bałagan: ktoś przewrócił karafkę, a stół bilardowy stał w poprzek. – Jesteś odmieńcem z lasu, dzieckiem porwanym przez faerie.

Na te słowa się roześmiał. Uśmiechał się tak samo, jak to zapamiętała.

– To sobie o mnie pomyślałaś?

– Powiedziałeś mi o pułapkach faerie! Pojawiłeś się w lesie i zniknąłeś...

– Nie jestem ani faerie, ani odmieńcem. Nocni Łowcy też wiedzą o pułapkach faerie.

– Ale nie masz runów.

Zerknął po sobie – po rękach odsłoniętych do łokci, po dłoniach. Każdy Nocny Łowca dostaje run Wzroku na grzbiecie dominującej ręki po ukończeniu dziesiątego roku życia; run pomaga im opanować Widzenie. On jednak na grzbiecie dłoni miał tylko starą bliznę po oparzeniu, którą Lucie zauważyła już w lesie.

– Fakt, nie mam.

– Nie powiedziałeś, że jesteś Nocnym Łowcą. – Lucie oparła się o stół bilardowy. – Nigdy nie powiedziałeś mi, czym jesteś.

– Nie sądziłem, że to będzie miało znaczenie – odparł. – Myślałem, że kiedy będziesz miała dość lat, żeby zadawać pytania i domagać się odpowiedzi, nie będziesz już w stanie mnie widzieć.

Lucie poczuła zimną dłoń na plecach.

– Dlaczego miałabym nie być w stanie cię widzieć?

– Zastanów się, Lucie – odparł łagodnie. – Czy odniosłaś wrażenie, że ktoś jeszcze widzi mnie na sali balowej? Czy ktokolwiek przywitał mnie albo zrobił coś podobnego? Nawet twój ojciec?

Nie odpowiedziała.

– Dzieci czasem mogą mnie widzieć – powiedział. – I mało kto poza nimi. Nie ludzie w twoim wieku.

– Wielkie dzięki – odparła z oburzeniem Lucie. – Nie jestem znowu taka stara.

– Nie. – Uśmiech pełzał po jego miękkich ustach. – To prawda, nie jesteś.

– Ale powiedziałeś, że zostałeś zaproszony. – Lucie uparcie drążyła kwestię. – Jak to możliwe, skoro nikt cię nie widzi, co zresztą już samo w sobie mnie zastanawia...

– Wszyscy Blackthornowie zostali zaproszeni – odpowiedział. – Zaproszenie zaadresowano do Tatiany Blackthorn z rodziną. A ja jestem rodziną. Jestem Jesse Blackthorn.

– Przecież on nie żyje – wyrwała się Lucie bez zastanowienia. Spojrzała mu w oczy. – Czyli jesteś duchem?

– No cóż. Jestem.

– Dlatego powiedziałeś „nawet twój ojciec" – zrozumiała Lucie. – Bo on widzi duchy. Jak wszyscy Herondale'owie. Mój brat, mój ojciec... oni też powinni cię widzieć.

– Nie jestem zwyczajnym duchem, a skoro ty mnie widzisz, to nie jesteś zwykłą dziewczyną – powiedział Jesse.

Teraz, kiedy już wyjawił jej, kim jest, podobieństwo potwierdzało to ponad wszelką wątpliwość. Był wysoki jak Tatiana, miał przystojne, kanciaste rysy Gabriela. Kruczoczarne włosy musiał odziedziczyć po ojcu. Mieszanka krwi Blackthornów i Lightwoodów.

– Ale ja cię mogę dotknąć – zauważyła Lucie. – Dotknęłam cię w lesie. Wyciągnąłeś mnie z jamy. Nie mogę dotykać duchów.

Jesse wzruszył ramionami.

– Pomyśl o mnie jak o kimś na progu w przejściu. Nie jestem w stanie zrobić kroku poza próg, ale wiem, że nigdy nie będę mógł wrócić do środka, do świata żywych. Jednak drzwi nie zamknęły się za mną.

– Twoja matka i siostra... one cię widzą?

Jesse przysiadł na stole bilardowym z westchnieniem, jakby szykował się do dłuższej rozmowy. Lucie nie mogła w to uwierzyć. Znowu zobaczyła odmieńca z lasu i dowiedziała się, że wcale nie jest odmieńcem, ale duchem dziwnego rodzaju, którego nikt inny nie widzi. Miała dużo do przetrawienia.

– Widzą mnie – przyznał. – Może dlatego, że były przy mnie, kiedy umarłem. Matka martwiła się, że zniknę, gdy przeprowadzą się do Chiswisk House, ale nic takiego się nie stało.

– Mogłeś mi powiedzieć, jak się nazywasz.

– Byłaś małą dziewczynką. Myślałem, że wkrótce przestaniesz mnie widzieć. Uznałem, że lepiej nie mówić ci, kim jestem, skoro nasze rodziny są wrogami. – Jesse powiedział o tej wrogości, jakby to był fakt, jakby rodzinę Blackthornów i Herondale'ów dzieliła krwawa waśń jak między rodami Montecchich i Capulettich. A przecież to Tatiana Blackthorn ich nienawidziła, oni nigdy nie odwzajemniali tego uczucia.

– Dlaczego wyciągnąłeś mnie z sali balowej?

– Nikt mnie nie widzi poza moją rodziną. Nie rozumiem, jakim cudem ty mnie widzisz, nigdy wcześniej coś takiego mi się nie przydarzyło. Nie chciałem, żeby wszyscy uznali, że zwariowałaś. A poza tym...

Jesse podniósł nagle głowę. Cień przemknął po jego twarzy, a Lucie poczuła zimno w kościach. Przez chwilę jego oczy wydawały się za duże, żeby pomieścić się w twarzy, zbyt płynne, miały niewłaściwy kształt. Pomyślała, że widzi w nich ciemność, jakiś poruszający się kształt. Skierował na nią swoje upiorne spojrzenie.

– Zostań tu – powiedział, łapiąc ją za nadgarstek poniżej szerokiego rękawa. Lucie wyrwał się słaby okrzyk. Miał lodowato zimne ręce. – Tu jest śmierć – dodał i zniknął.

***

Szary świat otaczał Jamesa. Zdążył już zapomnieć o zimnie, jakie ogarniało go, gdy cienie się podnosiły. Zapomniał, że wtedy nadal widzi prawdziwy świat, tyle że jakby zza cienkiej firanki z pyłu – sala balowa otaczała go, ale stała się czarno-biała jak fotografia. Nefilim na parkiecie zamienili się w cienie, rozciągnięte, wydłużone kształty rodem z koszmaru.

Cofnął się chwiejnie jeden krok, gdy wydało mu się, że drzewa wyrosły nagle z podłogi, ich korzenie wiły się po wypolerowanym parkiecie. Wiedział, że nie powinien krzyczeć – nikt go nie usłyszy. Był sam w świecie, który nie istniał naprawdę. Spalona ziemia i niebo migały, to pojawiając się, to znikając mu sprzed oczu, a cieniste postaci wirowały wokół niego obojętne. Tu rozpoznał twarz, tam gest, wydawało mu się, że widział rude włosy Cordelii, Ariadne Bridgestock w sukni w kolorze wina, kuzynkę Barbarę wyciągającą ręce do partnera w tańcu w tej samej chwili, w której skręcona macka korzenia owinęła się jej wokół kostki i pociągnęła ją w dół.

Błyskawica przecięła mu pole widzenia i nagle znowu znajdował się w zwyklej sali balowej, w świecie wypełnionym dźwiękiem i światłem. Ktoś trzymał go mocno za ramiona,

– Jamie, Jamie, Jamie – rozlegał się naglący głos i James, chociaż serce chciało wyskoczyć mu z piersi, spróbował skupić się na tym, co widzi przed sobą.

Matthew.

Za nim stali inni Nocni Łowcy. James słyszał ich śmiech i gwar rozmów, jakby to było tło dla rozmowy bohaterów w sztuce.

– Jamie, oddychaj – powiedział Matthew i jego głos był jedyną pewną rzeczą w tym wywróconym do góry nogami świecie. Zgroza na myśl, że to się wydarzyło na oczach tłumu ludzi...

– Widzieli mnie? – szepnął James. – Widzieli, jak się zmieniłem?

– Nie zmieniłeś się – uspokoił go Matthew. – A w każdym razie tylko odrobinę: może rozmyłeś się ciut na brzegach...

– To nie jest zabawne – warknął przez zęby James, ale humor Matthew był jak wiadro zimnej wody. Serce Jamesa powoli się uspokajało. – Chcesz powiedzieć... że nie zamieniłem się w cień?

Matthew pokręcił głową i zsunął ręce z jego ramion.

– Nie.

– To skąd wiedziałeś, żeby do mnie podejść?

– Wyczułem to. Wyczułem, że trafiłeś... do tego miejsca.

Zadrżał lekko i sięgnął do kamizelki, żeby wyjąć piersiówkę z jego inicjałami. James poczuł ostry zapach whisky, gdy przyjaciel odkręcił zakrętkę.

– Co się stało? – zapytał Matthew. – Myślałem, że rozmawiałeś z Anną.

James widział, że stojący dalej Thomas i Christopher zauważyli jego i Matthew. Obaj przyglądali się im z zaciekawieniem. James zorientował się, że jego rozmowa z Matthew wygląda na bardzo nerwową.

– To przez twojego brata – powiedział.

– Jestem absolutnie gotowy uwierzyć, że za wszystko ponosi winę Charles – odparł Matthew teraz już całkiem spokojnym głosem. – Ale w tym wypadku...

Urwał, gdy na sali rozległ się krzyk.

***

Cordelia nie mogła zrozumieć, dlaczego tak się martwi o Lucie. Otwarto kilka pokojów dla gości szukających odpoczynku, a Lucie mogła pójść do dowolnego z nich albo wrócić do swojego pokoju. Właściwie mogła znajdować się w dowolnym miejscu w Instytucie. Matthew powiedział jej, żeby się nie martwiła, i odszedł pośpiesznie, ale Cordelia nie mogła pozbyć się niepokoju.

– Na miłość boską! – zawołał ktoś, przerywając jej rozmyślania. To był głos mężczyzny, niski baryton. – Niech ktoś jej pomoże!

Cordelia rozejrzała się – wszyscy mieli zaskoczone miny i rozmawiali. Kawałek dalej widziała krąg ludzi stojących wokół czegoś. Podkasała suknię i zaczęła przepychać się przez tłum.

Czuła, że włosy rozpadają jej się z precyzyjnie ułożonych loczków i rozsypują na ramionach. Matka będzie wściekła, ale doprawdy... dlaczego nikt się nie przesunie? To w końcu Nocni Łowcy. Dlaczego stali jak kołki, kiedy komuś coś się działo?

Przepchnęła się przez ciasne kółko gapiów i zobaczyła na podłodze młodego człowieka przytrzymującego bezwładne ciało Barbary Lightwood. Oliver Hayward, przypomniała sobie Cordelia. Zalotnik Barbary.

– Tańczyliśmy – mówił skonsternowany. – I nagle osunęła się...

Cordelia uklękła. Barbara Lightwood była upiornie blada, włosy pociemniały jej od potu na skroniach. Oddychała płytko, szybko, nierówno. W takich chwilach Cordelia zapominała o nieśmiałości, myślała tylko o tym, co należy robić.

– Ona potrzebuje powietrza – powiedziała. – Pewnie gorset ją uciska. Ktoś ma nóż?

Anna Lightwood przepchnęła się przez tłum i przyklękła naprzeciwko Cordelii płynnym ruchem.

– Mam sztylet – powiedziała, wyjmując z kamizelki broń. – Co trzeba zrobić?

– Musimy rozciąć jej gorset – powiedziała Cordelia. – Doznała szoku i musi swobodnie oddychać.

– Zostaw to mnie – powiedziała Anna. Miała nadzwyczaj chrapliwy głos, jak miód i papier ścierny.

Zdjęła Barbarę z kolan Olivera i przesunęła sztyletem po plecach sukienki, delikatnie rozcinając cieniutką tkaninę, a potem grubszy materiał gorsetu pod spodem. Kiedy gorset przestał ściskać dziewczynę, Anna podniosła wzrok i rzuciła z roztargnieniem:

– Ari... twój szal...

Ariadne Bridgestock szybko zsunęła jedwabny szal z ramion i podała Annie, która osłoniła Barbarę. Oddech dziewczyny już stawał się regularniejszy, kolory powracały jej na policzki. Anna spojrzała na Cordelię, oszacowała ją wzrokiem.

– Co to znaczy? – Sophie Lightwood przepchnęła się przez tłum gapiów, a tuż za nią znalazł się jej mąż, Gideon. – Barbaro! – Odwróciła się do Olivera, który stał obok potwornie zdenerwowany. – Upadła?

– Po prostu osunęła się – powtórzył Oliver. – Tańczyliśmy i nagle zemdlała...

Powieki Barbary zatrzepotały. Usiadła w objęciach kuzynki i spojrzała na matkę, mrugając. Policzki miała czerwone.

– Nic... nic mi nie jest – powiedziała. – Już nic mi nie jest. Po prostu zakręciło mi się w głowie. Zasłabłam tylko.

Cordelia wstała, kiedy kolejni goście dołączali do kręgu gapiów wokół Barbary. Gideon i Sophie pomogli córce wstać, a Thomas wynurzył się z tłumu i podał siostrze podniszczoną chusteczkę. Wzięła ją ze słabym uśmiechem i otarła usta.

Na chusteczce pojawiła się krew.

– Zagryzłam usta – wyjaśniła pośpiesznie Barbara. – Upadając, zagryzłam usta. To wszystko.

– Potrzebujmy steli – powiedział Thomas. – James?

Cordelia nie zdawała sobie sprawy, że stoi tam James. Odwróciła się i zobaczyła, że jest tuż za nią.

Jego widok ją zaskoczył. Lata temu zachorował na ognistą gorączkę. Wyglądał wtedy podobnie jak teraz – był chorobliwie blady.

– Moja stela – powiedział chrapliwie. – W kieszeni na piersi. Barbara potrzebuje leczniczego runu.

Przez chwilę Cordelia zastanawiała się, dlaczego sam jej nie wyjmie, ale tylko zaciskał w pięści spuszczone wzdłuż boków ręce. Nerwowo wyjęła stelę z jego kieszeni. Jedwab i sukno pod jej dłonią, bicie jego serca. Złapała smukły, podobny do pióra przedmiot w kieszeni i podała go Thomasowi, który wziął stelę z zaskoczonym i wdzięcznym wyrazem twarzy. Nie przyglądała się wcześniej Thomasowi – miał jasne piwne oczy jak matka okolone gęstymi brązowymi rzęsami.

– James – powiedziała z naciskiem Lucie, stając między bratem a Cordelią. Ciągnęła go za rękaw. – Jamie. Czy ty...

Pokręcił głową.

– Nie teraz, Lucie.

Lucie robiła wrażenie zaniepokojonej. Patrzyli we trójkę, jak Thomas rysuje leczniczy run na ręku siostry, a Barbara znowu wykrzyknęła, że nic jej nie jest, tylko zakręciło jej się w głowie.

– Zapomniałam dziś o jedzeniu – powiedziała do matki, gdy ta ją objęła. – To wszystko.

– Tak czy inaczej, lepiej wracajmy do domu – odparła Sophie, rozglądając się po sali. – Will... możesz wezwać powóz?

Tłum zaczął się rozpraszać. Ewidentnie nie było już na co się gapić. Rodzina Lightwoodów ruszyła w stronę drzwi, Barbara opierała się o Thomasa. Nagle przystanęli. Mężczyzna o wąskiej, wypukłej klatce piersiowej chudego kurczaka i z podkręconymi do góry wąsami podbiegł do Gideona i mówił mu coś podekscytowany.

– Co Inkwizytor chce od wuja Gideona? – zaciekawiła się Lucie.

James i Matthew tylko pokręcili głowami. Po kilku chwilach Gideon pokiwał głową i ruszył za Inkwizytorem do miejsca, gdzie Charles rozmawiał z Grace Blackthorn. Stała z uniesioną twarzą, oczy jej błyszczały zaciekawieniem. Cordelia przypomniała sobie, jak matka ją uczyła sprawiać wrażenie zainteresowanej podczas spotkań towarzyskich. Wyglądało na to, że Grace przyswoiła już wszystkie przykazania, chociaż tak krótko przebywała w towarzystwie.

Charles odwrócił się niechętnie od Grace i zaczął rozmawiać z Gideonem Lightwoodem. Inkwizytor szedł przez tłum i po drodze przystanął przy paru Nocnych Łowcach, żeby zamienić z nimi słówko. Większość była w wieku Charlesa, który zdaniem Cordelii miał około dwudziestki.

– Zabawa się chyba skończyła – oznajmił Alastair, wynurzając się z tłumu z cygarem w ręku. Machał nim, chociaż Cordelia wiedziała, że gdyby zaczął palić tytoń, Sona by go zamordowała. – Podobno doszło do ataku shaxów w Seven Dials.

– Demoniczny atak? – zdumiał się James. – Demony zaatakowały Przyziemnych?

Alastair uśmiechnął się krzywo.

– Wiesz, to coś z tych rzeczy, którym powinniśmy zapobiegać. Z anielskiego upoważnienia i tak dalej.

Twarz Matthew stężała. Lucie patrzyła na niego z niepokojem. James zmrużył oczy.

– Charles idzie z Gideonem Lightwoodem i Inkwizytorem Bridgestockiem sprawdzić, co się dzieje – mówił Alastair. – Zaproponowałem, że pójdę z nimi, ale na razie nie znam Londynu dostatecznie dobrze. Charles zapozna mnie z miastem i wkrótce będę cennym nabytkiem w każdym patrolu.

– Ty „cennym nabytkiem" – żachnął się Matthew z błyskiem w oku. – Kto by pomyślał.

Odszedł. Alastair patrzył za nim z uniesioną brwią.

– Humorzasty jegomość, co? – powiedział nie wiadomo do kogo.

– Nie – odparł krótko James.

Zaciskał zęby, jakby ledwie mógł znieść obecność Alastaira. Cordelia pomyślała o czasach, kiedy Alastair był w akademii, i żałowała, że nie wie, co się wtedy wydarzyło.

Alastair wyglądał, jakby chciał powiedzieć coś jeszcze, ale z tłumu wynurzyła się Sona. Sunęła jak parowiec wchodzący do portu. Chusta na jej głowie drżała, gdy spojrzała na syna, a potem na Cordelię.

– Dzieci – powiedziała, gdy Alastair pośpiesznie chował cygaro w kieszeni. – Myślę, że czas na nas.

Wieść o ataku rozniosła się po sali, przerywając tańce. Muzycy przestali grać, wielu rodziców owijało szalami i podawało rękawiczki swoim córkom w pastelach. Will i Tessa stali teraz pośrodku tłumu, żegnając wszystkich. Nieopodal Charles otulał czule szalem ramiona Ariadne, a Gideon i Inkwizytor czekali na niego przy drzwiach.

Chwilę potem Will i Tessa dołączyli do Cordelii i pozostałych. Sona podziękowała im za cudowny wieczór, a Cordelia skupiła się na Fairchildach. Matthew stał obok chudego mężczyzny z siwiejącymi rudymi włosami, siedzącego na fotelu na kółkach. Matthew pochylił się ku niemu i powiedział coś, co wywołało uśmiech starszego mężczyzny. Cordelia domyśliła się, że to musi być Henry Fairchild, ojciec Matthew. Prawie zapomniała, że jest weteranem Wojny Mechanicznej, w której stracił władzę w nogach.

– O rety, spróbujemy raz jeszcze, naprawdę, pani Carstairs – mówiła Tessa. – Zasługuje pani na prawdziwe powitanie w Londyńskiej Enklawie.

Sona się uśmiechnęła.

– Jestem pewna, że jeśli razem się postaramy, to na pewno coś wymyślimy.

– Dziękuję, że pobiegłaś Barbarze na pomoc – powiedziała do Cordelii Tessa. – Będziesz doskonałym *parabatai* dla Lucie.

Cordelia spojrzała na Lucie, która się do niej uśmiechnęła. To był trochę roztrzęsiony uśmiech. W oczach Lucie gościł cień, jakby coś ją martwiło. Kiedy nie odpowiedziała Tessie, James podszedł do siostry, jakby chciał ją ochronić przed zainteresowaniem innych.

– Cordelia bardzo pomogła Barbarze – powiedział. – To ona wpadła na pomysł rozcięcia gorsetu.

Sona była odrobinę wstrząśnięta.

– Cordelia ma tendencję, żeby pakować się w najróżniejsze sytuacje bez zastanowienia – powiedziała do Tessy i Willa. – Na pewno to rozumiecie.

– O, tak – odpowiedział Will. – Zawsze bardzo poważnie rozmawiamy z naszymi dziećmi na ten temat. „Jeśli nie będziecie pakować się w najróżniejsze sytuacje bez zastanowienia, to możecie znowu spodziewać się chleba z wodą na kolację".

Alastair parsknął śmiechem. Sona spojrzała na Willa, jakby był jaszczurką z piórami.

– Dobrej nocy, panie Herondale – oznajmiła, odwracając się razem z dziećmi do drzwi. – To z pewnością był ciekawy wieczór.

***

Już dawno minęła północ. Tessa Herondale siedziała przed lustrem w sypialni, którą dzieliła z mężem od dwudziestu trzech lat, i szczotkowała włosy. Okna były zamknięte, ale letnie powietrze wpadało spod parapetu.

Rozpoznała kroki Willa w korytarzu, zanim wszedł do sypialni. To zasługa ponad dwudziestu lat małżeństwa.

Zamknął za sobą drzwi i stanął przy jednym ze słupków baldachimu nad łóżkiem. Przyglądał się żonie przy toaletce. Zrzucił marynarkę i rozwiązał krawat. Ciemne włosy miał potargane i kiedy Tessa patrzyła na jego odbicie w lekko zmatowiałym lustrze, wyglądał jak wtedy, gdy miał siedemnaście lat.

Uśmiechnęła się do niego.

– O co chodzi? – zapytał.

– Pozujesz – odpowiedziała. – Aż mam ochotę namalować twój portret. Zatytułowałabym go „Rozwiązły dżentelmen".

– Nie potrafisz malować kłamstwa. – Podszedł do niej i położył ręce na jej ramionach. Z bliska widziała siwiznę w jego włosach. – Już nie wspomnę o tym, że nie potrafiłabyś oddać mojej urody, która, czego chyba nie muszę dodawać, z wiekiem tylko wzrosła.

Tessa nie zaprzeczyła. Will był wyjątkowo przystojny, jego oczy były wciąż przenikliwie niebieskie, ale nie było sensu utwierdzać go w jego przekonaniach. Zamiast tego pociągnęła go za jedno z siwych pasm.

– Jestem tego w pełni świadoma. Widziałam, jak Penelope Mayhew flirtowała z tobą tego wieczoru. Bezwstydnica!

Pochylił się, żeby pocałować ją w szyję.

– Nie zauważyłem.

Uśmiechnęła się do niego w lustrze.

– Po twojej niefrasobliwości domyślam się, że wszystko dobrze się skończyło w Seven Dials. Miałeś wieści od Gideona? Albo... – Skrzywiła się. – Bridgestocka?

– Od Charlesa. To było gniazdo shaxów. Było ich dużo więcej, niż ostatnio widywaliśmy, ale nic, z czym byśmy sobie nie poradzili. Charles upierał się, że nie ma się czym martwić. – Will przewrócił oczami. – Mam przeczucie, że martwił się, że zaproponuję, żeby odwołać jutrzejszy piknik nad jeziorem w Regent's Park. Cała młodzież się tam wybiera.

Will mówił z lekkim zaśpiewem, jak to mu się zdarzało, gdy był zmęczony. Resztki dawnego akcentu, zdarte przez czas i odległość. Jednakże kiedy był zmęczony albo smutny, akcent powracał i jego głos falował jak zielone wzgórza Walii.

– Martwisz się? – zapytał, patrząc na odbicie Tessy. – Bo ja czasem tak. O Lucie i Jamesa.

Odłożyła szczotkę i odwróciła się zaniepokojona.

– Martwisz się o dzieci? Dlaczego?

– To wszystko... – Machnął ręką nieprecyzyjnie. – Wycieczki łodziami, regaty, mecze krykieta, festyny i tańce... to takie Przyziemne.

– Martwisz się, że zamienią się w Przyziemnych? Doprawdy, nie podejrzewałam cię o takie uprzedzenia.

– Nie martwię się tym. Po prostu... minęły lata, odkąd w Londynie obserwowaliśmy coś więcej niż minimalną aktywność demonów. Dzieci dorastają, trenując, ale prawie nie muszą chodzić na patrole.

Tessa wstała z krzesła, włosy opadły jej na plecy. To było jedno z dziwactw bycia czarownicą – włosy przestały jej rosnąć, gdy przestała się starzeć dość nieoczekiwanie w wieku lat dziewiętnastu. Miały wciąż tę samą długość – do połowy pleców.

– To chyba dobrze, prawda? Nie chcemy, żeby naszym dzieciom zagrażały demony, prawda?

Will usiadł na łóżku i zrzucił buty.

– Ale też nie chcemy, żeby były nieprzygotowane. Pamiętam, co my musieliśmy robić, kiedy byliśmy w ich wieku. Nie wiem, czy potrafiliby stawić czoło temu samemu. Pikniki nie przygotowują człowieka do wojny.

– Will. – Tessa usiadła obok niego na łóżku. – Nie ma żadnej wojny.

Wiedziała, dlaczego mąż się martwi. Oni przeżyli wojnę i wiele stracili. Brata Tessy, Nate'a. Thomasa Tannera. Agathę Grant. Jessamine Lovelace, ich przyjaciółkę, która teraz strzegła Instytutu pod postacią ducha. I Jema, którego zarazem zachowali i stracili.

– Wiem. – Will pogłaskał ją po włosach. – Tess, Tess. Myślisz, że kiedy przestałaś się starzeć, twoje serce też przestało się starzeć? Nigdy nie stałaś się cyniczna i lękliwa? To starość mnie dogania i sprawia, że zamartwiam się bez powodu?

Złapała go za podbródek i odwróciła do siebie.

– Nie jesteś stary – zapewniła go żarliwie. – Nawet kiedy będziesz miał osiemdziesiąt lat, będziesz moim pięknym Willem.

Pocałowała go. Mruknął zaskoczony i zadowolony. Objął ją.

– Moja Tess. Moja cudna żona.

– Nie ma czego się bać – powiedziała przesuwając ustami po jego policzku. Zacisnął rękę na jej włosach. – Tak wiele przeszliśmy. Zasługujemy na szczęście.

– Są inni, którzy zasługują na szczęście i go nie dostali.

– Wiem. – Łzy wezbrały jej w gardle. Oboje mówili o tej samej osobie, a ona nie wiedziała, czy powstrzymuje łzy przeznaczone dla niego, czy też dla Willa i dla siebie. – Wiem.

Pocałowała go w oczy, gdy położył ją na poduszkach. Rozwiązał węzeł paska od jej szlafroka i przylgnął się do niej smukłym ciałem. Wsunęła palce w jego włosy.

– Kocham cię – szepnęła, gdy szlafrok jej się rozchylił. – Kocham cię, Will.

Nie odpowiedział, ale jego usta na jej wargach powiedziały więcej, niż zdołałyby słowa.

***

Stojąc na dachu Instytutu, James patrzył na powóz Charlesa Fairchilda, który wjeżdżał na dziedziniec przez wielką bramę z kutego żelaza.

Często wychodził na dach, kiedy nie mógł spać, i dzisiaj bezsenność dopadła go z całą siłą. Nie potrafił przestać myśleć o tym, co widział na sali balowej i poprzedniej nocy w ciemnym zaułku w pobliżu Diabelskiej Tawerny.

Królestwo cieni. Tak nazywał to miejsce w myślach, tę czarno-szarą rzeczywistość, która otwierała się czasem przed nim jak wizja piekła. Pierwszy raz zobaczył ją, gdy miał trzynaście lat i od tamtego czasu wizje zdarzały się coraz częściej, zwykle kiedy tracił panowanie nad emocjami. Świat szarzał, a później ci, którzy mu towarzyszyli – rodzina albo przyjaciele – mówili, że jego ciało stawało się półprzezroczyste jak szary dym.

Jednego razu, kiedy zrobił to celowo, na prośbę Grace, ledwie zdołał wrócić. Zgroza tamtego przeżycia wywołała u niego koszmary, z których budził się z krzykiem. Rodzice, którzy odchodzili od zmysłów, poprosili o pomoc wuja Jema. James obudził się pewnego ranka z Jemem siedzącym u stóp jego łóżka w fotelu i wpatrującym się w niego zamkniętymi oczami.

Zatem wiesz, rzecz jasna, że nasz wszechświat zawiera wiele światów – powiedział wtedy Jem.

James pokiwał głową.

Pomyśl więc o naszym wszechświecie jak o plastrze miodu, gdzie każda komora to inny świat. Niektóre komory sąsiadują ze sobą. Myślę, że ściany między naszym światem a tym, który widzisz, tą krainą cieni, stały się cienkie. Widzisz tamten świat i dajesz się do niego wciągnąć.

– Czy to niebezpieczne? – zapytał James.

Może być. Demoniczne światy to niestabilne miejsca, a bardzo mało wiemy o twojej mocy. Może się zdarzyć, że dasz się tam wciągnąć i nie będziesz w stanie wrócić.

James przez chwilę milczał i wreszcie powiedział:

– Czyli chodzi o coś więcej niż o to, żebym dobrze sypiał.

Owszem, może chodzić o coś znacznie więcej – zgodził się Jem. – *Musisz zbudować fortecę kontroli wokół siebie. Musisz poznać swoją moc, żeby nad nią zapanować.*

– Czy moja matka przechodziła przez to samo? – zapytał cicho James. – Zanim nauczyła się panować nad zmianą kształtów?

Twoja matka miała brutalnych nauczycieli. Trzymali ją wbrew jej woli i zmuszali do Zmiany. To musiało być przerażające i bolesne.

James milczał.

Wiesz, że twoja matka nie posługiwała się tą mocą od końca Wojny Mechanicznej. Od tamtego czasu Zmiana była... dla niej trudna. Bolesna. Postanowiła tego nie robić.

– To wszystko przez mojego dziadka? – zapytał James. – Demonicznego ojca mojej matki? To jego dar dla nas? Naprawdę wystarczyłaby mi od niego para skarpetek na urodziny.

Tożsamość twojego dziadka to kwestia, którą badam od twojego urodzenia – odpowiedział Jem. – *Może wyjaśnić nieco twoje moce, tak samo jak twojej matki. Jednak ukryto jego tożsamość tak bardzo, że już to samo w sobie jest podejrzane. Nie wiem nic poza tym, że był Wielkim Demonem.*

Z tego, co James się orientował, Jem nie poczynił w następnym roku żadnych postępów w odkryciu tożsamości ich dziadka, a przynajmniej nie dowiedział się niczego, co uznałby za warte tego, by się tym podzielić. Jednakże w tamtym roku James nauczył się pod kierunkiem Jema zapobiegać wciąganiu do królestwa cieni. Zimnej zimowej nocy, gdy wiał przenikliwy wiatr, Jem zabrał go na szczyt Hampstead Heath i James oparł się wciąganiu, chociaż trząsł się tak bardzo, że szczękał zębami. Ćwiczyli w sali treningowej – Jem był zaskakująco dziarski jak na Cichego Brata – i rozmawiali o uczuciach, które wyzwalają jego moc, jak je kontrolować i panować nad nimi za pomocą oddechu nawet w trakcie walki. Raz zdarzyło się, że Jem pożyczył od Matthew jego psa, Oscara Wilde'a, i napuścił go na Jamesa, który niczego się nie spodziewał podczas śniadania.

James uważał, że niektóre pomysły Jema to zwykłe psikusy, w końcu każdy Cichy Brat ma najlepszą pokerową twarz pod słońcem. Ojciec zapewnił go, że to nie leży w naturze Jema i bez względu na dziwaczność treningu z pewnością stały za nim szczere zamiary. A James musiał przyznać, że te dziwne metody działały.

Z czasem zaczął lepiej sypiać, a na jawie przestał ciągle na siebie uważać. Królestwo cieni wycofało się na obrzeża jego pola widzenia. James czuł, że jego wpływ osłabł, zrzucił z siebie część brzemienia, z którego obecności nawet nie zdawał sobie sprawy. Coraz rzadziej gubił się w cieniach. Nie miał takiej przygody ani razu w minionym roku, aż do przedwczorajszej nocy, kiedy walczyli z deumasem.

Aż do dzisiaj myślał, że może już nigdy więcej to mu się nie przytrafi.

Powtarzał sobie, że nikt niczego nie zauważył. Może Matthew, ale to przez więź *parabatai* – do pewnego stopnia Matthew odczuwał to samo, co James. Mimo to Matthew nie widział tego samego co on. Nie widział, jak tancerze zamienili się w złowieszcze cienie, nie widział spalonej sali i tego, jak cień wciągał Barbarę.

I chwilę potem Barbara zemdlała.

James nie wiedział, co o tym myśleć. Jego wizje królestwa cieni nigdy nie znajdowały odzwierciedlenia w rzeczywistości. To były potworne widoki, a nie przepowiednie. A Barbarze nic się nie stało, mówiła, że tylko zemdlała, więc może to był jedynie zbieg okoliczności?

A jednak. James nie wierzył w zbiegi okoliczności. Chciał porozmawiać z Jemem. Jemu jednemu mówił o krainie cieni. Jem był Cichym Bratem, strażnikiem całej wiedzy, jaką Nocni Łowcy zebrali w ciągu wieków. Jem będzie wiedział, co robić.

James wyjął pudełko zapałek z kieszeni. To był dość niezwykły przedmiot z wydrukowanym rysunkiem Hermesa na wieczku, posłańcem greckich bogów. Jem dał mu je kilka miesięcy temu, z dokładną instrukcją, jak się nimi posługiwać.

James uderzył zapałką o żelazną poręcz biegnącą wzdłuż dachu. Zapłonęła, a James pomyślał nagle, że chyba jeszcze jedna osoba zaważyła coś dziwnego w jego zachowaniu: Cordelia. Widział to w sposobie, w jaki patrzyła na niego, gdy podszedł do niej, a ona poprosiła go o stelę.

Cordelia nie wiedziała o jego krainie cieni. Ich rodziny trzymały się blisko i Cordelia towarzyszyła mu, kiedy zapadł na ognistą gorączkę w Cirenworth i co rusz wpadał do królestwa cieni i z niego powracał. Możliwe, że nawet czytała mu wtedy na głos. Z trudem cokolwiek sobie przypominał, był wtedy bardzo chory.

Zapałka sparzyła go w palce. Zrzucił niedopałek i spojrzał na księżyc, mleczny sierp na niebie. Cieszył się, że Cordelia przyjechała do Londynu. Nie tylko ze względu na Lucie, ale i z własnego. To dziwne, pomyślał. Prawie jakby zapomniał, jakim stałym światłem może być jej obecność, gdy świat ogarnia mrok.

Minione dni

Cirenworth Hall, 1900

Po tym, jak wydalono go z Akademii Nocnych Łowców, rodzice wysłali Jamesa do Cirenworth Hall, żeby zdecydował, co chce zrobić z resztą życia.

Cirenworth Hall było rozwlekłym stosem kamienia z początku XVII wieku wzniesionym w Devonie, w którym Elias Carstairs zakochał się w 1895 roku i z miejsca kupił. Miało to być miejsce, do którego mogła wracać jego rodzina w przerwie między długimi podróżami.

James lubił tam mieszkać, bo lubił rodzinę Carstairsów, poza Alastairem, rzecz jasna, który na szczęście spędzał lato u Augustusa Pounceby'ego w Idrisie. Jednakże podczas tego konkretnego wyjazdu deszcz padał nieustannie. Zaczęło się, zanim jeszcze wyjechali z Londynu – szara mżawka, która przybrała na sile podczas drogi i zamieniła się w równe, stałe bębnienie towarzyszące im odtąd bez chwili przerwy w Cirenworth. Londyn podczas ulewy był dostatecznie ponury, ale Cirenworth wniósł ze sobą zupełnie nowy poziom bagnistej wilgoci i James zaczął się zastanawiać, po co w ogóle osiedlać się w Brytanii.

Przynajmniej nie trwało to długo. Jego rodzice odbyli serię nudnych politycznych spotkań zaplanowanych w Alicante, więc on i Lucie musieli wytrzymać w Cirenworth niecały miesiąc. Potem mieli wszyscy razem wrócić do rezydencji Herondale'ów, gdzie później mieli ich odwiedzić Carstairsowie i gdzie czekało ich – jak miał nadzieję James – słoneczne i piękne lato.

Najgorsze było to, że wszyscy starali się zostawiać mu jak najwięcej przestrzeni. Domyślał się, że tego właśnie po nim oczekują – że potrzebuje przestrzeni na swoje uczucia. Z tego powodu przez większość czasu siedział w salonie i czytał, podczas gdy Lucie i Cordelia trenowały, rysowały w szkicownikach, wkładały wellingtony i chodziły zbierać jeżyny w ulewie, parzyły i wypijały tysiące filiżanek herbaty dziennie, uprawiały szermierkę w pokojach, które zdecydowanie nie były do tego przeznaczone i w końcu złapały jakiegoś małego, głośnego ptaszka i trzymały go w klatce przez kilka dni, zostawiając Jamesowi tyle przestrzeni, że zaczął się czuć niewidzialny.

Tęsknił za spokojem Idrisu. Gdyby byli w posiadłości Herondale'ów, mógłby godzinami wędrować po lesie i nikt nie zadawałby żadnych pytań. (Pewnie poza Grace. Co by jej powiedział? Słyszała cokolwiek? Wątpił, żeby do niej i jej matki docierało wiele plotek).

Na uprzejmość Cordelii zawsze reagował uprzejmością, ale Lucie stała się tak przesadnie przyjazna, że w końcu wybuchnął:

– Nie musisz tak strasznie na mnie uważać, kiedy ze mną rozmawiasz. Nic mi nie jest.

– Wiem – odpowiedziała zaskoczona Lucie. – Wiem, że nic ci nie jest.

– Przepraszam – powiedział. Lucie spojrzała na niego współczująco. – Chyba jutro trochę potrenuję – dodał.

– W porządku.

Lucie zawahała się, jakby nie wiedziała, czy może coś dodać.

– Lucie. – James westchnął. – To ja. Po prostu to powiedz.

– No wiesz... tylko... chcesz, żebyśmy przyszły tam z Cordelią?

– Tak – odpowiedział. – Przyjdźcie. Byłoby... świetnie.

Uśmiechnęła się, on także się uśmiechnął i poczuł, że może pewnego dnia wszystko będzie dobrze, może jeszcze nie jutro, ale pewnego dnia na pewno.

A potem przyszedł następnego dnia potrenować z Lucie i Cordelią. Cordelia przyniosła swój słynny miecz Carstairsów, Cortanę, którą James już od dawna chciał obejrzeć z bliska. Nie miał jednak szansy, bo po dziesięciu minutach pierwszego ćwiczenia padł powalony nagłym bólem.

Dziewczyny krzyknęły i podbiegły do niego. On zwalił się jak marionetka z podciętymi sznurkami i tylko lata treningów, jakie już miał za sobą, sprawiły, że nie padł na własne ostrze. Zanim zdał sobie sprawę, gdzie się znajduje i co się stało, już leżał na podłodze.

Wyraz twarzy Lucie, gdy dotknęła jego czoła, nie uspokoił go.

– Na Anioła! – wykrzyknęła. – Jesteś rozpalony!

Cordelia już biegła do drzwi i wołała z niepokojem:

– *Mâmân*!

Jej obraz zafalował i wyblakł, kiedy James zamknął oczy.

***

Ognista gorączka, orzekli Sona i Elias. Widzieli już takie przypadki. To była choroba dotykająca tylko Nocnych Łowców. Większość przechodziła ją w niemowlęctwie, w bardzo łagodnej formie. Po jej przechorowaniu zyskiwało się odporność. Zanim Jamesa podniesiono z podłogi, Sona już wykrzykiwała rozkazy, podkasując obiema rękami ciężkie spódnice. Jamesa przeniesiono do sypialni, Lucie zawleczono do jej pokoju, wysłano wiadomość do Willa, Tessy i Cichych Braci.

James leżał w gorączce na łóżku i patrzył na gasnące światło. Kiedy nadeszła noc, zaczęły się dreszcze. Owinął się we wszystkie koce, jakie miał pod ręką, ale trząsł się jak listek. Czekał na pojawienie się Cichych Braci; dopóki go nie zbadają, nikt inny nie mógł wejść do pokoju.

Ku rozczarowaniu Jamesa przybył brat Enoch, nie wuj Jem.

Tak, to prawie na pewno ognista gorączka – orzekł. – *Wszyscy, którzy jej nie przechorowali, będą musieli opuścić dom. Pójdę im powiedzieć.*

Lucie nie przechorowała ognistej gorączki. James nie wiedział, jak sytuacja wygląda z pozostałymi. Długo czekał na powrót Enocha, ale musiał zasnąć, bo nagle poranne światło rzucało srebrne pasy na ściany, rozległo się skrzypienie drzwi, czyjeś kroki i pojawiła się Cordelia.

James rzadko widywał Cordelię bez Lucie. I nie tak chciałby się zaprezentować w tych rzadkich chwilach sam na sam. Leżał do połowy przykryty, wiercił się niespokojnie, nie mogąc znaleźć sobie wygodnej pozycji. Twarz miał zaczerwienioną od gorączki, koszula nocna kleiła mu się do ciała mokra od potu.

Nabrał powietrza, żeby się odezwać, i złapał go bolesny kaszel.

– Wody?

Cordelia pośpiesznie nalała mu szklankę z karafki, która stała na nocnym stoliku. Próbowała mu ją włożyć do ręki, ale nie był w stanie jej chwycić. Wsunęła mu więc rękę pod kark – jej dłoń wydawała mu się ciepła – i podtrzymywała mu głowę, przyciskając szklankę do ust.

Padł z powrotem na poduszki i zamknął oczy.

– Powiedz, proszę, że chorowałaś już na ognistą gorączkę.

– Tak. Moja matka też – odparła. – Przyziemna służba jest odporna. Wszyscy inni wyjechali. Powinieneś jeszcze się napić.

– To moje lekarstwo?

– Nie, lekarstwem jest szara mikstura przyrządzona przez brata Enocha i proponuję, żebyś zatkał sobie nos, kiedy będziesz ją pił. Pomoże zbić gorączkę, ale najwyraźniej jedynym lekiem na tę chorobę jest czas. Przyniosłam książki – dodała. – Leżą na komodzie. Mogę... ci poczytać.

James wzdrygnął się z powodu światła, ale zmusił się, żeby spojrzeć na Cordelię. Pasemka ciemnorudych włosów skręcały się na tle jej kości policzkowych. Przypominały mu zakrętasy wycięte w pięknych skrzypcach wuja Jema.

Zerknął na komodę i rzeczywiście zobaczył zaskakująco wysoki stos książek, którego wcześniej tam nie było. Cordelia uśmiechnęła się przepraszająco.

– Nie byłam pewna, co może ci się spodobać, więc poszukałam ksiąg w całym domu. Jest tam *Opowieść o dwóch miastach* bez drugiej części, więc możliwe, że to opowieść tylko o jednym mieście, zbiór poezji Byrona, trochę ponadgryzany na brzegach, pewnie przez myszy, więc możliwe, że to ich egzemplarz. Poza tym to perska literatura. Nie mamy tu nawet książek Nocnych Łowców. Ach, z wyjątkiem książki o demonach. Myślę, że ma tytuł *Demony, demony, demony*.

James zamknął oczy, ale się uśmiechnął.

– Czytałem ją – powiedział. – Mój ojciec jest jej wielkim wielbicielem. Pewnie nawet nie masz najnowszej wersji, do której tytułu dodano po raz czwarty „demony".

– Jak zwykle biblioteka Londyńskiego Instytutu zawstydza naszą kolekcję – odparła Cordelia i wtedy do pokoju weszła Sona i zamarła zdumiona widokiem córki.

– Cordelio – powiedziała z zaskoczeniem, które, jak James miał nadzieję, było tylko żartem. – Sama w sypialni chłopca? Naprawdę?

– *Mâmân*, on ledwie jest w stanie usiąść, a ja jestem wytrenowaną wojowniczką, która dzierży mistyczny miecz.

– Hmm – mruknęła Sona i machnęła ręką, dając Cordelii znak, żeby wyszła.

Zaatakowała Jamesa z lekarstwami z własnego domu, jak wyjaśniła: pastami i kataplazmami z olibanu, nagietka i *haoma*.

– Chciałbym, żeby Cordelia wróciła i poczytała mi później, jeśli zechce – powiedział James.

– Hmm – mruknęła znowu Sona, ocierając jego czoło kompresem.

***

Cordelia wróciła i poczytała Jamesowi. Potem wróciła znowu i znowu mu czytała. I jeszcze raz. James miał zbyt wysoką gorączkę, żeby wiedzieć, ile czasu upłynęło. Czasem na zewnątrz było ciemno, czasem jasno. Kiedy nie spał, jadł, co mógł, wypijał trochę wody, zmuszał się do przełknięcia ohydnej mikstury Enocha. Czasem gorączka słabła na chwilę i wtedy robiło mu się potwornie gorąco i przepacał ubrania. Czasem miał wrażenie, że siarczysty zimowy mróz owiewa mu ciało i żadna liczba koców i polan na kominku nie mogła mu pomóc. Przez cały ten czas towarzyszyła mu Cordelia, cicho czytając, czasem ocierając mu czoło albo dolewając wody do szklanki.

Czytała mu poematy Nizamiego, zwłaszcza historię Lajli i Madżnuna, którą ewidentnie uwielbiała i znała od dziecka. Rumieniła się nieoczekiwanie przy bardziej romantycznych fragmentach:

gdy biedny młodzieniec zakochiwał się w Lajli od pierwszego wejrzenia, gdy wędrował oszalały po pustyni po tym, jak zostali rozdzieleni.

– „Sercu najdroższa jednym spojrzeniem nerwy mu rozpaliła; jednym spojrzeniem myśl wszelką stłumiła. Popatrzył na nią i gdy tak patrzył, miłość ich serca zdobyła. Nigdy nie chcieli się rozstać".

Zerknęła przelotnie na Jamesa i zaraz odwróciła wzrok. James się zdziwił. Gapił się na nią? Nie był do końca świadom swojego zachowania.

– „W jej oczach – czarnych, przepaścistych – zabójcza magia drży. Gdy wzeszedł księżyc, tysiąc serc podbiła licem swym. Jej mocy nie sprostałaby ni tarcza, ni największa duma. Lajla: tak miała na imię".

– Lajla – mruknął do siebie, ale wątpił, żeby Cordelia go słyszała. Zamknął oczy.

***

Tylko raz – z tego, co się orientował – wpadł do królestwa cieni. Nie spał, trząsł się z gorączki, włosy przykleiły mu się do głowy od zimnego potu, był niespokojny. Zobaczył, że zaniepokojona Cordelia otwiera szeroko oczy, kiedy przeszedł przemianę. Poderwała się na równe nogi, a on pomyślał: „Pobiegnie po pomoc, przestraszyła się. Boi się mnie".

Wyciągnął do niej rękę, cień, który był jego dłonią, złapał ją – ciemność na tle ciała. Zastanawiał się, jak Cordelia odbiera jego dotyk. Miał sztywne całe ciało, jakby był koniem bojącym się burzy. W pokoju pachniało elektrycznymi wyładowaniami.

– James, musisz się trzymać. Musisz. Nigdzie nie odchodź – powiedziała Cordelia. – Zostań ze mną.

– Zimno – zdołał powiedzieć. – Nie mogę się rozgrzać. Nie mogę wcale się rozgrzać.

Gdyby był w ciele, zamknąłby powieki, starając się zapanować nad drżeniem. Jako cień miał wrażenie, że ma szeroko otwarte oczy i w żaden sposób nie może ich zamknąć. Widział, jak Cordelia miota się po pokoju, szukając czegoś, czegokolwiek, co by pomogło. Wiedział, że to na nic; ogień już huczał na kominku, on już leżał zawinięty w koce, w nogach miał termofor z gorącą wodą. Mimo to przenikało go siarczyste zimno.

Cordelia prychnęła sfrustrowana i zmarszczyła czoło. Przez umysł Jamesa przepłynęła myśl, daleko poza niekończącym się wyjącym wiatrem, że wygląda pięknie. Nie wybrałby świadomie takiej myśli, ale nie miał czasu się nad tym zastanowić.

Potem Cordelia ostrożnie ułożyła się na łóżku obok niego. On leżał pod górą koców, a ona ułożyła się na nich, rzecz jasna. Jednakże jej obecność zaczęła odpychać zimno. Zamiast na bólu niesionym przez potworny ziąb skupił się na jej ciele, ciepłym i konkretnym, leżącym wzdłuż jego własnego. Przez liczne dzielące ich warstwy okryć nadal czuł jej nacisk na boku, czuł, jak Cordelia układa wygodniej nogi, napiera biodrem na niego. Patrzył na sufit, a ona leżała na boku, ale jej twarz znajdowała się bardzo blisko. Jej włosy pachniały jaśminem i drzewnym dymem. Przełożyła rękę przez jego pierś i przysunęła się najbliżej, jak mogła.

To wymagało od niego potwornego wysiłku, ale obrócił głowę w bok, w jej stronę. Zobaczył, że Cordelia ma otwarte oczy, błyszczące i głębokie. Wpatrywała się w niego. Oddychała bardzo równo.

– „Nie szukałem ognia, lecz me serce płonie. Lajlo, ta miłość jest nie z tej ziemi".

Zadrżał i powrócił całkowicie do zwykłego świata, poczuł, że jego ciało znowu zajmuje swoją przestrzeń. Cordelia nie oderwała od niego oczu, ale przestała zagryzać usta i rozluźniła się, gdy wyraźnie jej ulżyło.

Jamesowi nadal było zimno, ale nie tak bardzo jak wcześniej. Cordelia odsunęła mu pasmo włosów z oczu. Znowu zadygotał, ale nie z zimna. Zamknął oczy i kiedy obudził się ponownie, trwał już ranek, a Cordelii nie było.

Minął jeszcze jeden dzień albo coś koło tego, nim gorączka zaczęła na dobre słabnąć. Kolejny dzień później brat Enoch uznał, że James już nikogo nie zarazi, i przyjechali jego rodzice z Lucie. Potem czuł się już na tyle dobrze, by usiąść, a wreszcie wyjechać z Cirenworth do Idrisu i znajomych wygód posiadłości Herondale'ów. Ojciec poinformował go, że pogoda w Idrisie jest znakomita.

Kiedy już James wstał z łóżka, powrócili z Cordelią do ich zwykłych, przyjaznych stosunków. Żadne z nich nie wspominało o czasie spędzonym razem podczas jego choroby. James uznał, że Cordelia po prostu opiekowała się nim z życzliwością i wielkodusznością, jaką okazuje wszystkim, których lubi. Nie objęli się przy pożegnaniu. (Lucie uczepiła się Cordelii jak rzep, chociaż ta zapewniała ją, że przyjedzie później tego lata do posiadłości Herondale'ów razem z rodziną). Kiedy przechodził przez Bramę, pomachał do Cordelii, a ona odpowiedziała mu przyjaźnie tym samym.

Nocami przez długi czas James myślał o zapachu jaśminu i drzewnego dymu, nacisku jej ręki, o niezgłębionych ciemnych oczach, jakimi się w niego wpatrywała.

„Chyżo tajemną szedł ścieżką w cieniu, dwór Lajli majaczył w oddaleniu. Drzwi ucałował. Tysięcznych dostał skrzydeł, lecz po tym, jak hołd swój złożył wiernie, wstrzymały go tysięczne ciernie. Dniem ni nocą nie zazna wytchnienia – tak Lajla ożywia jego wspomnienia".

4

Zbrzydły cienie

„Lub nocą, kiedy księżyc wschodzi,
Przechodzą oblubieńcy młodzi.
»O, jakże zbrzydły mi te cienie!«
Wzdycha pani z Shalott"*.

Alfred Tennyson, *Pani z Shalott*

Następny dzień okazał się słoneczny i piękny. Wydawało się, że Regent's Park lśni w popołudniowym słońcu od York Gate po zielony trawnik nad jeziorem. Zanim Cordelia i Alastair przyszli, na wschodnim brzegu już zgromadził się tłum młodych Nocnych Łowców. Kolorowe koce tkane z jasnoczerwonej i modrej jak niebo bawełny rzucono na trawę, małe grupki usadowiły się wokół koszy piknikowych nad jeziorem.

Młodsi zajęli się puszczaniem na wodzie miniaturowych łódek, których białe żagle sprawiały, że jezioro wyglądało jak wypełnione łabędziami. Starsze dziewczyny były ubrane w pastelowe sukienki albo spódnice i bluzki ze stójką, a młodzieńcy nosili swetry i pumpy. Niektórzy mieli na sobie wioślarskie stroje Przyziemnych – marynarki i spodnie z białego lnu, chociaż

* Przeł. Anna Bańkowska.

biel była tradycyjnym kolorem żałoby wśród Nocnych Łowców, więc jej unikano.

Skandal, pomyślała z ponurym rozbawieniem Cordelia, kiedy podeszła z Alastairem do tłumu. Było inaczej niż poprzedniego wieczoru, kiedy zebrała się cała Enklawa, Nocni Łowcy od najstarszych do najmłodszych. Tu siedzieli tylko ludzie w jej wieku. Być może nie ci, którzy mogli najbardziej pomóc jej ojcu, ale każdy tu miał rodziców, a niektórzy z nich byli dość wpływowi. Wielu miało starszych braci lub siostry. Bal nie ułożył się dla Cordelii tak, jakby tego chciała, ale dzisiaj obiecała sobie, że zrobi wrażenie.

Rozpoznała Rosamund Wentworth i parę innych dziewczyn z balu. Były pogrążone w rozmowie. Zaczął w niej narastać ten sam niepokój co podczas balu: jak dołączyć do towarzyskiego kręgu? Jak sprawić, że jest się mile widzianym w towarzystwie?

Spędziła cały ranek z Risą i kucharką Lightwoodów, pomagając przygotować największy, najbardziej spektakularny kosz piknikowy, jaki kiedykolwiek widziano. Wyjęła spod pachy zwinięty koc i celowo rozłożyła go blisko brzegu jeziora, w miejscu tuż przed granicą między trawą a piaskiem i żwirem.

Pomyślała, że usadowi się na widoku. Klapnęła na koc i machnęła na Alastaira, żeby siadł obok niej. Patrzyła, jak brat upuszcza ciężki kosz piknikowy ze zdławionym przekleństwem i siada obok niej.

Miał na sobie marynarkę z szarego lnu w prążki, jasną na tle jego brązowej skóry. Rozglądał się niespokojnie po tłumie.

– Nie mogę sobie przypomnieć, dlaczego się na to zgodziliśmy.

– Nie możemy przez resztę życia chować się w domu – odpowiedziała Cordelia. – Musimy nawiązywać przyjaźnie. Przypominam ci, że mamy się przypodobać Enklawie.

Alastair skrzywił się, a ona zaczęła wypakowywać kosz, ustawiając świeże kwiaty, ziemnego kurczaka, dziczyznę zapiekaną w cieście, owoce, masło w słoiczku, trzy rodzaje marmolady, biały i ciemny chleb, pastę krabową i łososia w majonezie.

Alastair uniósł brwi.

– Ludzie lubią jeść – wyjaśniła Cordelia.

Alastair miał minę, jakby zamierzał się sprzeciwić, ale nagle się rozpogodził i wstał.

– Widzę paru chłopaków z Akademii – powiedział. – Piers i Toby są nad wodą. Pójdę do nich, dobrze?

– Alastair... – zaczęła Cordelia, ale jego już nie było.

Zostawił ją samą na grubo tkanym kocu piknikowym. Uniosła podbródek i wyłożyła resztę jedzenia: truskawki, śmietanę, tarty cytrynowe i piwo imbirowe. Żałowała, że nie ma tam Lucie, ale skoro jeszcze się nie zjawiła, Cordelia poradzi sobie sama.

Jesteś Nocną Łowczynią, powiedziała sobie. Ze starego rodu perskich Nocnych Łowców. Ród Jahanshah walczył z demonami dłużej, niż tacy ludzie jak Rosamund Wentworth potrafią sobie wyobrazić. Sona twierdziła, że w ich żyłach płynie krew słynnego bohatera Rustama. Cordelia poradzi sobie z piknikiem.

– Cordelia Carstairs?

Cordelia podniosła wzrok i zobaczyła, że stoi nad nią Anna, elegancka jak zawsze, w jasnej lnianej koszuli i płowych spodniach.

– Mogę się przyłączyć? – zapytała.

– Oczywiście! – Cordelia z zachwytem zrobiła jej miejsce.

Wiedziała, że Anna jest obiektem podziwu i krążą o niej legendy. Robiła to, co chciała, ubierała się, jak chciała, żyła, jak chciała. Jej stroje były równie spektakularne jak opowieści na jej temat. Jeśli Anna postanowi usiąść przy Cordelii, to nikt nie uzna jej za nudną.

Anna uklękła z wdziękiem i sięgnęła do kosza po butelkę imbirowego piwa.

– Chyba nie zostałyśmy sobie oficjalnie przedstawione, ale po dramatycznych wydarzeniach wczorajszego wieczoru mam wrażenie, że cię znam.

– Przez lata wiele nasłuchałam się na twój temat od Lucie i mam wrażenie, że ja znam ciebie.

– Widzę, że rozstawiłaś jedzenie wokół siebie jak fortecę – zauważyła Anna. – Bardzo mądrze. Osobiście uważam każde spotkanie towarzyskie za bitwę. I zawsze noszę zbroję. – Skrzyżowała nogi w kostkach, popisując się wysokimi do kolan butami.

– A ja zawsze zabieram swój miecz. – Cordelia poklepała rękojeść Cortany, która leżała teraz na wpół schowana pod fałdą koca.

– Ach, słynna Cortana. – Annie zabłysły oczy. – Miecz bez runów, który mimo to zabija demony. To prawda?

Cordelia z dumą pokiwała głową.

– Mój ojciec zabił nim wielkiego demona Yanluo. Podobno ostrze Cortany może wszystko przeciąć.

– Użyteczna rzecz. – Anna musnęła rękojeść i cofnęła rękę. – Jak znajdujesz Londyn?

– Szczerze? Jest przytłaczający. Spędziłam większość życia w podróżach i w Londynie znam tylko Jamesa i Lucie.

Anna posłała jej uśmiech sfinksa.

– Za to przyniosłaś tyle jedzenia, że starczyłoby dla małej armii. – Przechyliła głowę. – Chciałabym cię zaprosić na herbatę do mojego mieszkania. Musimy omówić pewne kwestie.

Cordelia oniemiała. O czym mogła chcieć z nią rozmawiać szykowna Anna Lightwood? Pomyślała, że może chodzi o jej ojca, ale zanim zdążyła zapytać, Anna rozpromieniła się i pomachała do dwóch nadchodzących osób.

Cordelia odwróciła się i zobaczyła, że wzdłuż brzegu jeziora idą w ich stronę brat Anny, Christopher, i Thomas Lightwood. Thomas górował nad Christopherem; gawędzili przyjaźnie. Słońce odbijało się od okularów Christophera.

Kąciki ust Anny unosiły się w uśmiechu.

– Christopher! Thomas! Tutaj!

Cordelia przykleiła do ust pogodny uśmiech, gdy chłopcy podeszli bliżej.

– Przywitajcie się – powiedziała. – Mam tarty cytrynowe i piwo imbirowe, jeśli macie ochotę.

Chłopcy popatrzyli po sobie. Chwilę potem siedzieli na kocu, a Christopher prawie przewrócił kosz. Thomas bardziej uważał na swoje długie nogi i ręce, jakby się bał, że coś przewróci. Nie był piękny jak James, ale z pewnością spodoba się wielu dziewczynom. Jeśli idzie o Christophera, to z bliska podobieństwo jego delikatnych rysów do twarzy Anny było jeszcze bardziej ewidentne.

– Widzę, czemu wzywałaś nas na pomoc – powiedział Thomas; oczy mu zabłysły na widok pikniku. – Byłoby ci piekielnie trudno zjeść to wszystko w pojedynkę. Lepiej wezwać wsparcie.

Christopher sięgnął po cytrynową tartę.

– Thomas potrafił wyczyścić naszą spiżarkę w godzinę. A konkursy w jedzeniu, jakie urządzali sobie z Lucie... aż drżę na samo wspomnienie.

– Chyba co nieco o tym słyszałam – powiedziała Cordelia.

„Thomas uwielbia piwo imbirowe"– powiedziała jej raz Lucie. „A Christopher ma obsesję na punkcie cytrynowych tart". Cordelia ukryła uśmiech.

– Wiem, że mieliśmy okazję spotkać się raz czy dwa, ale teraz, kiedy oficjalnie mieszkam w Londynie, mam nadzieję, że zostaniemy przyjaciółmi.

– To całkowicie pewne – odparł Christopher. – Zwłaszcza jeśli czeka nas więcej cytrynowych tart.

– Wątpię, żeby wszędzie nosiła je ze sobą, chowała do kapeluszy i tak dalej – wtrącił Thomas.

– Noszę je za pasem z bronią zamiast serafickich ostrzy – powiedziała Cordelia i obaj chłopcy parsknęli śmiechem.

– Jak się miewa Barbara? – zapytała Thomasa Anna, sięgając po jabłko. – Dobrze się czuje po wczorajszym wieczorze?

– Wydaje się, że nic jej nie jest – odpowiedział Thomas, wskazując Barbarę, która spacerowała nad jeziorem z Oliverem. Obracała jasnoniebieską parasolką i gawędziła z ożywieniem. Thomas wgryzł się w pasztecik.

– Gdybyś był naprawdę oddanym bratem, przebywałbyś u jej boku – powiedziała Anna. – Mam nadzieję, że gdybym ja zemdlała, Christopher łkałaby niepocieszony i nie byłby w stanie objadać się pasztecikami.

– Barbara nie życzy sobie mojego towarzystwa – odparł nieporuszony Thomas. – Ma nadzieję, że Oliver się oświadczy.

– Tak? – Anna uniosła z rozbawieniem brwi.

– Alastair! – zawołała Cordelia. – Chodź coś zjeść. Jedzenie znika!

Jednakże jej brat, który bynajmniej nie gawędził z kolegami z Akademii, ale stał sam nad jeziorem, rzucił jej tylko spojrzenie sugerujące, że jest denerwująca.

– Ach, Alastair tu jest – rzucił odrobinę zbyt nonszalancko Thomas.

– Tak – odpowiedziała Cordelia. – W tej chwili jest panem w naszym domu, ponieważ ojciec przebywa w Idrisie.

Christopher wyjął mały czarny notesik i zaczął coś w nim notować. Anna patrzyła na jezioro, gdzie kilka młodych dam –

między innymi Rosamund, Ariadne i Catherine – postanowiło się przejść.

– Serdecznie mu współczuję – odparł Thomas, uśmiechając się. – Mój ojciec też często bywa w Idrisie, razem z Konsul...

Wiem, pomyślała Cordelia, ale zanim zdążyła zadać mu pytanie, usłyszała, że woła ją Lucie. Podniosła wzrok i zobaczyła, że jej przyszła *parabatai* idzie w ich stronę, przytrzymując jedną ręką słomkowy kapelusz na głowie, a w drugiej dźwigając kosz. Za nią szedł James z rękami w kieszeniach spodni w prążki. Nie miał kapelusza i wiatr targał mu już zmierzwione czarne włosy.

– Och, cudownie – powiedziała Lucie, widząc górę jedzenia u Cordelii. – Możemy połączyć nasze łupy. Zobaczmy, co masz.

Anna i Christopher zrobili miejsce dla Lucie, która uklękła i zaczęła wyładowywać jedzenie: ser i tarty z dżemem, kanapki i lemoniadę. James usiadł obok Christophera, zerkając od niechcenia do jego notesu. Powiedział coś cicho, a Thomas i Christopher się roześmiali.

Cordelii gardło się zaciskało. Nie rozmawiała tak naprawdę z Jamesem, odkąd tańczyli poprzedniego wieczoru. Chyba że liczyć jego prośbę, by wyjęła stelę z jego marynarki. Przypomniała sobie, jak zaciskał ręce spuszczone wzdłuż boków. Teraz sprawiał wrażenie innej osoby.

– Na czym stanęło wczorajszego wieczoru? – zapytała Lucie. – Ta sprawa z demonami w Seven Dials?

James zerknął na nią. Uśmiechał się swobodnie. Za swobodnie, uznała Cordelia. Jakby był aktorem na scenie i miał grać kogoś, kto dobrze się bawi.

– Shaxy wzdłuż całej Monmouth Street. Musieli wezwać Ragnora Fella do pomocy, żeby rzucił czar ochronny na okolicę i Przyziemni niczego nie zauważyli.

Thomas zmarszczył brwi.

– To dziwne, że po tak długiej przerwie najpierw spotkaliśmy demona przedwczoraj, a wczoraj znowu...

– Wy spotkaliście? – zapytała Lucie. – Kiedy?

– Ehm. – Thomas strzelał piwnymi oczami na boki. – Może się mylę. Może to nie był demon. Może to był podręcznik o demonach.

– Thomasie, za grosz nie potrafisz kłamać – powiedziała Lucie. – Chcę wiedzieć, co się stało.

– Zawsze możesz zapytać Matthew – odpowiedział James. – Potrafisz wyciągnąć z niego wszystko, Lucie. – Zerknął na jezioro. – Gdzie jest Matthew? Miał chyba przyjść, prawda?

Zerknął na Cordelię, a ją nagle ogarnął gniew. Siedziała cicho. Teraz, kiedy zwabiła tylu ludzi na swój Piknikowy Koc Machinacji, jak ma napomknąć o swoim ojcu? Jednakże słowa Jamesa przypomniały jej wczorajszy wieczór z całą wyrazistością. Pytał, czy wie, gdzie jest Matthew, bo tańczyła z Matthew, a ona tańczyła z Matthew, bo James porzucił ją na parkiecie i Matthew musiał go zastąpić.

Cordelia wstała, prawie przewracając butelkę piwa imbirowego. Wzięła głęboki wdech, otrzepała spódnicę z niebieskiej serży i oznajmiła:

– James, chciałabym porozmawiać z tobą chwilę na osobności, jeśli nie masz nic przeciwko.

Wszyscy popatrzyli na nią zdumieni, nawet Lucie. James tylko skinął głową.

– Prowadź – powiedział.

***

W pobliżu jeziora wznosiła się mała włoska budowla ogrodowa o białych kolumnach. Cordelia w milczeniu zaprowadziła tam Jamesa z dala od piknikowego tłumu. Minęli parę grupek spacerujących Przyziemnych. Pokonała kilka stopni prowadzących do centralnego pawilonu i odwróciła się do Jamesa.

– Zeszłego wieczoru zachowałeś się wobec mnie w najwyższym stopniu niegrzecznie i oczekuję przeprosin – powiedziała.

Podniósł na nią wzrok. Zatem tak by to było, gdybym była wyższa od Jamesa, pomyślała. Odpowiadało jej to. James patrzył spokojnie, jego twarz była wręcz nieodgadniona. Nie była to nieprzyjazna mina, ale wskazywała, że całkowicie się odciął, nikogo do siebie nie dopuszcza. Widywała już u niego taką minę. Zawsze w głębi ducha nazywała ją „Maską".

Uniosła brew.

– Nie zamierzasz mnie przeprosić?

Może bycie od niego wyższą nie jest takie dobre, pomyślała. Kiedy podnosił na nią wzrok, patrzył przez rzęsy, które były gęste i czarne jak jedwabne frędzle szala.

– Staram się wymyślić, jak najlepiej to zrobić. To, co zrobiłem, zostawiając cię na parkiecie, było niewybaczalne. Próbuję wymyślić powód, dla którego powinnaś mi wybaczyć, bo w przeciwnym razie złamiesz mi serce.

Cordelia odchrząknęła.

– To już jakiś początek.

Uśmiechnął się słabo, ale szczerze, przełamując Maskę.

– Zawsze byłaś wielkoduszna, Daisy.

Wycelowała w niego palec.

– Daruj sobie „Daisy". Zastanowiłeś się, jak się czuje dziewczyna w takiej sytuacji? Dziewczyna nie może poprosić dżentelmena do tańca. Jest zdana na łaskę wyboru dokonywanego przez drugą płeć. Nie może odmówić, jeśli ktoś ją poprosi. Kiedy chłopak odchodzi od niej na parkiecie, upokarza ją. Tym bardziej, gdy dziewczyna ma na sobie naprawdę potworną sukienkę. Teraz wszyscy będą zastanawiali się, co ze mną jest nie tak.

– Z tobą? – powtórzył. – Z tobą nic nie jest nie tak. Wszystko, co mówisz, to prawda i jestem głupi, że nie pomyślałem o tym wcześniej. Mogę tylko obiecać, że nigdy więcej podczas towarzyskich okazji nie zabraknie ci kogoś, kto będzie ci towarzyszył albo z tobą tańczył. Możesz w to nie wierzyć, odkąd poznałaś Thomasa, Christophera i Matthew, ale to całkiem popularni chłopcy. Możemy zadbać, żebyś była rewelacją tego sezonu.

– Naprawdę? Thomas, Christopher i Matthew są popularni?

James się roześmiał.

– Tak. I mogę obiecać ci coś więcej. Jeśli obrażę cię raz jeszcze, sam włożę okropną sukienkę na następne większe spotkanie towarzyskie.

– Dobrze. – Wyciągnęła rękę. – Możemy przypieczętować to uściskiem ręki, jak to robią dżentelmeni.

James zrobił krok w jej stronę i zacisnął ciepłe palce wokół jej dłoni. Jego lekko wykrzywione usta robiły wrażenie niesamowicie miękkich. Przyjrzał się jej twarzy. Cordelia zastanawiała się, czego szukał.

– James – powiedziała.

– Tak?

– Zamiast wkładać okropną sukienkę, mógłbyś mi pomóc w inny sposób.

– Co tylko zechcesz. – Nie wypuścił jej ręki.

– Mógłbyś mi powiedzieć, który z młodych ludzi w Enklawie jest do wzięcia. Gdybym musiała... wyjść za mąż, to który z nich będzie miłym, a nie okropnym towarzyszem.

Spojrzał zdumiony.

– Nie możesz wyjść za mąż...

– Dlaczego nie? – Zabrała rękę. – Uważasz, że nikt mnie nie zechce?

Jego twarz przybrała dziwny kolor. Cordelia nie miała pojęcia dlaczego, dopóki nie obejrzała się i nie zobaczyła, że w pobliżu gloriety zatrzymał się powóz.

Drzwi powozu zdobiły cztery litery symbolizujące rząd Nocnych Łowców: Clave, Radę, Przymierze i Konsula. Matthew siedział z przodu z lejcami w rękach, wiatr rozwiewał mu jasne włosy.

Za nim siedział brat Matthew, Charles, i śmiał się, a towarzyszyła mu Grace w słomkowym czepku i niebieskiej sukience obszytych francuską koronką klockową.

Cordelia zerknęła znowu na Jamesa i zobaczyła błysk w jego oczach, jakby ciemne światełko za tęczówkami. Patrzył, jak Charles pomaga Grace wysiąść z powozu. Matthew schodził z kozła, porzucając lejce, i rozglądał się za przyjaciółmi.

– Co cię łączy z Grace Blackthorn? – zapytała cicho Cordelia. – Jesteście po słowie?

„Po słowie" było dość mglistym terminem. Mogło oznaczać sekretne zaręczyny albo jedynie deklarację poważnego zainteresowania. Ale pasowało tu równie dobrze jak wiele innych określeń.

Dziwne światło nadal płonęło w oczach Jamesa, przez co ze złotych zamieniły się w przydymione szkło.

– Są bliscy mi ludzie, za których oddałbym życie. Sama wiesz.

Nie wypowiedział imion, ale Cordelia je znała: Lucie, Will, Tessa, Christopher, Matthew, Thomas. Jem Carstairs.

– Grace jest jedną z nich. Mieszkamy po sąsiedzku w Idrisie. Od dawna widywałem ją każdego lata. Kochamy się, ale to tajemnica. Ani moi rodzice, ani jej matka nie są świadomi łączącej nas więzi. – Uniósł nadgarstek i w słońcu zabłysła srebrna bransoletka. – Dała mi to, gdy mieliśmy po trzynaście lat. To obietnica, jaką sobie złożyliśmy. – W jego głosie pojawił się dziwny dystans, jakby recytował zasłyszaną historię, a nie wspominał.

Może to była nieśmiałość, bo wyjawiał coś niesłychanie intymnego?

– Rozumiem – powiedziała Cordelia. Zerknęła na powóz. Ariadne przyszła do Charlesa i teraz wszyscy się witali. Grace odwróciła się i patrzyła na glorietę.

– Myślałem, że nie pojedziemy w tym roku do Idrisu – opowiadał James. – Napisałem o tym do Grace, ale jej matka ukryła przed nią mój list. Oboje zastanawialiśmy się nad milczeniem tego drugiego. Dopiero wczoraj, na balu, odkryłem, że przyjechała do Londynu.

Cordelia stała odrętwiała. W takim razie to oczywiste, że musiał do niej pobiec. Widywał Grace każdego lata z wyjątkiem tego roku. Musiał bardzo tęsknić. Zawsze wiedziała, że James wiedzie życie w Londynie z przyjaciółmi, o którym niewiele wie, ale nie zdawała sobie sprawy, jak słabo go zna. Równie dobrze mógłby być obcą osobą. Nieznajomym, który kocha kogoś innego. A ona, Cordelia, była tylko intruzem.

– Cieszę się, że znowu jesteśmy przyjaciółmi – powiedziała. – Teraz pewnie chcesz porozmawiać z Grace sam na sam. Daj jej znać, żeby do ciebie przyszła teraz, kiedy nikt nie zwraca uwagi. Nikt was nie zauważy.

James chciał coś powiedzieć, ale Cordelia już się odwróciła i ruszyła z powrotem w stronę jeziora i pikników. Nie dałaby rady poczekać, aż jej podziękuje za to, że odchodzi.

***

Lucie nie dziwiła się, że Cordelia chce zganić Jamesa. Zachował się potwornie niegrzecznie wczorajszego wieczoru. Nawet jeśli dziewczyna jest tylko twoją przyjaciółką, nie zostawiasz jej podczas tańca. Poza tym dostarczył takim osobom jak Rosamund Wentworth aż zbyt dużo tematów do paskudnych plotek. Przypomniała sobie, żeby powiedzieć Cordelii, co się przytrafiło Eugenii Lightwood, kiedy tylko zostaną same.

Właściwie to chciała z nią omówić bardzo wiele spraw, gdy już zostaną same. „Zeszłego wieczoru spotkałam ducha, którego nie widzi nikt inny. Ducha chłopca, który jest martwy, ale nie do końca".

Parę razy otworzyła usta, żeby wspomnieć o Jessem Jamesowi albo rodzicom, ale zmieniała zdanie. Z jakiegoś powodu, który nie do końca rozumiała, miała wrażenie, że powierzono jej sekret, którego powinna dotrzymać. To nie była wina Jessego, że ona go widziała, w dodatku naprawdę uratował ją kilka lat temu w lesie Brocelind. Przypomniała sobie, że powiedziała mu, że chce zostać pisarką, gdy dorośnie. „To brzmi cudownie" – powiedział wtedy tęsknie. Pomyślała, że zazdrości jej przyszłej wspaniałej kariery, i dopiero teraz dotarło do niej, że pewnie zazdrościł jej perspektywy dorastania.

– Widzę, że Cordelia wraca – oznajmiła Anna. Opierała się na łokciach, słońce błyszczało na jej ciemnych włosach. – Ale bez Jamesa. Ciekawe.

Anna, tak samo jak Lucie, uważała, że każdy aspekt ludzkiego zachowania jest ciekawy. Czasem Lucie uważała, że Anna też powinna być pisarką. Jej pamiętniki na pewno były skandalizujące.

Cordelia szła do nich, ostrożnie omijając kolorowe piknikowe koce. Usiadła obok Lucie, wachlując się słomkowym czepkiem. Miała na sobie kolejną upiorną pastelową sukienkę. Lucie żałowała, że Sona nie pozwala Cordelii samej dobierać sobie strojów.

– James dostał to, co mu się należało? – zapytała Lucie. – Zmyłaś mu głowę?

Cordelia uśmiechnęła się promiennie.

– Zapewniam, że potwornie się zmieszał. Ale znowu jesteśmy przyjaciółmi.

– To gdzie on się podziewa? – zapytał Thomas.

Podwinął rękawy koszuli i Lucie dostrzegła brzeg kolorowego tatuażu na lewym przedramieniu. Nocni Łowcy rzadko się tatuowali, bo skórę mieli zwykle poznaczoną runami, ale Thomas zafundował sobie tatuaż w Hiszpanii.

– Zakopałaś gdzieś w parku jego ciało?

– Poszedł porozmawiać z Grace Blackthorn – odpowiedziała Cordelia, sięgając po butelkę lemoniady.

Lucie zerknęła na nią. Sama dopiero wczoraj zorientowała się, że James jest zakochany w Grace, a nie w Daisy. Miała nadzieję, że nie napełniła głowy przyjaciółki głupimi fantazjami, gdy paplała w parku jak nakręcona o tym, że James może być w niej zakochany.

Cordelia sprawiała wrażenie nieporuszonej, w dodatku zbyła ten pomysł jeszcze w Ogrodach Kensington. Pewnie myślała o Jamesie jak o kuzynie. Lucie zaś z pewnością pokrzyżowało to plany. Byłoby cudownie mieć za bratową Daisy, a wątpiła, żeby Grace okazała się cudowna w taki sam sposób. Nie przypominała sobie, żeby kiedykolwiek widziała jej uśmiech albo słyszała śmiech, i wątpliwe, by oczarowały ją piosenki Willa o demonicznej ospie.

– Nie wiedziałem, że tu jest. – Christopher poczęstował się szóstą cytrynową tartą.

– Jest – powiedział Matthew, wynurzając się z gęstwiny parasoli i uczestników pikniku.

Usiadł zręcznie obok Anny, która zerknęła na niego i mrugnęła porozumiewawczo. Matthew i Anna trzymali się szczególnie blisko – wiele podobnych rzeczy sprawiało im przyjemność, między innymi modne stroje, cieszące się złą sławą salony, szokująca sztuka i skandalizujące sztuki teatralne.

– Podobno Charles obiecał zeszłego wieczoru, że przywiezie ją tutaj naszym powozem. Musieliśmy skręcić po nią do Chiswick.

– Widzieliście Dom Lightwoodów... Znaczy Chiswick House? – zapytał Thomas. – Podobno jest w fatalnym stanie.

Matthew pokręcił głową.

– Grace czekała na nas przy frontowej bramie. Pomyślałem, że to trochę dziwne.

Chiswick House należał kiedyś do Benedicta Lightwooda i miał przejść na jego synów: Gabriela i Gideona. Wszystko się zmieniło po hańbie, jaką ściągnął na siebie Benedict i ostatecznie dom przemianowany na Chiswick House odziedziczyła Tatiana, chociaż wyszła za Blackthorna.

Tatiana zasłynęła z tego, że pozwoliła domowi popaść w ruinę. Może po śmierci Jessego uznała, że nie ma nikogo z Blackthornów, komu można by zostawić ten dom. Grace była adoptowaną wychowanicą Tatiany, a nie prawdziwą córką. Po śmierci Tatiany dom przejdzie w ręce Clave, które może zwrócić go Lightwoodom. Tatiana pewnie wolałaby spalić dom niż do tego dopuścić.

Jesse wspomniał, że zarówno matka, jak i siostra mogą go widzieć. Jakie to musiało być dziwne dla niego i dla nich. Lucie przypomniała sobie poprzednią noc: Jessego mówiącego, że na sali balowej jest śmierć. Jednakże nic się nie stało. W mieście pojawiły się demony, ale z łatwością sobie z nimi poradzono.

A jeśli nie miał na myśli śmierci, do której miało dojść zeszłego wieczoru? Może chodziło mu o poważniejsze zagrożenie dla nich wszystkich?

Lucie zadrżała i zerknęła na jezioro, gdzie wszystko wyglądało zupełnie zwyczajnie – Charles i Ariadne gawędzili z Barbarą i Oliverem. Alastair puszczał kaczki na jeziorze razem z Augustusem Pounceby. Rosamund i Piers Wentworthowie robili wrażenie strasznie z siebie zadowolonych z jakiegoś powodu. Catherine Townsend kierowała ze zdumiewającą zręcznością malutką żaglówką.

Cordelia obok niej mruknęła do Matthew, że może padać. Kilka ciemnych chmur sunęło po niebie, rzucając cienie na srebrzystą powierzchnię wody. Lucie zaparło dech. Na pewno tylko jej się zdawało – odbicie chmur nie mogło stawać się coraz gęstsze i ciemniejsze.

– Cordelio – szepnęła. – Masz Cortanę?

Przyjaciółka popatrzyła zdumiona.

– Tak, oczywiście. Pod kocem.

– To ją wyciągnij.

Lucie wstała świadoma tego, że Cordelia wyciąga błyszczące, złote ostrze bez dalszych pytań. Już miała krzyknąć, kiedy powierzchnia jeziora wybuchła i z wody wynurzył się demon.

***

– To była Cordelia Carstairs – powiedziała Grace.

Podeszła do Jamesa, kiedy dał jej znać, ale zatrzymała się parę kroków od niego z niepewną miną.

James rzadko widywał ją w świetle słonecznym. Przypominała mu blady, kwitnący nocą kwiat, który słońce łatwo parzyło. Kapelusz ocieniał jej oczy. Na nogach miała kremowe buty z koźlej skórki widoczne wśród wysokiej trawy. James zawsze zastanawiał się, dlaczego Tatiana dbała, żeby Grace miała dobrze uszyte, modne stroje, skoro właściwie niczym innym się nie przejmowała.

– Tak? – powiedział.

Zazdrość nie była w stylu Grace i wątpił, czy to w ogóle był jej przejaw. Grace robiła wrażenie zmartwionej, ale to mogło wynikać z różnych rzeczy.

– Wiesz, że Carstairsowie to starzy przyjaciele – dodał. Wyciągnął rękę, srebrna bransoletka zabłysła na jego nadgarstku. – Grace. Stoisz tak daleko. Dość już czasu spędziliśmy z dala od siebie.

Zrobiła krok w jego stronę i spytała:

– Pamiętasz, jak opowiedziałeś mi o Cordelii? Tamtego lata po tym, kiedy miałeś ognistą gorączkę?

Pokręcił głową zdziwiony. Pamiętał chorobę, rzecz jasna, i głos Cordelii towarzyszący jego zawrotom głowy. Była dla niego dobra, ale nie pamiętał, by opowiadał o tym Grace.

– Nie, nie bardzo, ale zawsze o wszystkim ci mówiłem, więc to żadna niespodzianka.

– Nie chodzi tylko o to, że towarzyszyła ci podczas choroby. Mówię o niej. O Cordelii.

– O Cordelii?

Opuścił rękę, przypominając sobie las Brocelind, światło filtrowane przez zielone liście, gdy leżeli z Grace na trawie i opowiadali sobie o wszystkim.

– Niewiele wiem na jej temat. – Z dziwnym bólem zdał sobie sprawę, że to prawda. Pewnie mógłby powiedzieć Grace, że

Cordelia poprosiła go, żeby pomógł jej znaleźć dobrego kandydata na męża, ale z jakiegoś powodu nie chciał. – Ona i jej rodzina zawsze byli powściągliwi. Lucie wie o niej znacznie więcej niż ja. Pamiętam, jak raz...

– Co takiego? – Grace podeszła bliżej. Czuł jej perfumy, gdy na niego patrzyła. To był zawsze ten sam zapach fiołków. – Co takiego pamiętasz?

– Lucie spadła raz z urwiska – odpowiedział powoli. To było dziwnie mgliste wspomnienie. Rosło tam mnóstwo stokrotek, a Cordelia była bardzo dzielna. Stąd się potem wzięło jej przezwisko: Daisy*. – We Francji. Była z nią Cordelia. Potwornie by się potłukła, gdyby Cordelia nie złapała jej za rękę. Trzymała ją godzinami, dopóki ich nie znaleźliśmy. Zawsze będę jej wdzięczny za to, że uratowała moją siostrę.

James miał wrażenie, że Grace się rozluźniła, ale nie rozumiał dlaczego.

– Przepraszam, że przerwałam ci rozmowę z przyjaciółką – powiedziała. – Po prostu od tak dawna nie byliśmy sami.

Jamesa ogarnęło dziwne uczucie, jakby niepokój.

– Chciałaś poznać Matthew, Christophera i Thomasa. Mogę cię zabrać...

Pokręciła głową, a nim jak zwykle wstrząsnęła jej uroda. Była zimna i doskonała... Nie, nie zimna, upomniał się w myślach. Grace była bardzo zamknięta, ponieważ ogromnie ją zraniła utrata rodziców, a także kaprysy i okrucieństwo Tatiany. To jednak nie to samo co chłód. Miała teraz rumieńce na twarzy, oczy jej mocno błyszczały.

– Chcę, żebyś mnie pocałował – powiedziała.

---

* Daisy (ang.) – stokrotka (przyp. tłum.).

Ani razu nie pomyślał, że mógłby odmówić.

Gdy sięgnął po nią, słońce świeciło tak mocno, że jego blask niemal oślepiał. Przyciągnął Grace do siebie. Była taka drobna, chłodna i smukła jak ptak. Kapelusz zsunął jej się z głowy, gdy uniosła ku niemu twarz. Poczuł koronki pod rękami, gdy ją objął w pasie, chłodny, delikatny nacisk jej warg.

Słońce było płonącą igłą, która ich unieruchomiła w miejscu. Pierś Grace unosiła się i opadała. Drżała, jakby było jej zimno. Złapała go za ramiona. Przez chwilę James tylko czuł ich zetknięte usta, jej smak podobny do smaku cukrowej pastylki.

Oczy zaczęły go piec, chociaż je zamknął. Nie mógł złapać oddechu i było mu niedobrze, jakby zanurkował w słonej wodzie i za późno się wynurzył. Coś było nie tak. Zadławił się z powodu mdłości i oderwał się od Grace.

Grace zasłoniła usta ręką. Nie takiego wyrazu twarzy spodziewał się po niej – zobaczył niekłamaną panikę.

– Grace... – zaczął, ale nagle powietrze wypełniło się krzykami znad jeziora. Krzyki te wyrażały strach.

James złapał Grace i pchnął ją w stronę budowli ogrodowej. Dziewczyna nie miała pojęcia o walce, nigdy nie trenowała. Nadal patrzyła na niego przerażona.

– Zostań tu – powiedział jej i pobiegł nad jezioro.

***

Cordelia nie zorientowała się, co się dzieje. Zanim wyjęła Cortanę, demon już wyskoczył z wody prosto na Piersa Wentwortha. Chłopak padł z krzykiem, kopiąc i miotając się.

Rozpętała się walka. Nocni Łowcy krzyczeli, ktoś skoczył po Piersa, w tym Alastair i Rosamund. Starali się oderwać demona od jego ciała. Charles pchnął Ariadne za siebie – dziewczyna wyglądał na zirytowaną – i krzyczał do wszystkich, żeby odsunęli się od jeziora. Barbara wykrzykiwała: „Co to jest?! Co to jest?!".

Cordelia myślała tylko o jednym: o Alastairze. Pobiegła do brzegu, widziała jasne włosy brata pośród tłumu. Kiedy się zbliżyła, zobaczyła nieruchome ciało Piersa koło wody, która coraz bardziej barwiła się szkarłatem. Demon zniknął, chociaż Cordelia nie widziała, żeby ktoś go zabił.

Alastair odsunął się od Piersa. Ariadne klęczała obok chłopca. Jej sukienka była cała pobrudzona krwią i piaskiem. Kiedy Cordelia podeszła do brata, zobaczyła, że on też jest ubrudzony krwią. Wyciągnęła do niego rękę.

– Alastair...

Miał osłupiałą minę. Jej głos go otrzeźwił. Złapał ją za rękę i pociągnął na trawę.

– Cordelia, odsuń się...

Ona rozglądała się na wszystkie strony. Wszędzie biegali Nocni Łowcy, przewracając koszyki, depcząc jedzenie.

– Co się stało, Alastair? Co to było?

Pokręcił głową z ponurą miną.

– Nie mam najmniejszego pojęcia.

***

James zbiegł zielonym stokiem ku jezioru. Niebo pociemniało od chmur, w oddali widział Przyziemnych pośpiesznie opuszczających park w obawie przed nadciągającym deszczem. Woda w jeziorze ze srebrnej zamieniła się w szarą, silny wiatr pomarszczył powierzchnię. Mały tłum zebrał się na brzegu.

Piknik porzucono – kosze i butelki walały się poprzewracane, Nocni Łowcy łapali za broń. James zobaczył Matthew i Lucie w tłumie. Matthew podawał Lucie serafickie ostrze, które wyjął zza pasa. Spostrzegł rude włosy Cordelii blisko wody i w tej samej chwili podbiegła do niego Barbara.

Miała wielkie, przestraszone oczy. Oliver biegł za nią zdecydowany ją dogonić. Ona pierwsza dotarła do Jamesa.

– Jamie... Jamie... – Złapała go za rękaw. – To był demon. Widziałam, jak zaatakował Piersa.

– Piers jest ranny? – James wyciągnął szyję, żeby lepiej widzieć. Nigdy nie przepadał za Piersem Wentworthem, ale to nie znaczyło, że źle mu życzy.

– Barbaro. – Oliver dogonił ich zasapany z powodu braku treningu. – Kochanie. Demony nie mogą znieść słońca. Przecież sama wiesz.

Barbara zignorowała zalotnika.

– James – szepnęła. – Czasem widzisz rzeczy, których inni nie widzą. Widziałeś coś zeszłego wieczoru?

Spojrzał na nią zaskoczony. Skąd miałaby wiedzieć, że wpadł na chwilę do królestwa cieni?

– Barbaro, nie...

– Bo ja widziałam – szepnęła. – Widziałam... kształty... postrzępione czarne kształty i widziałam, że coś mnie złapało i pociągnęło w dół.

Jamesowi serce zaczęło walić jak oszalałe.

– I widziałam teraz, jak taki kształt skoczył na Piersa. Zaraz zniknął, ale był tam...

Oliver rzucił Jamesowi poirytowane spojrzenie.

– Barbaro, za bardzo się ekscytujesz – zaczął, ale właśnie pojawił się Matthew, który kluczył przez tłum w stronę Jamesa.

Tłum rozstępował się za nim i James widział Annę z Ariadne i Thomasem, klęczących przy ciele Piersa. Thomas zerwał z siebie marynarkę i przyciskał ją do gardła Piersa. Nawet stąd James widział krew.

– Gdzie jest Charles? – zapytał, kiedy Matthew się zbliżył. Charles był tam w końcu najbliższym odpowiednikiem Konsula.

– Poszedł postawić zaklęcia ochronne, żeby Przyziemni się nie zbliżali – odpowiedział Matthew. Wiatr przybierał na sile, tworząc małe tornada z liści. – W tej chwili ktoś musi zabrać Piersa do izby chorych.

– On żyje? – zapytał James.

– Tak, ale źle to wygląda – odpowiedział Matthew, podnosząc głos z powodu wiatru. – Nakładają mu *iratze*, ale to nie działa.

James spojrzał przyjacielowi w oczy. Tylko na kilka typów ran nie pomagały lecznicze runy. Między innymi na rany zakażone demonicznym jadem.

– Mówiłam! – krzyczała Barbara. – Demon rozciął mu gardło...

Urwała, wpatrując się w odległy skraj trawnika, gdzie drzewa graniczyły z jeziorem.

James spojrzał w tę samą stronę i zamarł ze zgrozy. Park zamienił się w krajobraz szarości omiatany wiatrem – jezioro było czarne, a łodzie na nim dziwnie poskręcane i pozapadane. Chmury w kolorze sińców mknęły po niebie o barwie stali. Jedynym kolorem, jaki widział, było czyste złote światło w oddali, uwięzione w tłumie Nefilim jak świetlik w słoiku; nie potrafił zorientować się, co to takiego.

Gałęzie drzew szarpały się w tę i z powrotem na coraz mocniejszym wietrze. Wypełniły się postrzępionymi czarnymi kształtami, o jakich mówiła Barbara. Szponiaste cienie wyrywały się z głębszej ciemności. James nie potrafił powiedzieć, ile ich było. Co najmniej kilkadziesiąt.

Matthew patrzył z pobladłą twarzą. On to widzi, zdał sobie sprawę James. On też je widzi.

Spomiędzy drzew pędziły na nich demony.

***

Demony pędziły przez trawę jak ogary, sadziły susy i parły przed siebie całkowicie bezgłośnie. Miały szorstką i pomarszczoną skórę w kolorze onyksu, ich oczy płonęły i były czarne. Przedarły się przez park pod ciemnym od chmur niebem.

Stojący obok Cordelii Alastair wyciągnął serafickie ostrze z kieszeni marynarki i uniósł wysoko.

– Micheasz! – krzyknął; każdemu serafickiemu ostrzu trzeba było nadać imię anioła, żeby je aktywować.

Słaby blask ostrza zamienił się w pochodnię. Nagle zrobiło się jasno, gdy wszędzie zaczęły rozbłyskiwać serafickie noże. Cordelia słyszała wykrzykiwane imiona aniołów, ale Nocni Łowcy wypowiadali je powoli z powodu zdumienia. Od dawna już w Londynie panował względny spokój i nikt nie spodziewał się demonów za dnia.

A mimo to pojawiły się. Demony napływały falą, która uderzyła w Nefilim.

Cordelia nigdy nie spodziewała się, że wyląduje pośrodku bitwy. Miała nadzieję, że zdarzy jej się czasem zabić jakiegoś demona na patrolu, ale coś takiego? To był chaos. Dwa demony o dzikich, podobnych do psich pyskach rzuciły się na Charlesa i Ariadne. On stanął przed nią, ale dał się odepchnąć. Ktoś krzyknął imię Charlesa i już chwilę potem demon dopadł

Ariadne. Zacisnął szczęki na jej ramieniu i zaczął ją wlec przez trawnik, podczas gdy dziewczyna miotała się i szarpała.

Cordelia ruszyła w jej stronę, ale urósł przed nią cień, czarny cień o ociekających demoniczną posoką szczękach i oczach jak czerwone węgielki. Nawet nie pomyślała, żeby krzyknąć. Jej miecz zakreślił ognisty łuk. Złoto przecięło cień, krew się polała, a Cordelia prawie się potknęła. Obróciła się gwałtownie i zobaczyła, że Anna biegnie do Ariadne z długim srebrnym sztyletem w ręce. Wbiła ostrze w plecy atakującego demona, który zniknął wśród rozbryzgu krwi.

Kolejne demony atakowały. Anna rzuciła bezradne spojrzenie na Ariadne leżącą na zakrwawionej trawie i odwróciła się z krzykiem. Zaraz dołączyli do niej inni: Thomas z wirującą bolą, Barbara i Lucie uzbrojone w serafickie ostrza.

Demon zaatakował Alastaira, Cordelia opuściła miecz po łuku i ścięła demonowi głowę.

Alastair spojrzał poirytowany.

– Naprawdę? Sam bym to zrobił.

Cordelia zastanawiała się, czy nie zabić Alastaira, ale nie było na to czasu, bo ktoś krzyczał. To Rosamund Wentworth, która nie opuściła brata. Kucała przy jego krwawiącym ciele, a demon kłapał na nią zębami.

James popędził do niej przez trawę z płonącym serafickim ostrzem w dłoni. Skoczył, wylądował na plecach demona i wbił mu ostrze w szyję. Krew trysnęła i demon zniknął. James obrócił się, żeby się rozejrzeć, i zobaczył Matthew, który stał z zakrzywionym ostrzem obok Lucie, jakby zamierzał odpędzić atakującego ją demona.

James pobiegł do Matthew i siostry, gdy kolejny krzyk rozdarł powietrze.

To była Barbara. Jeden z cienistych demonów skoczył, obalił Olivera na ziemię i wbił zęby w nogę Barbary. Krzyknęła z bólu i upadła.

Sekundę potem James już był obok niej, rzucił się na stworzenie atakujące Barbarę i cisnął nim na bok. Przeturlali się we dwóch – Nocny Łowca i demon. Zgromadzeni Nocni Łowcy krzyczeli.

Matthew rzucił się przed siebie, wykonał idealne salto w powietrzu i kopnął demona, zrzucając go z Jamesa. Matthew wylądował, a James poderwał się, wyciągając sztylet zza pasa. Rzucił nim i trafił w bok demona. Potwór zniknął, sycząc i parskając.

Zapadła cisza.

Cordelia nie wiedziała, czy demony zostały pokonane, czy wybrały odwrót, a może odeszły zwycięskie. Możliwe, że nie narobiły tylu szkód, ile zamierzały. Nie sposób było się zorientować. Poobijana i zakrwawiona grupa Nocnych Łowców, która przyszła do Regent's Park na popołudniowy piknik, zamarła z zaskoczenia i zerkała po sobie na zakrwawionym trawniku.

Z pikniku zostały strzępy – kawałki trawy spalone demoniczną posoką, porozrzucane i poniszczone koszyki oraz koce. Jednak żadna z tych rzeczy nie miała znaczenia. Liczyły się trzy nieruchome postacie leżące na trawie. Piers Wentworth w koszuli przesiąkniętej krwią; jego siostra szlochała obok niego. Barbara Lightwood, którą brał na ręce Thomas, a Oliver wyciągał już stelę, żeby narysować na jej zdrętwiałej ręce run leczniczy. I Ariadne leżąca bezwładnie na ziemi w różowej sukience poplamionej krwią. Charles klęczał obok niej, jej głowę trzymała na kolanach Anna. Ciemna krew płynęła Ariadne z kącika ust.

Demony zniknęły, ale pozostawiły po sobie zniszczenie.

5

Zapadła noc

„Lampy gazowe złotym sznurem lśnią,
światła dorożek rubinem się skrzą,
Mienią się, niczym świetliki błyszczą;
zapadła noc, wichry nie świszczą
i miasto znów się piękne wydaje
pomimo mgły, co znad rzeki wstaje".

Amy Levy, *Marcowy dzień w Londynie*

Cordelia pochyliła się blisko ku Lucie, kiedy jechały ulicami Londynu w powozie Instytutu otoczone przez rozmazany ruch uliczny – omnibusy, automobile, pieszych. Migały im reklamy. „Hotel Podkowa. Porter za trzy gwinee. Nowe luksusowe parowce wycieczkowe". Szyldy krawców i sprzedawców ryb, tablice reklamujące toniki do włosów i tani druk. Świat niesamowicie odległy od tego, który Cordelia właśnie zostawiła za sobą w Regent's Park. Świat, w którym liczyły się drobiazgi.

Matthew siedział naprzeciwko nich na wyściełanym siedzeniu powozu, zaciskając pięści na poduszkach. Włosy miał potwornie potargane. Krew ludzka i demoniczna poplamiły mu lnianą marynarkę i jedwabny krawat.

Kiedy tylko demony zniknęły, James pojechał na Baliosie, jednym z koni ojca, w nadziei, że dotrze do Instytutu wcześniej i przygotuje wszystko na przybycie rannych. Charles pojechał z Ariadne powozem Konsul, więc Matthew musiał jechać z Lucie i Cordelią.

Alastair wrócił do Kensington, żeby powiedzieć Sonie, co się stało. Cordelia po części cieszyła się z poparzeń od krwi demonów na ręce – powiedziała mu, że musi pojechać do izby chorych w Instytucie i możliwe, że zostanie tam, żeby pomagać. Musieli w końcu uważać na to, jakie wrażenie robią na Enklawie.

– Teraz? – zapytał wtedy ostro, obrzucając ją wściekłym spojrzeniem. – W takiej chwili martwisz się tym, jakie wrażenie zrobisz w Londynie?

– To ważne – odparła. – Chodzi o ojca.

Alastair nie protestował dłużej. Cordelia była tym trochę zaskoczona; wiedziała, że uważał jej knowania za pozbawione sensu. Sprzeczali się o to już w Cirenworth, a ona odpowiedziała mu, że nie pojmuje, dlaczego nie chce razem z nią wesprzeć ich ojca, dlaczego zachowuje się, jakby nie było nadziei, kiedy nie spróbowali jeszcze wszystkiego. Odpowiedział jej tylko, że Cordelia niczego nie rozumie.

– Nadal nie rozumiem, jak to możliwe – powiedziała Lucie. – Demony nie wychodzą za dnia. Po prostu nie mogą.

– Słyszałam już o tym, że pojawiają się czasem podczas wyjątkowo pochmurnych dni – odpowiedziała Cordelia. – Jeśli przez chmury nie może przebić się słońce...

Matthew parsknął śmiechem.

– To nie była naturalna burza, ale nigdy nie słyszałem o demonach, które potrafią kontrolować pogodę.

Wyjął srebrną piersiówkę z kieszeni kamizelki, a Lucie spiorunowała go wzrokiem.

– Widziałeś rany? – zapytała. – Ja pierwszy raz coś takiego widziałam. Skóra Barbary poczerniała przy krawędziach ugryzienia...

– Nigdy czegoś takiego nie widziałaś, bo nigdy nic takiego się nie wydarzyło – odparł Matthew. – Demony, które przynoszą ze sobą własną noc? Które uderzają, gdy jesteśmy najbardziej odsłonięci, bo myślimy, że nic nie może nas zaatakować?

– Matthew! – warknęła Cordelia. – Przestań straszyć Lucie, skoro nawet nie wiemy, z czym mamy do czynienia.

Matthew napił się z piersiówki. Powóz jechał z terkotem przez Ludgate Cirrus i skręcił we Fleet Street. Cordelia poczuła słodki, ostry zapach alkoholu, dobrze jej znany z dzieciństwa.

– Lucie nie tak łatwo przestraszyć, prawda?

Lucie skrzyżowała ręce na piersi.

– Boję się o Ariadne, Barbarę i Piersa – odpowiedziała. – A ty się nie martwisz? Barbara to nasza rodzina, a Ariadne to jedna z najżyczliwszych osób, jakie znam.

– Nie ma szczególnej ochrony dla miłych ludzi na tym świecie – zaczął Matthew, ale urwał, gdy teraz Cordelia spiorunowała go wzrokiem. Napił się znowu i wyszczerzył zęby. – Tak, zachowuję się jak potwór, dobrze to wiem.

– To przestań – powiedziała Cordelia. – Mój ojciec zawsze mówił, że jeśli człowiek panikuje, zanim zbierze się wszystkie fakty, to prowadzi walkę przeciwko sobie w imieniu wroga.

– Tylko kto jest wrogiem? – dopytywała się Lucie. – Pewnie demony, ale one zwykle atakują, nie stosując żadnej strategii. Te demony ominęły wszystkich Przyziemnych w parku i zaatakowały nas.

– Demony nie zawsze działają na oślep – powiedziała Cordelia. – Może odpowiada za to czarownik, który je wezwał albo nawet Wielki Demon, który świetnie się bawi. Zwykle demony są jak zwierzęta, ale jeśli dobrze to rozumiem, Wielkie Demony mogą być podobne do ludzi.

Dojechali do Instytutu, a Matthew rzucił Cordelii zaskoczone spojrzenie, gdy przejechali pod bramą z łacińskim napisem pulvis et umbra sumus.

„Prochem i cieniem jesteśmy".

Kiedy się zatrzymali rozpędzeni na dziedzińcu, Matthew otworzył drzwi. Wyskoczył i odwrócił się, żeby pomóc wysiąść Cordelii i Lucie. Na dziedzińcu już stało mnóstwo powozów – Cordelia rozpoznała wśród nich symbol rodziny Inkwizytora – łukowaty most. Widziała też Baliosa przywiązanego do słupka przy frontowych schodach. Miał spienione od potu boki. James musiał pędzić ulicami na złamanie karku.

Gdy następny powóz wjechał przez bramę, Matthew spiorunował wzrokiem piersiówkę, która najwyraźniej była już pusta.

– Chyba się przejdę – powiedział. – Zaraz wrócę.

– Matthew! – wykrzyknęła wstrząśnięta Lucie. – Ale izba chorych... I Thomas nas potrzebuje...

– Nie lubię chorób – uciął krótko Matthew i odszedł, bardzo ostrożnie stawiając kroki.

Cordelia zastanawiała się, co było w jego piersiówce. Domyślała się, że coś naprawdę mocnego.

Lucia była wściekła.

– Jak on może...

Urwała, gdy nowy powóz się zatrzymał i wypadli z niego Gabriel i Cecily Lightwoodowie. Gabriel miał zgnębioną minę; Cecily obok niego niosła bardzo małego chłopca, ciemnowłosego i niebieskookiego. Cordelia domyśliła się, że to Alexander, najmłodszy kuzyn Lucie.

– Lucie! – wykrzyknęła Cecily i podbiegła do bratanicy.

Cordelia trzymała się z tyłu, czując się niezręcznie. Przypomniała sobie ze smutkiem, że wychowała się z dala od tego wszystkiego. Alastair przynajmniej spędził trochę czasu w Akademii. Ten świat – świat Lucie i Jamesa, był światem rodziny i przyjaciół, którzy kochali się, ale jej w ogóle nie znali.

– Nie rozumiem – mówiła Cecily. – Wiem, co mówiła wiadomość od Anny, ale atak demonów w biały dzień?! To nie ma za grosz sensu. Nie mogło chodzić o coś innego?

– Może, ciociu, ale te stwory zadały takie rany, jakie zadają demony – odpowiedziała Lucie. – I krwawiły demoniczną posoką.

Gabriel położył rękę na ramieniu Lucie.

– Połowę Enklawy wysłano do parku, żeby pomogła tym, którzy nadal tam są, i oceniła, co się wydarzyło. Najprawdopodobniej to pojedynczy dziwny wypadek. Potworny, ale pewnie nigdy więcej się nie powtórzy.

– A Jem... brat Zachariasz przybędzie razem z innymi Cichymi Braćmi – dodała Cecily, zerkając na Instytut. – Wyleczą Barbarę i pozostałych. Na pewno.

Brat Zachariasz. Jem.

Pewnie, że się tu zjawi, pomyślała Cordelia. Jem Carstairs był oddanym Cichym Bratem, wiernym Londyńskiemu Instytutowi. Mogłabym z nim porozmawiać, pomyślała. O moim ojcu.

Wiedziała, że Jem przybędzie, żeby zająć się leczeniem, ale jej ojciec potrzebował pomocy tak samo jak pozostali, a w Instytucie będą też inni Cisi Bracia.

Popatrzyła na Gabriela i Cecily i zapytała:

– Mogę pójść z wami do izby chorych? Jeśli mają tam bandaże, to owinęłabym sobie rękę...

Lucie się stropiła.

– Daisy! Twoje ręce! Powinnam była narysować ci tuzin *iratze*, ale ty tak dzielnie znosiłaś oparzenia...

O rety. Cordelia nie chciała wywołać wyrzutów sumienia u Lucie.

– Naprawdę, tylko trochę bolą...

Cecily uśmiechnęła się do niej.

– Mówisz jak prawdziwy Carstairs. Jem też nigdy nie przyznałby się do bólu. – Pocałowała w czubek głowy Aleksandra, który marudził, żeby go postawić na ziemi. – Chodź, Lucie, zabierzemy twoją przyszłą *parabatai* do izby chorych.

***

James jeszcze nigdy nie widział izby chorych w takim stanie. Pewnie, że słyszał opowieści rodziców o pokłosiu Wojny Mechanicznej, o zmarłych i rannych, ale przez całe jego życie rzadko kiedy w izbie widywało się więcej niż jednego czy dwóch pacjentów. Thomas przeleżał tam raz tydzień ze złamaną nogą po upadku z drzewa. Grali do późnej nocy w karty i zajadali tarty z dżemem robione przez Bridget. James był rozczarowany, kiedy lecznicze runy wreszcie zadziałały i Thomas wrócił do domu.

Teraz sytuacja wyglądała inaczej. W pomieszczeniu panował tłok, przyszli wszyscy poparzeni posoką Nocni Łowcy i wszyscy z rozcięciami i sinikami. Przy kontuarze urządzono prowizoryczną stację pielęgniarską, gdzie Tessa i Will z pomocą Cichych Braci rozdawali bandaże i lecznicze runy.

Trójkę bardziej poważnie rannych Nocnych Łowców położono do łóżek na końcu pokoju, gdzie parawany oddzielały ich częściowo od reszty pomieszczenia. James wbrew sobie cały czas tam zerkał, zwłaszcza że Thomas – pozostali Lightwoodowie jeszcze nie przyjechali – siedział w milczeniu obok Barbary. Trzymał ją za rękę, kiedy wuj Jem się nią zajmował. Nadal leżała nieruchomo i tylko oddychała.

Brat Shadrach, Enoch i Jem przybyli kilka chwil po tym, jak James przyjechał do Instytutu z wieściami o ataku. Shadrach pochylał się nad Piersem, podając mu tynkturę, która miała pomóc uzupełnić utraconą krew. Brat Enoch kucał obok Ariadne z ponurą miną. Inkwizytor Bridgestock z żoną stali niedaleko od córki, popatrując po sobie ze strachem. Byli bezdzietną parą, zanim adoptowali osierocaną Ariadne z Instytutu w Bombaju, i zawsze traktowali ją jak skarb. Charles garbił się nieopodal w krześle. Tak jak Barbara, Ariadne leżała nieruchomo. Widać było siateczkę żył pod jej skórą na nadgarstkach i skroniach.

James nadal był brudny od trawy, ziemi i potu. Mimo to stał za kontuarem, tnąc i zwijając bandaże. Skoro Thomas nie chciał jego towarzystwa, to będzie pomagał innym tak, jak potrafi. Słyszał urywki rozmów prowadzonych ściszonymi głosami:

– To były demony, Townsend. A w każdym razie albo demony, albo stworzenia, jakich nigdy do tej pory nie widzieliśmy...

– To są ślady demonicznego ataku, ślady pazurów i zębów. Żadna rana zadana przez Podziemnego nie jest odporna na działanie runów leczniczych, a te są odporne. Musimy odkryć, co to za trucizna, i opracować lek...

– Ale żeby za dnia...

– Kto nadal jest w parku? Ktoś ma listę nazwisk uczestników pikniku? Musimy mieć pewność, że nikt tam nie został...

James pomyślał o Grace. Żałował, że nie mógł z nią porozmawiać po ataku, ale Balios, chociaż miał prawie dwadzieścia osiem lat, był zdecydowanie najszybszym koniem w parku i tylko James mógł na nim jeździć, a ściślej James albo Lucie, ale ona wolała zostać z Cordelią.

Ostatecznie to Christopher, z miną bardziej przerażoną niż podczas walki z demonami, zaproponował, że zawiezie Grace z powrotem do Chiswick w swoim powozie. Charles, rzecz jasna, pojechał już z Ariadne do Instytutu. James wbrew sobie bał się reakcji Tatiany na atak demonów. To byłoby dla niej typowe, uznać, że Londyn jest zbyt niebezpieczny i zaciągnąć Grace z powrotem do Idrisu.

James.

Głos był cichy jak echo w jego głowie. Oczywiście natychmiast wiedział, kto to. Tylko Cisi Bracia mówili w taki sposób, a on nigdy nie pomyliłby Jema z kimś innym.

James, mogę cię prosić na słówko?

James spojrzał na Jema, wysokiego i ciemnego w szatach w kolorze pergaminu, który wychodził właśnie z izby chorych. James odłożył bandaże i wyszedł na korytarz. Bez słowa poszedł za wujem do pokoju muzycznego.

Parę lat temu Tessa odnowiła korytarze w Instytucie, kazała zerwać ciemne wiktoriańskie tapety i zastąpić je jasną farbą i kamieniem. W równych odstępach rozmieszczono na ścianach eleganckie kinkiety. Każdy miał kształt symbolu rodu Nocnych Łowców: Carstairsów, Ke, Herondale'ów, Wrayburnów, Starkweatherów, Lightwoodów, Blackthornów, Monteverdich, Rosalesów, Bellefleurów. W ten sposób matka Jamesa mówiła, że wszyscy Nocni Łowcy są razem i zajmują takie samo miejsce w Instytucie.

Oczywiście Clave nie traktowało jego matki, jakby była im równa. James odepchnął od siebie tę myśl. Szepty na temat matki, jego samego i Lucie zawsze sprawiały, że krew się w nim gotowała.

Rzadko korzystano z pokoju muzycznego. Lucie w ogóle nie była umuzykalniona, a James grał przez kilka lat na fortepianie, ale to porzucił. Złote światło wlewało się przez okna, oświetlając tańczące w powietrzu drobinki kurzu. Fortepian stał w kącie, na wpół przykryty białą płachtą.

Skrzypce Jema zajmowały honorowe miejsce – stradivarius wyrzeźbiony z miękkiego drewna leżał w otwartym futerale na podwyższeniu. James widział, że ojciec przychodził tam czasem i dotykał skrzypiec zapatrzony w dal. Zastanawiał się, czy robiłby to samo z rzeczami Matthew, gdyby pewnego dnia go stracił.

Odsunął tę myśl. Matthew był jak jedzenie, sen, oddychanie. Bez niego życie nie było możliwe.

Otrzymałem twoją wiadomość, powiedział Jem. *Tę, którą wysłałeś zeszłej nocy.*

James się zdziwił.

– Prawie zapomniałem.

Widział swoje odbicie w lustrze w złotej ramie na ścianie. Miał trawę we włosach i zadrapanie na policzku. Wyglądał, jakby uciekł z zakładu dla obłąkanych.

– To na pewno nie ma teraz znaczenia.

Może mieć, odparł Jem. Sprawiał wrażenie spiętego, jeśli można tak opisać Cichego Brata. *Barbara była przytomna, kiedy przybyłem. Szepnęła mi o tobie...*

– O mnie? – zdziwił się James.

Powiedziała „Jamesa trzeba chronić". Zamieniłeś się w cień nad jeziorem?

– Nie. Widziałem królestwo cieni zeszłej nocy. I znowu dzisiaj, ale nie zamieniłem się w cień. Byłem w stanie nad tym zapanować.

Jem odrobinę się rozluźnił.

James, wiesz, że próbowałem dowiedzieć się, którym z Wielkich Demonów był twój dziadek. Twoja zdolność...

– To nie jest zdolność. To przekleństwo.

To nie jest przekleństwo, zaoponował zdecydowanie Jem. *Tak samo jak nie jest przekleństwem magia czarowników. Albo zdolność twojej matki.*

– Zawsze mówiłeś, że to niebezpieczne.

Niektóre dary są niebezpieczne. I to jest dar, chociaż otrzymałeś go razem z krwią upadłych aniołów.

– Dar, którego nie mogę do niczego wykorzystać. Zeszłego wieczoru na balu, kiedy wpadłem w ciemność, widziałem, jak cień ściąga w dół Barbarę. A dzisiaj została powalona przez demona, który wbił jej zęby w nogę... Nie wiem, co to znaczy. Ta wizja ani mi nie pomogła, ani nie pozwoliła mi pomóc Barbarze albo innym. – Zawahał się. – Może gdybyśmy wrócili do lekcji, dowiedzielibyśmy się czegoś więcej o królestwie cieni. Czy próbuje dać mi znać...

Tak, rozsądnie byłoby, gdybyśmy kontynuowali nasze lekcje, ale nie możemy teraz się tym zająć. Trucizna, która pożera zaatakowanych, nie przypomina niczego, co widziałem, inni Bracia też jej nie znają. Musimy skupić całą naszą wolę na znalezieniu leku.

Drzwi otworzyły się i do środka zajrzał Will. Wyglądał na zmęczonego, rękawy miał podwinięte do łokci, koszulę poplamioną tynkturami i maściami. Mimo to uśmiechnął się na widok Jema i Jamesa.

– Wszystko w porządku?

– Wuj Jem martwił się o mnie – odpowiedział James. – Ale nic mi nie jest.

Will podszedł do syna i objął go.

– Cieszę się, że to słyszę, Jamie *bach*. Przyjechali Gideon i Sophie, poszli zobaczyć Barbarę... – Pocałował Jamesa w czubek głowy. – Nie da się o tym myśleć.

Powinienem wrócić do izby chorych, powiedział Jem. *Nadal mam sporo do zrobienia.*

Will skinął głową i wypuścił z objęć Jamesa.

– Wiem, że Gideon i Sophie lepiej by się poczuli, gdybyś ty zajął się Barbarą. Bez urazy dla brata Shadracha, który na pewno jest doskonałym i szanowanym członkiem bractwa.

Jem pokręcił głową, co było u niego najbliższym odpowiednikiem uśmiechu i we trójkę wyszli z pokoju. Ku zaskoczeniu Jamesa Thomas czekał w korytarzu i miał udręczoną minę.

Will i James wymienili szybkie spojrzenia i Will zostawił syna samego z Thomasem. James pomyślał, że dobrze mieć ojca, który rozumie znaczenie przyjaźni.

Thomas odezwał się, gdy tylko dorośli znaleźli się poza zasięgiem słuchu.

– Przyjechali moi rodzice – powiedział cicho. – Muszę coś zrobić, James. W jakiś sposób pomóc siostrze. Myślę, że w przeciwnym razie zwariuję.

– Oczywiście, wszyscy musimy pomóc Barbarze. Thomas, w parku Barbara spostrzegła demony przed wszystkimi innymi. To ona mnie ostrzegła.

– Miała doskonałe Widzenie, zanim jeszcze dostała run Wzroku – powiedział Thomas. – Może to dzięki temu, że moja matka była Przyziemną z Widzeniem, zanim została Nocną Łowczynią.

Nigdy nie byliśmy pewni, bo Barbara nie była szczególnie zainteresowana testowaniem swoich zdolności, ale miała niezwykle wyostrzone zmysły.

– Prawie jakby mogła zajrzeć do mojego królestwa cieni – mruknął James, przypominając sobie słowa Barbary: że zdołała spostrzec nierówne czarne kształty na balu, gdy poczuła, że coś ją ściąga w dół.

Pewien pomysł zaczął kształtować się w jego umyśle. Zastanawiał się, czy powinien porozmawiać z Jemem, ale nie, on by nigdy mu na to nie pozwolił. Uznałby to za zbyt niebezpieczne. Może nawet lekkomyślne.

Jednakże James czuł się lekkomyślny i sądząc po minie Thomasa – on też.

– Musimy znaleźć Matthew i Christophera – powiedział. – Mam pomysł, co możemy zrobić.

Trochę kolorów wróciło na twarz Thomasa.

– Christopher właśnie wrócił z Chiswick – powiedział. – Widziałem go w holu wejściowym. A co do Matthew...

***

Cordelia postanowiła sobie, że przyda się na coś w izbie chorych. Tylko wtedy miała pewność, że nikt nie wywlecze jej stamtąd za ucho. W końcu nikt z rannych nie był jej krewnym ani nawet przyjacielem. A w tym tempie nie zdobędzie sobie szybko nowych przyjaciół.

Lucie też zagoniono do pracy. Dziesiątki opisanych słoików i garnuszków wyjęto z szafek za marmurowym kontuarem, za którym siedziała Tessa, rozdając składniki do tynktur i mikstur. Cordelia sama miała ręce grubo posmarowane maścią i obwiązane bandażami. Bardziej przypominały białe łapy niż dłonie, gdy trzymała podany jej moździerz i tłuczek.

Na przodzie izby chorych siedzieli ci z zadrapaniami, nadwyrężeniami i oparzeniami. Tynktury i maści były głównie dla nich. Lucie je rozdawała, jej wesoła nieustanna paplanina przebijała się ponad innymi ściszonymi rozmowami. Tylną część pokoju odgrodzono parawanami i Cordelia prawie się z tego cieszyła – to było zbyt straszne patrzeć na Sophie i Gideona Lightwoodów załamujących się przy łóżku Barbary, a nawet na Rosamund siedzącą w milczeniu przy bracie. Cordelia żałowała, że myślała nieżyczliwie o Wentworthach. Nikt nie zasługiwał na taki los.

– To nic takiego – mówiła łagodnie Tessa. Matka Jamesa zajęła się siekaniem drobno bylicy do miski. Rzuciła Cordelii współczujące spojrzenie. – Widziałam Cichych Braci wyciągających ludzi z o wiele gorszych rzeczy.

Cordelia pokręciła głową.

– Ja nie. Pewnie żyłam pod kloszem.

– Każdy z nas żył przez pewien czas pod kloszem – powiedziała Tessa. – Naturalnym stanem rzeczy dla Nocnego Łowcy jest walka. Kiedy wiecznie trwa, nie ma czasu, by się zatrzymać i pomyśleć, że to nie są idealne warunki dla szczęścia. Nocni Łowcy nie są stworzeni do sielanki, a mimo to żyliśmy w niej przez jakąś dekadę. Może zaczęliśmy uważać się za niezwyciężonych.

– Ludzie są niezwyciężeni tylko w książkach.

– Przekonasz się, że zwykle nie są niezwyciężeni nawet w nich, ale książkę przynajmniej można raz jeszcze przeczytać. Opowieści oferują nam tysiąc nowych początków.

To prawda, pomyślała Cordelia. Czytała historię Lajli i Madżnuna tysiąc razy i za każdym razem początek był ekscytujący, chociaż znała zakończenie i się go obawiała.

– Jedynym odpowiednikiem tego w życiu jest pamięć – mówiła Tessa, podnosząc wzrok, gdy do pomieszczenia wszedł Will Herondale, a za nim kuzyn Jem. – Ale wspomnienia potrafią być zarówno słodkie, jak i gorzkie.

Will uśmiechnął się do żony. Rodzice Jamesa zawsze patrzyli na siebie z taką miłością, że było to prawie bolesne. Potem Will poszedł do Lightwoodów siedzących przy Barbarze. Cordelia słyszała, że go przywitali, Sophie mówiła coś zmartwiona, patrząc na Jema. Podszedł do kontuaru i sięgnął po kilka słoików z mieszankami ziół. Teraz albo nigdy, pomyślała.

– Jem – szepnęła Cordelia. – Muszę z tobą porozmawiać.

Zaskoczony Jem podniósł wzrok. Cordelia starała się nie przestraszyć; widok Cichych Braci z bliska zawsze był dziwny. Pamiętała wszystkie okazje, kiedy matka sugerowała ojcu, żeby wybrał się do Basilias, szpitala dla Nocnych Łowców, żeby wyleczyć się z nawracającej choroby. Elias zawsze upierał się, że nie chce iść tam, gdzie otaczaliby go Cisi Bracia. Twierdził, że działają mu na nerwy; większość z nich to stworzenia z lodu i krwi. Szaty w kolorze kości poznaczone czerwienią, skóra pozbawiona kolorów, pobliźniona czerwonymi runami. Większość nie miała włosów, a co gorsza, mieli zaszyte powieki, zapadnięte oczodoły.

Jem wyglądał inaczej. Miał młodą i bardzo nieruchomą twarz– jak twarz krzyżowca wyrzeźbiona w marmurze na grobowcu. Jego włosy były plątaniną czarnych i białych pasemek, oczy miał stale zamknięte, jakby się modlił.

Nic ci nie jest, Cordelio? – rozległ się głos Jema w jej umyśle.

Tessa natychmiast przesunęła się tak, żeby osłonić ich przed spojrzeniami innych w izbie chorych. Cordelia udawała, że jest zafascynowana moździerzem i tłuczkiem, energicznie miażdżyła złocień i gorzknik.

– Proszę – szepnęła. – Widziałeś babę… mojego ojca w Idrisie? Jak się miewa? Kiedy będzie mógł wrócić do domu?

Zapadła długa pauza.

Widziałem go, odpowiedział kuzyn Jem.

Przez chwilę Cordelia wspominała ojca, naprawdę się na nim skupiła. Jak uczył ją walczyć. Miał swoje wady, ale nie był okrutny, a kiedy rzeczywiście poświęcał jej czas, to czuła się dziesięć stóp wyższa. Często miała wrażenie, że Sona i Alastair są stworzeni z innego materiału niż ona, że są ze szkła albo metalu o ostrych krawędziach, ale Elias był taki jak ona.

„Wspomnienia potrafią być zarówno słodkie, jak i gorzkie".

– Jesteś Cichym Bratem – mruknęła. – Wiem, że ojciec nie był dla ciebie miły…

Nie myśl, że mam mu za złe dystans, jaki utrzymywał, powiedział Jem. *Zrobiłbym wszystko dla ciebie i twojej rodziny.*

– Napisał do mnie list, prosząc, żebym w niego wierzyła. Mówi, że nie ponosi odpowiedzialności za to, co się stało. Nie możesz przekonać Clave, żeby też mu uwierzyło?

Znowu długie milczenie.

Nie mogę zapewnić Clave o czymś, czego sam nie wiem.

– Muszą go zapytać, co się stało. Muszą sięgnąć po Miecz Anioła, prawda?

Jem się zawahał. Cordelia zauważyła, że idzie do nich Lucie, i zdała sobie sprawę, że z ziół w moździerzu zrobiła zieloną papkę.

– Daisy – powiedziała cicho Lucie. Dla Cordelii zabrzmiało to alarmująco. Lucie trudno kiedykolwiek przekonać do szeptu. – Możesz pójść ze mną na chwilę? Bardzo potrzebuję twojej pomocy.

– Oczywiście – odpowiedziała z wahaniem Cordelia. – Tyle że właśnie…

Odwróciła się do Jema, mając nadzieję, że odpowie na jej pytanie, ale on już zniknął w zatłoczonej izbie chorych.

***

– Dokąd idziemy? – szepnęła Cordelia, gdy szły pośpiesznie korytarzami Instytutu. – Lucie. Nie możesz mnie tak po prostu porwać, przecież wiesz.

– Bzdura – żachnęła się Lucie. – Gdybym chciała cię porwać, możesz być pewna, że załatwiłabym to fachowo, bez wątpienia pod osłoną nocy i w ciszy. – Doszły do holu wejściowego. Lucie zdjęła pelerynę z kołka, a drugą wręczyła Cordelii. – Poza tym powiedziałam ojcu, że zabieram cię do domu powozem, bo mdlejesz na widok krwi.

– Lucie! – Cordelia wyszła za przyjaciółką na dziedziniec. Słońce dopiero co zaszło i wieczór był przyprószony stalowoniebieską patyną. Na dziedzińcu stało mnóstwo powozów, każdy ozdobiony rodzinnym herbem.

– Nie każdy kawałek dobrej opowieści jest prawdziwy – powiedziała Lucie.

Policzki miała różowe. Powietrze stało się zimne, Cordelia owinęła się ciaśniej peleryną.

– Ale to historia się liczy – dodała Lucie.

– Tyle że ja nie chcę jechać do domu – protestowała Cordelia, gdy szły między powozami. Zmrużyła oczy. – Czy ktoś śpiewa w powozie Baybrooków?

Lucie machnęła na to ręką.

– Oczywiście, że nie pojedziesz do domu. Wyruszysz ze mną po przygodę. – Machnęła na kogoś w połowie schowanego za powozem Wentworthów. – Bridget!

To rzeczywiście była Bridget z siwiejącymi rudymi włosami upiętymi w kok, która ewidentnie dopiero co skończyła szykować powóz jednokonny ze świeżym koniem – bratem Baliosa, Xanthosem. To była niezła para. Cordelia sporo się o nich nasłuchała w dzieciństwie. Lucie natychmiast podeszła, żeby poklepać Xanthosa po miękkich, nakrapianych biało chrapach. Cordelia próbowała uśmiechnąć się do Bridget, która popatrywała na nie podejrzliwie.

– Powóz gotowy, panienko Baggage – powiedziała do Lucie. – Proszę nie narobić kłopotów, to bardzo denerwuje rodziców.

– Zabiorę Cordelię do domu – odpowiedziała Lucie, trzepocząc niewinnie powiekami.

Bridget odeszła, mrucząc coś o tym, jak to znajdowała pewne osoby na pewnych drzewach, gdy próbowały się wymknąć z pewnych okien. Lucie pochyliła się i mruknęła coś do ucha Xanthosa, a potem machnęła na Cordelię, żeby wsiadała do powozu.

– Całość została zabezpieczona czarem ochronnym – wyjaśniła, wyprowadzając powóz przez bramę na ulicę. – Inaczej Przyziemni zaniepokoiliby się widokiem powozu pędzącego bez woźnicy.

– Czyli koń wie, dokąd nas zabrać? – zapytała Cordelia, sadowiąc się na wyściełanym siedzeniu. – Ale nie jedziemy na Cornwall Gardens?

Lucie pokręciła głową.

– Balios i Xanthos to specjalne konie. Jedziemy do Chiswick House.

Cordelia zdębiała.

– Do Chiswick House? Jedziemy zobaczyć się z Grace i Tatianą? Lucie, sama nie wiem...

Lucie uniosła rękę.

– Nastąpi taki moment, ale bardzo krótki, kiedy być może będziesz musiała odwrócić ich uwagę. Ale to nie jest towarzyska wizyta. Mam misję.

Cordelia wątpiła, czy Grace należy do osób, których uwagę łatwo odwrócić.

– Nic z tego – odparła stanowczo. – Chyba że powiesz mi, co to za misja.

Lucie przez chwilę milczała, jej twarz była drobna i blada w cieniach powozu.

– Wiesz, że widzę duchy – powiedziała z wahaniem.

Cordelia zamrugała zdziwiona. To była ostatnia rzecz, jaką spodziewała się usłyszeć od Lucie. Wszyscy Nocni Łowcy wiedzieli, że duchy istnieją, i większość je widziała, jeśli duchy chciały im się pokazać. Jednakże Herondale'owie mieli szczególną zdolność: Will, James i Lucie widzieli wszystkie duchy, nawet te, które nie chciały się ukazać.

– No tak, ale co to ma...?

– Pewien duch powiedział mi... – Lucie urwała na chwilę. – Jessamine powiedziała mi, że w Chiswick House jest duch, który może coś wiedzieć o demonach atakujących za dnia – powiedziała w końcu. – Daisy, muszę zrobić coś dla Barbary i pozostałych. Nie mogę po prostu siedzieć i podawać tynktury. Jeśli mogę w jakiś sposób pomóc, to muszę spróbować.

– Oczywiście, ale dlaczego nie powiesz nic rodzicom? Z pewnością by zrozumieli.

– Nie chcę wzbudzić w nich niepotrzebnych nadziei. Poza tym mogliby uznać, że muszą to powiedzieć innym, a mnie powiedziano, że kontakty z duchami nie są najbardziej atrakcyjną cechą u młodej damy.

Cordelia złapała Lucie za rękę.

– Powiedz mi, kto tak powiedział, to go zabiję.

Lucie stłumiła śmiech.

– Nie musisz nikogo zabijać. Jedź tylko ze mną do Chiswick, a w zupełności mi to wystarczy.

***

– Musicie zaryglować drzwi – powiedział James. – Nie zamykają się na klucz, a nikt nie może nam przeszkodzić. – Zmarszczył brwi. – Matthew, utrzymasz się na nogach?

Salę balową zamknięto po balu; rzadko z niej korzystano poza towarzyskimi galami. W pokoju było ciepło i duszno, więc James, Christopher i Thomas zdjęli marynarki i zostali w samych koszulach. Większość nosiła te same pasy z bronią co w parku. James dołożył sobie kilka nowych sztyletów.

Tylko Matthew nie miał broni. Rozczochrany i ciut nieprzytomny doczłapał do obitego pluszem fotela i padł na niego.

– Nic mi nie jest – powiedział, machając nonszalancko ręką. – Kontynuujcie, proszę, realizację planu. – Zmrużył oczy. – A jaki właściwie macie plan?

– Zaraz wam powiem – odpowiedział James. Był przekonany, że nikomu z nich się on nie spodoba. – Thomas?

Thomas skinął głową, podszedł do ciężkiego kredensu i zaczął go przesuwać pod drzwi sali balowej. Christopher spojrzał z niepokojem na Matthew.

– Może napijesz się wody? – zapytał.

– Naprawdę nic mi nie jest – powtórzył Matthew.

– Znalazłem cię, jak piłeś z piersiówki i śpiewałeś „Elsie from Chelsea" w powozie Baybrooków – odparł ponuro Thomas.

– Odosobnione miejsce – wyjaśnił Matthew. – I bardzo wygodne.

– Przynajmniej to nie był powóz Bridgestocków, bo oni znieśli już dość tragedii jak na jeden dzień. Nic złego nie przytrafiło się Baybrookom – powiedział z przekonaniem Christopher.

– Do tej pory – dodał James. – Christopher, gdy odwoziłeś pannę Blackthorn, wszystko było w porządku?

Starał się robić wrażenie, jakby nie był zbyt zainteresowany odpowiedzią. Matthew uniósł brew, ale nic nie powiedział.

– Oczywiście – zapewnił go Christopher. – Opowiedziałem jej wszystko na temat hodowli kultur bakterii, a ona była tym tak zafascynowana, że nie odezwała się słowem!

James podszedł do stosu krzeseł przed drzwiami do pokoju wypoczynkowego obok sali balowej. Miał nadzieję, że Grace nie umarła z nudów.

– Musiałeś powiedzieć pani Blackthorn, co się wydarzyło w parku? Nie mogła być zadowolona.

Christopher pokręcił głową.

– Przyznam, że jej nie widziałem. Panna Blackthorn poprosiła, żeby ją wysadzić przy bramie, a nie przed frontowymi drzwiami.

– Pewnie nie chce, żeby ktokolwiek zobaczył stan tego miejsca – wtrącił Matthew i ziewnął. – Brama jest przerdzewiała.

James zerknął na niego.

– Thomas, może run leczniczy? – zapytał cicho.

Thomas skinął głową i podszedł ostrożnie do Matthew, jak można podchodzić do bezpańskiego kota na ulicy. Jakiś czas temu James odkrył, że runy lecznicze trzeźwią nieco Matthew; nie do końca, ale dostatecznie.

– Podwiń rękaw... Świetnie, zacny przyjacielu – powiedział Thomas, siadając na podłokietniku fotela Matthew. – Obudzimy cię i James powie nam, jakie szaleństwo zaplanował.

James przestał majstrować przy krzesłach, rozejrzał się po pokoju, otrzepał ręce i powiedział:

– Lepiej sprawdźmy zamki na oknach. Na wszelki wypadek.

– To się wydaje trochę bluźniercze: posługiwać się Znakami, żeby zanegować działanie alkoholu – wtrącił Matthew, kiedy Thomas odłożył stelę.

Wspomniany Znak jarzył się świeżo nakreślony na nadgarstku Matthew, który już robił wrażenie przytomniejszego i wydawało się mniej prawdopodobne, że zaraz zaśnie albo zwymiotuje.

– Widziałem, jak za pomocą steli robiłeś sobie przedziałek – odparł oschle James, sprawdzając zamki okien.

– Włosy to dar od Anioła – odparł Matthew. – To taki sam dar jak inne dary Nocnych Łowców. Jak Miecz Anioła na przykład.

– O, to dopiero było bluźnierstwo – powiedział Thomas.

Christopher zaczął razem z Jamesem sprawdzać w oknach zamki, chociaż James rozpaczliwie miał ochotę otworzyć jedno szeroko i wpuścić do sali trochę świeżego powietrza.

– Rzecz piękna to nieskończone źródło radości, Thomasie – powiedział Matthew. – James, dlaczego zamykamy wszystkie okna? Obawiamy się ciekawskich gołębi?

James przesunął zasuwkę na oknie i odwrócił się do przyjaciół.

– Przez ostatnie cztery lata życia uczyłem się, jak nie robić tego, co zamierzam zaraz zrobić. Nie chcę nawet brać pod uwagę możliwości, że ktoś mi przeszkodzi.

– Na przykład gołąb? – dopytywał się Matthew, ale mimo kpiącego tonu patrzył na Jamesa ze współczuciem. – Jamie, co my tu robimy?

James wziął głęboki wdech.

– Zamierzam wejść do królestwa cieni – odpowiedział.

Paczka Wesołych Złodziejaszków zaczęła chóralnie protestować. Matthew wstał z błyskiem w oku.

– W żadnym razie. Zagrożenie...

– Wątpię, żeby coś mi groziło – odpowiedział James. – Wiele razy wkraczałem do królestwa cieni i je opuszczałem. Minęły wieki, odkąd przypadkiem wpadłem do tego świata. A jednak w ostatnim tygodniu widziałem królestwo cieni trzy razy, w tym raz tuż przed dzisiejszym atakiem. Nie mogę uznać tego za zbieg okoliczności. Jeśli mogę posłużyć się tą zdolnością, żeby pomóc Barbarze, Ariadne i nam wszystkim, to musicie mi na to pozwolić.

– Do diabła. – Matthew potarł oczy. – Jeśli ci nie pomożemy, to spróbujesz tego, kiedy wyjdziemy, prawda?

– Oczywiście. – James popukał sztylety za pasem. – Przynajmniej jestem uzbrojony.

Matthew przekręcił na palcu sygnet z inicjałami MF. To był prezent od Jamesa, kiedy zostali *parabatai*, i Matthew zwykł się nim bawić, gdy się denerwował.

– Dobrze więc. Jak sobie życzysz.

James odchrząknął.

– W porządku. Zaczynajmy więc.

Spojrzał w oczy wyczekującym przyjaciołom.

– No więc? – zapytał z nadzieją Thomas po długiej pauzie. – Wejdźże do królestwa cieni.

James się skupił. Wbił wzrok w podłogę i spróbował przywołać w umyśle obrazy z królestwa cieni. Spalone szare niebo i przyćmione słońce. Wyobraził sobie zniekształconą salę balową, poprzekrzywiane okna w ścianach, topiące się i zapadające się w sobie żyrandole.

Otworzył oczy i krzyknął. Druga para oczu patrzyła prosto w jego własne i to z tak bliska, że widział szczegóły w zielonych tęczówkach, małe brązowe i czarne cętki.

– Matthew!

– Naprawdę wątpię, żeby wpatrywanie się w niego miało pomóc – powiedział do Matthew Thomas. Matthew niechętnie cofnął się krok od swojego *parabatai*. – Jamie, czy coś może pomóc ci zacząć ten proces? Wszyscy widzieliśmy, jak to robisz... Zaczynasz upodabniać się do cienia, robisz się nieco rozmazany przy krawędziach.

– Kiedy wkraczam do królestwa cieni, realność mojej osoby zaczyna słabnąć – wyjaśnił James. Nie wspomniał, że w przeszłości „słabł" do tego stopnia, że był w stanie przejść przez ścianę. Nie zamierzał tego powtarzać. – Jednak to nie to wprowadza mnie do królestwa cieni. To raczej skutek uboczny przebywania tam.

– To często przydarza się, kiedy jesteś zdenerwowany albo zaszokowany – zauważył Christopher. – Może moglibyśmy spróbować cię zdenerwować albo zaszokować.

– Zważywszy, co właśnie się stało, nie powinno to być zbyt trudne – odparł James.

– Bzdura – orzekł Matthew, wskakując na stojący nieopodal stolik. Mebel wyglądał dość delikatnie z racji cieniutkich, pomalowanych na złoto nóżek, więc James popatrzył na to z niepokojem. – Ostatnim razem widziałem cię zaszokowanego, kiedy iblis przysyłał Christopherowi listy miłosne.

– Przyciągam mroczne istoty, taki mój urok – przyznał ponuro Christopher.

– Pamiętaj, proszę, że to ja jestem bladym neurastenikiem, a ty surowym bohaterem – powiedział do Jamesa Matthew. – To bardzo nużące, gdy myli się role. Będziemy musieli wymyślić coś imponującego, żeby cię zaskoczyć.

– To jaką ja mam rolę? – zainteresował się Christopher.

– Szalonego wynalazcy, rzecz jasna – wyjaśnił szybko Matthew. – A Thomas jest człowiekiem o złotym sercu.

– Rety, wyglądam na nudziarza – powiedział Thomas. – Słuchaj, James, podejdź no tu na chwilę.

James ruszył w stronę Thomasa, który najwyraźniej coś sobie postanowił. W takich chwilach bardzo przypominał swoją matkę z jej błyszczącymi piwnymi oczami i zaciętymi ustami.

Pięść przecięła powietrze i wylądowała na splocie słonecznym Jamesa. Chłopak poleciał do tyłu i uderzył o podłogę ze stłumionym krzykiem. W głowie mu się zakręciło.

Matthew przykucnął obok niego, a James podniósł się z trudem na łokcie. Ból nie był zbyt wielki, ale próby zaczerpnięcia tchu przyprawiały go o mdłości.

– Thomas! – wrzasnął Matthew. – Co ty próbujesz osiągnąć...?!

– Chciałem go zaskoczyć! – odkrzyknął Thomas. – To bardzo ważne, Matthew! – Rzucił zmartwione spojrzenie Jamesowi, sprzeczne z jego gniewnymi słowami. – Nie masz mi tego za złe, co?

– W porządku – wysapał James, nie mogą złapać oddechu. – Niestety to nie zadziałało. Gdybym zamieniał się w cień za każdym razem, gdy ktoś mnie uderzy, nie mógłbym chodzić na patrole. – Spojrzał na sufit wyłożony lustrami. Widział siebie leżącego na parkiecie, swoje czarne włosy na białym tle, Matthew klęczącego obok jak giermek nad ciałem poległego rycerza.

Widział też Christophera i Thomasa, a przynajmniej czubki ich głów. Christopher zdejmował coś ze ściany. Thomas miał skrzyżowane ręce.

Matthew zerwał się na równe nogi zręcznie jak lis i wyciągał rękę, żeby pomóc wstać przyjacielowi. Ledwie James stanął, a koło głowy śmignęła mu strzała. Szyba w oknie stłukła się i Matthew rzucił się przed Jamesa. Znowu padli na podłogę i Jamesowi drugi raz w ciągu pięciu minut uszło całe powietrze z płuc.

Przeturlał się, żeby usiąść, odpychając na bok Matthew, i zobaczył, że Thomas wpatruje się w Christophera, który trzymał jeden z łuków zdobiących wcześniej ścianę.

– Na wypadek gdyby ktoś się zastanawiał, czy to tylko ozdoba... – powiedział James, wstając. – Nie, to nie jest tylko ozdoba.

– Na milion przeklętych aniołów, Christopher, coś ty zrobił? – dopytywał się Matthew, podrywając się za Jamesem. – Próbowałeś go zabić?

Christopher opuścił łuk. James słyszał hałasy w Instytucie, drzwi zatrzaskiwane w oddali, kroki kogoś biegnącego. Do diabła.

– Nie próbowałem zabić Jamesa – odpowiedział urażonym tonem Christopher. – Miałem nadzieję, że szok wywołany strzałą przelatującą obok niego pośle go do królestwa cieni. Szkoda, że się nie udało. Musimy szybko znaleźć inny sposób, żeby poważnie przerazić Jamesa.

– Christopher! – wykrzyknął James. – Nie mogę uwierzyć, że właśnie to powiedziałeś! Nie mogę uwierzyć, że do mnie strzeliłeś.

– Miałem siedemdziesiąt dwa procent, że mi się uda w idealnych laboratoryjnych warunkach...

– To nie były laboratoryjne warunki! – odkrzyknął James. – Jesteśmy na sali balowej w moim domu!

W tej samej chwili zatrzęsły się drzwi prowadzące do sali.

– Co tam się dzieje? – To był głos Willa. – James, jesteś tam?

– Do diabła, to mój ojciec. – James się rozejrzał. – Słuchajcie... Wyjdźcie przez okno. W każdym razie przez to stłuczone. Wezmę winę na siebie. Powiem, że to ja strzeliłem w okno i je stłukłem.

– W sali balowej? – zapytał rozsądnie Thomas. – A dlaczego miałbyś zrobić coś tak głupiego?

– Bo jestem zdolny do wszystkiego! – James chciał zabrać Christopherowi łuk, ale ten uciekł za Thomasa, obiegając go, jakby to był ozdobny słup na festynie. – Daj spokój, Kit, oddaj mi...

Thomas przewrócił oczami.

– Zamierza powiedzieć „bo jestem Herondale'em", nie?

Walenie do drzwi przybrało na sile. James spiorunował przyjaciół wzrokiem.

– Bo jestem Herondale'em i mówię wam, że macie wynosić się z Instytutu, żebym tylko ja został ukarany.

– Odpowiedz mi, James! – krzyczał Will. – Dlaczego zablokowałeś drzwi?! Żądam wyjaśnienia, co tam się dzieje!

– Jamesa tu nie ma! – odkrzyknął Matthew, przysuwając się do *parabatai*. – Odejdź!

James spojrzał na niego zdzwiony.

– Serio?

– Słyszałem brzęk tłuczonego szkła! – zawołał Will.

– Ćwiczyłem walkę! – odpowiedział Matthew.

– Na sali balowej?

– Próbowaliśmy zająć czymś Thomasa! To był dla niego bardzo trudny dzień! – odkrzyknął Matthew.

– Co?! – Will nie wierzył własnym uszom.

– Nie zwalaj tego na mnie! – szepnął gorączkowo Thomas.

– James. – Matthew położył ręce na ramionach przyjaciela i odwrócił go do siebie. Teraz, kiedy stłukli okno, chłodne powietrze wpadało do sali, odwiewając Matthew z czoła mokre od potu włosy. Patrzył uważnie, świdrując Jamesa wzrokiem. W słabym świetle jego oczy wydawały się czarne. Jamesa zaskoczyła powaga spojrzenia Matthew. – Jeśli masz to zrobić, musisz zrobić to teraz.

– Wiem. Math... pomóż mi.

To było stare przezwisko, które nadał mu Will na cześć walijskiego króla Matha ap Mathonwy, wszechwiedzącego strażnika wszelkiej mądrości. Will zawsze mówił, że Matthew urodził się, za dużo wiedząc. W jego oczach pojawiła się mroczna czujność, gdy pochylił się do ucha Jamesa.

– Jamie, przykro mi, że muszę to zrobić – szepnął i przełknął ślinę. – Jesteś przeklęty. Jesteś dzieckiem demonów. To dlatego widzisz królestwo cieni. Bo tam jest twoje miejsce.

James szarpnął się gwałtownie do tyłu, patrząc na Matthew. Na Matthew, który nigdy nie okazał mu krztyny okrucieństwa.

Świat przed jego oczami zaczął szarzeć.

Matthew pobladł.

– James... – zaczął. – Nie chciałem...

Jednakże James już nie czuł dłoni Matthew na ramionach. Nie czuł już posadzki w sali balowej pod stopami. Drzwi do sali zaczęły się uchylać, ale on tego nie słyszał.

Świat stał się czarno-biały. James widział popękane czarne ściany, spękaną podłogę, kurz, który połyskiwał jak zmętniałe klejnoty rozrzucone w miejscu, w którym upadła Barbara. Pochylił się ku nim i wtedy świat wyszarpnięto mu spod nóg. Spadł w nicość.

Minione dni

Idris, 1900

James właśnie przeszedł ognistą gorączkę, kiedy dołączył do rodziny pośród barwnych łąk i chłodnych lasów Idrisu. Mimo to czuł niepokój, gdy otwierał okna w sypialni w rezydencji Herondale'ów, wpuszczając świeże powietrze do pokoju po raz pierwszy od miesięcy. Może to z powodu tego, jak szybko podróżuje się przez Bramy. Dopiero co machał na pożegnanie do Cordelii i jej rodziców, a do niej czuł coś, czego w żadnym razie nie potrafił wysłowić, coś doskonałego, dziwnego i zdumiewającego. Przydałoby mu się kilka dni na morzu albo w pociągu, gdzie wpatrywałby się w krajobraz i przeżywał skomplikowane uczucia. A tak, dziesięć minut po tym, jak przebywał w Cirenworth, zdejmował płachty ochronne z mebli i zapalał magiczne światło, podczas gdy jego ojciec głośno wychwalał lecznicze właściwości powietrza w Idrisie.

James rozpakowywał rzeczy, kiedy do sypialni weszła jego matka, sortując korespondencję. Podała mu małą kopertę.

– To do ciebie – powiedziała i zostawiła go samego, żeby przeczytał list w spokoju.

James nie rozpoznał charakteru pisma, było wytworne i kobiece. Pomyślał tylko: „Przecież nie znam w Idrisie nikogo, kto przysłałby mi list", kiedy zrozumiał: Grace.

Usiadł na łóżku, żeby przeczytać list. Napisano tam tylko: „Spotkajmy się w naszym Miejscu. Jutro o zmierzchu. Twoja GB".

Ogarnęły go lekkie wyrzuty sumienia. Nie myślał od pewnego czasu o Grace. Zastanawiał się, czy zrobiła cokolwiek w ciągu minionego roku, i z pewnym zaskoczeniem zdał sobie sprawę, że to całkiem możliwe, że nigdzie nie pojechała i z nikim nie rozmawiała. Tatiana Blackthorn słynęła z unikania Nocnych Łowców, a ponieważ Herondale'owie nie mieszkali w Idrisie na stałe, miała niewielu sąsiadów i wszyscy mieli domy w sporym oddaleniu.

Na Anioła, pomyślał, czy jestem jedynym przyjacielem Grace?

***

– Nie mam nikogo innego – powiedziała Grace.

Siedzieli razem w lesie, James opierał się o wysoki, wygięty korzeń dębu, a Grace siedziała na kamieniu. Wyraz smutku na jej twarzy szybko zniknął, ustępując zwykłemu spokojowi.

– Obawiam się, że nie mam niczego ciekawego do powiedzenia, nic się nie wydarzyło od naszego ostatniego spotkania – dodała. – Ale ty wyglądasz, jakbyś przeżył walkę. Wyglądasz na bardziej niż zmęczonego.

– Och! To jedna z rzeczy, które przydarzyły mi się, odkąd cię ostatni raz widziałem. Właśnie przeszedłem ognistą gorączkę.

Grace udała, że się wzdraga, a potem się roześmiała.

– Nie, sama to przechorowałam, nie martw się. Mój biedny James! Mam nadzieję, że nie byłeś samotny.

– Miałem szczęście. – Poczuł dziwny ucisk w brzuchu, którego nie rozumiał. – Cordelia i jej matka obie przeszły gorączkę, więc mogły zostać. Dobrze się mną zajęły. Zwłaszcza Cordelia.

Dzięki temu choroba była znacznie znośniejsza. O wiele mniej przykra. Niż mogłaby być. Gdyby jej tam nie było.

James zdawał sobie sprawę, że gada bez składu i ładu. Grace tylko pokiwała głową.

***

Następnego dnia James obudził się późno. Jego rodzice już wyszli, a siostra siedziała w jednym z wyściełanych forteli w salonie i pisała coś z zacięciem w notesie.

– Chcesz coś porobić? – zapytał Lucie.

Odpowiedziała, nawet nie unosząc głowy:

– Już coś robię. Piszę.

– A o czym piszesz?

– Jak nie zostawisz mnie w spokoju, to napiszę o tobie!

Wobec tego, nie mając niczego innego do roboty, poszedł do rezydencji Blackthornów.

Rezydencja wyglądała dla niego dokładnie tak jak wtedy, gdy zobaczył ją pierwszy raz rok temu, gdy ścinał kolczaste pnącza na bramie. Dom był zamknięty i cichy, jak ogromny nietoperz śpiący za dnia, dopóki ciemność nie pozwoli mu ponownie rozłożyć skrzydeł. Jedynie dzikie róże rozrosły się, a ciernie były liczniejsze, dłuższe i ostrzejsze. Pierwsza część motta była zasłonięta i dało się tylko odczytać lex nula.

Obszedł rezydencję wzdłuż kamiennego muru, spoglądając przez nieprzycięte krzewy. Czuł się idiotycznie. Nie przyniósł książki, miecza ani niczego, żeby mieć się czym zająć. Kiedy jednak doszedł znowu do frontowej bramy, Grace już za nią czekała.

– Widziałam cię z okna sypialni – powiedziała. – Wyglądałeś na zagubionego.

– Dzień dobry – powiedział, a Grace uśmiechnęła się, zauważając jego dobre maniery. – Myślisz, że twoja matka chciałaby, żebym znowu przyciął dzikie róże?

Zapadło niezręczne milczenie. A potem Gace powiedziała:

– Nie wyobrażam sobie, by miała coś przeciwko, gdyby je uprzątnąć. Jeśli przyniosę ci nożyce, to mógłbyś ściąć je z bramy, a ja dotrzymałabym ci towarzystwa.

– To mi wygląda na uczciwy układ – odpowiedział James z szerokim uśmiechem.

– Oczywiście nie mogę obiecać, że znajdę dość tematów do tak długiej niezobowiązującej pogaduszki, ale mogę ci poczytać, jeśli chcesz.

– Nie! Nie, dziękuję – odpowiedział szybko. Grace wyglądała na zaskoczoną, więc zaraz dodał: – Wolę raczej posłuchać o twoim życiu.

– Moje życie to ten dom.

– W takim razie opowiedz mi o domu.

***

I tak też zrobiła. James nigdy nie powiedział rodzicom, gdzie spędza czas. Wychodził po prostu z domu po południu. Przycinał pnącza i krzewy poza murami rezydencji i rozmawiał z Grace przez godzinę albo dwie, zanim się zmęczył i zachciało mu się pić, a wtedy przepraszał Grace i wracał do domu.

Grace opowiedziała mu o wspaniałości domu, warstwach kurzu i zaniedbaniu.

– Czasem mam wrażenie, że mieszkam w ogromnej pajęczynie, ale moja matka nie ufa ludziom na tyle, by kogoś wpuścić i pozwolić mu posprzątać, a dom jest za wielki, żeby poradziły z nim sobie dwie osoby.

Powiedziała mu o cierniach oplatających dębową poręcz, o herbie nad kominkiem, o straszliwym metalowym posągu czającym się na pierwszym piętrze. Jej opisy brzmiał okropnie dla Jamesa, jakby dom był gnijącymi zwłokami niegdyś pięknej i żywej istoty.

Na tę myśl drżał, ale potem wracał do domu i uczucie słabło. Nocami zasypiał, wspominając cichy, spokojny głos Cordelii.

***

Lucie oznajmiła, że zamierza przeczytać Jamesowi to, nad czym pracowała: *Sekretna Księżniczka Lucie zostaje uratowana od swojej strasznej rodziny*. James słuchał przybrawszy stosownie zainteresowany wyraz twarzy, chociaż musiał ścierpieć nieskończoną liczbę opowieści o Okrutnym Księciu Jamesie i jego potwornych uczynkach.

– Myślę, że Okrutny Książę James został zaszufladkowany przez własne imię – zasugerował w pewnej chwili.

Lucie poinformowała go, że na tym etapie procesu twórczego nie potrzebuje krytyki.

– Sekretna Księżniczka Lucie pragnie być tylko życzliwą, ale Okrutny Książę James jest okrutny, bo nie może znieść tego, że księżniczka Lucie okazuje się lepsza od niego raz za razem na każdym polu.

– Pójdę już sobie – powiedział James.

Lucie zamknęła notes i spojrzała na brata.

– Jaka ona jest, ta Grace Blackthorn? Widujesz ją czasem, kiedy przycinasz dzikie róże, co?

– Chyba tak – odpowiedział zaskoczony pytaniem. – Jest... smutna. Myślę, że jest potwornie samotna. Zna tylko matkę i ten upiorny dom.

– To okropne.

– Tak, to okropne. Naprawdę należy jej współczuć.

– Rzeczywiście – odpowiedziała Lucie.

***

W ich miejscu spotkań w lesie James opowiedział Grace o swoich nowych przyjaciołach: Matthew (Grace wiedziała, że to syn Konsul), Thomasie i Christopherze, których nazwał jej kuzynami, na co Grace w ogóle nie zareagowała. Powiedziała tylko nieśmiało:

– Muszę powiedzieć, że trochę się cieszę, że nie ma ich tu z tobą w Idrisie. Oczywiście jestem pewna, że lepiej byś się tu bawił, mając ich przy sobie! Niestety wtedy my nie spędzalibyśmy tyle czasu razem i bardzo by mi tego brakowało.

James martwił się o Grace. Nie da rady być jej jedynym przyjacielem, nie mógł się z nią spotykać aż tak często. Pomyślał o wizycie Cordelii zaplanowanej na późniejszą część lata i zastanawiał się, czy będzie okazja, żeby się spotkali, skoro jego przyjaźń z Grace musi pozostać tajemnicą.

Teraz Grace się zawahała:

– Obraziłabym cię, gdybym zapytała, co ci się przydarzyło w Akademii Nocnych Łowców? Słyszałam tylko plotki.

James opowiedział o jego dziwnej mocy przechodzenia w cień, jak ujawniła się na oczach większej części uczniów akademii, i o tym, że został wydalony.

– To żaden sekret – powiedział, zastanawiając się, dlaczego ma wrażenie, że wyznał coś wielkiego. – To z powodu tego, że moja matka jest swego rodzaju czarownicą. Wszyscy o tym wiedzą, a mimo to mruczą i wytykają palcami.

– Często mam wrażenie, że czarownicy to dla nas doskonali partnerzy w walce z demonami, a sami są po części demonami – stwierdziła Grace. – Nie rozumiem, dlaczego inni robią wokół tego tyle zamieszania.

– Nocni Łowcy nie lubią różnic. Zawsze widzą w tym zło. Ale właśnie zdradziłem ci swój sekret, więc teraz ty mi musisz jakiś wyjawić.

Grace się uśmiechnęła.

– Nie mam sekretów.

– Nieprawda. Skąd pochodzisz, Grace Blackthorn? Pamiętasz swoich rodziców?

– Tak. Miałam osiem lat, kiedy... kiedy zostali zabici przez demony. Zostałabym sama, gdyby nie mama.

To by tłumaczyło, dlaczego Grace miała tylko jeden run, Znak na lewej ręce. Run Wzroku to pierwszy Znak, jaki Nocny Łowca otrzymuje jako dziecko. Tatiana najwyraźniej nie chciała, by Grace kontynuowała swoją edukację Nocnej Łowczyni.

– Zabrano by cię do Instytutu – powiedział James. – Nocni Łowcy nie porzucają swoich ludzi.

– Pewnie tak, ale nie miałabym rodziny. A teraz mam. Mam matkę, nazwisko, dom. – Nie robiła wrażenia do końca szczęśliwej z tego powodu. – Żałuję jednak, że nic mi nie zostało po rodzicach.

James się zdumiał.

– Naprawdę nie masz po nich żadnej pamiątki?

– Tylko jedną rzecz. Moja matka miała srebrną bransoletkę, którą nosiła. Mama mówi, że jest bardzo cenna, i trzyma ją w szkatułce w swoim gabinecie. Powiedziała kiedyś, że pozwoli mi ją nosić, kiedy będę starsza, ale co roku, gdy proszę, mówi, że nie jestem dość duża.

– Nie możesz jej wziąć ze szkatułki?

– Jest dobrze zamknięta. Moja matka lubi zamki. W całym domu znajduję szuflady, szafki, pudełka, które nie otworzą się bez właściwych kluczy... Nie sądzę, żeby sama pamiętała, który klucz jaki zamek otwiera. Jest ich tak wiele. – Wyraz jej twarzy zmienił się subtelnie. – Dość jednak tych smutnych tematów! Słyszałam od matki, że rodzina Carstairsów odwiedzi cię tego lata. Pewnie będziesz z nimi spędzał cały czas, kiedy już przyjadą.

– Nie. Podejrzewam, że Cordelia będzie spędzała cały czas z Lucie, bo mają kiedyś zostać *parabatai*. Oczywiście Lucie pisze też książkę, więc będą chwile, kiedy jako dobry gospodarz rzeczywiście powinienem spędzić trochę czasu z Cordelią. To zależy od niej. Jeśli będzie chciała spędzać ze mną każdy dzień, to w porządku...

Urwał, zdając sobie sprawę, że całkiem mu odbiło w ciągu ostatnich dziesięciu sekund. Grace potraktowała to z wielką uprzejmością.

– Przepraszam – powiedział. – Nie chciałem zasugerować...

Grace się roześmiała.

– Nonsens! Wiem, że miałeś dobre zamiary. Jesteś zakochany w Cordelii.

James się przeraził.

– Lubię ją, to wszystko. Jesteśmy przyjaciółmi, tak samo jak my dwoje.

– Tak? A jeśli przyjedzie do Idrisu i powie ci, że poznała najcudowniejszego mężczyznę i przeżyli szalony romans, i teraz są po słowie? Czy pogratulujesz jej jak każdemu innemu ze swoich przyjaciół?

– Powiedziałbym jej, że jest za młoda, żeby wyjść za mąż – odparł sztywno James.

Prawda była taka, że kiedy myślał o Cordelii wychodzącej za mąż za kogoś innego, to miał wrażenie, że ktoś go kopnął w serce. Zdumiony zdał sobie sprawę, że w jego mglistych wyobrażeniach o przyszłości Cordelia zawsze gdzieś tam była – stała, mile widziana obecność, ciepłe światło w ciemności tego, co nieznane.

***

– Okrutny Książę James wszedł do komnaty z peleryną łopoczącą mu u ramion, a potworne, potworne wąsy miał wykrzywione z gniewu – relacjonowała Lucie, kiedy James wszedł do pokoju.

– Czy trzeba dwa razy powtarzać, że są potworne? – zapytał James.

– Potrzebował gorącego napitku, żeby ukoić gardło zdarte wykrzykiwaniem przez cały dzień podłych rozkazów. Herbata, pomyślał, tak, herbata i zemsta.

– Pójdę wstawić wodę. – James westchnął.

***

– Jaka dziwna przyjaźń nas łączy – powiedziała Grace. Znajdowali się przy posiadłości Blackthornów. James obcinał kolczaste pnącza na wysokim kamiennym murze, a Grace stała po drugiej stronie.. Co jakiś czas przechodził do następnego pnącza i wtedy Grace migała mu w dziurach w murze. – Szkoda, że nie możesz zamienić się w cień i przyjść do mnie, na moją stronę muru.

James przestał ciąć.

– Nie pomyślałem o tym.

Może dałbym radę.

Odłożył nożyce na trawę i spojrzał na ręce. Nie wiedział, co zrobić. Pomyślał mocno o nicości, o szarości królestwa cieni. Zaskoczony przeszedł chwiejnym krokiem przez mur.

Otrząsnął się. Nadal był cieniem, ale nie znajdował się w świecie cienia – stał ewidentnie w ogrodzie posiadłości Blackthornów. Wszędzie rosła za wysoka trawa. I Grace patrzyła na niego.

Zdołasz wrócić? – zapytała, tylko poruszając ustami. A może zapytała na głos? James z wielkim trudem wrócił z powrotem do namacalnej formy, zaciskając i rozluźniając pięści.

– To było niesamowite – powiedziała Grace. – Pewnie przywykłbyś do tego, gdybyś poćwiczył.

Może.

– Myślisz, że mógłbym wyjść bramą?

Grace się roześmiała. Przy bramie, gdy już wychodził, złapała go za rękę.

– James, poczekaj. Tak sobie myślałam. Jeśli kiedyś nie będziesz mógł spać i zamienisz się w cień... Może mógłbyś przyjść tutaj, przejść przez ciernie i dom do gabinetu mamy, zanurzyć cienistą dłoń we właściwej szkatułce i wyjąć dla mnie moją bransoletkę.

Jamesa zalała fala ciepłych uczuć do Grace. Bał się, że przerazi się jego formą cienia, ale ona go zaakceptowała i zasugerowała mu sposób wykorzystania jego mocy dla korzyści innych. Z jakiegoś powodu czuł, że ma u niej dług wdzięczności, chociaż nie potrafił tego uzasadnić.

– Mógłbym. I zrobię to.

– Daj mi znać, jeśli to zrobisz – powiedziała Grace. – A następnego wieczoru spotkamy się w lesie. Byłbyś moim prawdziwym przyjacielem, gdybyś to zrobił.

– Mogę to zrobić – zapewnił ją James. – I zrobię.

6

Nikt się nie raduje

„W środku ciemności nocne się ścielą,
Okna nie błyszczą świateł bielą,
żadnego szmeru, aż dźwięczy cisza,
Choć skrzyp drzwi niegdyś było tu słychać.

Zamknięte. I nawet po kryjomu
gdybyś przez okno rzucił spojrzenie –
nie sięgnie w głąb, gdzie nieme cienie
wypełnią pustkę mrocznego domu.

Chodźmy stąd: nikt się nie raduje,
raźnej nie słychać krzątaniny.
Kiedy dom z ziemi wybudujesz,
W końcu rozsypie się w ruiny".

Alfred Tennyson, *Opuszczony dom*

– One nie mogą tu mieszkać – szepnęła Lucie na wpół zdumiona, na wpół przerażona.

Matka opisała jej raz Chiswick House. Jak wyglądał lata temu, kiedy Tessa brała tam udział w balu jako Jessamine. Rodzice nie byli w stanie opowiadać o tym balu, nie rzucając sobie potwornie ckliwych spojrzeń. To było obrzydliwe.

Wuj Gabriel też opisał ten dom, i to w o wiele bardziej ekscytującej i stosownej historii o tym, jak on, ciotka Cecily, wuj Jem, rodzice Lucie i wuj Gideon zabili złego Benedicta Lightwooda, który zamienił się w demonicznego robala i grasował w ogrodach Lightwoodów. To była opowieść pełna krwi i podniecenia, i było jasne – przynajmniej dla Lucie – że ogrody prezentowały się wtedy wspaniale. Sam dom także był wspaniały: z białego kamienia, pośród rozległych zielonych trawników opadających aż do Tamizy. Cudowne greckie budowle ogrodowe jakby szybowały nad ziemią. Były tam włoskie ogrody, oświetlone księżycowym blaskiem balkony, wysokie, dumne kolumny, słynna reprodukcja Wenus Medycejskiej z Galerii Uffizi we Florencji, wspaniała cedrowa aleja prowadząca do domu...

– Moja matka mówiła, że słyszała, że dom popadł w ruinę, ale nie spodziewałam się czegoś takiego – odpowiedziała szeptem Cordelia. Ona też nie mogła oderwać wzroku od potężnej bramy odcinającej posiadłość. Widniały nad nią wykute w metalu łacińskie słowa.

Ultima forsan. Koniec jest bliżej, niż myślisz.

Sentencja wywołała dreszcz na plecach Lucie. Położyła rękę na talii, gdzie miała pas z bronią. Bridget zostawiła dla nich w powozie pasy z ostrzami serafickimi i stele, więc narysowały sobie ostrożnie różne runy: Siły, Skradania się, Nocnego Widzenia. W potencjalnie nawiedzonym miejscu nigdy dość ostrożności.

Lucie żałowała, że nie mogła się przebrać w strój bojowy. Nadal miały na sobie sukienki z pikniku, podarte i poplamione krwią.

– Ruina to jedno, ale to jest katastrofa – powiedziała Lucie, sięgając po stelę. – Jak Grace jest w stanie mieszkać w takim miejscu?

– Pewnie inne rzeczy ją uszczęśliwiają – odpowiedziała stłumionym głosem Cordelia, podczas gdy Lucie nabazgrała run Otwarcia na bramie, której skrzydła rozwarły się, sypiąc rudym pyłem rdzy.

Weszły na połamane kamienie niegdyś wspaniałej alei obsadzonej cyprysami i cedrami. Zapach próchniejącego cedru wypełniał powietrze i drapał Lucie w gardło. Drzewa nad nimi splatały się, ich gałęzie zwieszały się, wyginały, pękały. Martwe konary leżały na ziemi.

Kiedy doszły aleją do szerokiego kolistego podjazdu, Lucie była pod wrażeniem niegdysiejszego piękna rezydencji. Podwójne, cudownie skonstruowane schody prowadziły do szerokiego wejścia, pociemniałe pnącza porastały żłobione kolumny. Podniosła wzrok i zobaczyła balkony, o których opowiadała matka, teraz zarośnięte cierniami.

– Jak zamek Śpiącej Królewny – mruknęła Lucie.

– To samo pomyślałam! – zgodziła się Cordelia. – Czytałaś kiedyś starsze wersje baśni? Pamiętam, że były znacznie bardziej przerażające. Była taka, w której zamek Śpiącej Królewny zarósł cierniami i ciała książąt, którzy próbowali dostać się do środka, zwieszały się z kolców, a ich kości bielały na słońcu.

– Cudowne! – powiedziała Lucie. – Koniecznie włączę to do swojej książki.

– Nie do *Pięknej Cordelii* – zaprotestowała Cordelia, podchodząc, żeby lepiej przyjrzeć się domowi. – Lucie, tam się nie pali ani jedno światło, nic. Może nie ma ich w domu?

– Patrz, tam. – Lucie wskazała ręką. – Widziałam światło przesuwające się przy jednym z okien. Jeśli nie chcesz zapukać do drzwi, to nie musisz. Przyznaję, że to miejsce jest dość niepokojące.

Cordelia się wyprostowała.

– Nie boję się.

Lucie ukryła uśmiech.

– W takim razie ja idę poszukać ducha, a ty odwrócisz uwagę mieszkańców. Za kwadrans spotkamy się z powrotem przy bramie.

Cordelia skinęła głową, weszła po spękanych schodach i stanęłą przed frontowymi drzwiami. Odgłos jej pukania przycichł, gdy Lucie przemknęła za dom, gdzie trawa opadała ku ciemnym wodom rzeki. Zobaczyła kamienny mur domu, popękany ze starości i porośnięty grubymi, wijącymi się pnączami.

Lucie wzięła rozbieg, skoczyła i złapała się pnącza. Zaczęła się szybko wspinać, jak wspinała się po linie w sali treningowej – ręka za ręką – w nadziei, że znajdzie otwarte okno, przez które wejdzie do środka. Ku jej radości w połowie ściany zorientowała się, że dotarła do balkonu. To jeszcze lepiej.

Przeszła przez balustradę balkonu i sturlała się na ziemię. Poderwała się, zanim kolce przebiłyby jej pelerynę i paskudnie ją podrapały. Była z siebie bardzo zadowolona. Ciekawe, czy ojciec byłby z niej dumny, gdyby wiedział, z jaką łatwością wspięła się na mur.

Pewnie nie, uznała. Pewnie miałby ochotę ją zamordować za sam fakt, że się tu znalazła. Niestety rodzice naprawdę nie potrafią spostrzec, do czego są zdolne ich dzieci. Lucie złapała za klamkę popękanych szklanych drzwi, z szybą pobrudzoną ziemią i zielonkawą zgnilizną. Pchnęła je...

Drzwi otworzyły się gwałtownie, ukazując ogromną, pustą salę balową. Prawie pustą. Jesse Blackthorn stał przed nią, a jego zielone oczy pałały gniewem.

– Na Razjela, co ty tu robisz? – syknął.

***

W królestwie cieni panowało przenikliwe zimno. James nigdy wcześniej go nie czuł, zawsze pozostawał oddzielony od tego ciemnego miejsca, ale teraz naprawdę się w nim znalazł. I nie panowała już tu cisza. Słyszał wycie wiatru, odległy dźwięk podobny do brzęku tłuczonego szkła.

Wszędzie wokół niego unosił się rozdmuchiwany kurz. Może to był kiedyś ocean, który wysechł i teraz porywisty wiatr rozdmuchiwał szczątki. Z pewnością nie widział przed sobą niczego oprócz nieskończonego morza piasku.

Odwrócił się, zastanawiając się, czy zobaczy salę balową. Ku swojemu zdumieniu ujrzał zarys Londynu – kopułę Świętego Pawła, blanki londyńskiej Tower, znajome łuki Tower Bridge. Sam most jarzył się upiorną czerwienią. James zakaszlał. Miał pył w ustach, gorzki jak sól.

Gorzki jak sól. Uklęknął i nabrał do dłoni trochę pyłu w kolorze kości. Nigdy wcześniej nie był tu w stanie niczego dotknąć. Jednakże grunt był pylisty i namacalny jak zwykła ziemia. Wsunął garść prochu do kieszeni i wstał, gdy wizja Londynu się rozmyła.

Teraz otaczała go tylko ciemność, oświetlona słabą, upiorną poświatą, której źródła nie widział. We wszystkie strony rozciągała się nieskalana jałowa pustka. Próbował zapanować nad narastającym przerażeniem, nad cząstką, która myślała, że przyjdzie mu tam umrzeć w tej całkowitej ciemności, że pozostanie tam zamrożony w miejscu bez ścieżki, którą mógłby podążyć.

I wtedy to zobaczył. Maleńką iskierkę złocistego ognika w oddali.

Ruszył w jej stronę, początkowo powoli, a potem coraz szybciej, gdy światełko zamieniło się w łunę. Zimno zaczęło znikać i otoczył go zapach życia – korzeni, liści i kwiatów – gdy wrócił z powrotem do świata.

***

Cordelia już miała przestać pukać, gdy wreszcie frontowe drzwi Chiswick House się otworzyły. W progu stała Grace. Ku zaskoczeniu Cordelii była sama, a damy nie otwierają same frontowych drzwi, od tego są służący. Z drugiej strony, jaka zwykła istota ludzka, nawet obdarzona Widzeniem, chciałaby mieszkać w takim miejscu? Nic dziwnego, że Grace upierała się, żeby zabierać ją spod bramy i w tym samym miejscu odstawiać.

Grace miała na sobie tę samą sukienkę, co wcześniej na pikniku, chociaż rąbek był naderwany i poplamiony trawą. Cordelii to nie przeszkadzało. Grace wydawała się bardziej ludzka dzięki takim drobnym niedoskonałościom.

Grace trzymała płonącą pochodnię w prawej ręce. Hol domu za jej plecami był ciemny. W powietrzu pachniało wilgocią. Grace patrzyła na Cordelię z wyrazem twarzy zdradzającym po części konsternację.

– Panna Carstairs – powiedziała wreszcie.

Nie zaprosiła Cordelii do środka i nie zapytała, po co przyszła. Kiedy już zauważyła jej obecność, uznała, że mogą pozostać tam, gdzie są.

Cordelia odchrząknęła.

– Panno Blackthorn – odpowiedziała.

Czy można to uznać za odwrócenie uwagi? Gdzieś w domu Lucie się skradała, szukając ducha. Cordelia spodziewała się, że to raczej Tatiana otworzy drzwi, ale cóż, będzie musiała wystarczyć jej Grace.

– Przyszłam sprawdzić, czy nic ci nie jest po dzisiejszych wydarzeniach. Sama niedawno przyjechałam do Londynu i wiem, że to może być trudne...

– Nic mi nie jest – odparła Grace.

Cordelia miała nieprzyjemne uczucie, że Grace mierzy ją wzrokiem mimo swojej beznamiętnej miny.

– Nie jesteśmy aż takie różne – powiedziała Cordelia. – Obie przebyłyśmy daleką drogę, żeby tu dotrzeć...

– W szklarni przy rezydencji Blackthornów jest Brama – odparła zimno Grace. – Prowadzi do tutejszego ogrodu. Zatem podróż była krótka.

– Cóż, to rzeczywiście coś innego, ale żadna z nas nie zna Enklawy ani młodych ludzi w tym mieście poza Lucie i Jamesem. Musimy ułożyć sobie tu życie najlepiej, jak się da...

Pochodnia rzucała dziwne cienie na twarz Grace.

– Nie jesteśmy podobne – odpowiedziała bez gniewu. – Ciążą na mnie zobowiązania, których nie możesz pojąć.

– Zobowiązania? – To słowo zaskoczyło Cordelię. – Nie możesz chyba mówić o...

Jamesie. Nie możesz mówić o Jamesie. Związek z mężczyzną można uznać za zobowiązanie, ale tylko wtedy, gdy się go nie pragnie. Skoro Grace związała się z Jamesem w sekrecie, bez wiedzy matki, to z pewnością musiała tego pragnąć.

Grace uśmiechnęła się powściągliwie.

– Przyszłaś, bo uważasz, że to zabawne?

– Nie wiem, co masz na myśli.

Grace zaczęła z westchnieniem się odwracać. Cordelia złapała ją za rękaw. Grace krzyknęła cicho i wyrwała rękę.

– Nie chciałam... – Cordelia zdumiała się. Dotknęła Grace bardzo delikatnie. – Jesteś ranna? Mogę ci pomóc?

Grace pokręciła gwałtownie głową, kiedy pojawił się za nią czarny cień. To była Tatiana Blackthorn.

Tatiana była w tym samym wieku, co Cecily Lightwood, ale wyglądała na wiele lat starszą. Zmarszczki nienawiści i gniewu pożłobiły jej twarz jak nóż. Nosiła poplamioną suknię w kolorze fuksji, miała rozpuszczone siwo-brązowe włosy, które spadały kaskadą. Spojrzała na Cordelię z nienawiścią.

– Zupełnie jak twój kuzyn – rzuciła szyderczo. – Żadnego poczucia przyzwoitości. – Złapała za drzwi. – Wynoś się z mojej posiadłości – dodała i głośno zatrzasnęła drzwi przed nosem Cordelii.

***

Cordelia wracała do bramy, kiedy usłyszała hałas.

Pomyślała, że nie ma innego wyjścia, jak poczekać na Lucie w powozie. W końcu Tatiana rozkazała jej opuścić posiadłość. Naprawdę była przedziwną osobą. W jej oczach pojawił się błysk nienawiści, gdy wspomniała o Jemie, i to zaniepokoiło Cordelię. Jak można tak długo żywić nienawiść? Zwłaszcza gdy wini się ludzi za coś, co chociaż potworne, nie było ich winą? Benedict Lightwood zamienił się w potwora, kiedy Will, Jem i inni go zabili. Wiele wyborów jest trudnych, niektóre są wręcz niemożliwe, ale nie ma sensu nienawidzić tych, którzy są zmuszeni ich dokonać.

Hałas wyrwał ją z zamyślenia. Przypominał syk gniewnych głosów. Dochodził ze szklarni w ogrodzie od frontu, konstrukcji ze szkła i drewna z kopułą zamiast dachu. Okna były ciemne, pewnie równie brudne jak reszta domu. Ale po co ktoś miałby tam wchodzić? Trwała noc, a w domu nie mieszkał nikt poza Grace i Tatianą.

Cordelia się zawahała, a potem odwinęła bandaże z rąk. Ku jej uldze maść prawie już wyleczyła oparzenia. Poruszyła palcami i wyjęła Cortanę z pochwy, zanim podkradła się do szklarni.

Ku jej zaskoczeniu drzwi otworzyły się bez zgrzytu rdzy w zawiasach. Wyglądało na to, że jako jedyna pośród różnych rzeczy w ogrodzie – zarośniętych gloriet, porośniętej cierniami i krzakami niecki, która kiedyś była małym amfiteatrem – szklarnia nadal była używana.

Cordelia weszła do środka pomiędzy głębokie cienie. Otoczył ją ciężki zapach gnijącej roślinności. Było tam całkiem ciemno, tylko trochę księżycowego światła wpadało przez brudne szyby.

Wyjęła runiczny kamień z kieszeni wolną ręką. Dostała go od Alastaira na trzynaste urodziny – chłodny, okrągły kawałek adamasu wyrzeźbiony przez Żelazne Siostry, ożywiony obietnicą światła wewnątrz.

Zamknęła dłoń na kamieniu, który zabłysł światłem. Panowała nad blaskiem, bo nie chciała, żeby szklarnia zapłonęła jak pochodnia i zdradziła jej obecność. Światło było stłumione i żółte, oświetlało jej ścieżkę prowadzącą między rzędami czegoś, co kiedyś było drzewkami pomarańczowymi w donicach.

Dach wznosił się wysoko i znikał w cieniach. Jakieś kształty kołysały się w górze – nietoperze, jak podejrzewała Cordelia. Nie miała nic przeciwko nim. Było ich mnóstwo na wsi.

Mniej entuzjastycznie podchodziła do pająków. Gęste srebrzyste pajęczyny oplatały drzewka. Skrzywiła się, idąc wydeptaną ścieżką. Ktoś szedł tędy niedawno. Widziała odciski obcasa w udeptanej ziemi.

Pajęczyny były jednak puste. Wisiały lśniące jak koronka porzuconej sukni ślubnej, pozbawione pająków czy choćby ciał złapanych owadów. Dziwne, pomyślała Cordelia, rozglądając się. Można było z łatwością wyobrazić sobie, jak piękne było kiedyś to miejsce, gdy połyskiwało pomalowane na biało drewno, a przez szkło przezierało błękitne niebo. Zostało tu niewiele kwiatów. W cieniu jedynego wielkiego drzewa pod przeciwległą ścianą, surowego i bezlistnego, Cordelia spostrzegła fioletowawe płatki i ciemne jagody belladony.

Niełądnie, pomyślała Cordelia. Krzywo patrzono na Nocnych Łowców, którzy hodowali belladonę, kluczowy składnik zaklęć czarnej magii. Rosły tam także rośliny, których nie rozpoznała – coś podobnego do mięsistego białego tulipana, coś trochę podobnego do czerwonej muchołówki. Żadna z nich rzeczy nie wyglądała, jakby o nie dbano, wszędzie rosły chwasty. Koszmar ogrodnika.

Ciężki zapach przybrał na sile. Pachniało liśćmi, które zostawiono, żeby zgniły, umierającym ogrodem. Cordelia zerknęła przed siebie i zobaczyła ruch, zgęstnienie ciemności...

Uchyliła się, kiedy ciemny szpon przeciął powietrze nad jej głową. Demon! – rozległ się krzyk w jej głowie. Smród w powietrzu, na wpół zamaskowany przez zapach gnijących liści, brak ptaków i nawet pająków w szklarni – to było oczywiste.

Coś poruszyło się w ciemności – Cordelia spostrzegła nad sobą wielką zniekształconą twarz, bladą, kościstą, z kłami, zanim demon syknął i odsunął się od światła.

Cordelia odwróciła się do ucieczki, ale macka owinęła jej się wokół kostki i zacisnęła jak pętla. Macka szarpnęła, a Cordelia solidnie gruchnęła o ziemię. Kamień runiczny wypadł jej z ręki. Wrzeszczała wleczona w cienie.

***

Lucie wyprostowała się na całą długość, która nie była szczególnie imponująca – w rodzinie była najniższa.

– Myślę, że to powinno być oczywiste. Skradam się i szpieguję.

Jessemu zabłysły oczy.

– Och, na... – Odsunął się krok. – Wejdź, ale szybko.

Lucie zrobiła, co jej kazał, i znalazła się w przestronnej sali. Jesse stał przed nią w tym samym ubraniu, jakie nosił na balu i przedtem, w lesie. Rzadko widywało się dżentelmena w samej koszuli bez marynarki, o ile to nie był twój brat albo inny członek rodziny. Nie zwróciła uwagi na jego swobodny strój, kiedy była młodsza, ale teraz była go świadoma. Metalowy owal, może medalik, błysnął w zagłębieniu jego gardła; na powierzchni wytrawiono wieniec z cierni.

– Musiałaś oszaleć, żeby tu przychodzić – powiedział. – To niebezpieczne.

Lucie rozejrzała się. Rozmiary sali i łukowate sklepienie tylko pogłębiały wrażenie pustki. Światło księżyca wpadało przez stłuczone okno. Ściany były kiedyś ciemnoniebieskie, ale teraz – pokryte warstwą brudu – stały się prawie czarne. Pokryte kurzem plątaniny migotliwego materiału zwieszały się z sufitu i kołysały się na wietrze wpadającym przez wybite okna. Lucie ruszyła na środek sali, gdzie wisiał potężny kryształowy żyrandol. Kształtem przypominał ogromnego, błyszczącego pająka, ale z upływem czasu kryształy pospadały i teraz walały się na podłodze jak zastygłe łzy.

Pochyliła się, żeby podnieść jeden taki brylant – fałszywy, ale mimo to piękny, lśniący i zakurzony.

– To była sala balowa – powiedziała cicho.

– Nadal jest – odparł Jesse i Lucie odwróciła się do niego.

Stał w zupełnie innym miejscu niż przed chwilą, chociaż nie słyszała, żeby się poruszył. Składał się z bieli i czerni, jedynymi kolorami były zielone oczy i srebrny sygnet Blackthornów na prawej ręce z blizną.

– Teraz, rzecz jasna, popada w ruinę. Mojej matce sprawia przyjemność patrzenie, jak czas niszczy to miejsce, jak lata zabijają dumę Lightwoodów.

– Czy kiedykolwiek przestanie ich nienawidzić?

– Nie tylko Lightwoodów nienawidzi – odpowiedział Jesse. – Nienawidzi wszystkich, których uważa za odpowiedzialnych za śmierć mojego ojca. Swoich braci, twoich rodziców, Jema Carstairsa. A nade wszystko Clave. Uważa, że jest odpowiedzialne za to, co stało się ze mną.

– A co stało się z tobą? – zapytała Lucie, chowając potłuczony kryształ do kieszeni peleryny.

Jesse krążył po sali, wyglądał jak czarny kot w ciemności, długi i smukły, z rozczochranymi czarnymi włosami. Lucie odwróciła się, żeby patrzeć, jak znika i pojawia się wśród cieni. Żyrandol kołysał się, a pozostałe w nim kryształy odbijały promienie światła, posyłając iskry w ciemność. Przez chwilę Lucie wydawało się, że widzi młodego mężczyznę w ciemności o jasnych blond włosach i skrzywionych, zaciętych ustach. Wyglądał znajomo...

– Od jak dawna widzisz zmarłych? – zapytał Jesse.

Lucie zamrugała i blondyn zniknął.

– Większość Herondale'ów widzi duchy. Zawsze widziałam Jessamine. Tak samo jak James. Nigdy nie uważałam tego za coś specjalnego.

Jesse stanął pod żyrandolem. Jak na kogoś tak spokojnego zdradzał zadziwiający niepokój w ruchach.

– Nikt poza matką i siostrą nie widział mnie od... odkąd ty zobaczyłaś mnie w lesie Brocelind sześć lat temu.

Lucie zmarszczyła brwi.

– Jesteś duchem, ale innym niż reszta widm. Nawet mój ojciec i brat cię nie widzą. To bardzo dziwne. Zostałeś pochowany?

– To bardzo śmiałe, pytać dżentelmena, czy został pochowany.

– Ile masz lat? – zapytała niezrażona Lucie.

Jesse westchnął i spojrzał na żyrandol.

– Mogę liczyć swój wiek na dwa sposoby. Mam dwadzieścia cztery lata. I siedemnaście.

– To niemożliwe.

– Przeciwnie – odparł niewzruszony. – Miałem siedemnaście lat, gdy umarłem. Ale moja matka... przygotowała się.

Lucie oblizała usta, w których jej zaschło.

– Co masz na myśli?

Wskazał siebie.

– To, co widzisz, to manifestacja mojej duszy. Po mojej śmierci matka powiedziała Cichym Braciom, że nigdy nie odda moich szczątków, że nie pozwoli, żeby raz jeszcze mnie dotykali i spalili moje ciało na popiół. Nie wiem, czy kwestionowali jej decyzję, ale wiem, że sprowadziła czarownika do mojego pokoju kilka godzin po mojej śmierci, żeby zakonserwował i zabezpieczył moje ciało. Moja dusza mogła swobodnie wędrować między światem rzeczywistym i światem duchów. Dlatego nie starzeję się, nie oddycham i żyję tylko nocami.

– Podczas których nawiedzasz sale balowe i wędrujesz po lesie?

Rzucił jej mroczne spojrzenie.

– Zwykle spędzam czas na lekturze. Zarówno w rezydencji w Idrisie, jak i Chiswick House są dobrze zaopatrzone biblioteki. Przeczytałem nawet nieopublikowane prace mojego dziadka Benedicta. Były schowane w kominku. Potworne rzeczy. Miał obsesję na punkcie demonów. Zadawał się z nimi, krzyżował je...

– Fuj. – Lucie machnęła drżącą ręką. Benedict Lightwood słynął ze swoich dziwaczny zamiłowań. – A co robisz za dnia?

Uśmiechnął się słabo.

– Znikam.

– Naprawdę? Dokąd?

– Masz mnóstwo pytań.

– Tak. Właściwie to przyszłam tu, żeby zadać ci pytanie. Co miałeś na myśli zeszłego wieczoru, kiedy powiedziałeś „Tu jest śmierć"? Nic się nie wydarzyło podczas balu.

– Ale dzisiaj owszem. Grace mi powiedziała.

Lucie próbowała wyobrazić sobie Grace i Jessego siedzących w tym cienistym pokoju i rozmawiających o wydarzeniach z ostatnich dni:

„Widziałam atak demonów w Regent's Park w środku dnia".

„Doprawdy? Ja niewiele robiłem, bo, jak wiesz, nadal nie żyję".

Lucie odchrząknęła.

– Czyli potrafisz widzieć przyszłość?

Jesse zamarł. Wyglądał jak stworzony ze światła księżycowego i pajęczyn, cieni na skroniach, w zagłębieniach przy gardle i nadgarstkach.

– Zanim ujawnię cokolwiek więcej, musisz przysiąc, że nikomu o mnie nie powiesz. Ani bratu, ani Cordelii, ani rodzicom. Rozumiesz?

– To tajemnica? – Lucie uwielbiała tajemnice i zarazem ich nienawidziła. Zawsze uważała to za zaszczyt, gdy ktoś jej powierzał sekret, i natychmiast kusiło ją, żeby go zdradzić. – Dlaczego to musi być sekret? Wiele osób wie, że widzę duchy.

– Ale, jak bystrze zauważyłaś, nie jestem zwykłym duchem – odparł Jesse. – Utrzymuje mnie w tym stanie magia nekromancka, a Clave zabrania takich rzeczy. Gdyby się dowiedzieli, odszukaliby moje ciało i je spalili, a ja naprawdę bym umarł. Na zawsze.

Lucie przełknęła ślinę.

– Czyli wciąż masz nadzieję... Myślisz, że mógłbyś wrócić? Do prawdziwego życia?

Jesse oparł się o ścianę i skrzyżował ręce.

– Nie dałaś mi słowa.

– Daję słowo. Nikomu o tobie nie powiem. A teraz wyjaśnij, co miałeś na myśli wczoraj, wypowiadając ostrzeżenie.

Myślała, że uśmiechnie się z wyższością albo zakpi, ale on miał bardzo poważną minę.

– Z racji swojej natury znajduję się pomiędzy światami. Należę do tego miejsca i zarazem nie należę. Czasem potrafię spostrzec rzeczy, które też nie całkiem tu przynależą. Inne duchy, rzecz jasna, i demony. Na sali balowej wyczułem złowieszczą obecność i wierzę, że ta sama powróciła dzisiaj.

– Ale dlaczego? – szepnęła Lucie.

Jesse pokręcił głową.

– Tego nie wiem.

– Czy znowu wróci... – zaczęła Lucie, gdy nagle rozbłysło światło.

Jesse odwrócił się zaskoczony w stronę przeszklonych drzwi płonących bielą.

Lucie podbiegła do okna i wyjrzała. Widziała wyraźnie ciemną plątaninę ogrodu. Niedaleko od domu znajdowała się szklarnia, która jarzyła się jak gwiazda.

Magiczne światło.

Chwilę potem zgasło. Zimny strach zalał pierś Lucie.

– Daisy – szepnęła i wybiegła na balkon, nie oglądając się na Jessego.

Zeskoczyła z balustrady i zaczęła schodzić po pnączach.

***

Cordelia wolną ręką skrobała ziemię, wbijała w nią palce, gdy wleczono ją w cienie. Demoniczna macka, która owinęła się wokół jej nogi, sprawiała potworny ból, jakby milion małych ząbków wgryzało jej się w skórę, ale bardziej przerażający był żar na karku, oddech tego, co unosiło się nad nią...

Ktoś ją złapał za rękę. Lucie, pomyślała. Krzyknęła, gdy nagle znieruchomiała, a sprawiająca ból macka zacisnęła się jeszcze mocniej, szarpiąc nią w bok. Spróbowała złapać rękę, która ją chwyciła, i wtedy zobaczyła, do kogo należy.

W szklarni panował półmrok, ale natychmiast się zorientowała. Strzecha czarnych włosów, bladozłote oczy, twarz, którą znała na pamięć. James.

Nie miał na sobie stroju bojowego. Nosił spodnie i koszulę, a twarz pobladła mu z szoku. Mimo to trzymał Cordelię pewnie i ciągnął w stronę drzwi, podczas gdy macka chciała ją zawlec w głąb szklarni. Jeśli nie zrobi czegoś szybko, zostanie rozdarta na dwoje.

Korzystając z uścisku Jamesa jak z kotwicy, Cordelia obróciła się, żeby uwolnić Cortanę, która uwięzła pod nią, i zamachnęła się ostrzem. Uderzyła w mackę, a ta ją chwyciła.

Cortana zabłysła złotem i przecięła ciało demona. Rozległ się basowy, dudniący krzyk i nagle Cordelia była wolna, sunęła w stronę Jamesa w kałuży demonicznej posoki i własnej krwi.

Ból przenikał ją jak żywy ogień, kiedy James pociągnął ją tak, żeby wstała. Nie było w tym nic eleganckiego, nic z dżentelmena pomagającego damie. To była gorączka walki, ręce, które desperacko łapią i szarpią. Poleciała na Jamesa, a on ją złapał. Jej magiczne światło pulsowało słabo na ziemi, gdzie je upuściła.

– Co jest, u licha, Daisy...? – zaczął James.

Obróciła się gwałtownie, wyrywając się z jego uścisku, żeby podnieść magiczne światło. Gdy znowu pojaśniało, Cordelia zdała sobie sprawę, że to, co brała za potężne drzewo pod odległą ścianą szklarni, jest czymś zupełnie innym.

To był demon, ale nigdy w życiu takiego nie widziała. Z odległości wyglądał prawie jak motyl z rozpostartymi skrzydłami albo ćma przyszpilona do ściany. Gdy się przyjrzeć uważniej, okazywało się, że skrzydła to błoniaste wyrostki przetykane pulsującymi czerwonymi żyłami. Tam, gdzie skrzydła się łączyły, znajdowało się coś podobnego do centralnej łodygi zwieńczonej trzema głowami. Każda wyglądała jak wilczy łeb, ale o czarnych, owadzich ślepiach.

Z podnóża łodygi wyrastał kłąb macek podobnych do ramion kałamarnicy, porośniętych błoniastymi torebkami nasiennymi. Opadły na podłogę szklarni i rozciągały się po ziemi jak korzenie. Wiły się między drzewami i roślinami w donicach, dławiły kwitnące krzewy i sięgały ku Cordelii i Jamesowi.

Ta, którą Cordelia odcięła, leżała na ziemi, krwawiąc w powolnym rytmie. Pozostałe sunęły ku niej powoli, ale nieubłaganie.

Cordelia wrzuciła magiczne światło do kieszeni. Jeśli miała uciekać, to będzie potrzebować obu rąk.

James najwyraźniej pomyślał o tym samym – wyciągnął sztylet z pasa z bronią i mrużąc oczy, przymierzył się do rzutu.

– Daisy, uciekaj – powiedział nawet na nią nie patrząc.

Naprawdę zamierzał stawić czoło temu czemuś, rzucając w to nożem? To byłoby samobójstwo. Cordelia złapała go za drugą rękę i pobiegła, szarpiąc go za sobą. Był zbyt zaskoczony, żeby się oprzeć, więc pobiegł za nią. Cordelia obejrzała się raz i zobaczyła za nimi kotłującą się chmurę czarnych szponów, więc w panice gwałtownie przyśpieszyła. Dobry Razjelu, jak wielka była ta szklarnia?

Minęła pędem ostatnie drzewka pomarańczowe w donicach i zatrzymała się gwałtownie. Wreszcie widziała drzwi, ale serce jej się zacisnęło – czarne szpony wyciągały się wzdłuż ścian i dociskały drzwi do framugi. Cordelia zacisnęła mocniej rękę na nadgarstku Jamesa.

– To jest wyjście? – szepnął.

Zerknęła na niego zaskoczona. Jak mógł nie wiedzieć? Nie wszedł tą samą drogą co ona?

– Tak. Mam serafickie ostrze, ale tylko jedno, moglibyśmy spróbować ...

James cisnął sztyletem, runy na ostrzu zabłysły. Poruszał się tak szybko, że wyglądał jak rozmazana plama – w jednej chwili trzymał nóż, a w drugiej ostrze wbiło się w błoniaste skrzydło demona i rozbiło szybę za nim. Demon zaczął odrywać się z wrzaskiem od ściany.

James zaklął i wyjął dwa kolejne noże – gdy obracały się w jego rękach, wyglądały jak srebrne łuki. Kiedy noże wbiły się w jego tors, demon wrzasnął i był to potworny, wysoki dźwięk. Demonem szarpały spazmy – wyglądał prawie, jakby się kruszył, skórzaste torebki nasienne spadały na ziemię jak grad. Demon wydał z siebie ostatni zdławiony syk i zniknął.

Drzwi, których dłużej już nic nie blokowało, otworzyły się szeroko. Pośród strzaskanego szkła i smrodu demonicznej krwi James dał szybko nura przez drzwi, pociągając za sobą Cordelię. Razem wypadli w mrok nocy.

***

Uciekali od szklarni poprzez wysoką trawę i splątane chwasty. Kiedy oddalili się już dostatecznie, na polanie w pobliżu wejścia do czegoś, co kiedyś było ogrodem włoskim, James zatrzymał się raptownie.

Cordelia prawie na niego wpadła. W głowie jej się kręciło, obraz przed oczami zachodził mgłą. Powrócił ból w nodze. Schowała Cortanę do pochwy na plecach i opadła na ziemię.

James uklęknął w trawie i spojrzał jej w twarz.

– Daisy, pokaż.

Skinęła głową. James delikatnie położył ręce na jej kostce, powyżej niskiego skórzanego buta i zaczął odsuwać rant sukienki. Brzeg halki przesiąkł krwią i Cordelia nie była w stanie powstrzymać cichego jęku, kiedy James odsłonił jej kostkę.

Skóra wyglądała jak poraniona nożem z ząbkami. Górna krawędź buta przesiąkła krwią.

– Źle to wygląda, ale to tylko rozcięta skóra – powiedział łagodnie James. – Nie ma śladu trucizny.

Wyjął stelę zza pasa. Z ogromną ostrożnością dotknął czubkiem jej łydki i narysował leczniczy run. Jakaż zgroza przejęłaby jej matkę na myśl, że chłopak dotyka nogi jej córki, pomyślała Cordelia.

Poczuła się, jakby ktoś polał jej kostkę zimną wodą. Patrzyła, jak rozcięte ciało zaczyna się zrastać, skóra zamyka się, jakby kilka tygodni zdrowienia upchnięto w parę sekund.

– Masz taką minę, jakbyś nigdy nie widziała, jak działa *iratze* – powiedział James z drobnym uśmieszkiem na ustach. – Nigdy wcześniej nie byłaś ranna?

– Nie tak poważnie – przyznała Cordelia. – Wiem, że powinnam była, na pewno uważasz mnie za dzieciaka. A ten demon, a niech to, nie powinnam była pozwolić, żeby mnie przewrócił...

– Przestań – przerwał jej stanowczo James. – Każdy obrywa czasem od demona. W przeciwnym wypadku nie znalibyśmy leczniczych runów. – Uśmiechnął się tym rzadkim cudnym uśmiechem, który przeniknął Maskę i rozświetlił mu twarz. – Pomyślałem, że przypominasz mi trochę Katarzynę Earnshaw z *Wichrowych wzgórz*. Ulubiony fragment mojej matki opowiada o tym, jak została ugryziona przez buldoga: „Katy nie krzyczała, o nie!... Ona nie taka. Nie krzyczałaby nawet, gdyby ją wściekła krowa wzięła na rogi"*.

Cordelia od lat nie czytała *Wichrowych wzgórz*, ale złapała się na tym, że się uśmiecha. To niesamowite, że James potrafił wywołać u niej uśmiech po tym, co właśnie przeszli.

– To imponujące załatwić tak dużego demona za pomocą samych noży do rzucania – powiedziała.

James odchylił głowę i zaśmiał się cicho.

---

* Przeł. Janina Sujkowska.

– To zasługa Christophera – odparł. – To on zrobił dla mnie te noże. Całymi latami pracował nad nowymi materiałami, które mogą wytrzymać nawet najpotężniejsze runy. Większość metali pęka. Oczywiście to oznacza, że czeka mnie piekło za każdym razem, gdy jakiś stracę – dodał, oglądając się z żalem na szklarnię.

– O nie! – zaprotestowała żywo Cordelia. – Nie możesz tam wrócić.

– Nie zostawiłbym cię – odpowiedział po prostu i Cordelia aż się rozpłynęła na te słowa. – Daisy, jeśli coś ci powiem, obiecasz, że nikomu tego nie powtórzysz?

Nie potrafiła mu odmówić, kiedy zwracał się do niej „Daisy".

– Wiesz, że potrafię zamienić się w cień. Początkowo prawie w ogóle nad tym nie panowałem.

Pokiwała głową. Nigdy nie zapomni tego, jak wyciągnął do niej rękę, gdy miał ognistą gorączkę, jak próbowała ją chwycić, ale nie mogła, bo jego dłoń była jak utkana z powietrza.

– Latami pracowałem z twoim kuzynem Jemem, żeby nauczyć się nad tym panować, nad przemianą, nad wizjami. – Zagryzł usta. – A jednak dzisiaj wszedłem do królestwa cieni z własnej woli. I stamtąd trafiłem tutaj.

– Nie rozumiem. Dlaczego właśnie tutaj?

Popatrzył jej w oczy.

– Zobaczyłem światło w cieniach – powiedział. – Poszedłem za nim. Myślę, że to było światło Cortany.

Musiała się powstrzymać przed chęcią dotknięcia ostrza tylko po to, żeby się upewnić, że nadal znajduje się w pochwie na jej plecach.

– To niezwykły miecz – przyznała. – Mój ojciec zawsze mawiał, że nie znamy całej jego mocy.

– Kiedy znalazłem się w szklarni, nie miałem pojęcia, gdzie jestem. Dusiłem się kurzem. Biało-szarym pyłem jak spalonych kości. Przyniosłem garść tego pyłu z tamtego świata... – Sięgnął do kieszeni spodni i wyjął szczyptę czegoś, co wyglądało jak popiół. – Zaniosę to Henry'emu i Christopherowi. Może uda im się zbadać, co to jest. Nigdy do tej pory nie potrafiłem niczego stamtąd przynieść. Może tym razem byłem w stanie, bo wszedłem tam z własnej woli.

– Myślisz, że zostałeś ściągnięty do tego miejsca dlatego, że walczyłam z demonem i korzystałam z Cortany? – zapytała. – Bez względu na to, co to był za demon...

James obejrzał się na szklarnię.

– To był cerber. Żył tu pewnie od lat.

– Widziałam wcześniej rysunki przedstawiające cerbery. – Cordelia wstała chwiejnie. James też się podniósł i objął ją ramieniem, żeby się nie przewróciła. Zesztywniała z powodu jego bliskości. – One inaczej wyglądają.

– Benedict Lightwood był wielkim entuzjastą, jeśli idzie o demony – powiedział James. – Kiedy sprzątano to miejsce po jego śmierci, znaleziono tuzin cerberów. To swoiste psy obronne. Rozmieścił je tutaj, żeby broniły jego rodziny i posiadłości. Pewnie przegapili jednego w szklarni.

Cordelia odsunęła się nieco od Jamesa, chociaż to była ostatnia rzecz, jaką chciała zrobić.

– I myślisz, że z upływem lat się zmienił? Stał się bardziej częścią tego miejsca?

– Czytałaś *O powstawaniu gatunków*? – zapytał James. – Traktuje o tym, jak zwierzęta przystosowują się do środowiska na przestrzeni wielu pokoleń. Nie można mówić o pokoleniach demonów, bo one nie umierają, o ile ich nie zabijemy. Ten przystosował się do otoczenia.

– Myślisz, że jest ich tu więcej? – Ból w kostce osłabł do znośnego poziomu. Obróciła się w miejscu, rozglądając się po ogrodzie za Lucie. – Może nam grozić niebezpieczeństwo. Lucie...

James pobladł.

– Lucie?

Cordelii zamarło serce. Na Anioła.

– Przyjechałyśmy tu we dwie.

– Co za skończona głupota... – Nagle naprawdę zaczął się niepokoić. Widziała to w jego oczach, w jego twarzy. – Po co?

– Lucie chciała się upewnić, że Grace nic nie jest, i poprosiła, żebym z nią pojechała – skłamała Cordelia. – Weszła do domu, gdzie są Grace i Tatiana. A ja, co nie było mądre, zapuściłam się obejrzeć ogrody...

Na twarzy Jamesa odmalował się wyraz szoku, jakby właśnie przypomniał sobie coś potwornie ważnego.

– Grace – powiedział.

– Wiem, że pewnie chcesz pójść i ją zobaczyć, ale muszę cię ostrzec, że Tatiana jest w paskudnym humorze – oświadczyła Cordelia.

James nadal stał jak osłupiały. Rozległ się szelest i Lucie wypadła spomiędzy krzaków.

– Cordelia! – wysapała, a na jej twarzy odmalowała się ulga. – I Jamie! – Skrzywiła się, przystanęła raptownie. – O rety, Jamie. Co ty tu robisz?

– Jakbyś ty miała rzeczywisty powód, żeby czaić się w cudzym ogrodzie w środku nocy – odparł James, zamieniając się ze zmartwionego młodego człowieka w groźnego starszego brata w kilka sekund. – Rodzice cię zamordują.

– Tylko jeśli im powiesz. – Oczy Lucie zabłysły. – Skąd inaczej mieliby się dowiedzieć?

– Oczywiście, że się dowiedzą – odparł ponuro James. – Obecność cerbera w szklarni to naprawdę coś, czego nie da się...

Lucie wytrzeszczyła oczy.

– Czego obecność gdzie?

– Cerbera w szklarni – powtórzył James. – Dokąd, nawiasem mówiąc, posłałaś swoją przyszłą *parabatai* całkiem samą...

– Nie, naprawdę, to nie tak, poszłam tam z własnej woli – wtrąciła się Cordelia i zamarła. – Miałam przestawić powóz spod bramy, bo jeśli Tatiana wyjrzy przez okno i go zobaczy, to się wścieknie.

– Lepiej chodźmy – stwierdziła Lucie. – James, jedziesz z nami czy wrócisz tak, jak tu trafiłeś? – Zmrużyła oczy. – A jak właściwie tu trafiłeś?

– Mniejsza z tym – uciął James z szelmowskim uśmiechem. – Wracajcie powozem. Niedługo też wrócę i spotkamy się w domu.

***

– Pewnie został, bo chce zobaczyć Grace – powiedziała cicho Lucie, kiedy szybko szły z Cordelią zarośniętą ścieżką przez ogrody Chiswick House. Wyszły przez bramę i znalazły powóz tam, gdzie go zostawiły; Xanthos wyglądał, jakby go pilnował. – Będzie wzdychał do niej pod oknem albo coś takiego. Mam nadzieję, że Tatiana nie odgryzie mu głowy.

– Z całą pewnością nie życzy sobie gości – przyznała Cordelia, kiedy wsiadały do powozu. – Właściwie to współczuję Grace.

– James też kiedyś jej współczuł – powiedziała Lucie, kiedy powóz ruszył. – A potem jakimś cudem zakochał się w niej. Co jest naprawdę dziwne. Zawsze uważałam, że litość to przeciwieństwo miłości...

Urwała i pobladła. Przez splątane gałęzie drzew widać było światło. Postaci szły pośpiesznie drogą w stronę posiadłości.

– To tata – powiedziała ponurym głosem Lucie, jakby właśnie zobaczyła kolejnego cerbera. – A właściwie to... wszyscy.

Cordelia spojrzała. Droga nagle wypełniła się magicznym światłem. Oświetlało wysoką bramę posiadłości, szpaler buków wzdłuż drogi i nierówny zarys samej rezydencji. Lucie mogła trochę przesadzać, mówiąc, że wszyscy tam są, ale z pewnością duża grupa Nocnych Łowców szła piechotą do rezydencji Blackthornów. Cordelia widziała znajome twarze: Gabriela i Cecily Lightwoodów, rudowłosego Charlesa Fairchilde'a i oczywiście Willa Herondale'a.

– Co oni tu robią? – zastanawiała się. – Powinnyśmy wrócić i ostrzec Jamesa, żeby się stamtąd wynosił?

Powóz jednak już przyśpieszył i Xanthos kłusował, oddalając je od posiadłości, podczas gdy ostatni członkowie Enklawy wchodzili przez bramę.

Kiedy dom znikał w oddali, Lucie pokręciła głową. Miała ponurą minę.

– Nie podziękowałby nam – powiedziała. Westchnęła. – Byłby tylko zły, że wpakowałyśmy się w kłopoty. Poza tym James jest chłopakiem, nie będzie miał takich kłopotów, w jakie my byśmy się wpakowały, gdyby nas tam przyłapano. Gdyby nas znaleźli, miałabyś straszną przeprawę z matką. To nie jest sprawiedliwe, ale takie są fakty.

***

Księżycowe światło wpadało do szklarni przez potłuczone szyby. Nefilim już dawno sobie poszli, sprawdziwszy miejsce i przedstawiwszy swoje żądania pani domu. Wreszcie zapanował spokój.

Torebki nasienne upuszczone przez cerbera podczas śmiertelnych spazmów zaczęły się trząść jak jaja, z których zaraz ma się coś wykluć. Skórzaste sakiewki pękły, gdy ostre jak ciernie zęby rozdarły je od środka. Pokryte lepką mazią nowo narodzone demony wypadły na ziemię w szklarni i smyrgnęły jak karaluchy. Były nie większe od dziecięcej dłoni.

Nie pozostaną jednak tak małe zbyt długo.

Minione dni

Idris, 1900

Postanowić, że zakradnie się do rezydencji Blackthornów jako cień, to jedno, ale zrobić to naprawdę – to było co innego. Przez wiele dni po tym, jak Grace go poprosiła, James znajdował sobie wymówki, dlaczego dany wieczór nie jest tym odpowiednim – ojciec za długo się zasiedział i zauważyłby jego nieobecność, pogoda była zbyt paskudna, żeby szwendać się po dworze, księżyc za jasno świecił, żeby James mógł bezpiecznie przekraść się w ciemności.

Aż pewnej nocy James obudził się z niespokojnych snów, cały zgrzany i zadyszany, jakby uciekał przed czymś potwornym. Zrzucił z łóżka pościel. Wstał i zaczął krążyć po pokoju, nie mogąc myśleć o spaniu. Potem wciągnął spodnie i koszulę i wyszedł przez okno.

Myślał o Cordelii, nie o Grace, ale mimo to znalazł się pod murem rezydencji Blackthornów. Nie mógł zawrócić, skoro zaszedł już tak daleko i zmusił się do przemiany w cień. Dość szybko przeszedł przez mur, pokonał teren posiadłości i znalazł się w holu wejściowym.

Nie był przygotowany na wygląd rezydencji w środku nocy, na śmiertelną ciszę, złowrogą aurę kojarzącą się z otwartym grobem. Gruby srebrzysty kurz leżał na poręczach i meblach, w każdym kącie wisiały pajęczyny. Na obrzeżach polach widzenia widział rozmazaną szarość – wiedział, że to granica królestwa cieni. Wiedział, że ociera się o tamten świat, zamieniając ciało w cień.

Złożył jednak obietnicę.

Potrafił widzieć duchy, ale tu ich nie było. Mimo to dom robił wrażenie nawiedzonego. Cienie sprawiały wrażenie, jakby uważnie nasłuchiwały jego kroków. A najdziwniejsze było to, że każdy zegar w domu, jaki mijał, stanął dokładnie o tej samej godzinie – za dwadzieścia dziewiąta.

James wszedł schodami. Na końcu długiego korytarza przed ścianą wieżyczki stała upiorna zbroja, spokojnie dwa razy wyższa od człowieka. Na szczęście to była tylko dekoracja zrobiona ze stali i miedzi. Przypominała najbardziej potężny ludzki szkielet z racji napierśnika w kształcie klatki żebrowej i hełmu z przyłbicą, które tworzyły łypiącą złym wzrokiem czaszkę. Jej widok sprawił, że James przystanął gwałtownie i stał tak, wpatrując się w nią, dopóki nie dotarło do niego, co to musi być – jeden ze słynnych mechanicznych stworów Axela Mortmaina, pusta skorupa, w której kiedyś przebywał demon. Właśnie takie potwory pokonali jego rodzice, kiedy byli niewiele starsi niż on teraz.

Grace powiedziała mu, że Tatiana pozostawiła dom nietknięty przez wszystkie te lata, ale to nie była do końca prawda: zainstalowała tego trupa mechanicznego stwora w galerii. Dlaczego? Co to dla niej znaczyło? Czy podziwiała Mortmaina, który prawie zniszczył Nocnych Łowców?

James nie chciał odwracać się plecami do tego potwora, ale ruszył dalej i szybko znalazł drzwi do gabinetu Tatiany. Stało tam mnóstwo pudeł i skrzyni, leżały stosy pożółkłych kartek i rozpadających się książek. Na ścianie wisiał portret chłopca mniej więcej w wieku Jamesa; błyszczące zielone oczy dominowały w wymizerowanej twarzy. James wiedział, kto to musi być, chociaż nigdy go nie spotkał: Jesse Blackthorn.

Pod portretem martwego chłopca na niskim stoliku z kutego żelaza stała metalowa kasetka ozdobiona wyrzeźbionym wzorem wijących się pnączy, którego Blackthornowie najwyraźniej używali do zdobienia praktycznie wszystkiego. W pokrywę wstawiono zamek z prostym otworem na klucz w gładkiej powierzchni.

Nie patrząc wprost na kasetkę, James opuścił rękę do wieczka; czuł, jak jego ciało wynurza się i powraca do cienia w nieregularnych odstępach, i przez potworną chwilę widział drugą krainę – jałowe miejsce z poskręcanymi drzewami.

James włożył eteryczną rękę przez wieczko kasetki i zamknął dłoń na zimnym wężu z metalu, po czym ją wyjął. To była bransoletka matki Grace – dokładnie taka, jak ją opisała.

Uciekł z pokoju i z samej rezydencji. Światło księżycowe wpadające przez zakurzone okna korytarzy falowało i wiło się jak kłębowisko srebrnych węży.

Kiedy wybiegł z terenów posiadłości i prawie dotarł do domu, zdał sobie sprawę, że nadal jest cieniem. Zatrzymał się w miejscu – był to nijaki odcinek drogi obsadzonej drzewami o gęstym listowiu, skąd nie było widać ani domu Blackthornów, ani Herondale'ów. Niebo było ciemne, księżyc lśnił srebrem. Szarość migotała na obrzeżach jego pola widzenia, gdy zamknął oczy i siłą woli narzucił sobie powrót do materialnej formy.

Nic się nie wydarzyło.

W tej chwili nie był istotą, która oddycha, ale mimo to czuł, że oddycha – z trudem i dygotem. Kiedy zamienił się w cień podczas ognistej gorączki, trwało to tylko kilka chwil. W Akademii

Nocnych Łowców nie trwało to dużo dłużej. Jednak przy żadnej z tych okazji nie przemienił się celowo.

Co dziwne, powrócił myślami do Cordelii, jej głosu, który przebijał się do niego przez gorączkę, przez cienie. Opadł na kolana, a jego ręce nie zostawiły śladu na ziemi na drodze. Zamknął oczy. Pozwól mi wrócić. Pozwól mi wrócić.

Nie zostawiaj mnie samego w tych cieniach.

Poczuł szarpnięcie i uderzył mocno o ziemię. Otworzył raptownie oczy. Już nie był cieniem. Wstał chwiejnie, łapiąc gwałtownie zimne, czyste powietrze. Szarość zniknęła z obrzeży jego pola widzenia.

– Cóż... – powiedział nie wiadomo do kogo. – Nigdy więcej. To się da łatwo załatwić. Nigdy więcej.

***

Następnego wieczoru Grace czekała na niego w cieniu cisa tuż za wejściem do lasu Brocelind. Bez słowa położył bransoletkę w jej dłoni.

Obracała ją w zamyśleniu w bladych palcach, a James zauważył księżycowe światło padające na grawerunek wewnątrz zakrzywionego metalu.

Loyaulté me lie. James wiedział, co to znaczy. To była maksyma dawno nieżyjącego króla Anglii. Lojalność mnie wiąże.

– To było motto Cartwrightów – powiedziała bardzo cicho Grace. – Kiedy byłam Grace Cartwright. – Blady jak zimowy księżyc uśmiech musnął jej usta. – Kiedy na ciebie czekałam, zdałam sobie sprawę, jak głupio postąpiłam, prosząc cię o nią. Nie mogę jej nosić, żeby moja matka jej nie zauważyła. Nie odważę się trzymać bransoletki w pokoju, bo matka mogłaby ją tam znaleźć. – Grace odwróciła się do niego. – Mógłbyś ją nosić? – zapytała. – Jako mój przyjaciel. Jako mój jedyny przyjaciel, tak naprawdę. Wtedy, widząc ciebie, przypominałabym sobie, kim jestem.

– Oczywiście – powiedział, bo serce mu pękało ze współczucia. – Oczywiście, że tak.

– Wyciągnij rękę – szepnęła ledwie słyszalnie, a on to zrobił. Powiedział sobie potem, że nigdy nie zapomni dotyku jej palców na skórze, tego, jak las Brocelind i może cały Idris westchnął głęboko, gdy Grace delikatnie zapięła bransoletkę na jego nadgarstku.

Spojrzał na Grace. Jak mógł nie zauważyć do tej pory, że jej oczy mają niemal dokładnie kolor srebra, taki sam jak bransoletka?

Nosił ją całe lato, a potem następny rok i kolejny. Nawet teraz jej nie zdjął.

7

Dźwięcznie płyną słowa

„Dźwięcznie płyną słowa,
gdy człek właściwy je przędzie.
Pięknie brzmieć piosenka
W ustach śpiewaków będzie”.
Robert Louis Stevenson, *Dźwięcznie płyną słowa*

– Musisz zrozumieć – powiedział Charles z błyskiem szczerego zaangażowania w oczach. – Enklawa jest potwornie poirytowane przez ciebie, James. Niektórzy powiedzieliby wręcz, że jest na ciebie rozgniewana.

To był ranek po jego dziwnej wizycie w Chiswick; James siedział w krześle przed biurkiem ojca. Tessa nigdy nie zmieniła wystroju w gabinecie Instytutu, więc nadal był mroczny i wiktoriański, z ciemnozieloną tapetą i dywanami Aubusson na podłogach. Fotel, w którym siedział ojciec, wykonano z ciężkiego mahoniu, a podłokietniki były wyszczerbione i podrapane. Charles Fairchild opierał się o ścianę przy drzwiach, które zamknął za nimi trzema na klucz. Jego rude włosy jarzyły się w magicznym świetle jak zmatowiały stary pens.

Tessa zabrała Lucie po śniadaniu, żeby pomogła w izbie chorych. Cisi Bracia umieścili Barbarę, Piersa i Ariadne w głębokim, nieprzerwanym magicznym śnie – mieli nadzieję, że ich ciała stawią opor truciźnie podczas odpoczynku. W domu wyczuwało się mrok, atmosferę szpitala, a w tym pokoju w dodatku panowało duże napięcie.

– To musi być bardzo nieprzyjemne dla Enklawy – odparł James. – Fatalne dla trawienia.

Starał się nie piorunować wzrokiem Charlesa, ale przegrywał. Źle spał tej nocy po powrocie do Instytutu z ojcem. Co innego, gdyby ojciec był zły, ale to było oczywiste, że przede wszystkim się martwił, a uporczywe tłumaczenia Jamesa, że tylko poszedł na spacer i wylądował w Chiswick, bynajmniej nie pomogły.

– Musisz potraktować to poważnie, James – mówił Charles. – Musieliśmy posłużyć się runem tropiącym, żeby cię znaleźć...

– Nie powiedziałbym, że to było konieczne – sprzeciwił się James. – Nie potrzebowałem pomocy ani się nie zgubiłem.

– James – odezwał się spokojnie ojciec. – Ty zniknąłeś.

– Powinienem był powiedzieć, że wychodzę – przyznał James. – Ale... demony zaatakowały nas wczoraj w środku dnia. W izbie chorych nadal leży trójka Nocnych Łowców i nie ma dla nich lekarstwa. Dlaczego Enklawa skupiła się na mnie?

Charles poczerwieniał.

– Enklawa spotyka się dzisiaj, żeby omówić sytuację z demonami, ale my jesteśmy Nocnymi Łowcami, nasze życie nie zatrzymuje się tylko z powodu ataku demonów. Według Tatiany poszedłeś wczoraj w nocy do jej domu i zażądałeś spotkania z Grace, a kiedy ci odmówiła, potłukłeś w drobny mak jej szklarnię...

Will podniósł ręce.

– Dlaczego James miałby zniszczyć przypadkowy budynek, nie mogąc zobaczyć się z dziewczyną? To idiotyczne, Charles, i sam dobrze to wiesz.

James przymknął oczy. Nie chciał spojrzeć w twarz ojcu i widzieć jego niepokoju – przekrzywionego krawata, pogniecionej marynarki, twarzy, na której widoczne były oznaki niewyspania.

– Powiedziałem ci, Charles. Nigdy nie rozmawiałem z panią Blackthorn ani z Grace. A w szklarni był cerber.

– Może i tak – powiedział Charles; zaczynał przypominać Jamesowi psa, który nie chce wypuścić gryzionego buta. – Ale nigdy nie zdołałbyś go zobaczyć, gdybyś nie znalazł się na terenach posiadłości Chiswick House i gdybyś nie włamał się do szklarni.

– Nie włamałem się do szklarni – odpowiedział James, co teoretycznie było prawdą.

– To powiedz mi, co zrobiłeś! – Charles uderzył prawą pięścią w lewą dłoń. – Jeśli Tatiana nie mówi prawdy, to dlaczego nie powiesz mi, co rzeczywiście się stało?

Wszedłem do królestwa cieni, żeby się przekonać, czy znajdę tam jakiś ślad związku z atakiem demonów. Poszedłem za światłem, które, jak uważam, było Cortaną i znalazłem się w szklarni, gdzie Cordelia Carstairs została już zaatakowana przez mackę.

Nie. Nikt by mu nie uwierzył. Uznaliby, że zwariował, a poza tym wpakowałby w kłopoty Cordelię, Matthew, Luce oraz Thomasa i Christophera.

James zazgrzytał zębami i milczał.

Charles westchnął.

– W ten sposób zmuszasz nas do zakładania tego, co najgorsze.

– Że jest pozbawionym rozsądku wandalem? Doprawdy, Charles – żachnął się Will. – Znasz stosunek Tatiany do mojej rodziny.

– Zabiłem demona w szklarni – oznajmił beznamiętnie James. – Zrobiłem to, co powinienem. A mimo to Enklawa obwinia mnie, a nie Nocną Łowczynię, która trzymała demona na terenie swojej posiadłości.

Tym razem to Will westchnął.

– Jamie, wiemy, że Benedykt trzymał cerbery.

– Za tego, który tam przebywał... a wierzę, kiedy mówisz, że był tam cerber... nie można obwiniać Tatiany – powiedział Charles. – Przeszukano resztę posiadłości i żadnego więcej nie znaleziono. To zwykły pech, że się na tego natknąłeś.

– Ta szklarnia była pełna roślin związanych z czarną magią – dodał James. – Z pewnością ktoś musiał to zauważyć.

– Fakt – zgodził się Charles. – Jednakże, zważywszy na powagę jej skargi, nikt nie zwróci uwagi na parę krzaków belladony pośród roślinności. Tak czy inaczej, nie wpadłbyś na demona, gdybyś nie wszedł na teren jej posiadłości.

– Powiedz Tatianie, że zapłacimy za naprawę szklarni – wtrącił zmęczonym tonem Will. – Muszę przyznać, że to wszystko wygląda mi na przesadną reakcję, Charles. Tak się złożyło, że James się tam znalazł, natknął się na demona i reszta potoczyła się naturalną koleją rzeczy. Woleliby, żeby pozwolił, by demon uwolnił się i zaczął grasować w okolicy?

Charles odchrząknął.

– Trzymajmy się kwestii praktycznych.

Czasem Jamesowi trudno było pamiętać, że Charles jest Nocnym Łowcą, a nie jednym z tysięcy bankierów w melonikach i standardowych garniturach, którzy zalewali każdego ranka Fleet Street w drodze do biur w londyńskim City. Charles mówił dalej:

– Odbyłem długą rozmowę z Bridgestockiem tego ranka...

Will powiedział coś niegrzecznego po walijsku.

– Bez względu na to, co możesz o nim myśleć, pozostaje Inkwizytorem – ciągnął Charles. – W tej chwili, kiedy moja matka przebywa w Idrisie i zajmuje się sprawą Eliasa Carstairsa, reprezentuję jej interesy w Londynie. Kiedy Inkwizytor mówi, muszę go wysłuchać.

James zamarł. Nie skojarzył wyjazdu Charlotte do Idrisu ze sprawą ojca Cordelii. Pewnie powinien był – przypominał sobie, że słyszał, jak jego siostra i Cordelia rozmawiały w Ogrodach Kensington i Cordelia mówiła, że jej ojciec popełnił błąd. Pamiętał drżenie w jej głosie.

– W tej chwili nie zalecono żadnej kary dla Jamesa, ale sugerowałbym, żebyś unikał Chiswick House, Tatiany Blackthorn i jej córki – powiedział Charles.

James zamarł. Wskazówki na stojącym zegarze były jak ostrza, powoli przesuwające się po cyferblacie i odcinające czas.

– Pozwólcie mi ją przeprosić – poprosił James. Miał wrażenie, że srebrna bransoletka pali go w nadgarstek. Nie wiedział, czy ma na myśli Tatianę, czy Grace.

– Spokojnie, James – powiedział Charles. – Nie powinieneś zmuszać młodej kobiety do wyboru między tobą a swoją rodziną. To okrutne. Grace sama mi powiedziała, że gdyby spróbowała wyjść za mąż za człowieka, którego nie wybrała dla niej jej matka, zostałaby wydziedziczona...

– Ledwie ją znasz – warknął James. – Jedna przejażdżka powozem...

– Znam ją lepiej, niż myślisz – odparł Charles z wyższością przechwalającego się uczniaka.

– Obaj mówicie o tej samej dziewczynie? – zapytał Will, unosząc brwi. – O Grace Blackthorn? Nie rozumiem...

– To nic takiego. Absolutnie nic. – James nie mógł tego dłużej znieść. Wstał, zapinając marynarkę. – Muszę wyjść – powiedział. – W Ogrodach Kensington jest oranżeria, którą trzeba zniszczyć. Panie, pozamykajcie swoje ogrodowe pawilony. James Herondale jest w mieście i znieważono jego uczucia!

Charles spojrzał na niego z bólem.

– James – powiedział z naciskiem, ale on już go minął i wyszedł z pokoju, zatrzaskując za sobą drzwi.

***

Cordelia skubała nerwowo materiał sukni wizytowej. Ku jej zaskoczeniu tego ranka przyszło pocztą oficjalne zaproszenie na herbatę od Anny Lightwood – na papeterii z monogramem, ni mniej ni więcej. Cordelia była zaszokowana, że po tym wszystkim, co się wydarzyło, Anna pamiętała o swojej rzuconej zdawkowo propozycji. Mimo to Cordelia złapała się szansy wyjścia z domu jak tonący sznura.

Ledwie była w stanie zasnąć po powrocie do domu poprzedniej nocy. Zwinęła się pod narzutą i nie potrafiła przestać myśleć o kuzynie Jemie i ojcu, a także o Jamesie, o tym jak delikatnie obchodził się z jej kostką, jaki miał wyraz twarzy, kiedy mówił o królestwie cieni, który tylko on mógł widzieć. Nie potrafiła wymyślić, jak mu pomóc, tak samo jak nie potrafiła pomóc ojcu. Zastanawiała się, czy to, że nie można pomóc ludziom, których się kocha, nie jest najgorszym uczuciem na świecie.

Podczas lunchu jej matka i Alastair byli zajęci najnowszą plotką – Razjel jeden wie, skąd ją wzięli – że Jamesa zastano w ogrodach Tatiany Blackthorn, po tym, jak dla zabawy potłukł wszystkie okna w jej szklarni i przeraził ją samą i jej córkę, gdy ganiał pijany po trawniku. Nawet Risa sprawiała wrażenie rozbawionej, gdy napełniała imbryk.

Cordelia była wstrząśnięta.

– To nieprawda!

– A skąd ty to wiesz? – zapytał Alastair takim tonem, jakby doskonale wiedział, skąd ona to wie. Nie mógł jednak zgadnąć, prawda? Cordelia nie była pewna; Alastair często robił wrażenie, jakby wiedział znacznie więcej, niż dawał do zrozumienia. Pomyślała z tęsknotą o odległej przeszłości, kiedy potrafili rozstrzygnąć dzielące ich różnice, waląc się po głowach imbryczkami z serwisu dla lalek.

Zatem dzięki niebiosom za herbatę u Anny, nawet jeśli Cordelia nie miała niczego przyzwoitego do włożenia. Ostatni raz spojrzała w tremo wiszące pomiędzy oknami w przedsionku. Chociaż suknia princeska w kolorze żywej zieleni z różowym haftem była modna i ładna, to z powodu falbanek Cordelia przypominała w niej starą lampę, a jej twarz nad kołnierzykiem była żółta, jakby chorowała na żółtaczkę. Cordelia z westchnieniem wzięła rękawiczki i torebkę ze stolika w korytarzu i ruszyła do drzwi.

– Cordelio! – Sona podbiegła do niej, tupiąc obcasami na parkiecie. – Dokąd idziesz?

– Na herbatę u Anny Lightwood – odpowiedziała Cordelia. – Zaprosiła mnie wczoraj.

– To samo powiedział twój brat, ale nie uwierzyłam. Chcę, żebyś zyskała przyjaciół, Lajlo. – Sona rzadko zwracała się tym pieszczotliwym przezwiskiem do córki, jakie sama jej nadała na cześć bohaterki poematu, który obie uwielbiały. No, chyba że się martwiła. – Wiesz przecież... Ale nie jestem pewna, czy powinnaś odwiedzać pannę Lightwood.

Cordelia zesztywniała. Alastair opierał się o drzwi do pokoju śniadaniowego i uśmiechał się znacząco.

– Przyjęłam zaproszenie – odpowiedziała Cordelia. – I pójdę.

– Podczas balu przedwczoraj usłyszałam wiele uwag na temat Anny Lightwood i żadna z nich nie była komplementem – powiedziała Sona. – Są tacy w Enklawie, którzy uważają jej zachowanie za niestosowne i aroganckie. Przyjechaliśmy nawiązywać przyjaźnie i alianse, a nie żeby zrazić do siebie wpływowych ludzi. Jesteś pewna, że to najlepszy wybór do spotkań towarzyskich?

– Sprawia wrażenie dostatecznie dobrej. – Cordelia sięgnęła po nowy słomkowy kapelusz ozdobiony jedwabnymi bukiecikami i wstążkami.

Alastair odezwał się z progu pokoju śniadaniowego:

– Może są tacy w starszym pokoleniu, którzy nie pochwalają Anny, ale w naszym gronie jest jednym z najbardziej popularnych Nocnych Łowców w Londynie. To byłoby niemądre, gdyby Cordelia odrzuciła jej zaproszenie.

– Naprawdę? – Sona była zaciekawiona. – To może być prawda?

– To jest prawda. – Alastair odgarnął pasmo jasnych włosów. Cordelia pamiętała, że miał włosy czarne jak krucze skrzydło, nim zaczął je farbować. – Wuj Anny jest szefem Instytutu. Jej chrzestna jest Konsulem. Niewątpliwie najważniejsze rodziny w Londynie to Herondale'owie, Lightwoodowie i Fairchildowie, a Anna jest powiązana z nimi wszystkimi.

– Dobrze więc – orzekła po chwili milczenia Sona. – Ale, Alastair, pójdź z nią. Niech to będzie krótka wizyta i zgodna z wszelkimi konwenansami. Potem, jeśli chcecie, możecie wybrać się na zakupy na Leadenhall Market.

Cordelia spodziewała się protestu ze strony Alastaira, ale on tylko wzruszył ramionami.

– Jak sobie życzysz, matko – odpowiedział i przeszedł obok Cordelii do drzwi.

Już był ubrany do wyjścia, jak zauważyła z pewnym zaskoczeniem i rozbawieniem Cordelia – w ciemnoszary płaszcz z flaneli, który pasował do jego ciemnych oczu. Pod płaszczem wyraźnie rysował mu się pas z bronią. Enklawa zasugerowała, żeby wszyscy Nocni Łowcy chodzili uzbrojeni poza domem nawet w ciągu dnia. Cordelia miała Cortanę na plecach, zaczarowaną tak, żeby była niewidzialna dla Przyziemnych.

Może Alastair naprawdę wiedział więcej, niż się wydawało.

***

Słońce jasno świeciło późnym popołudniem na Grosvenor Square, kiedy ojciec Matthew, Henry, otworzył drzwi domu Konsul.

James przestał pukać do drzwi – podejrzewał, że dobijał się do nich za głośno – kiedy się otworzyły. Henry uśmiechnął się na jego widok; miał pospolitą, ale miłą twarz, rude włosy, które wyblakły w jasny brąz przetykany siwizną, i uśmiech nieco podobny do uśmiechu Matthew.

– Wejdź, wejdź – powiedział, cofając się na wózku.

Odniósł potworne rany dwadzieścia pięć lat temu podczas bitwy w Cadair Idris i stracił władzę w nogach. Wziął standardowy wózek inwalidzki i przebudował go, korzystając ze swojej pomysłowości. Teraz był wyposażony w mniejsze kółka, jakie widywało się przy automobilach. Zakrzywiony pałąk z elektrycznym światłem wisiał nad ramieniem Henry'ego. Nad drugim ramieniem przyrząd z pazurami na końcu pozwalał mu sięgać po znajdujące się wyżej przedmioty. Na półce nad siedzeniem leżały książki.

Christopher uwielbiał ojca chrzestnego i spędzał długie godziny w jego laboratorium, pracując nad najróżniejszymi wynalazkami, a także nad ulepszeniami fotela na kółkach. Niektóre były użyteczne, jak na przykład parowa winda, którą zainstalowali, dzięki czemu Henry z łatwością mógł dotrzeć do laboratorium w piwnicy, inne – jak próby wynalezienia olejku odstraszającego demony – niekoniecznie.

Henry był życzliwym człowiekiem i przyjął Jamesa jako *parabatai* Matthew, zanim przeszli ceremonię w Cichym Mieście.

– Matthew jest w ogrodzie na tyłach – wyjaśnił teraz, mrużąc oczy. – Mówił coś o czytaniu książki w otoczeniu pozbawionego krytycyzmu piękna przyrody.

James zgodził się, że to brzmi jak uwaga w stylu Matthew.

– Jest sam?

– O ile nie liczyć Oscara.

Oscar Wilde był psem Matthew, którego James znalazł na ulicach Londynu i sprezentował przyjacielowi. Pies bezkrytycznie uwielbiał Matthew, podobnie jak piękno natury.

James odchrząknął.

– Znalazłem coś... swego rodzaju pył... Zastanawiałem się, czy mógłby go pan dla mnie zbadać? Rozumie pan, w laboratorium.

Większość ludzi uznałaby to za dziwną prośbę, ale nie Henry Fairchild. Oczy mu zabłysły.

– Oczywiście! Daj mi to, proszę.

James podał mu małą fiolkę z pyłem, który zebrał z kieszeni poprzedniej nocy.

– Spojrzę na to przy pierwszej sposobności. Niedługo wyjeżdżam do Charlotte w Idrisie, ale powinienem szybko wrócić. – Henry mrugnął porozumiewawczo do Jamesa i pojechał do windy, która miała zabrać go do laboratorium.

James przeszedł przez bawialnię, jadalnię i kuchnię – gdzie ukłonił się kucharce, która pomachała do niego łyżką (nie był pewien, czy go witała, czy raczej mu groziła) – i wyszedł tylnymi drzwiami, prowadzącymi do ogrodu. On i Matthew spędzali tam długie godziny na treningach. Był to przytulny skrawek zielonej przestrzeni z potężnym platanem pośrodku. Matthew stał w jego cieniu i czytał książkę. Lektura tak go pochłonęła, że nie usłyszał, jak zamykają się drzwi, ani nie zauważył, że James idzie do niego przez trawnik, dopóki przyjaciel nie znalazł się tuż obok.

Matthew podniósł wzrok i otworzył szeroko zielone oczy.

– James – rzucił i zabrzmiało to jak westchnienie ulgi. Zaraz potem zmarszczył czoło. – Nie wiem, czy cię objąć jak brata, czy spoliczkować jak wroga.

– Głosuję za tym pierwszym.

– Chyba nie powinienem gniewać się z powodu zeszłego wieczoru – powiedział Matthew. – Pewnie miałeś niewielką kontrolę nad tym, co się dzieje, gdy wszedłeś do królestwa cieni, ale kiedy już twój ojciec przestał wrzeszczeć na nas po walijsku za stłuczenie okna i pozwolenie, żebyś zniknął, nadeszły wieści, że znaleziono cię na terenie Chiswick House, i to mi dało do myślenia.

– Do myślenia o czym? – James przysiadł na oparciu białej ogrodowej ławki.

– Czy nie posłużyłeś się królestwem cieni, żeby spotkać się z Grace. Bo co innego jest w Chiswick? Nie ma tam niczego ciekawego.

– Nie poszedłem tam z własnej woli.

– To powiedz mi, co się stało – poprosił Matthew, odkładając powieść w zgięcie konaru. – Nie, poczekaj. – Uniósł rękę, kiedy James już otworzył usta. – Czekaj, czekaj...

– Zamorduję cię, jeśli to dłużej potrwa – powiedział James.

Matthew uśmiechnął się szeroko i rozległo się szczekanie. Gromkie powitania odbiły się echem od ogrodowych murów. Thomas i Christopher zatrzymali się, żeby przywitać merdającego ogonem Oscara, i teraz zbiegali po schodach.

– James! – zawołał Christopher, gdy się zbliżyli. – Co się stało zeszłej nocy? Gdzie zniknąłeś?

– I proszę – powiedział zadowolony z siebie Matthew. – Teraz nie będziesz musiał opowiadać tego samego dwa razy.

– Właśnie, co się stało wczoraj wieczorem? – dopytywał się Thomas. – Po prostu zniknąłeś. Matthew już zamierzał rozebrać Instytut cegła po cegle, żeby sprawdzić, czy nie wpadłeś do jakiejś krypty, kiedy twój ojciec wytropił cię w Chiswick.

– Dlaczego Chiswick? – zapytał Christopher. – Tam nie ma niczego ciekawego.

– Teraz jest – odparł wesoło Matthew.

James wyjaśnił, że wszedł do krainy cieni, poszedł za światłem i znalazł się w szklarni. Opisał wypaczonego cerbera i to, jak go zabił. Kiedy doszedł do Lucie i Cordelii, Matthew przestał być taki wesoły.

– A co, u licha, one tam robiły? – zapytał.

– Poszły sprawdzić, co z panną Blackthorn i czy nic jej nie jest – powiedział James, który sam nie był pewien, czy wierzy w tę historię. Lucie miała błyszczące oczy, gdy to mówiła, jak zawsze, gdy wymyślała jakąś historię. A co do Cordelii... Z pewnym zaskoczeniem zdał sobie sprawę, że raczej nie byłby w stanie powiedzieć, czy go okłamywała, czy mówiła prawdę. Nie znał jej tak dobrze, jak czuł, że powinien.

– To raczej niebezpieczne chodzić samotnie po nocy po wczorajszym ataku – powiedział Matthew. – Lucie... Dziewczyny nie powinny tak ryzykować.

– Jakby ciebie to powstrzymało przed wyjściem wieczorem – wytknął mu Thomas. On i Christopher wyciągnęli się na trawie, podczas gdy James głaskał Oscara po głowie. – Oto moje pytanie: dlaczego Dom Lightwood... to znaczy Chiswick House? Dlaczego szklarnia?

– Nie mam pojęcia – odpowiedział James; zachował spostrzeżenia odnośnie do Cortany dla siebie. Były zbyt mgliste i tylko mąciły obraz. – Może z powodu obecności demona?

– Demony lubią mieszkać w ruinach, zwłaszcza tam, gdzie zachowały się pozostałości czarnej magii – powiedział Christopher. – A wszyscy wiemy, co dziadek Benedict wyprawiał w tym domu. To dlatego zamienił się w robaka.

– Ach – mruknął Matthew. – Czułe rodzinne wspomnienia.

– Clave zgodziłoby się z tobą – powiedział James. – Uważają, że demon żył tam od czasów Benedicta. I chociaż wydaje się to zupełnie niezwiązane z atakami, to mam wrażenie, że ostatnio obserwujemy nietypową liczbę demonów w nietypowych miejscach.

– Demony w nietypowych miejscach to życiowe motto Benedicta – wtrącił Matthew, rzucając patyk Oscarowi. – Skąd wiemy, co myśli Clave? Charles był nadzwyczaj milczący w tej kwestii.

– Nie w rozmowie ze mną – odparł James. – Przyszedł zobaczyć się ze mną tego ranka.

Thomas spochmurniał.

– Nie mów mi, że uwierzył w te wszystkie banialuki na temat twoich odwiedzin u panny Blackthorn i odmowy...?

– Wierzy w to – powiedział James, nie mając ochoty słyszeć tej historii po raz kolejny. Już był zły na siebie, że pozwolił sobie, żeby Charles go sprowokował w sprawie Grace; Charles oczywiście nie miał pojęcia, jaka jest ważna. – A przynajmniej nie byłem w stanie przedstawić mu innego, lepszego wyjaśnienia. Nie mogłem powiedzieć, że wędrowałem po królestwie cieni. Chyba lepiej, żeby uznali mnie za zakochanego wariata.

– Ale ty ledwie znasz pannę Blackthorn – zauważył Christopher, żując źdźbło trawy.

James spojrzał w oczy Matthew, który patrzył na niego ze współczuciem, ale wzrokiem, który jasno mówił: „Najwyższy czas".

– Znam Grace – wyznał James. – I rzeczywiście ją kocham.

Opowiedział im o letnich miesiącach spędzanych w Idrisie, o posiadłości Blackthornów po sąsiedzku, o godzinach spędzonych z Grace w Brocelind, malowaniu dla niej słowami obrazów z Londynu, wielkiego miasta, którego nigdy nie widziała. Wyjaśnił, że Tatiana Blackthorn nie cierpi go, powiedział, że Charles kazał mu trzymać się z dala od Blackthornów. Zanim skończył, na ciemniejącym niebie błyszczały gwiazdy.

Christopher odezwał się pierwszy.

– Nie wiedziałem, że jesteś w kimś zakochany. Przepraszam. Powinienem był bardziej uważać.

– Ja też nie wiedziałem – odezwał się Thomas. – A jak najbardziej uważałem.

– Przepraszam, że nie powiedziałem wam wcześniej – powiedział James. – Grace zawsze się martwiła, że jej matka się dowie i będzie wściekła. Nawet Lucie nic nie wie.

Chociaż Cordelia wiedziała, dotarło do niego. Nie była tym nawet zdziwiona.

Thomas zmarszczył brwi.

– Moja ciotka Tatiana to wariatka. Ojciec często to mówił: że to, co stało się z jej ojcem i mężem, doprowadziło ją do szaleństwa. Obwinia twoich rodziców za ich śmierć.

– Ale James nie zrobił jej nic złego – zauważył Christopher, marszcząc brwi.

– Jest Herondale'em – wyjaśnił Thomas. – To wystarcza.

– To śmieszne – mówił Christopher. – To jakby kogoś ugryzła kaczka i ta osoba wiele lat potem zastrzeliła inną kaczkę i zjadła ją na kolację, uznając to za zemstę.

– Christopher, błagam, nie używaj metafor – powiedział Matthew. – To mi psuje humor.

– Była dostatecznie kiepska nawet bez kaczek – przyznał James. Nigdy nie przepadał za kaczkami, odkąd jedna ugryzła go w Hyde Parku, gdy był małym dzieckiem. – Wybacz mi, Thomasie. W żaden sposób nie zdołałem pomóc Barbarze.

– Skąd – odparł szybko Thomas. – Dopiero co zaczęliśmy. Tak sobie myślałem... Może ty, ja i Matthew powinniśmy wybrać się do Diabelskiej Tawerny i przejrzeć kolekcję książek. Są tam tomy, których Clave nigdy nie znajdzie w bibliotece Instytutu. Moglibyśmy poszukać w nich wzmianek o demonach działających za dnia.

– A co z Christopherem? – zapytał Matthew.

Christopher podniósł fiolkę z czerwoną substancją.

– Zdołałem zdobyć trochę krwi, którą pobrali Cisi Bracia od jednego z pacjentów – oznajmił z dumą. – Zamierzam połączyć nowoczesną naukę i magię Nocnych Łowców, żeby pomóc w stworzeniu antidotum na demoniczną truciznę. Henry powiedział, że mogę korzystać z jego laboratorium, póki będzie w Idrisie.

Thomas zmrużył oczy.

– Lepiej, żeby to nie była krew mojej siostry.

– To krew Piersa – wyjaśnił Christopher. – Chociaż z czysto naukowego punktu widzenia nie ma to żadnego znaczenia.

– A jednak wszystkim nam ulżyło – powiedział James. – Matthew i ja możemy pójść na Fleet Street. Może Thomas pomoże Christopherowi w laboratorium?

Thomas westchnął.

– Zawsze ja zostaję w laboratorium z Christopherem.

– Bo jesteś nadzwyczaj dobry w chowaniu się przed wybuchami – wyjaśnił James. – Poza tym potrafisz przeklinać po hiszpańsku.

– A w czym to pomaga? – zdziwił się Thomas.

– Nie pomaga, ale Christopher to lubi – odpowiedział James. – No dobrze...

– James! – To Henry wołał z domu.

James pobiegł. Oscar zasnął na trawie z łapami uniesionymi w powietrzu.

Na chwilę zapadło milczenie. Matthew zdjął książkę z drzewa i otarł okładkę.

– Grace – powiedział w końcu Thomas. – Jaka ona jest? Wątpię, żebyśmy wymienili choćby dwa słowa.

– Bardzo nieśmiała – odpowiedział Matthew. – Bardzo cicha. Przez większość czasu robi wrażenie potwornie wystraszonej, a mimo to zawsze jest podziwiana podczas towarzyskich spotkań.

– To dziwne – powiedział Thomas.

– Nie całkiem – sprzeciwił się Christopher. – Mężczyznom podoba się idea kobiety, którą mogą uratować.

Matthew i Thomas spojrzeli na niego zdumieni. Christopher wzruszył ramionami.

– Słyszałem, jak matka raz tak powiedziała. Mam wrażenie, że w tym wypadku to prawda.

– Myślisz, że jest zakochana w Jamesie? – zapytał Thomas. – Bo wygląda na to, że on stracił dla niej głowę. Mam nadzieję, że nie jest to nieodwzajemnione uczucie.

– Lepiej, żeby go kochała – powiedział Matthew. – James na to zasługuje.

– Nie zawsze kochamy tych, którzy na to zasługują – zauważył cicho Thomas.

– Możliwe – zgodził się Matthew. – Ale często nie kochamy tych, którzy nie zasługują na miłość, i bardzo słusznie.

Zacisnął palce na książce tak mocno, że pobielały.

Thomas położył palec na ustach. James wrócił z listem. Został zaadresowany niewątpliwie kobiecą ręką: „J.H., na adres Matthew Fairchilda. PILNE".

– Kto przysłał ci tu list? – zaciekawił się Thomas. – Grace?

James, który już przeczytał kilka pierwszych linijek, skinął głową.

– Nie chciała mnie narażać na kłopoty z Enklawą. Wiedziała, że tu będę albo że Matthew mnie znajdzie i przekaże wiadomość. – Był przekonany, że przyjaciele rozmawiali o nim pod jego nieobecność, ale nie miał nic przeciwko. Ulga na widok pisma Grace była wręcz namacalna. Zawijasy i pętle nakreślonych przez nią liter były równie znajome jak las przy posiadłości Herondale'ów.

– Co napisała? – dopytywał się Matthew. – Że uwielbia twoją twarz i tęskni za tym, żeby przeczesać palcami twoje potargane krucze włosy?

– Chce, żebyśmy spotkali się tego wieczoru o dziesiątej – odpowiedział James. Schował list do kieszeni, zastanawiając się gorączkowo. – Lepiej już pójdę. Nie mam jak jej odpowiedzieć, a będę musiał pójść piechotą, bo ulice są zakorkowane.

– Nie możesz iść piechotą aż do Chiswick House... – zaprotestował Thomas.

James pokręcił głową.

– Oczywiście. Zaproponowała miejsce w Londynie. Tam z Matthew ćwiczyliśmy równowagę. Opisałem jej to miejsce wcześniej.

– Mimo wszystko. – Matthew się wahał. – Czy to rozsądne? Mój brat to idiota, ale jeśli Enklawa chce, żebyś się trzymał z dala od Blackthornów...

– Muszę iść – odparł James, nie chcąc kontynuować tej rozmowy. Znał przyjaciół i uparliby się, żeby z nim pójść, gdyby powiedział im coś więcej. Lepiej wyjść teraz i pozwolić, żeby uznali, że kierują nim tylko romantyczne motywy. Pochylił się i pogłaskał Oscara po głowie. – Thomasie, Christopherze, wy zajmiecie się pracą w laboratorium. Matthew, znajdę cię po spotkaniu z Grace i pójdziemy razem do Diabelskiej Tawerny.

– Zawsze jestem gotów pójść do diabła – odparł Matthew z błyskiem w oku. – Będę w tawernie o północy. Dołącz do mnie, kiedy będziesz mógł.

James przeprosił przyjaciół i wyszedł pośpiesznie z domu. Miał wrażenie, że list w kieszeni uderza o jego pierś jak drugie serce. Raz za razem widział ostatnią linijkę napisaną przez Grace:

„Będę tam czekać i modlić się, żebyś przyszedł. Pomóż mi, Jamesie. Grozi mi niebezpieczeństwo".

***

Alastair wysadził Cordelię pod domem Anny, poklepał ją zdawkowo po głowie i obiecał, że wróci po nią przed dziewiątą. Ponieważ matka podawała zwykle kolację o dziewiątej, Cordelia uznała, że zostanie im mało czasu, ale brat odjechał powozem, zanim nawet mogła go zapytać, dokąd się wybiera. Nie mogła powiedzieć, że jest szczególnie zaskoczona.

Z westchnieniem odwróciła się w kierunku Percy Street, małej bocznej uliczki odchodzącej od Tottenham Court Road. Stały tam długie rzędy domów z czerwonej cegły, które wyglądały bardzo podobnie. Każdy miał otwierane pionowo okna, pomalowane na biało drzwi, ceglane kominy, płytkie schodki i ogrodzenie przy wyjściu dla służby z czarnego kutego żelaza.

Na schodach przed numerem trzydziestym siedziała zapłakana dziewczyna. Była bardzo modnie ubrana, w suknię spacerową z niebieskiego fularu obrębioną koronką, całymi akrami falbanek. Na głowie miała opaskę z jedwabnymi różami, które trzęsły się, gdy płakała.

Cordelia sprawdziła zapisany adres, mając nadzieję, że może się zmienił. Niestety, to nadal był numer trzydziesty. Westchnęła, wyprostowała się i podeszła.

– Proszę o wybaczenie – powiedziała, podchodząc do schodów. Dziewczyna całkowicie je blokowała. Nie dało się przejść uprzejmie obok. – Przyszłam zobaczyć się z Anną Lightwood.

Dziewczyna poderwała gwałtownie głowę. Była bardzo ładna: blondynka o różanych policzkach mimo łez.

– A kim jesteś? – zapytała.

– Ja... ehm... – Cordelia przyjrzała się uważnie dziewczynie. To zdecydowanie była Przyziemna: nie miała Znaków, nie chronił jej czar. – Jej kuzynką. – To nie do końca była prawda, ale uznała, że tak należy powiedzieć.

– Och. – Część podejrzliwości zniknęła z twarzy dziewczyny. – A ja... ja jestem tutaj, bo... bo... to zwyczajnie zbyt, zbyt okropne...

– Mogę zapytać, w czym problem? – spytała Cordelia, chociaż wolałyby nie wiedzieć, bo istniało ryzyko, że przyjdzie jej szukać rozwiązania tego problemu.

– Anna – zapłakała dziewczyna. – Kochałam ją... Nadal ją kocham! Rzuciłabym dla niej wszystko, wszyściutko, towarzystwo i jego konwenanse, tylko po to, żeby z nią być, ale ona wyrzuciła mnie na ulicę jak psa!

– Daj spokój, Evangeline – rozległ się przeciągły głos.

Cordelia uniosła głowę i zobaczyła Annę wychylającą się przez okno na piętrze. Miała na sobie męski szlafrok z fioletowo-złotego jedwabiu, a jej włosy układały się w krótkie loki.

– Nie możesz powiedzieć, że zostałaś wyrzucona jak pies, kiedy masz mamę, dwóch lokajów i kamerdynera, którzy po ciebie przyjadą. – Pomachała ręką. – Witaj, Cordelio.

– O rety – mruknęła Cordelia i poklepała delikatnie Evangeline po ramieniu.

– Poza tym w środę masz wyjść za mąż – dodała Anna. – Za baroneta.

– Nie chcę go! – Evangeline poderwała się ze schodów. – Chcę ciebie!

– Nie – odpowiedziała Anna. – Chcesz baroneta. Nie chcesz mieszkać w moim zabałaganionym małym mieszkanku. A teraz bądź grzeczną dziewczynką i idź już sobie.

Evangeline znowu wybuchła płaczem.

– Myślałam, że ja jestem tą jedyną – zaszlochała. – Po tylu innych dziewczynach... Myślałam, że one nic nie znaczyły...

– Nie znaczyły – odpowiedziała wesoło Anna. – Tak samo jak ty. Wejdź na górę, Cordelio, woda już się gotuje.

Evangeline zawyła i Cordelia aż odskoczyła w obawie o życie. Dziewczyna poderwała się, potrząsając blond lokami.

– Nie zgadzam się na to! – oznajmiła. – Wchodzę z powrotem!

Anna wyglądała na zaniepokojoną.

– Cordelio, zatrzymaj ją, proszę, moja gospodyni nie cierpi zamieszania...

Rozległ się tętent na drodze, który szybko stawał się coraz głośniejszy. Lekki powóz zaprzężony w dwa podobne myszate konie wjechał w uliczkę. Na koźle siedziała posągowa kobieta w rozłożystej sukni i w płaszczu Redington . Zatrzymała powóz gwałtownie przed domem i zwróciła rozgniewaną twarz w stronę numeru trzydzieści.

– Evangeline! – ryknęła. – Natychmiast wsiadaj do powozu!

Z dziewczyny uszedł cały ogień.

– Tak, mamo – pisnęła i śmignęła do powozu.

Pióra na kapeluszu matki drżały, gdy spojrzała surowo na Annę, wyglądającą przez okno i obracającą w palcach niezapalone cygaro.

– Ty! – krzyknęła. – To hańba! Żeby tak łamać serce dziewczętom! To haniebne, mój panie! Gdybyśmy żyli sto lat wcześniej, to z całą pewnością spoliczkowałabym cię rękawiczką!

Anna wybuchła śmiechem. Drzwi do powozu zatrzasnęły się i konie ruszyły galopem. Koła powozu skrzypiały, gdy skręcił za róg i wkrótce zniknął im z oczu.

Anna zerknęła życzliwie na Cordelię.

– Wejdź, proszę – powiedziała. – Mieszkam na piętrze i zostawię dla ciebie otwarte drzwi.

Mając wrażenie, że unosi ją tajfun, Cordelia weszła po schodach do nieco obskurnego korytarza. Lampa świeciła się w niszy w połowie schodów. Dywan był przetarty, a poręcz tak najeżona drzazgami, że Cordelia bała się jej dotknąć. Prawie się przewróciła na trzech ostatnich płytkich schodkach.

Drzwi do mieszkania Anny stały zgodnie z zapowiedzią otwarte. Wewnątrz było o wiele przyjemniej, niż Cordelia sobie wyobrażała, widząc stan korytarza. Stare wiktoriańskie tapety w delikatnych odcieniach ciemnej zieleni i złota, przypadkowe meble, które nie pasowały do siebie, a jednak prezentowały się wspaniale jak walczące ze sobą armie, które odnalazły przedziwnie harmonijny pokój. Stała tam przerażająco wielka sofa z podniszczonymi aksamitnymi poduszkami w kolorze ciemnego złota, parę uszaków z tweedowymi poduszkami, lampa od Tiffany'ego z tuzina kolorowych szkiełek, leżał turecki dywan. Półkę nad kominem zdobiło zatrzęsienie noży, które wbito tam pod różnymi kątami, każdy z błyszczącą, ozdobioną klejnotami rękojeścią. Na małym stoliku przy drzwiach do sypialni leżał wielki, barwny wypchany wąż o dwóch głowach.

– Widzę, że przyglądasz się Percivalowi – powiedziała Anna, wskazując węża. – Jest spektakularny, prawda?

Stała przed oknem i spoglądała na zachodzące za dachami Londynu słońce. Szlafrok odsłaniał jej smukłe ciało, pod nim nosiła ciemne spodnie i cieniutką białą męską koszulę rozpiętą do wysokości obojczyków. Jej skóra była tylko o jeden odcień ciemniejsza od białej koszuli, a włosy podwijające się na karku miały ten sam kolor co włosy Jamesa. Czerń Herondale'ów, kolor wronich skrzydeł.

– Niewątpliwie jest kolorowy – odpowiedziała Cordelia.

– To był miłosny prezent. Nigdy nie zalecam się do nudnych dziewczyn. – Anna odwróciła się, żeby spojrzeć na Cordelię, a szlafrok załopotał przy tym jak skrzydła. Cordelia nie nazwałaby rysów Anny „ładnymi", była uderzająca, wręcz olśniewająca. „Ładna" to za małe i zbyt nieprecyzyjne określenie dla Anny.

– Czy ta kobieta powiedziała do ciebie „mój panie"? – zaciekawiła się Cordelia. – Wzięła cię za mężczyznę?

– Być może. – Anna wrzuciła cygaro do kominka. – Z doświadczenia wiem, że najlepiej pozwolić ludziom wierzyć w to, w co chcą.

Klapnęła na sofę. Nie nosiła szelek do spodni, ale w przeciwieństwie do mężczyzn, dla których je szyto, ona miała biodra i spodnie zatrzymywały się na nich, przylegając do jej drobnych krągłości.

– Biedna Evangeline – powiedziała Cordelia, odpinając pas od Cortany i opierając miecz o ścianę. Ułożyła suknię, siadając w jednym z foteli.

Anna westchnęła.

– Nie pierwszy raz próbowałam z nią zerwać. Ostatnie kilka razy byłam delikatniejsza, ale w miarę jak zbliżał się dzień ślubu, poczułam, że muszę być okrutna, dla jej dobra. Nie chciałam jej zniszczyć życia. – Pochyliła się i skupiła na Cordelii. – No dobrze, Cordelio Carstairs, wyjaw mi wszystkie swoje sekrety.

– Wolałabym nie. Nie znam cię za dobrze.

Anna się roześmiała.

– Zawsze jesteś taka bezpośrednia? Po co przyszłaś na herbatę, jeśli nie chcesz plotkować?

– Nie powiedziałam, że nie chcę plotkować. Nie chcę tylko plotkować o sobie.

Anna uśmiechnęła się szerzej.

– Ale z ciebie irytujące stworzenie – powiedziała, nie robiąc wrażenia poirytowanej. – Ach, czajnik!

Poderwała się w roju lśniącego brokatu i zakrzątnęła w małej kuchni o jaskrawych ścianach i małym oknie wychodzącym na ceglaną fasadę budynku naprzeciwko.

– Skoro więc chcesz plotkować, ale nie o sobie, to może powiesz mi coś o swoim bracie? Jest tak samo okropny, jak był w szkole?

– Chodziłaś do szkoły z Alastairem? – zdziwiła się Cordelia; była przekonana, że Alastair wspomniałby coś na ten temat.

– Nie, James, Matthew i reszta Złodziejaszków mówili, że był potwornym huncwotem, który uprzykrzał im życie. Bez urazy. Przyznaję, że Thomas nigdy nie powiedział o nim złego słowa. Cukier? Nie mam mleka.

– Bez cukru – odparła Cordelia.

Anna wróciła do salonu z herbatą w wyszczerbionej filiżance na spodeczku. Podała ją Cordelii, a ona oparła ją niezręcznie na kolanie.

– Alastair jest dość okropny – przyznała. – Wątpię jednak, żeby robił to celowo.

– Myślisz, że jest zakochany? Ludzie potrafią być okropni, kiedy są zakochani.

– Nie wiem, w kim mógłby się zakochać – odpowiedziała Cordelia. – Nie miał czasu, żeby w kimkolwiek się zakochać, dopiero co przyjechaliśmy do Londynu i wątpię, żeby to wszystko, co się wydarzyło, wprowadziło kogokolwiek w nastrój do miłości...

– Co właściwie zrobił twój ojciec? – zapytała Anna.

– Co? – Cordelia prawie rozlała herbatę.

– Wszyscy wiemy, że zrobił coś okropnego – powiedziała Anna. – I że twoja matka przyjechała tutaj, żeby przypochlebić się społeczności Nocnych Łowców. Mam nadzieję, że ludzie nie podejdą do tego zbyt nieustępliwie. Właściwie lubię twoją matkę, przypomina mi królową z bajki albo peri z *Lalla Rookh*. Jesteś w połowie Persjanką, prawda?

– Tak – odpowiedziała z pewną ostrożnością Cordelia.

– To dlaczego twój brat jest blondynem? – zapytała Anna. – A ty taka ruda... Myślałam, że Persowie są ciemnowłosi.

Cordelia odstawiła filiżankę.

– Istnieją różni Persowie. Różnimy się wyglądem. Nie oczekiwałabyś, że wszyscy w Anglii będą wyglądać tak samo, prawda? Dlaczego to ma nie dotyczyć nas? Mój ojciec jest Brytyjczykiem, o bardzo jasnej karnacji, a włosy mojej matki były rude, gdy była małą dziewczynką. Potem ściemniały. A jeśli idzie o Alastaira... to farbuje włosy.

– Tak? – Anna uniosła brwi. – Dlaczego?

– Bo nienawidzi tego, że ma takie ciemne włosy i oczy. Zawsze tak było. Mamy dom w Devonie i ludzie gapili się na nas, kiedy chodziliśmy do wioski.

Teraz Anna przywołała na twarz zdecydowanie złowrogą minę.

– Ludzie są... – Urwała z westchnieniem i słowem na ustach, którego Cordelia nie znała. – Teraz współczuję twojemu bratu, a to ostatnia rzecz, jakiej chciałam. Szybko, zadaj mi jakieś pytanie.

– Dlaczego chciałaś mnie poznać? Jestem młodsza od ciebie i musisz znać mnóstwo ciekawszych ludzi.

Anna wstała z szelestem szlafroka.

– Muszę się przebrać – powiedziała i zniknęła w sypialni.

Zamknęła drzwi, ale ściany były cienkie. Cordelia doskonale ją słyszała, gdy znowu się odezwała:

– Po pierwsze, dlatego że jesteś nową dziewczyną w naszej grupie i zastanawiałam się, czy jesteś dość dobra dla naszego Jamiego albo Matthew.

– Dość dobra w jakim sensie?

– Zamążpójścia, rzecz jasna. Wszystko inne oznaczałoby skandal.

Cordelia zachłysnęła się. Usłyszała, że Anna się śmieje. To był cichy, dźwięczny śmiech brzmiący jak stopione masło.

– Droczenie się z tobą jest przepyszne – orzekła. – Miałam na myśli, czy jesteś dość dobra, żeby poznać ich sekrety. A także Christophera i Thomasa. Ta czwórka to moi ulubieńcy, na pewno to zauważyłaś. A cóż, obecna grupa londyńskich dziewcząt jest tragiczna. Oczywiście Lucie jest cudowna, ale ona patrzy na tych chłopców jak na braci.

– To rozsądne – mruknęła Cordelia. – Zwłaszcza w przypadku Jamesa.

– Potrzebują muzy – powiedziała Anna. – Kogoś, kto ich zainspiruje. Kogoś, kto pozna ich sekrety. Chciałabyś zostać muzą?

– Nie. Wolę zostać bohaterem.

Anna wystawiła głowę z sypialni i popatrzyła na Cordelię spod ciemnych rzęs. A potem się uśmiechnęła.

– Tak właśnie podejrzewałam – powiedziała i zniknęła z powrotem w sypialni. Drzwi zatrzasnęły się za nią głośno. – To właśnie dlatego tak naprawdę cię zaprosiłam.

Cordelii zakręciło się w głowie.

– Co masz na myśli?

– Grozi nam niebezpieczeństwo! – zawołała Anna. – Nam wszystkim. A Clave tego nie widzi. Obawiam się, że jeśli nie podejmiemy pewnych kroków, będzie za późno dla Barbary, Piersa i dla... dla Ariadne. – W jej głosie pojawiło się drżenie. – Potrzebuję twojej pomocy.

– Ale co ja mogę... – zaczęła Cordelia i urwała, słysząc, że drzwi na dole otworzyły się z hukiem.

– Anna! – Niski męski głos poniósł się klatką schodową.

Do głosu zaraz dołączył tupot stóp i do saloniku Anny wpadł Matthew Fairchild.

8

Kraj nie-obcy

„Lecz skoroś smutny (smutek smutkiem spłynie),
Zapłacz, a wtedy nad boleści głosem
Po Jakubowej blask zstąpi drabinie,
Co między Niebem trwa a Charing Crossem".
Francis Thompson, *W kraju nie-obcym*

Matthew miał na sobie brokatową kamizelkę, a w ręce ściskał nowy jedwabny kapelusz. Miał potargane włosy. Lśniące kamienie migotały w jego szpilce do krawata i w spinkach do mankietów, na palcu połyskiwał sygnet.

– Anno, nie uwierzysz... – Urwał na widok Cordelii. – Co tu robisz?

Cordelia nie była pewna, czy niegrzeczne pytanie zasługuje na reakcję.

– Piję herbatę.

Matthew rozejrzał się po pokoju. Jego oczy miały przedziwny kolor – momentami były zielone, a w innym świetle wydawały się ciemne.

– Nie widzę Anny – powiedział zdumiony i odrobinę podejrzliwy, jakby przypuszczał, że Cordelia schowała ją w dzbanku na herbatę.

– Jest w sypialni – odpowiedziała Cordelia tak chłodno, jak tylko zdołała.

– Sama? – dopytywał się Matthew.

– Matthew! – krzyknęła z sypialni Anna. – Zachowuj się.

Matthew oparł się o drzwi sypialni i obrócił głowę tak, żeby mówić do Anny przez szparę. Ewidentnie nie przejmował się tym, czy Cordelia go usłyszy.

– Mam taki dzień, że można oszaleć – powiedział. – James został zniesławiony przez Tatianę Blackthorn, a mój przeklęty starszy brat udziela jej pełnego poparcia. James poszedł na spotkanie z Grace. Ja przyszedłem, żeby się podchmielić i zapomnieć, jakie głupoty wyczynia mój *parabatai*. – Zerknął na zegarek. – Poza tym muszę być przed północą na Fleet Street.

Anna wyszła z sypialni. Wyglądała olśniewająco w czarnym aksamitnym płaszczu i spodniach do kompletu, w białej jedwabnej koszuli wiązanej pod szyją. Nosiła monokl na łańcuszku na szyi, a jej buty lśniły czernią. Patrząc na nią i Matthew, trudno było ocenić, które wygląda lepiej – jakby oboje zeszli z ilustracji w „Punch" ukazującej współczesną wytworną młodzież.

– Potworna historia – powiedziała Anna. – Idziemy?

– Oczywiście – odpowiedział Matthew. – Cordelio, cudownie, choć zaskakująco było cię spotkać.

– Nie ma powodu się żegnać – powiedziała Anna, wkładając białe rękawiczki. – Cordelia idzie z nami. Po to ją tu zaprosiłam.

– Myślałam, że napijemy się herbaty! – zaprotestowała Cordelia.

– Nikt nigdy nie przychodzi tylko na herbatę – odparła Anna. – Herbata to zawsze tylko pretekst do realizacji ukrytych planów.

– Anno, Cordelia to dobrze wychowana młoda dama – powiedział Matthew. – Może nie chcieć narażać swojej reputacji, zadając się z Podziemnymi i potępieńcami.

– Cordelia chce być bohaterką – odpowiedziała mu Anna. – A nie można nią zostać, siedząc w domu i haftując. – Oczy jej błyszczały. – Ja byłam dzisiaj na spotkaniu Enklawy, a ty nie. Wiem, jak Enklawa postanowiła poradzić sobie z obecną sytuacją, i uważam, że w żaden sposób nie pomoże to zaatakowanym ani nie zapobiegnie następnym takim atakom jak ten nad jeziorem.

Kiedy Matthew się odezwał, zniknęła arogancja z jego głosu:

– Myślałem, że stan Barbary się poprawia. Thomas powiedział...

– Cisi Bracia pogrążyli wszystkich rannych we śnie – odezwała się Cordelia, która słyszała o tym od Alastaira. – Mają nadzieję, że zaczną wracać do zdrowia, ale...

– Nadzieja nie jest rozwiązaniem – powiedziała Anna. – Clave upiera się, że to był przypadkowy atak demonów, który nastąpił za dnia, ale pod osłoną chmur. Wysłali patrole do Regent's Park.

– To nie był przypadkowy atak – powiedziała Cordelia. – W parku byli też Przyziemni, ale żaden nie został zaatakowany.

– A demony pojawiły się, zanim napłynęły chmury – dodała Anna. – Kilku członków Enklawy zwróciło na to uwagę, między innymi moi rodzice, ale większość woli myśleć, że to problem z rodzaju tych, z jakimi mieli już do czynienia. A nie, że to coś nowego.

– A twoim zdaniem to coś nowego – zrozumiała Cordelia.

– Jestem tego pewna. A kiedy nowe nadnaturalne zagrożenie pojawia się w Londynie, kto pierwszy o tym wie? Podziemni. Powinniśmy zadawać pytania w Podziemnym Świecie. Kiedyś

Clave miało znajomości wśród Najwyższych Czarowników, przywódców klanów wampirów i wilkołaków. Na Jasnym Dworze. – Sfrustrowana pokręciła głową. – Wiem, że wuj Will i ciotka Tessa zrobili, ile mogli, ale pozwolono, żeby te alianse osłabły, i teraz Nocnym Łowcom nie przyjdzie do głowy, że mogą polegać nie tylko na sobie.

– Rozumiem – powiedział Matthew z błyskiem w oku. – Powinniśmy wybrać się do Hell Ruelle.

– Matthew i ja wybieramy się czasem do salonu artystycznego w budynku, który należy do Najwyższego Czarownika Londynu – wyjaśniła Anna. – Malcolma Fade'a.

– Malcolma Fade'a? – Cordelia słyszała o nim.

Najwyżsi Czarownicy byli niekiedy wybierani w swoich miastach. Malcolm Fade pojawił się w Londynie na przełomie wieków i oznajmił, że zostanie Najwyższym Czarownikiem, kiedy Ragnor Fell zrezygnował z urzędu, a Magnusa Bane'a nigdzie ostatnio nie widziano.

Lucie była podekscytowana, zwłaszcza kiedy przyszedł z wizytą do instytutu i gawędził z Willem i Tessą. Powiedziała, że miał włosy w kolorze soli i oczy jak fiołki. Kochała się w nim prawie cały tydzień i o niczym innym nie pisała w swoich listach.

– Będą tam wszyscy Podziemni, którzy coś znaczą – zapowiedziała Anna. – Czas, żebyśmy zrobili to, w czym jesteśmy najlepsi.

– Napili się? – zapytał Matthew.

– Byli czarujący – sprostowała Anna. – Zadawali pytania. Przekonali się, czego się dowiemy. – Wyciągnęła dłoń w rękawiczce. – Chodź. Wstawaj. Powóz czeka na dole, Matthew?

– Do twoich usług – przytaknął. – Na pewno chcesz z nami jechać, Cordelio? To będzie skandal.

Cordelia nie odpowiedziała. Sięgnęła tylko po Cortanę i wyszli z mieszkania. Na zewnątrz było ciemno. Powietrze było chłodne i wilgotne. Powóz z herbem Konsul na drzwiach czekał na nich przy krawężniku. Ktoś zostawił stos róż z obciętymi pączkami na frontowych schodach. Evangeline czy inna dziewczyna?

– Jaki to właściwie salon? – zapytała Cordelia, kiedy drzwi do powozu otworzyły się i Matthew pomógł jej wsiąść.

Jeden ze służących Konsul, szatyn w średnim wieku, siedział niewzruszony na koźle.

Słyszała o salonach, rzecz jasna, miejscach, w których wielcy, sławni i szlachetnie urodzeni spotykali się, żeby podziwiać sztukę i poezję. Krążyły plotki, że w salonach działy się też śmielsze rzeczy, że pary spotykały się na schadzkach w cieniach i ciemnych ogrodach, gdzie nikt nie mógł ich widzieć.

Anna i Matthew wsiedli po niej. Anna wzgardziła ręką, którą podał jej Matthew.

– Ekskluzywny – odpowiedziała, sadowiąc się na obitym aksamitem siedzeniu. – Bywają tam niektórzy z najsławniejszych Podziemnych na świecie.

Powóz natychmiast ruszył.

– O niektórych mogłaś słyszeć, o innych pewnie nie. Niektórzy nie zasłużyli na reputację, inni więcej, niż na nią zapracowali.

– Nigdy nie myślałam, że Podziemni interesują się malarstwem albo poezją – powiedziała Cordelia. – Ale pewnie nie ma powodu, żeby tak nie było, prawda? Po prostu Nocni Łowcy się tym nie zajmują. Nie jesteśmy twórcami.

– Ale możemy nimi być – wtrącił Matthew. – Po prostu wmawia się nam, że nie powinniśmy. Nie myl warunkowania z wrodzoną niezdolnością.

– A ty tworzysz? – zapytała Cordelia, patrząc na niego ostro. – Rysujesz, malujesz albo piszesz poezję?

– Lucie pisze – odpowiedział Matthew. – Myślałem, że czasem pisuje dla ciebie.

– Lucie się martwi – powiedział Cordelia. – Nie mówi o tym, ale wiem, że się martwi, że to całe jej pisanie pójdzie na marne, ponieważ jest Nocną Łowczynią i to jest najważniejsze. – Zawahała się. – Co to znaczy „Hell Ruelle"?

Oczy Anny zabłysły.

– Oficjalne spotkania akademickie w Paryżu zawsze były kontrolowane przez mężczyzn, ale salony to światy, którymi władają kobiety. Pewna słynna arystokratka sadzała swoich artystycznych gości w *ruelle*, przestrzeni między swoim łóżkiem... właściwie to łóżkiem dowolnej damy... a ścianą. Skandaliczne miejsce. I odtąd artystyczne zgromadzenia, którym przewodzi kobieta, zwykło się nazywać „ruelle".

– Ale wydawało mi się, że powiedziałaś, że tym salonem kieruje Malcolm Fade.

– Do niego należy budynek – sprostowała Anna. – Jeśli idzie o to, kto kieruje salonem, to wkrótce sama się przekonasz.

Cordelii nie podobało się, że musi czekać, by się czegoś dowiedzieć. Westchnęła i wyjrzała przez okno.

– Dokąd jedziemy?

– Na Berwick Street. – Anna mrugnęła porozumiewawczo. – W Soho.

Cordelia słabo znała Londyn, ale wiedziała, że Soho to dzielnica bohemy. Rozpustni pisarze i muzycy z ambicjami zadawali się tam ze sklepikarzami, rzemieślnikami, podupadłymi arystokratami i niemoralnym kobietami.

To zawsze brzmiało szalenie ekscytująco. Ostatnie miejsce, do którego puściłaby ją matka.

– Soho – szepnęła, kiedy powóz jechał wąską, ciemną ulicą, przy której na chodnikach rozstawiono stragany.

Naftowe lampy oświetlały twarze właścicieli straganów, którzy gawędzili i targowali się z klientami nad wyszczerbionymi porcelanowymi talerzami i kubkami, używaną odzieżą. Dżentelmeni (nie, pewnie nie byli dżentelmenami, pomyślała Cordelia) przymierzali płaszcze i marynarki na ulicy, a ich żony macały materiał, sprawdzały, jak leżą ubrania. Rzeźnik otworzył szeroko drzwi i sprzedawał kawałki mięsa przy gazowym świetle. To samo robili piekarze i właściciele warzywniaków.

– Wszystko, co zepsuje się przed jutrem – powiedziała Anna, zauważając zaciekawione spojrzenie Cordelii.

Minęli herbaciarnię, a potem pub Blue Posts z rozświetlonymi oknami.

– Tutaj – powiedziała Anna i powóz się zatrzymał.

Wysiedli i znaleźli się na rogu Berwick i zaułka zwanego Tyler's Court, oddalającego się od głównej ulicy. Powietrze wypełniały krzyki, śmiech i zapach prażonych orzechów.

Po krótkiej naradzie szeptem z Matthew Anna zniknęła w zaułku. Jej wysoka, odziana na czarno postać niemal natychmiast zlała się z cieniami. Cordelia została sama z Matthew. Stał w przekrzywionym kapeluszu i przyglądał jej się z namysłem.

Cordelia rozejrzała się po szyldach. Widziała sylwetki kobiet w drzwiach. Wyobrażała sobie matkę mówiącą „Wiesz, kobiety upadłe", jakby rzeczone dziewczyny po prostu straciły równowagę. Cordelia próbowała to sobie wyobrazić. Całowanie mężczyzn za pieniądze i nie tylko całowanie...

– O czym myślisz? – zapytał Matthew.

Cordelia oderwała wzrok od kobiety z różem na policzkach, która uśmiechała się do mężczyzny w niedopasowanym stroju robotnika.

– Co to jest lapidarium? – zapytała, nie dlatego, że chciała wiedzieć, ale zobaczyła szyld na przeciwko „A. Jones. Lapidarium", a przy Matthew się denerwowała.

– Lapidarna fraza to taka, którą warto wyryć w kamieniu i zachować na zawsze – wyjaśnił Matthew. – Mądre powiedzonko w rodzaju „Prochem i cieniem jesteśmy", tudzież dowolne słowa, jakie padną z moich ust.

Cordelia wskazała szyld.

– I tu sprzedają takie frazy?

– Sprzedają przedmioty z wygrawerowanymi frazami. Na przykład, gdybyś chciała, żeby wygrawerowano na twojej ślubnej obrączce słowa miłości. Albo wyraz żalu i smutku na nagrobku. Miałem nadzieję, że na moim nagrobku zostaną wyryte jakieś wspaniałe słowa.

– Zaskakujesz mnie – powiedziała Cordelia. – Nie posiadam się ze zdumienia.

Matthew uniósł ręce, a jego twarz rozpromieniła się w świetle naftowych lamp.

– Może po prostu „Gdzież jest, o śmierci, twoje zwycięstwo? Gdzież jest, o śmierci, twój oścień?"*. Ale czy to naprawdę da wyraz światłu, jakie wniosłem do życia przyjaciół i znajomych, czy odda smutek, jaki poczują, gdy zgaśnie? Może lepiej:

„Nie roń łez gorzkich po nim wcale,
serca nie wtrącaj w próżne żale.

---

* Cytaty z Biblii podano za *Biblią Tysiąclecia* (przyp. tłum.).

Tutaj spoczęła pusta szkatuła,
skarb w niej zamknięty wciąż lśni wspaniale".

Matthew podniósł głos; gdy skończył, tłum przed pubem zaczął go oklaskiwać. Opuścił ręce w tej samej w chwili, w której z zaułka wróciła Anna.

– Przestań wygadywać bzdury – zbeształa Matthew. – Chodźcie, oboje. Czekają na nas.

***

Zapadła głęboka noc, las był ciemny i przepastny.

Piękna Cordelia dosiadała białego stępaka i galopowała krętą drogą, która lśniła bielą w cudnym świetle księżyca. Błyszczące szkarłatne włosy unosiły się za nią, a na jej pięknej, promiennie pięknej twarzy malował się wyraz stalowej determinacji.

Nagle krzyknęła.

Czarny ogier pojawił się i zablokował jej drogę.

Pociągnęła wodze i zatrzymała się gwałtownie ze stłumionym okrzykiem.

To był on! Mężczyzna z zajazdu! Rozpoznała przystojną twarz, promiennie zielone oczy. W głowie jej się zakręciło. Co mógł robić tutaj pośród nocy odziany w bardzo ciasne spodnie?

– Słowo daję – powiedział głosem ociekającym sarkazmem. – Ostrzegano mnie, że panie w tej okolicy są szybkie, ale nie sądziłem, że należy to rozumieć tak dosłownie.

Cordelii odebrało mowę. Co za tupet!

– Bądź łaskaw i usuń się z mojej drogi, panie! Mam ważne zadanie do wypełnienia tej nocy, od którego może zależeć życie wielu osób!

***

Lucie dotarła do końca zdania – i do końca taśmy w maszynie do pisania – i klasnęła w ręce z zachwytu. „Bądź łaskaw i usuń się z mojej drogi, panie!". Cordelia miała tyle hartu ducha! Iskry zaczną się sypać między nią a przystojnym rozbójnikiem, który w rzeczywistości jest synem diuka skazanym za przestępstwo, którego nie popełnił, i zmuszonym do życia na drogach. To wszystko było takie romantyczne...

– Panno Herondale? – rozległ się cichy głos za jej plecami.

Lucie siedziała przy biurku koło okna. Obróciła się zaskoczona. Zapomniała zapalić magiczne światło w pokoju, kiedy zapadł zmierzch, i przez chwilę widziała tylko męską postać w ciemnym ubraniu stojącą w sypialni.

Wrzasnęła. Nic się nie stało, więc wrzasnęła znowu, złapała stos schludnie złożonych kartek i cisnęła nimi w postać na środku pokoju.

Mężczyzna odskoczył, ale nie dość zwinnie. Maszynopis uderzył w niego i wybuchł białą chmurą papieru.

Lucie sięgnęła do lampki na biurku. W nagłym świetle zobaczyła go wyraźnie: czarne włosy, równie proste jak jej brata, potargane i nieokiełznane. Patrzył zielonymi oczami spod ciemnych rzęs.

– To ludzie mają na myśli, kiedy mówią, że czytają wszystko jak leci – odezwał się oschle Jesse, kiedy ostatnia kartka opadła u jego stóp. – Czy to było konieczne?

– A czy ty koniecznie musiałeś wtargnąć do mojej sypialni? – zapytała Lucie, łapiąc się pod boki.

Serce jej waliło i była trochę zaskoczona swoim zachowaniem. Widywanie duchów nie było dla niej rzadkością. Jessamine często wpadała i wypadała z jej sypialni – uwielbiała patrzeć na ubrania Lucie, kiedy ta je wyjmowała z szafy, i często udzielała jej nieproszonych rad w dziedzinie mody. Lucie miała prawie dziesięć lat, zanim zdała sobie sprawę – po tym, jak Rosamund i Piers Wentworthowie ją wyśmiali – że większość dziewczyn nie ma przyjaciółek pod postacią natrętnych duchów.

Jesse podniósł stronę i spojrzał na nią krytycznie.

– Za często używasz słowa „promienny". Co najmniej trzy razy na tej samej stronie. Poza tym „złoty" i „błyszczący".

– Nie przypominam sobie, żebym prosiła cię o radę – odparła Lucie, wstając.

Całe szczęście, że przebrała się do kolacji i nie siedziała nadal w szlafroku. Zdarzało jej się czasem zapomnieć się ubrać, gdy pogrążała się w pisaniu i słowa spływały jej z palców.

– Jaką książkę czytałeś ostatnio?

– *Wielkie nadzieje* – odpowiedział szybko. – Mówiłem ci, że dużo czytam.

Usiadł na brzegu jej łóżka i natychmiast poderwał się z rumieńcem. Rozbawiona Lucie przestała trzymać się pod boki.

– Duch przestrzegający konwenansów. To zabawne.

Spojrzał na nią zachmurzony.

Naprawdę ma uderzająco piękną twarz, pomyślała Lucie. Czarne włosy i zielone oczy w zimny sposób kontrastowały z bladą skórą.

Pisarka dostrzega takie rzeczy. Opisy są bardzo ważne.

– Miałem powód, żeby się tu zjawić – powiedział.

– Inny niż kpiny i upokarzanie mnie? Bardzo się cieszę!

Jesse udał, że jej nie słyszy.

– Moja siostra i twój brat umówili się na spotkanie tego wieczoru...

– Na Anioła. – Tym razem to Lucie klapnęła ciężko na brzegu łóżka. – To strasznie niezręczna sytuacja.

Zanim Jesse zdążył powiedzieć choćby słowo, drzwi do sypialni otworzyły się i w progu stanął zaniepokojony ojciec Lucie.

– Lucie? Wołałaś? Wydawało mi się, że cię słyszałem.

Lucie zamarła, ale wyraz niebieskich oczu ojca się nie zmienił. Wyrażały łagodną troskę, zaciekawienie i zdziwienie. Naprawdę nie widział Jessego.

Jesse spojrzał na nią i bardzo irytująco wzruszył ramionami, jakby chciał powiedzieć „a nie mówiłem".

– Nie, papo. Wszystko w porządku.

Popatrzył na maszynopis rozrzucony na dywanie.

– Wena cię opuściła, Lulu?

Jesse uniósł brew. „Lulu"? – powtórzył bezgłośnie.

Lucie zastanawiała się, czy można umrzeć ze wstydu. Nie śmiała spojrzeć na Jessego. Spojrzała zamiast tego ojcu w twarz. Nadal robił wrażenie zatroskanego.

– Coś się stało, papo?

Will pokręcił głową. Lucie nie potrafiła sobie przypomnieć, kiedy pojawiły się białe pasemka na jego skroniach, oszraniając czerń włosów.

– Dawno temu to ja ostrzegałem Clave, że nadciąga coś strasznego – powiedział. – Zagrożenie, któremu nie wiemy, jak stawić czoło. A teraz ja jestem Clave i nadal nie potrafię przekonać tych, którzy mnie otaczają, że należy podjąć poważniejsze działania, a nie tylko wysyłać patrole do parku.

– Naprawdę tylko tyle robią?

– Twoja matka wierzy, że odpowiedź znajduje się w bibliotece – powiedział Will, przeczesując z roztargnieniem włosy palcami. Na grzbietach dłoni miał blizny po demonicznym ataku, który nastąpił wiele lat temu, kiedy Lucie była dzieckiem. – Twój wuj Jem uważa, że czarownicy mogą skrywać użyteczną wiedzę w swoim Spiralnym Labiryncie.

– A w co ty wierzysz? – zapytała Lucie.

– Wierzę w to, że zawsze są tacy, którzy pozostają czujni i szukają prawdy zamiast łatwych odpowiedzi – odpowiedział z uśmiechem. – Na razie będę w bibliotece z twoją matką. Nadal jesteśmy w przy literze „A" w księdze *Nietypowych demonów*. Kto by pomyślał, że istnieją podobne do robaków stwory znane Aaarshak często spotykane na Sri Lance?

– Może Cordelia – powiedziała Lucie. – Ona była wszędzie. – Zmarszczyła brwi. – Czy to strasznie egoistyczne, że martwię się, że przez te wszystkie okropności odwlecze się nasza ceremonia *parabatai*? Czuję, że będę lepszym Nocnym Łowcą, kiedy już się odbędzie. Z tobą tak nie było, gdy już zostałeś *parabatai* wuja Jema?

– Stałem się nie tylko lepszym Nocnym Łowcą, ale i lepszym człowiekiem – odpowiedział Will. – Wszystkiego, co we mnie najlepsze, nauczyłem się od Jema i twojej matki. Chcę dla ciebie i Cordelii tego, co ja miałem: przyjaźni, która ukształtowała nasze dni. I żebyście nigdy nie zostały rozdzielone.

Lucie wiedziała, że jej rodzice dokonali wielkich czynów i stali się sławnymi bohaterami wśród Nefilim, ale też wiele wycierpieli. Lucie dawno temu uznała, że życie bohatera opowieści byłoby straszliwie niewygodne. O wiele lepiej pisać historie i panować nad opowieścią tak, żeby nigdy nie stała się za bardzo smutna lub straszna, ale tylko na tyle, by była intrygująca.

Will westchnął.

– Prześpij się trochę, *fy nghariad bach*. Miejmy nadzieję, że mieszkańcy izby chorych poczują się jutro lepiej.

Drzwi zamknęły się za ojcem, a Lucie rozejrzała się po zacienionym pokoju. Gdzie podział się duch?

– To było interesujące – powiedział w zadumie Jesse.

Lucie obróciła się gwałtownie i spiorunowała go wzrokiem. Jesse siedział na parapecie. Był blady, a jego czarne brwi wyglądały jak rozcięcia na skórze. Nie odbijał się w szybie. Okno za nim było czarne i puste.

– Masz szczęście, że nie powiedziałam mu, że tu jesteś – odpowiedziała. – Uwierzyłby mi. A gdyby uznał, że w pokoju jego córki jest chłopak, to znalazłby sposób, żeby wyrwać mu wszystkie członki, nawet gdyby go nie widział.

Jesse nie sprawiał wrażenia przejętego.

– Jak cię nazwał? Kiedy wychodził?

– *Fy nghariad bach*. To znaczy „moje kochanie" po walijsku. Dosłownie „moje małe kochanie".

Popatrzyła wyzywająco, ale Jesse nie zamierzał z niej kpić.

– Moja matka często mówi o twoim ojcu – powiedział. – Nie spodziewałem się, że okaże się taki.

– To znaczy jaki?

Odwrócił wzrok.

– Mój ojciec zmarł, zanim się urodziłem. Myślałem, że może go zobaczę po śmierci, ale nic z tego. Umarli odchodzą gdzieś daleko. Nie mogę za nimi podążyć.

– Dlaczego nie?

Lucie wypytała raz Jessamine, co się dzieje po śmierci. Jessamine powiedziała, że nie wie, bo czyściec zamieszkiwany przez duchy to nie jest kraina umarłych.

– Coś mnie tu trzyma – odpowiedział Jesse. – Kiedy wschodzi słońce, pogrążam się w ciemności. Odzyskuję świadomość dopiero nocą. Jeśli istnieje życie po śmierci, to nigdy go nie widziałem.

– Możesz jednak rozmawiać z siostrą i matką – powiedziała Lucie. – Muszą wiedzieć, że to bardzo dziwne. Jednak czemu trzymają to w tajemnicy? Grace powiedziała kiedykolwiek Jamesowi?

– Nie – odrzekł Jesse. – Blackthornowie przywykli do tajemnic. Przez przypadek odkryłem, że Grace spotyka się dzisiejszego wieczoru z twoim bratem. Widziałem, jak pisała do Jamesa, a nie wiedziała, że tam jestem.

– Ach tak, sekretna schadzka. Boisz się o reputację Grace?

Niepokojąco łatwo można było zniszczyć reputację młodej damy – wystarczyło, żeby zastano ją samą w towarzystwie dżentelmena. Matka zawsze miała nadzieję, że dżentelmen postąpi wtedy właściwie i poślubi dziewczynę, zamiast skazać ją na życie we wstydzie, nawet jeśli jej nie kochał, ale nie można było mieć pewności. Gdyby jej nie poślubił, z pewnością żaden inny mężczyzna nie zbliżyłby się do takiej dziewczyny. Nigdy nie wyszłaby za mąż.

Lucie pomyślała o Eugenii.

– Nie myślę o niczym tak trywialnym – powiedział Jesse. – Jestem pewien, że znasz historię mojego dziadka.

Lucie uniosła brew.

– O tym, jak zamienił się w wielkiego robaka z powodu demonicznej ospy i został zabity przez mojego ojca i wujów?

– Obawiałem się, że twoi rodzice nie uznają tego typu opowieści za stosowną dla uszu młodej damy. Widzę, że niepotrzebnie.

– Opowiadają o tym w każde Boże Narodzenie – odparła z zadowoleniem Lucie.

Jesse wstał. Lucie nie oparła się pokusie i zerknęła w lustro toaletki, gdzie widziała swoje odbicie, ale nie Jessego. Dziewczyna w pustym pokoju mówiąca do siebie.

– Dziadek Benedict parał się potężną czarną magią – powiedział. – A jego związki z demonami... – Zadrżał. – Kiedy umarł, zostawił po sobie w szklarni cerbera. Jego zadaniem jest chronić naszą rodzinę.

– Demon, którego James widział w szklarni? Ale on go zabił. A kiedy Enklawa przeszukała teren posiadłości, niczego nie znalazła.

– Cerber został skrzyżowany z pewną demoniczną rośliną – wyjaśnił Jesse. – Po śmierci porzuca torebki nasienne, które wyglądają niegroźnie. Po paru godzinach wylęgają się z nich nowe cerbery. Do tej pory osiągnęły już pełne rozmiary.

Lucie przeszedł dreszcz.

– Grace opuściła dom bez wiedzy mojej matki. Więcej, wbrew jej wprost wyrażonym rozkazom. Nowo narodzone cerbery to wyczują. Mój ojciec wpoił im nakaz chronienia naszej rodziny. Pójdą szukać Grace i ją odzyskać.

– Ale skąd ta pewność? Dlaczego nowe demony miałyby odziedziczyć nakaz wpojony staremu?

– Czytałem prace dziadka. Miał nadzieję stworzyć posłusznego demona, który rodziłby po zabiciu nowe demony, pamiętające wszystko, co wiedział ich przodek. Uwierz mi, nigdy nie spodziewałem się, że ten plan rzeczywiście zadziała. Dziadek był skończonym wariatem. Zanim zdałem sobie sprawę, co się dzieje, było już za późno.

– Ale... – wyjąkała Lucie. – Skrzywdzą Grace?

– Nie. Uznają ją za Blackthorna. Ale jeśli Herondale... jeśli twój brat przebywa z nią, to uznają go za wroga. Zabił ich przodka w szklarni. Zaatakują go, a odparcie w pojedynkę bandy cerberów nie będzie łatwym zadaniem.

Nie dość, że James będzie sam, to Lucie nie była nawet pewna, czy wyszedł z domu uzbrojony.

– Twoja matka o tym wie? Na pewno nie życzyłaby sobie demona na swoim terenie...

– Moja matka pogardza Nocnymi Łowcami i nie bez powodu. Myślę, że zawsze czuła, że cerber w szklarni ją chroni. – Jesse westchnął. – Szczerze mówiąc, nie jestem pewien, czy wie o nowych demonach. Dotarło do mnie, co się dzieje, dopiero, kiedy zobaczyłem, jak opuszczają posiadłość, a jako duch nie mogłem ich powstrzymać. – Jego głos wyrażał frustrację. – Nie byłem nawet w stanie znaleźć matki, żeby ją ostrzec, co się dzieje.

Kręcąc głową, Lucie uklękła przed kufrem u stóp łóżka, w którym trzymała broń. Otworzyła go. Buchnął kurz. Wewnątrz leżały stosy sztyletów, serafickich ostrzy, noży, łańcuchów, strzałek i innych podobnych rzeczy, wszystkie zawinięte w aksamit.

Jesse pojawił się bezszelestnie obok niej.

– Cerbery nie są małe. Może lepiej będzie, jeśli zbierzesz więcej żołnierzy.

– Taki miałam zamiar – odpowiedziała Lucie, wyjmując z kufra mały toporek. – A co ty w tym czasie zrobisz?

– Spróbuję znaleźć matkę i posłać ją za Grace. Ona może rozkazać cerberom nie atakować, jej posłuchają. Masz pojęcie, gdzie James i Grace się spotkają?

Lucie wyciągnęła torbę z kilkoma sztyletami i serafickimi ostrzami i założyła ją na ramię.

– Chcesz powiedzieć, że ty nie wiesz?

– Nie. Nie widziałem całego listu. Myślisz, że zdołasz ich znaleźć?

– Z pewnością spróbuję. – Lucie wstała z toporkiem w ręce. – Pozwól, że coś ci powiem, panie Blackthornie. Twoja matka może mieć powód, żeby żywić urazę do Nocnych Łowców, ale jeśli jej idiotyczne demony skrzywdzą mojego brata, to nie okażę litości. Zatłukę ją na śmierć jej własnym durnym kapeluszem.

Po tych słowach otworzyła okno sypialni, wyszła na zewnętrzny parapet i opadła bezszelestnie w noc.

9

Wino – senny zgon

„Tu nie zabrzmi śpiew ptaków
Tu nie zaszumi klon:
Tylko zielonych maków –
Tych Persefony gron –
Gęstwina, blada, niska,
Bezkwietna i bezlistna;
Bogini z nich wyciska
Jak wino – senny zgon”*.
Algernon Charles Swinburne, *Ogród Persefony*

Cordelia i Matthew zagłębili się tylko odrobinę w zaułek, kiedy pojawiły się przed nimi drzwi. Lśniły w podniszczonym murze i Cordelia podejrzewała, że dla Przyziemnych pewnie w ogóle nie były widoczne.

Za nimi znajdował się wąski korytarz, którego ściany obwieszono ciężkimi czerwonymi gobelinami, sięgającymi od sufitu do podłogi i przesłaniającymi to, co znajdowało się za nimi. Na końcu korytarza znajdowały się kolejne drzwi, także pomalowane na czerwono.

* Przeł. Stanisław Barańczak.

– Kiedy nie odbywa się tu spotkanie salonu, to jest dom gier – szepnął do Cordelii Matthew, kiedy zbliżyli się do drzwi. – W dachu jest nawet klapa, dzięki czemu w razie policyjnego nalotu gracze mogą stąd uciec.

Drzwi otworzyły się nagle i z impetem. Stał w nich w niedbałej pozie wysoki mężczyzna w szarej jak żelazo marynarce i spodniach. W półmroku jego włosy wyglądały jakby były białe. Cordelia uznała, że musi być co najmniej po sześćdziesiątce, ale kiedy się zbliżyli, zdała sobie sprawę, że twarz ma młodą, o ostrych rysach, a oczy ciemnofioletowe.

To musiał być Malcolm Fade, Najwyższy Czarownik Londynu. Większość czarowników ma jakąś cechę, która ich wyróżnia, widoczny przejaw ich demonicznej krwi: niebieską skórę, rogi, kamienne szpony. Oczy Malcolma miały z pewnością nieziemski odcień, podobny do ametystów.

– Trójka tym razem? – powiedział do Anny.

Skinęła głową.

– Trójka.

– Staramy się ograniczać liczbę Nocnych Łowców w salonie – powiedział Malcolm. – Wolę, żeby Nefilim czuli, że nie mają przewagi liczebnej pośród Podziemnych, bo często jest zupełnie przeciwnie. – Za jego plecami rozległ się kobiecy głos. Malcolm się uśmiechnął. – Ożywiacie jednak to miejsce, jak przypomina mi Hypatia. – Otworzył drzwi szerzej i odsunął się na bok, żeby ich wpuścić. – Wejdźcie. Jesteście uzbrojeni? Nieważne. Oczywiście, że jesteście. Jesteście Nocnymi Łowcami.

Anna weszła do środka, a za nią Matthew i na końcu Cordelia. Kiedy przechodziła obok Malcolma, ten zerknął jej w twarz.

– Nie ma krwi Blackthornów w twojej rodzinie, co? – zapytał nagle.

– Nie, żadnej, jak mi się wydaje – odpowiedziała zaskoczona Cordelia.

– Dobrze.

Zachęcił ich do wejścia. Wnętrze składało się z serii połączonych pokojów urządzonych w płomiennych odcieniach kamieni szlachetnych – czerwieni, zieleni, szafiru i złota. Przeszli pomalowanym na odcień spiżu korytarzem i weszli do ośmiokątnego pokoju pełnego Podziemnych. Rozmowy i śmiechy narastały wokół nich jak przypływ.

Cordelii serce zabiło szybciej. Było w tej nocy coś, co sprawiało, że wydawała się niebezpieczna, ale powodem nie był pokój pełen Podziemnych. To, że żaden z nich nie próbował ukryć tego, kim jest, sprawiało, że budzili mniejszy niepokój. Wampiry chodziły dumnie, ich twarze jarzyły się w elektrycznym świetle; wilkołaki krążyły w cieniach w eleganckich wieczorowych strojach. Pośrodku pokoju na podwyższeniu z wiśniowego drewna grał kwartet smyczkowy. Cordelia spostrzegła przystojnego skrzypka o złoto-zielonych oczach wilkołaka i klarnecistę o kasztanowych lokach, którego łydki kończyły się koźlimi racicami.

Ściany pokoju były ciemnoniebieskie, wisiały na nich, oprawione w złote ramy wielkie obrazy przedstawiające mitologiczne sceny. A przynajmniej Cordelia uznała, że są mitologiczne. Przekonała się, że zwykle, kiedy ludzie byli nadzy na obrazach, wynikało to z przekonania malarza, że Grecy i Rzymianie nie potrzebowali ubrań. Cordelia uznawała to za zdumiewające, zwłaszcza gdy bohaterowie byli zajęci takimi rzeczami jak walka z minotaurami albo siłowanie się z wężami. Każdy Nocny Łowca wiedział, że zakrywający ciało strój jest kluczowy w walce.

– Nie mogę po prostu zrozumieć, dlaczego ktoś miałby ochotę wybrać się na piknik nago – oznajmiła Cordelia. – Człowiek miałby mrówki w najróżniejszych okropnych miejscach.

Anna się roześmiała.

– Cordelio, jesteś jak powiew świeżego powietrza – powiedziała i w tej samej chwili podeszła do nich kobieta ze srebrną tacą. Czarne włosy miała oplecione wokół kościanego grzebienia zdobionego jedwabnymi peoniami i nosiła haftowaną szatę w kolorze ciemnej czerwieni.

– Szampana? – zapytała i uśmiechnęła się, błyskając kłami na tle dolnej wargi. Wampirzyca.

– Dziękuję, Lily – powiedziała Anna, biorąc kieliszek.

Matthew zrobił to samo i po chwili wahania Cordelia poszła za ich przykładem. Nigdy nie piła szampana ani niczego podobnego – według jej matki damy piły tylko słodkie alkohole w rodzaju sherry albo ratafii.

Matthew wypił szampana jednym haustem, odstawił kieliszek na tacę Lily i sięgnął po następny. Cordelia uniosła kieliszek, kiedy elegancki czarownik z pierścieniem piór wokół szyi przeszedł obok z wampirzycą-blondynką w rubinowej sukni. Była prześliczna i blada jak świeży śnieg. Cordelia pomyślała o Przyziemnych kobietach, które płaciły za malowanie twarzy bielą ołowianą, żeby zachować młodość i modną bladość.

Powinny zostać wampirami, pomyślała. To byłoby tańsze.

– Co oznacza twój uśmieszek? – zapytał Matthew. – Wyglądasz, jakbyś miała się roześmiać.

Cordelia upiła łyk szampana – smakował jak bąbelki – i popatrzyła na niego wyniośle.

– I co z tego?

– Większość dziewczyn przestraszyłaby się – powiedział. – Oczywiście nie Anna. Ani Lucie. Ale większość.

– Niełatwo mnie przestraszyć.

– Zaczynam to widzieć. – Matthew zerknął na Annę i Lily. Wampirzyca śmiała się i trzymała głowę blisko twarzy Anny. – Anna potrafi każdego uwieść – powiedział do Cordelii ściszonym głosem. – Naprawdę każdego. To jej talent.

– Mam nadzieję, że nie jedyny – odpowiedziała Anna, podnosząc wzrok, gdy pojawił się Malcolm Fade.

Odprawił Lily gestem. Wampirzyca odeszła, szeleszcząc jedwabiem.

– Hypatia chce się z tobą zobaczyć – powiedział Malcolm do Anny. – Odwiedził ją ktoś spoza miasta, kto poprosił o spotkanie z tobą.

Anna uśmiechnęła się do niego.

– A ten znajomy skąd przybył?

– Znad morza – odparł Malcolm. – Chodź, wiesz, jaka bywa Hypatia.

Anna mrugnęła porozumiewawczo do Cordelii i Matthew, a potem odwróciła się i poszła za czarownikiem przejściem z adamaszkową tapetą. Szybko zniknęła im z oczu.

– Jest taka piękna – zachwyciła się Cordelia. – To znaczy Anna.

– Anna jest specyficzna. – Matthew uniósł w zadumie brew. – Francuzi nazywają ten typ *jolie laide*.

Cordelia znała francuski na tyle dobrze, by zmarszczyć czoło.

– Ładna-brzydka? Nie jest brzydka!

– To znaczy co innego. To oznacza nietypową urodę. Przedziwną. Oznacza twarz z charakterem. – Obrzucił ją wzrokiem od czubka głowy po noski butów. – Taką jak twoja.

Wyciągnął rękę, żeby porwać kieliszek szampana z tacy nieopodal, kiedy przystojny wilkołak z kwartetu smyczkowego przechodził obok z uśmiechem. Matthew wypił kieliszek i pozbył się go z imponującą szybkością i dyskrecją. Pociągnął łyk z kolejnego i spojrzał na Cordelię.

Cordelia nie do końca była pewna, jak się czuje nazywana „ładną-brzydką", ale miała ważniejsze sprawy na głowie. Nie wiedziała, kiedy znowu zostanie sam na sam z Matthew.

– Pamiętasz, jak pytałam cię o twoją matkę na balu?

– Zawsze chętnie myślę o matce przy tego typu okazjach.

Cordelia znowu napiła się szampana i postarała się powstrzymać czkawkę.

– Twoja matka jest Konsulem.

– Zauważyłem, owszem.

– I obecnie przebywa w Idrisie, gdzie szykują się do procesu mojego ojca.

Matthew zmrużył oczy.

– Myślałem... – Pokręcił głową. Grupa balerin-wampirzyc zerknęła na nich i zachichotała. – Nieważne. Za dużo myślę i za dużo piję. To zawsze był mój problem.

– Nie rozumiem pewnej rzeczy – powiedziała Cordelia. – Dlaczego wciąż nie poddano mojego ojca próbie Miecza Anioła? Wtedy mieliby dowód, że jest niewinny.

Matthew robił wrażenie nieco zaskoczonego.

– To prawda. Niewiele sensu ma posiadanie magicznego przedmiotu, który zmusza trzymającą go osobę do mówienia prawdy, jeśli nie korzysta się z niego, sądząc kryminalistów.

Słowo „kryminalista" wstrząsnęło Cordelią do szpiku kości.

– Mamy bardzo niewiele informacji, ale mój brat ma paru przyjaciół ze szkoły w Idrisie. Słyszał, że nie planują skorzystać z Miecza Anioła podczas procesu. Myślisz, że mógłbyś przekonać matkę, że muszą?

Matthew zdobył kolejnego drinka – najprawdopodobniej wyciągnął go z doniczki z kwiatkiem. Przyglądał się Cordelii nad brzegiem kieliszka.

Zastanawiała się, ilu ludzi widziało Matthew uśmiechającego się nad kieliszkiem i nie zauważało, że obserwuje ich swoimi ciemnozielonymi oczami.

– Jesteś bardzo tym zmartwiona, co?

– To moja rodzina. Jeśli mój ojciec zostanie uznany winnym, to nie tylko go stracimy, ale będziemy jak Lightwoodowie po śmierci Benedicta. Wszystko, co mamy, zostanie nam odebrane. Nasze nazwisko zostanie zhańbione.

– Aż tak ci zależy? Tak się boisz hańby?

– Nie, ale moja matka i brat owszem. Nie wiem, czy przeżyją taki wstyd.

Matthew odstawił kieliszek na intarsjowany niski stolik.

– W porządku. Napiszę do mojej matki w Idrisie.

Ulga była wręcz bolesna.

– Dziękuję, ale poproś, żeby odpisała do Lucie, do Instytutu. Nie chcę, żeby moja matka poznała odpowiedź przede mną, na wypadek gdyby to była odmowa.

Matthew zmarszczył brwi.

– Moja matka nigdy by... – Urwał i spojrzał ponad jej ramieniem na Lily, która machała do nich z drugiego krańca pokoju.

– To sygnał Anny. Musimy iść.

Cordelię przeszedł dreszczyk niepokoju.

– Dokąd?

– Do serca tego wszystkiego – odpowiedział Matthew, wskazując korytarz z adamaszkową tapetą, w którym wcześniej zniknęła

Anna. – Przygotuj się. Czarownicy potrafią być równie podstępni jak faerie, jeśli tak zechcą.

Zaciekawiona Cordelia poszła za Matthew korytarzem. Papierowe latarnie oświetlały im drogę. Na samym końcu przejścia stała serwantka z hebanu, za której szkłem ustawiono różne osobliwości. Matthew zapukał żartobliwie w szkło.

Serwantka się odchyliła.

Za nią znajdowała się złota jaskinia. Cały pokój jaśniał od malowanego sufitu po podłogę, na której dywan jarzył się, jakby był zrobiony z bibułki w kolorze lnu. Stały tam złocone stoliki, a na nich znajdowały się najróżniejsze skarby: mechaniczne ptaki ze złota i lazurytu, rycerskie rękawice i ostrza delikatnej roboty – dzieła faerie, szkatułka z polerowanego drewna ozdobiona symbolem uroborosa – węża połykającego własny ogon – i jabłko wycięte z pojedynczego rubinu. Na samym końcu pokoju stało łoże wielkości całego pokoju Cordelii, z baldachimem na czterech kolumnach, zdobione miedzią i mosiądzem, pokryte dziesiątkami poduszek ze złotogłowiu. Na brzegu łóżka siedziała, jakby to był tron, kobieta, smukła czarownica, która wyglądała jak artystycznie uformowana z zaczarowanych materiałów: skórę miała mahoniową, włosy z brązu, a suknię z migotliwego złota.

Cordelia zawahała się w progu. W pokoju byli także inni ludzie: sam Malcolm Fade i Anna Lightwood, która wyciągała się na kanapie z orzecha i złotego aksamitu, z nogami przerzuconymi przez jeden ze smukłych drewnianych podłokietników.

Malcolm Fade się uśmiechnął.

– Witajcie, mali Nocni Łowcy. Niewielu z was widziało prywatne komnaty Hypatii Vex.

– Zastanawiam się, czy jest mile widziana? – zapytała Hypatia z uśmiechem kota. – Niech podejdzie.

Cordelia i Matthew podeszli razem. Cordelia ostrożnie omijała rokokowe krzesła i stoliki lśniące od złota i pereł. Z bliska widziała, że źrenice oczu Hypatii Vex mają kształt gwiazd – jej znak czarownicy.

– Nie jestem pewna, czy podoba mi się myśl, że tak wielu Nocnych Łowców roi się w moim salonie. Jesteś intersującą osobą, Cordelio Carstairs?

Cordelia się zawahała.

– Jeśli musisz się zastanawiać, to nie jesteś – orzekła Hypatia.

– To nie ma sensu – zaprotestowała Cordelia. – Z pewnością nie można być ciekawym, jeśli się nie myśli.

Hypatia zamrugała, a gwiazdy w jej oczach zgasły i zapaliły się jak lampy. A potem się uśmiechnęła.

– Myślę, że możesz zostać na chwilę.

– Dobra robota – pochwaliła Cordelię Anna, zdejmując nogi z brzegu kanapy. – Arabello, co z naszymi drinkami?

Cordelia odwróciła się i zdała sobie sprawę, że w pokoju przebywa także kobieta o burzy niebieskich i zielonych włosów – faerie. Stała w niszy częściowo ukryta. Przed nią stał stolik, na którym przygotowywała drinki. Jej ręce falowały w powietrzu jak wodorosty na wodzie, gdy otwierała karafki, napełniała kryształowe fiolki czerwonym płynem, przelewała je do różnych kielichów, szerokich i wąskich. Cordelia zmrużyła oczy.

– Już prawie gotowe, kochanie! – odpowiedziała Arabella i podeszła, by podać im napoje.

Matthew przyjął swój skwapliwie.

Cordelia zauważyła, że Arabella idzie rozkołysanym, niepewnym krokiem, jak żeglarz nienawykły do chodzenia po lądzie.

Kiedy Arabella podawała drinka Annie, ta ją pociągnęła na swoje kolana. Arabella zachichotała, wymachując pantofelkami na francuskim obcasie. Nogi miała szokująco nagie, pokryte delikatnym, opalizującym wzorem łusek. Rozbłysły w złotym świetle jak tęcza. Syrena. Zatem to był gość Hypatii „znad morza". Rzadko widywano tego rodzaju faerie poza wodą, ponieważ chodzenie na ludzkich nogach sprawiało im ból.

Arabella zauważyła spojrzenie Cordelii i płynnie wzruszyła ramionami pod kaskadą niebieskich i zielonych włosów.

– Nie byłam na lądzie od wielu lat. Kiedy ostatnim razem odwiedzałam to paskudne miasto, Podziemni i Nocni Łowcy próbowali osiągnąć Porozumienie. Nie byłam wtedy pod dużym wrażeniem Nefilim i do tej pory za nimi nie przepadam. Z pewnymi wyjątkami.

Zanim podpisano Porozumienie. Ta kobieta nie wychodziła na ląd od ponad trzydziestu lat.

Arabella wtuliła się w Annę, gdy mówiła, a ta zręcznie przeczesywała pobliźnionymi palcami jej falujące włosy. Maleńka rybka, jak iskierka z ognia i błękitu, poruszyła się zaniepokojona i zaczęła przeskakiwać z pasma na pasmo, śledząc ruchy Anny.

– Moja cudna, twoje włosy są jak piękny strumień – mruknęła Anna. – Ponieważ masz w nich ryby.

Najwyraźniej Anna potrafiła uwieść wiele osób tego samego wieczoru. Arabella zarumieniła się i poderwała, żeby przynieść kolejne drinki z kredensu.

– Wiemy, czemu Anna przyprowadziła ciebie, Matthew – powiedział Malcolm. – Jesteś zabawny. Czy istnieje jednak jakiś powód, dla którego towarzyszy wam tego wieczoru młoda Carstairsówna?

– Ponieważ potrzebujemy waszej pomocy – powiedziała Cordelia.

Wszyscy w pokoju się roześmiali.

Malcolm uśmiechnął się i uniósł pusty kieliszek w stronę Cordelii, jakby powiedziała wyjątkowo dobry żart.

Arabella nadal stała przy kredensie, wsypując kwiaty do dwóch wąskich kieliszków z winem i nucąc.

Anna i Matthew robili wrażenie zbolałych.

– Magnus Bane by im pomógł – powiedziała Hypatia, a gwiazdy w jej oczach błyszczały. – To dlatego przyszli. Magnus sprawił, że uwierzyli, że czarownik zawsze im pomoże.

– Magnusa tu nie ma – zauważył Malcolm. Zapatrzył się w dal. – Nie życzę ci źle, dziecko, ale pokochałem kiedyś Nocną Łowczynię i to przyniosło mi tylko smutek.

– Została Żelazną Siostrą i złamała mu serce – wyjaśniła Hypatia.

– Och – zdumiała się Cordelia.

Żelazne Siostry żyły w jeszcze większym odosobnieniu niż Cisi Bracia. Surowe, oddalone, kształtowały adamas w broń z runami dla Nefilim w swojej ukrytej fortecy. Robiły to od tysiąca lat. Tak jak Cisi Bracia nie zawierały małżeństw i ich obowiązkiem było rzucanie ochronnych zaklęć na dzieci Nocnych Łowców po urodzeniu. Nikt spoza zakonu nie mógł wejść do ich Adamantowej Cytadeli. Tylko kobiety mogły zostać Żelaznymi Siostrami, chociaż dla Cordelii oznaczało to równie samotny los jak w przypadku Cichych Braci.

– To bardzo smutne.

– W rzeczy samej – zgodził się Malcolm. – Najlepiej, kiedy nasz rodzaj i wasz rodzaj trzymają się z dala od siebie bez względu na słowa Bane'a.

– Nie poznałam Bane'a – powiedziała Hypatia, pukając złotymi paznokciami. – Zanim opuścił Londyn, pomagał Nefilim, ale czy pamiętają jego uprzejmość, czy tylko oczekują pomocy przy pierwszych oznakach kłopotów? Pozwoliłam ci przychodzić do mojego salonu, bo mnie bawisz, Matthew. Ponieważ jesteś dzieckiem, niemądrym i pięknym, które dotyka ognia, bo jest piękny, i zapomina, że się poparzy. Nie spodziewaj się, że w związku z tym możesz prosić mnie o przysługi.

– Może cię rozbawić dowiedzenie się, czego od ciebie chcą – zasugerowała Anna.

– Jakbym już tego nie wiedziała – odparła Hypatia, ale spojrzała na Annę czule.

Anna odpowiedziała uśmiechem.

– A gdybyśmy zrobili coś dla was? – zapytała Cordelia.

Arabella krążyła po pokoju, ustawiając drinki z kwiatami przed czarownikami.

Malcolm sięgnął po swój i przyjrzał mu się, jakby spodziewał się znaleźć na dnie pocieszenie.

– A gdybym ocaliła wam życie? – dodała pośpiesznie Cordelia.

Tym razem nie roześmiali się. Popatrzyli tylko.

– To czarujące, ale nie grozi nam niebezpieczeństwo – uznała Hypatia.

– Nie zgadzam się – odparła Cordelia.

Wyciągnęła Cortanę. Wszystkie światła w pokoju odbiły się ogniem w ostrzu.

Cordelia uderzyła w kryształowy kieliszek Hypatii. Kielich eksplodował, wino i szkło posypały się na wszystkie strony. Arabella krzyknęła z oburzeniem, a Cordelia zamachnęła się mieczem i wymierzyła w nią klingę.

– Szkoda – powiedziała Cordelia. – Nigdy dotąd nie spotkałam syreny. Wolałabym, żeby nie okazała się trucicielką.

Matthew, który już wypił swojego drinka, odstawił kieliszek z głośnym brzękiem.

– Trucizna?!

– Tylko dla czarowników – uspokoiła go Cordelia. – To ich próbowała zabić.

Hypatia była oburzona.

– Mogę zapytać, jak doszłaś do tych szalonych wniosków?

– Moja matka dużo wie na temat leczniczych roślin i podzieliła się tą wiedzą ze mną. Istnieje roślina uprawiana przez syreny, podwodna odmiana śmiercionośnej belladony, której nie sprzedaje się nawet na Nocnych Targach. Jeden łyczek to śmierć. Widziałam, jak wrzuca te kwiaty do waszych kieliszków.

Malcolm Fade machnął ręką nad swoim drinkiem. Fioletowe iskry zatańczyły na szkle. Czerwona plama na dywanie rozwinęła się jak kwiat i zamieniła w fioletowy dym. Hypatia spojrzała na potłuczony kieliszek takim wzrokiem, jakby zamienił się w szczura.

– Dawno temu dorastałem jako dziecko w Kornwalii, gdzie *Atropa belladonna* rośnie dziko – powiedział cicho Malcolm. – Znam się na jej zastosowaniach i widywałem już wcześniej jej śmiercionośną morską kuzynkę. Panna Carstairs ma rację. Rzeczywiście uratowała nam życie.

– Pojmać syrenę – rzuciła przez zęby Hypatia.

Anna już się zerwała ze sztyletem w ręce, poruszając się zwinnie jak kot. Arabella grzebała w swoim gorsecie, szczerząc zęby, ale Anna złapała ją za nadgarstek i wykręciła brutalnie rękę. Coś wypadło z ręki Arabelli i potoczyło się po złotym dywanie: to był zaostrzony róg morskiego stworzenia.

– Dajcie mi się zabić – syknęła Arabella, wijąc się, ale Anna trzymała ją jedną ręką. Runy zapłonęły na odsłoniętej, szczupłej ręce Anny. Sztylet w drugiej błyszczał jak diamenty. – Dajcie mi umrzeć z honorem, jak przystało morskiemu ludowi.

– Z honorem? Nie ma honoru w truciźnie. To sztuczka tchórza – żachnęła się Hypatia. – Zamierzałaś otruć mnie i Malcolma Fade'a. I po co? Jakiej władzy szukasz?

– Ona szuka zemsty – wyjaśnił Malcolm. – Słyszałem o tobie, Arabello. Uważasz, że Nefilim obrazili cię lata temu. To musiała być znacznie poważniejsza kwestia, niż ktokolwiek z nas przypuszczał, bo kiedy Hypatia powiedziała ci, że będą tu dzisiaj, postanowiłaś się im odpłacić. – Zmrużył oczy. – Hypatia i ja zginęlibyśmy, a ty rozpowiedziałabyś, że czarownicy zostali otruci przez Nocnych Łowców. Każdy Podziemny w Londynie zapragnąłby krwi Nefilim.

Z kamienną twarzą Hypatia podniosła mały złoty dzwonek i potrząsnęła nim. Dźwięk poniósł się echem po pokoju. Niebieskoskóra faerie z naparstnicami we włosach zajrzała przez drzwi.

– Pani dzwoniła?

Hypatia zaciskała usta.

– Hyacinth, niech strażnicy zabiorą syrenę i zamkną ją w piwnicy na wino.

– Zastanów się, czy warto zamykać trucicielkę w piwnicy na wino – odezwał się Matthew. – Proszę cię przez wzgląd na moje przyszłe wizyty.

Hypatia machnęła ręką.

– Zamknij ją w takim razie w Pokoju Szeptów. Nie powinna tam narobić żadnych kłopotów. Potem zabierzemy ją do Spiralnego Labiryntu.

– A potem? – zapytała Cordelia, kiedy dwóch trolli w płaszczach ze złotym szamerunkiem weszło, zabrało Arabellę od Anny i wyprowadziło syczącą syrenę z pokoju. – Co się z nią stanie?

– Odbędzie się proces. Sprawy Podziemnych to nie twój interes. Podziemni zawsze są sprawiedliwi.

– W takim razie nie powinnaś mieć kłopotu z udzieleniem pomocy Cordelii – powiedziała Anna, otrzepując makiety. – Ponieważ uratowała ci życie.

– Anna ma rację – powiedział Malcolm. – Dług to dług. Jakiej pomocy oczekujecie?

Cordelia pozwoliła Matthew przedstawić sprawę; opowiedział o pikniku, wizji Jamesa z królestwa cieni, demonach, które zjawiły się za dnia, rannych Nocnych Łowcach i truciźnie, której nie umieją zneutralizować Cisi Bracia.

– Twój przyjaciel widział krainę cieni, której nie widzi nikt inny? – zapytała Hypatia. – To dziecko zmiennokształtnej czarownicy i Nocnego Łowcy, który był na tyle szalony, żeby ją poślubić? Wiedziałam, że wynikną z tego kłopoty.

Matthew był wściekły.

– Rzeczywiście widzi rzeczy, których inni nie widzą – odezwała się Cordelia. – To rzadki talent.

– Tak samo jak demony, które atakują za dnia – wtrącił Malcolm. – I roznoszą truciznę, której nigdy nie widzieli wasi uczeni.

– Jeśli takie demony poruszają się swobodnie po Londynie, to nikomu nie wyjdzie to na dobre – wtrąciła Anna.

– Oczywiście wszystkie demony pochodzą z innych światów – powiedziała Hypatia. – Ale jeśli myślicie, że jako dzieci demonów znamy dokładnie geografię tych światów i wszystkich, którzy w nich mieszkają, to bardzo się mylicie.

– Nie chcemy pani obrazić, panno Vex, ale orientuje się pani, co się dzieje w Podziemnym Świecie. Nie wydarzy się tam nic, o czym by pani nie wiedziała. Gdyby krążyły inne wieści o tych dziwnych demonach...

– Nie krążą – ucięła stanowczo Hypatia. – Mówiło się tylko o braku demonów w Londynie i o tym, że to bardzo dziwne.

– Ragnor powiedział, że to „cisza przed burzą", ale on zawsze przewiduje koniec świata.

– Wygląda na to, że demony wracają – powiedziała Anna. – Gromada shaxów pojawiła się przedwczoraj w Seven Dials.

– A w City zetknęliśmy się z deumasem – dodał Matthew. – Paskudne stworzenia, strasznie brudzą.

Hypatia i Malcolm spojrzeli po sobie. Demony to kłopot dla wszystkich, zarówno dla Podziemnych, jak i dla Nocnych Łowców. Pojedynczy atak na Nocnych Łowców przez nieznane stworzenia to jedno, ale shaxy i deumasy to zabójcy, którzy atakują wszystkich.

– Krąży plotka, ale zaznaczam, że to tylko plotka, że ktoś potężny, może czarownik, dał znać demonom, że należy unikać Londynu – powiedział Malcolm.

– A od kiedy to demony kogokolwiek słuchają? – zapytała Anna.

– Powiedziałem, że to plotka. – Malcolm wzruszył ramionami. – Poza tym w takich sytuacjach najlepiej się nie wtrącać.

– Na to czas już minął – odrzekła Cordelia. – Te dzienne demony mogą być zapowiedzią czegoś gorszego dla nas wszystkich. Na pewno moglibyśmy współpracować, żeby się przekonać, czy tak właśnie jest.

– Nie cierpię, kiedy Nocny Łowca mówi z sensem. – Hypatia westchnęła. – Ragnor Fell wrócił do Londynu, a w przeszłości często współpracował z Nocnymi Łowcami. Dużo wie na temat demonów, studiował magię wymiarów. Jeśli w jakimś wymiarze żyją demony, które mogą znieść światło słoneczne, to on będzie o tym wiedział.

– To dobry początek. Gdzie go znajdziemy? – zapytał Matthew.

– Wyślę mu naglącą wiadomość – powiedziała Hypatia. – Skontaktuje się z wami. – Opadła na fotel. – A teraz wyjdźcie – dodała, zamykając gwiaździste oczy. – Mam dość aniołów.

Nie pozostało już nic do dodania. Matthew, Anna i Cordelia wrócili do głównego salonu, gdzie wampir recytował wiersz o krwi. Po chwili znaleźli się na Berwick Street. Cordelia nabrała w płuca chłodnego nocnego powietrza. Pachniało brudem i miastem.

– Nefilim! – To była niebieskoskóra faerie, którą Hypatia nazywała Hyacinth. Rozejrzała się po mieście z niesmakiem, zanim podała Matthew zawiniątko z aksamitu. – Fade chciał, żebyś to wziął. Jest wdzięczny za to, co zrobiliście. A co zrobiliście? – zaciekawiła się. – Nigdy dotąd nie słyszałam, żeby czarownik był wdzięczny.

Anna mrugnęła do niej porozumiewawczo.

– Zaraz ci opowiem.

Cordelia i Matthew spojrzeli na nią zaskoczeni. Hyacinth zaczerwieniła się i zachichotała, czmychając do zaułka.

– Zostanę tu chwilę – powiedziała Anna, przeciągając się jak kot. – Wy dwoje możecie zabrać powóz. Sama wrócę do domu.

Matthew pociągnął za rożek aksamitu. W środku zawinięto pół tuzina świetnej roboty ostrzy wykutych przez faerie.

Zagwizdał.

– Co za dar. – Spojrzał na Cordelię z podziwem, a jego spiżowe włosy zalśniły w świetle naftowych lamp. – Nigdy nie domyśliłbym się, że Arabella planuje otrucie.

– Mówiłam ci już wcześniej – powiedziała Anna, wskazując powóz. – Nigdy nie zabiegam o nudne dziewczyny.

Minione dni

Paryż, 1902

– Musisz jechać do Paryża – powiedział do Thomasa Matthew w dniu przed wyjazdem do Madrytu.

On, James i Matthew wyciągali się na krzesłach w Diabelskiej Tawernie i czekali na Christophera.

– Skoro wreszcie możesz uciec z tej nudnej wyspy do cywilizowanego świata, to musisz najpierw pojechać do Paryża.

– To nie po drodze do Hiszpanii – odparł Thomas. – I wystarczy mi ekscytacji.

– Bzdura – upierał się Matthew. – Tylko Paryż jest taki jak Paryż. I musisz zatrzymać się w moim ulubionym hotelu: Hotel d'Alsace. Na lewym brzegu. Wszyscy nazywają to miejsce L'Hotel.

– A to nie znaczy po francusku „hotel"? – wtrącił James, nie podnosząc wzroku znad książki.

– Bo to hotel, w którym wszyscy się zatrzymują.

– Ja to nie wszyscy – zaprotestował Thomas.

– Oscar Wilde tam mieszkał – powiedział James. – Kiedy Matthew mówi „wszyscy", zwykle ma na myśli jego.

– Nie tylko Oscar Wilde – upierał się Matthew. – Ale owszem, Oscar Wilde też. Umarł tam.

– Mam nadzieję, że będziesz się tam świetnie bawił – powiedział James.

Thomas naprawdę zamierzał ograniczyć swoją podróż do Hiszpanii, ale słowa Matthew uczepiły się go i kiedy szef Instytutu w Madrycie zasugerował, żeby Thomas wziął sobie dwa tygodnie wolnego i zobaczył trochę więcej świata, Thomas przypomniał sobie zapewnienia Matthew, że cały świat odmieni się w jego oczach, gdy raz ujrzy Miasto Świateł.

W L'Hotel czuł się, jakby mieszkał u kogoś w domu, tyle że u kogoś niechlujnego. Znajdował się w szóstym *arrondissement*, które jako całość roztaczało przyjazną atmosferę, chociaż robiło wrażenie nieco sfatygowanego. Było pełne Przyziemnych, którzy studiowali nieopodal na Sorbonie, i Thomas odkrył, że łatwo poczuć mu się częścią tłumu, kiedy spacerował pobliskimi ulicami o zachodzie słońca, zastanawiając się nad tym, gdzie zjeść kolację. Nie chciał zgłaszać się do Paryskiego Instytutu, zobaczył tylko garstkę Podziemnych i postanowił dobrze się bawić.

Niestety Thomas przyzwyczaił się, że przebywa zawsze w pobliżu najbliższych przyjaciół i nawet Instytut w Madrycie był żywym miejscem, gdzie zawsze miał towarzystwo pod ręką. Samotność szybko zaczęła go nużyć. Nie znał tu nikogo i praktycznie nie znał języka. Bywały dni, kiedy rozmawiał tylko z kelnerem, pracownikiem muzeum albo recepcjonistą w L'Hotel. Czuł się samotny, a wraz z samotnością nadeszła nuda. Obowiązkowo poszedł do Luwru i miał tysiąc przemyśleń na temat tego, co widział, ale nikogo, z kim mógłby się nimi podzielić. Spisał je w notesie i zastanawiał się, czy kiedykolwiek jeszcze tam zajrzy. Odliczał dni do powrotu do Hiszpanii, zastanawiając się, jak powiedzieć Matthew, że samo miasto nie wystarczyło mu za towarzystwo.

I wtedy nieoczekiwanie zobaczył kogoś znajomego.

Nie przyjaciela, bo Alastair Carstairs zdecydowanie nie był przyjacielem. Jednakże z pewnością był więcej niż znajomym. Razem chodzili do Akademii. Gdzie Carstairs – mówiąc wprost – zachowywał się okropnie. Był jednym z tych „podłych chłopaków", którzy urządzają okrutne i niebezpieczne psikusy. Jednym z tych, którzy natychmiast wychwytują tę jedyną cechę wyróżniającą daną osobę i starają się ją zmiażdżyć siłą swojej pogardy i śmiechu. W przypadku Thomasa to był jego wzrost. Był niski jak na swój wiek, miał wąskie ramiona i wyglądał na młodszego, niż był w rzeczywistości.

Oczywiście działo się to lata temu. Thomas był teraz wyższy od większości ludzi. Spostrzegł Alastaira właśnie dzięki temu, że patrzył ponad głowami rozdzielającego ich tłumu.

Matthew wykierował Thomasa do *Librairie Galignani* na Rue de Rivoli, mówiąc, że musi tam zajrzeć. „To najstarsza anglojęzyczna księgarnia na całym kontynencie!". Thomas zatrzymał się przy poezji, dając sobie sporo czasu na decyzję, co kupić. I wtedy pojawił się Alastair.

Thomas nie zdecydował jeszcze, czy zdradzić, że go zobaczył, ale nie zostawiono mu wyboru. Alastair patrzył prosto na niego. Na oczach Thomasa przez twarz Alastaira przepłynęła seria różnych odczuć: mgliste rozpoznanie, szok i zmieszanie, irytacja i opanowanie człowieka cierpiącego bez słowa skargi.

Thomas pomachał do niego powściągliwie.

Alastair przepchnął się przez rozdzielający ich tłum.

– Na Anioła, Lightwood – rzekł. – Wyrosłeś na olbrzyma.

Thomas uniósł brwi. Tak samo jak parę osób w ich pobliżu.

– To pewnie twoja zemsta – kontynuował Alastair, jakby Thomas urósł jemu osobiście na złość. – Za te wszystkie razy, kiedy nazywałem cię „małym Thomasem" i „mikrusem" albo...

nie pamiętam, ale na pewno wymyśliłem coś przykrego i błyskotliwego.

– Co robisz w Paryżu? – spytał Thomas.

– A co ty robisz w Paryżu? – Alastair powrócił do swojego tonu wyższości, jakby na czymś przyłapał Thomasa.

– Mam wakacje podczas rocznej wymiany w Hiszpanii.

Alastair skinął głową. Zapadła cisza. Thomas zaczął panikować. Nie byli przyjaciółmi. Większość tego, co Thomas wiedział na temat Alastaira, to były rzeczy nieprzyjemne. Nie wiedział, jak powinien się zachować.

Zastanawiał się już, jak się uprzejmie wymówić, może uciec z księgarni i wrócić tam parę godzin później, kiedy Alastair się odezwał:

– Masz ochotę wybrać się do Luwru? Idę tam później.

Thomas mógł powiedzieć: „Już tam byłem, dzięki". Albo: „Właściwie to jestem już umówiony na lunch", ale nie zrobił tego. Nie miał żadnego towarzystwa od wielu dni.

– W porządku – odpowiedział.

I poszli. W muzeum panował tłum i Alastair narzekał z tego powodu, ale nie wyżywał się na Thomasie. Nie krytykował dzieł sztuki. Nie wpadał też łatwo w entuzjazm. Ku zdziwieniu Thomasa Alastairowi wystarczało stanąć przed dziełem sztuki i po prostu patrzeć przez długą chwilę, by napełniło jego zmysły. Patrzył z powagą, marszczył czoło, ale Thomas był przekonany, że jeszcze nigdy nie widział go równie zadowolonego.

Thomas widział już to muzeum i zebrał sporo swoim zdaniem ciekawych spostrzeżeń na temat różnych okazów. Podzielił się kilkoma z Alastairem. Ostrożnie. Spodziewał się kpiny, ale Alastair tylko kwitował jego komentarze skinieniem głowy. Thomas nie miał powodu, żeby lubić Alastaira, właściwie to miał wszelkie powody, żeby go nie lubić, ale w tych chwilach, gdy stali obok siebie w obliczu pięknego przedmiotu, cieszył się z towarzystwa Alastaira, a fakt, że Carstairs przyjmował jego uwagi, nawet jeśli kwitował je w tak lapidarny sposób, sprawiał, że Thomas poczuł się lepiej niż podczas całego dotychczasowego pobytu w Paryżu.

Może Alastair się zmienił, pomyślał Thomas. Może w końcu wszyscy dorastają. Może w ogóle od początku nie był taki najgorszy.

Pomyślał o czasach w Akademii i uznał, że nie, Alastair naprawdę był wtedy potworny. Teraz jednak sprawiał wrażenie spokojniejszego, bardziej refleksyjnego.

Kiedy wyszli z muzeum, poszli na spacer nad Sekwaną. Alastair chciał usłyszeć wszystko na temat Madrytu, a Thomas zdołał nawet wyciągnąć parę historii od Alastaira na temat czasu spędzonego w Damaszku, w Maroku i w samym Paryżu. Thomas dorastał w Idrisie i w Londynie, więc odbierał Alastaira jak światowca. Zastanawiał się jednak, czy tak częste zmiany miejsca pobytu nie sprawiają, że człowiek czuje się samotny.

Przed nimi pojawiła się wieża Eiffla. Alastair wskazał ją ręką.

– Byłeś już na górze?

– Tak. Widok jest oszałamiający.

– A co myślisz o widoku stąd? – zapytał Alastair.

Thomas miał silne uczucie, że wchodzi prosto w pułapkę, ale nie był pewien dlaczego i jak jej uniknąć.

– Myślę, że to fascynująca budowla – odpowiedział. – Nie ma drugiej takiej.

Alastair zaśmiał się smętnie.

– Owszem. Co więcej, wielu paryżan jest nią przerażonych. Uważają ją za brzydką, wręcz ohydną i nazywają to „wybrykiem Eiffla".

Thomas ponownie spojrzał na wieżę. Słońce zachodziło, malując metal pomarańczowo-różowym blaskiem. Przez chwilę myślał o podniebnych adamasowych wieżach, które chronią stolicę Nocnych Łowców, Alicante, o tym, jak odbijają światło zachodzącego słońca, promieniując nim trochę dłużej, niż należałoby się spodziewać.

– Nie jest brzydka – powiedział. – Jest niezwykła.

Alastair robił wrażenie zadowolonego.

– W rzeczy samej. Gustav Eiffel to geniusz i czuję, że pewnego dnia zostanie doceniony. Czasem trzeba się odsunąć i pozwolić ludziom robić to, w czym są dobrzy, nawet jeśli w danej chwili wygląda to na szaleństwo.

Zjedli razem w pobliskim bistro, które Thomas uznał za całkiem przyzwoite, ale Alastair uznał za „przeciętne". Rozmawiali do późnego wieczora; restaurację zamknięto i wszyscy inni już wyszli, a oni nadal rozmawiali: o książkach, podróżach, muzyce, historii. Thomas powiedział Alastairowi, że planował zrobić sobie tatuaż w kształcie róży wiatrów po wewnętrznej stronie ręki. Nikomu innemu o tym nie powiedział, a Alastair wyglądał na zaciekawionego.

– W którym miejscu? – zapytał i kiedy Thomas mu pokazał, Alastair bez wahania przesunął palcami po tym miejscu, wędrując po wrażliwej skórze od wewnętrznej strony nadgarstka po załom łokcia.

Thomas był zaskoczony i zadrżał, chociaż zrobiło mu się gorąco. Alastair najwyraźniej tego nie zauważył, tylko zabrał rękę i poprosił kelnera o rachunek, który sam zapłacił. Alastair nie chciał zdradzić Thomasowi, gdzie się zatrzymał, ale zaproponował, żeby spotkali się następnego dnia pod konkretnym adresem, i powiedział, że to będzie niespodzianka.

Kwadrans po wyznaczonej godzinie Thomas uznał, że Alastair nie przyjdzie i pewnie siedzi gdzieś i śmieje się z niego. Jednak Alastair przyszedł i nawet przeprosił za spóźnienie. Zaprowadził Thomasa do drzwi Théâtre Robert-Houdin.

– Wiem, że powinniśmy unikać Przyziemnych rozrywek ale musisz to zobaczyć – powiedział. – To film. Ruchome obrazy! Jeden z najnowszych. Nosi tytuł „Le Voyage dans la Lune".

Nawet Thomas potrafił go przetłumaczyć. Przez siedemnaście minut zdumiewali się obaj pomysłowością Przyziemnych – tworzyli teraz filmy, podobne do teatru, ale w postaci obrazów wyświetlanych na ekranie. Był tam też narrator, który – jak domyślał się Thomas – opowiadał historię, ale Thomas nie był w stanie za nią nadążyć. Mimo to świetnie się bawił, patrząc na Przyziemnych w dziwnych kostiumach, wsiadających do wielkiego metalowego pudła podobnego do pocisku artyleryjskiego, i lecących na Księżyc, żeby dać się przepędzić przez dziwne istoty, które już tam mieszkały.

– Myślisz, że to prawda? – zapytał Alastaira, kiedy wyszli, mrugając z powodu światła dziennego.

– Co? Nie wygłupiaj się – odparł Alastair, odgarniając za uszy ciemne włosy.

Ludzie zachwycali się jasnymi włosami, takimi jak czupryna Matthew, jakby to było coś specjalnego, ale osobiście Thomas uważał, że ciemne włosy i oczy są o wiele bardziej interesujące.

– To coś jak sztuka teatralna albo sztuczka magiczna. Tym się zajmują Przyziemni. Nie potrafią czarować, więc parają się czymś, co przypomina magię, ale to nie jest prawdziwa magia.

Alastair pożegnał się z nim na końcu ulicy. Powiedział, że wyjeżdża z Paryża następnego dnia, ale nadal nie chciał powiedzieć Thomasowi, co tu robi, dokąd się wybiera i dlaczego następnego dnia wyjeżdża. Thomas uznał, że nie są w końcu przyjaciółmi, chociaż spędzony wspólnie czas sprawił mu dużą przyjemność. Nie był do końca pewien, kim właściwie jest przyjaciel – czy to nie przypadkiem ktoś, z kim lubisz spędzać czas.

Cała ta wyprawa wydawała mu się oderwana od rzeczywistości, podobna do snu. Alastair pojawił się znikąd i wrócił tam, a Thomas nie miał pojęcia, kiedy znowu się zobaczą ani jak się wtedy będą zachowywać. Byli teraz przyjaciółmi? Czy byli przyjaciółmi przez ostatnie dni?

– Sam wracam za kilka dni do Hiszpanii – powiedział Thomas.

Alastair parsknął śmiechem.

– To dziwne, że przyjechałeś tutaj z Madrytu. Jakbyś zrobił sobie wakacje, żeby odpocząć od wakacji.

– Być może – powiedział Thomas. A potem zmarszczył brwi. – Nie, to nic dziwnego. Roczna wymiana to nie są wakacje. To wyjazd na wyznaczony posterunek. Musisz ze wszystkiego kpić?

Alastair był zaskoczony.

– Przepraszam – powiedział po długiej chwili. – Nie miałem na myśli niczego złego.

Robił wrażenie zmartwionego w tamtej chwili, ludzkiego i podatnego na zranienie, przez co Thomas zapragnął... Nie wiedział, czego właściwie chce, ale wyciągnął rękę do Alastaira, który patrzył na nią przez chwilę, a potem ją powoli uścisnął. Jego dłoń była ciepła i twarda. Thomas przypomniał sobie dotyk jego palców po wewnętrznej stronie ręki i starał się zachować ten sam neutralny wyraz twarzy.

Alastair nie pytał Thomasa o rodzinę i przyjaciół. Thomas nie pytał o to samo Alastaira. Przez te kilka dni żyli tak, jakby nikt inny nie istniał na całym świecie.

– Cóż – powiedział Thomas. – Do widzenia, Carstairs.

– Do widzenia, Lightwood. Staraj się nie urosnąć bardziej. Zaczynasz być odpychający w przeciwny sposób niż dotąd.

Thomas patrzył, jak Alastair odchodzi. Czekał, aż obejrzy się po raz ostatni, ale on nigdy tego nie zrobił, tylko skręcił za róg i zniknął.

10

Lojalność wiąże

„Oni stale ze sobą, od rana do wieczora,
cały dzień dla nich to zalotów pora.
Lecz ty nie pragniesz innej miłości:
umrzesz, kochając bez wzajemności".

Nizami Gandżawi, *Lajla i Madżnun*

Właściciel nie wpuścił Lucie do prywatnych pokojów Wesołych Złodziejaszków w Diabelskiej Tawernie, musiała więc przesłać wiadomość przez Polly, barmankę-wilkołaczkę. Usiadła na niewygodnym drewnianym krześle i wściekała się, podczas gdy mieszanina Podziemnych i magików przyglądała jej się z zaciekawieniem: drobna dziewczyna w czepku z runami Nefilim, ściskająca toporek. W kącie siedział kelpie, który wyglądał, jakby marynował się w zbiorniku z dżinem, i świdrował ją wzrokiem.

– Czegoś mocniejszego? – zapytał potargany wampir, podsuwając jej do połowy opróżnioną butelkę dżinu.

– Ona nie pije. – To był Thomas, który spiorunował go wzrokiem.

Wampir się wycofał. Christopher spojrzał ponad ramieniem Thomasa, mrugając.

– Wiedziałam, że tu będziecie – oznajmiła triumfalnie Lucie.

– Niewiele brakowało, żeby nas nie było – odpowiedział Christopher. – Postanowiliśmy skorzystać z laboratorium na górze zamiast z tego przy Grosvenor Square, ponieważ nie będzie tam Matthew ani Jamesa, którym moglibyśmy przeszkadzać albo ich wysadzić...

Thomas go uciszył.

– Christopher, dość tego. Lucie, co jest grane? Coś się stało?

Lucie wyciągnęła ich na zewnątrz i zrobiła, co w jej mocy, żeby wyjaśnić im sytuację, nie wspominając o Jessem. Obwiniła Jessamine i plotkarską siatkę duchów, którą na poczekaniu zmyśliła. Na szczęście ani Christopher, ani Thomas nie należeli do podejrzliwych typów.

– Potrzebujemy Matthew, a on wybrał się do Anny – mruknął Thomas i powiedział jej tyle, co wiedział, chociaż nie było tego wiele. List do Jamesa przyszedł do domu Matthew, James uparł się, że spotka się z Grace, spotkanie wyznaczano na godzinę dziesiątą. – On będzie wiedział, dokąd James się wybierał. James powiedział, że w tym miejscu obaj ćwiczyli kiedyś równowagę.

– A jeśli się spóźnimy? – martwił się Christopher, aż trzęsąc się z niepokoju.

Lucie zerknęła na zegar na kościele St. Dunstan-in-the-West po drugiej stronie ciemnej linii Fleet Street. Znajdowali się względnie blisko Instytutu. Widziała jego charakterystyczną iglicę wznoszącą się nad dachami Londynu.

– Dziewiąta – powiedziała. – Jeden z was musi mieć powóz. Pojedziemy do Anny.

W ten sposób kwadrans później znaleźli się na Percy Street. Thomas pomagał wysiąść Lucie z jego rodzinnej victorii. Na ulicy nie było pieszych, chociaż w wielu oknach paliły się światła.

Lucie spostrzegła postać siedzącą w ciemnościach na schodach domu Anny. Nie była zaskoczona – damy ciągle robiły z siebie przedstawienie na schodach domu Anny.

A potem Lucie spostrzegła, że postać ma szerokie ramiona, i zdała sobie sprawę, że to mężczyzna.

Poderwał się natychmiast i wtedy padło na niego światło z lampy ulicznej. Latarnie na Percy Street były starsze, a ich mocne żółte światło znaczyło świat surowymi liniami. Lucie zobaczyła jasne włosy i skrzywioną twarz.

– Alastair? – zdumiał się Thomas.

Christopher jęknął, kiedy Alastair Carstairs pobiegł do nich z połami rozpiętego płaszcza trzepoczącymi wokół niego. Kamizelka pod płaszczem była w nieładzie, miał przekrzywiony jeden rożek kołnierzyka od koszuli frakowej.

– Zgubiłeś kapelusz – powiedziała Alastairowi Lucie.

– Zgubiłem siostrę! – odpowiedział.

Lucie zamarła.

– Co masz na myśli? Coś się stało Cordelii?

– Przecież nie wiem, prawda? Pozwoliłem jej pójść na herbatę do Anny Lightwood i teraz wróciłem po nią o umówionym czasie, a one obie przepadły. Nigdy nie powinienem był jej zostawiać samej z...

– Uważaj, co powiesz na temat Anny – ostrzegł go Christopher.

Lucie pomyślała, że powinna uznać za zabawne to, że Christopher, który nigdy się nie gniewał, odezwał się do Alastaira takim lodowatym tonem. Jednakże z jakiegoś powodu to nie było ani trochę zabawne.

Alastair naparł groźnie na Christophera, ale Thomas złapał go za rękę. Lucie patrzyła z wielką satysfakcją, jak Alastair zamarł w bezruchu, chociaż Thomas w ogóle się nie wysilał.

Mięśnie ręki Alastaira napięły się pod płaszczem, gdy szarpnął się w uścisku Thomasa. Alastair był dostatecznie wysoki i sprawiał wrażenie silnego, ale nie mógł zrobić ani kroku dalej.

– Spokojnie, Alastair – powiedział Thomas. – Wiem, że martwisz się o siostrę. My martwimy się o Jamesa. Lepiej omówmy sprawę, zamiast wdawać się w publiczną bójkę.

Alastair odchylił głowę i skrzyżował spojrzenie z Thomasem. Żuchwa rysowała mu się ostrą linią, bo zaciskał zęby.

– Puść mnie – warknął. – I przestań ciągle mówić do mnie po imieniu. Nie jesteś już łażącym za mną przymałym uczniakiem.

Policzki Thomasa zapłonęły i zabrał rękę, jakby się sparzył.

– Przestań! – warknęła Lucie. Thomas próbował tylko okazać mu życzliwość. – Z Anną i Cordelią najprawdopodobniej jest Matthew. Zaopiekuje się nimi...

Alastair popatrzył beznamiętnie.

– Myślisz, że mi ulży, bo jest w towarzystwie Matthew? Myślisz, że nie rozpoznam pijaka, kiedy go zobaczę? Uwierz mi, rozpoznam. Jeśli przez niego cokolwiek stanie się Cordelii...

Nagle rozległ się wyczekiwany stukot kół na bruku. Wszyscy obrócili się i zobaczyli powóz Konsul podjeżdżający do domu Anny. Drzwi powozu otworzyły się i ze środka wypadała Cordelia, a za nią Matthew, który trzymał zwinięty kawałek aksamitu.

Oboje zamarli na widok pozostałych.

– Co tu robicie? – zapytał Matthew. – Coś się stało Barbarze i pozostałym?

– Nie – uspokoił go pośpiesznie Thomas. – Nic z tych rzeczy. Ale sprawa jest nagląca. Jamesowi grozi niebezpieczeństwo.

***

James szedł King's Road w kierunku Tamizy. Matthew często zabierał go na improwizowane wycieczki po Chelsea, gdzie mijali budynki w stylu królowej Anny, z imponującymi kamiennymi schodami i terakotowymi fasadami złocącymi się w słońcu. Pokazywał mu rezydencje słynnych poetów i artystów, którzy wiedli tam życie wypełnione skandalami. Teraz była noc i oświetlone okna domów połyskiwały słabo w ciężkiej mgle, która coraz bardziej gęstniała, w miarę jak James zbliżał się do rzeki.

Nabrzeże w Chelsea było promenadą pod platanami ciężkimi od liści, widocznymi teraz jako ciemne chmury nad głową Jamesa, z pniami oświetlonymi widmowymi kulami lamp z kutego żelaza stojącymi wzdłuż brzegu rzeki. Tamiza za murem była ledwie widoczna w gęstej mgle. Tylko terkot napędzanej paliwem policyjnej łodzi, która przepływała obok, i błysk jej latarni kładący się na wodzie zdradzały obecność rzeki.

James przyszedł przed czasem. Ruszył powoli w stronę łuku Battersea Bridge, starając się przygasić niecierpliwość i troskę. Grace. Przypomniał sobie ich pocałunek w parku, nieokreślony ból, jaki w nim wezbrał. Jakby ukłuto go igłą. Pewnie przeczuwał demony, nadciagające nieznane niebezpieczeństwo, królestwo cieni dotykające ten świat. Trudno powiedzieć. Z drugiej strony w kwestii Grace prawie niczego nie dało się powiedzieć. Bywały chwile, kiedy myślał o niej i czuł taki ból, jakby przez wszystkie jego kości przewleczono jeden drut, i miał wrażenie, że gdyby ten drut napięto, to by go zabiło.

– Jak bardzo miłość powinna boleć? – zapytał pewnego razu ojca.

– Och, potwornie – odpowiedział ojciec z uśmiechem. – Ale cierpimy dla miłości, ponieważ jest tego warta.

Nagle ją zobaczył, jakby wyłoniła się z nicości. Stała pod ozdobną potrójną lampą blisko końca mostu. Drobna, zamglona postać ubrana jak zawsze w jasne kolory. Jej twarz była jak blady księżyc w świetle lampy. James zaczął biec, a ona pomknęła po schodach mostu ku niemu.

Kiedy się spotkali, zarzuciła mu ręce na szyję. Były chłodne na jego karku i Jamesowi zakręciło się w głowie od wspomnień: walące się ściany rezydencji Blackthornów, cienie w lesie, gdzie siadywali i rozmawiali, jej dłoń zapinająca mu bransoletkę na nadgarstku...

Odsunął się, by spojrzeć jej twarz.

– Co się stało? W liście pisałaś, że grozi ci niebezpieczeństwo.

Opuściła ręce, ujęła go za nadgarstek i przesunęła palcami po metalu, jakby chciała się upewnić, że wciąż tam jest. Przycisnęła palce do miejsca, gdzie wyczuwało się puls.

– Mama oszalała z gniewu. Nie wiem, co zrobi. Powiedziała Charlesowi...

– Wiem, co powiedziała Charlesowi. Powiedz, proszę, że nie martwiłaś się tylko o mnie.

– Przyszedłeś do domu, żeby się ze mną zobaczyć. Wiedziałeś, że jest tam Cordelia?

Zawahał się. Jak mógł powiedzieć, że nie przyszedł tam, żeby zobaczyć się z Grace? Że miała miejsce chwila – potworna chwila – kiedy Cordelia wspomniała, że Grace jest w domu, a on zdał sobie sprawę, że nawet o niej nie pomyślał? Jak można przeżywać tak potworny ból, gdy ktoś wspomina czyjeś imię, a jednak zapomnieć o tej osobie w opresji? Przypomniał sobie, jak Jem mu mówił, że stres potrafi wyczyniać potworne rzeczy z umysłem. Z pewnością chodziło tylko o to.

– Nie wiedziałem, dopóki nie zjawiłem się i nie zobaczyłem jej i Lucie – odpowiedział. – Założyłem, że chciały sprawdzić, czy nic ci nie jest. Kiedy przyszedłem, usłyszałem hałasy w szklarni i... – Urwał, wzruszając ramionami. Nie cierpiał tego, że okłamuje Grace. – Zobaczyłem demona.

– Wiem, że byłeś bardzo dzielny, ale mama inaczej na to patrzy. Uważa, że przyszedłeś tylko po to, żeby ją upokorzyć i przypomnieć światu o występkach jej ojca.

James okropnie chciał kopnąć lampę.

– Pozwól mi z nią porozmawiać. Moglibyśmy usiąść, wszyscy, mój ojciec, ty i twoja matka...

– James! – Grace przez chwilę sprawiała wrażenie prawie rozgniewanej. – Co zrobiłaby ze mną matka, gdybym choćby zasugerowała coś podobnego... – Pokręciła głową. – Nie. Ona obserwuje wszystkie moje poczynania. Ledwie udało mi się wymknąć dziś wieczorem. Myślałam, że przyjazd do Londynu może złagodzić nieco jej stosunek do ciebie, ale ona zapamiętała się w gniewie bardziej niż dotąd. Mówi, że kiedy ostatni raz Herondale'owie byli w Chiswick House, jej ojciec i mąż zginęli. Mówi, że nie pozwoli ci, żebyś nas zniszczył.

Tatiana całkiem zwariowała, pomyślał bezradnie James. Nie miał pojęcia, że to zaszło tak daleko poza zwykłą pogardę.

– Grace, co chcesz powiedzieć?

– Zapowiedziała, że zabierze mnie z powrotem do Idrisu. Powiedziała, że popełniła błąd, pozwalając mi brać udział w przyjęciach i wydarzeniach towarzyskich, w których brałeś udział także ty, twoja siostra, Lightwoodowie. Mówi, że ulegnę zepsuciu i że mnie zrujnujecie. Zamknie mnie, James, na następne dwa lata. Nie zobaczysz mnie, nie będę mogła do ciebie pisać...

– To takie niebezpieczeństwo miałaś na myśli – powiedział cicho. Rozumiał. Taka samotność mogła wydać się Grace zagrożeniem. Mogła się wydać śmiercią. – Przyjdź do nas, do Instytutu. Instytut istnieje po to, żeby zapewnić azyl Nefilim w potrzebie. Moi rodzice to dobrzy ludzie. Będziemy cię przed nią chronić...

Grace pokręciła głową tak mocno, że prawie spadł jej mały, przybrany kwiatami kapelusik.

– Moja matka zażąda tylko, żeby Clave mnie zwróciło, a oni zgodzą się, ponieważ nie mam jeszcze osiemnastu lat.

– Nie masz pewności. Moi rodzice mają wpływy w Clave...

– Jeśli naprawdę mnie kochasz, to ożenisz się ze mną – powiedziała, otwierając szeroko szare oczy. – Teraz. Musimy uciec. Gdybyśmy byli Przyziemni, moglibyśmy uciec do Gretna Green i tam się pobrać, i nic nie mogłoby nas rozdzielić. Należałabym do ciebie, nie do niej.

James oniemiał.

– Ale nie jesteśmy Przyziemnymi. Ich ceremonie małżeńskie nie są uznawane przez Clave. Musisz poślubić mnie w ramach ceremonii Nocnych Łowców. Nie potrzebujesz jej pozwolenia...

– Nie możemy tego zrobić – zaprotestowała Grace. – Nie możemy pozostać w świecie Nocnych Łowców, gdzie może nas dosięgnąć moja matka. Musimy uciec przed jej wpływem, żeby nie była w stanie nas ukarać. Musimy pobrać się w Gretna i jeśli zajdzie potrzeba, pozwolić, żeby pozbawiono nas Znaków.

– Mamy pozwolić, żeby pozbawiono nas Znaków? – Jamesa zmroziło.

Pozbawienie Znaków to najsurowsza kara, jaką można wymierzyć Nocnemu Łowcy. To oznaczało wygnanie i zostanie Przyziemnym.

Próbował wyobrazić sobie, że nigdy więcej nie zobaczy rodziców, Lucie, ani Christophera i Thomasa. Że więź łącząca go z Matthew zostanie zerwana, jakby odcięto mu prawą rękę. Zostanie Przyziemnym i utraci wszystko, co czyniło go Nocnym Łowcą.

– Grace, nie! To nie jest rozwiązanie.

– To nie jest rozwiązanie dla ciebie – odparła chłodno – bo zawsze byłeś Nocnym Łowcą. Ja nigdy nie trenowałam, nie nosiłam prawie żadnych Znaków. Nie znam historii, nie mam partnera do walki, przyjaciół, równie dobrze mogłabym wychowywać się jako Przyziemna!

– Innymi słowy, ty nie stracisz niczego, a ja stracę wszystko.

Grace uwolniła się z objęć Jamesa. Miejsce po niej wypełnił ból istnienia bez niej. To było fizyczne, niewysłowione i niewytłumaczalne doznanie. To jasne, co to było – James odczuwał jej brak jak ranę.

– Nie straciłbyś mnie – powiedziała z naciskiem Grace.

– Nie chcę cię stracić – odpowiedział tak spokojnie, jak pozwalał mu ból. – Musimy tylko trochę poczekać, a będziemy mogli być razem, nie tracąc przy tym wszystkiego innego.

– Nie rozumiesz! – krzyknęła Grace. – Nie możesz. Nie wiesz...

– To mi powiedz. O co chodzi? Czego nie wiem?

Mówiła chrapliwie:

– Muszę sprawić, że zrobisz to dla mnie. Muszę. To bardzo ważne. Bardziej, niż sobie wyobrażasz. Powiedz tylko, że to zrobisz, powiedz.

Można było odnieść wrażenie, że błaga, żeby to powiedział, nawet gdyby miał skłamać. Ale jaki miałoby to sens? Nie. Musiała pragnąć, żeby powiedział to szczerze. Żeby był gotowy to zrobić, zaryzykować utratę wszystkiego, co znał, zaryzykować, że nigdy więcej nie zobaczy tych, których kocha. Zamknął oczy i zobaczył pod powiekami twarze rodziców. Siostry. Jema. Thomasa. Christophera. Matthew. Matthew, którego zraniłby w sposób, jakiego pewnie nigdy nie dałoby się naprawić.

Szukał słów, próbował je uformować. Kiedy wreszcie się odezwał, zachrypiał, jakby wcześniej krzyczał.

– Nie. Nie mogę tego zrobić.

Grace wzdrygnęła się i cofnęła.

– To przez to, że nie przyjechałeś do Idrisu – powiedziała; usta jej drżały. – Na początku lata. Zapomniałeś o mnie.

– Nigdy nie zdołałbym cię zapomnieć. Nawet gdyby minęły tygodnie, miesiąca albo lata.

– Każdy by mnie poślubił – ciągnęła. – Każdy zrobiłby to, o co go poproszę. Ale nie ty. Ty musisz być inny. – Wykrzywiła usta. – Jesteś ulepiony z innej gliny niż pozostali mężczyźni.

James uniósł rękę w proteście.

– Grace, ale ja chcę cię poślubić...

– Nie dość. – Odsunęła się od niego, a potem nagle wytrzeszczyła oczy i krzyknęła.

Ciało Jamesa zareagowało szybciej niż myśl. Rzucił się na Grace i oboje padli na chodnik. Grace stęknęła i przycisnęła się do nadrzecznego muru, kiedy demon śmignął obok, mijając ich zaledwie o włos.

I rzeczywiście to był demon. Ciemny, poskręcany kształt jak okaleczony korzeń drzewa, pozbawiony oczu i nosa, ale z brązowymi, podobnymi do cierni zębami i ciałem pokrytym czarnym śluzem. Nie miał skrzydeł, tylko długie, wygięte nogi, jak u żaby. Skoczył znowu i tym razem James wyszarpnął ostrze zza pasa i rzucił. Runy zabłysły na ostrzu jak ogień, gdy nóż leciał i wbił się, prawie rozrywając pierś demona. Krew trysnęła, a sam demon zniknął w swoim wymiarze.

Grace podniosła się. James zaprowadził ją schodami na most, skąd mieli lepszy widok.

– Cerber – powiedziała zdziwiona. – Ale przecież nie żył, ten ze szklarni zginął, dlatego myślałam, że mogę wyjść... – Nabrała powietrza. – O, Boże. Nadchodzi ich więcej.

Wyprostowała ręce, jakby mogła je odepchnąć. Rzeczywiście nadchodziły – ciemne kształty wynurzały się z mgły pośrodku mostu, pełzły i skakały jak piekielne żaby, ślizgały się po mokrej drodze. Jeden z nich, skacząc ku nim, wysunął długi, lepki język i złapał pechowego gołębia, którego wciągnął w najeżoną kłami paszczę.

James rzucił nożami. Raz, drugi, trzeci. Za każdym razem demon padał. Wcisnął nóż w rękę Grace, prosząc ją wzrokiem – cofnęła się pod balustradę mostu, ostrze w jej dłoni drżało. Demon sięgnął do niej, a ona go dźgnęła. Rozległo się upiorne wycie, gdy czarna posoka popłynęła z rany w ramieniu demona. Odskoczył od Grace, rycząc, i znowu zaatakował. Zrobiła unik. James rzucił nożem i zabił stwora, ale wiedział, że kończą mu się noże. Potem zostanie mu tylko jedna broń – serafickie ostrze.

Nie wystarczy, żeby obronić jego i Grace. Nie mogli też uciekać. Demony z łatwością by ich dogoniły.

Dwa stwory rzuciły się na nich. James cisnął ostatnim nożem, zabijając jednego cerbera w deszczu posoki. Drugi padł obok rozcięty zręcznie rzuconym toporkiem.

James zamarł. Znał tę broń.

Obrócił się i zobaczył Lucie biegnącą do niego od strony drogi. Nie była sama.

Biegła z nią Cordelia z Cortaną błyszczącą w dłoni. Towarzyszył jej Matthew uzbrojony w indyjskie ćalikary – okrągłe noże do rzucania z ostrej jak brzytwa stali. Za nimi biegł Christopher z dwoma skrzącymi się serafickimi nożami i Thomas z bolą. Jeden ruch sznurem, jeden ruch silnej ręki Thomasa i demon już spadał z mostu do rzeki.

Był z nimi także Alastair Carstairs. Skoczył na żelazną balustradę mostu, balansując tak, jak James i Matthew podczas ćwiczeń. Miał w ręku włócznię o długim grocie. Dwoma ruchami rozciął jednego demona na pół. Stwór eksplodował i zniknął, obryzgując Alastaira krwią, co James uznał za podwójny zysk. Alastair zeskoczył z balustrady, prychając z niesmakiem, i rzucił się do walki.

Kiedy Nocni Łowcy ustawili się wokół nich, demony wrzasnęły – był to zachrypły, zduszony odgłos. Gdyby trup gnijący w ziemi wydawał dźwięki, brzmiałyby właśnie tak, uznał James. Skoczył do tyłu, obrócił się, kopnął z obrotu atakującego demona. Błysnęła rozmazana złota plama i demon zniknął. James podniósł wzrok i zobaczył stojącą nad sobą Cordelię z Cortaną w ręce. Ostrze było brudne od krwi demona.

Nie było czasu na podziękowania. Kolejny demon zaatakował. James sięgnął po serafickie ostrze.

– Zerachiel! – krzyknął i ostrze stało się ognistą buławą.

Wszyscy jego przyjaciele walczyli z wyjątkiem Grace, która wycofała się, ściskając sztylet. James pomyślał z goryczą o Tatianie, która nigdy nie pozwoliła Grace trenować walki, a potem obrócił się, żeby odparować zakusy następnego demona. Zanim zdążył cokolwiek zrobić, skrzące się serafickie ostrze wbiło się z boku w ciało demona. Cerber odskoczył, sycząc jak gotujący się czajnik, i teraz James dobrze widział Christophera. Stał z serafickim ostrzem, które skwierczało jak smażony ziemniak.

– Christopher, co to takiego? – zapytał James.

– Serafickie ostrze! Próbowałem wzmocnić je elektrycznością!

– I działa?

– W ogóle – przyznał Christopher, kiedy demon rzucił mu się z wrzaskiem w twarz.

Chciał go dźgnąć, ale ostrze zakreśliło przypadkową płomienną linię. Lucie i Thomas rzucili się, zanim demon zdołał zranić Christophera. Topór Lucie i bola Thomasa prawie spotkały się na ciele demona. Stwór zniknął, ale natychmiast następny zajął jego miejsce, wznosząc się nad nimi groźną chmurą.

Christopher porzucił serafickie ostrze, wyjął z kamizelki sztylet i dźgnął demona. Cerber zatoczył się do tyłu i w tej samej chwili długa włócznia przeszyła mgłę i wbiła się w niego. Demon złożył się jak kartka papieru i zniknął, zostawiając po sobie krwistą plamę.

James rozejrzał się i zobaczył Alastaira Carstairsa, który drugą taką samą włócznię trzymał w lewej ręce i patrzył z zadumą na miejsce, gdzie właśnie zniknął demon.

– Nosisz ze sobą włócznie? – zapytał James.

– Nigdy nie wychodzę z domu bez swoich włóczni! – odkrzyknął Alastair i wszyscy na niego spojrzeli, nawet Grace.

James miał inne pytania, ale nie miał szansy ich zadać. Usłyszał krzyk siostry, więc pobiegł i zastał Lucie i Cordelię walczące plecami do siebie, Lucie ze sztyletem w ręce, Cordelia z Cortaną. Cortana kreśliła szeroki złoty łuk, a każde stworzenie, które zdołało się przebić przez obronę Cordelii, dźgała sztyletem Lucie. Matthew stał na balustradzie i rzucał ćalikarami, osłaniając dziewczyny.

Demon wzniósł się nagle za Thomasem, którego bola owinęła się właśnie wokół innego demona – prawdopodobnie wokół gardła, chociaż w przypadku tych stworzeń trudno to było orzec.

– Lightwood! – krzyknął Alastair. – Za tobą!

James wiedział, że to Alastair, bo nikt inny nie byłby tak głupi, żeby krzyknąć tak w trakcie walki. Oczywiście Christopher się obrócił, a Thomas nie. James rzucił się do Thomasa, przeturlał się po ziemi, żeby dotrzeć tam szybciej, w tej samej chwili, w której demon uderzył. Rozorał zębami i szponami rękę Thomasa, popłynęła krew. Thomas nie miał dość miejsca, by skorzystać ze swojej broni. Wrzasnął i uderzył pięścią demona, który się zatoczył, a James podniósł się wtedy i dźgnął go w plecy.

Nie było jednak chwili wytchnienia – nadchodziły kolejne cerbery. Matthew zeskoczył z poręczy i pobiegł ku nim. Rzucił się na ziemię i prześliznął kilka ostatnich stóp po mokrym chodniku – ogromne poświęcenie dla Matthew, który kochał swoje ubrania – ciskając ćalikarami w kłębowisko demonów. Jeden padł, ale wyglądało na to, że jest ich jeszcze kilkanaście. Alastair rzucał włóczniami z zabójczą precyzją, Cordelia wywijała Cortaną jak wojownicza bogini. Wszyscy świetnie walczyli, ale...

Największy demon stanął nad Jamesem. Bez chwili wahania James wbił w stwora serafickie ostrze. Posoka ochlapała mu rękę, zbryzgała ziemię pod nogami. Demon zacharczał i zgiął się wpół. James uniósł ostrze, żeby go dobić, ale wtedy stwór spojrzał na niego śmiercionośnymi czarnymi ślepiami.

James zobaczył, że odbija się w tych oczach, jakby to były lustra. Zobaczył swoje czarne włosy, bladą twarz, złote tęczówki. Widział u cerbera ten sam wyraz twarzy, co u deumasa w zaułku w pobliżu Fleet Street.

Rozpoznanie.

– Młody Herondale – powiedział demon głosem brzmiącym jak syk ognia gasnącego na kominku. – Znam cię. Wiem o tobie wszystko. Krew demonów płonie w twoich żyłach. Dlaczego zabijasz tych którzy wielbią ojca twojej matki? Dlaczego zabijasz swój rodzaj?

James zamarł. Widział, że parę innych osób obraca się, żeby spojrzeć na niego. Matthew wyglądał na wściekłego, inni na przerażonych. Lucie zasłaniała dłonią usta. Alastair, który stał najbliżej, wpatrywał się w niego ciemnymi oczami.

James wypuścił z drżeniem powietrze.

– Nie jestem z twojego rodzaju.

– Nie wiesz, czym jesteś.

Dość tego, pomyślał James. Dość tego.

– Jeśli wielbicie mojego dziadka, to przez wzgląd na niego odejdźcie – rzucił zaciekle. – Nie z powrotem do Chiswick House, ale do wymiaru, z którego pochodzicie.

Demon się zawahał, a wtedy zamarły także inne cerbery. Wszyscy nad rzeką zwrócili się w stronę Jamesa.

– Odejdziemy, jak mówisz, żeby pokazać ci, że uznajemy więzy krwi – powiedział demon. – Jednak pod jednym warunkiem. Jeśli ty albo ktoś z twoich przyjaciół wyjawi choćby słowem, co się tu dziś wydarzyło, któremukolwiek członkowi Clave, powrócimy, a wasze rodziny zapłacą krwią i śmiercią za waszą zdradę.

– Nie waż się...! – zaczął James.

Demon uśmiechnął się szeroko.

– Przez wzgląd na najprzebieglejszego księcia piekieł – powiedział tak cicho, że usłyszał go tylko James.

A potem zniknął. Wszystkie zniknęły. Równie szybko, jak świat wybuchł ruchem i hałasem, teraz znieruchomiał i ucichł.

James słyszał szum rzeki, dyszącego obok Alastaira, bicie własnego serca.

Upuścił na ziemię wciąż płonące ostrze. Lucie i Cordelia też opuściły broń. Thomas i Matthew wstali chwiejnie. Matthew miał pociętą twarz, Thomas miał rozdartą koszulę i ręka mocno mu krwawiła.

Wszyscy gapili się na Jamesa. On sam był jak odrętwiały.

Wiedział, że jego dziadek był Wielkim Demonem, ale książęta piekieł to coś więcej. To były upadłe anioły. Równie potężne jak Razjel, ale złe i zepsute do szpiku kości.

„Najprzebieglejszy książę piekieł". Wbrew sobie spojrzał na Lucie, ale ona ewidentnie nie słyszała ostatnich słów demona – uśmiechała się i mówiła coś do Cordelii.

Demony kłamały. Dlaczego Lucie miałaby zadręczać się czymś, co prawdopodobnie było kłamstwem? Zastanawiał się gorączkowo. Musiał znowu porozmawiać z wujem Jemem, jak najszybciej. Jem szukał ich dziadka. Będzie wiedział, co robić.

To Christopher przerwał milczenie.

– Co się przed chwilą wydarzyło?

– Demony zniknęły – powiedział Matthew, ocierając krew z twarzy. – Przywódca najwyraźniej uważał się za starego przyjaciela dziadka Jamesa.

– Ach, jego demonicznego dziadka? – upewnił się Christopher.

– Tak, ewidentnie demonicznego – żachnął się James.

– Drugi był Walijczykiem – dodał Thomas, jakby to wszystko wyjaśniało. Kierował tę uwagę do Alastaira i Cordelii.

– Nie musisz mi tłumaczyć Herondale'a – powiedział z nieprzyjemnym uśmiechem Alastair. – Podejrzewam, że takie rzeczy muszą dość często mu się przydarzać.

Cordelia nastąpiła mu na stopę.

Grace wynurzyła się z cieni. Podeszła do reszty grupy z rękami złożonymi przed sobą, twarzą bladą i sztywną.

– Przepraszam, nie potrafię walczyć...

– W porządku – przerwał jej James. – W porządku, zadbamy o właściwy trening dla ciebie...

– James! Grace! – krzyknęła Lucie.

Wskazywała drogę. Sekundę potem James usłyszał stukot i zobaczył wynurzającą się z mgły staromodną dwukółkę zaprzężoną w dwie gniade szkapy. Powoziła nią Tatiana Blackthorn.

Zatrzymała się i zeskoczyła z pojazdu. Jak zawsze prezentowała się dziwacznie: miała na sobie szeroką suknię z wymyślnymi koronkami, strój z innej epoki, uszyty dla znacznie młodszej i okrąglejszego dziewczyny. Na głowie nosiła kapelusz ze stosem sztucznych owoców i wypchanych ptaków. Trzęsły się razem z Tatianą, którą rozsadzał gniew, gdy obrzucała grupę wściekłym spojrzeniem, aż zatrzymała wzrok na córce.

– Grace! – warknęła. – Wsiadaj do dwukółki. W tej chwili.

Grace odwróciła się do Jamesa. Miała bladą twarz. James powiedział cicho:

– Nie musisz robić tego, co ci każe. Wróć ze mną do Instytutu. Błagam.

Grace nadal miała twarz zalaną łzami, ale odcięła się od wszelkich uczuć, jakby zatrzaśnięto drzwi do bankowego skarbca.

– James. Nie mogę. Odprowadź mnie, proszę, do powozu.

James się zawahał.

– Proszę. Mówię poważnie.

James podał jej niechętnie rękę. Widział, że Tatiana zaciska usta. Poczekał, aż warknie, ale ona milczała. Zdecydowanie nie spodziewała się, że zastanie tutaj tak wielu Nocnych Łowców.

I tak wielu z rodzin, których nienawidziła: Herondale'ów, Lightwoodów, Carstairsów... James podejrzewał, że chciała wynieść się stąd najszybciej, jak się da.

Piorunowała wzrokiem Jamesa, gdy szedł z Grace w stronę powozu. Pomógł jej wsiąść, a ona opadła na siedzenie i zamknęła ze znużeniem oczy. Żałował, że nie może jej nic powiedzieć w związku z ich wcześniejszą kłótnią. Nigdy dotąd się nie kłócili. Chciał błagać, żeby nie wracała do Chiswick House, ale podejrzewał, że to tylko pogorszyłoby jej sytuację.

– Napiszę do ciebie jutro... – zaczął.

– Nie – wycedziła Grace przez blade wargi. – Nie. Potrzebuję więcej czasu. To ja napiszę do ciebie.

– Dość tego – syknęła Tatiana, odpędzając Jamesa od pojazdu. – Zostaw moją córkę. Nie potrzebuję, żebyś wciągał ją w kłopoty...

– Jedyny kłopot, jaki napotkaliśmy, to cerbery twojej rodziny – odpowiedział James cichym, gniewnym tonem. – Proponuję, żebyś przestała mi grozić, o ile nie chcesz, żebym powiedział o nich Clave.

Oczywiście nie mógł nikomu powiedzieć po tym, czym zagroził mu demon, ale Tatiana o tym nie wiedziała. To nie miało jednak znaczenia. Zaśmiała się cicho.

– Moje demony? A gdzie one są teraz?

– Nie żyją – odparł zwięźle James. – Zabiliśmy je.

– Imponujące. Mów, komu chcesz. Ja odpowiem Clave, że Grace sama je wyhodowała. Powiem im, że siedzi w czarnej magii po swoje śliczne uszka. Wydam ją na ich łaskę, na zawsze zszargam jej reputację. Zniszczę jej życie, jeśli chcesz prowadzić ze mną tę grę. – Dźgnęła go palcem w pierś. – Tobie zależy, Herondale. I to jest twoja słabość.

James cofnął się z obrzydzeniem, a Tatiana wspięła się na dwukółkę. Chwilę potem pojazd ze stukotem oddalał się drogą. Kuce parskały, lejce podzwaniały.

***

Niezręczne milczenie przeciągało się, kiedy grupa Nocnych Łowców patrzyła za powozem Blackthornów znikającym we mgle.

– Cóż – odezwał się w końcu Alastair. – Myślę, że czas, byśmy z Cordelią wracali.

– Nie mogę – powiedziała Cordelia. Wyciągnęła rękę, a brat wytrzeszczył oczy. Długie, krwawe rozcięcie ciągnęło się od jej nadgarstka po łokieć. Ledwie to zauważała w czasie walki, ale teraz czuła pieczenie. – Potrzebuję leczniczego runu. Jeśli wrócę w tym stanie do domu, matka zemdleje.

– Kilkoro z nas odniosło rany – powiedział Christopher. – O ile nie chcemy wyjaśniać, co się tu stało, co wydaje się kiepskim pomysłem, powinniśmy nałożyć sobie *iratze*. – Odwrócił się do Thomasa. – Ja narysuję tobie.

– Nie, proszę – zaprotestował Thomas.

Christopher nie miał ręki do runów.

– Och, do diabła, ja to zrobię – żachnął się Alastair i podszedł ciężkim krokiem do Thomasa.

Thomas patrzył zaszokowany, kiedy Alastair wyjął stelę i zaczął rysować na jego skórze w miejscu, gdzie rękaw koszuli został rozdarty.

Stojąca obok Cordelii Lucie wyjęła stelę teatralnym gestem.

– Nasz pierwszy run leczniczy! – oznajmiła i przyłożyła stelę do nadgarstka przyjaciółki. – Historyczna chwila dla przyszłych *parabatai*.

– Nie chcę wyjść na niewdzięcznika, ale co, u licha, tu robicie? – odezwał się James. – Skąd wiedzieliście, co się stanie?

– Usłyszałam o cerberach od Jess... Jessamine – skłamała Lucie, kończąc rysowanie runu. Obie z Cordelią pochylały się nisko nad murkiem ciągnącym się wzdłuż nabrzeża. – Duchy plotkują. – Powtórzyła Jamesowi historyjkę, którą powiedziała pozostałym, kiedy jechali do Chelsea. – Wygląda na to, że demon, którego zabiłeś w szklarni, miał czas się rozmnożyć, a nowe demony ruszyły szukać Grace, gdy opuściła Chiswick – dokończyła.

– Niewątpliwie było ich sporo – powiedziała Cordelia. – To o wiele gorsze niż jeden w szklarni.

– Może wszystkie umówiły się na schadzkę z Grace – powiedziała Lucie.

Alastair prychnął.

– Ta kobieta musiała oszaleć, żeby pozwolić cerberom ganiać po swoich ogrodach – powiedział, odkładając stelę.

Thomas dotknął ramienia z niejakim zdziwieniem. Rana już zaczęła się zamykać. Alastair może i lubił warczeć, ale radził sobie ze stelą.

James i Matthew usiedli na ziemi, żeby James mógł dobrze przytrzymać twarz przyjaciela. Narysował *iratze* lekko na jego policzku, a Matthew wiercił się i narzekał.

– Trudno powiedzieć, ile wiedziała – odezwał się James. – Na pewno miała świadomość, że w szklarni żyje demon, ale pewnie nie miała pojęcia o jego mściwym potomstwie.

– Wiedziała dość, żeby tu przyjechać – zwrócił mu uwagę Christopher. – Chociaż może pojechała tylko za Grace.

James się zamyślił. Cordelia zastanawiała się, co Tatiana powiedziała mu, gdy stał obok dwukółki. Sprawiał wrażenie oszołomionego, jakby go spoliczkowała.

– Zniknęły, bo im kazałeś, prawda? – zapytała.

– Na to wygląda. – James oglądał policzek Matthew i sprawdzał run. Usatysfakcjonowany wyprostował się. Matthew z ulgą wyjął piersiówkę z kieszeni, otworzył ją i wypił solidny haust. – Wróciły do wymiaru, z którego pochodzą cerbery. Przez wzgląd na mojego dziadka.

Mówił z goryczą.

– Jak miło, że jesteś spokrewniony z ważnym demonem – rzucił oschle Alastair.

– Gdyby rzeczywiście interesował się tym, że James jest spokrewniony z „ważnym" demonem, to mi też powinien coś powiedzieć – wtrąciła Lucie. – W końcu jestem jego siostrą. Nie lubię, gdy się mnie pomija.

James się uśmiechnął. Cordelia podejrzewała, że taki właśnie cel miała wypowiedź Lucie. Kiedy się uśmiechał, pojawiał się na jego policzku zabójczy dołeczek. To powinno być nielegalne.

– Na swój potworny sposób są wierne rodzinie Blackthornów – powiedziała z zadumą Lucie. – Dlatego nie chciały, żebyśmy komukolwiek mówili o wydarzeniach tego wieczoru.

– Ach, bo Clave nie byłoby zachwycone Blackthornami hodującymi stado cerberów, żeby goniły za Herondale'em, nawet jeśli jest irytujący – wtrącił Alastair.

– Mówiłam już, że to Benedict Lightwood je hodował – zdenerwowała się na niego Lucie.

– Chociaż to wszystko było nad wyraz nieprzyjemne, jest coś pocieszającego w walce ze zwykłymi demonami pod osłoną nocy zamiast z jadowitymi demonami za dnia – odezwał się Matthew.

– Właśnie! To mi o czymś przypomniało – wyrwała się Cordelia. – Matthew, powinniśmy im powiedzieć, co powiedziała

Hypatia: że musimy porozmawiać z Ragnorem Fellem na temat demonów z parku.

Wszyscy zaczęli wyrywać się z pytaniami. Matthew uniósł rękę.

– Tak, rozmawialiśmy z Hypatią Vex w Hell Ruelle. Powiedziała, że wyśle wiadomość do Ragnora. To nic pewnego.

– Możliwe, ale Anna miała rację – powiedziała Cordelia. – Tak czy inaczej, musimy porozmawiać z innymi Podziemnymi. Wiele się mówiło o Magnusie...

– Ach, Magnus Bane – odezwał się Matthew. – Mój bohater.

– Rzeczywiście. Raz opisałeś go jako „Oscara Wilde'a, gdyby Wilde miał magiczne zdolności" – powiedział James.

– Magnus Bane urządził przyjęcie w Hiszpanii, na którym byłem – odezwał się Thomas. – Nie było łatwo, bo nie znałem ani jednej osoby. Dość mocno się wstawiłem.

Matthew opuścił piersiówkę z szerokim uśmiechem.

– To wtedy zrobiłeś sobie tatuaż?

Lucie klasnęła w ręce.

– Chłopcy żartują na temat tego tatuażu, ale on mi nigdy nie chce go pokazać. Cordelio, nie uważasz, że to najbardziej podła rzecz pod słońcem? W końcu jestem pisarką. Uważam, że powinnam móc zobaczyć z bliska tatuaż.

– A ja uważam, że nie powinnaś – odparł z przekonaniem Thomas.

– Chodzi o to, że znajduje się w niestosownym miejscu? – zapytała Lucie.

– Nie! – bronił się z udręczoną miną Thomas.

– Chciałbym go zobaczyć – odezwał się Alastair zaskakująco cichym głosem.

Thomas zawahał się, a potem rozpiął rękaw na zdrowej ręce i podwinął go do łokcia. Wszyscy się pochylili. Na tle jasnej skóry po wewnętrznej stronie muskularnej ręki widniała szaroczarna siateczka rysunku ukazującego różę wiatru. Północ, południe, wschód i zachód wskazywały ostrza jak sztylety, a w sercu kompasu widniała róża o ciemnych płatkach.

Cordelia myślała, że tatuaż będzie bardziej przypomniał Znaki, ale skojarzył jej się z czymś innym. To był atrament, który tak jak atrament w książkach i wierszach opowiada niezatartą historię.

Lucy oklaskała tatuaż. Alastair wydał z siebie dziwny odgłos. Odwrócił wzrok, jakby widok Thomasa mu zawadzał.

– Jest piękny – powiedziała do Thomasa Cordelia. – Północ wskazuje w górę twojej ręki, wzdłuż żyły biegnącej do serca.

– Czy to znaczy, że jesteś bliskim przyjacielem Magnusa Bane'a? – zapytała go Lucie. – Możesz zwrócić się do niego o pomoc?

– W ogóle nie pojawił się na przyjęciu – powiedział Thomas, opuszczając rękaw. – Ale skontaktowanie się z Ragnorem Fellem to dobry pomysł.

– O ile zatrzyma to wszystko dla siebie – dodał Christopher, poprawiając okulary na nosie. – Nie możemy powiedzieć żadnemu Nocnemu Łowcy, co się tu dzisiaj wydarzyło. Wszyscy słyszeliśmy, co powiedział demon.

Rozległ się zgodny pomruk, który przerwał Alastair.

– Musimy już iść z Cordelią. A jeśli idzie o wasz sekrecik, to nie możecie ufać demonom. Nieważne, co mówią.

Cordelia znała ten ton głosu.

– Alastair, musisz obiecać, że nikomu nie powiesz o dzisiejszych wydarzeniach.

– A dlaczego miałbym cokolwiek obiecywać?

– Bo nawet jeśli demony kłamią, to ryzyko jest zbyt duże – naciskała Cordelia, wpadając pomału w desperację. – Demon zagroził, że jeśli powiemy o tym, co się wydarzyło dzisiaj wieczorem, celem staną się nasze rodziny. Pomyśl o rodzicach.

Alastair miał buntowniczą minę.

– Jeśli nie obiecasz nie wrócę z tobą do domu – dodała Cordelia. – Spędzę tu resztę nocy i całkiem zrujnuję sobie reputację. Będę musiała poślubić Thomasa albo Christophera.

– Ejże! – wyrwał się zaskoczony Christopher. Thomas się uśmiechnął.

– Jeśli chociaż trochę troszczysz się o naszą rodzinę, to musisz obiecać – naciskała Cordelia. – Proszę.

Rozległy się pomruki. Lucie miała zmartwioną minę. James patrzył na Cordelię z miną, z której nic nie dało się wyczytać.

Alastair zmrużył oczy.

– Dobrze więc, obiecuję – mruknął. – A teraz wracajmy. Mamy wiele do omówienia po powrocie do domu.

***

Dochodziła prawie północ, kiedy ich piątka – Lucie, James, Matthew, Thomas i Christopher – wreszcie wróciła do Instytutu. Lucie spojrzała z zaciekawieniem na jasno oświetlone okna, gdy weszli na dziedziniec. To było nietypowe, żeby o tej porze paliły się lampy.

James położył palec na ustach, zanim pchnął frontowe drzwi – otwierały się pod dotykiem każdego Nocnego Łowcy – i poprowadził resztę schodami.

Na parterze w korytarzu migotały magiczne światła.

Drzwi do salonu stały otwarte i na korytarz wypływała walijska piosenka.

Nid wy'n gofyn bywyd moethus,
Aur y byd na'i berlau mân:
Gofyn wyf am galon hapus,
Calon onest, calon lân.

James i Lucie popatrzyli po sobie z niepokojem. Jeśli Will śpiewał, to był w towarzyskim nastroju i porwie ich, gdy tylko ich zobaczy, żeby zacząć wspominać Walię i kaczki.

– Może powinniśmy wszyscy szybko wyjść – powiedział szeptem James. – I wejść na górę przez okno, korzystając z liny na kotwiczce.

Tessa pojawiła się w drzwiach do bawialni. Na widok ich piątki uniosła brwi. Lucie i James spojrzeli po sobie – za późno na linę z kotwiczką.

Lucie zrobiła krok naprzód i objęła matkę w talii.

– Przepraszam, mamo, urządziliśmy sobie późny piknik nad rzeką. Mamy kłopoty?

Tessa się uśmiechnęła.

– Nicponie z was, ale mam nadzieję, że dobrze się bawiliście. Pomówimy o tym później. Ojciec ma gościa. Idźcie się przedstawić. Zajrzę tylko do izby chorych i zaraz wracam.

James poprowadził ich grupę do salonu. Thomas, Matthew i Christopher mruknęli coś na powitanie do Tessy, gdy ją mijali. W salonie na dwóch uszakach obitych szarym aksamitem siedzieli Will i wysoki zielony czarownik z rogami zwijającymi się wśród śnieżnych włosów. Miał posępny wyraz twarzy.

Will zaczął przedstawiać przybyłych:

– Ragnorze Fell, to moi ukochani syn i córka. Oraz haniebna banda intruzów. Pewnie wszyscy znacie Ragnora Fella, byłego Najwyższego Czarownika Londynu?

– Uczył nas w Akademii – odezwał się Christopher.

Ragnor Fell spiorunował go wzrokiem.

– Na Lilith... – rzucił przeciągle. – Pochowajcie wszystko, co się może stłuc, schowajcie cały dom. Christopher Lightwood tu jest.

– Christopher często tu bywa, a dom zasadniczo nadal stoi – odezwał się James.

Will uśmiechnął się szeroko.

– Pan Fell wpadł z towarzyską wizytą – powiedział. –Prawda, że to miłe?

Will starał się dać do zrozumienia, że drzwi Instytutu są otwarte dla Podziemnych, ale niewielu skorzystało z jego gościnności. Will i Henry często rozmawiali o Magnusie Banie, ale przez całe życie Lucie Bane przebywał w Ameryce.

– Pan Fell wyraził żywe zainteresowanie walijską muzyką, więc zaśpiewałem mu parę piosenek – wyjaśniał Will. – Wypiliśmy też kilka kieliszków porto. Doskonale się bawiliśmy.

– Spędziłem tu wiele godzin – powiedział Ragnor zbolałym głosem. – To było wiele piosenek.

– I wiem, że z przyjemnością ich słuchałeś – powiedział Will. Oczy mu błyszczały.

Wysoko nad nimi Lucie usłyszała dziwny odgłos – jakby coś się w domu przewróciło i stłukło. Może lampa.

– Rzeczywiście mam wrażenie, jakbym wyjechał do Walii i wrócił – oświadczył Ragnor oczy mu zabłysły na widok Matthew. – Syn Konsul – powiedział. – Pamiętam cię. Twoja matka to dobra kobieta. Czy już całkiem wydobrzała?

– To miało miejsce parę lat temu – powiedział Matthew.

Spróbował się uśmiechnąć, ale mu się nie udało. Niewiele osób wiedziało, że Charlotte ciężko zachorowała i straciła dziecko, gdy Matthew miał piętnaście lat. Biedny Matthew, niepotrzebnie mu o tym przypominano.

Matthew podszedł do kominka i nalał sobie kieliszek sherry lekko drżącymi rękami. Lucie widziała, że Will obserwuje chłopaka, ale zanim się odezwał, otworzyły się drzwi do salonu i weszła Tessa z zapaloną świecą. Jej twarz ginęła w cieniu.

– Will, *bach* – powiedziała cicho – chodź ze mną na chwilę, muszę cię o coś poprosić.

Will zerwał się zaniepokojony. Zawsze tak reagował, gdy Tessa zwracała się do niego w taki sposób. Lucie wiedziała, że miłość łącząca rodziców jest nadzwyczajna. Taką miłość próbowała oddać na kartach swojej powieści, ale nigdy nie potrafiła znaleźć na to właściwych słów.

Kiedy tylko drzwi zamknęły się za rodzicami Lucie, Ragnor Fell naskoczył na Jamesa.

– Widzę, że to pokolenie Nocnych Łowców ma tak samo mało rozumu jak poprzednie – rzucił ostro. – Dlaczego hulasz po Londynie o tak później porze, kiedy muszę z tobą porozmawiać?

– I co, miałbym ci przerwać wizytę? – James uśmiechnął się szeroko. – Ojciec powiedział, że godzinami słuchałeś walijskich piosenek.

– Jakoś bym to odżałował. – Ragnor machnął niecierpliwie ręką. – Moja przyjaciółka Hypatia powiedziała mi, że jacyś młodzi Nocni Łowcy przyszli do jej salonu i pytali o nietypowe demony, sugerując, że wszystkich nas czeka tragiczna przyszłość. Wspomniała ciebie. – Wskazał palcem Matthew. – Powiedziała, że ma u ciebie jakiś dług, i zapytała, czy mogę pomóc.

– A pomożesz? – Thomas odezwał po raz pierwszy od wejścia do salonu. – Moja siostra jest jedną z rannych.

Ragnor się zdumiał.

– Thomas Lightwood? Dobry panie, ale wyrosłeś. Czym Nefilim cię karmili?

– Podrosłem trochę – odpowiedział niecierpliwie Thomas. – Możesz pomóc Barbarze? Cisi Bracia pogrążyli rannych we śnie, ale na razie nie mają żadnego leku.

Thomas ściskał drewniane oparcie krzesła rzeźbione na kształt skrzyżowanych serafickich ostrzy. Był opalony, ale ściskał oparcie tak, że palce mu pobielały. Ragnor Fell rozejrzał się po pokoju, unosząc blade brwi.

– Brak demonów w Londynie w ciągu ostatnich lat nie uszedł mojej uwadze – powiedział. – Słyszałem także plotki, że za tą nieobecnością stoi potężnych czarownik.

– Wierzysz w to? – zapytała Lucie.

– Nie. Gdybyśmy my, czarownicy, z taką łatwością mogli trzymać demony z dala od swoich miast, to wykorzystalibyśmy tę umiejętność. Nie potrzeba jednak potężnego czarownika, wystarczy zdeprawowany, żeby posłużył się tego typu magią.

– Co masz na myśli? – zapytał James. – Przecież odpędzenie demonów to coś dobrego, a nie złego.

Ragnor pokiwał rozczochraną głową.

– Można by tak pomyśleć. Jednak w tym mieście obserwujemy coś innego: ktoś pozbył się pomniejszych demonów z Londynu, żeby zrobić miejsce dla tych bardziej niebezpiecznych. – Zawahał się. – Pośród czarowników moje imię często wypowiada się w kontekście magii różnych wymiarów, najtrudniejszej i najmniej stabilnej magii, która odwołuje się do innych światów niż nasz. Studiowałem ją i nikt nie zna jej lepiej ode mnie. Demony nie mogą pojawiać się za dnia. To prawo natury. A mimo to... Czy istnieją sposoby sprowadzenia demonów na ten świat, które sprawiłyby, że byłyby odporne na światło?

– Tak? – zaryzykowała Lucie.

Ragnor spiorunował ją wzrokiem.

– Nie oczekujcie, że wam je zdradzę. Powiem tylko, że są zakazane przez Spiralny Labirynt, ponieważ wymagają posłużenia się skomplikowaną magią wymiarów, która zagraża tkaninie samego świata. – Potrząsnął białą grzywą włosów. – Nie dysponuję konkretnymi informacjami, a tylko plotkami i domysłami. Nie zdradziłbym jednego ze swoich członkom Clave, o ile nie miałbym pewności, że jest winny, ponieważ Clave najpierw by go aresztowało, a potem sprawdziło dowody. Jednak wy... jesteście dziećmi. Jeszcze nie należycie do Clave. Gdybyście zbadali tę sprawę...

– Nie powiemy ojcu nic, czego byś sobie nie życzył – zapewnił James. – Nikomu nic nie powiemy. Przysięgamy na Razjela.

– Z wyjątkiem Cordelii – dodała szybko Lucie. – Zostanie moją *parabatai*. Nie mogę przed nią niczego ukrywać. Ale ona nikomu nic nie powie, a już na pewno nikomu dorosłemu.

Wokół rozległy się pomruki, gdy inni też zaczęli składać obietnice. Przysięga to ważna rzecz dla Nocnego Łowcy; złożenie przysięgi na Anioła, to coś jeszcze poważniejszego.

Ragnor odwrócił się do Jamesa.

– Niewielu czarowników potrafi posłużyć się taką magią, a jeszcze mniej byłoby gotowych. Właściwie przychodzi mi na myśl tylko jeden dostatecznie zepsuty. Emmanuel Gast. Wśród czarowników mówi się, że jeśli cena jest odpowiednio wysoka, nie ma dla niego zbyt podłego zadania. Nie wiem, czy to prawda, ale znam jego adres.

Ragnor podszedł do biurka w kącie pokoju i zapisał adres na skrawku papieru. Lucie wpatrywała się w złocone pióro Watermana w dłoniach Ragnora Fella – dodatkowe stawy w palcach sprawiały, że cień jego ręki wyglądał jak szpony.

– Dziękuję – rzekł James, kiedy czarownik skończył pisać.

– Chyba nie muszę was prosić, żebyście nie mówili Gastowi, kto was przysłał – dodał Ragnor, prostując się nad biurkiem. – A jeśli się dowiem, że powiedzieliście, zamienię was w komplet filiżanek. Ja wybieram się na Capri. Mam zszargane nerwy. Jeśli Londyn ma zostać pożarty przez demony, to nie chcę być przy tym obecny. Powodzenia.

Lucie uznała, że to dość dziwne podejście jak na byłego najwyższego czarownika, ale trzymała język za zębami, kiedy Fell ruszył do drzwi. Już myślała, że wyjdzie, kiedy on zatrzymał się na chwilę w drzwiach.

– Nie do końca wiem, jak was, Herondale'ów, traktować – przyznał. – Jeszcze żaden czarownik nie miał do tej pory dziecka. Wciąż się zastanawiam, czym się staniecie.

Popatrzył spokojnie na Jamesa, a potem na Lucie. Ogień trzaskał na kominku, ale żadne z nich się nie odezwało. Lucie pomyślała o demonie na moście, który mówił Jamesowi, że uszanuje więzy krwi. Także jej krwi.

Ragnor wzruszył ramionami.

– Niech i tak będzie – powiedział i wyszedł.

Lucie podbiegła do biurka i wzięła do ręki kartkę. Obróciła się z uśmiechem. Thomas i James odwzajemnili go. Thomas uśmiechał się z nadzieją, James ze znużeniem. Matthew patrzył zmętniałym wzrokiem znad kieliszka.

Wtedy otworzyły się drzwi i weszli Will i Tessa.

Lucie martwiła się przez chwilę, że wyłuskali ze słów Ragnora Fella coś, co ich zdradzi. Schowała adres do kieszeni sukienki. Zobaczyła ich miny i zapomniała o wszystkim.

To było jak koniec lata w Idrisie. Jednego dnia ona i James bawili się w lesie pośród zielonych drzew i omszałych dolin z kwiatami. A potem nadchodziła nieuchwytna zmiana w powietrzu i Lucie wiedziała – jutro przyjdzie przymrozek.

Thomas cofnął się, pobladł pod opalenizną. Trącił ramieniem Matthew, któremu wypadł z dłoni kieliszek. Stłukł się u ich stóp, kawałki szkła rozsypały się przed kominkiem.

Już nie trzeba było czekać na przymrozek. Właśnie nadszedł, pomyślała Lucie.

– Thomas, ogromnie mi przykro – powiedziała Tessa, wyciągając ręce. – Twoi rodzice już jadą. Barbara właśnie zmarła.

11

Zaklęcia i talizmany

„Wiedza to duma, że nauczył się tak wiele.
Mądrość – pokora, że więcej już nie wie.
Księgi to nierzadko zaklęcia i talizmany".

William Cooper, *Zadany temat, księga VI: Spacer w zimowe południe*

– *Tahdig* wystygł. – Sona stała w drzwiach domu ze skrzyżowanymi rękami i piorunowała wzrokiem swoje dzieci. – Risa podała kolację ponad dwie godziny temu. Gdzieście się podziewali?

– Poszliśmy do izby chorych w Instytucie – skłamał Alastair, patrząc niewinnie.

To naprawdę syn perskiej matki z temperamentem, pomyślała z rozbawieniem Cordelia. W powozie ugładziła włosy i suknię tak dobrze, jak się dało, ale doskonale wiedziała, że wygląda jak straszydło.

– Pomyśleliśmy, że przyniesiemy kwiaty i okażemy naszą troskę jako członkowie londyńskiej społeczności – dodał.

Część gniewu zniknęła z twarzy Sony.

– Te biedne dzieci w izbie chorych – powiedziała. Cofnęła się i zapędziła ich do środka. – Wchodźcie. I zdejmijcie buty, zanim naniesiecie błoto na dywany!

Kolacja była krótka; jedli *tahdig* i *choresz bademdżan*. Pod koniec posiłku Sona była przekonana, że pomysł pomagania w izbie chorych był jej własnym.

– Jesteś dobrym chłopcem, Alastair, *dżun* – powiedziała, całując go w czubek głowy, gdy wstawała od stołu. – I ty też, Cordelio. Chociaż nie powinnaś była zbierać kwiatów. Zniszczyłaś sukienkę. Tyle błota! – Pokręciła głową.

– I dobrze. To ohydna sukienka.

Uraziła tym Sonę.

– Kiedy byłam w twoim wieku... – zaczęła.

Cordelia wiedziała, że te słowa zapowiadają opowieść o tym, jak to Sona była dziewczynką, idealnie posłuszną rodzicom, obowiązkową Nocną Łowczynią, która zawsze dbała o to, by jej ubrania były w idealnym stanie.

Alastair rzucił serwetkę na stół.

– Nasza Lajla wygląda na wyczerpaną – powiedział. – Pomaganie chorym jest bardzo męczące. Odprowadzę ją na górę.

Dom był dwupiętrowy, na drugim znajdowały się sypialnie Alastaira i Cordelii oraz mały gabinet. Okna z rombami szybek wychodziły na ciemne niebo nad Kensington. Alastair zatrzymał się u szczytu schodów i oparł o tapetę z adamaszkowym wzorem.

– Nie rozmawiajmy nigdy więcej o tych okropnych ludziach – rzekł.

Obracał w palcach jedną ze swoich chińskich włóczni, grot w kształcie liścia odbijał światło wpadające z dołu. Alastair miał całą kolekcję włóczni, niektóre były składane i mógł je chować w kieszeni, kilka nosił pod podszewką płaszcza.

– Lubię ich – odpowiedziała z rozdrażnieniem Cordelia. – Wszystkich.

Słyszała matkę nucącą sobie w sypialni. Dawno temu Alastair też często śpiewał i grał na fortepianie. Byli muzykalną rodziną. Kiedyś było inaczej. Dzisiejszy wieczór przypomniał jej czasy, gdy byli dziećmi i wspólnie spiskowali, jak to często bywa z odizolowanym od świata rodzeństwem. Zanim Alastair wyjechał do szkoły i wrócił tak bardzo oziębły.

– Naprawdę? – zapytał. – A którego z nich uważasz za takiego miłego? Jeśli Herondale'a, to wiedz, że nigdy nie polubi cię tak, jak lubi pannę Blackthorn. A jeśli Fairchilda, to nigdy nie będzie cię lubił tak, jak lubi butelkę.

Cordelia zacisnęła usta.

– Czy ci się to podoba, czy nie, to wpływowi ludzie i wolałabym myśleć, że najważniejsze dla ciebie jest dobro naszego ojca.

– Zamierzasz uratować ojca, sprawiając, że inni cię polubią? – prychnął Alastair.

– Ty ewidentnie nigdy nie uważałeś sympatii innych ludzi za ważną, ale ja jestem inna.

Alastair zdumiał się, lecz szybko się otrząsnął.

– Powinnaś mniej myśleć o tym, żeby cię lubili, a więcej o tym, żeby mieli u ciebie dług.

– Alastair...

Ktoś zapukał gwałtownie do drzwi na dole. Dźwięk poniósł się w ciszy. Ktokolwiek czekał na zewnątrz, zapukał trzy razy, a potem przestał.

Wyraz twarzy Alastaira się zmienił.

– Dość już rozmawialiśmy. Dobranoc, Cordelio.

Już nie mówił do niej „Lajlo", tylko „Cordelio". Miał poważną minę, gdy zaczął schodzić.

Cordelia złapała go za płaszcz.

– Kto przychodziłby tak późno? Myślisz, że to złe wiadomości?

Alastair zdumiał się, że Cordelia jeszcze tam jest. Jego płaszcz wysunął jej się z palców.

– Wiem, kto puka. Zajmę się tym. Idź natychmiast do łóżka – rozkazał, nie patrząc jej w oczy. – Jeśli matka przyłapie cię, że nie śpisz, będzie sądny dzień.

Zbiegł po schodach.

Cordelia wychyliła się nad balustradą. Dwa piętra niżej widziała płytki enkaustyczne w korytarzu, powierzchnię świeżo pomalowaną w żółte słoneczne rozbłyski pośród labiryntu mieczy. Widziała, jak brat otwiera drzwi i cień pada na miecze i słońca, gdy gość wchodzi. Mężczyzna zdjął kapelusz. Ku swojemu zdumieniu Cordelia rozpoznała Charlesa Fairchilda.

Alastair rozejrzał się czujnie, ale matka i Risa poszły już spać. Wziął kapelusz i płaszcz od Charlesa i obaj poszli do bawialni.

Cordelii serce waliło młotem. Charles Fairchild. Charles, który powiedział Jamesowi, żeby nie zbliżał się do Grace. Charles, któremu Matthew ewidentnie nie ufał. Za to Alastair jak najbardziej.

Alastair obiecał jej, że nie wyjawi sekretów Jamesa. Obiecał!

Nie chciał jednak złożyć tej obietnicy. Cordelia zagryzła usta, zaklęła i ruszyła po schodach w dół. Schody w ich nowym domu były dębowe, pomalowane na szaro, z żółtym bieżnikiem i poręczą z kutego żelaza też pomalowaną na szaro. Cordelia walczyła z wyrzutami sumienia, kiedy zbiegła po nich lekko, nie robiąc najmniejszego hałasu.

Do bawialni prowadziły dwa wejścia. Cordelia przemknęła przez jadalnię i pobiegła korytarzem dla służby. Na końcu korytarza znajdowały się lekko uchylone drzwi do bawialni. Przycisnęła się do nich i zerknęła przez szparę. Widziała Charlesa grzejącego ręce przy ogniu płonącym na otynkowanym na biało kominku.

Jego rude włosy wydawały się ciemniejsze w słabym świetle i były bardzo schludnie uczesane. Alastair podszedł do niego. Teraz Cordelia dobrze widziała brata. Przeczesywał palcami splątane włosy, próbując je ulizać.

– Alastair – powiedział Charles, odwracając się plecami do ognia. – Skąd to zdenerwowanie? Co się stało?

– Szukałem cię wcześniej – odpowiedział Alastair. Dąsał się, co zaskoczyło Cordelię. – Moja siostra była u Anny... Poszedłem do ciebie, a nawet do klubu. Gdzie byłeś?

– Byłem w Instytucie, rzecz jasna. Moja narzeczona jest chora, zapomniałeś?

– Małe szanse, żebym zapomniał – odparł chłodno Alastair. – O twojej narzeczonej.

– Alastair – rzucił ostrzegawczym tonem Charles. – Rozmawialiśmy już o tym.

– Powiedziałeś, że to chwilowe. Chwilowe zaręczyny z powodów politycznych. Ale rozmawiałem z Ariadne. Ona wierzy, że dojdzie do ślubu.

Alastair stał blisko Charlesa, tak blisko, że ich cienie się stykały. Teraz odwrócił się plecami do Charlesa i podszedł do regału z książkami. Cordelia próbowała się cofnąć i prawie nastąpiła sobie na sukienkę. Na szczęście Alastair zatrzymał się i zapatrzył na książki. Cordelia rzadko widywała u niego równie nieszczęśliwą minę.

– To nie w porządku wobec niej – powiedział. – Ani wobec mnie.

– Ariadne nie obchodzi, co robię. Jest zainteresowana kimś innym. – Charles zawahał się. – Zadowoli rodziców odpowiednią partią, a ja uważam za użyteczne bliskie związki z Inkwizytorem. Jeśli zostanę Konsulem, będę mógł zdziałać wiele dobrego dla Clave, tak samo jak dla ciebie. Moja matka jest zbyt sentymentalna, ale ja mogę dopilnować, żeby nasi ludzie znowu byli silni. Tego chciałem całe życie. Rozumiesz przecież. Wyznałem ci wszystkie moje nadzieje w Paryżu.

Alastair zamknął oczy, jakby słowo „Paryż" sprawiało mu ból.

– Tak. Ale powiedziałeś... myślałem...

– Co powiedziałem? Nie składam fałszywych obietnic. Wiesz, jak być musi. Obaj jesteśmy światowymi ludźmi.

– Wiem. – Alastair otworzył oczy. Odwrócił się do Charlesa. – Po prostu... kocham cię.

Cordelia nabrała gwałtownie powietrza. Alastair!

Jej bratu głos się łamał, gdy mówił. Zaś głos Charlesa ciął powietrze jak bat:

– Nie wolno ci tak mówić – powiedział. – Nie w miejscu, gdzie ktoś mógłby usłyszeć. Przecież sam wiesz.

– Nikt nas nie może usłyszeć – odpowiedział Alastair. – A ja cię kocham od Paryża. Myślałem, że ty kochasz mnie.

Charles nie odpowiedział. Przez chwilę Cordelia myślała tylko o tym, że nienawidzi Charlesa Fairchilda za to, że zranił jej brata. A potem spostrzegła delikatne drżenie dłoni Charlesa, kiedy chował ją do kieszeni, i zdała sobie sprawę, że Charles też może się bać.

Wziął głęboki wdech i podszedł do Alastaira. Teraz Cordelia obu widziała dobrze. Może za dobrze, pomyślała, kiedy Charles wyjął ręce z kieszeni i położył je na ramionach jej brata. Alastair rozchylił nieco usta.

– Kocham – powiedział Charles. – Przecież wiesz, że tak.

Wsunął dłonie w jego włosy. Nie zdjął rękawiczek i jego palce były ciemne na tle jasnych włosów Alastaira. Przyciągnął go do siebie i ich usta się spotkały. Alastair jęknął cicho, jakby się poddawał. Objął Charlesa za szyję i pociągnął go na sofę.

Wyciągnęli się na niej, Charles na Alastairze. Tym razem to Alastair wsunął ręce we włosy Charlesa, przyciskał się do jego ciała i majstrował przy jego kamizelce. Charles opierał dłonie płasko na piersi Alastaira i całował go wygłodniale raz za razem...

Cordelia zacisnęła powieki. To było życie jej brata, jego sprawy, jego prywatne sprawy. O rety, nie po to tu zeszła. Słyszała ciche jęki, Alastaira szepczącego po persku czułości, jakich nigdy nie spodziewała się usłyszeć z jego ust.

Nagle rozległ stłumiony okrzyk. Uznała, że zaryzykuje i ucieknie. Najpewniej byli zbyt zajęci sobą, żeby ją usłyszeć.

A wtedy usłyszała, jak Charles mówi:

– Alastair. Nie mogę... nie mogę.

Rozległ się stłumiony łoskot, Cordelia otworzyła oczy i zobaczyła, że Alastair siedzi w nieładzie na kanapie, a Charles stoi i poprawia kamizelkę. Marynarka Alastaira wisiała przerzucona przez oparcie sofy.

– Nie teraz.

Alastair już nie grywał, ale wciąż miał dłonie muzyka. Cordelia widziała, jak podnosi te dłonie, załamuje je z bólu i zaraz nieruchomieje.

– Co się stało, Charles? – zapytał chrapliwie. – Jeśli nie po to przyszedłeś, to co tu robisz?

– Myślałem, że zaakceptowałeś sytuację z Ariadne. Nie zostawiłbym ciebie. Nadal bylibyśmy... czymkolwiek jesteśmy. Myślałem, że też się ożenisz.

– Że ja się ożenię?! – Alastair poderwał się na równe nogi. – Powtarzałem ci raz za razem, Charles, że nawet gdybym nie miał ciebie, nigdy nie ożeniłbym się z jakąś nieszczęsną kobietą i nie zwodziłbym jej, udając, że ją kocham i szanuję. Przekonałem matkę, że bardziej przydam się rodzinie, angażując się w politykę...

– I przekonasz się, że trudno odnieść sukces w polityce bez żony. Poza tym nie musisz oszukiwać kobiety.

– Ariadne to niezwykły przypadek. Gdyby nie wolała kobiet, pewnie nie chciałaby wyjść za ciebie.

Charles zamarł, wpatrując się w twarz Alastaira.

– A gdyby to nie była Ariadne?

Alastair spojrzał zdumiony.

– Mów do rzeczy. Co masz na myśli?

Charles pokręcił głową, jakby otrząsał ją z pajęczyn.

– Nic. Jestem po prostu... podenerwowany. Wiele się wydarzyło tego wieczoru, choć nic dobrego.

Cordelia zamarła. Co miał na myśli? Nie mógł wiedzieć o ich walce z demonami przy Battersea Bridge. Czy ktoś jeszcze zachorował?

– Barbara Lightwood zmarła – oznajmił grobowym głosem.

Cordelia poczuła się tak, jakby uderzono ją w żołądek. Słyszała Alastaira jak z oddali. Mówił zdumiony:

– Siostra Thomasa nie żyje?

– Nie spodziewałem się, że się tym przejmiesz. Myślałem, że nienawidzisz tych chłopców.

– Nie – odpowiedział Alastair, zaskakując Cordelię. – Ale... Ariadne nic nie jest?

– Nadal żyje, ale Razjel jeden wie, co jeszcze się stanie. Z obojgiem.

Alastair usiadł.

– Może powinniśmy wyjechać z Londynu. Nie będzie tu bezpiecznie dla Cordelii, dla mojej matki...

Cordelia zdziwiła się, że brat o niej pomyślał.

Alastair ukrył twarz w dłoniach.

– *Nemidunam* – szepnął. Charles nie zrozumiał, ale Cordelia wiedziała: „Nie wiem. Nie wiem, co robić".

– Jesteśmy Nocnymi Łowcami – powiedział Charles i Cordelia zaczęła się zastanawiać: nie martwił się, że Matthew choruje? Nie martwił się o Henry'ego? – Nie uciekamy ani nie marnujemy czasu na żałobę. To czas, żeby walczyć i wygrać. Enklawa będzie potrzebowała przywódcy, a skoro moja matka jest w Idrisie, nadszedł czas, żebym pokazał się z najlepszej strony. – Dotknął delikatnie ramienia Alastaira, ten uniósł głowę, a Cordelia zamknęła oczy. Było coś zbyt osobistego w sposobie, w jaki brat patrzył na Charlesa, gdy odrzucał wszelkie maski.

– Muszę iść – powiedział Charles. – Ale nie zapominaj: cokolwiek zrobię, zawsze będę myślał o tobie.

***

– Odrzuć ją z powrotem do mnie – powiedziała cicho Lucie.

Mówiła o małej czerwonej gumowej piłce. Młodszy kuzyn Lucie pomknął po marmurowej podłodze biblioteki, ale piłka odbiła się poza jego zasięg i wpadła na kolana Lucie.

Alexander się rozzłościł.

– To nie w porządku – poskarżył się.

Był zmęczony i marudny, bo nie spał, chociaż powinien pójść do łóżka wiele godzin temu. Lucie nie była pewna, która dokładnie jest godzina. Była przekonana, że minęło wiele godzin, odkąd usłyszała o śmierci Barbary, ale to wszystko wydawało się dziwne, jak koszmar, rozmyty i bezczasowy.

Podniosła wzrok i zmarszczyła czoło.

– Jessamine, nie zabieraj dziecku piłki.

– Chciałam tylko wziąć udział w zabawie – odpowiedziała Jessamine.

Unosiła się między regałami, gdzie Lucie zabrała Alexandra, żeby go zabawić, podczas gdy ich rodzice rozmawiali. W pewnym momencie pojawiła się Jessamine, wyczuwając niepokój panujący w Instytucie. Unosiła się koło Lucie z rozpuszczonymi blond włosami.

– Może lepiej, żeby opuścili Londyn – mówiła Tessa. Ona i Will siedzieli z ciotką Cecily i wujem Gabrielem przy długim stole pośrodku dużego pokoju. – Dobrze zrobi Sophie i Gideonowi, gdy dołączą do Henry'ego i Charlotty w Idrisie, bo to zawsze kojące towarzystwo. I na pewno w tej chwili Londyn będzie im tylko przypominał o Barbarze.

Lucie widziała wuja Gideona i ciotkę Sophie tylko przelotnie, kiedy przyjechali zobaczyć ciało Barbary i zabrać Thomasa. Oboje wyglądali jak pozbawione życia marionetki, które bez przekonania robią to, co należy. Mimo to próbowali pocieszyć Oliviera, który wciąż siedział i płakał przy ciele Barbary. Wyglądało na to, że miotała się i krzyczała pod koniec, tuż przed tym, jak przyszła Tessa i zobaczyła, że dziewczyna nie żyje. Podrapała rękę Oliviera, krew zaplamiła mu białe mankiety koszuli razem z jego łzami.

Załamany Olivier miał wrócić do Nowego Jorku i swoich rodziców. Gideon i Sophie najwyraźniej wybierali się do Idrisu, gdzie Eugenia zemdlała, usłyszawszy o śmierci siostry, i nie była w stanie podróżować przez Bramę. Thomas jednak nie wyjeżdżał z nimi. Uparł się, że zostanie w Londynie, i miał się zatrzymać u Cecily i Gabriela w ich domu przy Bedford Square.

– Zaopiekujemy się nim jak najlepiej – obiecywała Cecily. – Christopher będzie zachwycony. Zastanawiam się jednak, czy Thomas nie będzie żałował, że nie pojechał do Idrisu. Rozstanie z rodziną w takiej chwili z pewnością będzie bolesne.

– Wy także jesteście rodziną – powiedział Will. – Christopher i Thomas są jak bracia.

– Wątpię, żeby żałował – wtrącił Gabriel. Był życzliwym wujem, ale jego wyraziste rysy, takie same jak Anny i Christophera, sprawiały, że robił wrażenie bardziej surowego. – Thomas bardzo przypomina Gideona. Ten typ musi się czymś zająć w obliczu tragedii. Christopher chce, żeby Thomas pomógł mu w pracy nad antidotum...

– Ale Kit to tylko dziecko – powiedziała Cecily. – Trudno oczekiwać od niego czegoś tak wielkiego.

– Nie ma powodu podejrzewać, że wysiłki Christophera i Thomasa pójdą na marne – zaprotestował Will. – Nie zapominaj o tym, że kiedyś Clave wątpiło w nas i w Henry'ego, a mimo to zwyciężyliśmy.

– Biedna Sophie – odezwała się niespodziewanie Jessamine. – Zawsze była taką dobrą dziewczyną. Poza tym jednym razem, kiedy uderzyła mnie lusterkiem w głowę i przywiązała do łóżka.

Lucie nie dociekała. Często opowieści Jessamine, jeśli nie były chaotyczne, to okazywały się przerażające. Zamiast tego wzięła Alexandra na kolana i oparła podbródek na jego głowie.

– Wygląda na to, że taki już los żywych, że spadają na nich tragedie – powiedziała Jessamine.

Lucie nie zwróciła jej uwagi, że alternatywa prezentuje się gorzej. Jessamine nigdy nie robiła wrażenia, jakby żałowała, że nie żyje. Najwyraźniej odpowiadała jej rola ducha opiekuńczego. Tak bardzo różni się od Jessego, pomyślał Lucie. Jessego, który poprosił ją o dochowanie sekretu, żeby Clave nie odkryło jego dziwnego, połowicznego życia i nie położyło mu kresu. Jessego, który tak bardzo chciał żyć.

– Wszyscy byliśmy wtedy bardzo dzielni – powiedziała Tessa. – Zastanawiam się czasem, czy nie łatwiej być dzielnym, gdy się jest młodym, zanim człowiek naprawdę zrozumie, jak wiele może stracić.

Cecily mruknęła coś w odpowiedzi. Lucie objęła Alexandra, który przysypiał w jej ramionach. Był dla niej pociechą, chociaż miał trzy lata i marudził. Gdzieś w głębi serca czuła prawdę zawartą w słowach matki. Prawdę należy umieszczać w książkach, pomyślała, ale czegoś takiego nigdy nie napisałaby na kartach *Pięknej Cordelii*. Książki opowiadały o radości. A to była brutalna i potworna proza życia.

To było zbyt okropne.

***

James siedział przy biurku i próbował czytać, ale jego wzrok tylko przesuwał się po słowach na stronie. Cały czas myślał o Barbarze. Nie był szczególnie blisko z kuzynką, różnica wieku między nimi oznaczała, że ona traktowała go pobłażliwie, jak dziecko, podobnie jak Thomasa, ale była obecna przez całe jego życie, życzliwa i wesoła, bez ostrego języka swojej siostry, zawsze spodziewała się po ludziach tego co najlepsze. Nigdy nie żył w świecie, w którym nie byłoby Barbary.

Wiedział, że Lucie siedzi w bibliotece, ciesząc się z towarzystwa innych, on sam jednak zawsze znajdował pocieszenie w książkach. Chociaż nie w takich, jaką właśnie czytał.

Zaskoczyło go, jak niewiele jest materiałów w bibliotece na temat książąt piekieł. To nie był ten rodzaj demonów, z którymi Nocni Łowcy walczyli. Zgodnie z mitologią na ich temat stanowili odzwierciedlenie aniołów takich jak Razjel. Ich zainteresowania wykraczały poza ludzkość, która była dla nich jak mrówki. Walczyli z aniołami i władcami innych światów niż Ziemia, które kolekcjonowali jak pionki w szachach. Nie można było ich zabić, chociaż czasem byli w stanie zranić się wzajemnie w sposób, który osłabiał ich na wiele lat.

Było ich w sumie dziewięciu. Był Samael, pierwszy, który wypuścił demony na Ziemię. Azazel, ten, który wykuł broń i popadł w niełaskę, kiedy podarował ludziom instrumenty przemocy. Belial, który „nie chadza wśród ludzi", opisany jako książę nekromantów i czarowników, złodziej światów. Mammon, książę chciwości i bogactwa, którego można przekupić pieniędzmi i skarbami. Astarot, który kusił ludzi do składania fałszywego świadectwa i wykorzystywał pogrążonych w żałobie. Asmodeusz, demon żądzy, podobno generał armii piekieł. Belfegor, książę gnuśności, a także – co dziwne – oszust i sprzedawca rzekomych cudownych leków na wszystko. Lewiatan, demon zazdrości, chaosu i morza, który był potworny i rzadko przyzywany. I na końcu, rzecz jasna, był Lucyfer, przywódca archaniołów, najpiękniejszy z książąt, przywódca buntu przeciwko Niebu.

Jamesowi wydawało się niemożliwe, by którykolwiek z nich był jego dziadkiem. To jakby mieć za dziadka górę albo wybuchającą gwiazdę. Nie było złej istoty potężniejszej od księcia piekieł, z wyjątkiem może Lilith, matki demonów.

Westchnął i odłożył książkę, próbując odepchnąć natarczywe myśli o Grace. Nie podobało mu się to, w jaki sposób się rozstali. Powiedziała, że potrzebuje czasu, i wiedział, że musi go jej dać. Mimo to myśl o niej paliła go w żołądku, jakby połknął główkę zapałki.

Pukanie do drzwi wyrwało go z zadumy. Odłożył książkę i wstał. Bolały go mięśnie.

– Proszę! – zawołał.

Wszedł jego ojciec, ale nie był sam. Towarzyszył mu wuj Jem – bezgłośna obecność w pergaminowych szatach. Spuścił kaptur, jak to często robił, gdy przebywał w Instytucie. Will powiedział Jamesowi wiele lat temu, że kiedy Jem został Cichym Bratem, nie lubił, gdy ludzie gapili się na jego blizny. To była dziwna myśl, że wuj Jem żywił takie uczucia.

– Ktoś przyszedł się z tobą zobaczyć – powiedział Will, odsuwając się, żeby Jem mógł wejść do pokoju. Popatrzył na syna, potem na dawnego *parabatai*.

James wiedział, że pod piosenkami i żartami kryje się człowiek, który wszystko głęboko przeżywa. On sam pod tym względem przypominał ojca. Obaj mocno kochali i potrafili mocno cierpieć.

Jeśli Willa bolało, że James i Jem mają swoje sekrety, których nie mógł poznać, to tego nie okazywał. James był nieszczęśliwy, dopóki, Jem nie pokazał mu, jak kontrolować moc cienia. A dla Willa liczyło się tylko to, że po lekcjach z Jemem James sprawiał wrażenie szczęśliwszego.

Pod niebieskimi oczami Willa malowały się ciemne cienie. James wiedział, że rodzice zarywali noc, najpierw siedząc w izbie chorych, a potem w bibliotece. James i Lucie siedzieli z Thomasem tak długo, jak mogli, aż wrócił do domu Christophera, milczący z powodu żałoby i wyczerpania. Potem Lucie poszła do biblioteki i zajęła się Alexandrem, a James poszedł do siebie. Zawsze należał do tego gatunku ludzi, którzy przeżywają ból w samotności.

Will zmierzwił synowi włosy i powiedział coś o tym, że jest potrzebny gdzie indziej, po czym wyszedł. James usiadł wtedy z powrotem przy biurku i zerknął na wuja.

Wezwałeś mnie? – zapytał Jem.

– Tak. Muszę ci coś powiedzieć. A może o coś zapytać. Nie jestem pewien.

Chodzi o Barbarę? Pozostałych? Nie wiemy, dlaczego umarła. Myślimy, że trucizna dotarła do serca. Piers i Ariadne są w stabilnym stanie, ale Bracia muszą znaleźć lek, zanim sytuacja się pogorszy.

James pomyślał o krwi, którą Christopher pobrał w izbie chorych i zabrał do laboratorium przy Grosvenor Square. Wiedział, że Christopher robi, co w jego mocy, żeby znaleźć lekarstwo na demoniczną truciznę, ale miał nadzieję, że Henry wróci z Idrisu i mu pomoże. Nie wspominając już o zbadaniu ziemi, którą James znalazł w królestwie cieni...

– Wysłałem do ciebie wiadomość, zanim dowiedziałem się o Barbarze – powiedział James, wracając myślami do chwili obecnej. – Teraz mi głupio. Moje problemy nie dorastają do tych...

Powiedz, dlaczego mnie wezwałeś. A sam ocenię, czy to ważne.

James się zawahał.

– Nie mogę wyjawić ci wszystkiego, z powodów, których nie mogę do końca wyjaśnić. Wiedz tylko, że spotkałem demona, który powiedział mi, że mój dziadek jest księciem piekieł. – Zerknął wujowi w twarz. – Wiedziałeś o tym?

Siwe pasmo włosów poruszyło się, gdy Jem pokręcił głową.

Gdy szukałem imienia twojego dziadka, słyszałem wiele opowieści z różnych źródeł. Pewna czarownica powiedziała mi, że to był książę piekieł. Jednak inni wymieniali odmienne demony. Ponieważ nie wiedziałem, komu ufać, pomyślałem, że lepiej nie obciążać tym twojej rodziny, dopóki nie będę pewny prawdy.

– Może dałoby się znaleźć wskazówkę w królestwie cieni – powiedział James. – Widzę je coraz lepiej, w miarę jak w Londynie jest coraz więcej demonów. Jeśli istnieje jakiś związek...

Czy demony nad jeziorem odezwały się do ciebie? Wspominały dziadka?

James pokręcił głową.

Domyślam się, że demon, który wyjawił tożsamość twojego dziadka, to cerber ze szklarni w Chiswick – powiedział Jem. James nie zaprzeczył. Przypuszczenie było dostatecznie bliskie prawdy. – *Możliwe, że ten demon usłyszał twoje imię, bo był związany z Benedictem i Tatianą, i powiedział ci to, co według niego mogło cię najbardziej zranić. Demony są zwodnicze. To nie musi być prawda.*

– Ale co to znaczy, jeśli to jest prawda? – szepnął James. – Jeśli jestem potomkiem księcia piekieł?

To w żaden sposób nie określa tego, kim jesteś. Spójrz na swoją matkę, na siostrę. Czy powiedziałbyś, że widzisz w nich jakąś skazę? Jesteś synem swojej matki i ojca. Oto co się liczy. Co zawsze się liczyło.

– Jesteś dla mnie dobry. Życzliwszy, niż będzie Clave, jeśli to okaże się prawdą.

Jem ujął twarz Jamesa w dłonie. Jego dotyk był chłodny jak zawsze, a jego twarz była młoda i stara zarazem. Jakim cudem wyglądał jak rówieśnik Jamesa, a jednocześnie jak ktoś pozbawiony wieku?

Gdybyś tylko widział ludzkość tak, jak ja ją widzę – powiedział wuj Jem. – *Bardzo niewiele światła i ciepła znajduję dla siebie w świecie. Istnieją tylko cztery płomienie w całym świecie, które płoną dość mocno, żebym poczuł w sobie coś z osoby, którą kiedyś byłem. Twoja matka, twój ojciec, Lucie i ty. Kochacie, drżycie i płoniecie. Nie pozwól tym, którzy nie widzą prawdy, mówić ci, kim jesteś. Jesteś płomieniem, którego nie da się zgasić. Jesteś gwiazdą, której nie można zgubić. Jesteś tym, kim zawsze byłeś, i tyle wystarczy, to więcej niż dość. Każdy, kto, patrząc na ciebie, widzi ciemność, jest ślepy.*

Wypuścił nagle Jamesa, jakby za dużo powiedział.

To nie wystarczy, prawda? – zapytał Jem. – *Niepewność została zasiana. Czujesz, że musisz się dowiedzieć.*

– Tak. Przepraszam.

Dobrze więc. Zwrócę się do dawnego przyjaciela, ale pod jednym warunkiem. Nie wspomnisz o tym nikomu więcej, dopóki on się nie odezwie.

James się zawahał. Już miał zbyt wiele sekretów – ukrywał różne rzeczy przez wzgląd na Grace, przemilczał walkę w Chelsea, informację na temat Emmanuela Gasta. Jednakże, zanim odpowiedział, usłyszał stukot kół za oknem. Rozległ się łomot i James usłyszał, że frontowe drzwi Instytutu otworzyły się gwałtownie.

Podbiegł do okna. Jem natychmiast znalazł się obok niego, poruszając się bezgłośnie jak duch.

Na dziedziniec wjechało kilka powozów. W chłodnym świetle księżyca James spostrzegł tylko herby Baybrooków i Greenmantle'ów, nie widział pozostałych. Usłyszał krzyki – Will i Gabriel zbiegali po frontowych schodach. Drzwi powozu Greenmantle'ów otworzyły się z impetem i wysiadły z niego dwie kobiety, podtrzymując między sobą mężczyznę. Jego biała koszula była przesiąknięta krwią, głowa zwieszała mu się pod dziwnym kątem jak u zepsutej lalki.

Wuj obok Jamesa zamarł. Zapatrzył się w dal. James wiedział, że może porozumiewać się z innymi Cichymi Braćmi, zbierać od nich informacje.

Stało się – powiedział Jem. – *Doszło do kolejnego ataku.*

***

Światło późnego poranka było żółte jak masło. Raniło oczy Cordelii, gdy krążyła po kafelkach w gwiazdy i miecze w holu wejściowym w domu przy Cornwall Gardens. Sona i Alastair jeszcze spali. Risa kręciła się w kuchni, nucąc pod nosem i robiąc *nan-e barbari*, rodzaj podpłomyka, który był jej specjalnością.

Cordelia nie była w stanie spać. Nie była w stanie się położyć, już nie wspominając o zmrużeniu oczu, bo potwornie martwiła się o ojca, a także z powodu wiadomości o śmierci Barbary i nowego niepokoju o Alastaira.

Biedny Thomas, myślała. I biedna Barbara, która była taka szczęśliwa, gdy tańczyła z Oliverem, spacerowała z nim w Regent's Park.

Nocni Łowcy znali śmierć. Akceptowali jej nadejście – w walce, od noża, zęba lub miecza. Jednak żeby dziwna trucizna skradła życie we śnie jak duch albo złodziej – to nie należało do życia Nocnych Łowców. To wydawało się niewłaściwe, jak but włożony tył naprzód. Tak samo jak myśl, że miałaby stracić ojca z powodu niesprawiedliwości Clave.

Pukanie do drzwi sprawiło, że Cordelia prawie podskoczyła. Pokojówka Lightwoodów miała wolne. Cordelia zerknęła w stronę kuchni, ale Risa nie słyszała pukania. Nie było przy drzwiach nikogo poza nią. Wzięła się w garść i otworzyła drzwi szeroko.

W progu stał James Herondale. Zaparło jej dech. Nigdy dotąd nie widziała go w stroju bojowym. Ciemny kolor ubrania sprawiał, że jego włosy wydawały się jeszcze czarniejsze, a oczy płonęły złotem jak u lwa. Na lewej ręce nosił żałobną opaskę z białego jedwabiu.

Spojrzał jej w oczy, nie wzdragając się. Jego czarne włosy były wiecznie potargane, jakby burzył je wiatr, którego nikt inny nie widzi.

– Daisy – powiedział. – Mam... złą wiadomość.

Mogła udawać, że nie wie, ale nagle nie była w stanie.

– Barbara – szepnęła. – Wiem. Ogromnie mi przykro, James. Charles przyszedł wczoraj wieczorem. Przyjaźni się z Alastairem i...

– Mam wrażenie, że powinienem wiedzieć, że się przyjaźnią... obaj byli w tym samym czasie w Paryżu, prawda? – James przeczesał palcami zmierzwione włosy. – Ale po co Charles przyszedłby tak późno do twojego brata? Nie mógł jeszcze wiedzieć o ataku...

– O ataku? – Cordelia zesztywniała. – Jakim ataku?

– U Baybrooków zebrało się parę osób wczoraj wieczorem. Kiedy goście wyszli, zostali zaatakowani przez te same demony, która zaatakowały nas w parku.

Cordelia zastanawiała się gorączkowo.

– Ktoś nie żyje?

– Randolph Townsend. Nie znałem go dobrze, ale widziałem, że wniesiono jego ciało. Vespasia Greenmantle i Gerald Highsmith zostali ranieni i zainfekowani trucizną. – James przeczesał rękami włosy.

– Czy Clave przyznaje teraz, że problem nie ogranicza się do Regent's Park?

– Tak – odpowiedział z goryczą James. – I zamierza zorganizować więcej patroli, objąć nimi rozleglejszy obszar, chociaż moi rodzice błagają, by wezwano czarowników i Spiralny Labirynt. Atak odbył się nocą, więc przynajmniej mniej panikują, ale nie jestem pewien, czy to dobrze. To była grupa dorosłych Nocnych Łowców. Uzbrojonych. Wszyscy chodzą uzbrojeni od czasu pikniku. Jednak według Baybrooków zostali w okamgnieniu rozgromieni. Tylko Randolph miał szansę unieść serafickie ostrze, zanim demony wbiły zęby w ich ciała.

– Czy demony zniknęły nagle jak nad jeziorem?

– Podobno Baybrookowie mówią, że zniknęły niemal tak szybko, jak się pojawiły.

– Moim zdaniem one nie chcą po prostu zabić, tylko szukają okazji, żeby ugryźć. Spowodować chorobę.

James zmarszczył brwi.

– Ale Randolph zginął.

– Bo jako jedyny walczył. Mam wrażenie, że te demony są gotowe zabić, w końcu Barbara i Piers mogli spokojnie umrzeć z powodu utraty krwi, ale ich celem jest szerzenie tej... choroby.

– Czyli uważasz, że ktoś nimi kieruje. Dobrze. Ja też. Mam nadzieję, że dowiemy się od Gasta kto taki.

– Gasta? – powtórzyła Cordelia.

Oczy Jamesa zabłysły ciemnym złotem.

– Jedna dobra rzecz wydarzyła się wczoraj. Wygląda na to, że wasza wyprawa do Hell Ruelle była udana. Hypatia Vex przysłała Ragnora Fella, a on podał nam imię i nazwisko czarownika, który mógł wezwać te demony. Emmanuel Gast. – Zerknął w okna jej domu. – Ragnor upierał się, żebyśmy nie wyjawiali tej informacji.

– Kolejny sekret. Mam wrażenie, że dużo ich ostatnio. Biedny Thomas... On wie...?

– O Gaście? Tak. Ragnor przyszedł, zanim dowiedzieliśmy się o Barbarze. – Ból rozbłysnął na jego twarzy. – Thomas obwinia się za jej śmierć, chociaż nic nie mógł zrobić.

James sprawiał wrażenie wyczerpanego. Przeszedł taki kawał drogi, żeby przekazać jej nowiny, dzięki czemu nie musiała ich usłyszeć od ludzi, którzy nie znają Thomasa, nie dbają o niego i jego przyjaciół.

Pewnie nie może się doczekać, żeby stąd pójść, pomyślała. Nie mogła zatrzymywać go teraz, kiedy bez wątpienia chciał być z rodziną albo z Grace.

– To miłe, że przyszedłeś mi powiedzieć – powiedziała, opierając się o framugę. – Zaprosiłabym cię na herbatę, ale wiem, że pewnie śpieszy ci się do rodziny.

– Właściwie to nie wracam do Instytutu. Ja, Matthew i Lucie doszliśmy do wniosku, że należy przycisnąć Gasta w jego mieszkaniu. Spotkam się z nimi. Przyszedłem zapytać, czy do nas dołączysz.

Zaskoczona Cordelia zapytała:

– Och, to Lucie kazała ci po mnie przyjść?

James się zawahał.

– Tak.

– Oczywiście, zrobię wszystko dla mojej przyszłej *parabatai*.

Mówiła szczerze. Bardzo chciała zobaczyć Lucie, a jeszcze bardziej zrobić coś użytecznego. Pomóc w jakiś sposób. Przez całą noc myślała o Barbarze, którą znała tak słabo, ale która była taka młoda i robiła wrażenie miłej osoby.

– Wątpię, żeby czarownik ucieszył się na nasz widok – powiedział James. – Włóż strój bojowy i weź Cortanę. Musimy być gotowi do walki.

***

Emanuel Gast mieszkał w mieszkaniu nad wytwórnią chusteczek w pobliżu skrzyżowania Cheapside i Friday Street. Matthew wskazał Friday Street, gdy przejeżdżali.

– Przy tej ulicy stał kiedyś pub o nazwie Syrenia Tawerna, gdzie pijał Szekspir.

Zdaniem Lucie jako pisarki nie była to inspirująca ulica. Po obu stronach stały obskurne brązowe budynki o wąskich oknach i brudnych szczytach. Markizy przy kilku budynkach też były brązowawe, ale od ulicznego brudu i smogu, a nie z wyboru. Cheapside była jedną z najrojniejszych ulic w Londynie, tłumy ciągnęły się od straganów z rybami aż po białe wieże kościoła St. Mary-le-Bow.

Lucie zmarszczyła nos.

– Nie mam dobrego zdania na temat gustu Szekspira.

Matthew uśmiechnął się, chociaż wyglądał na tak zmęczonego, jak czuła się Lucie. Miał na sobie ciemny strój bojowy, tak samo jak ona, białą żałobną przepaskę na nadgarstku i biały kwiatek w butonierce. Żartował cały dzień, a Lucie robiła, co w jej mocy, żeby za nim nadążyć. Trudno było nie wracać myślami do Barbary, do teraz jeszcze bardziej zatłoczonej izby chorych w Instytucie. Ciągle zastanawiała się, kiedy może nadejść następny atak i kto może zostać w nim raniony albo zabity.

– Luce. – Matthew dotknął delikatnie jej ręki.

Chronił ich czar, tłum poruszał się wokół nich, rozstępując się jak rzeka opływająca centralną wyspę. Gazeciarze sprzedający *Evening Standard* śmigali ulicami w tę i z powrotem. Matthew powitał jednego wcześniej, tłumacząc Lucie, że to Nicpoń, jeden z licznych Podziemnych urwisów, które załatwiały różne sprawy dla Diabelskiej Tawerny.

– Jest pewna dziwna sprawa, o której chciałbym z tobą porozmawiać. Charles... Cóż, Charles zawsze był dziwny, ale Charles i Grace...

– James! Cordelia! – Lucie wspięła się na palce, klucząc w tłumie.

Jej brat i Cordelia wysiedli z powozu kawałek dalej i szli w ich stronę. Byli pogrążeni w rozmowie, pochyleni ku sobie, jakby wymieniali się sekretami.

Lucie opadła na pięty trochę zdziwiona. Rzadko widywała, żeby James tak pogrążył się w rozmowie z kimś innym niż trójka jego najbliższych przyjaciół.

– Ciekawe – powiedział Matthew, mrużąc zielone oczy.

Uniósł rękę i pomachał. Tym razem James ich zobaczył. On i Cordelia śmignęli przez tłum, żeby spotkać się z nimi na rogu. Lucie gapiła się przez chwilę – Cordelia wyglądała zupełnie inaczej, gdy nie nosiła ohydnych ubrań, do których zmuszała ją jej matka. Miała na sobie strój bojowy – długą tunikę, spodnie i wysokie buty, rude włosy związała w warkocz, nosiła przewieszoną przez ramię skórzaną torbę. Wyglądała młodziej i ładniej niż na balu w Instytucie.

– To pensjonat – powiedział Matthew, kiedy tylko Cordelia i James znaleźli się w zasięgu słuchu.– Już byliśmy w środku. Gospodyni powiedziała, że nasz przyjaciel Emmanuel Gast „wyjechał na czas nieokreślony".

– Matthew nie był w stanie jej oczarować – dodała Lucie. – Ta kobieta to betonowy kloc w ludzkim kształcie. Zdołaliśmy jednak się dowiedzieć, że mieszkanie znajduje się na drugim piętrze.

Uśmiech wypełzł na usta Jamesa. Jedną z czynności, które sprawiały mu największą przyjemność podczas patroli, było wdrapywanie się i chodzenie po dachach.

– W takim razie wejdziemy po ścianie budynku.

– Tego się obawiałem – mruknął Matthew, kiedy poszli za Jamesem wąskim, zaśmieconym zaułkiem. – Mam nowe buty.

– Natęż mięśnie, Matthew – powiedział James. – Bóg jest z Henrykiem, z Anglią Święty Jerzy*!

– Szekspir – powiedziała Cordelia. – Henryk V.

– Słusznie – odpowiedział James, wyjmując kotwiczkę.

Przełożył przez nią koniec liny i odsunął się, żeby rzucić. Jak zawsze wycelował doskonale – kotwiczka zaczepiła o nadproże okna na drugim piętrze; lina rozwinęła się wzdłuż ściany budynku.

– Raz jeszcze skoczmy w wyłom, przyjaciele** – oznajmił i zaczął się wspinać.

Za nim wspięła się Cordelia, potem Lucie i na końcu Matthew, który nadal przeklinał brud na butach. Luce była w połowie drogi do okna, kiedy usłyszała krzyk. Zerknęła w dół i zobaczyła, że Matthew wylądował na czworakach w zaułku. Musiał spaść z liny.

– Nic ci nie jest? – zapytała teatralnym szeptem.

Kiedy wstał, ręce nadal mu się trzęsły. Unikał wzroku Lucie, łapiąc linę.

---

* Przeł. Maciej Słomczyński.

** jw.

– Mówiłem. Nowe buty.

Lucie znowu zaczęła się wspinać. James dotarł do okna. Balansując na parapecie, rozejrzał się i kopnął w okno. Całość wpadła do środka – framuga, szkło, wszystko. Zniknął w środku, a po nim Cordelia, Lucie i wreszcie Matthew.

Mieszkanie było mroczne i wypełnione smrodem gnijących resztek. Ściany oklejała brązowa wytłuszczona tapeta. Przylepiono do niej kolorowe strony wyrwane z czasopism. Było tam bardzo mało światła, ale Lucie dostrzegła starą sofę i poplamiony turecki dywan. Wysokie regały na książki były zastawione sfatygowanymi tomami. James przyjrzał im się z zaciekawieniem.

– Myślę, że Ragnor miał rację – powiedział. – Gast ewidentnie zajmował się studiami nad magią wymiarów.

– Nie będziemy kraść książek i wynosić do Diabelskiej Tawerny – zaprotestował Matthew. – Nie pierwszy raz twoja książkowa kleptomania ściągnęłaby na nas kłopoty.

James uniósł ręce z miną niewiniątka i zaczął szukać pod meblami. Cordelia poszła za jego przykładem i zerknęła pod tanią drewnianą ramę małego portretu olejnego królowej Elżbiety, rudowłosej i wypudrowanej na biało, o wyjątkowo nieprzyjemnej twarzy.

– Spójrzcie na to. – James miał kurz we włosach i marszczył brwi. – Ciekawe, czy to jakiś rodzaj broni?

Wskazał na coś, co wyglądało jak stos połamanych kawałków drewna rozrzuconych na podłodze za sofą.

– Są okropnie zakurzone – zauważyła Cordelia. – Jakby nikt nie dotykał ich od wieków.

James schylił się, marszcząc brwi, a Matthew zajął się przeszukaniem małego, obskurnego biurka zawalonego papierami. Podniósł niechlujny szkic.

– James, spójrz na to.

James zmrużył oczy.

– To pudełko– powiedział.– Otoczone bazgrołami.

– To nie jest pudełko – wyjaśnił pomocnie Matthew. – To rysunek pudełka.

– Dzięki, Matthew – żachnął się James. Przechylił głowę. – To mi wygląda znajomo.

– Przypomina ci pudełka, z którymi zetknąłeś się wcześniej? – zasugerował Matthew. – Przyjrzyj się tym bazgrołom. Nie wyglądają jak runy?

James wziął papier od *parabatai.*

– Tak – przyznał zaskoczony. – Bardzo. Nie takie, jakich my używamy, ale bardzo podobne...

Cordelia, która uklękła, żeby obejrzeć odłamki drewna, powiedziała:

– Na tym też są wycięte runy, nasze runy, ale wyglądają na przeżarte jakimś kwasem.

– I spójrzcie na te zadrapania na drewnie – powiedział James, klękając obok niej. Zerknął na szkic Gasta, a potem na odłamki. – Zupełnie jakby...

Lucie nie dosłyszała odpowiedzi Matthew, bo wykorzystywała ich nieuwagę, żeby wejść przez uchylone drzwi do małej sypialni.

Zasłoniła ręką usta. Zakrztusiła się i zagryzła kciuk. Ból przeciął mdłości jak nóż.

Pokój był prawie pusty, jeśli pominąć łóżko z metalowymi kolumienkami, okno i szczątki Emmanuela Gasta leżące na gołej podłodze. Ciało i kości rozdzielono, żebra sterczały na boki, ukazując czerwoną jamę. Krew wsiąknęła w czarne szpary drewnianej podłogi. Najbardziej ludzką częścią jego ciała były ręce, rozłożone i obrócone wnętrzem dłoni do góry, jakby Gast błagał o litość, której mu nie okazano.

Nie żył od dawna. Smród był potworny.

Lucie cofnęła się o krok. Drzwi za nią zamknęły się nagle z taką siłą, że ściana zawibrowała. Opuściła rękę, czując smak krwi w ustach, gdy szczątki na podłodze uniosły się i czarny cień wylał się spomiędzy nierównych białych żeber.

To był duch. Nie taki jak duchy Jessamine albo Jessego Blackthorna, które wyglądały namacalnie i ludzko. W powietrzu wokół niego pojawiła się okropna poświata. Sylwetka ducha miała nierówne brzegi, twarz bladą jak czaszka i szopę potarganych ciemnych włosów. Lucie widziała tapetę przez jego przezroczyste ciało.

Duch Emmanuela Gasta zamrugał wodnistymi niebieskimi oczami.

– Dlaczego mnie wzywasz, głupia? – zapytał głosem podobnym do syku pary wylatującej z rury.

– Nie wezwałam cię – odpowiedziała Lucie. – Nie miałam nawet pojęcia, że nie żyjesz, aż do tej obrzydliwej chwili.

– Dlaczego zawlekłaś mnie z powrotem do tego miejsca cierpienia? – syknął Gast. – Czego chcesz, Nocny Łowco?

Lucie sięgnęła po klamkę za plecami i szarpnęła, ale drzwi się zacięły. Ledwie słyszała głosy pozostałych w salonie – nawoływali ją po imieniu.

Wzięła głęboki wdech, prawie dławiąc się cuchnącym powietrzem. Chociaż Gast nie żył, nadal stanowił jedyne wątłe powiazanie z demonami, które zabiły Barbarę.

Lucie wyprostowała się na całą wysokość.

– Czy to ty wezwałeś demony? Te, które atakowały Nocnych Łowców za dnia?

Duch milczał. Lucie widziała miejsce, gdzie poderżnięto mu gardło, kręgosłup prześwitujący przez dziurę w szyi. Ktokolwiek zamordował Emmanuela Gasta, chciał mieć pewność, że umarł.

– Odpowiedz! – krzyknęła Lucie.

Ku jej zdumieniu migotliwy zarys czarownika stał się bardziej namacalny. Oczy ducha zapłonęły czerwonym gniewem, ale odpowiedział głuchym głosem:

– To ja go wezwałem. Ja, Emmanuel Gast, najbardziej pogardzany wśród czarowników. Lata temu Spiralny Labirynt zwrócił się przeciwko mnie. Wyrzucili mnie ze społeczności czarowników. Odebrano mi złotą nagrodę. Byłem zmuszony przyjmować najnędzniejsze zadania, żeby się wyżywić i odziać. Jednak przez cały czas studiowałem. Uczyłem się. Byłem mądrzejszy, niż ktokolwiek podejrzewał.

Mądrzejszy? – zastanawiała się Lucie. Z obecnego stanu rzeczy wynikało, że ostatnie decyzje Gasta nie były zbyt mądre.

– Widzę, jak na mnie patrzysz. – Krew kapała z ran ducha, uderzała bezgłośnie czarnymi kroplami w gołą podłogę. – Pogardzasz mną za wezwanie takiego demona, demona, który niesie śmierć, zatruwa życie. Jednak złoto. Potrzebowałem go. A demon będzie zabijał tylko Nocnych Łowców.

– Ktoś ci za to zapłacił – szepnęła Lucie. – Kto? Kto to zrobił?

Duch syknął.

– Kim jesteś? Jesteś Nocnym Łowcą, a zarazem nie jesteś. Ściągnęłaś mnie znad krawędzi? – Wyciągnął niematerialną rękę, zacisnął dłoń jak szpony. – Co to za monstrualna moc...?

– Monstrualna? – warknęła Lucie. – Monstrualne jest to, że wezwałeś te stwory do tego świata, wiedząc, jakich szkód mogą narobić...

– Nic o mnie nie wiesz – powiedział Gast. – Poszedłem na most, żeby wezwać demona. Sprowadziłem go do tego świata i uwięziłem, zamknąłem w bezpiecznym miejscu, podarunek dla tego, który dał mi złoto. Kiedy tu wróciłem, zostałem zdradzony. Nie mogłem go powstrzymać. Moja krew i życie rozlały się po podłodze, gdy zabójca wyrwał demona z kryjówki.

Lucie nie mogła tego dłużej znieść.

– Kto to zrobił? Kto cię wynajął?

Przez chwilę myślała, że Gast po prostu zniknie w cieniach i dymach Londynu. Zaczął drżeć jak motyl nabity na szpilkę, który jeszcze nie umarł.

– Nie powiem...

– Powiesz! – wrzasnęła Lucie, wyciągając rękę. Poczuła, że coś przez nią przepłynęło, coś jak elektryczność w drucie, jak palenie runu na skórze...

Duch odchylił głowę i ryknął, ukazując znak czarownika – liczne rzędy zębów jak u rekina. Coś uderzyło w drzwi za Lucie; odsunęła się w chwili, gdy James wpadł do pokoju w chmurze tynku, bo wyrwał drzwi z zawiasów. Zaraz za nim wpadła Cordelia z torbą przerzuconą przez ramię i na końcu Matthew. Matthew stanął i wpatrywał się ze zgrozą w trupa na podłodze.

Lucie zerknęła na Jamesa. Skinął głową – on też widział ducha, jak to potrafili Herondale'owie. To zupełnie normalne spotkanie z duchem, powiedziała sobie Lucie. To nie był duch Jessego.

– Ten, który mnie wynajął, przyszedł do mnie zamaskowany, z twarzą owiniętą materiałem, w wielu warstwach peleryn – odpowiedział powoli, jakby z oporem Emmanuel Gast. – Nie wiem, czy to był mężczyzna, czy kobieta, ktoś stary czy młody.

– Co jeszcze wiesz? – dopytywał się James. – Kto teraz kontroluje demony?

– Ktoś o wiele potężniejszy od mizernych Nocnych Łowców – warknął duch. – Ktoś, kto zniszczył moje magiczne zabezpieczenia i rozerwał moje ciało. – Zaczął wyć. – Nie będę o tym myśleć! Nie będę ponownie przeżywał swojej śmierci! Naprawdę jesteście potworami mimo anielskiej krwi.

Lucie nie mogła tego znosić ani chwili dłużej.

– Odejdź! – krzyknęła. – Zostaw nas!

Duch zniknął w okamgnieniu. Cordelia już stała przy łóżku i ściągała z niego brudną narzutę, żeby przykryć szczątki Gasta. Cuchnęło. Lucie zbierało się na wymioty. James wyciągnął do niej rękę.

– Muszę wyjść – szepnęła, odwracając się od brata. – Żeby odetchnąć.

Minęła przyjaciół i wyszła do salonu. Drzwi do mieszkania nie były zamknięte. Lucie złapała się poręczy i zeszła chwiejnie wąskimi schodami na ulicę.

Słyszała wokół siebie cockney, mijali ją mężczyźni w melonikach z paczkami pod pachami. Lucie próbował złapać oddech. Duchy nigdy jej nie przerażały – to tylko pogrążeni w żałobie niespokojni umarli, którzy nie znaleźli ukojenia rzadko widywani. Jednakże duch Gasta to było coś innego.

Płaszcz opadł na jej ramiona – był w kolorze butelkowej zieleni, z najlepszego gatunkowo materiału, ciepły i pachnący drogą wodą kolońską. Podniosła wzrok i zobaczyła nad sobą twarz Matthew. Jego włosy błyszczały w słońcu. Chociaż raz sprawiał wrażenie poważnego, kiedy ostrożnie zapinał na niej płaszcz. Jego ręce, zwykle szybkie i błyszczące od pierścieni, żywo gestykulujące, gdy mówił, teraz poruszały się w skupieniu mimo tak zwyczajnej czynności. Wziął powolny wdech.

– Luce... – zaczął. – Co tam się stało? Nic ci nie jest?

Zadygotała.

– Nic mi nie jest. Widywałam już duchy w takim... stanie.

– Lucie! – James i Cordelia dołączyli do nich. Cordelia złapała ją za rękę i uścisnęła. James zmierzwił jej włosy.

– Gast nie miał lekkiej śmierci. Dobra robota, Lucie. Wiem, że to nie mogło być przyjemne.

Nazwał mnie potworem, pomyślała, ale nie powiedziała tego na głos.

– Znaleźliście coś w mieszkaniu, gdy poszłam do sypialni? – zapytała.

James pokiwał głową.

– Zabraliśmy parę rzeczy, to znaczy szkice, a Cordelia ma odłamki drewna w torbie.

– Właśnie – odezwał się Matthew, zabierając Cordelii torbę. Podszedł do gazeciarza z umorusaną buzią, którego wcześniej pokazał Lucie, i zaczął z nim z ożywieniem dyskutować, a na końcu oddał mu torbę.

– Czy Matthew właśnie sprzedał gazeciarzowi moją torbę? – zaciekawiła się Cordelia.

James uśmiechnął się szelmowsko.

– Pewnie powinniśmy wyjaśnić ci, kim są Nicponie, bo pomyślisz, że sprowadzamy londyńskie dzieci na drogę przestępstwa i deprawacji.

Matthew wrócił. Wiatr targał mu złote włosy.

– Powiedziałem Neddy'emu, żeby zaniósł torbę Christopherowi. Może identyfikacja tych kawałków coś pomoże. – Zerknął na Cordelię, która była trochę zdziwiona. – Wątpię, żeby Christopher odstąpił od Toma na krok od wczorajszego wieczoru, może to dostarczy im obu zajęcia.

– Może – zgodziła się Lucie. – Jeśli możemy wrócić do Instytutu, to chętnie spisałabym to, co powiedział Gast, póki pamiętam szczegóły.

Nie powiedziała wszystkiego, co pomyślała. Okłamała pozostałych w kwestii Jessamine plotkującej z innymi duchami. Jessamine nigdy nie opuszczała Instytutu i unikała towarzystwa innych duchów. Lucie wiedziała jednak, że nie wszystkie duchy są takie. Wiele z nich wędrowało. Nagle zapragnęła dowiedzieć się, czy inne duchy mogą coś wiedzieć na temat śmierci Emmanuela Gasta. Chciała porozmawiać z Jessem.

12

To koniec

„W miłości do mnie siły wytęża,
posłuszna mi w każdym względzie,
lecz niestworzona jest dla męża
i nigdy moją nie będzie".
Edna St. Vincent Millay, *Wiedźmia żona*

Kiedy powóz przetoczył się przez bramę Instytutu, James zobaczył, że rodzice stoją na dziedzińcu. Ojciec był ubrany w żakiet, w krawat wpiął szpilkę z szafirem, którą Tessa podarowała mu z okazji dwudziestej rocznicy. Tessa miała na sobie elegancką dzienną suknię. Ewidentnie szykowali się do wyjścia.

– Gdzieś ty był? – zapytał Will, kiedy James wygramolił się z powozu. Pozostali wyskoczyli za nim, dziewczyny w strojach bojowych nie potrzebowały pomocy przy wysiadaniu. – Ukradłeś nasz powóz.

James żałował, że nie może powiedzieć ojcu prawdy. Złamałby wtedy obietnicę złożoną Ragnorowi.

– To nawet nie jest nasz najlepszy powóz – bronił się.

– Pamiętasz, jak ojciec ukradł wujowi Gabrielowi powóz? To dumna tradycja w naszej rodzinie – powiedziała Lucie, gdy całą grupą podeszli do schodów Instytutu.

– Nie wychowałem was na złodziei koni i łobuzów – powiedział Will. – Doskonale pamiętam, że powiedziałem wam...

– Dziękuję, że pozwolił pan pożyczyć im powóz i przyjechać po mnie – weszła mu w słowo Cordelia. Robiła przy tym wielkie niewinne oczy.

James pomyślał z rozbawieniem, że Cordelia jest intrygująco dobra w kłamaniu. Przynajmniej rodzice nie będą się dziwili, czemu są w strojach bojowych. Will powiedział, że zawsze ufał, że poradzą sobie podczas nocnych patroli, ale teraz muszą chodzić uzbrojeni o każdej porze, bo zagrożenie czyha zarówno w dzień, jak i w nocy. Poradził także Jamesowi, żeby zabrał Matthew, co James i tak planował zrobić.

– Bardzo chciałam przyjechać do Instytutu i zobaczyć, czy mogę w czymś pomóc – kłamała Cordelia.

Will natychmiast zmiękł.

– Oczywiście. Zawsze jesteś tu mile widziana. Chociaż, jak widzicie, właśnie wychodzimy. Charles wykorzystał uprawnienia Konsula i zwołał zebranie przy Grosvenor Square, żeby omówić atak minionej nocy. Tylko dla wysoko postawionych członków Enklawy.

Matthew się skrzywił.

– Na Anioła, to brzmi okropnie. Mam nadzieję, że mogę zostać tu dziś wieczór.

Tessa się uśmiechnęła.

– Już przygotowaliśmy dla ciebie wolną sypialnię.

– Znam Charlesa od jego urodzenia i trudno mi go traktować poważnie – powiedział z zadumą Will. – Tak sobie myślę, że jeśli powie coś, co mi się nie spodoba, to mogę zażądać, żeby spuszczono mu lanie.

– O, koniecznie. To by mu doskonale zrobiło – powiedział Matthew.

– Will... – zaczęła poirytowana Tessa, kiedy Bridget wyszła przez frontowe drzwi.

Niosła ogromną średniowieczną włócznię. Drzewce było wytarte, długi żelazny grot plamiła rdza. Bridget wgramoliła się na kozioł i siedziała tam z ponurą miną, czekając na Tessę i Willa.

– Mam nadzieję, że rzucicie czar ochronny na powóz – powiedział James. – Ludzie pomyślą, że Rzymianie wrócili, żeby podbić Wyspy Brytyjskie.

Tessa i Will wsiedli do powozu. Kiedy Bridget chwyciła lejce, Tessa wychyliła się przez okno.

– Wuj Jem jest w izbie chorych razem z kilkoma innymi Cichymi Braćmi! – zawołała. – Postarajcie się im nie przeszkadzać i zadbajcie, żeby mieli wszystko, czego im potrzeba.

James skinął głową, a powóz wytoczył się z dziedzińca. Zauważył, że wokół Instytutu rozstawiono straże. Widział paru strażników przed bramą, gdy wracali; wyróżniali się z racji czarnych strojów bojowych. Jego rodzice zbyt dużo przeszli, żeby zostawić Instytut niestrzeżony.

Zerknął na siostrę, zastanawiając, czy myśli o tym samym. Patrzyła na wyższe piętra Instytutu – może na izbę chorych? Przywykł widzieć ją w ruchu, a nie stojącą z bladą, ściągniętą twarzą, zadumaną.

– Chodź – powiedział do niej. – Wejdźmy do środka.

Zmarszczyła czoło.

– Nie musisz mówić takim zatroskanym tonem. Nic mi nie jest.

Objął ją za ramię.

– Nie codziennie znajdujesz rozkładające się ciało czarownika w jego własnej sypialni. Możesz potrzebować czasu, żeby się otrząsnąć. Razjel jeden wie, że żadne z nas nie miało ostatnio czasu, żeby się otrząsnąć.

Kiedy ich czwórka podchodziła do Instytutu, James pomyślał, że nie miał nawet chwili, żeby pomyśleć o Grace. Matka zawsze powtarzała, że lekarstwem na zmartwienia jest zajęcie się czymś i on z pewnością to właśnie zrobił, ale nie mógł pozwolić, by obecny stan rzeczy z Grace przeciągał się w nieskończoność. Nie zdawał sobie sprawy, jak fatalnie przedstawia się sytuacja z Tatianą. Grace na pewno odezwie się i razem przeniosą ją w bezpieczne miejsce. Na pewno już niedługo.

***

– No dobrze, Jessamine – powiedziała Lucie. – Czy duchy mogą kłamać?

Byli w pokoju Lucie. Matthew i James posadzili ją na jej kanapie i owinęli kocami, chociaż marudziła, że nic jej nie jest i nie potrzebuje pomocy. James upierał się, że nie podoba mu się jej bladość, odkąd wyszła z mieszkania Gasta.

Cordelia siedziała obok niej na sofie, a James i Matthew zajmowali fotele w sposób, w jaki siadają tylko młodzi mężczyźni – z wyciągniętymi nogami i rozłożonymi rękami. Kurtki od strojów bojowych rzucili na łóżko, zabłocone buty walały się na dywanie. Obaj wpatrywali się w Jessamine, chociaż tylko James ją widział.

– Na pewno nie! – Jessamine wyraźnie kręciła. – Duchy są absolutnie szczere. Cały czas ci powtarzam, że to myszy zrzuciły twoje srebrne lustro za biurko i je stłukły.

– To jasne, że jeśli duchy kłamią, to są w tym kiepskie – powiedział James.

Matthew westchnął.

– To bardzo dziwne widzieć rozmowę z niewidzialnym.

– Hmm – mruknęła Jessamine.

Zachybotała się lekko i skonkretyzowała, jej zarys ukazał się wyraźniej, gdy spłynęła ku podłodze. Ogólnie rzecz biorąc, Nocni Łowcy jako obdarzeni Widzeniem mogli widzieć duchy, które chciały się ukazać, ale Lucie wiedziała, że od Jessamine ukazanie się wszystkim wymaga pewnego wysiłku.

– Och! Bardzo miło cię poznać, Jessamine – powiedziała Cordelia. – Lucie często o tobie mówi.

Jessamine się rozpromieniła.

– Jesteś bardzo atrakcyjnym duchem – dodał Matthew, pukając się upierścienionymi palcami w pierś. – Mam nadzieję, że Lucie i James wspomnieli o tym.

– Nie – odparła Jessamine.

– To bardzo niedbałe z ich strony – powiedział Matthew z błyskiem w oku.

– W ogóle nie przypominasz Henry'ego – orzekła Jessamine, przyglądając się z namysłem Matthew. – Wiecznie coś podpalał i nigdy nie powiedział komplementu.

– Jessamine! – ofukała ją Lucie. – To ważne! Powiedz nam, czy duchy mogą kłamać? Oczywiście nie mam na myśli ciebie, moja droga.

– Duchy mogą kłamać – przyznała Jessamine. – Istnieją jednak pewne formy nekromancji, które mogą je zmusić do wyznania prawdy, a nawet pozwalają żywym je kontrolować. – Zadygotała. – To dlatego nekromancja jest taka okropna i zakazana.

– Właśnie z tego powodu? – wyraziła powątpiewanie Cordelia. Odwróciła się do Lucie. – Martwisz się, że duch Gasta mógł kłamać?

Lucie się zawahała. Po części miała nadzieję, że kłamał, bo twierdził, że demony miały zabijać tylko Nocnych Łowców. To była przerażająca myśl.

– Nie chcę po prostu, żebyśmy szukali wiatru w polu. Gast upierał się, że ktoś nadzwyczaj potężny wynajął go do wezwania tych demonów. Musimy dowiedzieć się, kto to jest.

– Musimy też dowiedzieć się, co to za rodzaj demonów – powiedziała Cordelia. – Nie możemy iść do Enklawy i zameldować, że Gast wezwał stado jadowitych demonów, bo już wiemy o truciźnie. Nie wiemy jednak, dlaczego ta trucizna jest tak śmiercionośna. Ani co Gast zrobił, żeby demony mogły pojawiać się za dnia.

– To wszystko pachnie potworną nudą – oznajmiła Jessamine. – Jeśli mnie nie potrzebujecie, to pójdę sobie.

Zniknęła z westchnieniem ulgi, niewątpliwie spowodowanej tym, że nie musi dłużej utrzymywać widzialnej formy.

Lucie sięgnęła po jeden z notesów na brzegu biurka. Może nadszedł czas spisać swoje przemyślenia.

– Jest jeszcze coś dziwnego. Wiemy, że Gast przywołał mnóstwo demonów, a on cały czas mówił o jednym. Powiedział „przywołałem go”, a nie „je”.

– Może demon dorobił się potomstwa – zasugerował James. – Niektóre potrafią mieć dziesiątki młodych, jak pająki...

Zza okna dobiegło rżenie koni i stukot kół. Chwilę potem na dziedzińcu rozległy się krzyki. James i Lucie podbiegli do okna.

Powóz bez woźnicy zatrzymał się przed frontowymi schodami Instytutu. Lucie natychmiast rozpoznała herb na boku: litery tworzące znak Konsula. Powóz należał do Charlesa Fairchilda.

Drzwi otworzyły się z impetem i ze środka wypadła Grace. Włosy opadały jej na ramiona, sukienkę miała splamiona krwią. Krzyczała.

James zesztywniał, jakby miał ciało zrobione z żelaza.

Frontowe drzwi Instytutu otworzyły się z hukiem i brat Enoch zbiegł po schodach. Sięgnął do powozu obok Grace i wyjął drgające ciało kobiety odziane w poplamioną suknię w kolorze fuksji. Rękę miała zakrwawioną, owiniętą w prowizoryczny bandaż.

Tatiana Blackthorn.

Cordelia i Matthew podeszli do okna. Cordelia zasłaniała usta dłonią.

– Na Anioła – powiedział Matthew. – Kolejny atak.

Lucie odwróciła się, żeby kazać Jamesowi biec do Grace, ale nie musiała tego mówić. Jego już nie było.

***

James wpadł do izby chorych i zobaczył dantejskie sceny. Postawiono parawany między łóżkami pod zachodnią ścianą, gdzie spali zatruci chorzy. James widział tylko zarysy ich sylwetek – ciemne kształty pod przykryciami nieruchome jak trupy. Na drugim końcu sali stały dwa połączone łóżka. Tatianę wniesiono do pokoju, rozmazana na podłodze krew kreśliła drogę do łóżek, gdzie leżała teraz, miotając się i dygocąc. Miała rozerwane ramię i rękę; spadł jej kapelusz, cienkie pasemka siwiejących włosów kleiły się do czaszki.

Pochylał się nad nią brat Enoch, wlewał ciemnoniebieski płyn ze zlewki do jej otwartych ust, gdy łapała gwałtownie powietrze. Nie wiadomo dlaczego James pomyślał o pisklęciu karmionym przez matkę. Jem stał obok z bandażami nasączonymi środkiem odkażającym. Grace klęczała w cieniach u stóp łóżka matki, ściskając dłonie.

James podszedł, mijając łóżka z innymi pacjentami pogrążonymi w niespokojnym, sztucznie wywołanym śnie. Ariadne, Vespasia, Gerald mogliby po prostu spać, gdyby nie czarne mapy żył pod skórą. Wydawało się, że z każdym dniem rysują się coraz wyraźniej.

Cześć, James.

To był głos Jema, łagodny w jego umyśle. James żałował, że nie może powiedzieć wujowi niczego poza irytującymi strzępkami tajemnic, które nie chciały składać się w całość. Jem już szukał tożsamości dziadka Jamesa. Nie mógł go obciążać kolejnymi pytaniami bez odpowiedzi.

Będzie żyła? – zapytał bezgłośnie, wskazując Tatianę.

Głos Jema był nietypowo napięty.

Jeśli umrze, to nie z powodu widocznych obrażeń.

Trucizna. „Niesie śmierć, zatruwa życie" – tak powiedział Gast. Na Anioła, co on przywołał?

– James.

Ktoś go złapał za rękę. Spuścił wzrok i zobaczył Grace z pobladłą twarzą i śmiertelnie białymi ustami. Ściskała jego rękę obiema dłońmi.

– Zabierz mnie stąd.

Odwrócił się nieco, żeby zasłonić ich oboje.

– Dokąd mam cię zabrać? Czego potrzebujesz?

Jej dłonie drżały, trzęsąc jego ręką.

– Muszę z tobą porozmawiać. Zabierz mnie gdzieś, gdzie będziemy sami.

***

– Jamesa nie ma całe wieki – powiedziała Lucie. Bazgrała w notesie, ale zaczynała się martwić. – Poszukasz go, Cordelio?

Cordelia nie chciała szukać Jamesa. Widziała jego minę, kiedy Grace wypadła z powozu Charlesa na dziedzińcu. Tęsknotę, która tak szybko zamieniła się w lęk o Grace. Nieświadomy szybki ruch, jakim dotknął bransoletki na nadgarstku. Wiedziała, że nienawidził Tatiany i miał ku temu powody, ale zrobiłby wszystko, żeby oszczędzić Grace bólu.

Zastanawiała się, jakie to uczucie być tak kochaną. Mimo smutku czuła dziwny podziw dla sposobu, w jaki James kochał Grace. Jak wszechogarniające było jego uczucie.

To nie znaczyło, że miała ochotę pakować się bezceremonialnie tam, gdzie James jest ze swoją damą serca. Lucie jednak poprosiła, a Cordelia nie miała powodu odmawiać. Uśmiechnęła się słabo.

– Chyba nie powinnam cię zostawiać samej z mężczyzną. To nie wypada.

Lucie zarechotała.

– Matthew to nie mężczyzna. Okładaliśmy się chochlami w dzieciństwie.

Cordelia spodziewała się, że Matthew też się roześmieje, ale on odwrócił wzrok nagle zajęty plamką na rękawie. Z cichym westchnieniem Cordelia zmierzwiła Lucie włosy i wyszła na korytarz.

Nadal uczyła się rozkładu pomieszczeń w Instytucie. Dokądkolwiek poszła, wszędzie widniały symbole rodów Nocnych

Łowców, magiczne światło muskało kształty skrzydeł i łuki wież. Natrafiła na kamienne schody i zeszła nimi. Aż podskoczyła zaskoczona, gdy Anna Lightwood wyszła spod marmurowego fryzu przedstawiającego anioła na zielonym wzgórzu. W tle widniał smok Walii.

Anna miała na sobie spodnie i marynarkę o wyrazistym francuskim kroju. Jej niebieskie oczy miały dokładnie taki sam odcień, co Willa, ciemniejsze od oczu Lucie. Pasowały do kamizelki i lapisowej gałki laski.

– Widziałaś Jamesa? – zapytała bez żadnych wstępów Cordelia.

– Nie – odparła krótko Anna. – Niestety nie mam pojęcia, gdzie przebywa.

Cordelia zmarszczyła brwi, nie z powodu Jamesa, ale miny Anny.

– Anno? Co się stało?

Anna się skrzywiła.

– Przyjechałam, żeby wybatożyć Charlesa, ale wygląda na to, że on jest gdzie indziej.

– Charles Fairchild? – powtórzyła osłupiała Cordelia. – Myślę, że jest w domu... Zwołał u siebie zebranie dla najwyższych rangą członków Enklawy. Możesz tam pojechać, żeby go wybatożyć, ale zebranie wypadnie wtedy dość dziwnie.

– Dla najwyższych rangą członków Enklawy? – Anna przewróciła oczami. – Nic dziwnego, że nic o tym nie wiem. W takim razie będę musiała zaczekać, żeby przebić go jak nabrzmiały wrzód, jakim jest. – Zaczęła krążyć w wąskiej klatce schodowej. – Charles. Przeklęty Charles, zrobi wszystko dla zaspokojenia swoich ambicji... – Obróciła się, uderzając laską o stopień. – Zrobił coś potwornego, coś naprawdę potwornego. Muszę iść do izby chorych. Nie powinna być sama. Muszę ją zobaczyć.

– Kogo? – zdumiała się Cordelia.

– Ariadne. Cordelio... Odprowadzisz mnie do izby chorych?

Cordelia spojrzała zaskoczona na Annę. Elegancka, opanowana Anna. W tej chwili jednak była potargana, zarumieniona. Wyglądała młodziej niż zwykle.

– Oczywiście.

Na szczęście Anna znała drogę do izby chorych. Nie rozmawiały, wchodząc po schodach, obie szły zamyślone. W izbie chorych było ciszej niż ostatnim razem, kiedy Cordelia tam była. Nie rozpoznała większości tych, którzy, trawieni gorączką, leżeli nieruchomo w łóżkach. W głębi sali rozstawiono wielki parawan, żeby zasłonić leżącego tam pacjenta – pewnie Tatianę Blackthorn. Cordelia widziała cienie brata Enocha i Jema padające na parawany, gdy poruszali się przy łóżku Tatiany.

Anna skupiła się całkowicie na jednym pacjencie. Ariadne Bridgestock leżała cicho na białych poduszkach. Oczy miała zamknięte, jej ciemnobrązowa skóra poszarzała, napięła się na rozgałęzionych czarnych żyłach. Obok jej łóżka stał mały stolik, na którym leżała rolka bandaża i stało kilka zamkniętych słoików z miksturami różnych kolorów.

Anna wsunęła się między parawany wokół łóżka Ariadne, a Cordelia poszła za nią, chociaż czuła się trochę niezręcznie. Przeszkadzała? Anna podniosła jednak wzrok, jakby się upewniała, że Cordelia tam jest, a potem uklękła przy łóżku i położyła laskę na podłodze.

Pochylone ramiona Anny sprawiały wrażenie przedziwnie odsłoniętych. Jedną rękę miała spuszczoną, drugą wyciągnęła, przesuwała palcami powoli po białych prześcieradłach, aż prawie dotknęła dłoni Ariadne.

Nie wzięła jej za rękę. W ostatniej chwili zgięła palce i zatrzymała rękę. Jej dłoń leżała tuż obok, ale nie dotykała Ariadne. Cichym, spokojnym głosem powiedziała:

– Ariadne, kiedy się obudzisz, a na pewno się obudzisz, chcę, żebyś to pamiętała. Fakt, że Charles Fairchild chciał cię poślubić, nigdy nie świadczył o twojej wartości. A to, że postanowił zerwać zaręczyny, świadczy o tym, że to on jest nic niewart.

– Zerwał zaręczyny? – szepnęła Cordelia.

Była zaszokowana. Zerwanie zaręczyn to poważna sprawa, do której dochodziło tylko wtedy, gdy jedna ze stron popełniła poważne przestępstwo albo została przyłapana na romansie. To, że Charles zerwał zaręczyny, kiedy Ariadne leżała nieprzytomna, było potwornością. Ludzie uznają, że odkrył coś strasznego na jej temat. Kiedy się obudzi, jej przyszłość będzie zrujnowana.

Anna nie odpowiedziała Cordelii. Uniosła tylko głowę i przeciągle spojrzała Ariadne w twarz, jakby jej dotykała.

– Nie umieraj, proszę – powiedziała cicho i wstała.

Podniosła laskę i wyszła z izby chorych, zostawiając Cordelię, która patrzyła za nią zdumiona.

***

Lucie odłożyła notes. Matthew rysował palcem wskazującym kółka w powietrzu i marszczył leniwie brwi, jak basza patrzący na swój dwór i uznający, że dworzanie są źle wychowani i nieprzygotowani na inspekcję.

– Jak się czujesz? – zapytał. Usiadł obok niej na małej kanapie. – Powiedz prawdę.

– A jak ty się czujesz? – odparowała Lucie. – Powiedz prawdę.

– To nie ja widziałem ducha Gasta – powiedział Matthew i uśmiechnął się szeroko. – To brzmi jak niedokończona powieść Dickensa, co? *Duch Gasta*.

– To nie ja prawie spadłam z liny, po której powinnam się z łatwością wspiąć – odpowiedziała cicho Lucie.

Matthew zmrużył oczy. To były nadzwyczajne oczy, tak ciemne, że widać było, że są zielone, tylko wtedy, gdy stało się blisko niego. A Lucie stała, i to wiele razy. Teraz też siedzieli blisko, tak blisko, że widziała słaby złocisty zarost na jego szczęce i cienie pod oczami.

– A właśnie – powiedział, podwijając rękaw. Miał długie rozcięcie na przedramieniu. – Przydałoby mi się *iratze*. – Posłał jej podbijający serca uśmiech. Wszystkie jego uśmiechy były takie. – Proszę – dodał, podsuwając jej stelę. – Weź moją.

Sięgnęła po nią i wtedy na chwilę zacisnął delikatnie rękę na jej dłoni.

– Lucie – powiedział cicho, a ona prawie zamknęła oczy, przypominając sobie, jak włożył jej swój płaszcz na ulicy, ciepło jego dotyku, jego zapach, aromat brandy i suchych liści.

Przede wszystkim aromat brandy.

Spojrzała na ich splecione ręce, jego bardziej pobliźnioną niż jej. Na pierścionki na palcach. Zaczął obracać jej dłoń w swojej, jakby chciał ją pocałować.

– Jesteś Nocnym Łowcą – powiedziała. – Powinieneś potrafić wspinać się po ścianach.

Odsunął się.

– Potrafię. Moje nowe buty są śliskie.

– To nie buty. Byłeś pijany. Teraz też jesteś. Matthew, jesteś pijany przez większość czasu.

Wypuścił jej rękę, jakby go spoliczkowała. Jego wzrok wyrażał pomieszanie i nieskrywaną urazę.

– Nie jestem...

– Jesteś. Myślisz, że nie widzę?

Matthew zacisnął usta.

– Gdy piję, jestem zabawny.

– Nie bawi mnie, gdy patrzę, jak robisz sobie krzywdę. Jesteś dla mnie jak brat...

Wzdrygnął się.

– Tak? Nikt inny tak nie narzeka z powodu tego, co robię, ani z powodu mojej chęci, by się wzmocnić.

– Wielu boi się o tym wspomnieć. Inni, jak mój brat i rodzice, nie widzą tego, czego nie chcą widzieć. Ja jednak widzę i się martwię.

Wykrzywił kącik ust.

– Martwisz się o mnie? Pochlebiasz mi.

– Martwię się, że przez ciebie zginie mój brat.

Matthew zamarł. Siedział nieruchomo, jakby został zamieniony w kamień przez Gorgonę ze starych opowieści. Gorgona była demonem, jak powiedział Lucie ojciec, ale w tamtych czasach nie było Nocnych Łowców. Zamiast tego po ziemi chodzili bogowie i półbogowie, cuda sypały się z nieba jak liście z drzew jesienią. Tu jednak nie było cudu, a jedynie fakt, że być może dźgnęła Matthew prosto w serce.

– Jesteś jego *parabatai* – powiedziała z lekkim drżeniem w głosie. – On ufa, że będziesz go osłaniał w walce, że będziesz jego tarczą i mieczem, a jeśli nie jesteś sobą...

Matthew wstał, prawie przewracając krzesło. Oczy pociemniały mu z gniewu.

– Gdyby ktokolwiek poza tobą powiedział mi coś takiego...

– To co? – Lucie wstała. Ledwie sięgała mu do ramienia, ale i tak piorunowała go wzrokiem. W czasie ich dziecinnych walk na chochle nie ustępowała mu w niczym. – Co byś zrobił?

Nie odpowiedział. Wyszedł z sypialni, zatrzaskując za sobą drzwi.

***

Ostatecznie James zabrał Grace do bawialni.

Było tam cicho i pusto. Na kominku płonął ogień. Pomógł usiąść Grace na krześle obok kominka, pochylił się, żeby zdjąć jej rękawiczki. Chciał pocałować jej nagie dłonie – tak słabe, tak znajome z dni i nocy, które spędzili w lasach – ale odsunął się i zostawił ją samą, żeby rozgrzała się przy ogniu. To nie był zimny dzień, ale szok potrafi sprawić, że dreszcz przenikał ciało do szpiku kości.

Światło płomieni tańczyło po tapecie Wiliama Morrisa i głębokich kolorach dywanów z Axminster leżących na drewnianej podłodze. W końcu Grace wstała i zaczęła krążyć przed ogniem. Wyjęła ostatnie szpilki z włosów, które opadły jej na ramiona jak lodowata woda.

– Grace? – Teraz, w tym pokoju, tylko tykanie zegara zakłócało ciszę. James zebrał myśli, na co nie miał czasu wcześniej, w izbie chorych. – Możesz powiedzieć, co się stało? Gdzie nastąpił atak? Jak uciekłaś?

– Mama została zaatakowana w rezydencji – odpowiedziała beznamiętnie Grace. – Nie wiem, jak do tego doszło. Znalazłam ją nieprzytomną u podnóża frontowych schodów. Rany na ramieniu i ręce to rany od ugryzień.

– Tak mi przykro.

– Nie musisz tak mówić. – Grace znowu zaczęła krążyć. – Nie wiesz o pewnych rzeczach. I o tym, co muszę teraz zrobić, póki ona choruje. Zanim się obudzi.

– Cieszę się, że myślisz, że dojdzie do siebie – powiedział James, podchodząc do niej. Nie był pewien, czy powinien jej dotknąć, nawet kiedy przestała się kręcić i spojrzała mu w oczy. Wątpił, żeby kiedykolwiek wcześniej widział Grace w takim stanie. – To ważne mieć nadzieję.

– To pewność. Moja matka nie umrze. Przez wiele lat żyła w goryczy i jej gorycz utrzyma ją teraz przy życiu. Jest silniejsza od śmierci. – Dotknęła jego twarzy. Zamknął oczy, kiedy muskała palcami zarys jego kości policzkowej, delikatnie jak skrzydła ważki.

– James, och, James. Otwórz oczy. Spójrz na mnie, póki mnie jeszcze kochasz.

Otworzył oczy.

– Kocham cię od lat. Zawsze będę cię kochał.

– Nie – powiedziała Grace, zabierając rękę. Na jej twarzy, w jej ruchach było wielkie zmęczenie. – Niedługo mnie znienawidzisz.

– Nigdy nie mógłbym cię nienawidzić.

– Wychodzę za mąż.

To był ten rodzaj ogromnego szoku, którego prawie się nie czuje. Pomyliła się, pomyślał. Pomieszało jej się w głowie. Naprawię to.

– Wychodzę za mąż za Charlesa – mówiła. – Charlesa Fairchilda. Sporo czasu spędziliśmy, odkąd przyjechałam do Londynu, chociaż wiem, że tego nie zauważyłeś.

Puls zaczął dudnić Jamesowi za oczami w tym samym rytmie co tykanie zegara.

– To szaleństwo. Zeszłej nocy poprosiłaś, żebym się z tobą ożenił.

– A ty odmówiłeś. Wyraziłeś się bardzo jasno. – Wzruszyła lekko ramionami. – Charles się zgodził.

– Charles jest zaręczony z Ariadne Bridgestock.

– Zaręczyny zerwano. Charles tego ranka powiedział Inkwizytorowi Bridgestockowi, że zrywa zaręczyny. Ariadne nie kochała Charlesa. Nie przejmie się tym, czy się pobiorą, czy nie.

– Naprawdę? Zapytałaś ją? – dopytywał się zaciekle James, a Grace aż się wzdrygnęła. – To nie ma sensu. Jesteś w Londynie niecały tydzień...

Oczy jej zabłysły.

– Potrafię sporo dokonać w czasie krótszym niż tydzień.

– Najwyraźniej. W tym zranić Ariadne Bridgestock, która w niczym ci nie zawiniła. Charles to zimny człowiek. Ma zimne serce. Jednak po tobie spodziewałbym się czegoś więcej niż to, że weźmiesz udział w czymś takim.

Grace się zarumieniła.

– Myślisz, że Ariadne jest zdesperowana? Jest piękna i bogata, a Charles jest gotowy powiedzieć wszystkim, że to ona z nim zerwała.

– Nieprzytomna?

– To jasne, że powie, że zrobiła to, zanim zachorowała – warknęła Grace.

– A jeśli umrze, będzie to dla ciebie bardzo wygodne. – Ból płonął jak biała flara za oczami Jamesa.

– Mówiłam, że mnie znienawidzisz – powiedziała z niemal okrutnym wyrazem twarzy. – Mówię ci, że ona nie chce Charlesa, a jeśli umrze, to owszem, będzie go jeszcze mniej potrzebować, niż potrzebuje teraz! – Złapała gwałtownie powietrze. – Nie widzisz tego. Jestem bardziej zdesperowana, niż Ariadne kiedykolwiek mogłaby być.

– Nie rozumiem, dlaczego mi nie powiedziałaś – poskarżył się cicho James. – Jeśli jesteś zdesperowana, to pozwól, że ci pomogę...

– Dałam ci szansę, żebyś mi pomógł – odpowiedziała. – Poprosiłam, żebyś się ze mną ożenił, ale nie chciałeś. Wszystko, co tu masz, jest dla ciebie ważniejsze ode mnie.

– To nieprawda...

Zaśmiała się ostro.

– Żeby mnie kochać, musisz kochać mnie nade wszystko. Jeśli się pobierzemy, na zawsze staniemy się celem dla mojej matki, a potem będą nim nasze dzieci. Jak możesz uznać, że warto? Już wiem, że dla ciebie to nie jest warte poświęcenia. Kiedy poprosiłam cię wczoraj wieczorem o ślub, poddałam cię próbie. Chciałam zobaczyć, czy kochasz mnie dość mocno. Dość mocno, żeby zrobić wszystko, by mnie chronić. I nie kochasz.

– A Charles kocha? – spytał cicho James. – Ledwie go znasz.

– To nie ma znaczenia. Charles ma władzę. Będzie Konsulem. Nie musi mnie kochać. – Spojrzała na niego ponad wytartym wzorem na dywanie. – Muszę zrobić to teraz, zanim matka się obudzi. Zabroniłaby mi. Jeśli jednak obudzi się i będzie już po wszystkim, nie sprzeciwi się Clave i Konsulowi. Nie rozumiesz? Między nami nic być nie może, to niemożliwe.

– To niemożliwe tylko, jeśli tak wybierzesz.

Grace owinęła ramiona szalem.

– Nie dość mnie kochasz – powiedziała. – Wkrótce zdasz sobie z tego sprawę i będziesz wdzięczny, że to zrobiłam. – Wyciągnęła rękę. – Oddaj mi, proszę, moją bransoletkę.

To było jak uderzenie batem. James sięgnął powoli do zapięcia srebrnej bransoletki. Nosił ją tak długo, że kiedy ją zdjął, zobaczył pasek bledszej skóry na nadgarstku, jak blady ślad po zdjętej obrączce ślubnej.

– Grace – powiedział, podając jej bransoletkę. – Nie musisz tego robić.

Wzięła od niego bransoletkę, zostawiając go z wrażeniem, że jego nadgarstek jest nienaturalnie nagi.

– To, co nas łączyło, to było dziecinne marzenie. Wkrótce rozpłynie się jak śnieg latem. Zapomnisz.

Miał wrażenie, że czaszka mu pęka. Ledwie był w stanie oddychać. Usłyszał własny głos, jakby dobiegał z bardzo daleka.

– Jestem Herondale. My kochamy tylko raz.

– To zwykła historyjka.

– Nie słyszałaś? – zapytał z goryczą James. – Wszystkie historie są prawdziwe.

Otworzył z impetem drzwi, bo desperacko chciał od niej uciec. Kiedy biegł korytarzem, twarze nieznajomych rozmazywały się mu przed oczami. Usłyszał, że ktoś woła go po imieniu, ale zaraz zbiegł po schodach i już znajdował się w korytarzu wejściowym, sięgał po płaszcz. Niebo było pochmurne, gęste cienie zaległy na dziedzińcu, przysiadły wśród gałęzi drzew jak kruki.

– Jamie...

Matthew wyłonił się z półmroku, jego jasne włosy błyszczały w ciemnym przejściu, twarz wyrażała troskę.

– Jamie, co się stało?

– Grace wychodzi za Charlesa. Mniejsza z tym, Math. Muszę zostać sam.

Zanim Matthew zdążył powiedzieć choćby słowo więcej, James otworzył drzwi i uciekł, zniknął za łukiem bramy do

Instytutu. Słowa wyrzeźbione na łuku lśniły w słabym świetle słonecznym.

„Prochem i cieniem jesteśmy".

***

Matthew klął, męcząc się z guzikami płaszcza. James właśnie zniknął w cieniach poza Instytutem bez żadnej broni przy sobie, ale Matthew był pewien, że zdoła go dogonić. Znał ulubione miejsca Jamesa równie dobrze, jak znał je sam James, wszystkie miejsca w mieście, których James może szukać, gdy jest zdenerwowany.

Niestety za bardzo mu się trzęsły ręce, żeby chwycić pewnie guziki. Zaklął znowu i sięgnął po piersiówkę w kamizelce. Jeden łyczek, żeby uspokoić ręce i doprowadzić się do porządku...

– Czy James... robił wrażenie, że nic mu nie jest? – rozległ się głos za jego plecami.

Matthew odwrócił się, opuszczając rękę. Grace stała u stóp schodów, szary szal owijał jej chude ramiona jak pajęczyna. Matthew wiedział, że większość uważała ją za uderzająco piękną, ale jego zdaniem zawsze wyglądała jak cień cienia, brakowało jej żywości i koloru.

– Oczywiście, że nie. Ja też nie czuję się dobrze. Wychodzisz za Charlesa, a nikt z nas tego nie chce.

Owinęła się ciaśniej szalem.

– Nie rozumiesz. Wszyscy robią to, co muszą. I ja robię to, co muszę.

– James kochał cię szczerze od dziecka. A teraz drzesz jego serce na strzępki? I po co? Charles nigdy nie będzie żywił do ciebie choćby połowy tego, co czuł James.

– Uczucia – powiedziała z pogardą Grace. – Wszyscy mężczyźni myślą, że tylko tego chcą kobiety, prawda? Współczucie, sentyment, bzdura. Nigdy dla niczego ani dla nikogo żywego nie żywiłam żadnej czułości...

– Naprawdę nigdy do nikogo niczego nie czułaś? – zapytał Matthew, na wpół gniewnie, na wpół z zaciekawieniem.

Milczała przez długą chwilę.

– Do mojego brata – odpowiedziała w końcu z dziwnym półuśmieszkiem. – Ale z drugiej strony on teraz nie żyje.

– Czyli nigdy nie zależało ci na Jamesie – powiedział, gdy wreszcie powoli fakty zaczęły do niego docierać. – Czy James w jakiś sposób cię rozczarował? Czy znudziłaś się nim, zanim jeszcze przyjechałaś do Londynu? Cały ten czas, który spędziłaś z Charlesem, te wszystkie przeklęte przejażdżki powozem, te szepty po kątach... Dobry Panie, rozplanowałaś to jak kampanię wojskową, co? Jeśli pierwszy pułk padnie, to zawsze masz pod ręką zastępstwo. – Zaśmiał się gorzko. – Mówiłem sobie, że jestem głupcem, bo podejrzewam, że knujesz coś za plecami Jamesa. A nie wyobrażałem sobie nawet połowy tego, co robisz.

Była bledsza niż zwykle.

– Rozsądniej byłoby, gdybyś nie rozsiewał takich plotek. Zostaw to, Matthew.

– Nie mogę. – Znowu zaczął zapinać płaszcz. Co dziwne, ręce mu się uspokoiły, jakby gniew koił jego nerwy. – Charles to łajdak, ale nawet on nie zasługuje...

– Matthew – powiedziała, podchodząc i kładąc rękę na jego łokciu.

Zamarł zaskoczony, spojrzał w jej uniesioną ku niemu twarz. Widział, że jej kształt rzeczywiście jest cudny, w swojej perfekcji niemal podobny do twarzyczki lalki.

Przesunęła dłonią po jego rękawie. Powiedział sobie, że powinien się odsunąć, ale stał, jakby zapuścił korzenie. Jakby coś przyciągało go ku niej, chociaż jednocześnie jej nienawidził.

– Czujesz teraz coś do mnie, prawda? – powiedziała Grace. – Pocałuj mnie. Żądam tego.

I jak we śnie Matthew sięgnął po nią. Złapał w ręce jej wąską talię. Przycisnął głodne usta do jej warg i całował ją, całował. Smakowała słodką herbatą i zapomnieniem. Nie czuł niczego – ani żądzy, ani tęsknoty, tylko pusty, rozpaczliwy przymus. Całował jej usta, policzki, a ona obróciła się w jego ramionach, nadal trzymając go za nadgarstek, przyciskając się ciałem do niego...

I cofnęła się, puszczając go. Zupełnie jakby obudził się ze snu.

Wzdrygnął się ze zgrozą, cofnął się chwiejnie. Nie było niczego płochliwego w jej spojrzeniu, nic z dziewczyny z balu, stojącej ze spuszczonym wzrokiem. Kolor jej oczu przybrał odcień stali.

– Ty... – zaczął i urwał.

Nie mógł powiedzieć tego, co chciał: „zmusiłaś mnie do tego". To było niedorzeczne, dziwaczne zrzeczenie się osobistej odpowiedzialności za jeszcze bardziej dziwaczne zachowanie.

Kiedy się odezwała, w jej głosie nie było śladu emocji. Usta miała zaczerwienione od jego pocałunków. Zrobiło mu się niedobrze.

– Jeśli teraz wejdziesz mi w drogę, jeżeli zrobisz cokolwiek, by przeszkodzić mi w ślubie z Charlesem, powiem Jamesowi, że mnie pocałowałeś. Powiem też twojemu bratu.

– Jakby bez tego nie wiedzieli, że jestem potworną osobą – odparł z odwagą, której nie czuł.

– Och, Matthew. – Jej głos był zimny, gdy odwróciła się od niego. – Nie masz pojęcia, co to znaczy „potworni ludzie".

13

Błękitna ruina

„Dwadzieścia mostów od Tower do Kew
wiedzieć chciało, co rzeka wie,
bo były młode, a ona stara –
i oto co im rzeka opowiada".

Rudyard Kipling, *Opowieść rzeki*

James siedział na krawędzi filaru Blackfriars Bridge ze zwieszonymi na zewnątrz nogami. Poniżej płynęły ciemnojadeitowe wody Tamizy. Małe łódki wiosłowe i lichtugi kręciły się obok barek, wyróżniając się dzięki charakterystycznym czerwonobrązowym żaglom jak plamy krwi na tle pociemniałego od chmur nieba. Na ich pokładach mężczyźni w kaszkietach pokrzykiwali do siebie ponad pyłem wodnym.

Na północy kopuła Świętego Pawła jaśniała na tle burzowych chmur. Po drugiej stronie rzeki elektrownia Bankside buchała czarnym dymem.

Rytmiczny plusk wody przyboju na granitowym nabrzeżu mostu był tak znajomy jak kołysanka. To było specjalne miejsce dla jego rodziny. Pojawiło się w wielu opowieściach rodziców. Zwykle znajdował tu pocieszenie. Rzeka płynęła bez względu na wrzawę w życiu ludzi, którzy przechodzili mostem albo przeprawiali się łodzią. Nie zostawiali śladu na rzece, jak ich kłopoty nie zostawiały śladu w czasie.

Teraz nie znajdował tu pocieszenia. Nie poczuł się tak, jakby znowu mógł oddychać. Ból, który odczuwał, był fizyczny, jakby wbito mu między żebra zaostrzone stalowe kije, żeby zatrzymać serce.

– James?

James podniósł wzrok. Szedł ku niemu Matthew w rozpiętym płaszczu. Nie miał kapelusza, jasne włosy targał mu wiatr znad rzeki pachnący węglem i solą.

– Szukałem cię w całym City – powiedział Matthew, siadając na kamiennym murku obok Jamesa.

James zwalczył chęć powiedzenia mu, żeby uważał, bo Matthew przytrzymał się pewną ręką.

– Powiedz mi, co się stało.

James nie potrafił tego wyjaśnić – uczucia dławienia, zawrotów głowy. Przypomniał sobie, jak ojciec mówił, że miłość to ból, ale miał wrażenie, że to jest coś innego. Czuł się tak, jakby pozbawiono go powietrza w stopniu, który prawie zabija, i teraz dławił się nim, próbując nabrać go dostatecznie dużo do płuc. Nie potrafił znaleźć słów, mógł tylko położyć głowę na ramieniu Matthew.

– Jamie, Jamie – powiedział Matthew i przycisnął rękę do jego pleców między łopatkami. – Nic nie mów.

James przywarł twarzą do tweedu jego płaszcza. Matthew pachniał brandy i wodą kolońską od Penhaligona, którą podbierał Charlesowi. James wiedział, że wygina się w dość niewygodny sposób, gdy trzyma go za przód koszuli i wciska twarz w jego ramię, ale pociechy, jaką daje *parabatai*, nie mógł ofiarować nikt inny, ani matka, ani siostra, ani ojciec czy ukochana. Przerastała wszystko inne.

Ludzie mieli w zwyczaju lekceważyć Matthew z powodu jego ubrań, żartów i ponieważ nigdy niczego nie traktował poważnie. Zakładali, że łatwo się złamie, ustąpi, gdy sytuacja stanie się trudna. On jednak był inny. Teraz trzymał Jamesa jak zawsze i jak zawsze sprawiał wrażenie, że przychodzi mu to z łatwością.

– Pewnie jest wiele bezużytecznych rzeczy, które mógłbym ci powiedzieć – odezwał się cicho, kiedy James się odsunął. – To pewnie lepiej, że doszło do tego prędzej niż później, że lepiej kochać i stracić niż nigdy nie kochać i tak dalej. Ale to wszystko bzdury, prawda?

– Najprawdopodobniej – odpowiedział James.

Miał świadomość, że ręce mu się trzęsą w sposób, który coś mu przypominał. Nie mógł do końca przypomnieć sobie co. Nie był w stanie się skupić, myśli rozbiegały mu się w głowie jak myszy na widok nadchodzącego kota.

– Myślałem, że moje życie będzie takie, a nie inne, a teraz okazało się czymś zupełnie odmiennym.

Matthew skrzywił się w sposób, który rodzice często uważali za słodki. Zdaniem Jamesa przypominał wtedy Oscara.

– Uwierz mi, znam to uczucie.

James był tym lekko zaskoczony. Zdarzało mu się już zastać Matthew w krępujących sytuacjach z dziewczętami i chłopcami, ale nigdy nie sądził, że Matthew któremukolwiek z nich oddał serce.

Była oczywiście Lucie, ale James podejrzewał, że Matthew nie pragnął jej tak naprawdę, że to resztki dziecinnego zadurzenia.

James wyczuwał, że gdzieś po drodze Matthew stracił wiarę prawie we wszystko. Łatwo byłoby mu zachować wiarę w Lucie, ale sama wiara to nie miłość.

James sięgnął do kieszeni płaszcza Matthew. Tamten burknął, ale nie dał mu łapach, gdy James odpiął wewnętrzną kieszeń i wyjął srebrną piersiówkę.

– Jesteś pewien? – zapytał jego *parabatai*. – Ostatnim razem, kiedy czułeś, że masz złamane serce, strzelałeś do żyrandola z broni Przyziemnych i prawie utopiłeś się w Serpentine.

– Nie próbowałem się utopić – odparł z naciskiem James. – Poza tym Magnus Bane mnie uratował.

– Nie wspominaj mi o tym – żachnął się Matthew, gdy James otwierał piersiówkę. – Wiesz, jaki jestem zły z tego powodu. Uwielbiam Magnusa Bane'a, a ty miałeś okazję go poznać i wszystkim nam przyniosłeś wstyd.

– Jestem pewien, że ani razu nie wspomniałem mu o żadnym z was – powiedział James i przechylił piersiówkę. Zadławił się. To była błękitna ruina, najtańszy, najpodlejszy rodzaj dżinu. Spływał jak błyskawica. James zakaszlał i gwałtownym gestem odsunął piersiówkę.

– Tym gorzej – orzekł Matthew. – Głębiej niż ząb węża rani niewdzięczność *parabatai*[*].

– Jestem prawie pewien, że to nie jest oryginalny Szekspir. Dobrze, że Bane tam był – dodał James. – Byłem w fatalnym stanie. Ledwie to pamiętam. Wiem, że to wydarzyło się z powodu Grace. Napisała do mnie, że powinniśmy zerwać kontakty. Nie mogłem tego zrozumieć. Poszedłem się napić, zapomnieć... – Urwał, kręcąc głową. – Następnego dnia napisała znowu, przepraszając.

[*] Na podstawie przekładu Macieja Słomczyńskiego.

Napisała, że tylko się przestraszyła. Zastanawiam się teraz, czy nie lepiej byłoby, gdy tak się to wtedy zakończyło.

– Nie wybieramy, kiedy w życiu poczujemy ból. Przychodzi wtedy, kiedy przychodzi, a my staramy się pamiętać, że ból z czasem słabnie, chociaż w takiej chwili nie potrafimy sobie wyobrazić dnia, w którym nas opuści. Wszelkie nieszczęście mija. To światło przyciąga ludzkość, a nie ciemność.

Londyńskie niebo było pełne czarnego dymu. Matthew stanowił bladą plamę na tle burzowego nieba. Jasny materiał kamizelki jarzył się tak jak jego jasne włosy.

– Math, wiem, że nigdy nie lubiłeś Grace – powiedział James.

Matthew westchnął.

– Nieważne, co o niej myślę. To nigdy nie miało znaczenia.

– Wiedziałeś, że ona mnie nie kocha.– Jamesowi kręciło się w głowie.

– Nie. Obawiałem się tego, a to nie to samo. Mimo to w życiu nie zgadłbym, co zrobi. Charles nigdy nie da jej szczęścia.

– Poprosiła wczoraj wieczorem, żebym się z nią ożenił. Żebyśmy uciekli i pobrali się w tajemnicy. Odmówiłem. Dzisiaj powiedziała mi, że to była próba. Jakby uznała, że nasza miłość już jest czymś zniszczonym, popsutym, i musiała ją sprawdzić. – Wziął rwany oddech. – Ale nie wyobrażam sobie, że można kochać bardziej, niż ja ją kochałem. Niż ją kocham.

Zaciśnięte na piersiówce palce Matthew pobielały. Po długiej chwili odezwał się z pewną trudnością:

– Nie możesz tak się zadręczać. Gdyby nie ta próba, byłaby jakaś inna. To nie jest kwestia miłości, ale ambicji. Ona chce zostać żoną Konsula. Nie ma miejsca na miłość w tym planie.

James starał się skupić wzrok na twarzy Matthew. Nie było to tak łatwe, jak powinno. Światła tańczyły mu pod powiekami, kiedy je zamykał, ręce mu się trzęsły. Z pewnością to nie było z powodu jednego łyka błękitnej ruiny. Wiedział, że nie jest pijany, ale towarzyszyło mu wrażenie oderwania. Jakby wszystko, co robi, nie miało już żadnego znaczenia.

– Powiedz mi, Matthew – poprosił. – Powiedz mi, jak nazywa się cień, który wiecznie nad tobą wisi. Mogę stać się cieniem. Mógłbym go dla ciebie zwalczyć.

Matthew zacisnął powieki, jakby cierpiał.

– Och, Jamie. – Westchnął. – A gdybym powiedział, że nie ma żadnego cienia?

– Nie uwierzyłbym ci. Wiem, co czuję we własnym sercu.

– James, zaczynasz zsuwać się z mostu.

– Dobrze. – James zamknął oczy. – Będę mógł zasnąć tej nocy.

Matthew zeskoczył na ziemię i złapał Jamesa, kiedy osunął się do tyłu.

***

James klęczał na dachu Instytutu. Wiedział, że śni, a jednocześnie miał uczucie, że to niemożliwe, by to, co się z nim dzieje, nie działo się naprawdę. Widział przed sobą Londyn wyraźnie jak namalowany obraz, widział drogi, zaułki i bulwary, widział gwiazdy wiszące wysoko nad miastem, białe jak perłowe zęby lalki. Widział siebie z oddali, widział czerń swoich włosów i jeszcze ciemniejszą czerń skrzydeł, które wyrastały mu z pleców.

Widział, że męczy się z ciężarem tych skrzydeł. Były postrzępione i ciemne, pokryte nakładającymi się na siebie warstwami piór w odcieniach od głębokiej czerni po szarość. Zdał sobie wtedy sprawę, że to nie są jego skrzydła, ale potwora, który klęczy na jego plecach i którego twarzy nie jest w stanie zobaczyć. Zgarbione, zniekształcone stworzenie w bladoszarych szmatach, które wbijało ostre szpony głęboko w jego plecy.

Czuł ból. Palił jak ogień, przepalał się przez skórę.

James podniósł się chwiejnie, wykręcając ciało i obracając się, jakby mógł zrzucić z siebie stworzenie.

Światło rozbłysło wszędzie wokół niego – bladozłote, takie samo jak to, które widział, gdy wszedł do królestwa cieni, a potem znalazł się w szklarni Chiswick.

Światło Cortany.

Zobaczył ją wtedy z ostrzem w ręku i z włosami jak ogień. Wbiła klingę w stwora na jego plecach. Potwór oderwał się od niego, gdy Cortana weszła głęboko w jego ciało, wywołując u Jamesa piekący ból. Odpadł i spadł ze stromego dachu Instytutu.

Z koszuli Jamesa zostały strzępy przesiąknięte krwią. Czuł, że jeszcze więcej krwi spływa pomiędzy łopatkami. Cordelia podbiegła do niego. Szeptała jego imię – „James, James" – jak nikt nigdy go nie wypowiadał.

Wszędzie wokół nich niebo rozkwitało jasnym światłem. Nie widział już Cordelii. Światła przybierały kształty i tworzyły wzory. Widział już je kiedyś – bazgroły na kartce w mieszkaniu Gasta. Świadomość tego, czym są, była jak świerzbienie na skraju świadomości. Zawołał Cordelię, ale jej już nie było – przepadła jak sen, którym dla niego była.

***

Kiedy James obudził się rankiem, leżał we własnym łóżku. Był ubrany, chociaż ktoś zdjął mu marynarkę i buty i odstawił je na krzesło. W obitym aksamitem uszaku nieopodal drzemał Matthew z policzkiem opartym na ręku.

Matthew zawsze wyglądał zupełnie inaczej, kiedy spał. Nieustanny ruch, który tak rozpraszał, gdy Matthew nie spał, całkiem znikał i jego *parabatai* wyglądał jak jeden z tych obrazów, które tak kochał, może jak Frederic Leighton. Leighton słynął z portretów dzieci, ukazujących całą ich niewinność, a kiedy Matthew spał, wyglądał, jakby smutek nigdy go nie dotknął.

Matthew chyba wyczuł, że jest obserwowany, bo poruszył się i usiadł, skupiając się na Jamesie.

– Nie śpisz. – Uśmiechnął się szeroko. – Jak twoja głowa? Dzwoni, jakbyś miał tam dzwon?

James usiadł powoli. Spędził z Matthew wiele poranków, kiedy jego *parabatai* narzekał na ból głowy albo ciała i musiał przełknąć szklankę surowego jajka z pieprzem, żeby stawić czoło nowemu dniu. James jednak nie czuł czegoś podobnego. Nic go nie bolało.

– Nie, ale... Jak wyglądam?

– Upiornie – oznajmił radośnie Matthew. – Jakbyś zobaczył ducha Starej Mol i włosy stanęły ci dęba.

James spojrzał na swoje dłonie, obracając je powoli. Nagi nadgarstek wyglądał dziwnie, brak bransoletki był jak kłująca w oczy rana. Nie czuł jednak bólu– ani fizycznego, ani umysłowego.

– Z drugiej strony nie mogę powiedzieć, że twoi rodzice byli szczególnie zachwyceni, kiedy przyniosłem cię wczoraj wieczorem... – powiedział Matthew z diabolicznym błyskiem w oku.

James zerwał się z łóżka. Ubranie miał pomięte, jakby spał pod mostem.

– Niosłeś mnie? Rodzice tu byli?

– Właśnie wrócili z zebrania u mojego brata, który, okazuje się, był bardzo nudny, co sam mogłem im powiedzieć.

– Matthew!

Matthew uniósł ręce z miną niewiniątka.

– Nic im nie powiedziałem, ale najwyraźniej Charles poinformował ich na zebraniu o zaręczynach z Grace, a oni domyślili się, że próbowałeś topić smutki. Powiedziałem im, że wypiłeś tylko jeden łyk dżinu, i uznali, że masz wyjątkowo słabą głowę.

– Dobry Boże.

James poszedł chwiejnie do umywalni. Na szczęście w dzbanku była woda i leżała tam kostka sandałowego mydła. Wyszorował się pośpiesznie i spłukał włosy. Gdy już poczuł się mniej odrażający, poszedł do gotowalni, włożył świeże ubrania i wrócił do sypialni, gdzie Matthew siedział ze skrzyżowanymi nogami na jego łóżku. Bez słowa podał Jamesowi kubek herbaty – dokładnie takiej, jaką lubił: mocnej, słodzonej, bez mleka.

– Skąd to wziąłeś? – zastanawiał się na głos James, biorąc kubek.

Matthew zeskoczył z łóżka.

– Chodź. Wystawiono jedzenie w pokoju śniadaniowym. Spróbujmy trochę przepysznych jajek Bridget i wszystko ci wyjaśnię.

James przyjrzał się podejrzliwie swojemu *parabatai*. Bridget słynęła z przyrządzania wyjątkowo paskudnych jajek.

– Co takiego mi wyjaśnisz?

Matthew uciszył go gestem. James przewrócił oczami, wsunął stopy do butów i poszedł za Matthew krętymi korytarzami do pokoju śniadaniowego, gdzie wyłożono jedzenie. Stał tam termos z teraz już zimną kawą, talerze z kotletami z cielęciny i ulubione danie Jamesa – potrawka z ryżu i wędzonej ryby. Usiadł do stołu z talerzem grzybów i tostem. Umysł miał wyjątkowo klarowny, jakby wyszedł z dziwnej mgły. Nawet tost i grzyby smakowały inaczej.

Zmarszczył brwi.

– Coś się stało – powiedział, gdy dotarło do niego, jak jest cicho. Było słychać tylko zegary tykające w Instytucie. W korytarzach nie było ludzi. Podszedł do okna, które wychodziło na dziedziniec. Nie stały tam żadne powozy. Złapał się mocniej parapetu. – Matthew, czy ktoś...?

– Nie – odpowiedział szybko jego *parabatai*. – Nie, Jamie, nikt nie umarł. Enklawa zdecydowała, żeby przenieść rannych do Cichego Miasta. Byli zbyt chorzy, żeby przenieść ich stąd przez Bramę, więc twoi rodzice pomagają w przenosinach z rodzicami Christophera. Nawet Charles wypożyczał nasz powóz.

– A Grace? – zapytał James.

Jej imię dziwnie układało się w jego ustach, jakby zmieniło dźwięk. Pamiętał przyprawiający o mdłości, popychający go w ciemność ból, jaki czuł poprzedniego dnia. Uczucie, jakby jego pierś była rozrywana, jakby mu pękały kości. Nie czuł tego teraz. Pamiętał ból, ale to się działo na poziomie głowy, nie ciała. Pomyślał, że ból z pewnością wróci. Powinien przygotować się na niego, póki może.

– Pounceby'owie wzięli ją do siebie. Mieszkają w Highgate, blisko wejścia do Cichego Miasta. Będzie mogła odwiedzać matkę. – Urwał. – Nic jej nie będzie.

– Nie wątpię. A Lucie? Wie, co się dzieje?

Matthew był zaskoczony.

– Tak, ale... Słyszałeś, co właśnie powiedziałem na temat Grace?

Zanim James zdążył odpowiedzieć, Lucie weszła do jadalni. Miała na sobie strój treningowy – tunikę z paskiem, legginsy i wysokie buty. Niosła plik listów. Poczta musiała właśnie przyjść. Lucie rzuciła korespondencję na tacę na komodzie i podeszła do Jamesa z zatroskaną miną.

– Jamie! Bogu dzięki. Matka powiedziała mi o Charlesie i Grace, ale zachowałam tę nowinę dla siebie. Nic ci nie jest? Cierpisz na duszy?

– Okrutny książę James miewa się całkiem dobrze, dziękuję. – Zauważył z pewnym zdziwieniem, widząc, że Matthew przemknął za plecami Lucie i zaczął grzebać w listach. – Gdzie się podziewałaś?

– Byłam na górze, trenowałam z Cordelią. Alastair pojechał z Charlesem pomóc w przewożeniu chorych, więc została ze mną. Pomyślałyśmy, że może powinnyśmy być nieco lepiej przygotowane, no wiesz, na wypadek gdybyś wybrał się na kolejną tajemną schadzkę, która zakończy się walką z demonami.

– Wątpię, żeby to było prawdopodobne – powiedział James, a Matthew rzucił mu kolejne dziwne spojrzenie.

– James – odezwała się surowo Lucie. – Nie musisz udawać dzielnego jak lord Wingrave, kiedy odrzucono jego oświadczyny.

James zastanawiał się, czy to ktoś, kogo powinien znać.

– A kto to jest, u licha?

– To postać z „Pięknej Cordelii". Przysięgam, że czytałam ten fragment na głos podczas ostatniego Bożego Narodzenia. Tata był pod dużym wrażeniem.

Matthew obrócił się szybko z rękami za plecami.

– Ach, Lucie – powiedział nieco za głośno. – Widzę, że ćwiczyłaś jak wielka wojowniczka Anglii. Jak Boadicea, która pokonała Rzymian. Siadaj! Pozwól, że zrobię ci kanapkę z miodem.

Lucie zawahała się, ale wzruszyła ramionami i się zgodziła.

– Jesteś szalony, Matthew, ale ja uwielbiam kanapki z miodem. – Klapnęła na krzesło i sięgnęła po dzbanek z herbatą. – Podejrzewam, że Charles i Grace jeszcze nie ogłosili oficjalnie swoich zaręczyn, ale to byłoby z ich strony potwornie niegrzeczne, skoro Ariadne jest tak ciężko chora. Dziwi mnie, że Inkwizytor nie próbował aresztować Charlesa.

Kiedy Matthew przeszedł przez pokój po słoik z miodem w kredensie, wcisnął coś płaskiego i papierowego w dłoń Jamesa.

– Wiem, że jest zaadresowany do Lucie, ale to list do Cordelii – powiedział cicho. – Oddaj go jej.

Nie zadajesz pytań, gdy *parabatai* o coś cię prosi.

– Wygląda na to, że zapomniałem o włożeniu skarpetek – oznajmił James. Lucie popatrzyła na niego, jakby całkiem mu odbiło. Ruszył do drzwi, starając się, żeby Lucie nie zobaczyła jego stóp. – Zaraz wrócę.

James wbiegł po schodach, pokonując po dwa stopnie. Od miesięcy nie czuł się równie lekki, jakby zrzucił potężny ciężar, o którym nawet nie wiedział, że go nosi. Kiedy doszedł do podestu na drugim piętrze, sprawdził rzecz, którą podał mu Matthew – list do Lucie Herondale, zaadresowany charakterystycznym pismem Konsul.

Drzwi do sali treningowej stały otwarte. To było obszerne pomieszczenie, które dodatkowo powiększono, kiedy parę lat temu połączono je z resztą poddasza. Podłogę zrobiono z polerowanego drewna i przykryto matami tatami. Elastyczne liny z węzłami na różnych wysokościach dla ułatwienia wspinaczki zwieszały się z belek sufitowych. Magiczne pochodnie płonęły, światło pochmurnego dnia wlewało się przez wysoko umieszczone okna.

Cordelia stała na północnym końcu, przed wielkim srebrnym lustrem i z błyszczącą złotem Cortaną w ręce. Miała na sobie ubrania treningowe, które musiała pożyczyć od Lucie – były dla niej za obcisłe i za krótkie, spod nogawek spodni wystawały jej kostki.

Odwróciła się, poruszając mieczem, jakby z nim tańczyła. Jej jasnobrązowa skóra jarzyła się w magicznym świetle, pot błyszczał na obojczykach i gardle. Szpilki powysuwały się z jej włosów, które opadły na plecy jak wodospad jesiennych liści. Razem z Cortaną wyglądała jak wiersz napisany ogniem i krwią.

James musiał narobić hałasu, bo odwróciła się do niego z szeroko otwartymi oczami, jej pierś falowała od szybkiego oddechu. Przeszedł go dreszcz. Coś jak wspomnienie – Cordelia leżąca obok niego, jej miękkie włosy przy jego szyi, ciepło bioder tuż obok...

Próbował pozbyć się tej myśli z głowy; nic takiego nigdy nie wydarzyło się w jego życiu. Może to fragment snu z minionej nocy?

– Daisy, mam coś dla ciebie – powiedział.

***

Lata treningów sprawiły, że Cordelia przywykła do ćwiczenia w pojedynkę. Jej ojciec zawsze mówił, że żywy partner jest konieczny do nauki pewnych aspektów walki mieczem – jak na przykład można nauczyć się machać mieczem w ciasnej przestrzeni, jeśli nie ma drugiej osoby parującej ciosy własnym mieczem? Alastair odparł, że trening Nocnych Łowców jest pod pewnymi względami jedyny w swoim rodzaju – rzadko walczy się z przeciwnikiem, który włada bronią, a o wiele częściej z potworem o dziwnym kształcie.

Cordelia zachichotała, a Elias przewrócił oczami i ustąpił. W końcu przeprowadzali się tak często ze względu na zdrowie Eliasa, że Cordelia i Alastair nie mieli stałych parterów treningowych poza sobą nawzajem, a za bardzo różnili się wzrostem i wagą. Kiedy więc Lucie poszła na filiżankę herbaty, Cordelia zaczęła jak zwykle ćwiczyć sama, trenować wypady z Cortaną w ręce, sekwencje ruchów, które stały się dla niej tak naturalne, jak chodzenie po schodach. Unosiła Cortanę, obracała się, wirowała, robiła wypad i prawie straciła równowagę, gdy do sali wszedł James.

Przez chwilę patrzyła na niego zaskoczona. Zmienił się w jakiś sposób. Miał na sobie żakiet, szare spodnie, a włosy jak zwykle potargane. Pod jego oczami widniały słabo zarysowane cienie, co nie dziwiło, skoro wstał tak późno.

Schowała Cortanę do pochwy na plecach, kiedy James wyjął z kieszeni list i podał go jej z uśmiechem. Widziała, że jest zaadresowany do Lucie.

– Skąd wiedziałeś, że jest do mnie? – Ręce jej się trzęsły, kiedy wzięła list i zaczęła go otwierać.

– Matthew mi powiedział. Myślę, że odwraca uwagę Lucie w jadalni, ale nie wiadomo, jak długo będzie mu się udawało.

– W porządku. Ufam Lucie. Gdybym nie była gotowa na to, że przeczyta go pierwsza, nie prosiłabym, by go tutaj przysłano.

– Wiem, ale to list do ciebie. Dlaczego ty nie miałabyś przeczytać go pierwsza? Jeśli chcesz, to wyjdę.

– Nie – odpowiedziała Cordelia, spuszczając wzrok na linijki nabazgrolone przez Charlotte. – Nie... Zostań, proszę.

Droga Lucie!

Mam nadzieję, że ten list zastanie w zdrowiu Ciebie, a także drogą Cordelię. Niestety nie mam zbyt wielu wiadomości, ponieważ sprawa Eliasa Carstairsa została odłożona na później w związku z nowymi wydarzeniami wymagającymi szybkiej reakcji. Rzeczywiście spróbowaliśmy poddać Eliasa próbie miecza Anioła, ale niestety niewiele to wniosło, ponieważ Elias nie pamięta wydarzeń z nocy, kiedy doszło do walki. To bardzo skomplikowana kwestia. Przekaż, proszę, Cordelii moje najserdeczniejsze pozdrowienia. Nie mogę się doczekać, kiedy wrócę do Londynu i ponownie Cię zobaczę.

Całuję,

Charlotte.

Cordelia klapnęła ciężko na parapet.

– Nie rozumiem – szepnęła. – Dlaczego niczego nie pamięta?

James zmarszczył brwi.

– Co masz na myśli? Co się stało?

– Wiesz, że mój ojciec będzie niedługo sądzony – powiedziała powoli. – W Idrisie.

– Tak. Nie chciałem się dopytywać. Nie pytałem o szczegóły nawet Lucie, chociaż to mnie ciekawiło. – Usiadł obok niej na parapecie. – Nie będę kłamał. Słyszałem plotki, ale im nie dowierzam. Dość ich krążyło na mój temat i mojej rodziny, dostatecznie wiele z nich nie było prawdziwych, żebym wolał własny osąd od cudzego. – Położył rękę na jej dłoni. – Jeśli chcesz podzielić się za mną prawdą, to z chęcią posłucham, ale to twój wybór.

Jego palce były stwardniałe i ciepłe, szorstkie od blizn. James sprawia wrażenie odmienionego, znowu pomyślała Cordelia. Był bardziej... obecny. Jakby naprawdę przy niej siedział, zamiast trzymać świat na odległość wyciągniętej ręki.

Wylała się z niej cała historia: o chorobie ojca ciągnącej się latami, konieczności ciągłych przeprowadzek, jego zgodzie na pomoc w zorganizowaniu ekspedycji, katastrofie, do jakiej potem doszło, ich podróży do Londynu, nadchodzącym procesie, próbach Cordelii znalezienia sposobu uratowania rodziny.

– Matthew był tak uprzejmy, że sprawił, iż otrzymałam ten list, ale to kolejna ślepa uliczka. Nie wiem, jak pomóc ojcu.

James się zamyślił.

– Tak mi przykro. Przyjaciele powinni ci pomagać, a ja jestem jednym z nich.

– Nic nie możesz zrobić.

Po raz pierwszy Cordelia straciła nadzieję.

– Niekoniecznie. Zważywszy, kim jest matka mojego *parabatai*, słyszę więcej na temat procesów Clave, niżbym sobie życzył. Mogę ci powiedzieć, że jeśli to będzie proces bez użycia Miecza Anioła, to oprze się na zeznaniach i świadkach, którzy wystawią oskarżonemu świadectwo.

– Świadkach? Ale mój ojciec zna tak niewielu ludzi. Wiecznie się przeprowadzaliśmy, nawet w Cirenworth nie spędzaliśmy zbyt wiele czasu...

– Słyszałem wiele historii na temat twojego ojca – powiedział James. – Większość od Jema. Kiedy rodzice Jema zostali zabici przez demona Yanluo, to Elias wytropił demona z Ke Yiwenem i go zabił, ratując mnóstwo ludzi. Twój ojciec mógł być zmęczony i chory przez ostatnie lata, ale wcześniej był bohaterem i ktoś powinien przypomnieć o tym Clave.

Nadzieja zaczęła powracać do serca Cordelii.

– Ojciec rzadko mówi o swoim życiu z okresu przed założeniem rodziny. Myślisz, że mógłbyś pomóc mi poznać nazwiska niektórych z tych świadków? Wiem, że Grace cię teraz potrzebuje, odkąd jej matka choruje.

James się zawahał.

– Nic już nie łączy mnie z Grace.

– Co?

Zabrał ręce. Trzęsły mu się.

Zaszokowana Cordelia zdała sobie sprawę, że James nie nosi już bransoletki. Grace musiała ją odebrać.

– Jesteś pierwszą osobą, jakiej powiedziałem poza Matthew. Zeszłego wieczoru...

Christopher wpadł do sali jak mały cyklon. Nie nosił kapelusza i miał na sobie surdut w jodełkę z paroma wypalonymi dziurami, który wyglądał, jakby należał do jego ojca.

– Tu jesteście! – powiedział, jakby zdradzili go, nie przebywając w bardziej oczywistym miejscu. – Mam nowiny.

James wstał.

– Co się stało?

– Te drewniane odłamki, które mi przesłałeś... – powiedział Christopher. – Byliśmy w stanie z Thomasem zbadać je w laboratorium w Tawernie.

– Drewniane odłamki? O których myśleliśmy, że mogły być bronią? – zapytała Cordelia.

Christopher skinął głową.

– Ciekawe jest to, że kwas, który wypalił drewno, to krew jakiegoś demona. Znaleźliśmy na drewnie demoniczne osady, ale tylko po jednej stronie każdego kawałka.

James zrobił okrągłe oczy.

– Powtórz to.

– Tylko po jednej stronie każdego kawałka – powtórzył posłusznie Christopher. – Jakby zostały tam celowo umieszczone.

– Nie. – James sięgnął do kieszeni i wyjął złożony papier. Cordelia rozpoznała szkic, który znalazł z Matthew u Gasta.

James podał kartkę Cordelii.

– Chciałem zapytać cię wcześniej – powiedział naglącym tonem. – Kiedy pierwszy raz na to spojrzałem, myślałem, że to runy, nie mam pojęcia, co mi chodziło po głowie. Niektóre z nich to symbole alchemiczne, ale inne to ewidentnie staroperskie pismo, pewnie z achemenidzkich czasów.

Cordelia wzięła od Jamesa papier. Wcześniej nie miała okazji mu się przyjrzeć, ale James miał rację: pod dziwnymi symbolami widniało zapisane po staropersku imię. Pismo klinowe rzeczywiście trochę przypominało runy, ale ona rozpoznała je natychmiast – matka upierała się, żeby ona i Alastair poznali chociaż podstawy języka Dariusza I Wielkiego.

– *Merthykhuwar* – powiedziała powoli. – To nazwa demonów, które żyły w Persji dawno temu. Nocni Łowcy nazywają je Mandikhor.

– Nawet Przyziemni mają na to słowo – powiedział James. – Mantykora. – Zerknął na Christophera. – Wiem teraz, czym są te odłamki. Jak mogłem nie widzieć tego wcześniej? To szczątki pudełka Pyxis.

– Pyxis? – Cordelia oniemiała.

Dawno temu Nocni Łowcy opracowali drewniane pojemniki zwane pudełkami Pyxis, żeby więzić w nich esencje demonów, na które polowali. Po Wojnie Mechanicznej, kiedy Axel Mortmain posłużył się pudełkiem Pyxis, żeby przenieść dusze demonów do mechanicznych potworów, Nefilim zarzucili to narzędzie. Nikt nie posługiwał się nimi od lat.

– Widziałem wcześniej Pyxis, w Akademii – powiedział James. – Jeśli demon został uwięziony w Pyxis i wyrwał się z więzienia, to wyjaśniałoby osad demoniczny po jednej stronie drewna: od środka. A znaki na odłamkach przypominają symbole alchemiczne, jakie umieszcza się na pudełkach Pyxis...

Przerwał im odgłos kroków w korytarzu. Drzwi znowu otworzyły się z impetem. Tym razem to byli Matthew i Lucie, oboje wyglądali na udręczonych. Christopher, który wyciągnął ostrze serafickie zza pasa, z ulgą opuścił rękę.

– Dzięki Razjelowi, już myślałem, że to demony atakują.

Matthew rzucił mu mroczne spojrzenie.

– Odłóż to. Nie podoba mi się myśl, że ktoś mnie zadźga. Jestem zdecydowanie za młody i za piękny, żeby umrzeć.

– Widzę, że zboczyłeś w drodze po skarpetki – powiedziała Lucie. – Przyszła Bridget i powiedziała, że Christopher przyszedł. Co jest? Coś się stało?

– Całkiem sporo – odpowiedział Christopher. – Możemy to wszystko omówić w Diabelskiej Tawernie. Thomas tam czeka, a nie chcę zostawiać go samego.

***

Diabelska Tawerna była budynkiem z pruskiego muru przy Fleet Street, z dużymi błyszczącymi połaciami szyb, które jakby dzieliły światło, bo wnętrze pubu było mroczne. Wewnątrz siedziało niewielu ludzi, kilku mężczyzn garbiło się nad kuflami z piwem, ale siwy barman-wilkołak i wielkooka kelnerka przyglądali się z zaciekawieniem Lucie, Cordelii, Jamesowi i Christopherowi, którzy przeszli przez salę i wspięli się na schody.

Cordelia nie zdziwiła się, widząc, że ściany siedziby Wesołych Złodziejaszków są zastawione książkami, które wyglądały na fascynujące. Wisiała tam stara tarcza do gry w strzałki z kilkoma wbitymi w nią sztyletami i licznymi śladami po wcześniejszych trafieniach na czerwono-czarnej powierzchni. W jednym kącie do ściany przymocowano arkusze blachy i stał tam solidny stół z metalowym blatem, na którym ustawiono błyszczącą mosiężną wagę i nieco podniszczoną skrzynkę od piwa ze szklanymi probówkami, retortami i innymi alchemicznym parafernaliami. Przenośne laboratorium Christophera, jak się domyślała.

Niska sofa wypchana końskim włosem stała naprzeciwko kominka, nad którym na półce umieszczono popiersie Apolla. Pod nim widniał cytat dotyczący wina. Thomas siedział na sofie z książką w ręku. Był zgarbiony, oczy miał podkrążone z wyczerpania. Mimo to rozpromienił się na widok przyjaciół.

– Tom – powiedział James.

Usiadł obok przyjaciela na zniszczonej sofie, położył rękę na jego plecach. Zerknął na pozostałych, którzy się wahali. Dał znać, żeby dołączyli. To zawsze James, pomyślała Cordelia, gdy sięgali po krzesła. To zawsze James trzyma grupę razem, zauważa, kiedy ktoś potrzebuje wsparcia pozostałych.

Thomas odłożył książkę. Cordelia zdumiała się, widząc, że to tomik sufickiej poezji, wersety z Hafiza i Ibn al-Farida napisane po persku i arabsku.

– Cordelia – powiedział znużonym głosem, jakby żałoba spowalniała jego słowa. – Lucie. Tak się cieszę, że was widzę.

– Witajcie w naszym sanktuarium – powiedział Matthew, odkręcając piersiówkę. – Christopher zdobył dla nas większość tych mebli. Jak król Artur i jego rycerze wolimy siedzieć przy okrągłym stole, gdzie możemy być równi.

– Poza tym to jedyny stół, jaki moja matka zgodziła się oddać – dodał Christopher, zdejmując książkę z półki i podając ją Jamesowi.

– Nie mogłem jechać do Idrisu – oznajmił ni stąd, ni zowąd Thomas, jakby ktoś zapytał, co robi w Londynie. – Chciałbym zobaczyć Eugenię, dla niej musiałem zostać tutaj. Muszę pomóc Kitowi znaleźć lekarstwo na tę demoniczną chorobę, truciznę, czy co to jest. Cokolwiek przytrafiło się mojej siostrze, nie może przydarzyć się nikomu innemu.

– Czasem żałoba i zmartwienie muszą przybrać formę działania – powiedziała Cordelia. – Czasem nie da się siedzieć i czekać.

Thomas rzucił jej pełne wdzięczności spojrzenie.

– Właśnie. A zatem... Christopher powiedział wam o odłamkach?

– Tak – odpowiedział Christopher – a James domyślił się, że to odłamki Pyxis.

– Pyxis? – powtórzył Thomas. – Przecież zniszczono je po Wojnie Mechanicznej. Nie są bezpieczne. Pamiętacie, co się wydarzyło w szkole.

– Większość pudełek Pyxis zniszczono po Wojnie Mechanicznej – odpowiedział James. – Jednak w mieszkaniu Gasta znalazłem rysunek. Wyglądało to jak szkic zwykłego pudełka, nie był najlepszym rysownikiem...

– Ach, rysunek z krzywymi runami? – zapytał Matthew.

– To nie były runy – powiedział James – ale symbole alchemiczne, jakie rzeźbi się na Pyxis.

– Rety! – wykrzyknęła Lucie. – Znaki na odłamkach. To też były alchemiczne znaki. Rzecz jasna.

– To nie wszystko – powiedział James. – Na kartce Gast zapisał słowo po staropersku. Cordelia zdołała je przetłumaczyć.

Spojrzał na nią wyczekująco.

– To imię demona – wyjaśniła. – *Merthykhuwar*. – Zmarszczyła brwi. Takie demony występowały w starych historiach z jej dzieciństwa. Zawsze uważała, że są mitem jak smoki. – We współczesnym perskim to *Mardichor*. Ale Nocni Łowcy... Nocni Łowcy nazywają je Mandikhor. Podobno są potwornie jadowite.

– Myślisz, że Gast wezwał Mandikhora? – zapytał Matthew. – Ale czy one nie powinny wymrzeć? I co mają wspólnego z pudełkami Pyxis?

James otworzył książkę, którą podał mu Christopher, i wsunął na nos parę drobnych okularów do czytania w złoconej oprawce. Cordelia poczuła ucisk w piersi, jakby zaczepiła o coś sercem, jak zaczepia się materiałem o cierń. Odwróciła wzrok od Jamesa i jego uroczych okularów. Musiała znaleźć kogoś innego, do kogo mogłaby żywić podobne uczucia. Albo kogoś, do kogo mogłaby czuć coś innego. Cokolwiek, byleby przestała czuć się w taki sposób jak teraz.

Starała się nie myśleć o tym, co powiedział w sali treningowej. „Nic już nie łączy mnie z Grace". Ale dlaczego? Co mogło wydarzyć się między nimi, i to tak szybko?

– „Mandikhor przybywa zarówno tu, jak i tam, jest jeden i jest ich wiele" – zacytował James. – Widzicie, to jedna z najpaskudniejszych rzeczy, jeśli idzie o Mandikhora: może podzielić się na wiele kawałeczków, z których każdy jest osobnym demonem, a zarazem częścią oryginalnego stworzenia. Dlatego najlepiej łapać je do pudełka Pyxis. Mandikhor jest trudny do zabicia, po części dlatego, że może produkować nieskończony strumień mniejszych demonów. Przekonalibyście się, że nie jesteście w stanie nawet zbliżyć się do niego. Jednak, mając Pyxis, można go złapać, a wtedy mniejsze demony znikną. – Podniósł wzrok znad książki. – Zacząłem się domyślać, że to było pudełko Pyxis, kiedy Christopher powiedział o odłamkach. Tłumaczenie Cordelii tylko to potwierdziło. Wiedziałem, że Gast musiał przyzwać jednego z nielicznych demonów, do którego uwięzienia potrzebował Pyxis. W tym wypadku Mandikhora.

– W niczym nie przypomina tych stworów, które zaatakowały nas w parku – zauważył Christopher, zaglądając Jamesowi przez ramię. Książka była ilustrowana, ale Cordelia nie musiała patrzeć, bo wiedziała, jak wygląda Mandikhor. Skorpioni ogon, ciało lwa, potrójny rząd zębów ociekających jadem.

– Jestem przekonana, że to były demony khora – wyjaśniła. – Mniejsze demony, które oddzielają się od Mandikhora. Nie przypominają go. I dlatego Gast mówił o jednym demonie, bo rzeczywiście wezwał jednego. A potem demon podzielił się na mniejsze.

– Czyli ktoś wynajął Gasta do wezwania Mandikhora i uwięzienia go w Pyxis – odezwała się Lucie. – Ale kiedy wrócił do mieszkania z uwięzionym demonem, ten ktoś czekał w zasadzce i go zabił. A potem uwolnił demona.

– To nie Gast stał za tym wszystkim – zgodził się z nią James. – Był tylko narzędziem potrzebnym do budowy Pyxis i wezwania demona. Ktoś inni kieruje atakami i ruchami demona.

– Nie tylko do wezwania – wtrąciła się Lucie. – Przypomnij sobie, co powiedział Ragnor. Gast wezwał go, posługując się magią wymiarów w taki sposób, żeby nie obawiał się światła słonecznego.

Wszyscy popatrzyli po sobie. Cordelia wiedziała, co myślą pozostali – kto wynajął Gasta? Czy nie było innego motywu niż rozlew krwi, zarażanie i śmierć?

Thomas przeczesał ręką włosy.

– Gdyby demon został złapany i zabity, to co z tymi zatrutymi? Poprawiłoby im się?

James pokręcił głową.

– Chorzy nie zostaną uzdrowieni. Nadal potrzebujemy antidotum. Jednak demony znikną, a to już coś. – Odłożył książkę. – Enklawa szukała tych demonów bez skutku. Jak mogli wpaść na to, że szukają potomstwa stworzenia, które wyginęło? Teraz jednak, kiedy już wiemy, że to Mandikhor...

– Według starych opowieści demony *Merthykhuwar* gnieżdżą się między przestrzeniami – powiedziała powoli Cordelia. – Na przykład na granicy między państwami albo pośrodku mostu. W miejscu, które nie jest ani tu, ani tam.

James zdjął okulary. Zagryzał w zamyśleniu usta.

– Kiedy wszedłem do królestwa cieni na sali balowej, widziałem między innymi Tower Bridge. Wylewało się z niego dziwne czerwone światło. Myślę...

Matthew usiadł prosto.

– Wiemy, że Gast przywołał demona na moście – powiedział. – W miejscu pomiędzy, jak powiedziała Cordelia. Może demon nadal tam przebywa.

– Jeśli więc pójdziemy na Tower Bridge z Pyxis, to może uda nam się złapać Mandikhora? – zapytała Lucie. – A wtedy khora znikną, tak jakby on umarł?

– Tak, ale musimy najpierw zdobyć Pyxis – zwrócił jej rozsądnie uwagę Christopher. – To będzie trudne.

– Ale niekoniecznie niewykonalne – dodał Matthew. Pukał nerwowo palcami w podłokietniki fotela. Włosy miał potargane, krawat w nieładzie. – Jeśli większość zniszczono po Wojnie Mechanicznej...

– To parę pozostało – powiedział James. – Niestety znajdują się w Idrisie.

– Bałem się, że to powiesz – mruknął Matthew, znowu sięgając po piersiówkę. – Myślę, że Clave zauważy, jeśli znikniemy z Londynu i pojawimy się w Idrisie, grzebiąc wokół Gard jak poszukiwacze skarbów.

James rzucił mu poirytowane spojrzenie.

– Jedyne Pyxis, jakie posiada Clave, znajdują się w Idrisie. Istnieje jeszcze parę innych. Musimy znaleźć jedno takie pudełko. Jest pewien sklep w Limehouse...

– Chwileczkę – odezwała się nagle Cordelia. – Mówisz: pudełko z alchemicznymi symbolami, a uroboros to alchemiczny symbol, prawda? Matthew, nie widzieliśmy pudełka z rysunkiem węża? W Hell Ruelle?

Matthew zdębiał.

– Tak, w sypialni Hypatii Vex. Drewniane pudełko z symbolem uroborosa wypalonym na ściankach. To ma sens, Hypatia jest nieuleczalną kolekcjonerką.

– Doskonale – orzekł Christopher. – W takim razie powiemy jej, że go potrzebujemy.

– Śmiało, jeśli masz ochotę zostać zamienionym w serwantkę – powiedział James. – Hypatia nie lubi Nocnych Łowców. – Zadumał się. – Świetne spostrzeżenie, Daisy. Musimy w jakiś sposób zdobyć to pudełko.

– Możemy okraść Hell Ruelle – zaproponował Thomas.

– W maskach – zapaliła się Lucie. – Jak bandyci.

– Tylko głupiec okradłaby Hypatię Vex – uciął Matthew. – A nikt nie będzie mówił, że Matthew Fairchild to głupiec. A przynajmniej nie wtedy, kiedy mogę to słyszeć. Takie słowa bardzo mnie ranią.

– Myślę, że Christopher ma rację – powiedziała Cordelia. – Powinniśmy poprosić Hypatię.

Christopher był oniemiały i pełen wdzięczności zarazem.

– Tak?

– Nie my – sprostowała Cordelia. – To prawda, że Hypatia nie lubi większości Nocnych Łowców, ale istnieje przynajmniej jeden, którego bardzo lubi.

***

– Daisy, kochanie, co za radość cię widzieć – oznajmiła Anna. – Chociaż to krańcowo nieuprzejme zjawiać się w porze herbaty bez uprzedzenia. Nie wystarczy dla wszystkich ciasta. Dziewczęta dostaną ciasto, a chłopcy obejdą się smakiem. Nie da się tego załatwić sprawiedliwie.

Mieszkanie przy Percy Street nadal było radosną oazą chaosu. Może nawet prezentowało się bardziej chaotyczne niż przy ostatniej wizycie Cordelii. Obszyta koronką wstążka z damskiego gorsetu, jak podejrzewała Cordelia, zdobiła jeden z noży nad kominkiem Anny, zwisała ze zdobionej klejnotami rękojeści. Obita złotym materiałem sofa Anny i krzesła nie od kompletu wypełniły się ludźmi. Thomas wyciągnął się na dywanie przed kominkiem, opierając stopy na wiadrze na węgiel. Na małym stoliku Anna wyłożyła z miną wspaniałej gospodyni ciasto drożdżowe z rodzynkami i biszkopt z truskawkami i bitą śmietaną, które kupiła u cukiernika.

– To niesprawiedliwy deser – poskarżył się James.

– Świat jest niesprawiedliwy – odparła Anna. Usiadła na podłokietniku wysokiego fotela, na którym siedział Christopher. Kołysała nogą i leniwie mierzwiła włosy Thomasowi. Delikatne pasma przesypywały się przez jej długie pobliźnione palce. – Oczywiście zaproponowałabym i tobie ciasto, drogi kuzynie, gdybym myślała, że dzięki temu zrobi ci się lżej na sercu.

Thomas rzucił jej czułe, ale zmęczone spojrzenie.

– Wobec tego wolę twoją pomoc niż ciasto.

– Ależ oczywiście, powiedz tylko, o co chodzi.

Kiedy James wyjaśniał, że potrzebują Pyxis, chociaż nie powiedział dokładnie, do czego, sugerując tylko, że chodzi o ataki demonów, Cordelia patrzyła to na Jamesa, to na Annę. Pod wieloma względami kuzyni bardziej wyglądali jak rodzeństwo niż James i Lucie albo Anna i Christopher. Mieli takie same kruczoczarne włosy jak Will i Cecily, i te same ostre, kanciaste rysy. Oboje posługiwali się inteligencją jak zbroją – przenikliwy umysł i cięte riposty chroniły miękkie wnętrze.

– I dlatego pomyśleliśmy... – powiedział pod koniec James – ...że może dziś wieczorem w Hell Ruelle...

Anna uniosła brew.

– Właśnie, skoro o tym mowa. Chciałabym, żeby było jasne, o co mnie prosisz. Mam uwieść czarownicę, żeby zdobyć tragicznie niemodne pudełko, w którym niewątpliwie siedzi niebezpieczny demon? – Anna rozejrzała się po pokoju. – Jak wymyśliliście ten plan? I dlaczego, na Razjela, nie powiedzieliście o nim nikomu innemu?

– Bo zgadujemy? – zaryzykował Matthew.

– Bo nie możemy – odpowiedziała sztywno Lucie. – Przysięgliśmy chronić źródło informacji, na podstawie których wyciągnęliśmy wnioski. Nie możemy powiedzieć nawet tobie. Musisz po prostu zaufać nam, że mamy dobry powód.

Anna podniosła ręce.

– W porządku. Wszyscy powariowaliście.

James uśmiechnął się półgębkiem.

– Myślisz, że ci się nie uda?

– Hmm. – Anna bawiła się dewizką, w której odbijało się światło. – Mogę to zrobić, ale to całkowicie niezgodne z moimi zasadami. To wbrew mojemu surowemu zakazowi uwodzenia kogokolwiek dwa razy.

– Nie wiedziałem, że już raz uwiodłaś Hypatię – powiedział Matthew.

Anna machnęła niecierpliwie ręką.

– Lata temu. Jak myślisz, w jaki sposób zdobyłam zaproszenie do Hell Ruelle? Matthew, doprawdy!

– Jak zamknęłaś sprawy z Hypatią? – gorączkowała się Lucie. – Złamałaś jej serce? Na wypadek gdyby chciała się... zemścić.

Anna przewróciła oczami.

– Poczekaj chwilę, moja droga powieściopisarko. Właściwie to wszyscy poczekajcie, z wyjątkiem Cordelii. Ty chodź ze mną, Daisy.

Anna wstała ze swojego miejsca na podłokietniku fotela Christophera i przeszła przez pokój energicznym krokiem. Zniknęła za drewnianymi drzwiami. Cordelia wstała, wygładziła falbanki sukienki, poruszyła brwiami, patrząc na Lucie i wmaszerowała do niesławnej sypialni Anny Lightwood.

Sypialnia okazała się zaskakująco zwyczajna. Jeśli Cordelia miała nadzieję zobaczyć skandalizujące sztychy albo zalane łzami listy miłosne przyczepione do ściany, to nic z tego. Zamiast tego na poobijanym orzechowym biurku stały pudełka z cygarami i butelki wody kolońskiej, chabrowa kamizelka wisiała przewieszona niedbale przez japoński parawan. Łóżko nie było pościelone, prześcieradła tworzyły jedwabne kłębowisko.

Kiedy Cordelia ostrożnie zamknęła za sobą drzwi, Anna podniosła wzrok i rzuciła jej z uśmiechem barwny tobołek. Cordelia złapała go odruchowo. To był kupon materiału – szafirowy jedwab.

– Co to? – spytała.

Anna oparła się o kolumienkę łóżka z rękami w kieszeniach.

– Zrób mi tę przyjemność i przyłóż to do siebie.

Cordelia zrobiła, co jej kazano. Może Anna chciała obstalować suknię dla ukochanej? I wykorzystywała Cordelię jako modelkę?

– Tak – mruknęła Anna. – Ten odcień pasuje do twojej karnacji. Podobnie jak pasowałby bordo, jak sądzę, albo ciemne złoto lub szafran. Żadne z tych mdłych pasteli, które noszą teraz wszystkie dziewczyny.

Cordelia wygładziła ręką materiał.

– Nie sądziłam, że lubisz sukienki.

Anna wzruszyła lekko ramionami.

– Kiedy je noszę, mam wrażenie, że zamykam duszę w więzieniu halek, ale naprawdę bardzo doceniam piękną kobietę w sukni, która do niej pasuje. Powiem więcej, jedna z moich ulubionych przyjaciółek, dama, która zabawiała mnie prawie dwa tygodnie, to *belle*, którą możesz znać z magazynów mody dla Przyziemnych.

– To dla niej? To... – wyrwała się entuzjastycznie Cordelia.

Anna się roześmiała.

– Nie powiem. A teraz odłóż to i chodź, mam już to, po co przyszłam.

Podniosła mały czarny notes. Cordelia nie zauważyła, kiedy Anna go wzięła. Wyszły z sypialni. Anna machała triumfalnie notesem nad głową.

– To zawiera odpowiedzi na wszelkie wasze pytania – powiedziała.

Goście w salonie podnieśli wzrok. Lucie, Christopher i Matthew sprzeczali się nad ciastem, chociaż kawałek już odłożono na talerz, który Thomas trzymał na kolanach. James wpatrywał się niewidzącym wzrokiem w zimny kominek.

Matthew podniósł wzrok. Oczy błyszczały mu jak w gorączce.

– To lista twoich podbojów?

– Oczywiście, że nie. To notatki... na temat moich podbojów. To ważne i znaczące rozróżnienie.

Cordelia usiadła na sofie obok Lucie, której udało się zdobyć kawałek biszkopta. Matthew opierał się o stelaż sofy obok niej. James patrzył teraz na Annę. Oczy miał koloru słońca przeświecającego przez żółte liście.

Anna przekartkowała notes. Było tam wiele stron i wiele nazwisk skreślonych śmiałym zamaszystym charakterem pisma.

– Hmm, zobaczmy. Katherina, Alicia, Virginia... bardzo obiecująca pisarka, powinieneś poszukać jej prac, James, Mariane, Virna, Eugenia...

– Nie moja siostra Eugenia? – Thomas prawie wywrócił ciasto.

– Raczej nie – odpowiedziała Anna. – Laura, Lily... Ach, Hypatia. Cóż, to była przelotna przygoda i można uznać, że to ona uwiodła mnie...

– To nie w porządku – odezwał się James. – To jak rozwiązanie zagadki przed Sherlockiem Holmesem. Na twoim miejscu uznałby, że to wyzwanie, prawie jak pojedynek.

Matthew zarechotał. Anna rzuciła Jamesowi chmurne spojrzenie.

– Wiem, co próbujesz uzyskać.

– I udaje mi się?

– Prawdopodobnie – odpowiedziała Anna, przyglądając się notesowi.

Cordelia zastanawiała się, czy jest tam nazwisko Ariadne. Czy też była podbojem, czy może czymś, kimś innym?

– Doceniam naukową precyzję, z jaką podchodzisz do tego zadania – powiedział Christopher, który umazał rękaw dżemem. – Chociaż nie sądzę, żebym sam zdołał zgromadzić tak dużo nazwisk i jeszcze uprawiać naukę. To zdecydowanie pochłania za dużo czasu.

Anna się roześmiała.

– Ile nazwisk chciałbyś w takim razie zebrać?

Christopher przechylił głowę, zamyślił się i nie odpowiedział.

– Ja chciałbym tylko jedno – powiedział Thomas.

Cordelia pomyślała o delikatnej siateczce róży wiatrów na jego ręce i zastanawiała się, czy ma na myśli szczególną osobę.

– Dla mnie za późno już, żeby ograniczyć się tylko do jednego – odparł nonszalancko Matthew. – Mogę mieć nadzieję na kilka nazwisk na precyzyjnie, ale entuzjastycznie dobranej liście.

– Mnie nikt nigdy nie próbował uwieść – naburmuszyła się Lucie. – Nie musisz tak na mnie patrzeć, James. Nie zgodziłabym się, ale mogłabym unieśmiertelnić swoje doświadczenia w powieści.

– To byłaby krótka powieść, bo zaraz dopadlibyśmy szubrawca i go zabili – powiedział James.

Wszyscy wybuchli śmiechem i zaczęli się spierać. Popołudniowe słońce obniżało się na niebie, jego promienie lśniły na ozdobnych rękojeściach noży nad kominkiem Anny. Rzucały tęczowe błyski na złoto-zielone ściany. Światło opromieniało barwną graciarnię Anny i Cordelia poczuła ukłucie w sercu. To było bardzo przytulne miejsce, któremu nie mógł dorównać jej wielki, zimny dom w Kensington.

– A co z tobą, Cordelio? – zapytała Lucie.

– Jedno nazwisko – odpowiedziała. – To tak naprawdę marzenie każdego, prawda? Zamiast wielu osób, które dają ci tylko kawałek siebie, jedna osoba, która da ci wszystko.

Anna się roześmiała.

– Szukanie tej jednej jedynej osoby to powód wszelkich nieszczęść na tym świecie. Zaś szukanie wielu oznacza zabawę.

Cordelia prawie przypadkiem napotkała wzrok Jamesa. Widziała troskę w jego spojrzeniu. W śmiechu Anny zabrzmiała jakaś nieprzyjemna nuta.

– W takim razie to powinno być zabawne – dodała szybko Cordelia. – Uwiedzenie Hypatii. W końcu, po co są zasady, jeśli nie po to, żeby je łamać?

– Dobrze powiedziane – powiedział Matthew, zwijając kawałek ciasta z talerza Lucie, która dała mu po łapie.

– A zdobycie Pyxis może pomóc wielu ludziom – dodała Cordelia. – Mogło pomóc Barbarze. Nadal może pomóc nawet Ariadne.

Niebieskie oczy Anny pociemniały.

– Dobrze więc. Spróbujmy. Może być zabawnie. Niemniej...

– Niemniej co? – spytał Christopher. – Jeśli nie masz w co się ubrać, mogę pożyczyć ci moją nową kamizelkę. Jest pomarańczowa.

Anna zadygotała.

– Pomarańczowy to nie jest kolor uwodzenia. To kolor desperacji i dyń. Mam w co się ubrać. Niemniej... – Uniosła palec z krótko obciętym paznokciem. – Hell Ruelle nie spotyka się codziennie. Spotkanie odbędzie się jutro.

– To pójdziemy jutro – powiedział James.

– Nie możemy wszyscy pójść do Helle Ruelle. Hypatii nie spodoba się, jeśli zjawimy się całą bandą. Banda to nawet nie brzmi godnie.

– To logiczne, żebym ja poszedł – odezwał się Matthew. – Znają mnie tam.

– Ja też powinienem iść – wtrącił James. – Moja moc cienia może się okazać przydatna. Korzystałem już z niej, żeby zdobyć pewne rzeczy.

Wszyscy zdumieli się, ale James miał taką minę, że lepiej było nie pytać go o szczegóły.

Na twarz Anny wypłynął powolny uśmiech jak szkocka z miodem.

– I Cordelia, rzecz jasna. Piękna dziewczyna zawsze przyda się do odwrócenia uwagi, a nam będzie to potrzebne.

James i Matthew zerknęli na Cordelię. Nie zaczerwienię się, przysięgała sobie Cordelia. Nie! Podejrzewała, że wygląda, jakby się zadławiła.

– Niech to licho. Już widzę, że mnie nie weźmiecie – żachnęła się Lucie.

Anna odwróciła się do niej.

– Lucie, jesteś ogromnie potrzebna. W Instytucie. Jutro odbędzie się zebranie całej Enklawy i zamierzałam się tam wybrać. Podobno są jakieś ważne nowiny.

Lucie się zdziwiła. W spotkaniach Enklawy brali udział członkowie Clave, którzy skończyli osiemnaście lat. Z ich grupy tylko Anna i Thomas się kwalifikowali.

– Ja mogę wziąć udział – zaproponował niechętnie Thomas. – Chociaż nie palę się do siedzenia w pokoju pełnym ludzi, którzy patrzą na mnie z cholerną litością.

Wszyscy spojrzeli na niego zaskoczeni. Thomas rzadko przeklinał.

– Nie myślałam o uczestnictwie – odparła Anna. – Mogą uważać, co mówią, jeśli tam będziesz. Lepiej ich szpiegować.

– Och, szpiegować – zapaliła się Lucie. – Cudownie. Spotkają się w bibliotece. Znam ten pokój na wylot. Możemy podsłuchiwać z góry. Christopher może przeanalizować ich słowa z naukowego punktu widzenia, a Thomas zapamięta wszystko dzięki swojej doskonałej pamięci.

Rozpromieniła się, a Cordelia miała ochotę się uśmiechnąć. Za praktycznym podejściem Lucie kryła się wielka życzliwość. Thomas stracił siostrę i desperacko szukał zajęcia. Lucie mu to oferowała.

Thomas też to rozumiał. Uśmiechnął się do Lucie. Pierwszy uśmiech, jaki Cordelia widziała u niego od śmierci Barbary.

– Zatem szpiegostwo – powiedział. – Przynajmniej teraz mam na co czekać.

14

W jaskini lwa

„Z uśmiechem rękawiczkę zrzuciła między lwy,
by uczuć swoich dowiódł.
Hrabia ukłonił się i skoczył,
nie myśląc o swym zdrowiu.
Jak szybko skoczył, tak i wrócił, a rękawiczkę
cisnął jej w twarz bez czułości.
– Słusznie, na Boga! – wykrzyknął Francis. – Próba taka
dowodzi damy próżności!".

Leigh Hunt, *Rękawiczka i lwy*

James uparł się, że odprowadzi Cordelię do domu, chociaż z Percy Street do Kensington był spory kawał. Anna zabrała Matthew, żeby pomógł jej załatwić jakąś tajemniczą sprawę, a Thomas, Christopher i Lucie wrócili do Diabelskiej Tawerny, by poszukać informacji na temat działania pudełka Pyxis. Cordelia żałowała, że nie może z nimi zostać, ale znała granice cierpliwości swojej matki. Sona zacznie się zastanawiać, gdzie Cordelia się podziewa.

Zbliżał się zmierzch, cienie gęstniały pod drzewami na Cromwell Road. Tylko nieliczne zaprzężone w konie powozy mijały ich w niebieskim świetle. Cordelia prawie odnosiła wrażenie, że mają miasto tylko dla siebie; nie chronił ich czar, a mimo to mało kto choćby na nich zerknął z zainteresowaniem, gdy przechodzili obok wielkiego stosu cegieł, jakim było muzeum historii naturalnej. Pewnie patrzą na Jamesa, pomyślała Cordelia. Tak samo jak ojciec wbrew sobie przyciągał spojrzenia. W narastającym mroku jego oczy przypominały ślepia tygrysów, jakie widziała w Radżasthanie – złote i uważne.

– To było sprytne, że pomyślałaś o Annie – powiedział James.

Cordelia spojrzała zdziwiona; rozmawiali zdawkowo o edukacji, jaką odebrali – Cordelię uczyła Sona i wiecznie zmieniający się prywatni nauczyciele. James uczył się w Akademii Nocnych Łowców tylko kilka miesięcy; poznał tam Thomasa, Matthew i Christophera i wkrótce potem wysadzili skrzydło szkoły. Wszyscy zostali wydaleni z wyjątkiem Thomasa, który nie chciał zostać w szkole bez przyjaciół i z własnej woli wrócił do Londynu pod koniec roku szkolnego. Przez ostatnie trzy lata Wesołych Złodziejaszków uczyli Henry Fairchild i Sophie Lightwood.

– Cieszyłem się dzisiaj, że z nami jesteś – dodał.

– Uspokajający wpływ kobiecej obecności? – zakpiła Cordelia. – Wystarczyłaby Lucie.

James się zaśmiał. Poruszał się z pełną wdzięku lekkością, jakiej nie zauważyła u niego, gdy przyjechała do Londynu. Jakby odrzucił ciężkie brzemię, chociaż w tych okolicznościach takie skojarzenie nie miało sensu.

– Lucie nie zawracałaby sobie głowy. Obawiam się, że znajomość rodzi pogardę i że jesteśmy dla niej tylko jej „idiotycznym bratem z jego idiotycznymi przyjaciółmi". Martwię się czasem...

Urwał. Wiatr szarpał połami jego czarnego żakietu. Unosiły się jak czarne skrzydła.

– Martwisz się o Lucie? – zapytała Cordelia, nie rozumiejąc.

– Nie chodzi o to. Chyba martwię się tym, że za łatwo wpadamy w swoje role: Christopher to naukowiec, Thomas to ten życzliwy, Matthew to libertyn. A ja... nie wiem właściwie, kim jestem.

– Przywódcą.

Spojrzał rozbawiony.

– Tak?

– Wasza czwórka jest bardzo zżyta – powiedziała Cordelia. – Każdy to widzi. Żaden z was nie jest aż tak prosty. Thomas jest więcej niż tylko życzliwym człowiekiem, Christopher to ktoś więcej niż retorty i probówki, a Matthew to ktoś więcej niż kamizelki i dowcip. Każdy z was podąża za własną gwiazdą, a ty jesteś nicią, która wiąże waszą czwórkę. To ty widzisz, czego pozostali potrzebują, czy któryś wymaga dodatkowej uwagi ze strony przyjaciół, albo czy trzeba go zostawić w spokoju. Niektóre grupy przyjaciół rozpadają się z czasem, ale ty nie pozwoliłbyś na to.

Rozbawienie Jamesa zniknęło. W jego głosie pojawiła się chrypka, gdy powiedział:

– Czyli to mnie najbardziej zależy, tak?

– Masz wielkie serce, bardzo się troszczysz o innych – powiedziała Cordelia i przez chwilę czuła ulgę, wypowiadając te słowa, bo zawsze właśnie w taki sposób myślała o Jamesie. Nawet kiedy patrzyła, jak kocha Grace, i cierpiała z tego powodu, myślała, co to znaczy być kochanym przez kogoś, kto potrafi tak mocno kochać. – To twoja siła.

James odwrócił wzrok.

– Coś się stało? – zapytała.

– Tamtej nocy przy Battersea Bridge – zaczął. Doszli do domu Cordelii, ale zostali na chodniku w cieniu buka. – Grace zapytała, czy uciekłbym z nią. Czy odciąłbym się od rodziny i ożenił się z nią w Szkocji, żebyśmy zaczęli od nowa jako Przyziemni.

– Ale... Twoi rodzice... I Lucie... – Cordelia natychmiast pomyślała o przyjaciółce. Byłaby zdruzgotana, gdyby straciła brata w taki sposób. Jakby umarł, choć to byłoby nawet gorsze, bo porzuciłby ich z własnej woli.

– Tak. I mój *parabatai*. Wszyscy przyjaciele. – Jego tygrysie oczy jarzyły się w ciemności. – Odmówiłem. Zawiodłem ją. Nie potrafiłem jej kochać tak, jak powinienem. Nie jestem pewien, czy troska o innych to moja silna strona.

– Ona nie prosiła o miłość – odpowiedziała Cordelia z nagłym gniewem. – To nie jest miłość. To próba. A miłości nie należy poddawać takim próbom. – Urwała. – Przepraszam. Nie powinnam. Nie rozumiem Grace i nie powinnam jej oceniać. Ale chyba nie z tego powodu się rozstaliście?

– Nie wiem, czy znam powód – odpowiedział James, składając ręce za plecami. – Wiem jednak, że to koniec. Zabrała swoją bransoletkę. I wychodzi za Charlesa.

Cordelia zamarła. Musiała się przesłyszeć.

– Za Charlesa?!

– Za starszego brata Matthew – wyjaśnił James zaskoczony, jakby pomyślał, że zapomniała, kto to jest.

– Nie – szepnęła Cordelia. – Ona nie może. Oni nie mogą!

James dalej jej tłumaczył, mówiąc coś o Ariadne, o zerwanych zaręczynach, ale Cordelia myślała tylko o Alastairze. O Alastairze i Charlesie w bibliotece, o cierpieniu brata z powodu zaręczyn Charlesa. Alastair powiedział, że dobrze, że to przynajmniej Ariadne – nie miał pojęcie o Grace.

Och, Alastair!

– Nic ci nie jest? – James zrobił krok w jej stronę zatroskany. – Strasznie pobladłaś.

„Powinnam iść do domu", chciała powiedzieć. James podszedł blisko, czuła jego zapach – mydła sandałowego, wyprawionej skóry i atramentu. Poczuła dotyk jego dłoni na policzku, kciuk przesuwający się po kości policzkowej.

– Cordelia! – James i Cordelia odwrócili się zaskoczeni.

Sona stała w progu, za nią płonęło światło świec. Jedwabna *rusari* zakrywała jej ciemne włosy. Matka się rozpromieniła.

– Cordelio, *dżun*, wejdź do środka, zanim się przeziębisz. Panie Herondale, to bardzo uprzejme z pana strony, że odprowadził pan Cordelię do domu. Prawdziwy z pana dżentelmen.

Cordelia popatrzyła zaskoczona na matkę. Nie spodziewała się, że Sona będzie w tak dobrym humorze.

James uniósł brew podobną do czarnego skrzydła wrony, zwłaszcza gdyby skrzydło wrony potrafiło wyginać się sardonicznie.

– To przyjemność odprowadzić Daisy.

– Daisy – powtórzyła Sona. – Jakie czarujące zdrobnienie. Oczywiście znaliście się jako dzieci, a teraz spotkaliście się znowu prawie dorośli. To takie rozkoszne.

Ach. Cordelia zrozumiała, co się dzieje z matką. James był dobrą partią. Więcej niż dobrą. Jako syn szefa Instytutu mógł w przyszłości być wpływową osobą, może nawet sam zostanie szefem Instytutu, a ktoś taki zarabia znacznie więcej niż zwykły Nocny Łowca.

Poza tym był czarujący, gdy nie nosił Maski, a takie rzeczy działają na matki. Sona nalegała, więc podeszli schodami do frontowych drzwi domu. Ciepłe światło wylewało się z holu wejściowego wraz z zapachami specjałów Risy.

Sona nadal wykrzykiwała nad Jamesem:

– Rozkoszne! – powtórzyła. – Mogę czymś pana poczęstować? Może herbatą?

Cordelię ogarnęła chęć, by stamtąd czmychnąć, ale Anioł jeden wie, co wtedy matka nagadałaby Jamesowi. Poza tym nie mogła uciec – Alastair musiał usłyszeć nowinę od niej, a nie dowiedzieć się wszystkiego z plotek albo od nieznajomego.

James uśmiechnął się. Taki uśmiech mógł spustoszyć większą część Anglii.

– Pamiętam herbatę, jaką parzyła pani w Cirenworth. Smakowała kwiatami.

Sona się rozpromieniła.

– Tak. Łyżeczka wody różanej to sekret dobrej *czaj*.

– Pamiętam, że mieliście piękny samowar. Z mosiądzu i złota.

Sona promieniała jak latarnia morska.

– Należał do mojej matki. Niestety jak wiele innych rzeczy leży nadal niewypakowany, ale zastawa mojej matki...

– James musi już iść – wtrąciła się stanowczo Cordelia, prowadząc Jamesa w dół po schodach. – Do widzenia, Jamesie.

James pożegnał się szybko z Soną. Cordelia miała nadzieję, że nie zauważył nieskrywanego rozczarowania na twarzy matki. Wypuściła z garści jego żakiet, kiedy Sona wróciła do domu.

– Nie miałem pojęcia, że twoja matka tak mnie lubi – powiedział James. – Powinienem częściej zaglądać, kiedy będę potrzebował, żeby ktoś mnie docenił.

Cordelia prychnęła poirytowana.

– Obawiam się, że moja matka będzie równie zachwycona każdym kawalerem do wzięcia, który będzie udawał, że jest zainteresowany herbatą. Dlatego prosiłam, żebyś mi kogoś znalazł, zapomniałeś?

Starała się mówić nonszalancko i żartobliwie, ale mimo to James przestał się uśmiechać.

– Oczywiście – rzekł. – Kiedy już skończy się ta sprawa...

– Tak, tak – odparła Cordelia, wchodząc po schodach.

– Naprawdę lubię herbatę! – krzyknął z dołu James. – Uwielbiam! Uwielbiam herbatę!

– Na zdrowie, przyjacielu! – krzyknął przejeżdżający dorożkarz.

Wbrew wszystkiemu Cordelia nie mogła powstrzymać uśmiechu. Weszła do środka i zamknęła drzwi. Kiedy się odwróciła, tuż za nią stała matka i nadal wyglądała na zachwyconą.

– Przystojny jest, prawda? Nigdy bym tak nie pomyślała. Był takim niezgrabnym chłopcem.

– *Mâmân* – zaprotestowała Cordelia. – To tylko przyjaciel.

– Po co ci taki przystojny przyjaciel? To takie marnotrawstwo. Poza tym nie sądzę, żeby uważał cię jedynie za przyjaciółkę. Tak na ciebie patrzy...

Cordelia uniosła ręce.

– Muszę porozmawiać z Alastairem... o treningu – powiedziała i uciekła.

***

Drzwi do sypialni Alastaira były otwarte. Cordelia stała przez chwilę w korytarzu i patrzyła na brata. Siedział przy biurku z żółtodrzewu z rozłożoną gazetą Przyziemnych. Tarł oczy, czytając, zmęczenie wyraźnie rysowało się w jego zgarbionych ramionach.

– Jakieś ciekawe wiadomości? – zapytała, opierając się o framugę.

Wiedziała, że lepiej nie wchodzić bez zaproszenia; Alastair utrzymywał pokój w idealnym porządku, od politury na orzechowej szafie po komplet nieskazitelnie czystych niebieskich foteli przy oknie.

– Charles mówi, że wysypowi demonicznych ataków często towarzyszy wzrost zgłaszanych przestępstw, a przynajmniej czegoś, co Przyziemni biorą za przestępstwa – odpowiedział, obracając czytaną stronę gazety poplamionym farbą drukarską palcem. – Nie mogę jednak powiedzieć, żebym coś takiego tu zauważył. Jeśli pominąć jedno smakowite morderstwo albo coś w tym stylu.

– Miałam nadzieję porozmawiać z tobą o Charlesie – powiedziała Cordelia.

Alastair zerknął na nią. Ludzie często mówili, że oboje mają takie same czarne oczy, z tęczówkami ledwie jeden odcień jaśniejszymi od źrenic. Dziwny efekt, zważywszy, że oczy Sony były piwne, a Eliasa niebieskie.

– O Charlesie?

Pokiwała głową.

– W takim razie wejdź i zamknij za sobą drzwi – polecił, odchylając się na krześle.

Cordelia zrobiła, co kazał. Pokój Alastaira był większy od jej własnego, urządzony w ciemnych kolorach stosownych dla dżentelmena: zielone ściany, stonowany perski dywan. Alastair miał kolekcję sztyletów i przywiózł ich całkiem sporo z Cirenworth. To były jedyne piękne rzeczy, do których Alastair przywiązywał jakąkolwiek wagę. Jeden z nich miał pochwę z niebiesko-białej emalii, inny był inkrustowany złotem, które tworzyło wzór ze smoków, qilinów i ptaków. Pesz-kabz zrobiony z jednego kawałka kości słoniowej wisiał nad umywalką, a obok niego handżar z perską inskrypcją: „Tak bardzo chciałem mieć lśniący sztylet, że wszystkie moje żebra stały się sztyletami".

Cordelia usadowiła się w niebieskim fotelu. Alastair odwrócił się odrobinę w jej stronę. Palcami pukał w gazetę.

– Co z Charlesem?

– Wiem, że znowu się zaręczył – powiedziała. – Z Grace Blackthorn.

Niespokojne ręce Alastaira zamarły.

– Tak – powiedział. – Współczuję twojemu przyjacielowi Jamesowi.

Czyli wie, pomyślała Cordelia. Charles musiał mu powiedzieć.

– Więc... U ciebie wszystko w porządku?

Czarne oczy Alastaira były nieprzeniknione.

– Co masz na myśli?

Cordelia nie mogła dłużej tego znieść.

– Słyszałam, jak rozmawiałeś z Charlesem w bibliotece. Słyszałam, jak powiedziałeś mu, że go kochasz. Obiecuję, że nikomu nie powiem. Wiesz, że zawsze dotrzymuję słowa. To dla mnie absolutnie niczego nie zmienia.

Alastair milczał.

– Nic bym nie mówiła, ale... Charles znowu się zaręczył, chociaż wiedział, jak bardzo byłeś nieszczęśliwy z powodu Ariadne... Alastair, nie chcę, żeby ktokolwiek był wobec ciebie okrutny. Chcę, żebyś był z kimś, kto cię uszczęśliwi.

Alastairowi zabłysły oczy.

– On nie jest okrutny. Nie znasz go. On i Grace się porozumieli. Wyjaśnił mi to. Wszystko, co Charles robi, robi po to, żebyśmy mogli być razem. – Było coś mechanicznego w tych słowach, jakby zostały przećwiczone.

– Przecież nie chcesz być czyimś sekretem. Powiedziałeś...

– Skąd wiesz, co powiedziałem? Jak mogłaś usłyszeć nas przypadkiem? Ty byłaś na górze, a my na dole. No, chyba że mnie śledziłaś – dokończył powoli Alastair. – Podsłuchiwałaś nas. Dlaczego?

– Bałam się – odpowiedziała cicho Cordelia. – Myślałam, że powiesz wszystko Charlesowi, chociaż kazałam ci przysiąc, że nie powiesz.

– O demonie na moście? – Alastair nie wierzył własnym uszom. – O twoich małych przyjaciołach i ich drobnych intrygach i bzdurnych sekrecikach? Dałem ci słowo.

– Wiem – odpowiedziała bliska łez. – Powinnam była ci zaufać. Przepraszam. Nie chciałam podsłuchiwać takich rzeczy. Wiem, że to sprawy osobiste. Chciałam ci tylko powiedzieć, że nadal tak samo cię kocham. To nie ma dla mnie znaczenia.

Myślała, że takie zapewniania pomogą, ale Alastair wykrzywił pogardliwie usta.

– Doprawdy? – wycedził zimno. – Cóż, a dla mnie ma znaczenie fakt, że moja siostra szpieguje mnie i podsłuchuje. Wynoś się z mojego pokoju. Natychmiast.

***

– Jesse – szepnęła Lucie. – Jesse, gdzie jesteś?

Siedziała na podłodze przed kominkiem z kutego żelaza w bawialni Instytutu. Wróciła do domu z Diabelskiej Tawerny, kiedy zrobiło się naprawdę późno. Thomas i Christopher byli zajęci i zaabsorbowani swoimi sprawami, a ona nie była pewna, jak daleko w gruncie rzeczy posunęli się w badaniu sprawy Pyxis. Christopher doznał jakiegoś olśnienia w kwestii antidotum, nad którym pracował, i zniknął w obitym stalą kącie pokoju, gdzie hałasował, próbując destylować coś w retorcie.

Jednakże nie z tego powodu tak naprawdę chciała wyjść. Noce nabrały teraz dla niej nowego znaczenia. Nocami mogła rozmawiać z Jessem.

– Jesse Blackthorn – powiedziała, czując się trochę idiotycznie. – Przyjdź tu, proszę. Chcę z tobą porozmawiać.

Rozejrzała się po pokoju, jakby Jesse mógł się chować pod sofą. To był rodzinny pokój, gdzie Herondale'owie często zbierali się wieczorami. Tessa zachowała tu część starych dekoracji – nad kominkiem nadal wisiało lustro w złoconej ramie, a meble były zdezelowane, ale wygodne, od kwiecistych foteli przy kominku po wielkie stare biurko porysowane stalówkami. Ściany oklejono adamaszkową tapetą, na regałach pod ścianami stały sczytane książki.

Tessa czytywała na głos z nowej książki, a pozostali wyciągali się przy ogniu, czasem plotkowali albo Will i Tessa opowiadali stare rodzinne historie. To miejsce kojarzyło się Lucie z wielką wygodą, popołudniami spędzonymi na gryzmoleniu przy biurku. Dlatego to było podwójnie niepokojące, gdy Jesse pojawił się, wynurzając się z cieni w białej koszuli, z bladą twarzą i ciemnymi włosami.

– Przyszedłeś! – wykrzyknęła, nawet nie próbując ukryć zdumienia. – Naprawdę nie wiedziałam, czy to zadziała.

– Pewnie nawet się nie zastanowiłaś, czy to dla mnie dobra chwila.

– A co takiego mogłeś robić? – zdziwiła się na głos.

Jesse prychnął w sposób zupełnie niepasujący do ducha i przysiadł na rozchwierutanym biurku. Ciężar żywej osoby pewnie sprawiłby, że mebel by się wywrócił, ale on nie był żywy.

– Chciałaś ze mną rozmawiać. No to mów.

Opowiedziała mu pośpiesznie o Emanuelu Gaście, o tym, jak znalazła ducha i co jej powiedział. Słuchając, Jesse bawił się złotym medalionem na szyi.

– Przykro mi, że cię zawiodę, ale w ogóle nie słyszałem o tym czarowniku. To ewidentnie jakieś mroczne sprawki. Po co się w to pakujesz? Czemu nie zostawisz rodzicom rozwikływania tych tajemnic?

– Barbara była moją kuzynką. Nie mogę siedzieć bezczynnie.

– Nie musisz się tym zajmować.

– Może jako martwy zapomniałeś, jak niebezpieczne jest życie. Wątpię, żeby James, Cordelia albo ktokolwiek z nas zdecydował, że rozwiąże tę zagadkę. To zagadka wybrała nas. Nie narażę na niebezpieczeństwo rodziców, skoro oni nic nie mogą zrobić.

– Wątpię, żeby ktokolwiek mógł coś zrobić. Za tym stoi rozmyślne zło. Chęć zniszczenia Nocnych Łowców i zranienia ich. To się szybko nie skończy.

Lucie nabrała powietrza.

– Luce?

Drzwi się otworzyły. To był James. Zaskoczył Lucie. Jesse zniknął, ale nie tak, jak czasem znika Jessamine w kłębie snującego się dymu, tylko po prostu był i w następnej chwili już go nie było.

– Co tu robisz? – zapytał James.

– A czemu nie mogę siedzieć w bawialni? – spytała, wiedząc, że zabrzmiało to obcesowo. Natychmiast ogarnęły ją wyrzuty sumienia. James nie wiedział, że właśnie przesłuchiwała ducha.

James rzucił żakiet na kwiecisty fotel i usiadł obok siostry, sięgając po pogrzebacz w stojaku przy kominku.

– Przykro mi z powodu Grace – powiedziała Lucie. – Matthew powiedział Thomasowi i Christopherowi.

James westchnął, nerwowo grzebiąc w węgielkach.

– Pewnie dobrze, że to zrobił. Nie mam ochoty sam przekazywać tej nowiny.

– Jeśli Grace cię nie chce, to jest potworną idiotką. A jeżeli chce poślubić Charlesa, to jest jeszcze większą idiotką, czyli jest podwójnie potworną idiotką.

James zamarł z pogrzebaczem w ręku. Iskry buchnęły w górę.

– Myślałem, że ogarnie mnie potworne poczucie straty, a nie jestem pewien, co czuję – powiedział w końcu. – Wszystko stało się wyrazistsze, kolory i faktury są inne. Może to jest żałoba. Może po prostu nie wiedziałem, jak to jest czuć taką stratę.

– Charles pożałuje, że się z nią ożenił – mówiła z przekonaniem Lucie. – Będzie go dręczyć do końca jego dni. – Skrzywiła się. – Czekaj. Będzie bratową Matthew, nie? Pomyśl o tych wszystkich niezręcznych kolacjach.

– A skoro mowa o Matthew. – James odstawił pogrzebacz. – Lucie, wiesz, że Matthew czuje coś do ciebie, a ty nie odwzajemniasz tych uczuć.

Lucie zamrugała zaskoczona. Nie spodziewała się takiego zwrotu w rozmowie, chociaż nie pierwszy raz o tym rozmawiali.

– Nie mogę czuć czegoś, czego nie czuję.

– Nie mówię, że powinnaś. Nie jesteś do niczego zobowiązana.

– Poza tym to tylko kaprys. Jemu wcale tak naprawdę na mnie nie zależy. Myślę...

Urwała. Wymyśliła tę teorię, widząc spojrzenia Matthew w ostatnich dniach, ale nie była gotowa się nią podzielić.

– Nie zamierzam się spierać, ale obawiam się, że Matthew cierpi z powodu, którego nawet ja nie rozumiem – rzekł cicho James.

Lucie się zawahała. Wiedziała, że powinna powiedzieć, w jaki sposób Matthew postanowił poradzić sobie z bólem, ale nie była w stanie wypowiedzieć tych słów do brata. Chwilę potem wybawiły ją od tego wyboru kroki w korytarzu. Rodzice weszli z oczami błyszczącymi z powodu rześkiego wiatru na dworze. Tessa przystanęła, żeby odłożyć rękawiczki na mały marokański stolik przy drzwiach, a Will pochylił się, żeby ucałować Lucie i potargać Jamesowi włosy.

– Boże jedyny, co ma znaczyć ten nieokiełznany przypływ czułości? – zapytał nonszalancko James.

– Byliśmy u ciotki Cecily i wuja Gabriela – powiedziała Tessa, a Lucie zdała sobie sprawę, że oczy matki za mocno błyszczą. Tessa usiadła na sofie. – Moje biedactwa. Wszystkim nam serca pękają z powodu Sophie i Gideona.

Will westchnął.

– Pamiętam czasy, kiedy Gideon i Gabriel nie mogli się znieść. A teraz Gabriel każdego dnia jest przy bracie. Cieszę się, że ty i James macie siebie, Luce.

– Dobra nowina jest taka, że nie było dzisiaj żadnych nowych ataków – powiedziała Tessa. – Musimy się tego trzymać. Te potworności mogą się lada chwila skończyć.

Will usiadł obok żony i wziął ją na kolana.

– Teraz będę całował waszą matkę – oznajmił. – Uciekajcie, jeśli chcecie, dzieci. W przeciwnym wypadku możemy po czułościach zagrać w Ludo.

– Tym czułościom nigdy nie ma końca – odparł ponuro James.

Tessa roześmiała się i nadstawiła twarz do całowania. James był poirytowany, ale Lucie nie zwracała na to uwagi, bo w głowie słyszała słowa Jessego: „Za tym stoi rozmyślne zło. Chęć zniszczenia Nocnych Łowców i zranienia ich. To się szybko nie skończy".

Zadrżała.

***

Rankiem wielka paczka obwiązana wstążkami przyszła pod nr 102 przy Cornwall Gardens. Była zaadresowana do Cordelii. Sona poszła za Risą, która wniosła paczkę do pokoju Cordelii.

– Prezent! – powiedziała Sona, kiedy Risa postawiła pudło na łóżku.

Sona była zadyszana. Cordelia spojrzała na nią zatroskana. Matka była zwykle energiczna, więc normalnie wejście po schodach nie sprawiało, że zaczynała dyszeć.

– Może od dżentelmena – zasugerowała Sona.

Cordelia, która siedziała przy toaletce i szczotkowała włosy, westchnęła. Przepłakała pół nocy z powodu bolesnej świadomości, że zawstydziła własnego brata. Z pewnością nie czuła, że zasłużyła na prezent ani – skoro już o tym mowa – na wyprawę do Hell Ruelle tego wieczoru.

– To pewnie od Lucie...

Matka już zdjęła papier i otworzyła pudło. Risa cofnęła się, ewidentnie uznając ekscytację Sony za niepokojącą. Kiedy Sona rozdarła delikatne warstwy papieru, wyrwał jej się stłumiony okrzyk:

– Och, Lajlo!

Ciekawość zwyciężyła i Cordelia podeszła do stojącej obok łóżka matki. Też wyrwał jej się okrzyk. Z pudełka wysypał się tuzin sukien: dzienne, popołudniowe oraz piękna wieczorowa toaleta, wszystkie w mocnych kolorach – szafirowa koronka, bawełna w odcieniach cynamonu i bordo, jedwabie w odcieniu pruskiej zieleni, purpury i cynobru, migotliwe złoto i ciemny róż.

Sona podniosła jedwabną sukienkę w kolorze spiżu z wykończeniem z miękkiego szyfonu na staniku i rąbku.

– Jest śliczna – powiedziała niemal niechętnie. – To od Jamesa, prawda?

Mimo zaskoczenia Cordelia doskonale wiedziała, od kogo są suknie. Widziała mały bilecik podpisany „A" wśród sukni popołudniowych. Jeśli jednak wiara, że pochodzą od Jamesa, sprawi, że matka pozwoli Cordelii je nosić, to niech matka myśli sobie, co chce.

– To bardzo miłe z jego strony – powiedziała. – Nie uważasz? Mogę włożyć jedną dzisiejszego wieczoru... w Instytucie odbędzie się spotkanie.

Sona uśmiechnęła się zachwycona i ten uśmiech legł kamieniem na sercu Cordelii. Suknie były bardzo ekstrawaganckie. Jej matka z pewnością uzna teraz, że James ma poważne zamiary wobec Cordelii. Pomyślała, że to prawdziwa ironia losu, bo chociaż raz obie z matką pragnęły tego samego. I żadna z nich tego nie dostanie.

***

Anna przyjechała po Cordelię dokładnie o dziewiątej wieczór w czarnym powozie podobnym do ciemnej wyprawionej skóry. Cordelia wybiegła pośpiesznie z domu opatulona płaszczem, chociaż wieczór był ciepły. Wsiadła do powozu, udając, że nie słyszy wołającej za nią matki, że powinna wziąć też rękawiczki, a może nawet mufkę.

Wnętrze powozu lśniło mosiądzem i miało obite czerwonym aksamitem siedzenia. Anna siedziała z nonszalancko skrzyżowanymi przed sobą długimi nogami. Była ubrana w elegancki czarny męski strój, jej koszula była biała i wykrochmalona. W fularze migotała ametystowa szpilka, a płaszcz był dopasowany w wąskich ramionach. Robiła wrażenie całkowicie opanowanej. Cordelia zazdrościła jej pewności siebie.

– Dziękuję – wypaliła bez tchu, kiedy powóz ruszył. – Suknie są przepiękne. Naprawdę nie musiałaś...

Anna zbyła jej podziękowania machnięciem ręki.

– Nic mnie to nie kosztowało. Wilkołaczka, która jest szwaczką, była mi winna przysługę, a Matthew pomógł mi wybrać materiały. – Uniosła brew. – Zatem którą wybrałaś na dzisiejszy wieczór?

Cordelia zdjęła płaszcz i odsłoniła suknię w kolorze migotliwego spiżu. Jedwab był chłodny i ciężki na jej skórze niczym dotyk wody; szyfonowy rąbek gładził łydki i kostki. Była też praktyczna – matka pomogła jej sprytnie ukryć Cortanę w pochwie na plecach umieszczonej pod materiałem sukni.

Anna zaśmiała się z aprobatą.

– Dla ciebie odpowiednie są intensywne kolory. Bordo, szafirowy, szmaragdowa zieleń. Gładkie linie i prostota, a nie te głupiutkie fru, fru, które noszą teraz wszystkie dziewczyny.

Powóz skręcił w stronę West Endu. Było coś podniecającego w jeździe do serca Londynu z dala od zieleni Kensington, do tłumu i życia, które tam tętniło.

– Mamy plan? – zapytała Cordelia, wyglądając przez okno na Piccadilly Circus. – Co zrobimy, gdy już tam dojedziemy?

– Ja będę uwodzić – powiedziała Anna – a ty odwracać uwagę, a przynajmniej nie wchodzić mi w drogę.

Cordelia się uśmiechnęła. Wyglądała przez okno, kiedy Anna wskazywała jej charakterystyczne obiekty: posąg Erosa na środku ronda, Criterion Restaurant, gdzie Arthur Conan Doyle umiejscowił pierwsze spotkanie Holmesa z Watsonem. Wkrótce wjechały do Soho i na jego wąskie uliczki. Mgła wisiała jak pajęcze sieci rozwieszone między budynkami. Powóz przejechał obok algierskiego sprzedawcy kawy, okna sklepiku były zawalone lśniącymi mosiężnymi i cynowymi puszkami. Nieopodal znajdował się sklep z oświetleniem z nową błyszczącą czarno-złotą fasadą i napisem „W. Sitch & co.", a kawałek dalej stało kilka straganów. W ciemności na wąskich uliczkach lampy naftowe płonęły jak ognie ostrzegające, łopoczące zasłony chroniły fronty straganów przed podmuchami wiatru.

W końcu powóz zatrzymał się przy Tyler's Court. Powietrze było wypełnione dymem, cieniem i jazgotem głosów mówiących w tuzinie różnych języków. James i Matthew opierali się o kamienne ściany. Obaj mieli na sobie czarne wieczorowe surduty. Matthew dodał do tego krawat w kolorze butelkowej zieleni i aksamitne spodnie. James podniósł kołnierz z powodu wiatru, jego twarz wyglądała blado między czarnymi włosami i pięknym czarnym materiałem surdutu.

Anna otworzyła powóz i wyskoczyła, zostawiając otwarte drzwi. Cordelia próbowała wygramolić się za nią, ale zorientowała się, że nie jest w stanie swobodnie poruszać się w nowej sukni. Przesunęła się na ławce, popiskując, i prawie wypadła z powozu.

Ktoś ją złapał, zanim upadła na chodnik. To James trzymał ją w talii. Jej włosy musnęły mu policzek, a ona poczuła zapach jego wody kolońskiej – cedry, jak w libańskich lasach.

Postawił ją na ziemi, nadal trzymając ręce na jej biodrach. Czuła, że sygnet Herondale'ów odciska się na jej boku. Gapił się na nią, a Cordelia nagle zdała sobie sprawę, że zostawiła płaszcz w powozie. Stała przed Matthew i Jamesem w nowej sukni, nie mając niczego do okrycia.

Była boleśnie świadoma tego, jak materiał opina się na jej ciele. Na biodrach przylegał tak mocno, że nie mogła włożyć pod spód halki, tylko pantalony z koszulką i lekki gorset. Każdy widział kształt jej talii, krągłość piersi, jedwab opięty na wypukłości brzucha. Wąskie rękawki zsunęły jej się z ramion, odsłaniając górę jej piersi. Ciężar i miękkość materiału były jak pieszczota. Cordelia czuła się elegancka jak nigdy dotąd, niemalże śmiała.

– Cordelia – powiedział Matthew. Robił wrażenie lekko zamroczonego, jakby wszedł na ścianę. – Wyglądasz inaczej.

– Inaczej? – prychnęła Anna. – Wygląda olśniewająco.

James nie poruszył się. Wpatrywał się w Cordelię. Oczy mu pociemniały, ich tygrysi kolor się pogłębił. To był kolor podobny do złota Cortany, kiedy rozbłyskiwała w powietrzu. Odetchnął i wypuścił Cordelię, cofnął się. Cordelii serce podeszło do gardła, bijąc szaleńczo, jakby wypiła za dużo mocnej herbaty matki.

– Lepiej chodźmy – powiedział James, a Cordelia zauważyła, że Anna uśmiecha się półgębkiem jak kot, zanim poprowadził ich do wąskiego zaułka.

Faerie przy drzwiach rozpoznała Annę i Matthew, więc pozwoliła wszystkim wejść do Hell Ruelle, tylko unosząc lawendowe brwi. Znaleźli się w serii połączonych, olśniewających pokojów Ruelle. Kiedy szli za Anną, która prowadziła ich zdecydowanym krokiem, Cordelia zdała sobie sprawę z czegoś, czego wcześniej nie zauważyła: że pokoje biegną od centralnej głównej komnaty jak ramiona rozgwiazdy. Sufity w przejściach były niskie, ale każde pomieszczenie oświetlało elektryczne światło, jaśniejsze i jaskrawsze od magicznego.

Znaleźli Hypatię Vex zabawiającą gości w centralnym pokoju. Wystrój ośmiokątnej sali zmienił się. Na ścianach wisiały teraz obrazy ukazujące bachanalia – kręgi nagich tancerek we wstążkach, demony z czerwonymi oczami i czołami ozdobionymi girlandami kwiatów, o ciałach pomalowanych na ten sam odcień złota co oczy Jamesa. Za Hypatią Vex wisiał potężny tryptyk z ciemnowłosą kobietą z czarną sową o złotych oczach.

Podwyższenie na środku pokoju było teraz puste, ale ustawiono wokół niego krzesła i kanapy. Siedziało tam mnóstwo Podziemnych. Cordelia rozpoznała wampirzycę Lily z ozdobionymi klejnotami grzebieniami we włosach. Sączyła krew z kryształowego kielicha. Mrugnęła do Anny, ale ta skupiła się na Hypatii, siedzącej na bogato zdobionej dębowej dwuosobowej kanapce obitej czerwono-zieloną żakardową tkaniną. Czarownica miała na sobie kolejną migotliwą suknię, tym razem z czarnego jedwabiu, przez co wydawało się, że jej bujne kształty zanurzono w atramencie.

Nie była sama. Obok niej siedział przystojny wilkołak o zielono-złotych oczach. Cordelia widziała go tu poprzednim razem. Grał na skrzypcach w kwartecie smyczkowym. Teraz nikt nie grał, więc wilkołak mógł skupić się na Hypatii. Siedział zwrócony ku niej, w długich palcach obracał delikatnie ramiączko jej sukni.

Anna zmrużyła niebieskie oczy.

– Anno – powiedział cicho James. – Możliwe, że ktoś odwalił już za ciebie całą robotę.

– To Claude Kellington – powiedział Matthew. – Zajmuje się tu rozrywką. Zawiaduje sceną.

Anna odwróciła się do niego z błyszczącymi oczami.
– Matthew – powiedziała. – Odciągnij jego uwagę.
Matthew mrugnął i podszedł do kanapy. Lily zerknęła na niego, gdy ją mijał, pewnie oceniając go jako potencjalną przekąskę. Cordelia pomyślała, że jest bardzo przystojny; nie wiedziała, dlaczego nie reaguje na niego tak jak na Jamesa. Z drugiej strony na nikogo nie reagowała tak jak na Jamesa.
Unosząc brwi, Kellington wstał i poszedł za Matthew przez tłum. Cordelia i James spojrzeli po sobie, gdy Matthew kluczył w ich kierunku z wilkołakiem za sobą.
– Proszę, nie mów tylko, że wasza trójka przygotowała jakiś numer – powiedział Kellington, gdy podszedł bliżej.
Cordelia zdała sobie nagle sprawę, że Anny już z nimi nie ma – wymknęła się cicho jak kot.
– Nikt nie chce patrzeć na śpiewających i tańczących Nocnych Łowców – mówił wilkołak.
– Miałem nadzieję, że mógłbym razem z moim *parabatai* wyrecytować kilka wierszy – powiedział Matthew. – Może o więzach braterskiej miłości.
Kellington posłał mu rozbawione spojrzenie. Miał przystojną, wyrazistą twarz i kędzierzawe kasztanowe włosy. Na dłoni nosił złoty pierścień z napisem „Beati Bellicosi".
– Pamiętam poezję, którą mi kiedyś recytowałeś – powiedział. – Nie była szczególnie braterska. Niemniej szukamy nowych artystów na dzisiejszy wieczór. – Zerknął na Jamesa. – Masz jakieś talent poza tym, że stoisz bez słowa i dobrze wyglądasz?
– Całkiem nieźle radzę sobie w rzucaniu nożami – odpowiedział spokojnie James.
Przesunął się w bok, a Kellington powiódł za nim wzrokiem, podczas gdy Anna usiadła na kanapie obok Hypatii i podniosła

jej rękę do pocałunku. Hypatia robiła wrażenie więcej niż tylko trochę zaskoczonej.

– Jeśli Nocny Łowca wyjdzie i zacznie wymachiwać nożami, to wybuchną zamieszki – powiedział Kellington. – Hypatia chce zabawić gości, a nie ich pozabijać. – Zerknął na Cordelię. Jego wzrok był jak dotyk. Nie było to do końca nieprzyjemne, ale z pewnością było to dla niej coś nowego. Kellington obrzucił ją spojrzeniem od stóp do głów i uznał, że jej widok nie budzi w nim niechęci. – A ty?

Matthew i James spojrzeli na nią.

– Chyba mogłabym wystąpić – powiedziała bez tchu.

Słyszała swój głos jak z oddali. Oszalała? Co proponowała? Co właściwie umiała? Kellington się zgodził i poczuła, że smukłe pobliźnione palce Jamesa zaciskając się na jej ręce.

– Nie musisz... – zaczął.

– Dam radę.

Spojrzał jej w oczy i zobaczyła, że nie wątpi. Patrzył na nią z taką samą wiarą, z jaką patrzył na Matthew, Lucie czy Thomasa. Wierzył całkowicie, że Cordelia sobie poradzi, jeśli zajdzie taka potrzeba.

Poczuła się, jakby wreszcie miała dość powietrza, żeby odetchnąć. Skinęła głową do Jamesa i odwróciła się do Kellingtona.

– Jestem gotowa – powiedziała.

Wilkołak ukłonił się i zaprowadził ją na scenę.

Część druga

„Od chwili kiedy jako prosty chłopak, którego serce tak chętnie raniłaś, zjawiłem się w tym domu, byłaś obecna w każdym wierszu, jaki czytałem. Byłaś w każdym widoku, na jaki spoglądałem, na rzece, w żaglach łodzi, na bagniskach, w chmurach, w świetle słonecznym, w mroku wieczornym, w wietrze, w lasach, w morzu i na ulicach miast. Byłaś uosobieniem wszystkich pełnych wdzięku myśli, jakie mnie nawiedzały. Równie realna i niemożliwa do poruszenia z miejsca, jak kamienie najstarszych gmachów Londynu, jest twoja obecność i twój wpływ na mnie, który nie zginie nigdy. Czy chcesz czy nie, Estello, aż do końca twojego życia będziesz stanowiła część mojej istoty i wszystkiego, co w niej jest dobrego i złego”.

Charles Dickens, *Wielkie nadzieje*
(przeł. Karolina Beylin)

15

Pokój Szeptów

„Gdzie piękno nie przemija, gnicie falą nie wzbiera,
gdzie radość jest mądrością, a czas bezkresną pieśnią.
Całuję cię i cały świat zaczyna przygasać".
William Butler Yeats, *Ziemia sercu najdroższa*

Lucie widziała przez okno nieprzerwany sznur powozów przejeżdżających pod łukiem nad bramą do Instytutu. Cofnęła się, marszcząc czoło. Gdzie podziewali się Thomas i Christopher? Nie miała pretensji o to, że żaden z nich nie był w stanie się skupić poprzedniego dnia. Wszyscy myśleli o śmierci Barbary. To jednak znaczyło, że nie udało im się we trójkę należycie obmyślić planu spotkania dzisiejszego wieczoru.

Cóż, jeśli będzie musiała sama szpiegować Enklawę, to jakoś sobie poradzi. Poszła wziąć stelę z komody i wtedy usłyszała stukanie w szybę. Pomyślała, że to Thomas i Christopher próbują zwrócić jej uwagę, rzucając kamykami w okno – ich typowa metoda – podbiegła więc i szeroko otworzyła okno.

Coś, co wyglądało jak płonący motyl, przepłynęło obok jej głowy i Lucie wrzasnęła. Podbiegła do niego, kiedy przysiadł na jej biurku i buchnął czerwono-pomarańczowymi płomieniami. Był mały, nie większy od jej dłoni, szybko zgasiła go bibularzem.

– Przepraszam, Lucie! – To był Christopher, który gramolił się przez okno.

Zeskoczył na podłogę i zaraz po nim wszedł Thomas, który miał dziurę wypaloną w kołnierzyku koszuli i sprawiał wrażenie rozeźlonego z tego powodu.

– To był eksperyment – tłumaczył Christopher. – Z przesyłaniem wiadomości za pomocą ognistych runów...

Lucie popatrzyła z powątpiewaniem na przypalony ślad na biurku, gdzie ostatecznie zgasła wiadomość. Wylądowała na paru stronach rękopisu, z których teraz niewiele zostało.

– Na mnie nie eksperymentuj! Zniszczyłeś bardzo ważną scenę, w której Cordelia romansuje z królem piratów.

– Piractwo jest nieetyczne – oznajmił Thomas.

– Nie w tym wypadku – odparowała Lucie. – Bo widzisz, ten król piratów to tak naprawdę syn hrabiego...

Christopher i Thomas popatrzyli po sobie.

– Naprawdę powinniśmy iść – powiedział Christopher, sięgając po stelę Lucie i podając ją dziewczynie. – Zaraz się zacznie spotkanie Enklawy.

Wykradli się z pokoju Lucie i pośpiesznie przemknęli do jednego z pustych magazynów na pierwszym piętrze nad biblioteką. To ojciec Lucie nauczył ją tego runu, więc to ona zajęła się jego rysowaniem, gdy klęczeli w kole na podłodze. Run był duży i zajmował sporo miejsca. Kiedy Lucie skończyła, dodała jeszcze zawijas i usiadła.

Podłoga między ich kolanami zamigotała i stała się przezroczysta.

Lucie, Thomas i Christopher zaglądali teraz do biblioteki jak przez teleskop. Widzieli wyraźnie wszystkich zebranych w bibliotece, nawet kolory ich oczu i szczegóły strojów.

Ustawiono dodatkowy rząd stołów, Nocni Łowcy wypełnili pomieszczenie. Byli tam rodzice Lucie, a także wuj Gabriel. Siedzieli na przedzie sali, gdzie stał Will z Inkwizytorem Bridgestockiem i Charlesem Fairchildem, który wyglądał, jakby połknął kij. Lucie zastanawiała się, jak wyglądają ich relacje teraz, kiedy Charles zerwał zaręczyny z Ariadne.

Charles popukał gwałtownie w stół i Lilian Highsmith aż podskoczyła na krześle.

– Cisza! Cisza! Dziękuję członkom Enklawy za przybycie. Chociaż nie ujawniono tej informacji publicznie, do dnia dzisiejszego doszło w Londynie do sześciu poważnych ataków na Nefilim ze strony nieznanego rodzaju demonów. Wszystkie poza atakiem przy rezydencji Baybrooków nastąpiły za dnia.

Lucie spojrzała na Thomasa i Christophera.

– Sześć ataków? – szepnęła. – Wiem tylko o trzech. Wiedzieliście, że było ich więcej?

Thomas pokręcił głową.

– Nawet ja nie wiedziałem. Myślę, że Enklawa obawia się, że ludzie wpadną w panikę. Jeśli to poprawi ci samopoczucie, to myślę, że mało kto wiedział.

Lucie znowu spojrzała w dół. Wielu członków Enklawy szemrało między sobą z wyraźnym poruszeniem. Jej ojciec stał ze skrzyżowanymi na piersi rękami i zmrożonym wyrazem twarzy. On też nie wiedział.

– Mamy teraz dwudziestu pięciu chorych Nocnych Łowców w Cichym Mieście – mówił Charles. – W związku z powagą sytuacji wszelkie podróże z i do Londynu zostały tymczasowo zawieszone przez Clave.

Lucie, Christopher i Thomas znowu popatrzyli po sobie zdumieni.

Kiedy do tego doszło? Gdy szmer poniósł się po bibliotece, stało się jasne, że wielu dorosłych także nie miało o tym pojęcia.

– Co masz na myśli, mówiąc „tymczasowo"?! – zawołał George Penhallow. – Jak długo potrwa zakaz podróżowania?

Charles złożył ręce za plecami.

– Zawieszono podróże na czas nieokreślony.

Szmery zamieniły się we wrzawę.

– A co z tymi w Idrisie?! – krzyknęła Ida Rosewain. – Będą mogli wrócić? Co z rodzinami, która tam przebywają?

Bridgestock pokręcił głową.

– Wszystkie Bramy zostały unieruchomione...

– Świetnie – mruknęła Lilian Highsmith. – Nigdy nie ufałam tym nowomodnym wynalazkom. Słyszałam o młodym człowieku, który skorzystał z Bramy ze swoim *parabatai* i potem miał jego nogę zamiast swojej.

Bridgestock udał, że tego nie słyszał.

– Nie można wjeżdżać do Londynu ani z niego wyjeżdżać. Nie można przekraczać chronionych magicznie granic miasta. Na razie.

Lucie i Christopher spojrzeli na Thomasa z niepokojem, ale on tylko zacisnął usta.

– I dobrze – powiedział. – Moja rodzina będzie bezpieczna w Idrisie.

– Ale Henry... – odezwał się zatroskany Christopher. – Miał wrócić i pomóc nam w pracy nad antidotum.

Lucie o tym nie wiedziała. Poklepała pocieszająco Christophera po dłoni.

– Cisi Bracia też szukają antidotum – szepnęła. – Nie tylko ty. Poza tym wierzę, że poradzisz sobie sam.

– A ja ci pomogę – dodał Thomas, ale Christopher patrzył ponuro na scenę w dole.

– Co to wszystko ma znaczyć? Dlaczego więzi się nas w Londynie?! – wykrzykiwał Martin Wentworth. Podniósł się z krzesła. – Teraz właśnie potrzebujemy wsparcia Clave...

– To kwarantanna, Martinie – powiedział spokojnie Will. – Pozwól, że Inkwizytor wyjaśni.

Jednak to Charles się odezwał:

– Wszyscy wiecie, że moja... że Barbara Lightwood została raniona podczas ataku demonów. Trucizna zalała jej organizm. Nie wytrzymała tego i zmarła kilka dni temu.

Thomas skrzywił się, a czerwony na twarzy Martin Wentworth pobladł, ewidentnie myśląc o swoim synu, Piersie.

– Oliver Hayward był przy niej, gdy umierała – kontynuował Charles. – Podczas ostatnich chwil agonii, gdy nie rozpoznawała już przyjaciół i bliskich, zaatakowała go, drapiąc i bijąc.

Lucie przypomniała sobie krew na rękach Olivera, na mankietach koszuli. W bibliotece zapadła cisza. Lucie nie była w stanie spojrzeć na Thomasa.

– Jak zapewne wiecie, Haywardowie kierują Nowojorskim Instytutem i Oliver, co zrozumiałe, pragnął wrócić do domu po utracie ukochanej – mówił dalej Charles.

– Jak postąpiłby każdy szlachetny młody człowiek – mruknął Bridgestock.

Charles udał, że go nie słyszy.

– Otrzymaliśmy wczoraj wiadomość, że Oliver zachorował. Zadrapania zaogniły się i miał te same objawy, które pojawiły się u tych, którzy zostali zaatakowani przez demony tu, w Londynie. – Zamilkł na chwilę. – Oliver zmarł dziś rano.

Zebranym wyrwały się stłumione okrzyki. Lucie zrobiło się niedobrze.

Laurence Ashdown zerwał się na równe nogi.

– Ale Hayward nie został zaatakowany przez demona! A jad demonów nie jest zaraźliwy!

– Jad powoduje dolegliwości – odparł spokojnie Will. – Cisi Braci ustalili, że dolegliwości mogą się przenosić przez ugryzienia i zadrapania. Nawet jeśli nie są wysoce zaraźliwe, to jednak są. Stąd potrzeba kwarantanny.

– To dlatego wszystkich chorych przeniesiono do Cichego Miasta i nie można ich odwiedzać? To właśnie z tego powodu? – dopytywał się Wentworth.

Lucie znowu się zdumiała. Nie wiedziała, że nie można odwiedzać chorych. Thomas zauważył jej niepokój, więc powiedział:

– Zakaz odwiedzin ogłoszono dopiero dziś rano. Usłyszeliśmy z Christopherem, jak wuj Gabriel o tym mówił.

– Ciche Miasto to odpowiednie dla nich miejsce – odpowiedział Charles. – Tam Bracia najlepiej zajmą się chorymi i nie dopadnie ich żaden demon.

– To jaki plan ma Clave? – Ida Rosewain podniosła głos. – Zamierza uwięzić nas w Londynie z demonami powodującymi chorobę, której nie potrafimy leczyć, żebyśmy po prostu tu umarli?

Nawet Bridgestock był tym zaskoczony. To Will jej odpowiedział:

– Jesteśmy Nocnymi Łowcami. Nie czekamy, aż inni nas uratują. Sami się ratujemy. Jesteśmy tu w Londynie równie dobrze wyekwipowani do rozwiązania tego problemu jak dowolny członek Clave. I rozwiążemy ten problem.

W piersi Lucie zapłonęła ciepła iskierka. Jej ojciec był dobrym przywódcą. To jedna z tych cech, które w nim kochała. Wiedział, kiedy ludzi trzeba uspokoić, a kiedy zagrzać do walki. Charles, który tak bardzo sam chciał zostać przywódcą, potrafił tylko straszyć i żądać.

– Will ma rację – odezwał się ostrożnie Charles. – Mamy pomoc Cichych Braci, a ja będę zastępował moją matkę w roli Konsula, ponieważ ona nie może wrócić z Idrisu.

Zerknął na tłum i przez chwilę wydawało się, że patrzy wprost na Alastaira Carstairsa. To dziwne, że to on tam jest, pomyślała Lucie, a nie Sona. Chociaż Alastair na pewno przekaże rodzinie wieści o obecnym stanie rzeczy.

– Podzielimy się na trzy grupy – powiedział Bridgestock. – Jedna grupa zajmie się badaniami, wyszuka wszelkie informacje z naszych bibliotek na temat tego, czy cokolwiek podobnego wydarzyło się już wcześniej: choroby roznoszone przez demony, demony, które mogą działać za dnia, i tak dalej. Druga grupa zajmie się nocnymi patrolami, a trzecia patrolami za dnia. Dla każdego Nocnego Łowcy powyżej osiemnastego roku życia i poniżej pięćdziesiątego piątego zostanie wyznaczony obszar Londynu, który ma patrolować.

– Nie rozumiem, dlaczego demony miałyby pozostać w obrębie granic miasta – rzuciła ponuro Lilian Highsmith. – My może podlegamy kwarantannie, ale nie one.

– Nie porzucono nas – powiedział Will. – W Nowym Jorku też obowiązuje kwarantanna, chociaż nie pojawiły się kolejne przypadki zachorowań. Nocni Łowcy z Instytutu w Kornwalii i niektórzy z Idrisu będą patrolować obszary poza Londynem i na całych Wyspach Brytyjskich zostanie zwiększona liczba patroli. Jeśli demony uciekły z Londynu, to zostaną złapane.

– Te demony nie pojawiły się znikąd – odezwał się Bridgestock. – Zostały wezwane. Musimy przesłuchać wszystkich, którzy praktykują magię w Londynie, żeby znaleźć sprawcę.

– To nie są właściwie demony, co? – szepnęła Lucie. – Jeśli to Mandikhor, to tak naprawdę to jeden demon. Może... powinniśmy im powiedzieć?

– Nie w tej chwili – powiedział Thomas. – Ostatnie, czego teraz potrzebują, to żebyśmy spadli z sufitu i ogłosili, że mamy teorię, że to demon, który dzieli się na części.

– To właściwie nie tyle teoria, ile hipoteza – wtrącił Christopher. – Nie dowiedliśmy jej na razie ani nawet nie zaczęliśmy sprawdzać. I nie jestem pewien, jak to by miało zmienić ich plany albo zachowanie. Może to i jest jeden demon, ale działa jak wiele i z tym właśnie chcą walczyć.

W bibliotece Will zmarszczył brwi.

– Maurice, już to omawialiśmy. Takie działania wywołają tylko panikę wśród wszystkich magów i Podziemnych w Londynie, a nie mamy nawet pewności, że ten, kto przywołał demony, nadal przebywa w mieście. To będzie marnowanie ludzkich zasobów, których potrzebujemy do innych zadań.

– Ale ktoś za to odpowiada i musi za to zapłacić! – warknął Bridgestock.

Will zaczął mówić zaskakująco łagodnie:

– I tak się stanie, ale najpierw musimy znaleźć tego demona...

– Moja córka umiera! – krzyknął Bridgestock tak nagle, że wszyscy w sali podskoczyli. – Ariadne umiera i domagam się ujawnienia tożsamości tego, kto za to odpowiada!

– Moja bratanica już nie żyje – odezwał się wuj Gabriel, który podniósł się z krzesła. Wyglądał na wściekłego, jego zielone oczy były prawie czarne.

Lucy żałowała, że nie ma tu jej ciotki Cecily, bo na pewno by go pocieszyła.

– A mimo to, zamiast marnować energię na wyobrażanie sobie zemsty, będę patrolować ulice Londynu, mając nadzieję, że dzięki temu, to co jej się przytrafiło, nie przydarzy się innej niewinnej...

– Świetnie, Lightwood, ale ja jestem Inkwizytorem, a ty nie – przerwał mu Bridgestock z błyskiem w oku. – To moim zadaniem jest wykorzenianie zła u jego źródła...

Obraz pociemniał i biblioteka w dole zniknęła. Zaskoczona Lucie podniosła wzrok i zobaczyła, że Thomas narysował linię przez run, zamykając im widok na bibliotekę pod spodem. Jego oczy, tak jak wuja Gabriela, błyszczały gniewnie.

Christopher położył mu rękę na ramieniu.

– Przykro mi, Tom. Z powodu Oliviera i...

– Nie musisz przepraszać – odpowiedział Thomas ze ściśniętym gardłem. – Lepiej, że znamy sytuację. Kiedy tylko zdobędziemy Pyxis, sami się tym zajmiemy, bo jeśli będziemy czekać, aż Enklawa dojdzie do porozumienia, to umrze więcej ludzi.

***

James patrzył, jak Cordelia wchodzi po stopniach na podwyższenie z wiśniowego drewna pośrodku pokoju. Wiedział, że Matthew stoi obok niego i klnie pod nosem. Nie dziwił mu się, wiedział, co czuje *parabatai* – że rzucili Cordelię wilkom na pożarcie w Hell Ruelle.

Kellington stanął obok niej, klasnął w ręce i tłum ucichł. Nie dość szybko, uznał James. Zaczął głośno klaskać i stojący obok niego Matthew poszedł za jego przykładem. Anna, wtulona na dwuosobowej kanapie w Hypatię, też zaklaskała i Kellington zerknął w jej stronę, marszcząc brwi. Hypatia spojrzała na niego gwiaździstymi oczami i wzruszyła ramionami.

Kellington odchrząknął.

– Szanowni goście, dzisiejszego wieczoru czeka nas nietypowa atrakcja – powiedział. – Nocna Łowczyni zaproponowała, że nas zabawi.

Przez pokój poniósł się szmer. James i Matthew nadal klaskali i wampirzyca z barwnymi grzebieniami w ciemnych włosach też zaczęła klaskać. Anna pochyliła się i szepnęła coś Hypatii do ucha.

– Przedstawiam wam uroczą Cordelię Carstairs – powiedział Kellington i pośpiesznie odwrócił się, żeby zejść ze senny.

Cordelia położyła rękę na jego ramieniu.

– Potrzebuję pańskiego akompaniamentu – poprosiła. – Na skrzypcach.

Matthew się zaśmiał.

– Sprytnie – powiedział, kiedy Kellington wyraźnie poirytowany poszedł po instrument.

Kiedy wilkołak szedł przez tłum, Cordelia sprawiała wrażenie spokojniejszej, niż James podejrzewał, że jest w rzeczywistości. Rozpuściła włosy.

Jamesowi zaparło dech, gdy włosy w kolorze ciemnoczerwonej róży opadły jej na ramiona i rozsypały się na plecach. Muskały jej nagą brązową skórę jak jedwab. Lśniąca suknia w odcieniu śpiżu opinała się na niej, gdy Cordelia sięgnęła za plecy i wyjęła Cortanę, po czym uniosła ją przed sobą.

– Zawsze uwielbiałam historie – powiedziała i jej głos poniósł się przez pokój. – Jedna z moich ulubionych to opowieść o służce Tawaddud. Po śmierci bogatego kupca jego syn przehulał cały spadek, aż została mu tylko służąca, dziewczyna, która słynęła w całym kalifacie z błyskotliwości i urody. Nazywała się Tawaddud. Błagała syna, żeby zabrał ją na dwór Haruna ar-Raszida i tam sprzedał ją za dużą sumę pieniędzy. Syn upierał się, że nie otrzyma tak dużych pieniędzy za sprzedaż jednej służącej. Tawaddud obstawała, że przekona kalifa, że w całej krainie nie ma mądrzejszej, bardziej elokwentnej i uczonej kobiety od niej. W końcu syn ustąpił. Zabrał ją na dwór, gdzie służąca stanęła przed kalifem i opowiedziała mu to.

Cordelia skinęła na Kellingtona, który stanął obok niej na scenie. Zaczął grać rzewną melodię na skrzypcach, a Cordelia zaczęła się poruszać.

To był taniec i zarazem nie był. Poruszała się płynnie z Cortaną. Cortana była złota, a ona podążała za tym złotem jak ogień. Mówiła i jej niski, chrapliwy głos pasował do tańca i muzyki skrzypiec.

– „Mój panie, jestem uczona w składni i poezji, w prawie i egzegezie oraz filozofii. Jestem zręczna w muzyce i znam boskie rozporządzenia, arytmetykę, geodezję, geometrię i starożytne bajki".

Cortana przetykała jej słowa, podkreślając każde stalą. Cordelia obracała się, gdy obracał się miecz, wyginała się i poruszała jak woda albo ogień, jak rzeka pod miriadą gwiazd. To było piękne, ona była piękna, ale nie było to piękno odległe. To było piękno żywe i oddychające, które wyciągnęło ręce i miażdżyło pierś Jamesa, pozbawiając go oddechu.

– „Studiowałam nauki, geometrię i filozofię, medycynę, logikę, retorykę i kompozycję".

Cordelia padła na kolana. Miecz śmigał wokół niej, kreśląc wąskie kółko ognia. Skrzypce śpiewały, jej ciało śpiewało, James widział dwór kalifa i dzielną dziewczynę klęczącą przed Harunem ar-Raszidem i mówiącą mu, ile jest warta.

– „Potrafię grać na lutni, znam jej skalę i nuty, i zapis nutowy, crescendo i diminuendo".

Matthew nabrał powietrza. James zerknął na *parabatai*. Matthew miał taką minę, jaką miewał czasem, gdy myślał, że nikt na niego nie patrzy. Jego twarz wyrażała potworną samotność, przekraczające wszelkie pojęcie pragnienie czegoś, czego Matthew sam nie rozumiał.

Wpatrywał się w Cordelię. Z drugiej strony wszyscy w pokoju patrzyli na nią, kiedy wygięła się do tyłu i kołysała głową na boki, a jej włosy falowały jak ogień. Jej brązowa skóra jarzyła się, pot błyszczał na obojczykach. Jamesowi krew buzowała w ciele jak rzeka, która przerwała tamę.

– „Jeśli śpiewam i tańczę, to uwodzę". – Cordelia wyprostowała się gwałtownie. Wyzywająco popatrzyła widowni w oczy. „A gdy sama się ubiorę i wypachnię, to zabijam".

Wbiła Cortanę w pochwę na plecach. Kellington przestał grać. On też gapił się na nią jak zakochany baran. James miał ogromną ochotę go kopnąć.

Cordelia podniosła się zadyszana. Jej pierś falowała.

– Sprowadzono z całej krainy mądrych ludzi, żeby sprawdzić Tawaddud, ale okazała się mądrzejsza od nich wszystkich. Była tak mądra i piękna, że ostatecznie kalif dał jej wszystko, czego chciała, spełnił jej wszystkie życzenia.

Cordelia się ukłoniła.

– To koniec historii – oznajmiła i zeszła ze sceny.

***

Nigdy w życiu na Cordelię nie gapiło się tak wielu ludzi. Uciekła ze sceny i schowała się w tłumie, ale tłum był teraz całkiem inny – wszyscy chcieli się do niej uśmiechnąć albo skinąć głową, mrugnąć porozumiewawczo. Paru Podziemnych powiedziało „Piękna robota", gdy ich mijała.

Mruknęła „Dziękuję" i ogromnie się ucieszyła, gdy dotarła do Jamesa i Matthew. James był opanowany, Matthew gapił się na nią wielkimi oczami.

– Do diabła – powiedział z podziwem, gdy tylko zbliżyła się na tyle, by go usłyszeć. Sprawiał wrażenie o wiele poważniejszego niż zwykle. – Co to było?

– Bajka – rzucił James. – Dobra robota, Cordelio – dodał. Wskazał pustą teraz żakardową kanapę. – Anna zniknęła z Hypatią, więc można uznać, że udało ci się odwrócić uwagę.

„Cordelio". Nie nazwał jej „Daisy". Nie wiedziała, co o tym myśleć. Położyła rękę na piersi. Serce jej waliło jak szalone z powodu nerwów i tańca.

– Co teraz? – zapytała. – Ile zwykle trwa uwodzenie?

– To zależy, czy robisz to, jak należy – powiedział Matthew, uśmiechając się po staremu.

– Przez wzgląd na Hypatię mam nadzieję, że Anna zrobi to, jak należy, ale przez wzgląd na nas lepiej by było, gdyby się pośpieszyła – odparł James.

Matthew zamarł.

– Posłuchajcie – powiedział.

Cordelia nadstawiła uszu i początkowo słyszała tylko szmer i gwar tłumu, ale potem dotarły do niej znajome słowa wypowiadane cicho i nagląco.

„Nocny Łowca. Tu jest Nocny Łowca".

– To nas mają na myśli? – Rozejrzała się zdziwiona i zobaczyła, że Kellington patrzy w stronę drzwi, zaciskając ze złości usta. Ktoś właśnie wszedł do sali. Ktoś o rudych włosach i w ciężkim, tweedowym płaszczu.

– Charles. – Matthew zmrużył oczy w zielone szparki. – Na Anioła, co on tu robi?

James zaklął cicho. Charles szedł przez tłum w płaszczu zapiętym pod szyję i robił wrażenie skrępowanego. Zupełnie tu nie pasował.

– Powinniśmy iść – powiedział James. – Ale nie możemy zostawić Anny.

– Wy dwoje uciekajcie i schowajcie się – polecił im Matthew. – Charlesowi głowa eksploduje, jeśli was tu zobaczy.

– A co z tobą? – spytała Cordelia.

– Po mnie spodziewa się takich rzeczy, już do tego przywykł – odpowiedział Matthew. Miał ściągniętą twarz. Oczy błyszczały mu jak odłamki szkła. – Zajmę się nim.

James wpatrywał się w Matthew przez długą chwilę. Cordelia wyczuła szmer niewypowiedzianych słów między nimi, bezgłośny dialog *parabatai*. Może pewnego dnia to samo połączy ją z Lucie. W tej chwili to było prawie jak magia.

James skinął głową do Matthew, odwrócił się i złapał Cordelię za rękę.

– Tędy – powiedział i dali nura w tłum.

Cordelia słyszała za sobą, jak Matthew wypowiada imię Charlesa głośno, z irytacją i zdziwieniem. Tłum przesuwał się i falował, kiedy Podziemni odsuwali się od Charlesa. James i Cordelia obeszli Kellingtona i weszli do czerwonego korytarza, który wyprowadzał ich z głównej sali.

W połowie korytarza stały otwarte drzwi. Na zawieszonej na nich tabliczce widniał napis „Pokój Szeptów". James dał do niego nura, ciągnąc za sobą Cordelię. Zdążyła tylko zobaczyć, że są w słabo oświetlonym pustym pokoju, kiedy zatrzasnął za nimi drzwi. Oparła się o ścianę, łapiąc oddech, kiedy oboje się rozglądali.

Znajdowali się w jakimś salonie, a może w gabinecie. Ściany były wyłożone srebrną tapetą zdobioną wzorem ze złotych łusek i piór. Wysokie biurko z orzecha było wielkie jak stół, a na blacie stały schludne stosy papieru do pisania obciążone miedzianą misą z brzoskwiniami. Może to biurko Hypatii? W kominku płonął srebrno-niebieski zaczarowany ogień. Dym z paleniska tworzył w powietrzu delikatny wzór w kształcie liści akantu. Pachniał słodko jak różany olejek.

– Jak myślisz, co robi tu Charles? – zapytała Cordelia.

James przyglądał się książkom na regałach pod ścianami – to było zachowanie bardzo typowe dla Herondale'ów.

– Gdzie się tak nauczyłaś tańczyć? – zapytał nagle.

Odwróciła się do niego zaskoczona. Opierał się teraz o regał i patrzył na nią.

– Miałam nauczyciela tańca w Paryżu. Moja matka uważa, że nauka tańca pomaga nauczyć się gracji w walce– odpowiedziała.– Tego akurat tańca nie mogą się uczyć niezamężne dziewczęta, ale mój instruktor miał to w nosie.

– Dobrze, że tu byłaś – powiedział. – My z Matthew z pewnością nie dalibyśmy rady tak zatańczyć.

Cordelia uśmiechnęła się blado. Na scenie, kiedy tańczyła, wyobrażała sobie, że James na nią patrzy i uważa, że jest piękna. Kiedy tak myślała, przepływała przez nią moc, która była jak elektryczność. Teraz odwróciła wzrok od Jamesa i przesunęła ręką po biurku, koło stosu papierów pod miedzianą miską.

– Uważaj – ostrzegł ją James, wyciągając rękę. – Podejrzewam, że to owoce faerie. Nie działają na czarowników, w każdym razie nie w sposób magiczny, ale na ludzi...

Cofnęła się.

– Na pewno nie podziałają, jeśli się ich nie zje.

– Och, oczywiście, ale poznałem tych, którzy ich skosztowali. Mówią, że im więcej ich jesz, tym bardziej ich pragniesz i tym bardziej cierpisz, gdy nie możesz dostać więcej. A jednak... Zawsze się zastanawiałem, czy niemożność poznania ich smaku nie jest inną formą tortury. To wieczne zastanawianie się.

Mówił to jak gdyby nigdy nic, ale Cordelia uznała, że patrzy na nią dziwnie. W jego spojrzeniu pojawiła się jakaś nieznajoma głębia. Usta miał lekko rozchylone, oczy bardziej złote niż zwykle.

Piękno może rozerwać ci serce jak zęby, pomyślała Cordelia, ale nie kochała Jamesa z powodu jego urody. Przeciwnie, był dla niej piękny, bo go kochała. Ta myśl sprawiła, że gorąca krew napłynęła jej do policzków. Odwróciła wzrok w chwili, gdy ktoś szarpnął drzwiami.

Ktoś próbował wejść. James obrócił się gwałtownie i z dzikim wzrokiem. Cordelia natychmiast złapała rękojeść Cortany.

– Nie powinno nas tu być... – zaczęła.

Nie powiedziała nic więcej. Chwilę potem James objął ją, przyciskając do siebie i unosząc. Jego usta były delikatne, mimo że omal jej nie zmiażdżył. Zrozumiała, co on robi, chwilę potem, kiedy drzwi otworzyły się i usłyszała głosy w progu. Wyrwał jej się słaby okrzyk, poczuła dudniący puls Jamesa. Wsunął prawą rękę w jej włosy, pobliźnioną od runów dłoń oparł o jej policzek, gdy ją całował.

James ją całował.

Wiedziała, że to nie dzieje się naprawdę. Wiedziała, że chce, żeby to wyglądało, jakby byli Podziemnymi na schadzce w Pokoju Szeptów. To jednak nie miało znaczenia, nic nie miało znaczenia poza tym, że ją całował, och, cudownie ją całował.

Objęła go za szyję, wygięła ciało. Czuła jego oddech na ustach. Całował ją ostrożnie, chociaż ruchami rąk i ciała odgrywał namiętność.

Ona jednak nie pragnęła ostrożności. Chciała, żeby to było potężne i wstrząsające, chciała, żeby namiętność była prawdziwa, rozpaczliwie marzyła, żeby pocałunki były wszystkim tym, o czym zawsze śniła.

Rozchyliła usta. Wargi Jamesa były miękkie, a on sam smakował landrynkami i przyprawami. Usłyszała nerwowy śmiech w drzwiach pokoju i poczuła, że James mocniej zaciska rękę na jej talii. Drugą przesunął z policzka na jej szyję, gdy nagle zaczął ją całować gwałtowniej, jakby nie mógł się powstrzymać. Pochylił się ku niej mocniej, wodząc językiem po wnętrzu jej ust, aż cała zadygotała.

– Och – szepnęła cicho i usłyszała, jak drzwi się zamykają.

Ktokolwiek to był, poszedł sobie. Cordelia jednak nadal obejmowała Jamesa za szyję. Jeśli chce to skończyć, to niech sam to zrobi.

Przerwał pocałunek, ale jej nie wypuścił. Nadal przyciskał ją do siebie, jego ciało było dla niej jak kołyska. Pogłaskała go palcami po policzku. Miał bladą, białą bliznę tuż nad kołnierzykiem, w kształcie gwiazdy...

Oddychał nierówno.

– Daisy... moja Daisy...

– Chyba znowu ktoś idzie – szepnęła.

To nie była prawda i oboje to wiedzieli. To nie miało znaczenia. Przyciągnął ją do siebie z taką siłą, że prawie się potknęła, zaczepiła obcasem o dywan. But spadł, więc zrzuciła drugi i podeszła boso, wspięła się na palce do ust Jamesa. Jego wargi były jędrne i słodkie, drażnił się z nią, przesuwając nimi po kąciku jej ust, po kości policzkowej, szczęce. W głowie jej się kręciło, gdy poczuła, że rozwiązuje sznurówkę od Cortany jedną ręką, a drugą wodzi po staniku sukni. Nie miała pojęcia, że może w taki sposób odczuwać własne ciało, całe naprężone od pożądania, podczas gdy zarazem miała wrażenie, że szybuje.

Całował jej szyję, gdy odchyliła głowę. Czuła, że pochyla się, żeby oprzeć Cortanę o ścianę, a kiedy się wyprostował, zacisnął wokół niej ręce. Przesunął ich oboje spod regału, na wpół ją niosąc i całując gorączkowo. Potknęli się o dywan, ich usta i ręce poruszały się szaleńczo, gdy złapali się masywnego biurka. Cordelia wygięła się do tyłu, łapiąc się krawędzi biurka, napierając ciałem na Jamesa w sposób, który sprawił, że zaczerpnął gwałtownie tchu.

Wodził rękami po jej krągłościach, od bioder do talii, aż ujął jej piersi. Cordelii wyrwał się tłumiony krzyk pod wpływem nowego doznania, gdy zapragnęła, żeby jej dotykał. Palcami zaczepił o dekolt sukni. Dotykał jej skóry, jej nagiej skóry. Zadygotała zadziwiona, a on spojrzał na nią – oczy miał dzikie, rozpalone i złote. Zsunął czarny surdut, odrzucił go na bok. Kiedy znowu przysunął się do niej, czuła żar jego ciała przez cienką jedwabną suknię.

Nawet podczas tańca czy w sali treningowej nigdy nie odbierała swojego ciała tak jak teraz – osiągnęło absolutną harmonię. James dźwignął ją na orzechowe biurko, więc przysiadła na krawędzi. Objęła go nogami wokół tali. Ujął jej twarz w dłonie. Jej włosy były jak zasłona z płomieni wokół nich, kiedy całowali się i całowali.

W końcu wciągnęła go na siebie. Dotknęła plecami blatu, a on pochylił się nad nią z jedną ręką nad jej głową. Dotyk jego ciała wzdłuż jej własnego sprawił, że krew jej zapłonęła. Teraz zrozumiała, dlaczego poeci pisali, że miłość to ogień. Żar przenikał ją na wskroś, a ona chciała więcej – więcej pocałunków, więcej dotyku, żeby pożarły ją, jak pożoga pożera las.

A jego twarz... nigdy go takim nie widziała. Oczy mu płonęły, gdy zatracił się w żądzy, źrenice miał wielkie i czarne. Jęknął, kiedy go dotknęła, przesuwała dłońmi po jego piersi, napiętych rękach, gdy opierał się nad nią. Wsunęła palce w czarną szopę jego włosów, gdy się pochylił, żeby pocałować każdą z piersi, muskając jej skórę gorącym oddechem.

Drzwi znowu się otworzyły. James zamarł i chwilę potem zszedł z biurka, podniósł szybkim gestem surdut. Podał go Cordelii, która usiadła pośpiesznie.

W progu stał Matthew i wpatrywał się w nich dwoje. Cordelia przycisnęła do siebie surdut, chociaż nadal była ubrana. Miała wrażenie, że surdut stanowi tarczę przed jego osłupiałym wzrokiem.

– James – powiedział takim głosem, jakby nie wierzył własnym oczom. Twarz miał napiętą i surową, gdy przenosił wzrok z Jamesa na buty Cordelii porzucone na podłodze.

– Nie powinniśmy tu być – odezwała się pośpiesznie Cordelia. – James pomyślał, że jeśli będziemy udawać... znaczy, gdyby ktoś wszedł i pomyślał...

– Rozumiem – uciął Matthew, nie patrząc na nią, ale na Jamesa.

A James zdaniem Cordelii wyglądał na całkiem opanowanego. Jakby zupełnie nic się nie stało. Miał tylko trochę potargane włosy, przekrzywiony krawat, ale minę całkiem zwyczajną: spokojną, nieco zaciekawioną.

– Charles nadal tu jest? – zapytał.

Matthew ospale oparł się o framugę. Poruszał rękami powoli, gdy mówił, kreśląc nimi łuki w powietrzu.

– Wyszedł. Najpierw dał mi długie kazanie, zapewniam was, besztając mnie za marnowanie czasu w takim bagnie rozpusty i zepsucia. Powiedział, że spodziewał się, że zabrałem ze sobą przynajmniej Annę albo ciebie, żebyście mnie pilnowali. – Skrzywił się.

– Pech, staruszku – powiedział James, odwracając się do Cordelii i podając jej rękę, żeby pomóc jej zejść z biurka. Żar zniknął z jego złotych oczu. Były teraz zimne i nieodgadnione. Podała mu surdut, a on go włożył.

– Co tu robił?

– Enklawa bada, którzy Podziemni znają obecną sytuację – odpowiedział Matthew. – Oczywiście wpadli na ten pomysł kilka dni po nas.

– Powinniśmy stąd wyjść – powiedział James. – Charles mógł wyjść, ale to nie znaczy, że kolejni członkowie Clave nie zjawią się tu nieproszeni.

– Musimy ostrzec Annę – odezwała się Cordelia, odchrząkując.

Uznała, że brzmi nadzwyczaj spokojnie, zważywszy na okoliczności.

Matthew uśmiechnął się oschle.

– Hypatia nie będzie zachwycona.

– Mimo wszystko – upierała się Cordelia, sięgając po jeden but, a potem po drugi. – Musimy.

Wzięła Cortanę, którą James oparł o ścianę, i wyszła za chłopcami na korytarz. Zagryzła usta, gdy ruszyli w milczeniu korytarzem oklejonym tapetą z adamaszkowym wzorem. Zapach dymu z Pokoju Szeptów przywarł do jej włosów i ubrań; był mdląco słodki.

– Tutaj – powiedział Matthew, gdy pojawiły się przed nimi bogato rzeźbione złote drzwi z klamką w kształcie tańczącej nimfy.

Najwyraźniej Hypatia zmieniła wejście do pokoju tak samo, jak zmieniła ściany w centralnej sali.

– Sypialnia Hypatii Vex. Cordelio, zakładam, że zamierzasz zapukać?

Cordelia nie spiorunowała wzrokiem Matthew. Stał obok niej, prawie ramię w ramię, i czuła od niego alkohol, coś bogatego i mrocznego w aromacie jak brandy albo rum. Pomyślała o jego zbyt powolnych, rozmyślnych ruchach, o sposobie, w jaki mrugał, patrząc na nią i Jamesa. Zanim przyszedł po nich, zdążył się upić. Pewnie był o wiele bardziej pijany, niż to okazywał.

Zanim zdążyła się ruszyć, ozdobna klamka obróciła się i drzwi otworzyła Anna, w powodzi spiżowego światła i ciężkiego aromatu białych kwiatów: jaśminu i tuberozy. Miała potargane włosy i rozpięty kołnierzyk koszuli, dzięki czemu było widać rubinowy naszyjnik błyszczący jak krew na jej gardle. Trzymała w lewej ręce pudełko z drewna pociemniałego ze starości z wyrzeźbionym uroborosem.

– Ciii – szepnęła, piorunując ich wzrokiem. – Hypatia śpi, ale to długo nie potrwa. Bierzcie to!

Rzuciła Pyxis Jamesowi.

– W takim razie sprawa załatwiona – powiedział Matthew. – Chodź z nami.

– Żeby Hypatia nabrała podejrzeń? Nie wygłupiaj się. – Anna przewróciła niebieskimi oczami. – Zmykajcie stąd, konspiratorzy.

Zrobiłam swoje i nie będę was potrzebowała przez resztę wieczoru.

– Anno? – Gdzieś w głębi oświetlonego na spiżowo pokoju rozległ się głos Hypatii. – Anno, kochanie, gdzie jesteś?

– Weźcie mój powóz – szepnęła Anna i uśmiechnęła się. – Dobra robota, Cordelio. Będą mówić o tym tańcu latami.

Mrugnęła porozumiewawczo i zatrzasnęła im drzwi przed nosem.

***

Cordelia nie mogła zasnąć tej nocy. Długo po tym, jak chłopcy odwieźli ją do domu w Kensington, długo po tym, jak wspięła się zmęczona po schodach do sypialni, długo po tym, jak rzuciła nową sukienkę na podłogę, gdzie leżała jak kopiec spiżowego jedwabiu, nadal leżała i gapiła się w biały tynk na suficie. Wciąż czuła na wargach usta Jamesa, dotyk jego dłoni i palców na ciele.

Całował ją rozpaczliwie i gwałtownie, jakby umierał dla niej. Powiedział jej imię: „Daisy, moja Daisy". Prawda, że powiedział? A jednak, kiedy dojechali do Kensington, pomógł jej wysiąść z powozu i pożegnał się zwyczajnie, jakby byli po prostu przyjaciółmi jak zawsze. Próbowała uczepić się wspomnienia pocałunków, ale wymykało jej się i znikało, zostawiając tylko wspomnienie słodyczy, jak dym w Pokoju Szeptów.

16

Legion

„I morze wydało zmarłych, co w nim byli,
i Śmierć, i Otchłań wydały zmarłych, co w nich byli”.
Apokalipsa św. Jana

Kiedy Cordelia przyjechała do Instytutu późnym popołudniem, zastała Lucie i Wesołych Złodziejaszków w sali balowej, gdzie ewidentnie korzystali z faktu, że Will i Tessa wyszli na dzienny patrol. Białe prześcieradła rzucono na meble i fortepian, jedyne światło wpadało przez łukowate okna, z których odciągnięto ciężkie, aksamitne zasłony. Chociaż minęło niewiele czasu od balu, podłoga już lekko poszarzała od kurzu.

Lucie, Christopher, James, Matthew i Thomas stali wokół przedmiotu umieszczonego pośrodku sali. Kiedy Cordelia podeszła, rozpoznała Pyxis, którą dała Jamesowi Anna poprzedniego wieczoru.

W wodnistym dziennym świetle Cordelia widziała pudełko lepiej. Było wykonane z ciemnozłotego drewna, miało wypalony w czterech ściankach wzór w kształcie uroborosa, węża pożerającego własny ogon. Z wieczka wystawała rączka.

– Cordelia! – krzyknęła Lucie. – Właśnie wymieniliśmy się informacjami. Dowiedziałam się ogromnie wielu ważnych rzeczy na spotkaniu Enklawy wczorajszego wieczoru. I wygląda na to, że ty też zrobiłaś swoje w Hell Ruelle. Niewątpliwie nic równie istotnego jak moje dokonania, ale cóż, nie każdy z nas może być szpiegiem.

– Słyszałam o zebraniu od mojego brata dziś rano – powiedziała Cordelia, dołączając do kółka.

Tak jak Cordelia, Lucie i chłopcy mieli na sobie stroje bojowe. James nosił dodatkowo myśliwską kurtkę z tweedu z podniesionym kołnierzem. Czarne loki spadał mu na czoło i muskały kości policzkowe. Cordelia szybko odwróciła wzrok, zanim ich spojrzenia mogły się skrzyżować.

– O kwarantannie i całej reszcie – dokończyła.

Alastair nadal był na nią zły, ale trzeba przyznać, że łagodnie przekazał nowinę o śmierci Olivera. Nie wiedziała jednak, co powinna teraz powiedzieć. W przeciwieństwie do pozostałych nie znała Olivera, widziała go tylko w towarzystwie Barbary. Nie potrafiła sobie wyobrazić, co czuli, w szczególności Matthew, który sprawiał wrażenie bardziej spiętego i sztywnego niż do tej pory.

– Wygląda na to, że tym szybciej powinniśmy znaleźć i uwięzić demona odpowiedzialnego za chorobę, nim zaatakuje kogoś jeszcze – powiedziała w końcu.

Christopher entuzjastycznie pomachał wielką księgą. Okulary zsunęły mu się na czubek nosa. Na okładce widniały wytłoczone złotem słowa: *O zastosowaniu Pyxis i innych filakterii*.

– Wygląda na to, że ten rodzaj Pyxis jest względnie prosty. Kiedy chcesz uwięzić demona, trzeba najpierw go zranić albo osłabić. Potem stawiasz Pyxis na ziemi w pobliżu i wypowiadasz słowa „Thaam Tholach Thechembaor" i demon zostanie zassany do pudełka.

Pudełko Pyxis zadygotało gwałtownie, omal się nie przewracając. Wszyscy od niego odskoczyli.

– To jest żywe – powiedział Thomas, wytrzeszczając oczy. – Nie Pyxis. To znaczy... wiecie, co mam na myśli.

– Owszem – przytaknął James. – Widzę niedoskonałość w naszym planie.

Matthew skinął głową.

– Ja też. A jeśli w Pyxis już coś siedzi? Nie było powodu, żeby zakładać, że pudełko Hypatii jest puste. Przez wszystkie lata mógł tam siedzieć demon.

Popatrzyli po sobie.

– Co się stanie, jeśli spróbujemy tam wsadzić następnego demona? – zapytała w końcu Cordelia. – Zmieszczą się oba?

– To nie jest dobry pomysł – powiedział Christopher, zaglądając do księgi. – Ponieważ nie wiemy, jaki demon już tam siedzi, nie wiemy, czy będzie dość miejsca. Pyxis są większe w środku, niż się wydają z zewnątrz, ale nie są nieskończone.

– W takim razie musimy opróżnić Pyxis – zauważyła rzeczowo Lucie. – A kto wie, co siedzi w środku. To może być nawet Wielki Demon.

– Pięknie – powiedział ze smutkiem Christopher.

– Na pewno nie – sprzeciwił się James. – Mimo wszystko przenieśmy je do sanktuarium. Bez względu na to, co się wydarzy, przynajmniej będziemy mogli to coś zatrzymać, dopóki nie zjawi się pomoc.

– Czemu nie – żachnął się Matthew. – Co mogłoby nie udać się w tym planie?

James uniósł brwi.

– Masz inny pomysł?

– Myślę, że powinniśmy to zrobić – powiedział Thomas. – To idiotyczne zajść tak daleko i teraz się wycofać.

Lucie pociągnęła nosem.

– Lepiej miej nadzieję, że nam się uda. Zwłaszcza ty, Jamesie, bo jak rodzice dowiedzą się, że wypuściłeś demona w sanktuarium, to rzucą cię jemu na pożarcie.

James spiorunował Lucie wzrokiem w typowy dla starszych braci sposób i Cordelia prawie zachichotała. Zawsze trochę zazdrościła Lucie i Jamesowi, że są tacy zżyci, bo marzyła o czymś takim z Alastairem, a nigdy tego nie znalazła. Miło było wiedzieć, że chwilami są zupełnie zwyczajni.

Przenieśli się do sanktuarium. James niósł ostrożnie Pyxis, jakby to piekielne urządzenie mogło w każdej chwili wybuchnąć. Cordelia szła między Jamesem i Lucie. Zastanawiała się, czy kiedykolwiek porozmawiają z Jamesem o tym, co wydarzyło się poprzedniego wieczoru w Pokoju Szeptów, czy też po prostu będzie mogła sobie po cichu zwariować, zastanawiając się nad tym samotnie.

– Nie martw się – powiedziała do brata Lucie. – Nie będzie tak, jak było z tatą.

– Co masz na myśli? – spytała Cordelia.

– Ojciec jako dziecko otworzył Pyxis, co miało tragiczne skutki – odpowiedział James. – Moja ciotka Ella została zabita.

Cordelia się przeraziła.

– Może nie powinniśmy...

– Teraz będzie inaczej – powiedziała Lucie, a Cordelia nie była pewna, kogo uspokaja: siebie czy brata. – Wiemy, w co się pakujemy, a tata nie wiedział.

Doszli do Sanktuarium, jedynego pokoju w Instytucie, do którego Podziemni mogli swobodnie wchodzić bez zaproszenia ze strony Nocnych Łowców. Ze wszystkich stron zostało zabezpieczone czarami, które uniemożliwiały im przejście dalej do Instytutu. Często odbywały się tam spotkania z ważnymi Podziemnymi. Podziemni mogli nawet szukać tam azylu zgodnie z postanowieniami Porozumienia.

To było jasne, że Instytut Londyński był kiedyś katedrą, i to dużą. Masywne kamienne filary wznosiły się do sklepienia. Thomas wyjął pudełko z zapałkami z białego fosforu i zaczął krążyć po pomieszczeniu, zapalając tuzin wielgachnych kandelabrów z grubymi białymi świecami, które rzucały migotliwe światło. Gobeliny i filary były poznaczone runami, podobnie jak płytki na podłodze. Cordelia musiała przyznać, że jeśli miałoby się wypuścić demona, to Sanktuarium było jednym z lepszych miejsc do tego.

Pośrodku pomieszczenia stała sucha fontanna z posągiem anioła ze złożonymi skrzydłami i kamienną twarzą poznaczoną czarnymi liniami jak łzami.

James postawił pudełko na podłodze dokładnie na runie anielskiej mocy. Przyklęknął i przyjrzał się Pyxis. Po chwili wyjął spod kurtki nieaktywne ostrze serafickie.

– Uzbrójcie się – polecił pozostałym.

Cordelia wyjęła Cortanę, pozostali wyjęli serafickie ostrza tak jak James, z wyjątkiem Thomasa, który posługiwał się bolą. James wyciągnął rękę i złapał za rączkę na wieczku.

Cordelia zacisnęła dłoń na rękojeści miecza.

James obrócił rączkę, jakby obracał śrubokręt. Rozległ się głośny szczęk i pudełko Pyxis się otworzyło. W całym Sanktuarium białe świece zamigotały i zgasły. James odskoczył, unosząc ostrze.

Rozległ się dźwięk podobny do gwizdu pociągu i z Pyxis buchnął dym, niosąc ohydny smród spalenizny. Cordelia zakaszlała, unosząc Cortanę. Słyszała, że James krzyknął „Barachiel!”

i światło serafickiego ostrza przebiło się przez dym, a w ślad za nim błysnęły następne – Matthew, Christophera i Lucie.

Coś podniosło się w dymie, coś podobnego do wielkiej gąsienicy – zielonkawe w kolorze, podzielone na segmenty falujące ciało i gładka głowa z paszczą pozbawioną warg. Paszcza otworzyła się, ukazując rzędy poczerniałych zębów. I wtedy ku zaskoczeniu Cordelii demon się odezwał.

– Nareszcie wolny – zasyczał. – Ja, Agaliarept, jestem wolny i mogę odzyskać królestwo mego pana, skradzione przez demona o wielkim sprycie. Odzyskam jego utracony świat, a ten zaleję krwią i śmiercią. – Obrócił ślepy łeb ku Nocnym Łowcom. – Ci, którzy mnie uwolniliście, czego żądacie? Mówcie! Rozkazano mi zrobić wszystko, czego zażądacie.

– Wszystko? – zaciekawił się Matthew.

Serafickie ostrze Jamesa zabłysło, przecinając dym, i wbiło się w korpus demona. Czarna krew trysnęła, demon wrzasnął przenikliwie, ćwierkliwie. Świece zamigotały i zgasły, kiedy James wyciągnął ostrze. Był obryzgany czarną posoką. Zaciskał zęby, oczy mu błyszczały.

Demon zawył i zniknął, zostawiając po sobie tylko dym i smród. Lucie zatoczyła się, kaszląc, krzywiąc twarz z obrzydzenia.

– Ale on spełniłby twoje życzenie! – zaprotestował Matthew.

– Robił wrażenie niegodnego zaufania – odpowiedział James, ocierając rękawem krew z twarzy. Jego ostrze pociemniało.

– Moim zdaniem robił dobre wrażenie – sprzeciwił się Christopher. – No wiecie, jak na demona.

– Co tu się dzieje? – zapytał ktoś głośno.

Wszyscy się obrócili. Cordelia odruchowo uniosła Cortanę. Pomachała ręką przed twarzą, żeby rozpędzić dym, i wytrzeszczyła oczy.

Ktoś wszedł drzwiami z ulicy. Wysoki mężczyzna, bardzo wysoki, z czarną czupryną. Skórę miał brązową, odcień ciemniejszą niż skóra Cordelii, oczy zielono-złote z kocimi źrenicami. Był ubrany, jakby się wybierał na ślub latem – w szary surdut i spodnie, szare zamszowe rękawiczki i buty. Do tego włożył wspaniałą kamizelkę z brokatu w kolorach szarości i fuksji. Miał też laskę i getry w jaskrawym kolorze fuksji.

– Magnus Bane? – zapytał Matthew z mieszaniną zdumienia i zgrozy.

Magnus Bane wszedł w głąb Sanktuarium, kręcąc głową, przyglądając się scenie przed sobą.

– Chcę wiedzieć, co robicie, ale muszę przyznać, że boję się poznać odpowiedź. Pewnie małe przyzywanko demonów?

– To trochę skomplikowane – powiedział James. – Cześć, Magnus. Miło cię widzieć.

– Kiedy ostatnim razem cię widziałem, leżałeś twarzą w Serpentine – odpowiedział wesoło Magnus. – A teraz widzę cię z Pyxis. Rozumiem, że zdecydowałeś się kultywować wieloletnią tradycję Herondale'ów podejmowania kiepskich decyzji.

– Ja też! – wyrwała się Lucie, która za nic nie chciała, żeby ją pominąć.

– Przyjechałem z Dżakarty na spotkanie z Tessą i Willem w sprawie tych dziennych demonów i plagi, ale kiedy zapukałem do frontowych drzwi, nikt nie odpowiedział – kontynuował Magnus.– Musiałem więc wejść przez Sanktuarium.

– To dziwne, że poprosili cię o przyjazd teraz – powiedział Thomas. – Wszyscy powyżej osiemnastki szukają demonów odpowiedzialnych za ataki.

Magnus zmarszczył brwi. Podniósł rękę, żeby spojrzeć na zegarek, który wyglądał na drogi, i jęknął.

– Zapomniałem przesunąć zegarek i przybyłem sześć godzin za wcześnie. Do diabła.

Matthew był wniebowzięty.

– Możemy napić się herbaty. Jestem ogromnym miłośnikiem pańskiej pracy, panie Bane. I stylu. Już sama pańska kamizelka...

– Matthew, zamknij się – przerwał mu Thomas. – Pan Bane nie chce rozmawiać o kamizelkach.

– Nieprawda – powiedział Bane. – Zawsze chcę rozmawiać o kamizelkach, ale przyznaję, że trochę bardziej ciekawi mnie Pyxis. – Przysunął się i szturchnął pudełko ratanową laską. – Czy słusznie się domyślam, że otworzyliście pudełko, żeby wypuścić demona Palpisa?

– Tak – odpowiedział James.

– Po co? – spytał Magnus.

– Musimy być w stanie skorzystać z Pyxis – wyrwał się Matthew. – Żeby uwięzić demona. Dlatego musiało być puste. Po prostu je... opróżnialiśmy.

James westchnął.

– Matthew, byłby z ciebie fatalny szpieg. Nie złamałbyś się pod wpływem tortur, ale powiedziałbyś każdemu wszystko, co chciałby wiedzieć w zamian za ładną parę spodni.

– Na miłość boską – odezwała się Cordelia i odwróciła się do Magnusa. – Chce pan, żeby ta sprawa z demonami się skończyła, prawda? Nie chce pan, żeby zginęli kolejni Nocni Łowcy?

Magnus zdziwił się, że ktoś tak na niego naskakuje.

– Owszem, z reguły nie staję po stronie morderczych demonów.

– To może nam pomożesz – powiedział James i szybko przedstawił plan, a przynajmniej tyle z niego, ile mógł, nie łamiąc słowa danego Ragnorowi.

Wierzyli, że szukają demona, którego można uwięzić tylko w Pyxis. James z racji wizji królestwa cieni uważał, że demon przebywa na Tower Bridge. Kiedy mówił, Magnus był coraz bardziej zaciekawiony. Pod koniec czarownik przysiadł na brzegu fontanny, wyciągając przed sobą długie nogi.

– Sporo tych przypuszczeń – orzekł, kiedy James skończył. – Muszę jednak zapytać, w szczególności was, Lucie i Jamesie, dlaczego nie poprosiliście rodziców o pomoc? Skąd te tajemnice?

– Bo złożyliśmy obietnicę – powiedział Matthew. – Osobie, który dała nam klucz, dzięki któremu dotarliśmy do większości tych informacji. Nie możemy jej złamać.

Magnus uśmiechnął się krzywo.

– Ragnor powiedział mi, że powierzył wam pewne informacje, i wygląda na to, że nie zawiedliście jego zaufania. Niewielu Nocnych Łowców dotrzymuje słowa danego Podziemnemu. A ponieważ jestem najlepszym przyjacielem Ragnora, a przynajmniej jedyną osobą; która jest w stanie znosić go przez dłuższy czas, nie zdradzę waszego sekretu. – Zerknął na Jamesa i Lucie. – W dawnych czasach, kiedy dobrze znałem waszych rodziców, pewnie sami przeprowadziliby taki plan. – Wstał. – Teraz jednak nie są już dziećmi. Są rodzicami i w związku z tym poświęcają się dla czegoś, co kochają bardziej od własnego życia. Możliwe, że rzeczywiście nie należy im nic mówić.

Nawet Matthew nie potrafił na to zareagować.

– Powodzenia w takim razie – powiedział Magnus, biorąc laskę. – Pewnie pójdę do Hatchards na parę godzin. Nie ma na tym świecie lepszego sposobu na zabicie czasu niż zatracenie się na jakiś czas w książkach.

Cordelia zrobiła krok naprzód, wyciągając ręce, żeby zagrodzić mu drogę.

– Panie Bane, wiem, że to duża prośba, zwłaszcza gdy obiecał pan nie zdradzać naszego sekretu, ale czy pomoże nam pan?

Magnus popukał palcami w rękawiczce o laskę.

– Ty jesteś Carstairs, co? Cordelia Carstairs?

– Tak, jestem kuzynką Jema. Proszę posłuchać, wiemy, że to szalony plan, ale możemy uratować wiele istnień. Nie musi pan pomagać nam bezpośrednio ani włączać się do walki. Rozumiem, że jest pan lojalny wobec naszych rodziców, ale mógłby pan nam bardzo pomóc, rzucając czar, dzięki któremu Przyziemni nie będą wchodzić na Tower Bridge, kiedy my tam pójdziemy. Dla nich to też byłoby bezpieczniejsze.

Magnus się zawahał. W Sanktuarium zapadła cisza. Cordelia wyobrażała sobie, że słyszy krew pulsującą jej w uszach, gdy Magnus rozważał tę prośbę.

W końcu wzruszył odzianymi w jedwab ramionami.

– Dobrze – powiedział. – Chociaż ten zielony łajdak Ragnor popędził na Capri, chyba nie chciałbym, żebyście się narażali z powodu złożonej mu obietnicy. Będę miał was na oku, ale pamiętajcie, jeśli zobaczę coś, co według mnie Will i Tessa powinni wiedzieć, to natychmiast im o tym powiem.

***

Zabrali potrzebne rzeczy z pokoju z bronią – James wziął ponad tuzin noży do rzucania zaprojektowanych przez Christophera – i całą grupą poszli na Ludgate Hill, a potem Cannon Street, kiedy słońce zachodziło nad City. James zerkał ukradkiem na Cordelię, kiedy był pewien, że nikt nie widzi. Była zagadana z Lucie, pochylały się ku sobie, gdy szły. Ogniste włosy zebrała w gładki kok, odsłaniając jasnobrązowy kark.

James starał się nie myśleć o tym, że wie, jak to jest zaciskać palce na jej karku, kiedy całuje ją w usta. Był pewien, że gdyby o tym myślał, to oszalałby i do niczego by się nie nadawał.

Te chwile w Pokoju Szeptów z Cordelią nie przypominały niczego innego w jego życiu. Żadne inne doświadczenie nie równało się temu, a już z pewnością żadne chwile z Grace. Jednak jak to świadczyło o nim? Czyż nie kochał Grace i czy miłość nie jest tym samym co pożądanie? Czy jedno nie wyrasta z drugiego? Nie mógł kochać Cordelii. Nie mógł być zakochany w Grace raptem parę dni temu i tak szybko przenieść uczuć na inną osobę.

Ogromnie chciałby porozmawiać z Cordelią, ale co by miał jej powiedzieć? Nie mógł jej powiedzieć, że ją kocha, nie mógł też powiedzieć, że żałuje tego, co się stało poprzedniego wieczoru. Gdyby miał wybierać między długim życiem w spokoju i szczęściu albo kolejnymi pięcioma minutami z Cordelią w Pokoju Szeptów, to nie musiał się zastanawiać nad tym, co by wybrał.

– Nic ci nie jest? – Ku zdziwieniu Jamesa Magnus zrównał z nim krok, kiedy mijali kościół St. Margaret Pattens. – Muszę przyznać, że miałem nadzieję porozmawiać z tobą dzisiejszego wieczoru, więc może dobrze się złożyło.

– Dlaczego miałeś nadzieję, że ze mną porozmawiasz? – James schował ręce w kieszeniach kurtki stroju bojowego. Opinała się ciasno na ciele, zapewniając swobodę ruchu w walce. – Jeśli się martwisz, że kontynuuję karierę żyrandolowego strzelca, to z ulgą powitasz fakt, że według Clave zająłem się teraz demolowaniem szklarni.

Magnus tylko uniósł brew.

– Zanim Henry wyjechał do Idrisu, przysłał mi ziemię do analizy. Powiedział, że nie mógł tego ogarnąć. Dodał także, że ty mu dałeś tę próbkę.

James prawie zapomniał, że Magnus i Henry byli dobrymi przyjaciółmi i słynęli ze wspólnego wynalezienia magii, która napędzała Bramy.

– No i? – zapytał ostrożnie.

– To dziwna rzecz. Właściwie to nie pochodzi z tego świata.

Doszli do końca Great Tower Street i zbliżali się do londyńskiej Tower. Flagi powiewały na wieżyczkach White Tower podświetlone ostatnimi niespokojnymi błyskami zachodzącego słońca. Magnus zręcznie omijał grupki turystów ze skrzynkowymi aparatami fotograficznymi i kierował Jamesa w stronę Tower Hill, trzymając rękę na jego ramieniu.

James zniżył głos, chociaż pozostali znajdowali się kawałek od nich. Matthew, który niósł Pyxis, przystanął, żeby pokazać Cordelii Tower.

– Co masz na myśli?

– Wiesz, że istnieją inne światy – powiedział Magnus. – Inne światy takie jak te.

„Pomyśl o naszym wszechświecie jak o plastrze miodu, gdzie każda komora to inny świat. Niektóre komory sąsiadują ze sobą".

– Tak, demony z nich pochodzą. Pokonują inne wymiary, żeby dotrzeć do naszego świata i innych.

Magnus skinął głową.

– Niektórymi światami władają demony, zwykle Wielkie. Te światy często są przesączone esencją tych istot. Ziemia, którą dałeś Henry'emu, pochodzi z takiego miejsca. Z wymiaru, którym włada demon Belfegor.

– Belfegor? – Znał to imię. – To jeden z książąt piekieł, prawda?

– Wiem, co sobie myślisz – powiedział Magnus, pukając laską o bruk. – Jem także skontaktował się ze mną w twojej sprawie. Najwyraźniej ostatnio wszystkie drogi prowadzą do Jamesa Herondale'a.

James zatarł dłonie. Wiatr znad rzeki był przenikliwy.

– Jem skontaktował się z tobą?

– W sprawie twojego dziadka. Powiedział mi, że to książę piekieł. – Zerknął na ciemniejące niebo. – Zastanawiasz się teraz, czy to Belfegor, skoro świat, który odwiedzasz, należy do niego.

– To miałoby sens, prawda?

– Możliwe. A równie dobrze to może nic nie znaczyć. Mogę ci powiedzieć, że nie ma żadnych zapisków, które by wskazywały, że ktokolwiek widział Belfegora przez co najmniej ostatni wiek. – Magnus się zawahał. – Jem powiedział mi, że desperacko chcesz się dowiedzieć, kto jest twoim dziadkiem. Mój własny ojciec jest księciem piekieł. To mroczne anioły, James. Inteligentne, podstępne, manipulanckie. Zgromadzili wiedzę, żyjąc tysiące lat. Tak jak anioły widzieli boskie oblicze, ale się od niego odwrócili. Wybrali ciemność i ten wybór poniósł się echem przez wieczność. Nie można ich zabić, a jedynie zranić. Nic dobrego nie może wyniknąć ze znajomości z księciem piekieł. Nigdy nie przysporzą ci niczego poza smutkiem.

– Ale czy nie lepiej byłoby dla mnie, gdybym wiedział...

– Wezwałem raz swojego ojca. To był największy błąd w moim życiu. James, ta krew w twoich żyłach... to cię nie definiuje. Nie znalazłem żadnego śladu, żadnej sugestii tego, kim był twój dziadek, i doradziłem Jemowi, by przestał szukać. To nie ma znaczenia. Jesteś, kim jesteś, sumą swoich wyborów i czynów. A nie łyżeczką krwi demona.

– Czyli twoim zdaniem to nie jest Belfegor? A co z Samaelem?

Magnus prychnął.

– Dobry Boże, jesteś zdeterminowany. Pamiętam, jak raz szukałem demona dla twojego ojca. Był równie uparty. – Wskazał laską. – Patrz, jesteśmy na miejscu.

Stali przed mostem. Chociaż było już ciemno i zapalono latarnie gazowe, to nadal panował tam spory ruch. Czasem nawet jakiś automobil przejechał z warkotem ulicą prowadzącą na Tower Bridge.

Pozostali zaczęli gromadzić się wokół nich. James niechętnie porzucił temat dziadka.

– Myślisz, że dasz radę to załatwić? – zapytał Magnusa. – Odwrócić uwagę Przyziemnych? Czy może powinniśmy wrócić później, kiedy będzie tu mniej Przyziemnych?

Oczy Magnusa zabłysły.

– Nie ma potrzeby.

Podszedł do poręczy biegnącej wzdłuż brzegu rzeki, gdzie wysoka ściana opadała w dół do kamienistej plaży, ciągnącej się obok mostu i dalej pod niego. Teatralnym gestem zdjął rękawiczki i schował do kieszeni kamizelki. Potem wyciągnął ręce, niebieskie iskry zaskrzyły się na jego opuszkach.

Światło przeleciało łukiem ponad Tamizą, jasne jak tysiąc lamp naftowych, i stworzyło błyszczącą ścieżkę łączącą oba brzegi. James słyszał, jak Cordelii wyrywa się stłumiony okrzyk zachwytu, gdy światło uniosło się i zaczęło splatać, tworząc widmowy kształt Tower Bridge. Podobizna była doskonała w każdym szczególe, począwszy od wież, po pajęczynę kabli i błyszczących łańcuchów.

Magnus opuścił ręce. Ciężko oddychał.

– To spektakularna rzecz – powiedział Thomas z niekłamanym zachwytem na twarzy, którego widok ucieszył Jamesa. – Ale...

– Przyziemni będą go widzieli w inny sposób niż wy – uspokoił go Magnus. – Nie będą widzieli prawdziwego mostu. Zamiast tego będą widzieć ten. Patrzcie.

Wskazał dłonią nadjeżdżającą jednokonkę. Mała grupka Nocnych Łowców rozdziawiła usta, kiedy pojazd skręcił w stronę iluzji mostu. Koła jednokonki zazgrzytały na błyszczącej nawierzchni.

– Dobrze, już się bałam, że most się zawali – powiedziała Lucie, kiedy kolejne powozy pojechały za jednokonką.

Magnus rzucił czar ochronny na wejście na prawdziwy most, a także na cały ruch – pieszy i konny, nawet na omnibusy, które niczego nieświadome skręcały na błyszczącą konstrukcję Magnusa.

– Magnus nigdy nie stworzyłby mostu, który się zawali – powiedział Matthew.

Jego zielone oczy błyszczały, a James poczuł przypływ czułości dla swojego *parabatai*. Matthew zawsze kochał magię. Pewnie dlatego tak dobrze się czuł w takich miejscach jak Hell Ruelle – w otoczeniu zaczarowanego ognia i czarowników o gwiaździstych oczach.

– Dziękuję – odparł oschle Magnus. – Jeśli macie złapać demona, to lepiej się tym zajmijcie. Nie utrzymam iluzji zbyt długo.

James skinął głową.

– Dziękuję.

Magnus pokręcił głową.

– Powodzenia. Nie daj się zabić.

James już się odwrócił i przechodził pod łukiem, który prowadził na schody na most. Pozostali szli tuż za nim albo obok niego. Wszyscy trzymali serafickie ostrza, oprócz Cordelii, w której dłoni jak zwykle błyszczała Cortana.

James miał wrażenie, że jakieś cienie wiszą nad mostem, ciemność, o której myślał, że jest cieniem czaru rzuconego przez Magnusa. Kiedy jednak weszli na schody z wyciągniętymi serafickimi ostrzami, świat zaczął mu ciemnieć przed oczami. Gazowe lampy zamrugały szaleńczo i zgasły.

Kamienne wieże były popękane i poczerniałe, głębokie, nierówne linie przecinały chodnik pod nimi. Wiatr przybrał na sile i wydawało się, że ciężkie stalowe łańcuchy mostu się kołyszą. Chmury w górze kłębiły się i ciemniały na ciemnoszarym niebie. W powietrzu wyczuwało się kwaśną nutę, jakby nadchodziła burza.

– Jamie. – Matthew nadal stał obok niego.

Kiedy James odwrócił się, żeby spojrzeć na *parabatai*, zdał sobie sprawę, że włosy Matthew wyglądają na siwe, jak u starego człowieka. Kolor znikał ze wszystkiego, zamieniając świat w fotografię. James zaczerpnął tchu.

– Nic ci nie jest? Wyglądasz...

– Widzę królestwo cieni. – Jego własny głos brzmiał dla niego pusto, niósł się z daleka, rozbrzmiewał echem. – Jest wszędzie wokół mnie. Most pęka...

Matthew złapał go za rękę. Jego palce były jedyną ciepłą rzeczą w świecie z lodu i popiołu.

– Most jest cały. Wszystko jest w absolutnym porządku, Jamie.

James nie był pewien, czy to prawda. Most był cały powykręcany i popękany. Ze szczelin w granicie wylewało się czerwonawe światło. Kolor krwi z jego wizji.

Pozostali rozproszyli się, patrząc w górę i w dół mostu. Chmury pływały w tę i z powrotem nad mostem jak niespokojni kurierzy.

James odchylił głowę. Najwięcej chmur zebrało się dokładnie nad jego głową. Były ciężkie i czerwonawe, wręcz sprawiały wrażenie mokrych, jakby nasiąkły krwią. James zmrużył oczy. Wydawało mu się, że poprzez chmury widzi gwiazdy– kilka wiszących w oddali nad wyższymi chodnikami mostu. To nie gwiazdy, zdał sobie sprawę, instynktownie sięgając po nóż do rzucania tkwiący w pochwie u pasa. Gwiazdy nie mają źrenic ani szkarłatnych tęczówek. Gwiazdy nie mrugają.

James wziął zamach i rzucił nożem.

***

Demon wielkości omnibusu, z żółtawą sierścią obryzganą zaschłą krwią, zaatakował z wrzaskiem niczym pikujący jastrząb. Rzucił się wprost na Jamesa jak rozmazana plama z czarnych zębów i czerwonych szponów, ze złotą rączką wbitego noża wystającą mu z ramienia.

James stał wyprostowany na moście, z wyciągniętymi rękami, i po chwili rzucił drugim nożem. Demon zrobił unik i wylądował na moście na szeroko rozstawionych szponiastych stopach. Ruszył w stronę Nefilim.

Cordelia uniosła Cortanę, złote ostrze przecięło powietrze. Wokół siebie słyszała głosy, gdy nazywano anielskie ostrza, które rozbłyskiwały światłem: „Eleleth!" „Adamiel!" „Jofiel!".

Demon obnażył zęby, gdy serafickie światło oświetliło most. Cordelia lepiej go teraz widziała: ciało parchatego lwa z wydłużonymi łapami zakończonymi szponami. Łeb miał podobny do głowy węża, pokryty łuskami, z czerwonymi błyszczącymi ślepiami i trzema rzędami zębów. Wymachiwał w przód i w tył skorpionim ogonem, idąc w stronę Jamesa i powarkując z głębi gardła.

Na Anioła, pomyślała Cordelia. Mieliśmy rację, to jest Mandikhor.

James złapał serafickie ostrze.

– Raguel!

Ostrze zapłonęło, gdy demon natarł z obnażonymi zębami. James odskoczył w bok, poza zasięg ostrych szponów. Matthew upuścił Pyxis i rzucił się do Jamesa z rozbłyskującym serafickim ostrzem. Koniuszek rozciął ramię demona, kiedy ten odskoczył do tyłu. Demon zawył. Wspiął się na tylne łapy. Lucie krzyknęła, widząc, jak demon dygocze. Groteskowy guz zaczął formować się pod jego skórą na boku – nabrzmiewał, a potem wybuchł, zamieniając się w coś lepkiego i czarnego. Cordelia próbowała powtrzymać odruch wymiotny, kiedy stwór oderwał się od Mandikhora i zeskoczył na ziemię. Cordelia rozpoznała go – jeden z takich stworów zaatakował ich w Regent's Park. Demon khora.

Rzucił się na Matthew, który zaklął i ciął go serafickim ostrzem. Cordelia pobiegła do przodu i napotkała następnego khora. Z Mandikhora wypączkowało kilka innych khora – dwa skoczyły do Christophera i Thomasa, sądząc susy jak czarne pająki. Lucie pobiegła do nich, przebijając jednego demona od tyłu. Stwór zniknął, tryskając popiołem i posoką, a Christopher i Thomas zabili drugiego.

Cordelia cięła Cortaną demona przed sobą, z taką siłą, że ostrze wbiło się w granitową poręcz. Wyszarpnęła miecz, a demon zniknął, wyjąc. Ostrze Cortany było umazane na czarno, ale nieuszkodzone. Chyba rzeczywiście może przeciąć wszystko, pomyślała niezbyt przytomnie Cordelia i wróciła do walki.

W tej samej chwili James rzucił nożem, przybijając jednego z cienistych demonów do lin mostu, jakby to był ohydny motyl pod szpilką. Stwór szarpał się i syczał, a Matthew i James wskoczyli na balustradę mostu z błyszczącymi serafickimi ostrzami w rękach i zabijali jeden cień po drugim.

Jednakże nie miało znaczenia, ile cienistych stworów zabiją. Cordelia to wiedziała. Mandikhor mógł je tworzyć w nieskończoność. Był ich źródłem i to źródło należało zniszczyć.

– Christopher! – krzyknął Thomas.

Cordelia obróciła się i zobaczyła, że grupa demonów khora okrążała Christophera, który próbował się przebić, ale krąg wokół niego coraz bardziej się zaciskał. Lucie i Thomas pobiegli mu na pomoc, James i Matthew zeskoczyli z balustrady, ale Cordelia uniosła miecz i pobiegła do Mandikhora.

Demon obserwował Christophera i pozostałych, oblizując usta, gdy khora zacieśniały krąg. Wspiął się na tylne nogi, widząc zbliżającą się Cordelię, ale było za późno – ona już się rzuciła i wbiła Cortanę głęboko w pierś stwora. Gorąca krew obryzgała jej rękę, świat zakołysał się wokół niej, kolory zaczęły znikać jak krew wylewająca się z rany. Cordelia stała na moście pośród czarno–białych cieni i powykręcanych, sękatych drzew, kable mostu wisiały jak przegniłe pnącza, czerniały w nocnym powietrzu. Wyszarpnęła miecz ze zduszonym okrzykiem i padła na kolana. Nagle poczuła rękę na ramieniu. Podniesiono ją na nogi. Spojrzała zaskoczona na Matthew, który wpatrywał się w nią z bardzo bladą twarzą.

– Cordelia...

– Nic jej nie jest! – To była Lucie. Obryzgana krwią ściskała Pyxis.

Pozostali zgromadzili się wokół Cordelii. James z nożem w ręce wpatrywał się w ryczącego, krwawiącego Mandikhora.

Z mostu zniknęły wszystkie khora. Cordelia odciągnęła uwagę Mandikhora na dość długo, by pozostali zabili stwory z cienia, ale sam Mandikhor nadal warczał i kolejny guz nabrzmiewał na jego boku.

– Teraz! – krzyknęła Lucie. – Musimy zamknąć go w Pyxis!

– Postaw pudełko na ziemi! – krzyknął Thomas, wskakując na poręcz z bolą w ręce. – Christopher, wypowiedz słowa!

Christopher podszedł bliżej do pudełka. Mandikhor zdał sobie wreszcie sprawę, co się dzieje, i zaatakował.

Christopher wrzasnął, przekrzykując hałas walki:

– Thaam Tholach Thechembaor!

Alchemiczne symbole na pudełku Pyxis zaświeciły się, jakby linie na drewnie zajęły się ogniem i jarzyły się jak węgielki.

Włócznia światła wystrzeliła z Pyxis, jedna, druga i kolejna. Promienie światła leciały wzdłuż mostu, owijając się wokół Mandikhora i tworząc świetlną klatkę. Zawył, klatka po raz ostatni zabłysła światłem i została zassana do Pyxis, a razem z nią Mandikhor.

Zapadła cisza. James otarł krew z twarzy, jego złote oczy płonęły. Matthew nadal trzymał Cordelię za ramię.

– Nie chcę psuć atmosfery, ale... czy to zadziałało? – odezwał się w końcu Thomas. – Mam wrażenie, że to było...

Pudełko Pyxis eksplodowało. Nocni Łowcy wrzasnęli i uskoczyli przed odłamkami drewna, które poleciały we wszystkie strony. Podmuch wiatru przewalił się przez most, obalając Cordelię z powrotem na kolana. Wyjący huragan pachnącego ogniem powietrza.

W końcu wycie ucichło. Na moście było pusto i cicho, tylko wiatr przewalał śmieci po drodze. Cordelia wstała i podała rękę Lucie, żeby pomóc jej wstać. Przed sobą widziała błyszczące światła mostu Magnusa i ruch na nim.

– ...za łatwe – dokończył Thomas.

Twarz miał brudną od sadzy.

– Do diabła – powiedział James, sięgając po nóż, kiedy świat wokół nich wybuchł.

***

Mandikhor pojawił się nagle znikąd, dwa razy większy niż wcześniej, odziany w poszarpaną ciemność. Wzniósł się nad nimi jak cień namalowany krwią, z odchyloną głową i szponami błyszczącymi jak sztylety.

James rzucił nożem w tej samej chwili, w której Mandikhor skoczył na niego. Cienie rozlewały się po moście spod demona we wszystkie strony. Świat znowu stał się szaro-czarny. James widział Londyn po obu stronach rzeki, ale to było zniszczone miasto, Tower była zrujnowana, pożary płonęły na nabrzeżach, poczerniałe iglice kościelne rysowały się jak szkielet na poplamionym dymem niebie. Słyszał wokół siebie przyjaciół– krzyczeli, walcząc z cieniami– ale już ich nie widział. Był sam w świecie koszmaru.

Mandikhor skoczył i złapał go. James przyszykował się na atak, ale to było coś innego – demon trzymał go mocno, wbijał szpony w przód jego kurtki od stroju bojowego. Wyszczerzył zęby.

– Chodź ze mną – wysyczał. – Chodź ze mną, dziecię demonów, tam, gdzie zostaniesz uczczony. Widzisz ten sam świat co ja. Widzisz świat taki, jaki naprawdę jest. Wiem, kim jest twoja matka i kim jest twój dziadek. Chodź ze mną.

James zamarł.

„Wiem, kim jest twoja matka i kim jest twój dziadek".

Pomyślał o demonie w parku: „Dlaczego zabijasz swój rodzaj?".

– Jestem Nocnym Łowcą – powiedział. – Nie będę słuchał twoich kłamstw.

– Wiesz, że mówię prawdę – odpowiedział Mandikhor, paląc mu skórę swoim oddechem. – Przysięgam na Asmodeusza, Beliala, Belfegora i Samaela, że zakończę plagę, jeśli pójdziesz ze mną. Nikt więcej nie musi umrzeć.

James znieruchomiał. Demon, który przysięga na imiona książąt piekieł. Głos w jego głowie krzyczał: „Zrób to! Idź z nim! Niech skończy się choroba, umieranie!". Inny głos, cichszy, ale spokojniejszy, szepnął: „Demony kłamią. Nawet kiedy przysięgają, kłamią".

– Nie – odpowiedział, ale głos mu zadrżał.

Mandikhor syknął.

– Niewdzięcznik. Tylko ty możesz wędrować między światem ziemskim i ciemnym królestwem.

James spojrzał w czerwone jak krew oczy demona.

– Masz na myśli królestwo Belfegora?

Mandikhor wydał z siebie okropny odgłos. Po chwili James zrozumiał, że to śmiech.

– To takie ludzkie – odpowiedział. – Wiedzieć tak dużo, a jednak tak mało.

James otworzył usta, żeby coś powiedzieć, i wtedy w powietrzu zapłonęło złote światło.

– Zostaw go! – krzyknęła Cordelia, przecinając ciemność Cortaną.

James wyrwał się, odturlał się od demona i wstał, kiedy Cordelia rzuciła się na Mandikhora. Złoty miecz był jedynym kolorem w czarno-białym świecie. Złoto i jej ogniście rude włosy. Wymachiwała Cortaną, tnąc demona przez pierś i zadając długą czarną ranę. Demon zawył i uderzył Cordelię potężną łapą, odrzucając ją na bok. Cortana wypadła jej z ręki, a Cordelia z wrzaskiem spadła z mostu.

James usłyszał krzyk Lucie „Daisy!" i odległy plusk. Świat ucichł, kiedy James schylił się po Cortanę. Podszedł do Mandikhora.

Demon opadł na przednie łapy. Krwawił z rany zadanej przez Cordelię, krew rozlewała się wokół niego jak cień.

– Nie możesz mnie zabić – warknął, kiedy James się zbliżył. – Moje korzenie sięgają głęboko do innego świata. Tam się karmię, tam rosnę w siłę. Jestem legionem, którego nie da się tknąć.

Syknął po raz ostatni i zniknął.

Kolory wróciły do świata. James obrócił się z Cortaną w ręce. Widział most taki, jaki zawsze był – bladozłoty i biały w świetle księżyca. Przyjaciele biegli do niego. Nie widział Lucie. Przypomniał sobie, że wykrzyczała imię Cordelii. Przypomniał sobie plusk. Cordelia. Cordelia!

– Gdzie ona jest? – wysapał Matthew obok Jamesa. – Gdzie jest Cordelia?

– W rzece – odpowiedział James i zaczął biec.

***

Lucie wpatrywała się szaleńczo w rzekę. Widziała stopnie prowadzące do wody, z miejsca, które wyglądało jak przejście przez budynek obok mostu. Dotarła do schodów prowadzących na dolny poziom i znalazła się na słabo oświetlonej wąskiej uliczce między wysokimi, pociemniałymi od sadzy i brudu magazynami. W przejściu – ciemnej dziurze w najbliższym budynku– zobaczyła kamienne schody wiodące ku jaśniejszej plamie na dole – rzece. Pobiegła do starej brukowanej rampy schodzącej do wody i pustej barki, która stała zacumowana obok. Rzeka płynęła, czarna i milcząca pod zachmurzonym niebem. Nad wodą unosiła się mgła.

Nigdzie nie było widać Cordelii. Panika narastała w brzuchu Lucie, gdy wpatrywała się w czarną wodę. Nie wiedziała, czy Cordelia potrafi pływać, a nawet silny pływak może utonąć w nurcie Tamizy. A jeśli Cordelia uderzyła się w głowę albo straciła przytomność z powodu wysokiego upadku z mostu?

Szloch podszedł jej do gardła. Upuściła serafickie ostrze, które zgasło na zabłoconych kamykach na brzegu i zaczęła rozpinać kurtkę od stroju bojowego. Woda nie wyglądała na bardzo głęboką. Lucie nie była dobrym pływakiem, ale mogła spróbować.

W oddali widziała spowity we mgle kształt barki sunącej na środek rzeki.

– Pomocy! – krzyknęła. – Pomocy! Ktoś wpadł do rzeki!

Pobiegła wzdłuż brzegu, wymachując szaleńczo rękami i goniąc barkę.

– Wyciągnijcie ją, proszę! – krzyczała Lucie – Pomóżcie mi!

Barka zniknęła we mgle. Lucie widziała postaci na moście w górze, upiorny blask serafickich ostrzy. Chłopcy nadal walczyli. Lucie w życiu nie dobiegnie na czas do Magnusa, zresztą nie mógł przerwać tego, co robił – musiał pozostać skupiony na iluzji mostu. Będzie musiała wejść do rzeki, nawet jeśli sama przy tym utonie.

Zrobiła krok naprzód, zanurzyła but w płytkiej, ciemnej wodzie. Zadygotała, gdy lodowata woda przesączyła się przez skórę. Zrobiła następny krok i zamarła.

Rzeka poruszała się, wzbierała jakieś dziesięć stóp od mostu. Woda zaczęła się pienić, żółto-szara piana sunęła po ciemnej powierzchni. Gorzki zapach napłynął znad wody – zepsutych ryb, starej krwi i wiekowego mułu z dna rzeki.

Lucie poślizgnęła się na kamyku. Upadła na kolana, a woda w Tamizie zaczęła się podnosić i rozdzielać jak wody Morza Czerwonego. Biały blask przeciął czarną powierzchnię wody. Lucie wpatrywała się w odgrywającą się na wprost niej scenę, aż wreszcie pojęła, co widzi. Ten blask to światło księżyca na wypłukanej przez wodę kości.

Z wody wstawały postaci blade jak popiół. Kobieta o długich włosach i napuchłej czarnej twarzy. Kobieta w szerokiej sukni z poderżniętym gardłem i pustymi, czarnymi oczami. Rosły mężczyzna z ciemnymi śladami od sznura na szyi w stroju więźnia.

Niósł Cordelię na rękach. Duchy zebrały się po obu jego stronach, prawdziwa armia topielców. Pośrodku nich duch więźnia niósł bezwładną Cordelię, której mokre włosy opadały na ramiona. Strój miała ciemny od wody, cała ociekała, gdy duch ją zaniósł na brzeg i w końcu tam położył.

– Dziękuję – szepnęła Lucie.

Duch więźnia wyprostował się. Przez długą chwilę duchy wpatrywały się w Lucie pustymi oczodołami wypełnionymi przez ciemność. A potem zniknęły.

– Cordelia? – Lucie próbowała się podnieść, podejść do Cordelii, ale mokre kolana ugięły się pod nią. Zdała sobie sprawę, że walka w oddali się skończyła. Wiedziała, że James i pozostali przybiegną do niej, ale sekundy przeciągły się w lata. Cała energia uszła z jej ciała. Z trudem oddychała.

– Cordelia – szepnęła znowu i tym razem dziewczyna się poruszyła.

Lucie ogarnęła taka ulga, że prawie zrobiło jej się niedobrze, gdy zobaczyła, że rzęsy przyjaciółki zatrzepotały. Cordelia przeturlała się na bok i zaczęła kaszleć. Jej ciałem szarpały spazmy, gdy dławiła się wodą z rzeki.

Lucie zgarbiła się na wpół przytomna. Chłopcy zbiegali po schodach z mostu i teraz kierowali się do niej i Cordelii, wołając je po imieniu. Kawałek za nimi znajdował się Magnus, który śpieszył się, ale wyglądał na wycieńczonego. Kiedy się zbliżył, zwolnił i rzucił Lucie dziwne pytające spojrzenie. A może jej się wydawało... W końcu ktoś ją złapał, podniósł i objął.

I wtedy dotarło do niej, że to dziwne. Podniosła wzrok i zobaczyła unoszącą się nad nią twarz, białą jak sól, i zielone oczy. Za ciemną głową niebo wirowało. Na jego szyi złoty medalion płonął jak gwiazda. Patrzyła, gdy dotknął medalika dwoma palcami, zaciskając usta.

– Jesse Blackthorn – szepnęła Lucie, kiedy świat odpłynął i słabe światło zgasło. To on, zrozumiała. To on wezwał duchy. Uratował Cordelię.

– Dlaczego to zrobiłeś?

Ale ciemność wciągnęła ją, zanim zdążył odpowiedzieć.

Minione dni

Cirenworth Hall, 1900

– To moje!

– W żadnym razie! – Oburzony Alastair znowu spróbował złapać miecz.

Cordelia zręcznie się cofnęła, trzymając Cortanę nad głową, ale Alastair był wyższy. Stanął jej na stopie i wyrwał miecz. Czarne włosy opadły mu na oczy, gdy się skrzywił.

– Powiedz jej, ojcze – poprosił. – Powiedz jej, że to nie jest jej!

– *Kerm nariz*, Alastair. Dość tego.

Wysoki, ogorzały Elias Carstairs, którego jasne włosy dopiero co posiwiały, mówił równie leniwie, jak leniwe i powściągliwe były jego ruchy.

Dziś dobrze się czuł i Cordelię to cieszyło. Przez wiele dni ojciec nie pojawiał się w sali treningowej, leżał chory w zaciemnionym pokoju z mokrą szmatką na oczach.

Oderwał się od filara, o który się opierał, i przyjrzał potomstwu z namysłem i pobłażliwością. Elias zawsze był ich nauczycielem, to on ćwiczył ich w walce, odkąd byli mali.

To on przerobił salę balową w Cirenworth na miejsce do treningu. Kupił wielki dom od Przyziemnych i najwyraźniej czerpał przyjemność z usuwania wszelkich śladów ich przyziemności. Zerwał parkiety i położył deski z bardziej miękkiego drewna drzew Idrisu, lepiej amortyzującego upadek. Żyrandole zastąpiono hakami, z których zwieszała się broń, a ściany pomalowano na szafranową żółć, kolor zwycięstwa.

Elias mieszkał w Pekinie przez wiele lat i preferował broń i sposób walki tamtejszych Nefilim, począwszy od *zhanmadao* po obosieczny *jiàn* i włócznię *qiāng*. Uczył dzieci *shuangdao*, sztuki walki dwoma mieczami. Powiesił na belkach sufitowych groty na sznurze *shenbiao* i bicze z łańcuchów *jiujiebian*, zbudował *lei tai*, podwyższenie do walki w zachodnim kącie pokoju. Alastair i Cordelia stali tam właśnie, piorunując się wzrokiem.

– Cordelio – powiedział Elias, składając ręce za plecami. – Dlaczego właściwie chcesz mieć Cortanę?

Cordelia się zawahała. Miała trzynaście lat i rzadko próbowała stanąć między Alastairem a czymś, czego chciał. Uważała, że nie ma drugiej bardziej upartej i wybrednej osoby na świecie od jej brata. Jednakże Cortana to było coś innego. Marzyła o Cortanie od dziecka, o ciężarze jej złotej rękojeści, łukach kreślonych przez jej ostrze w powietrzu.

A wiedziała, że Alastair nigdy o niej nie marzył. Dobrze walczył, ale nie interesował się walką. Wolał śledzić politykę Nocnych Łowców, wolał spiskować niż ścigać demony.

– Cortanę wykuł Wayland Kowal – powiedziała. – Wykuł miecze dla wszystkich największych bohaterów. Excalibur dla Artura. Durendal dla Rolanda i Hektora. Sigurd, który zabił smoka Fafnira, dzierżył miecz o nazwie Balmung, też wykuty przez Waylanda...

– Cordelia, wszyscy to wiemy – przerwał jej poirytowany Alastair. – Nie musisz klepać lekcji historii.

Cordelia spiorunowała go wzrokiem.

– Czyli chcesz być bohaterem – powiedział Elias z błyskiem zainteresowania.

Cordelia się zastanowiła.

– Cortana ma jedną krawędź ostrą i jedną tępą. Dlatego nazywa się ją mieczem miłosierdzia. Chcę być miłosiernym bohaterem.

Elias skinął głową i odwrócił się do syna.

– A ty?

Alastair się zaczerwienił.

– To miecz Carstairsów – odparł krótko. – Ja jestem Alastair Carstairs i zawsze nim będę. Kiedy Cordelia wyjdzie za mąż i będzie miała zgraję bachorów, to jedno z nich dostanie Cortanę, a nie będzie Carstairsem.

Cordelia prychnęła, ale Elias ją uciszył.

– On ma rację. Cordelia, zostaw miecz bratu.

Alastair uśmiechnął się z wyższością i zakręcił mieczem w dłoni, podchodząc do krawędzi *lei tai*. Cordelia stała na miejscu, jeżąc się ze złości i oburzenia. Pomyślała o tych wszystkich razach, gdy przychodziła do sali treningowej popatrzeć na Cortanę w kryształowej szkatule, na słowa wycięte w ostrzu, pierwsze, których nauczyła się czytać. „Jestem Cortana, ta sama stal i hart co Joyeuse i Durendal". Pomyślała o tym, jak zawsze pukała w szkatułę, ledwie muskała kryształ palcami, żeby się upewnić, że pewnego dnia miecz zostanie wyjęty i znów ktoś będzie go trzymał. A kiedy Elias w końcu ją otworzył, oznajmiając, że dziś nastąpił dzień, kiedy wybierze nowego właściciela Cortany, serce zabiło jej mocniej.

Nie mogła tego znieść.

– Ale Cortana jest moja! – krzyknęła, kiedy brat doszedł do krawędzi podwyższenia. – Ja to wiem!

Alastair otworzył usta, żeby coś odpowiedzieć, ale został z rozdziawionymi, gdy miecz wyrwał mu się z ręki i poleciał do jego siostry. Cordelia wyciągnęła rękę, jakby chciała się zasłonić, i rękojeść uderzyła ją w dłoń. Odruchowo zacisnęła palce i jej rękę przeszył wstrząs.

Cortana.

Alastair wyglądał, jakby miał prychnąć, ale tego nie zrobił. Był za sprytny i zbyt świadomy tego, jakie robi wrażenie, żeby pozwolić sobie na parskanie.

– Ojcze – powiedział zamiast tego. – To jakaś sztuczka?

Elias tylko się uśmiechnął, jakby wiedział, co się wydarzy.

– Czasem miecz wybiera właściciela – powiedział. – Cortana będzie należała do Cordelii. No dobrze, Alastair...

On jednak wyszedł z sali.

Elias odwrócił się do córki.

– Cordelio – powiedział. – Ostrze Waylanda Kowala to wielki dar, ale też wielka odpowiedzialność. Może pewnego dnia przysporzyć ci smutku.

Cordelia skinęła głową. Była pewna, że ojciec ma rację w szerokiej perspektywie, jak to czasem bywa z dorosłymi. Jednakże gdy patrzyła na złote ostrze Cortany, nie potrafiła sobie wyobrazić, że mogłaby być nieszczęśliwa, mając ją w ręce.

17

Morza wołanie

„Skąd przychodzisz, moja miła, tak z samego rana?
Rozpuszczone złote włosy po same kolana,
lico białe jak śnieg na leśnej polanie,
głos – głucho brzmiący, jak morza wołanie.

Przybywam do ciebie z innego świata,
Mokra rosa poranna loki me rozplata.
Ty znasz wszystko, co stare, ja zaznałam nowości.
Jutro też je poznasz, nie czuj więc zazdrości".

Christina Rossetii, *Nieszczęsny duch*

– Zatem z jakiegoś powodu uznaliście, że to dobry pomysł zaatakować Mandikhora samemu? – powiedział Will Herondale nieprzyjemnym tonem.

Lucie otworzyła oczy. Przez chwilę myślała, że ojciec mówi do niej, i zastanawiała się, czy nie uciekać. Natychmiast porzuciła ten pomysł – ciało miała obciążone ciężkimi okryciami i kocami. Zamrugała, widząc znajome otoczenie. Jakimś cudem wylądowała opatulona we własnym łóżku. W pokoju pachniało kojąco herbatą i wodą kolońską ojca. Nic dziwnego, skoro siedział obok jej łóżka na krześle. Matka trzymała rękę na ramieniu

Willa, a James opierał się o ścianę nieopodal. Nie przebrał się po walce na moście, ale umył twarz z krwi i ichoru, nowy leczniczy run jarzył się na jego gardle.

Ktoś położył złote ostrze Cortany na toaletce Lucie. Pewnie nie było okazji zwrócić Cordelii miecza, po tym, jak wyciągnięto ją z rzeki.

– Christopher posłużył się jednym ze swoich nowych urządzeń – skłamał James. – Miało wychwycić ślady czarnej magii. Nie sądziliśmy, że na coś natrafimy. Dlatego was nie wezwaliśmy.

Will uniósł brwi.

– Cała wasza szóstka pojawiła się na Tower Bridge w strojach bojowych, bo myśleliście, że niczego nie znajdziecie?

Lucie przymknęła oczy. Lepiej, żeby uznali, że śpi. James z pewnością sam sobie poradzi – w końcu, jak na każdym kroku niestrudzenie jej przypominał, był od niej starszy.

– Uznaliśmy, że najlepiej być przygotowanym – mówił James. – Poza tym wiem, że ty robiłeś znacznie bardziej niebezpieczne rzeczy, kiedy byłeś w moim wieku.

– To okropne, jak ciągle mi to wytykasz – odparł Will.

– Cóż, myślę, że bardzo dobrze sobie poradzili – powiedziała Tessa. – Niełatwo pokonać Mandikhora.

– Nie pokonaliśmy go – odparł ponuro James. – Ataki będą trwały. Nefilim nadal grozi niebezpieczeństwo.

– Kochanie, to nie na tobie ciąży odpowiedzialność za naprawę tego stanu rzeczy – tłumaczyła łagodnie Tessa. – Już sama wiedza, że mamy do czynienia z Mandikhorem, jest ogromnie pomocna.

– Tak i powinieneś powiedzieć Christopherowi, że Clave chce posłużyć się tym jego nowym urządzeniem. Wygląda na to, że jest bardzo użyteczne – dodał Will.

– Ach, niestety urządzenie zostało pożarte przez demona.

Lucie nie była w stanie powstrzymać chichotu.

– Obudziłaś się! – Tessa podbiegła do łóżka i porwała córkę w objęcia. – Och, Lucie!

Will wstał i też ją objął. Przez chwilę Lucie rozkoszowała się miłością i uwagą rodziców, chociaż Will beształ ją za to, że sama pobiegła na brzeg rzeki.

– Ale zrobiłam to dla Cordelii! – krzyknęła, kiedy rodzice odsunęli się. Matka usiadła na brzegu łóżka i trzymała ją za rękę. – Ty zrobiłbyś to samo dla Jema, tato, kiedy byliście *parabatai*.

Will oparł się o kolumienkę łóżka.

– Cordelia nie jest jeszcze twoją *parabatai*.

– Nie tylko chłopcy mogą narażać dla siebie życie – argumentowała zaciekle Lucie. – Musiałam wezwać pomoc...

– Tak i całe szczęście, że przepływający obok ludzie zobaczyli Cordelię i wynieśli na brzeg – dodała Tessa. – Rzeczywiście pomogłaś ją uratować.

Lucie zerknęła na Jamesa. Wiedziała, że nie widział duchów, które wyciągnęły Cordelię z wody, nawet Magnus znajdował się za daleko, żeby je spostrzec. Mimo to brat przyglądał jej się w zadumie.

– Cordelia czuła się całkiem dobrze, gdy już wykaszlała całą wodę – uspokoił ją. – Matthew, Christopher i Thomas zabrali ją do domu dorożką.

– Ale Cortana nadal tu leży – powiedziała Lucie, wskazując błyszczące ostrze. – Daisy będzie bez niej nieszczęśliwa. To dla niej coś więcej niż miecz. – Z trudem usiadła. – Muszę natychmiast go jej zanieść.

– Lucie, nie – powiedziała Tessa. – Musisz odpocząć...

– Ja zaniosę Cortanę do Kensington – powiedział James. Zapatrzył się w dal. – Chcę sprawdzić, co u Cordelii, i upewnić się, że dochodzi do siebie po upadku do rzeki.

Tessa nadal się martwiła.

– Ale weź powóz, proszę. Tak będzie bezpieczniej.

Powozy Nefilim były wzmocnione odpędzającym demony elektrum i runami wplecionymi sprytnie w drewno. James westchnął i skinął głową.

– I weź Bridget z jej wielką włócznią – dodał Will, nieudolnie próbując ukryć uśmieszek. – I może przebierz się najpierw? Nigdy nie zaszkodzi dobrze wyglądać podczas towarzyskiej wizyty.

***

Gdyby tylko istniał run do suszenia ubrań, pomyślała Cordelia z żalem. Miała wrażenie, że pluszcze. Siedziała przyciśnięta do Matthew w jednokonce na siedzeniu naprzeciwko Thomasa i Christophera. Matthew uprzejmie narzucił jej na ramiona swoją kurtkę, bo jej własna była mokra. Sam siedział w koszuli, obejmując ją jedną ręką i przytrzymując. To było dziwne uczucie, chociaż nie całkiem niemiłe.

Wspomnienia nadal były jak rozmazana plama – pamiętała siłę, z jaką demon ją uderzył, uczucie nieważkości, gdy oderwała się od mostu. Księżyc obrócił się do góry nogami i rzeka nadleciała z przerażającą szybkością. Gorzkie czarne wody, zapach wilgoci i zgnilizny, próba wyrwania się z czegoś, co teraz uznała za rzeczne wodorosty. Pierwsze, co wyraźnie pamiętała, to James pochylający się nad nią ze stelą w jednej ręce i Cortaną w drugiej. Ona dławiła się i parskała, odruch wymiotny szarpał jej ciałem, gdy pozbywała się wody z płuc. James rysował jedno *iratze* za drugim na jej rękach, a Wesołe Złodziejaszki stały wokół.

W pewnym momencie zastąpił go Matthew, a James poszedł zająć się Lucie, która zemdlała na brzegu. Magnus też tam był, zapewniając ich, że Lucie nic nie jest i tylko doznała szoku. Błyszczący most Magnusa zniknął, ruch znowu przepływał przez prawdziwy Tower Bridge, więc łatwo złapali dwie jednokonki i podzielili się na dwie grupy: Lucie i James pojechali do Instytutu, a pozostali odwieźli Cordelię do Kensington.

Magnus powiedział też Jamesowi w dosadnych słowach, że jeśli nie powie Willowi i Tessie, że demon odpowiedzialny za ataki to Mandikhor, to sam to zrobi.

Cordelia zdołała uścisnąć rękę Lucie, nim zapakowano ją z Jamesem do dorożki, i odjechała. Cordelia wkrótce też jechała do domu, trzęsąc się z zimna, z włosami lepkimi od rzecznej wody.

– Na pewno nic ci nie jest? – zapytał po raz kolejny Thomas. Siedział naprzeciwko Cordelii, ich kolana obijały się o siebie. Ludzie rozmiarów Thomasa nie pasowali do zwykłych jednokonek.

– Nic mi nie jest – upierała się Cordelia. – Absolutnie nic.

– To było niesamowite, jak rzuciłaś się na demona, po prostu kapitalne – ekscytował się Christopher. – Myślałem, że go trafisz, dopóki nie wylądowałaś w rzece, rzecz jasna.

Cordelia poczuła, że Matthew trzęsie się z bezgłośnego śmiechu.

– Tak, sama też odniosłam to mylne wrażenie.

– Co się właściwie stało? – spytał Thomas. – Jak Lucie wyciągnęła cię z wody?

Zaskoczona Cordelia zmarszczyła brwi.

– Nie wiem – odpowiedziała powoli. – Nie rozumiem tego. Słyszałam krzyk Lucie, wołała mnie po imieniu, a potem obudziłam się na brzegu i kaszlałam.

– Nurt musiał cię wyrzucić na brzeg – powiedział Christopher. – Prądy w Tamizie są bardzo silne.

Matthew spojrzał na nią zaciekawiony.

– Kiedy byliśmy na moście i James walczył z Mandikhorem, wyglądało na to, że demon do niego mówi. Słyszałaś coś?

Cordelia się zawahała. „Chodź ze mną, dziecię demonów, tam, gdzie zostaniesz uczczony. Widzisz ten sam świat co ja. Widzisz świat taki, jaki naprawdę jest. Wiem, kim jest twoja matka i kim jest twój dziadek".

„Chodź ze mną".

– Nie – skłamała. – Tylko powarkiwał. Nie wypowiadał żadnych słów.

Dorożka zatrzymała się. Dojechali do Kensington. Dom bielił się w świetle księżyca. Na ulicy panowały cisza i spokój, słaby wiar szeleścił w platanach.

Cordelia nie była do końca pewna, jak doszło do tego, że Thomas i Christopher poczekali w dorożce, a Matthew odprowadził ją pod drzwi, mijając czarno-złote ogrodzenie wokół ogrodów.

– Twoja matka będzie zła? – zapytał.

– Słyszałeś o śmierci od tysiąca skaleczeń? – odpowiedziała Cordelia.

– Zawsze wolałem śmierć od skaleczeń, kiedy człowiek umiera pogrzebany pod kociakami.

Cordelia się roześmiała. Doszli do błyszczących czarnych drzwi frontowych. Zaczęła zdejmować kurtkę, żeby oddać ją Matthew. Uniósł smukłą dłoń, pobliźnioną jak ręce wszystkich

Nocnych Łowców. Widziała ciemny run *parabatai* po wewnętrznej stronie jego nadgarstka.

– Zatrzymaj ją – powiedział. – Mam siedemnaście innych, a ta jest najbrzydsza.

Siedemnaście. To było idiotyczne. Musi być bogaty, zdała sobie sprawę Cordelia. No jasne, że był bogaty. Jego matka była Konsulem dłużej, niż oni żyli. Jego ubrania zawsze były nieco ekstrawaganckie, ale wyglądały też na drogie i świetnej roboty. Miał jedwabny kwiat ufarbowany na zielono w butonierce koszuli. Delikatnie dotknęła palcem płatków.

– Co to znaczy?

– Zielony goździk symbolizuje miłość do sztuki i pomysłowości, ponieważ nie występuje w naturze i trzeba go stworzyć. – Matthew się zawahał. – To także sposób uczczenia miłości do każdego, kogo zechcesz, bez względu na to czy to kobieta, czy mężczyzna.

Czy to kobieta, czy mężczyzna. Przez chwilę patrzyła na Matthew zaskoczona. Był taki jak Alastair? Nie, pomyślała. Odniosła wrażenie, że Alastair lubił tylko mężczyzn, bo powiedział, że nigdy nie zwiódłby kobiety, udając, że ją kocha. Matthew ewidentnie mówił, że lubi i kobiety, i mężczyzn.

Matthew patrzył na nią z wahaniem, jakby nie potrafił zrozumieć jej reakcji albo może uznał, że mogła się rozgniewać. Pomyślała o zranionym wyrazie oczu Alastaira, kiedy zdał sobie sprawę, że go szpiegowała. Pomyślała o sekretach ukrywanych przez ludzi i o tym, że są jak blizny albo rany pod skórą. Nie zawsze je widzisz, ale jeśli ich dotkniesz w niewłaściwy sposób, możesz spowodować wielki ból.

– To mi się podoba – powiedziała. – Jestem pewna, że każdy, kogo wybierzesz w swoim życiu, czy to będzie mężczyzna, czy kobieta, będzie dobrym człowiekiem, którego na pewno bardzo bym polubiła.

– Nie byłbym taki pewien w moim wypadku – powiedział Matthew – Gdy w grę wchodzą moje wybory.

– Matthew, co mógłbyś kiedykolwiek zrobić, co byłoby tak złe?

Oparł rękę o framugę nad jej głową i spojrzał na nią z góry. Słaby blask ulicznych lamp oświetlał wysokie łuki jego kości policzkowych i miękkie, zmierzwione pukle włosów.

– Nie uwierzyłabyś, gdybym ci powiedział.

– Wierzę, że James nie wybrałby ciebie na *parabatai*, gdyby kryło się w tobie coś naprawdę strasznego.

Matthew zamknął na chwilę oczy, jakby przeszył go ból. Potem je otworzył i się uśmiechnął, ale ten uśmiech nie dosięgnął oczu.

– Okazałaś się sporą niespodzianką, odkąd pojawiłaś się w naszym życiu – powiedział i Cordelia wiedziała, że ma na myśli całą piątkę, Wesołych Złodziejaszków i Lucie. – Nie czułem, że w naszej grupie kogoś brakuje, dopóki nie przyjechałaś, ale teraz, kiedy tu jesteś, nie mogę wyobrazić sobie nas bez ciebie.

Zanim Cordelia zdołała odpowiedzieć, drzwi otworzyły się i w progu stanęła Risa. Spojrzała zdumiona na Cordelię, a potem zawołała przez ramię Sonę. Matka Cordelii pojawiła się owinięta w jedwabny robdeszan. Spojrzała na Matthew, potem na Cordelię ociekającą na frontowe schody i otworzyła szeroko ciemne oczy.

– Och. – W jej głosie wybrzmiała mieszanina dezaprobaty i troski, którą tylko matka potrafiła połączyć. – Och, Lajlo. Co się stało?

***

Jeśli Cordelia spodziewała się, że matka się rozgniewa, to była miło zaskoczona. Jak przystało na prawdziwego mistrza kłamstw, Matthew opowiedział Sonie bajeczkę o odwadze, intrydze, niebezpieczeństwie ze szczyptą romansu. Cordelia była w Instytucie, jak twierdził, i zostałaby lojalnie u boku Jamesa, który ogromnie cierpiał z powodu śmierci Barbary, ale wiedział, że matka martwiłaby się, gdyby nie wróciła do domu. Matthew zaproponował, że ją odwiezie, ale zostali zaatakowani przez demony na ścieżce nad Tamizą. Cordelia dzielnie walczyła, ale wpadła do rzeki. To wszystko było bardzo dramatyczne.

Sona wmusiła w Matthew batonik czekoladowy Fry's Chocolate Cream i gruby szalik, zanim mógł bezpiecznie uciec. Potem rzuciła się na Cordelię ze stalową wolą, pilnując, by zdjęła mokre ubranie, a Risa przygotowała dla niej gorącą kąpiel. Kiedy tylko Cordelia wyszła z wanny i włożyła koszulę nocną i kapcie, wylądowała na kanapie w bibliotece przed huczącym ogniem. Ciepły i miękki szlafrok narzucono jej na ramiona, a Risa włożyła jej do rąk świeżą filiżankę herbaty, przez cały czas kręcąc z dezaprobatą głową.

Cordelii nigdy w życiu nie było równie gorąco.

Sona przysiadła na podłokietniku sofy. Cordelia ostrożnie przyglądała się matce znad krawędzi filiżanki, święcie przekonana, że szykuje się do przydługiego kazania. Jednakże Sona tylko patrzyła zatroskana.

– Cordelio – powiedziała. – Gdzie jest Cortana?

Cordelia zamarła. Wiedziała, gdzie ostatnim razem widziała Cortanę – w rękach Jamesa nad rzeką. Jednak w zamieszaniu, jakie zapanowało, zapomniała zabrać mu miecz, nim wsiadła do dorożki przywołanej przez Magnusa.

– Ja...

– Nie chcę, żebyś się martwiła, Cordelio, *dżun delam* – powiedziała Sona. – Wiem, co czułaś w związku z tym mieczem przez ojca. Że stanowi większą część przeznaczenia Carstairsów, niż myślisz... niż ja myślę, że jest. – Cordelia nigdy w życiu nie słyszała, by matka była równie bliska skrytykowania ojca. – Można stracić broń w walce. Zawsze lepiej stracić broń niż wojownika.

– *Madar* – zaczęła Cordelia, usiłując usiąść prosto mimo masy poduszek. – To nie tak, jak myślisz...

Ktoś zapukał do drzwi. Chwilę potem Risa znowu weszła do biblioteki, prowadząc za sobą Jamesa.

Przebrał się z brudnego stroju bojowego, który miał na moście, i nosił teraz ciemną dyplomatkę z postawionym aksamitnym kołnierzem z powodu wiatru na dworze. Niósł ostrożnie Cortanę. Złoto błyszczało jasno i mocno na tle ciemnego tweedu jego ubrania.

Risa strzepnęła ręce z satysfakcją i wyszła do kuchni. Sona się rozpromieniła.

– Cordelio! James przyniósł ci Cortanę!

Cordelia oniemiała. Oczywiście spodziewała się zwrotu broni, ale nie tego, że James zjawi się przy Cornwall Gardens po północy.

– Zostawię was samych, żebyście porozmawiali – powiedziała Sona i wyszła z pokoju, zamykając za sobą drzwi.

Cordelia była nieco zaszokowana. Jeśli Sona była gotowa zostawić córkę, która miała na sobie tylko strój nocny, sam na sam z Jamesem, to musiała być przekonana, że chłopak zamierza się z nią ożenić. O rety.

Odstawiła filiżankę na niskim stoliku przy sofie i uniosła głowę, żeby popatrzeć na Jamesa. Przyglądał się jej z zaskakującą uwagą. Miał kilka siniaków na skórze i wilgotne włosy – pewnie po niedawnym myciu głowy.

Cisza przeciągała się między nimi. Może żadne już nigdy nie odezwie się słowem.

– Powiedziałeś rodzicom? – zapytała Cordelia. – O Mandikhorze? O tym, co wydarzyło się na moście.

– Większość – odpowiedział. – Nie mówiłem o Pyxis, rzecz jasna, ani o Agaliarepcie, ani... Właściwie pominąłem większość tego, co ostatnio zrobiliśmy. Wiedzą teraz, że to Mandikhor jest odpowiedzialny za ataki, i to jest ważne.

Cordelia zastanawiała się przez chwilę, czy wspomniał o tym, co powiedział mu Mandikhor. „Dziecię demonów." Już drugi raz słyszała, jak demon prowokuje go, przypominając mu o jego dziedzictwie. To był sposób działania Wielkich Demonów – znaleźć słabe punkty człowieka i w nie uderzyć. Miała nadzieję, że James był w stanie zlekceważyć te słowa, bo rozumiał, że nie jest dzieckiem demonów bardziej niż Lucie, Tessa czy Magnus Bane.

– Dziękuję – powiedział James i Cordelia prawie podskoczyła zaskoczona. – Za to, co zrobiłaś na moście. To było nadzwyczaj odważne.

– Co konkretnie?

Jego uśmiech rozbłysnął jak błyskawica, odmieniając całkowicie jego twarz.

– To prawda. Zrobiłaś sporo odważnych rzeczy na moście.

– Nie to miałam na myśli... – zaczęła się jąkać, a potem wyciągnęła rękę, gdy James podsunął jej Cortanę. Cudownie było znowu ją mieć w rękach.

– Cortana, *musz musz-am* – powiedziała. – Cieszę się, że wróciłaś.

– Czy ty właśnie prawiłaś czułostki swojemu mieczowi? – zapytał James.

Sprawiał wrażenie wyczerpanego, kiedy wszedł do pokoju, ale teraz wyglądał na bardzo rozweselonego.

– To znaczy „mysz". I owszem, to jest czułe słówko. Cortana towarzyszyła mi w wielu trudnych chwilach. Należy jej się wdzięczność. – Oparła miecz o kominek, bo żar nie zniszczy klingi. Nic nie mogło jej zaszkodzić.

– Żałuję, że nie znam perskiego – powiedział James. Rozsiadł się w jednym z foteli. – Chciałbym ci podziękować w tym języku za uratowanie mi życia i narażanie własnego. Za to, że pomogłaś nam, zwłaszcza że nikt, kogo znasz, nie zachorował. Mogłaś uciec do Paryża albo Cirenworth, kiedy tylko to wszystko się zaczęło.

Cordelia sama często marzyła, że nauczy Jamesa mówić po persku. Zawsze uważała, że angielskie czułe słówka były ograniczone i nijakie w porównaniu z perskimi. Persowie bez wahania powiedzieliby komuś, kogo kochają *fadat beszam,* „umrę dla ciebie", albo powiedzieliby o takiej osobie *nur-e czeszmam,* „światło moich oczu", lub *delbaram,* „złodziej mego serca". Pomyślała nagle o skrzącym się ogniu w Pokoju Szeptów i zapachu róż. Zagryzła usta.

– Nie powinieneś mi dziękować – powiedziała. – Ani traktować w taki sposób, jakbym była całkowicie wyzbyta egoizmu.

James uniósł czarne brwi.

– Co masz na myśli?

– Mam swoje powody, żeby zaangażować się w poszukiwanie leku. Oczywiście chcę pomóc tym, którzy chorują, ale też myślę, że wyświadczenie Clave takiej przysługi jak pomoc w zakończeniu demonicznej plagi z pewnością sprawiłoby, że potraktowaliby mojego ojca łagodniej podczas procesu.

– Nie nazwałbym tego egoizmem – powiedział James. – Mówisz o podjęciu się czegoś dobrego przez wzgląd na ojca i rodzinę.

Cordelia uśmiechnęła się słabo.

– Cóż, jestem pewna, że dołożysz to do listy moich rozlicznych zalet, kiedy będziesz mi pomagać znaleźć męża.

James nie odpowiedział uśmiechem.

– Daisy, nie mogę... Nie sądzę, żebym... – Odchrząknął. – Może po tym, co wydarzyło się w Pokoju Szeptów, nie jestem właściwą osobą w szukaniu dla ciebie męża. Nie wyobrażam sobie, żebyś zaufała mi w...

– Ufam ci – powiedziała Cordelia mimo odrętwiałych ust. – Całkowicie rozumiem. Przecież nie pozwoliłeś sobie na zbyt wiele wobec mnie. Tylko udawaliśmy. To nie działo się naprawdę, wiem przecież...

– Nie działo się naprawdę? – powtórzył.

Mimo żaru Cordelia zadrżała, kiedy James wstał. Blask ognia migotał na jego włosach, malując czarne pasma szkarłatem, jakby nosił koronę z płomieni.

– Pocałowałem cię, bo chciałem. Bo nigdy w życiu niczego nie chciałem równie mocno.

Cordelia spąsowiała.

– Nie jestem już związany z Grace – mówił. – A jednak kochałem ją przez wiele lat. Wiem... pamiętam, że ją kochałem. Ta miłość rządziła moim życiem.

Cordelia zacisnęła palce na szlafroku.

– Zastanawiam się czasem, czy to był sen – powiedział James. – Wyidealizowałem ją pewnie, jak to robią dzieci. Może to było dziecinne marzenie na temat tego, czym musi być miłość. Wierzyłem, że miłość to ból, i kiedy krwawiłem, krwawiłem dla niej.

– To nie musi być ból – szepnęła Cordelia. – Ale James, jeśli kochasz Grace...

– Nie wiem – odpowiedział, odwracając się od ognia. Jego oczy były ciemne jak w Pokoju Szeptów i zrozpaczone. – Jak mogłem tak bardzo ją kochać i czuć to, co czuję teraz, do... – Urwał. – Może nie jestem tym, za kogo się uważałem.

– James... – Ból w jego głosie to było już za dużo. Cordelia zaczęła wstawać.

– Nie. – Pokręcił głową, głos miał zachrypły. – Nie wstawaj. Jeśli podejdziesz do mnie, będę chciał...

Drzwi do biblioteki otworzyły się z impetem. Cordelia podniosła wzrok, spodziewając się zobaczyć matkę.

To był jednak Alastair ubrany do wyjścia – w butach i pelerynie. Zatrzasnął drzwi za sobą i odwrócił się do nich obojga, omiatając ich wzrokiem.

– Matka powiedziała, że oboje tu jesteście – powiedział, przeciągając słowa, co znaczyło, że jest nieprzytomnie wściekły. Cordelii serce się ścisnęło. Ostatnim razem, gdy widziała Alastaira, był rozgniewany. Wyglądało na to, że wciąż jest rozgniewany. Zastanawiała się, czy chociaż na chwilę mu przeszło, czy też przez cały dzień chodził rozsierdzony. – Nie uwierzyłem w to początkowo, ale teraz widzę, że to prawda. – Przeniósł spojrzenie na Jamesa. – Ona może uważać, że można pozwolić ci zostać sam na sam z moją siostrą, ale nie ja. Przyprowadziłeś ją do domu w środku nocy, ranną i w takim stanie, że przypominała utopionego szczura.

James skrzyżował ręce na piersi. Jego oczy wyglądały jak złote szparki.

– Tak naprawdę to Matthew ją przywiózł. Ja dopiero co przyszedłem.

Alastair zsunął ciężki płaszcz z peleryną i rzucił na poręcz fotela.

– Myślałem, że masz więcej rozsądku, Herondale, niż żeby ładować się w sytuację, która może skompromitować moją siostrę.

– Przyniósł z powrotem Cortanę – zaprotestowała Cordelia.

– Twoja matka mnie tu wpuściła – powiedział James z lodowatym wyrazem twarzy. – To ona tu rządzi, nie ty.

– Moja matka nie rozumie... – Alastair urwał. Ściągał gniewnie rękawiczki z dłoni, palce mu się trzęsły i zaszokowana Cordelia zdała sobie sprawę, że Alastair jest o wiele bardziej zdenerwowany, niż przypuszczała. – Wiem, że mnie nienawidzisz za to, jak traktowałem cię w szkole, i masz do tego prawo, ale bez względu na to, jak bardzo mnie nienawidzisz, nie odbijaj sobie tego na mojej siostrze – powiedział Alastair, patrząc mu spokojnie w oczy.

Cordelia spostrzegła błysk zaskoczenia w oczach Jamesa.

– Alastair, zamieniłeś moje życie w piekło w Akademii, ale nigdy nie mściłbym się za to na Cordelii. To ty postąpiłbyś w taki sposób, nie ja.

– Widzę, jak to jest, w szkole ja miałem władzę, a tu ty masz przewagę nade mną. Jaką grę prowadzisz? Czego chcesz od mojej siostry?

– Twoja siostra... – wycedził James lodowatym tonem. – Twoja siostra jest jedynym, co powstrzymuje mnie teraz przed przywaleniem ci w twarz. Twoja siostra cię kocha, Anioł jeden wie dlaczego, a ty nie okazujesz jej ani odrobiny wdzięczności.

Alastair odparł chrapliwym głosem:

– Nie masz pojęcia, co zrobiłem dla mojej siostry. Nie masz pojęcia o naszej rodzinie. Nie masz najmniejszego pojęcia...

Urwał i spiorunował go wzrokiem.

Cordelia doznała szoku. Zawsze uważała swoją rodzinę za całkiem zwyczajną, jeśli pominąć nieustanne podróże. Do czego czynił aluzje jej brat?

– James – powiedziała. Powietrze iskrzyło przemocą, to była tylko kwestia czasu, zanim jeden z nich uderzy drugiego. – James, lepiej już idź.

James odwrócił się do niej.

– Na pewno? – zapytał cicho. – Nie zostawię cię samej, o ile sobie tego nie życzysz.

– Nic mi nie będzie – odszepnęła. – Alastair głośno szczeka, ale zwykle nie gryzie. Obiecuję.

Uniósł rękę, jakby chciał ująć jej policzek albo odgarnąć pukiel włosów. Czuła energię między nimi nawet teraz, kiedy brat stał kilka kroków dalej oszalały z gniewu. Odbierała to jak iskry z ogniska.

James opuścił rękę, rzucił ostatnie zimne spojrzenie Alastairowi i wyszedł z pokoju. Cordelia natychmiast podeszła do drzwi i zamknęła je na klucz. Odwróciła się do brata.

– Co miałeś na myśli? – spytała. – Mówiąc „nie masz pojęcia, co zrobiłem dla siostry"?

– Nic – odparł Alastair, podnosząc rękawiczki. – Niczego nie miałem na myśli.

– Właśnie, że miałeś. Widzę, że jest coś, o czym mi nie mówisz, i to ma coś wspólnego z ojcem. Przez cały ten czas zachowywałeś się, jakby moje próby uratowania go, uratowania nas, były dziecinne i głupie. W ogóle nie stanąłeś w jego obronie. O czym mi nie mówisz?

Alastair zacisnął powieki.

– Przestań pytać.

– Nie przestanę – upierała się Cordelia. – Uważasz, że ojciec zrobił coś złego. Prawda?

Rękawiczki, które trzymał Alastair, wylądowały na podłodze.

– To nie ma znaczenia, co ja myślę.

– Właśnie, że ma! To ma znaczenie, kiedy ukrywacie coś przede mną, ty i *Mâmân*. Dostałam list od Konsul. Dowiedziałam się z niego, że nie mogą sądzić ojca, korzystając z Miecza Anioła, bo on nic nie pamięta z wyprawy. Jak to możliwe? Dlaczego miałby...

– Był pijany – powiedział Alastair. – W noc wyprawy był pijany, tak pijany, że pewnie posłał tych biednych sukinsynów prosto do gniazda wampirów, bo nie miał dość rozumu w głowie. Był tak pijany, że niczego nie pamięta. Bo on jest wiecznie pijany w sztok. Jedyną osobą, która się nie zorientowała, jesteś ty.

Cordelia osunęła się na sofę. Miała wrażenie, że nogi dłużej już jej nie utrzymają.

– Dlaczego nic mi nie powiedziałeś? – szepnęła.

– Bo nie chciałem, żebyś się kiedykolwiek dowiedziała! – wykrzyknął Alastair. – Bo chciałem, żebyś miała dzieciństwo, coś, czego ja nigdy nie miałem. Chciałem, żebyś była w stanie kochać i szanować naszego ojca, co dla mnie było nieosiągalne. Za każdym razem, gdy narobił bałaganu, jak myślisz, kto to sprzątał? Kto ci mówił, że ojciec jest chory albo śpi, kiedy był pijany? Kto wychodził po niego, żeby zabrać go z baru, i przemycał go tylnymi drzwiami? Kto w wieku dziesięciu lat nauczył się co rano napełniać butelki z brandy wodą, żeby nikt nie zauważył, że poziom w nich opadł?

Urwał, z trudem oddychając.

– Alastair – szepnęła Cordelia.

Wiedziała, że to wszystko jest prawdą. Mimowolnie przypominała sobie ojca leżącego dzień po dniu w zaciemnionym pokoju, kiedy matka mówiła, że jest „chory". Trzęsące się ręce Eliasa. Wino, które przestano podawać do obiadu. Eliasa, który nigdy nic nie jadł. Cordelia natrafiała na butelki brandy w dziwnych miejscach: w szafie w korytarzu, w kufrze z bielizną. Alastair nigdy tego nie potwierdzał, zawsze zbywał to śmiechem, kierował jej uwagę na coś innego, żeby tego nie roztrząsała. Żeby nie musiała.

– Nigdy nie wygra w procesie – powiedział Alastair. Drżał. – Chociaż Miecz Anioła zda się na nic, skaże się swoim wyglądem, sposobem mówienia. Clave potrafi rozpoznać pijaka. To dlatego matka chce, żebyś szybko wyszła za mąż. Dzięki temu wstyd nie spadnie na ciebie, gdy wszystko się posypie.

– Ale co z tobą? – zapytała Cordelia. – Na ciebie też nie powinien spaść żaden wstyd. Słabość ojca to nie twoja słabość.

Ogień na kominku prawie się dopalił. Oczy Alastaira błyszczały w ciemności.

– Mam własne słabości, jak sama dobrze wiesz.

– Miłość nie jest słabością, Alastair, *dadasz* – odpowiedziała i przez chwilę widziała, że Alastair się zawahał, bo użyła perskiego słowa.

Zaraz jednak zacisnął usta. Cienie pod jego oczami wyglądały jak siniaki. Zastanawiała się, gdzie się podziewał, skąd wracał tak późno.

– Czyżby? – zapytał, odwracając się do wyjścia. – Nie oddawaj serca Jamesowi Herondale'owi. On kocha Grace Blackthorn i zawsze będzie.

***

– Powinnaś wyszczotkować włosy – powiedziała Jessamine, popychając srebrną szczotkę po toaletce w stronę Lucie. – Poplączą się.

– Dlaczego jesteś takim grymaśnym duchem? – powiedziała Lucie, opierając się o poduszki i siadając prosto.

Surowo przykazano jej zostać w łóżku, chociaż korciło ją, żeby poderwać się, złapać za pióro i pisać. Jaki sens mają ekscytujące przygody, jeśli nie możesz o nich opowiadać?

– Kiedy byłam dziewczynką, szczotkowałam włosy sto razy dziennie – powiedziała Jessamine, której włosy, ponieważ była duchem, unosiły się jak delikatne babie lato i nie wymagały szczotkowania. – Więcej nawet...

Wrzasnęła i śmignęła w górę, unosząc się stopę nad nocnym stolikiem. Zimna fala zalała Lucie. Podciągnęła koce, rozglądając się po pokoju niespokojnie.

– Jesse?

Zmaterializował się u stóp jej łóżka w tych samych czarnych spodniach i koszuli, jakie nosił wcześniej. Oczy miał zielone i bardzo poważne.

– Jestem tu.

Lucie zerknęła na Jessamine.

– Mogę przez chwilę porozmawiać z Jessem sam na sam?

– Sam na sam? – Jessamine była wstrząśnięta. – Ale to dżentelmen. W twojej sypialni.

– Jestem duchem – rzucił oschle Jesse. – Wyobrażasz sobie, że co właściwie mógłbym zrobić?

– Jessamine, proszę – dodała Lucie.

Jessamine pociągnęła nosem.

– Nigdy za moich czasów! – orzekła i zniknęła w zawiei falbanek.

– Dlaczego tu jesteś? – spytała Lucie, przyciągając koce do piersi. To prawda, że Jesse był duchem, ale nadal czuła się niezręcznie na myśl, że zobaczy ją w koszuli nocnej.

– Nie pamiętam, jak odszedłeś. Przy moście.

– Twój brat i jego przyjaciele najwyraźniej panowali nad sytuacją – odparł Jesse. Złoty medalik błysnął na jego szyi. – A twój brat widzi duchy. Nigdy dotąd mnie nie widział, ale...

– Hmm. Zdajesz sobie sprawę, że muszę okłamywać rodzinę i udawać, że nie wiem o twoim istnieniu ani o tym, że wezwałeś umarłych, żeby wynieśli Cordelię z rzeki?

– Co?!

– Pewnie, że jestem ci za to wdzięczna, to znaczy za uratowanie Cordelii. Nie myśl, że nie, ale...

– Myślisz, że to ja wezwałem umarłych z rzeki? – zapytał Jesse. – Ja tylko odpowiedziałem na wezwanie.

Mimo koca Lucie zrobiło się zimno.

– Co masz na myśli?

– Ty wezwałaś umarłych – powiedział Jesse. –Wezwałaś umarłych i oni przyszli. Usłyszałem cię z drugiego końca miasta, gdy wołałaś o pomoc.

– Co masz na myśli? Dlaczego miałabym mieć zdolność przywoływania umarłych? Widzę ich, ale z pewnością im nie rozkazuję...

Urwała. Nagle wróciła do sypialni Emmanuela Gasta w jego małym potwornym mieszkanku. „Powiesz!" – rozkazała, kiedy duch oznajmił, że nigdy nie odpowie, a wtedy wyjawił jej wszystkie sekrety. „Zostaw nas", powiedziała i zaraz zniknął.

– Byłaś jedyną osobą, która mogła mnie widzieć na sali balowej – powiedział Jesse. – Zawsze byłaś jedyną, która może mnie widzieć poza rodziną. Jest w tobie coś niezwykłego.

Popatrzyła na niego. A gdyby rozkazała Jessemu coś zrobić? Czy musiałby wypełnić rozkaz? Czy musiałby przyjść, gdyby zawołała, jak pojawił się nad brzegiem rzeki?

Przełknęła ślinę.

– Kiedy byliśmy nad rzeką, kiedy byłeś ze mną, trzymałeś ten medalik, który nosisz na szyi. Ściskałeś go w pięści.

– I mam ci powiedzieć, dlaczego? – zapytał i Lucie wiedziała, że pomyślał o tym samym co ona.

Nie podobała jej się ta myśl. Nie chciała rozkazywać ani jemu, ani Jessamine. Może musiała panikować, wmawiała sobie. Była przestraszona w mieszkaniu Gasta i tak samo nad rzeką.

– Jeśli chcesz – dodała.

– Ten medalik założyła mi na szyję moja matka – odpowiedział. – Zawiera moje ostatnie tchnienie.

– Twoje ostatnie tchnienie?

– Chyba powinienem ci powiedzieć, w jaki sposób umarłem – powiedział i przysiadł na parapecie. Lucie pomyślała, że lubi to miejsce: na progu. – Byłem chorowitym dzieckiem. Matka powiedziała Cichym Braciom, że nie czuję się dość dobrze, żeby znieść nałożenie runów, ale ja błagałem i błagałem. Udawało jej się to odwlekać, aż wreszcie skończyłem siedemnaście lat. Pewnie się domyślasz, że wtedy już desperacko pragnąłem, by zostać takim samym Nocnym Łowcą jak inni Nocni Łowcy. Powiedziałem jej, że jeśli nie pozwoli mi na Znaki, to ucieknę do Alicante i sam je sobie nałożę.

– I co? Uciekłeś?

Pokręcił głową.

– Matka ustąpiła i Cisi Bracia przyszli do rezydencji. Ceremonia przebiegła bez najmniejszych zakłóceń i myślałem, że zatriumfowałem. – Uniósł prawą rękę i Lucie zdała sobie sprawę, że to, co brała za bliznę, jest słabym zarysem runu Wzroku. – Mój pierwszy i ostatni run.

– Co się stało?

– Kiedy wróciłem do domu, padłem na łóżko. A potem obudziłem się w nocy z wysoką gorączką. Pamiętam, że krzyczałem i Grace przybiegła do mojego pokoju. Była prawie w histerii. Krew sączyła mi się ze skóry, farbując prześcieradła szkarłatem. Wiłem się, krzyczałem i darłem pościel, ale słabłem i nie można było mi pomóc runami leczniczymi. Pamiętam, jak zdałem sobie sprawę, że umieram. Stałem się bardzo słaby. Grace trzymała mnie, gdy drżałem. Była boso, w koszuli nocnej i szlafroku przesiąkniętych moją krwią. Pamiętam, jak przyszła moja matka. Przysunęła medalion do moich ust, jakby chciała, żebym go pocałował...

– I co? Pocałowałeś? – szepnęła Lucie.

– Nie – odparł rzeczowo Jesse. – Umarłem.

Po raz pierwszy w życiu Lucie znalazła w sobie odrobinę współczucia dla Grace. Brat umarł jej na rękach w taki sposób. Nie potrafiła sobie wyobrazić takiego bólu.

– Potem powoli zacząłem rozumieć, że jestem duchem – kontynuował Jesse.– I potrzebowałem miesięcy starań, zanim matka i siostra były w stanie mnie usłyszeć i mówić do mnie. Nawet wtedy znikałem każdego ranka, kiedy wschodziło słońce, i odzyskiwałem świadomość dopiero wieczorem. Spędzałem wiele nocy, wędrując samotnie po Lesie Brocelind, i tylko martwi mnie widzieli. Oraz ty. Mała dziewczynka, która wpadła do pułapki faerie.

Lucie się zaczerwieniła.

– Byłem zaskoczony, gdy mnie zobaczyłaś – opowiadał. – A jeszcze bardziej, kiedy mogłem dotknąć twojej ręki i wyciągnąć cię z dziury. Pomyślałem, że może to z powodu twojego bardzo młodego wieku, ale nie. Jest w tobie coś niezwykłego, Lucie. Masz moc, która wiąże się z umarłymi.

Lucie westchnęła.

– Gdybym tylko miała moc związaną z puddingiem z chleba.

– To nie pomogłoby Cordelii zeszłej nocy – zauważył Jesse.

Oparł głowę o szybę i Lucie zauważyła, że nie ma – rzecz jasna – odbicia.

– Moja matka wierzy, że gdy już wszystko będzie w należytym porządku, a ona będzie miała wszystkie potrzebne dla czarownika składniki, można posłużyć się tym ostatnim oddechem, żeby mnie wskrzesić. Jednak na brzegu trzymałem go, ponieważ...

Lucie uniosła brwi.

– Początkowo myślałem, że to ty wpadłaś do wody. Toniesz. Siła życiowa w tym medalionie mogłaby opróżnić twoje płuca i pozwolić ci oddychać. – Zawahał się. – Pomyślałem, że jeśli umierasz, to mógłbym cię uratować.

Lucie nabrała gwałtownie powietrza.

– Zrobiłbyś to? Dla mnie?

Jego oczy były niezgłębione i ciemnozielone, jak Lucie wyobrażała sobie głębiny oceanu. Rozchylił usta, jakby zamierzał odpowiedzieć, i wtedy snop słońca o świcie przeszedł przez szybę. Jesse zesztywniał i spojrzał Lucie w oczy, jakby przeszyła go strzała.

– Jesse – szepnęła, ale on już zniknął.

Minione dni

Londyn, Grosvenor Square, 1901

W noc śmierci królowej Wiktorii rozległy się dzwony w całym Londynie.

Matthew Fairchild też kogoś opłakiwał, ale nie martwą królową. Opłakiwał utratę kogoś, kogo nigdy nie poznał, życie, które się skończyło. Przyszłość, której szczęście na zawsze zostanie skalane cieniem tego, co zrobił.

Klęczał przed posągiem Jonathana Nocnego Łowcy w salonie rodziców z dłońmi uwalanymi popiołem.

– Pobłogosław mi... – mówił, jąkając się – ...bo zgrzeszyłem. Kogoś... – Urwał, bo nie był w stanie wypowiedzieć tych słów. – Dziś wieczorem ktoś przeze mnie umarł. Z powodu moich czynów. Ktoś, kogo kochałem. Ktoś, kogo nie znałem. A mimo to kochałem.

Myślał, że modlitwa mu pomoże. Dzielił się z Jonathanem Nocnym Łowcą wieloma sekretami, których nie zdradziłby nikomu innemu: ani swojemu *parabatai*, ani rodzicom, żadnemu przyjacielowi czy nieznajomemu. Od tej nocy nieprzekraczalna otchłań otworzyła się między Matthew a resztą świata. Nikt o niej nie wiedział, ale on został raz na zawsze odcięty od nich pod każdym znaczącym względem.

Jednakże tak właśnie być powinno, pomyślał Matthew. W końcu dopuścił się morderstwa.

18

Ciemność się kłębi

„Kto martwy, w mogile spokojnie spoczywa,
pleśń go porasta, gdy wtem nocny mrok przeszywa
ni to czucie, ni to myśl, w ciemności jakieś drgnienie
tchnie z robaczywego łoża na wszelkie stworzenie,
pod niemym niebem z nocą bezdźwięczną się splątuje
cisza okropna – nie słyszysz jej, lecz czujesz".

Percy Bysshe Shelley, *Letni wieczór na cmentarzu w Lechlade, Gloucestershire*

Było późne popołudnie, zanim James zdołał wyrwać się z Instytutu – miał wrażenie, że każdy członek Enklawy, który przekroczył Bramę, chciał wypytać go o Mandikhora – i wybrać się na Grosvenor Square, żeby spotkać się z resztą Wesołych Złodziejaszków.

Otworzył sobie drzwi do domu Matthew własnym kluczem i zatrzymał się na chwilę przy schodach prowadzących do piwnicy. Wiedział, że przyjaciele są w laboratorium – słyszał głosy sączące się z dołu jak dym, gawędzenie Christophera, niskie, melodyjne tony Matthew. Wyczuwał obecność Matthew, gdy znajdował się tak blisko *parabatai*, jak jeden magnes w pobliżu drugiego.

Zastał przyjaciół siedzących wokół wysokiego stołu laboratoryjnego z marmurowym blatem. Wszędzie leżały ciekawej konstrukcji instrumenty: galwanometr do mierzenia prądów elektrycznych, waga skręceń, mechaniczny model Układu Słonecznego ze złota, srebra i brązu – prezent od Charlotte dla Henry'ego, który dała mu wiele lat temu. Najróżniejsze mikroskopy, astrolabia, retorty i urządzenia pomiarowe stały na stole i szafkach. Na cokole leżał kolt, sześciostrzałowy rewolwer wojskowy, nad którym Christopher i Henry pracowali od miesięcy, zanim doszło do ostatnich wydarzeń. Jego ciemnoszara niklowa powłoka była głęboko pożłobiona runami i zakrzywioną inskrypcją – cytatem z Ewangelii św. Łukasza 12,49.

Christopher miał zsunięte na włosy mosiężne gogle. Był ubrany w koszulę i spodnie przypalone i poplamione tak wiele razy, że nie wolno mu było nosić ich poza domem. Matthew stanowił jego lustrzane przeciwieństwo: w niebiesko-złotej kamizelce i getrach od kompletu trzymał się z dala od palników Bunsena, które były tak mocno odkręcone, że w całym pomieszczeniu panowała temperatura jak na tropikalnej wyspie. Oscar spokojnie drzemał u jego stóp.

– Co się dzieje, Kit? – zapytał James. – Sprawdzasz, w jakiej temperaturze topi się Nocny Łowca?

– Moje włosy niewątpliwie ucierpiały – powiedział Matthew, przeczesując rękami pociemniałe od potu pasma. – Myślę, że Christopher pracuje w pocie czoła nad antidotum. Pomagam mu, dostarczając błyskotliwych spostrzeżeń i ciętych uwag.

– Wolałbym raczej, żebyś podał mi zlewkę – odparł Christopher, wskazując przedmiot. Matthew pokręcił głową. James złapał zlewkę i podał ją Christopherowi, który dodał z niej parę kropli do płynu gotującego się na wolnym ogniu w retorcie obok jego łokcia. Zmarszczył brwi. – Niestety mam wrażenie, że nie idzie mi najlepiej. Bez tego jednego składnika antidotum ma małe szanse podziałać.

– Jakiego składnika? – zapytał James.

– Korzenia moly. To rzadka roślina. Nocni Łowcy nie powinni jej uprawiać, bo w ten sposób naruszaliby warunki Porozumień. Szukałem i poprosiłem Annę, żeby załatwiła mi trochę z Podziemnego Świata, ale się nie udało.

– Dlaczego ktokolwiek zabraniałby hodowania jakiejś głupiej roślinki? – zapytał Matthew.

– Bo rośnie tylko na ziemi przesączonej krwią zamordowanych Przyziemnych – wyjaśnił Christopher.

– Przyznaję się do błędu – powiedział Matthew. – Fuj.

– Roślina do czarnej magii, co? – James zmrużył oczy. – Christopher... możesz mi naszkicować ten korzeń?

– Oczywiście – odpowiedział Christopher, jakby to była najnormalniejsza prośba pod słońcem.

Wyjął notes z wewnętrznej kieszeni marynarki i zaczął rysować na tylnej okładce. Płyn w retorcie poczerniał. James popatrzył na nią podejrzliwie.

– W szklarni Tatiany rosło trochę zakazanych roślin – wyjaśnił James. – Powiedziałem wtedy o tym Charlesowi, ale on najwyraźniej nie uważał tego za coś ważnego. Mimo to...

Christopher podsunął mu rysunek podobnej do tulipana rośliny o białych liściach o ostrych brzegach i z czarnym korzeniem.

– Tak – powiedział James z rosnącym podnieceniem. – Pamiętam te rośliny... Bez wątpienia rosły w szklarni przy Chiswick House. Zwróciłem uwagę, bo ich liście wyglądają jak noże. Moglibyśmy od razu tam pojechać ... Jest jakiś wolny powóz?

– Tak. – Podniecenie Matthew odzwierciedlało podniecenie Jamesa. – Charles miał jakieś spotkanie, ale zostawił drugi powóz w stajni. Zdejmij gogle, Christopher. Czas na pracę w terenie.

– W porządku, w porządku, ale muszę się przebrać – mruknął Christopher.– Nie wolno mi wychodzić w tym ubraniu.

– Najpierw wyłącz wszystko, co może spalić dom – dodał Matthew, łapiąc Jamesa za rękę. – Spotkamy się w ogrodzie od frontu.

James i Matthew przelecieli przez dom (ścigani przez szczekającego w podnieceniu Oscara), a potem zatrzymali się na chwilę na frontowych schodach, oddychając chłodnym powietrzem. Niebo było ciężkie od chmur, odrobina słabego słońca przebijała się zza nich, oświetlając ścieżkę biegnącą od frontowych drzwi Fairchildów do muru ogrodu od frontu, skąd brama wychodziła na ulicę. Padało wcześniej i kamień nadal był mokry.

– Gdzie jest Thomas? – zapytał James, kiedy Matthew odchylił głowę, by spojrzeć na chmury: chociaż nie wyglądały na deszczowe, to skrzyły się elektryczną energią nadciagającej burzy.

Podobnie jak Matthew, pomyślał James.

– Na patrolu z Anną – odpowiedział Matthew. – Pamiętaj, że nasz Thomas to już staruszek. Jest potrzebny do patroli w ciągu dnia.

– Nie jestem pewny, czy ukończenie osiemnastu lat oznacza, że jest staruszkiem. Powinien mieć jeszcze parę lat, zanim dopadnie go starcza demencja.

– Mam czasem wrażenie, że lubi Alastaira Carstairsa, co wskazywałoby, że starcza demencja już go dopadła.

– Nie jestem pewien, czy rzeczywiście go lubi, czy raczej czuje, że powinien mu dać drugą szansę po tym, jak zachowywał się w szkole. – James urwał, myśląc o napiętej twarzy Alastaira i spanikowanym wzroku w bibliotece domu przy Cornwall Gardens. – I może ma rację. Wszyscy na to zasługujemy.

– Są tacy, którzy nie zasługują – odparł z zacięciem Matthew. – Jeśli kiedykolwiek przyłapię cię na tym, jak rozważasz zaprzyjaźnienie się z Alastairem...

– To co wtedy? – zapytał James, unosząc brew.

– To wtedy powiem ci, co powiedział mi Alastair w dniu, kiedy odeszliśmy z Akademii. A wolałbym tego nie robić. Choćby dlatego, że Cordelia nigdy nie powinna się o tym dowiedzieć. Kocha go i powinno jej się na to pozwolić.

Cordelia. Było coś w sposobie, w jakim Matthew wypowiedział jej imię. James odwrócił się do niego zaskoczony. Chciał powiedzieć, że jeśli Alastair naprawdę powiedział coś tak okropnego, że mogłoby to zagrozić uczuciom Cordelii do brata, to Matthew nie powinien cierpieć w milczeniu, ale nie zdążył. Christopher właśnie wypadł z domu, wciągając rękawiczki. Miał przekrzywiony kapelusz na głowie i zielony szalik, który nie pasował do żadnego elementu jego garderoby.

– Gdzie powóz? – zapytał, schodząc po stopniach.

– Czekaliśmy na ciebie, nie poszliśmy jeszcze po powóz – odpowiedział James, kiedy we trójkę przeszli przez ogród do dużej powozowni, gdzie trzymano konie Konsul i środki transportu. – Poza tym jestem przekonany, że Darwin powiedział coś o tym, że chodzenie piechotą wychodzi na zdrowie naukowcom.

Christopher spojrzał na niego oburzony.

– Z pewnością nie powiedział...

Frontowa brama się zatrzęsła. James odwrócił się i zobaczył cienie, które na niej przysiadły. Nie, nie cienie, ale demony, postrzępione i czarne. Zeskoczyły bezdźwięcznie na ziemię i zaczęły skradać się do Nocnych Łowców.

– Demony khora – szepnął James.

Matthew już wyciągnął miecz, a Christopher serafickie ostrze. Nóż zaskwierczał jak popsuty radiometr, kiedy go nazwał.

James wyciągnął zza pasa nóż do rzucania, odwrócił się i zdał sobie sprawę, że odcięto im drogę ucieczki do domu. Demony ich okrążały, jak próbowały okrążyć Christophera na moście.

– To mi się nie podoba – powiedział Matthew. Oczy mu płonęły, szczerzył zęby. – Ani trochę.

Kapelusz spadł z głowy Christophera, leżał przemoczony na wilgotnej, kamienistej ziemi. Kopnął go sfrustrowany.

– James? Co teraz?

James usłyszał w głowie łagodny i pewny głos Cordelii. „Jesteś przywódcą".

– Tam przebijemy się przez krąg demonów – wskazał miejsce, mówiąc szybko – i uskoczymy do powozowni. Zamkniemy za sobą drzwi za pomocą runu.

– Powiedzenie „co koń wyskoczy" nabiera nowego znaczenia. W porządku – powiedział Matthew. – Chodźmy.

Odwrócili się w kierunku wskazanym przez Jamesa, z którego ręki noże poleciały jak strzały z łuku. Każdy trafił w cel, zagłębiając się w ciało demonów. Khora rozproszyły się, wyjąc, a chłopcy śmignęli przez dziurę w ich kręgu w stronę powozowni. W tej samej chwili grom przewalił się przez niebo.

Skoczyli przez białe smugi mgły. James pierwszy dopadł bramy prowadzącej do powozowni i otworzył ją kopniakiem, a potem prawie złożył się wpół, czując potworny ból.

Odwrócił się i zobaczył, że khora złapał Matthew i cisnął nim. Christopher walczył z drugim stworem z cienia, serafickie ostrze zakreśliło trzaskający światłem łuk, kiedy zadał cios. James się zadławił – z płuc Matthew musiało ujść całe powietrze – i odwrócił się, żeby pobiec do swojego *parabatai*, kiedy khora wspiął się nad ciałem Matthew...

Rozbłysk złota śmignął między Matthew a cieniem. Khora zatoczył się do tyłu.

To był Oscar. Retriver przeskoczył obok demona i wylądował koło Matthew; potężny cios szponami ominął go raptem o cal.

Khora znowu rzucił się na chłopca i psa. Matthew objął Oscara – szczeniaka, którego James uratował i podarował mu dawno temu – i wygiął się tak, żeby go osłonić. James obrócił się z nożami w rękach i rzucił nimi.

Noże wbiły się po rękojeści w czaszkę demona. Głowa eksplodowała; inne demony krzyknęły, a Matthew poderwał się, łapiąc upuszczony miecz. Krzyknął na Oscara, żeby uciekał do domu, ale pies ewidentnie uznał, że właśnie odniósł wielkie zwycięstwo, i nie zamierzał się słuchać. Warknął, kiedy Christopher zatrzymał się przy bramie, wołając na pozostałych, żeby biegli za nim.

James się odwrócił.

– Christopher...

Potężny cień wzniósł się za Christopherem; James jeszcze nie widział równie dużego demona khora. Christopher zaczął się odwracać, unosząc serafickie ostrze, ale było już za późno. Khora wyciągnął ręce do Christophera, prawie jakby chciał go objąć, przyciągając ku sobie. Broń wyleciała chłopakowi z ręki.

Matthew rzucił się biegiem do Christophera, ale poślizgnął się na śliskiej ziemi. James nie mógł się ruszyć – skończyły mu się noże. Sięgnął po serafickie ostrze za pasem, ale nie było czasu. Wielka szponiasta łapa demona przeorała pierś Christophera.

Chłopak krzyknął, a khora go odepchnął. Christopher padł na ziemię.

– Nie! – James rzucił się biegiem do leżącego Christophera.

Coś poleciało w jego stronę, usłyszał krzyk Matthew i ćalikar przeciął atakującego demona na pół. James wyszarpnął serafickie ostrze i rzucił się na demona, który ranił Kita.

Demon odwrócił się do niego. Patrzył znacząco, niemal z rozbawieniem. Wyszczerzył zęby i zniknął, jak to zrobiły demony w parku.

– Jamie, zniknęły! – zawołał Matthew. – Wszystkie zniknęły...

Frontowa brama otworzyła się z metalicznym brzękiem i powóz wjechał do ogrodu. Drzwi otworzyły się z impetem, wyskoczył z nich Charles Fairchild. James niezbyt przytomnie zauważył, że był tam także Alastair Carstairs i rozglądał się ze zdumieniem. Kiedy James uklęknął obok Christophera, słyszał, jak Charles dopytuje się, co się stało.

Matthew odkrzyknął, pytając, czy Charles jest ślepy, czy nie widzi, że Christopher jest ranny i trzeba go zawieźć do Cichego Miasta. Charles dalej dopytywał się, co się stało z demonami, gdzie zniknęły, widział jednego, kiedy wpadli przez bramę, ale gdzie są teraz...

„Ja go zawiozę" – mówił Alastair. „Zabiorę go do Cichego Miasta". Jednakże wydawało się, że słowa niosą się echem z jakiegoś dalekiego miejsca, w którym James nie klęczał na mokrej ziemi wśród mgły obok nieruchomego Christophera, którego pierś została rozorana przez szpony demona. Jakiegoś miejsca, w którym Christopher nie leżał nieruchomy i milczący, chociaż James błagał, żeby otworzył oczy. Z jakiegoś miejsca, w którym krew Christophera nie mieszała się z deszczem na bruku, otaczając go szkarłatną kałużą. Z jakiegoś miejsca lepszego niż to.

***

Cordelia miała nadzieję, że porozmawia znowu z bratem, ale wstała tak późno, że zanim Risa pomogła jej się ubrać i odesłała ją na dół, Alastair już wyszedł z domu.

Chociaż popołudniowe światło wlewało się przez okna, dom sprawiał wrażenie stłumionego i mrocznego. Tykanie zegara rozbrzmiewało nienaturalnie głośno, kiedy jadła owsiankę w jadalni. Owsianka smakowała jak trociny w jej ustach. Cały czas przypominała sobie słowa Alastaira z poprzedniego wieczoru: „Chciałem, żebyś miała dzieciństwo, coś, czego ja nigdy nie miałem. Chciałem, żebyś była w stanie kochać i szanować naszego ojca, co dla mnie było nieosiągalne".

Ze wstydem zdała sobie sprawę, że źle rozumiała zachowanie matki i brata. Uważała, że nie stają w obronie ojca, bo są tchórzami i ulegają naciskom towarzyskim. Teraz zdała sobie sprawę, że wiedzieli, że Elias mógł popełnić błąd, że był tak pijany, że nie wziął należycie pod uwagę bezpieczeństwa tych, których wysyłał na niebezpieczną misję.

Myślała, że matka chciała, by Cordelia wyszła za mąż i nie obciążył jej wstyd związany z tym, że jej ojca sądzono w Idrisie. Teraz zrozumiała, że sprawa była o wiele bardziej skomplikowana.

Nic dziwnego, że Sona i Alastair patrzyli z rezerwą na jej próby „ratowania" ojca. Bali się, że może poznać prawdę. Krew ścięła jej się lodem w żyłach. Naprawdę mogli stracić wszystko. Nigdy do tej pory nie wzięła tak naprawdę pod uwagę takiej możliwości. Zawsze wierzyła, że sprawiedliwość zwycięży. Jednak sprawiedliwość nie wyglądała tak prosto, jak myślała.

Prawie podskoczyła, gdy Sona weszła do jadalni. Matka oszacowała ją spojrzeniem, zanim powiedziała:

– Czy to jedna z sukien od Jamesa?

Cordelia skinęła głową. Nosiła tego dnia suknię w odcieniu ciemnego różu, która przyszła w paczce od Anny.

Przez chwilę Sona patrzyła tęsknie.

– To piękny kolor – powiedziała. – Suknie naprawdę są piękne i pewnie znacznie lepiej ci pasują niż te, które ja ci dałam.

– Nie! – Cordelia zerwała się poruszona. – *Chak bar saram!*

Dosłownie znaczyło to: „Niech umrę"; była to najpokorniejsza forma przeprosin.

– Jestem okropną córką. Wiem, że robiłaś, co mogłaś.

Wiem, co zrobiłaś, *Mâmân*. Wiem, że tylko próbowałaś mnie chronić.

Sona spojrzała zdumiona.

– Na Anioła, to tylko sukienki, Lajlo. – Uśmiechnęła się. – Może wynagrodzisz mi to, pomagając mi w domu? Jak przystało dobrej córce?

Jak zwykle dałam się przechytrzyć, pomyślała Cordelia, ale ucieszyła się z czegoś, co oderwie ją od myśli. Wypakowały kolejne rzeczy, podjęły decyzje, gdzie różne wyroby ceramiki isfahańskiej należy wyeksponować, gdzie najlepiej będą się prezentować dywany z Tebrizu. Kiedy Cordelia patrzyła, jak matka się krząta, ewidentnie w swoim żywiole, poczuła, jak słowa cisną jej się na usta: „Wiedziałaś, kiedy go poślubiłaś, *Mâmân*? Czy odkryłaś to nagle, pewnego dnia, czy docierało to do ciebie powoli? Za każdym razem, kiedy mówiłaś, że powinien udać się do Basilias, czy myślałaś, że wyleczą go z pijaństwa? Czy płakałaś, gdy odmawiał? Czy nadal go kochasz?".

Sona odsunęła się na krok, podziwiając małą kolekcję oprawionych miniatur przy schodach.

– Ładnie to wygląda, co? Czy może uważasz, że powinny pójść do drugiego pokoju?

– Zdecydowanie tu wyglądają lepiej – odpowiedziała Cordelia, nie mając pojęcia, o jakim drugim pokoju mówi matka.

Sona odwróciła się, łapiąc się za krzyż.

– Czy ty w ogóle uważa... – zaczęła i skrzywiła się nagle z bólu. Oparła się o ścianę, kiedy Cordelia podbiegła do niej zmartwiona.

– Dobrze się czujesz? Wyglądasz na zmęczoną.

Sona westchnęła.

– Nic mi nie jest, Cordelio. – Wyprostowała się, wymachując rękami, jakby nie wiedziała, co z nimi zrobić. Robiła tak tylko wtedy, gdy się denerwowała. – Ale... spodziewam się dziecka.

– Co?!

Sona posłała jej drżący uśmiech.

– Będziesz miała młodszego braciszka albo siostrzyczkę. Już za kilka miesięcy.

Cordelia chciała objąć matkę, ale nagle się przeraziła. Jej matka miała czterdzieści dwa lata, dużo jak na kobietę przy nadziei. Po raz pierwszy w życiu jej silna matka sprawiała wrażenie kruchej.

– Od jak dawna wiesz?

– Od trzech miesięcy – odpowiedziała Sona. – Alastair też wie. Tak samo jak twój ojciec.

Cordelia przełknęła ślinę.

– Ale mnie nic nie powiedziałaś.

– Lajlo, *dżun*. – Matka podeszła do niej – Nie chciałam, żebyś martwiła się bardziej, niż już się martwisz o naszą rodzinę. Wiem, że próbowałaś... – Urwała, odgarniając pasmo włosów z twarzy córki. – Wiesz, że nie musisz wychodzić za mąż, jeśli nie chcesz – powiedziała prawie szeptem. – Poradzimy sobie, kochanie. Jak zawsze.

Cordelia pocałowała matkę w rękę poznaczoną wieloma starymi bliznami z czasów, kiedy walczyła z demonami.

– *Czeszmet roszan, madar dżun* – szepnęła.

Oczy matki zabłysły łzami.

– Dziękuję, kochanie.

Ktoś zapukał głośno do drzwi. Cordelia i matka spojrzały po sobie zaskoczone, zanim poszły do wejścia. Risa otworzyła drzwi. Na frontowych schodach stał umorusany gazeciarz, któremu Matthew dał torbę przed mieszkaniem Gasta. Jeden z Nicponi, przypomniała sobie, Podziemnych chłopców, którzy pracowali przy Diabelskiej Tawernie i załatwiali różne drobne sprawy dla Jamesa i pozostałych.

– Mam wiadomość dla panny Cordelii Carstairs – powiedział, trzymając złożony papier.

– To ja – powiedziała Cordelia. – Czy, ehm, powinniśmy ci zapłacić?

– Nie – odpowiedział chłopiec, uśmiechając się wesoło. – Już zapłacił mi pan Matthew Fairchild. Proszę!

Oddał jej wiadomość i zszedł schodami, pogwizdując. Risa zatrzasnęła drzwi. Popatrzyły po sobie z Cordelią zdziwione. Dlaczego Matthew przesyłał wiadomość w taki sposób? – zastanawiała się Cordelia, rozkładając kartkę. Co mogło być tak pilnego?

List otworzył się. Na stronie było tylko kilka słów, ale odcinały się wyraźnie napisane czarnym atramentem.

Przyjdź natychmiast do Diabelskiej Tawerny.
Doszło do ataku. Christopher jest ciężko ranny.

James

– Cordelia? – Sona podeszła do wejścia. – Co się dzieje?

Trzęsącymi się rękami Cordelia podała matce liścik. Sona przeczytała go szybko, nim wcisnęła go z powrotem do ręki córki.

– Musisz iść do swoich przyjaciół.

Ulga zalała Cordelię. Popędziła na górę po rzeczy, ale przystanęła nagle.

– Powinnam włożyć strój bojowy, ale mój nadal jest wilgotny po tym, jak wpadłam do rzeki.

Sona uśmiechnęła się do niej. To był zmęczony, zatroskany uśmiech, uśmiech niezliczonych pokoleń rodziców pośród Nocnych Łowców, którzy patrzyli, jak ich dzieci wychodzą nocą z bronią pobłogosławioną przez anioły, mając świadomość, że mogą nie wrócić.

– Lajlo, córko moja, możesz wziąć mój.

***

Cordelia wbiegła po schodach w Diabelskiej Tawernie i wpadła do klubu Wesołych Złodziejaszków. Było już dość późne popołudnie i słońce wpadało przez wschodnie okno, malując złote pasy światła na sfatygowanej małej przestrzeni i jej mieszkańcach. Matthew wyciągał się na sofie, Lucie siedziała w poprzecieranym fotelu. Lucie podniosła wzrok i uśmiechnęła się na widok Cordelii, ale oczy miała zaczerwienione. Tylko James stał – opierał się o ścianę przy oknie, miał ciemne sińce pod oczami. Cała trójka nosiła stroje bojowe.

– Co się stało? – zapytała Cordelia odrobinę zadyszana. – Czy... Jak mogę pomóc?

Matthew spojrzał na nią. Mówił chrapliwie:

– Byliśmy w moim domu, korzystaliśmy z laboratorium ojca. One... Demony khora... czekały już na nas, kiedy wyszliśmy.

– Powinniśmy być przygotowani – powiedział James. Otwierał i zamykał prawą dłoń, jakby chciał coś w niej zmiażdżyć. – Powinniśmy pamiętać. Śpieszyliśmy się do powozu... Zaatakowały nas przed domem. Jeden z nich rozorał Christopherowi pierś.

Christopher.

Cordelia widziała jego promienny uśmiech, wgniecioną oprawkę okularów. Słyszała jego żywy, podekscytowany głos, gdy wyjaśniał jakiś nowy aspekt nauki Nocnych Łowców.

– Tak mi... tak mi przykro – szepnęła. – Zachorował? Co możemy zrobić?

– Już miał gorączkę, kiedy zabierano go do Cichego Miasta – powiedział ponuro Matthew. – Wezwaliśmy ciebie i Lucie najszybciej, jak mogliśmy, i...

Na schodach rozległy się kroki. Drzwi otworzyły się z impetem i do środka wparował Thomas. Miał na sobie płaszcz z peleryną, ale widać było, że pod spodem nosi strój bojowy.

– Przepraszam – wydyszał. – Byłem na patrolu z Anną. Dostałem waszą wiadomość dopiero, kiedy wróciliśmy do domu wuja Gabriela. Oczywiście wszyscy chcieli jechać do Cichego Miasta, ale przyszedł brat Enoch i powiedział, że to niemożliwe...

Thomas padła na krzesło, chowając twarz w rękach.

– Wszyscy szaleją. Anna poszła do Magnusa prosić o pomoc w ustawieniu kilku dodatkowych zaklęć ochronnych wokół domu. Ciotka Cecily prawie oszalała na myśl, że ma ją puścić, ale Anna i tak poszła. Oczywiście przyszli wuj Will i ciotka Tessa, ale nie mogłem znieść siedzenia tam, zawracania im głowy, przeszkadzania im, kiedy się boją...

– Nikomu nie przeszkadzasz, Thomas – powiedział Matthew. – Należysz do rodziny. I tam, i tu.

Drzwi zaskrzypiały. Weszła Polly z butelką i paroma wyszczerbionymi kieliszkami. Postawiła je na stoliku, rzuciła Thomasowi zatroskane spojrzenie i wyszła.

Matthew wstał, wziął butelkę i wprawnie napełnił kieliszki. Po raz pierwszy, odkąd Cordelia sięgała pamięcią, Thomas wziął kieliszek i wypił zawartość.

James obrócił jedno z krzeseł i usiadł, krzyżując ręce na oparciu i zaczepiając długie nogi o nóżki krzesła.

– Tom, musimy zrobić antidotum na truciznę Mandikhora – powiedział, świdrując chłopaka wzrokiem. – Myślę, że dasz radę.

Thomas zadławił się, zakaszlał i zaczął charczeć, kiedy Matthew wziął od niego kieliszek i odstawił na stole.

– Nie dam rady – powiedział, kiedy odzyskał oddech. – Nie dam rady bez Christophera.

– Jasne, że dasz – powiedział James. – Wszystko robiłeś razem z nim. Od śmierci Barbary byłeś przy nim w laboratorium prawie przez cały czas. Wiesz, jak je zrobić.

Thomas milczał przez długą chwilę. James się nie poruszył. Wbijał wzrok w przyjaciela. Cordelia nie potrafiła opisać tego spojrzenia – to była cicha intensywność połączona z niewzruszonym przekonaniem. James w swoim najlepszym wydaniu, pomyślała. Jego wiara w przyjaciół była niezachwiana. To była siła, a oni dzieli się tą siłą.

– Być może – powiedział w końcu powoli Thomas. – Jednak nadal brakuje nam składnika. Bez niego antidotum nie będzie działać, a Kit powiedział, że nie sposób go znaleźć...

– Korzeń moly – powiedział Matthew. – Wiemy, gdzie jest i jak go zdobyć. Musimy tylko wybrać się do Chiswick House. Do szklarni.

– Do domu mojego dziadka? – zapytał z niedowierzaniem Thomas. Z roztargnieniem przeczesał jasnobrązowe włosy.

– Wreszcie Benedict Lightwood przyda się do czegoś użytecznego – powiedział Matthew. – Jeśli wyjedziemy teraz, to będziemy na miejscu za pół godziny...

– Chwileczkę – przerwał mu Thomas, wstając. – James, prawie zapomniałem. Neddy mi to dał.

Podał złożony kawałek cieniutkiego welinu z imieniem Jamesa nagryzmolonym pieczołowicie na wierzchu. James rozłożył liścik i wstał gwałtownie, prawie przewracając krzesło.

– Co się stało? – zapytała Cordelia. – James?

Podał jej liścik, a Cordelia zauważyła, że Matthew spojrzał na nich z namysłem. Zerknęła na wiadomość.

Przyjedź do Cichego Miasta. Spotkamy się w izbie chorych. Nie ujawniaj się innym braciom. Wyjaśnię, kiedy już się zjawisz. Pośpiesz się, proszę.

Jem

Bez słowa oddała list Lucie. James krążył po pokoju z rękami w kieszeniach.

– Jeśli Jem mówi, że muszę przyjechać, to muszę – powiedział, kiedy Matthew i Thomas czytali wiadomość. – Wy jedźcie do Chiswick...

– Nie – zaprotestował Matthew. Sięgnął do kieszeni po piersiówkę gestem zdradzającym wieloletni nawyk, ale szybko opuścił rękę. Palce mu lekko drżały, ale mówił beztrosko: – „Gdzie ty pójdziesz, tam ja pójdę", James. Nawet na nudne przedmieścia Highgate.

Jem, pomyślała Cordelia. Musiała porozmawiać z nim o ojcu. Z nikim innymi nie mogła pomówić o tym, co powiedział jej Alastair. Nikomu innemu nie mogła powiedzieć, że zmieniła zdanie.

„Kuzynie Jemie, mam ci coś do powiedzenia na temat mojego ojca. Myślę, że powinien trafić do Basilias. Myślę, że w ogóle nie powinien wracać z Idrisu. Chyba potrzebuję twojej pomocy".

Wzięła głęboki wdech.

– Ja też pojadę. Muszę zobaczyć się z Jemem. Chyba że... – Odwróciła się do Lucie. – Jeśli wolisz, żebym pojechała z tobą do Chiswick...

– Bzdura – odpowiedziała Lucie, patrząc współczująco. – Jedziemy tylko po roślinę, a znam ten dom i tereny wokół niego... I nie dlatego – dodała szybko, gdy James spojrzał na nią nieprzyjemnie – że kręciłam się tam po kryjomu albo szpiegowałam, bo tego nie robiłam, rzecz jasna.

– Ty i Thomas weźcie mój powóz – powiedział Matthew. – Czeka na dole.

– A my możemy pojechać dorożką – dodała Cordelia. – Gdzie jest najbliższe wejście do Cichego Miasta?

– Na cmentarzu w Highgate – odpowiedział James, sięgając po pas z bronią, podczas gdy pozostali wkładali kurtki, zapinali pasy i szykowali ostrza. – To spory kawałek. Musimy się pośpieszyć, nie ma czasu do stracenia.

***

Niewiele mogło spowolnić Cordelię i pozostałych aż do Highgate, gdzie wąskie uliczki były zakorkowane wieczornym ruchem.

Woźnica dorożki wolał nie wciskać się w zator i wysadził ich przed pubem na Salisbury Road.

James poprosił Cordelię i Matthew, żeby poczekali, a sam poszedł poszukać wejścia do Cichego Miasta. Często przemieszczało się w obrębie cmentarza, jak wyjaśnił Cordelii w dorożce i zależnie od dnia można było je znaleźć w różnych miejscach.

Matthew obrzucił pub tęsknym spojrzeniem, ale wkrótce jego uwagę przyciągnęła wielka kamienna płyta na skrzyżowaniu Highgate Hill i Salisbury Road. Otaczała ją żelazna balustrada i wycięto w niej słowa: „Po trzykroć burmistrz Londynu".

– „Odwróć się raz jeszcze, Whittington, po trzykroć burmistrzu Londynu" – powiedział Matthew z dramatycznym gestem. – Tu właśnie miało się to wydarzyć, to znaczy tu usłyszał dzwony Bow.

Cordelia skinęła głową. Opowiadano jej tę historię dostatecznie wiele razy, kiedy była dzieckiem. Richard Whittington był Przyziemnym chłopcem, który wyruszył z Londynu ze swoim kotem, zdecydowany szukać szczęścia gdzie indziej, ale usłyszał dzwony kościoła St. Mary-le-Bow, które przyzywały go z powrotem obietnicą przyszłej chwały. Zawrócił więc i został burmistrzem Londynu. Trzy razy.

Cordelia nie była pewna, co stało się z kotem. Wszystkie historie mogą być prawdziwe, pomyślała, ale byłoby bardzo miło, gdyby ona także otrzymywała równie oczywiste sygnały na temat własnego przeznaczenia.

Matthew wysunął srebrną piersiówkę z kamizelki i zaczął ją odkręcać. Chociaż miał na sobie strój bojowy, nie poświęcił na rzecz obowiązków niebieskich getrów. Cordelia popatrzyła tylko na niego, kiedy odchylił głowę i przełykał, a potem zakręcił piersiówkę.

– Łyczek dla kurażu – powiedział.

– Pijesz dla kurażu czy po prostu po to, żeby pić? – zapytała ostrzej, niż zamierzała.

– Pewnie jedno i drugie po trochu – odpowiedział pogodnie, ale schował piersiówkę. – Wiedziałaś, że kot Dicka Whittingtona mógł w ogóle nie istnieć? Podobno to kompletny wymysł.

– A czy to ma znaczenie, czy miał kota, czy nie?

– Prawda zawsze ma znaczenie.

– Nie, kiedy w grę wchodzą historie – odpowiedziała Cordelia. – W historiach nie chodzi o to, żeby były obiektywnie prawdziwe, ale żeby istota opowieści była prawdziwsza od rzeczywistości. Ci, którzy wyśmiewają fikcję literacką, robią to, ponieważ boją się prawdy.

Bardziej wyczuła, niż zauważyła, że Matthew odwrócił się, żeby spojrzeć na nią w gasnącym świetle.

– James to mój *parabatai* – powiedział chrapliwie. – Kocham go. Jedyna rzecz, jakiej nigdy w nim nie rozumiałem, to jego uczucia do Grace Blackthorn. Od dawna marzyłem, żeby przeniósł je na kogoś innego, a jednak kiedy zobaczyłem was w Pokoju Szeptów, nie byłem uradowany.

Cordelia nie spodziewała się takiej szczerości.

– Co masz na myśli?

– Chyba mam wątpliwości, czy on sam wie, co czuje – powiedział Matthew. – Chyba się martwię, że cię skrzywdzi.

– To twój *parabatai* – odparła. – Dlaczego przejmujesz się tym, czy mnie skrzywdzi?

Matthew odchylił głowę, żeby spojrzeć na ciemniejące wieczorne niebo. Rzęsy miał kilka odcieni ciemniejsze od jasnych włosów.

– Nie wiem, ale przekonałem się, że się przejmuję.

Cordelia wolałaby, żeby rozmawiali na inny temat.

– Nie martw się. Alastair też ostrzegł mnie przed Jamesem, i to raptem wczoraj. Wszystko mi powiedziano.

Matthew zacisnął zęby.

– Zawsze mówiłem, że dzień, w którym pomyślę życzliwie o Alastairze Carstairsie, będzie dniem, w którym spalę się w Piekle.

– W szkole był aż tak okropny dla Jamesa? – zapytała Cordelia.

Matthew odwrócił się do niej, a wyraz jego twarzy ją zaskoczył. To była czysta furia.

– To było coś więcej niż to...

James wynurzył się z cieni z potarganymi czarnymi włosami i skinął na nich ręką.

– Znalazłem wejście. Powinniśmy iść szybko.

Poszli w stronę cmentarza i weszli przez wysoką bramę. Ciemne cyprysy wznosiły się nad nimi, ich liście blokowały resztki wieczornego światła. W ich cieniu wznosiły się ozdobne pomniki dla zmarłych. Wspaniałe grobowce i egipskie obeliski stały obok pokruszonych granitowych kolumn symbolizujących życie, które skończyło się przedwcześnie. Nagrobki były ozdobione wizerunkami klepsydr ze skrzydłami, greckimi urnami, pięknymi kobietami o rozpuszczonych włosach. I wszędzie, rzecz jasna, stały kamienne anioły: pulchne i sentymentalne, dzieci o słodkich twarzyczkach. Jak Przyziemni mało rozumieli anioły, pomyślała Cordelia, idąc zasypaną gałązkami ścieżką za Jamesem. Jak małe pojęcie mieli o ich przerażającej mocy.

James skręcił w jedną z szarych alejek i nagle znaleźli się na otwartej przestrzeni, zupełnie, jakby byli gdzieś głęboko w lesie, gdzie liście tworzyły tak gęstą warstwę nad nimi, że słabnące światło stało się zielonkawe. Pośrodku polany stał posąg anioła, ale nie był to cherubin. To był marmurowy posąg pięknego mężczyzny wielkiego wzrostu. Na jego ciele wyrzeźbiono zbroję łuskową. Trzymał miecz w wyciągniętej dłoni z wyciętymi słowami *quis et deus* i miał odchyloną do tyłu głowę, jakby krzyczał w niebo.

James zrobił krok naprzód, unosząc rękę – tę, na której nosił sygnet Herondale'ów z wzorem z ptaków.

– *Quis ut Deus?* – powiedział. – „Kto jest jak Bóg?", pyta Anioł. Odpowiedź brzmi „Nikt. Nikt nie jest podobny do Boga".

Oczy kamiennego anioła otworzyły się, całkowicie czarne – szczeliny prowadzące do wielkiej i milczącej ciemności. A potem ze zgrzytem kamienia anioł odsunął się, odsłaniając pustą jamę w ziemi i schody prowadzące w dół.

James zapalił magiczne światło i ruszyli schodami w ciemność. Cisi Bracia, którzy żyli z zaszytymi oczami, widzieli inaczej niż zwykli Nocni Łowcy i nie potrzebowali światła.

Migoczące białe światło wylewało się spomiędzy palców Jamesa, malując ściany promieniami. Kiedy doszli do końca schodów, James złapał Cordelię za rękę i obrócił ją, prowadząc pod łukiem poniżej schodów. Matthew przeszedł za nimi. James zamknął dłoń na runicznym kamieniu, przygaszając blask. We trójkę patrzyli w milczeniu, jak grupka Cichych Braci w pergaminowych szatach omiatających ziemię przechodzi obok i znika pod kolejnym łukiem.

– Jem powiedział, żebyśmy nie ujawniali się innym Braciom – szepnął James. – Izba chorych znajduje się po drugiej stronie Komnaty Mówiących Gwiazd. Musimy dojść tam szybko i cicho.

Cordelia i Matthew pokiwali głowami. Chwilę potem mijali salę pełną wysokich przejść w kształcie dziurek od klucza. Półszlachetne kamienie przeplatały się z marmurem: tygrysie oko, jadeit, malachit. Pod łukami znajdowały się grobowce, wycięto na nich wiele rodowych nazwisk: Ravenscar, Crosskill, Lovelace.

Doszli do wielkiego kwadratu z posadzką wyłożoną kaflami z wzorem migoczących gwiazd. Na ścianie wysoko poza zasięgiem ich rąk wisiał potężny miecz ze zmatowiałego srebra, którego jelec miał kształt anielskich skrzydeł.

Miecz Anioła. Cordelii serce zabiło mocniej. Miecz, który trzymał jej ojciec, ale który nie zdołał wydobyć z niego prawdy, ponieważ ojciec jej nie pamiętał.

Minęli komnatę i wyszli na rozległą przestrzeń wyłożoną chropowatymi płytami z kamienia. Dwoje drewnianych drzwi prowadziło w jedną stronę, przejście pod wielkim łukiem w drugą. Na drzwiach widniały runy śmierci, pokoju i ciszy.

– Do tyłu! – szepnął nagle Matthew.

Wyciągnął rękę, wciągając Jamesa i Cordelię w cień. Cordelia zamarła w bezruchu, kiedy Cichy Brat minął ich i wspiął się po schodach w pobliżu. James skinął głową i wychynął z cienia, a za nim ruszyli Matthew i Cordelia. Przeszli pod łukiem koszowym i znaleźli się w kolejnej rozległej sali z kamiennym sklepieniem poprzecinanym krzyżującymi się belkami i kamiennymi wspornikami. Ściany były nagie. Stały tam rzędy łóżek, a w każdym leżała nieruchoma postać. Cordelia domyślała się, że jest tam ze trzydziestu chorych. Młodzi i starzy, kobiety i mężczyźni, leżeli w milczeniu i nieruchomo, jakby już umarli.

W sali panowała absolutna cisza. W dodatku nikogo tam nie było. Cordelia zagryzła usta.

– Gdzie jest Jem?

Oczy Matthew zabłysły na widok znajomej postaci:

– Christopher – powiedział i pobiegł do łóżka, a za nim James.

Cordelia poszła za nimi nieco wolniej, bo nie chciała przeszkadzać. Matthew przykucnął obok wąskiego metalowego łóżka. James stanął u wezgłowia i pochylił się nad Christopherem. Christopherowi zdjęto koszulę. Kilkadziesiąt bandaży owijało jego wąską pierś. Krew przesączyła się już przez niektóre, tworząc szkarłatną plamę na wysokości serca. Nie miał okularów, jego oczy zapadły się w głąb czaszki, a pod nimi malowały się ciemnofioletowe sińce. Czarne żyły malowały się jak koralowina pod jego skórą.

– Matthew – powiedział głosem chrapliwym z niedowierzania. – Jamie.

James dotknął ramienia przyjaciela, a Christopher złapał go za nadgarstek. Palce mu drgały, skubał niespokojnie mankiet jego kurtki.

– Powiedz Thomasowi – szepnął. – Może skończyć antidotum beze mnie. Potrzebuje tylko korzenia. Powiedz mu.

Matthew milczał; wyglądał, jakby miał się pochorować z bólu.

– Thomas wie – odpowiedział James. – Jest teraz z Lucie, pojechali po korzeń. Dokończy antidotum, Kit.

Cordelia odchrząknęła, chociaż wiedziała, że i tak zdoła tylko szepnąć:

– Jem. Christopher, czy Jem tu był?

Uśmiechał się do niej słodko.

– James Carstairs – powiedział. – Jem.

Cordelia spojrzała nerwowo na Jamesa, który skinął do niej zachęcająco głową.

– Tak – powiedziała. – James Carstairs. Mój kuzyn.

– James – szepnął Christopher, a potem inna postać w łóżku powtórzyła to słowo.

– James – szepnął Piers Wentworth. – James.

A potem następny chory.

– James.

Matthew wstał.

– Co tu się dzieje?

Fiołkowe oczy Christophera otworzyły się szeroko. Złapał mocniej Jamesa za nadgarstek i szarpnął go do przodu. Z twarzą kilka cali od Jamesa syknął:

– Wynoś się stąd. Musisz się stąd wynieść. Musisz wyjść. James, nie rozumiesz. Chodzi o ciebie. Od początku chodziło o ciebie.

– Co to znaczy? – dopytywał się Matthew, kiedy kolejne głosy powtarzały:

– James. James. James.

Matthew złapał Jamesa za rękaw i odciągnął od Christophera, który niechętnie go puścił. Cordelia położyła rękę na rękojeści Cortany.

– Co się dzieje? – spytała. – Christopher...?

Jeden po drugim chorzy siadali na łóżkach, chociaż nie wyglądało na to, by robili to z własnej woli. Wyglądali raczej jak marionetki ciągnięte na sznurkach, głowy opadały im na bok, ręce zwieszały się bezwładnie. Oczy mieli wytrzeszczone, białe i błyszczące w słabym świetle sali. Cordelia ze zgrozą spostrzegła, że na białkach też malowały się czarne żyłki.

– James Herondale. – To był głos Ariadne Bridgestock. Siedziała pochylona na brzegu swojego wąskiego łóżka. Głos miała zachrypnięty, pozbawiony emocji. – Jamesie Herondale'u, zostałeś wezwany.

– Przez kogo?! – krzyknął Matthew. – Kto go wzywa?!

– Książę – odparła Ariadne. – Pan Złodziei. Tylko on może powstrzymać umieranie. Tylko on może odwołać Mandikhora, nosiciela trucizny. Ty nosisz zmazę, Herondale. Twoja krew może otworzyć bramę. – Wzięła głęboki, rozdygotany wdech. – Nie masz innego wyjścia.

James zrobił krok w jej stronę, odsuwając się od Matthew.

– Bramę? Ariadne...

Cordelia wyciągnęła rękę, żeby go powstrzymać.

– To nie jest Ariadne.

Co tu się dzieje?

Odwrócili się. To Jem wszedł do Sali, szeleszcząc pergaminową szatą, z dębowym kosturem w ręce. Mimo jego nieruchomej twarzy Cordelia wyczuwała, że jest rozgniewany. Wściekłość promieniowała z jego słów, gdy eksplodowany w jej głowie: *Co wasza trójka tu robi?*

– Dostałem wiadomość od ciebie – wyjaśnił James. – Kazałeś mi przyjść.

Nie wysłałem żadnej wiadomości.

– Przeciwnie – zaprotestowała oburzona Cordelia. – Przecież widzieliśmy.

– To nasz pan wysłał wiadomość – odpowiedziała Ariadne. – Czeka w cieniach. Mimo to panuje nad wszystkim.

Jem pokręcił głową. Kaptur mu opadł i Cordelia widziała białe pasmo w ciemnych włosach.

Działa tu zła siła – powiedział.

Uniósł dębowy kostur w dłoniach i Cordelia zobaczyła litery „WH" wyrzeźbione na uchwycie.

Wszyscy chorzy powtarzali teraz imię Jamesa, ich głosy unosiły się chóralnym pomrukiem.

Jem uderzył kosturem o posadzkę i dźwięk drewna uderzającego o kamień rozległ się echem w ich uszach. Chór głosów umilkł, chorzy znieruchomieli.

Jem odwrócił się do Cordelii i chłopców.

Zło was tu sprowadziło. Uciekajcie. Obawiam się, że grozi wam niebezpieczeństwo.

Uciekli.

***

Cordelia pamiętała ucieczkę z Cichego Miasta jak przez mgłę. James biegł pierwszy z magicznym światłem w ręce, oświetlając im ścieżkę, gdy mijali różnych Cichych Braci. Ona i Matthew biegli za nim. W ciągu kilku sekund dotarli do ostatnich schodów i pobiegli ku niebu.

Nagle Matthew wyrwał się stłumiony okrzyk. Zatoczył się i poleciał na kamienną ścianę, jakby ktoś go pchnął. Cordelia złapała go za rękę.

– Matthew! Co się dzieje?

Twarz miał białą jak płótno.

– James – szepnął. – Z Jamesem jest coś nie tak.

Cordelia zerknęła w górę schodów. James zniknął jej z oczu. Prawdopodobnie nie zorientował się, że już za nim nie biegną.

– Matthew, nic mu nie jest. Opuścił Ciche...

Matthew odepchnął się od ściany.

– Musimy się śpieszyć – powiedział i znowu ruszył biegiem.

Pobiegli schodami i wyskoczyli na polanę na górze. Jamesa nigdzie nie było widać.

Matthew złapał Cordelię za rękę.

– Tędy pobiegł – powiedział i pociągnął ją wąską ścieżką między drzewami. Pod koronami było prawie czarno, ale Matthew wiedział dokładnie, dokąd zmierza.

Weszli w cienisty zagajnik otoczony grobami, niebo nad nimi było ciemnoniebieskie. James stał tam nieruchomo jak posąg. Posąg mrocznego księcia, cały w czerni, z włosami jak pióra wrony. Właśnie zdejmował kurtkę, co było dziwne, bo z nadejściem wieczoru zrobiło się zimno.

Nie patrzył na Matthew i Cordelię, ale na coś w oddali. Miał surowy wyraz twarzy, oczy okolone ciemnością. Wygląda na chorego, z niepokojem zdała sobie sprawę Cordelia. Jakby rzeczywiście było z nim coś bardzo nie tak, jak Matthew to powiedział.

Matthew złożył dłoń przy ustach i zawołał:

– James!

Tamten odwrócił się powoli, upuszczając kurtkę na ziemię. Poruszał się automatycznie.

W Cordelii narastał niepokój. Podeszła powoli do Jamesa, jakby podchodziła do spłoszonego jelenia w lesie. Patrzył na nią niespokojnymi złotymi oczami. Miał niezdrowe wypieki na twarzy. Matthew zaklął pod nosem.

– James – powiedziała. – Co się stało?

Odwinął lewy rękaw koszuli. Na nadgarstku tuż poniżej miejsca, gdzie kończyłby się mankiet, miał cztery małe, krwawe półkola otoczone koronką ciemniejących żyłek.

Ślady paznokci.

– Christopher – powiedział, a Cordelia przypomniała sobie zgrozę, z jaką Christopher złapał Jamesa za rękę w izbie chorych. – Wiem, że tego nie chciał. – Wykrzywił usta w bolesnym uśmiechu. – Niech nikt mu nie mówi. Strasznie by się zmartwił.

Och, James, nie. Proszę, nie. Pomyślała o Oliverze Haywardzie, który umarł, bo Barbara podrapała go, gdy sama konała. Tylko nie James.

– Musimy wrócić do Cichego Miasta. – Głos Matthew drżał. – Musimy zabrać cię do Jema...

– Nie – szepnęła Cordelia. – James nie jest tam bezpieczny. Jeśli wrócimy do Instytutu... albo sprowadzimy Jema tutaj...

– W żadnym razie – odpowiedział bardzo spokojnie James. – Nigdzie się nie wybieram. A w każdym razie nigdzie w Londynie.

– Niech to szlag, on bredzi – jęknął Matthew.

Cordelia jednak wątpiła. Zapytała cicho:

– James. Co widzisz?

James uniósł rękę i wskazał kierunek.

– Tam. Między tymi dwoma drzewami.

Miał rację. Nagle Cordelia i Matthew zobaczyli, w co przez cały czas wpatrywał się James. Między dwoma cedrami znajdował się wielki łuk. Wyglądał jak zrobiony z ciemnego światła. Wyginał się jak gotycki łuk, jakby stanowił część cmentarza, ale Cordelia wiedziała, że tak nie jest. Za nim widziała przebłyski ciemnego chaosu, jakby patrzyła przez Bramę, która prowadzi prosto do ogromnej czarnej przestrzeni.

– Brama – powiedział powoli Matthew.

– Jak powiedziała Ariadne – szepnęła Cordelia. – James... Twoja krew... – Pokręciła głową. – Nie. Nie rób tego, cokolwiek to jest. Wszystko w tej sprawie budzi we mnie opór.

James tylko odwrócił się i poszedł w stronę łuku. Wyciągnął rękę w jego kierunku, tę zranioną przez paznokcie Christophera, i zacisnął w pięść.

Mięśnie ręki nabrzmiały, krew popłynęła z rozcięć na nadgarstku. Ranki wyglądały na wątłe, a jednak ciężkie krople krwi zebrały się mu na ramieniu i zaczęły ściekać na ziemię. Widok za łukiem klarował się i teraz Cordelia widziała świat, który pojawił się na moście: miejsce z ziemią i niebem jak popiół, z drzewami, które przypominały wystające kości.

– James – powiedział Matthew, ruszając do przyjaciela. – Stój.

– Muszę to zrobić. – James opuścił krwawiącą rękę. Oczy błyszczały mu gorączką spowodowaną może determinacją, a może trucizną w jego żyłach. Cordelia nie była pewna. – Math... Nie powinieneś mnie dotykać. To nie jest bezpieczne.

Matthew, który sięgał do niego, zatrzymał się gwałtownie i rozłożył szeroko ręce.

– James...

– Dlatego tam idziesz? – zapytała ostro Cordelia. Czuła łzy w gardle. Miała ochotę coś zniszczyć, wziąć Cortanę i walić ostrzem w granitowe ściany grobowców. – Bo myślisz, że umrzesz? Thomas i Lucie właśnie jadą po korzeń moly. Możemy w ciągu dnia mieć antidotum. Może nawet za parę godzin.

– Nie chodzi o to. – James pokręcił głową. – Czy zostałbym zainfekowany, czy nie, musiałbym iść i musielibyście mi pozwolić.

– Dlaczego? – dopytywał się Matthew. – Powiedz nam, dlaczego.

– Bo Christopher miał rację. Tak samo jak Ariadne. Tylko przechodząc przez bramę, mogę to powstrzymać. Chodzi o mnie. Od początku chodziło o mnie. Nie mam wyboru.

19

Wszędzie będzie piekło

„I by z tym skończyć, gdy świat się rozpadnie,
A wszystko już zostanie oczyszczone,
Wszędzie tam będzie piekło, gdzie nie będzie
Niebiosów"*.

Christopher Marlowe,
Tragiczna Historia Doktora Fausta

Zanim Lucie i Thomas dotarli do Chiswick House, zrobiło się już prawie ciemno. Słońce zaszło i rezydencja wyglądała jak spatynowane srebro w umierającym świetle. Zostawili powóz przy krawężniku i poszli w milczeniu długą drogą w szpalerze powykręcanych drzew do głównego domu. Jakimś cudem miejsce wyglądało jeszcze gorzej, niż kiedy Lucie była tu z Cordelią.

Lucie widziała przygarbiony cień szklarni w oddali, zniszczone włoskie ogrody po przeciwnej stronie. Widząc rezydencję i teren wokół niej w lepszym świetle, Lucie pożałowała, że musi to oglądać. Nie wyobrażała sobie mieszkania w takim miejscu.

– Biedna Grace – powiedziała. – To szczurza nora. Właściwie to nawet szczurowi nie życzyłabym takiego domu.

---

* Przeł. Juliusz Kydryński.

– Bo lubisz szczury – odezwał się Thomas. – Pamiętasz Marie?

Marie Curie była małym białym szczurkiem, którego Christopher trzymał w pokoju w Diabelskiej Tawernie i karmił chlebem i kurczęcymi kostkami. Marie była na tyle przyjazna, że siedziała na ramieniu Lucie i trącała noskiem jej włosy. W końcu zmarła z przyczyn naturalnych i została pochowana z wielką pompą w ogrodzie na tyłach domu Matthew.

– Ale nie wiem, czy powinniśmy współczuć Grace – powiedziała Lucie. – Złamała Jamesowi serce.

– Jak na kogoś ze złamanym sercem to jest w doskonałej formie – odparł Thomas. – Szczerze mówiąc, robi wrażenie weselszego niż dotąd.

Lucie nie potrafiła temu zaprzeczyć.

– Mimo wszystko. Chodzi o zasady.

Dotarli do szklarni, długiej konstrukcji ze szkła i drewna. Dawno temu rodzina Lightwoodów miała dzięki niej ananasy i winogrona zimą. Teraz w szklanych ścianach powybijano dziury, niegdyś czyste okna były brudne i ciemne.

Na drzwiach wisiała wielka kłódka. Lucie już sięgała po stelę, kiedy Thomas położył rękę na jej nadgarstku.

– Mogę to obejść – zaproponował. – Powinna tu być mała szopa z wejściem do szklarni. Musieli tu grzać za pomocą hipokaustumu.

– Nie mam pojęcia, co masz na myśli, ale podejrzewam, że wiesz to, bo godzinami słuchałeś Christophera w laboratorium – odpowiedziała Lucie. – Oczywiście, koniecznie, wpełznijmy do ciemnej szopy pełnej pająków.

– Pająkami się nie martwię – odpowiedział Thomas. – A ty nie będziesz nigdzie wpełzać. Musisz tu zostać i stać na czatach. Jeśli zobaczysz coś niezwykłego, podniesiesz alarm.

– Nie cierpię stać na czatach. Na pewno potrzebujemy kogoś na czatach?

– Tak, bo jeśli jedno z nas zostanie pożarte przez korzenie demonicznego drzewa, to lepiej, żeby drugie pobiegło po pomoc albo przynajmniej porwało korzeń moly i wzięło nogi za pas.

Lucie musiała przyznać mu rację.

– W takim razie idź.

Thomas ruszył na tyły szklarni. Lucie próbowała robić, co jej kazał przez jakieś pięć minut, ale bardzo się nudziła. Ile można kręcić się przed drzwiami szklarni, zanim człowiek poczuje się jak złota rybka pływająca w tę i z powrotem w akwarium. Prawie jej ulżyło, kiedy dostrzegła coś kątem oka.

Wyglądało to jak iskra jasnego światła w ogrodach włoskich. Lucie odeszła od szklarni, mrużąc oczy. Światło było blade i falowało na tle zmierzchu. Może to pochodnia?

Podeszła nieco, trzymając się cieni. Ogrody popadły w ruinę. Kiedyś rosły tam schludne żywopłoty, ale teraz poprzerastały, krzewy rozpleniły się na wszystkie strony. Z marmurowych posągów Wergiliusza, Sofoklesa i Owidiusza zostały tylko powyszczerbiane kawałki stojące na zniszczonych cokołach. Pośrodku tego bałaganu znajdował się ceglany budynek podobny do starej szopy.

Lucie podeszła do niego i znowu zobaczyła migotanie ognia. Teraz było mocniejsze i wydawało się, że unosi sie nad ścianami małego budynku, jakby nie miał dachu, chociaż to nic dziwnego w przypadku starej budowli – dachy walą się pierwsze. Budynek z pewnością nie miał okien, ale światło nie przestawało wydobywać się ze środka.

Zżerana ciekawością Lucie doszła do małego budynku. Wyglądał na dawno wzniesiony z dużych, solidnych kamieni.

Z boku znajdowały się drzwi, ale były zamknięte i światło błyskało pod nimi.

Lucie zauważyła, że światło się przesunęło. Zdecydowanie ktoś albo coś tam było.

Porzucając ostrożność, Lucie zaczęła wspinać się na ścianę. Dotarła na szczyt niemal natychmiast. Budynek rzeczywiście nie miał dachu i wnętrze było wystawione na kaprysy pogody mimo solidnych czterech ścian. Lucie przypadła płasko do szczytu ściany i spojrzała w dół.

To było pojedyncze pomieszczenie pozbawione wszelkich ozdób, jeśli pominąć miecz wiszący na jednej ścianie. Miał jelec rzeźbiony w ciernie, symbol rodziny Blackthornów. Pośrodku pokoju stał stół, na którym znajdowała się trumna. Obok trumny stała Grace Blackthorn z magiczną latarnią w prawej ręce. Lewą dłoń oparła na trumnie. Palce miała rozwarte, jakby mogła sięgnąć przez szybę wieka i dotknąć ciała w środku.

Trumnę bowiem zrobiono ze szkła, jak trumnę królewny Śnieżki z bajki. W środku leżał Jesse Blackthorn o włosach czarnych jak heban, skórze białej jak śnieg. Jednakże jego usta nie były czerwone jak krew, ale blade i zaciśnięte, a oczy miał zamknięte. Był ubrany w biały pogrzebowy strój. To był wstrząs zobaczyć go w innym stroju niż ten, w którym umarł. Ręce miał skrzyżowane na piersi.

Lucie złapała się mocno ściany. Ciało Jessego. Pewnie znajdował się w szopie od niedawna, Tatiana wolałaby trzymać syna przy sobie w Idrisie, dopóki nie przyjechały do Londynu. Dlaczego nie umieściła go jednak po prostu w domu, gdzie miałby dach nad głową, zamiast w tym dziwnym budynku?

Myśl o zimnym deszczu spadającym na trumnę była niemal bolesna. Jesse nie wyglądał jak zmarły, ale jakby dopadł go sen w ogrodzie. Wyglądał, jakby w każdej chwili mógł wstać i wyjść z tego szklanego więzienia. Wyglądał jak... żywy.

– Jesse – powiedziała Grace. – Jesse, boję się.

Lucie zamarła. Nigdy nie słyszała, żeby Grace tak mówiła. Rzeczywiście sprawiała wrażenie przestraszonej, ale przede wszystkim mówiła łagodnym tonem.

– Jesse, tak mi przykro. Nie mogę znieść myśli, że zostawiam cię tu na zimnie, chociaż wiem, że tego nie czujesz. – Grace walczyła ze łzami. – Charles zawsze spaceruje po rezydencji. Pewnie chce się przekonać, na jaki spadek może liczyć, kiedy mama umrze. – Ściszyła głos. Lucie musiała się pochylić, żeby ją usłyszeć. – Och, Jesse. Boję się, uniemożliwią mi przychodzenie tu nocą. Charles ciągle mówi, że nie powinnam przebywać sama w tym walącym się domu. Nie wie, że nie jestem sama. Ty przychodzisz do mnie porozmawiać. – Zabrała z trumny dłoń w koronkowej rękawiczce. – Pytałeś, dlaczego wychodzę za Charlesa. Pytałeś, czy z obawy przed tym, co mama może zrobić Jamesowi.

Lucie zamarła. W niemal całkowitej ciemności nie mogła zobaczyć twarzy Grace, bo ciągle zmieniała się w migotliwym świetle magicznego światła: raz była łagodna, to znowu bezwzględna.

– Ale ja jestem o wiele bardzie egoistyczna – szepnęła Grace. – Robię to, bo uwolnię się od mamy. Chcę, żeby wyzdrowiała, naprawdę chcę, ale wtedy musi zdać sobie sprawę, że należę do rodziny Konsul i nie można mnie tknąć. A co do Jamesa...

Cienie zagęściły się w małym pokoju w dole. Za Grace była tylko ciemność. Lucie wiedziała, że powinna wrócić do szklarni, ale rozpaczliwie chciała usłyszeć, co jeszcze powie Grace.

– Pytałeś mnie tyle razy, co naprawdę czuję do Jamesa. Nigdy ci nie odpowiedziałam. Tak wiele przed tobą ukrywałam, zawsze chciałam ci się pokazać z najlepszej strony. Tylko ty broniłeś mnie przed mamą. Żałuję, że...

Cienie za Grace się poruszyły.

Lucie wyrwał się stłumiony okrzyk. Grace podniosła wtedy wzrok i przykucnięty kształt wyłonił się z ciemności.

To był demon, na wpół gad, na wpół człowiek o skórzastych nietoperzowych skrzydłach i podbródku szpiczastym jak nóż. Uniósł się nad Grace, potężny i łuskowaty, a ona krzyknęła głośno, upuszczając magiczną pochodnię. Zaczęła się cofać, ale demon był za szybki. Uderzył skórzastymi łapami, złapał Grace za gardło i uniósł. Wymachiwała szaleńczo drobnymi stopami w butach na obcasach.

Demon odezwał się, jego głos odbił się echem od ceglanych ścian:

– Grace Blackthorn. Ty głupia dziewczyno.

W świetle pochodni Lucie widziała, że ma płaską, podobną do węża twarz, jajowate oczy błyszczące jak czarne kamienie. Miał dwoje ust, ale tylko niższe poruszały się, gdy mówił. Wielkie rogi wychodziły z dwóch stron jego głowy połyskujące czarnymi i szarymi łuskami.

– Nie powinnaś była nigdy zdradzać przysiąg, jakie złożyła twoja matka tym, którzy są znacznie potężniejsi od niej. Pewnych zaklęć nie możesz usunąć. Rozumiesz?

– One już zaczęły słabnąć – wyrwało się Grace. – To nie działało...

Musi mówić o zaklęciach, które rzucono na Jessego, pomyślała Lucie. Może coś się z nimi stało, kiedy Tatiana uległa truciźnie?

– Będziesz robić, co ci kazano. Rzuć zaklęcie z powrotem tam, gdzie było, ja Namtar zadbam, aby je wzmocnić. – Jego głos brzmiał jak zgrzyt żwiru. – W przeciwnym wypadku nasz pan dowie się, że zostało zdjęte, i jego gniew przerośnie wszelkie twoje wyobrażenia. Pamiętaj, wszystko, na czym ci zależy, może zostać zniszczone, wystarczy tylko jedno jego słowo. Jeden ruch jego ręki.

Wyciągnął wolną rękę w stronę trumny Jessego. Grace krzyknęła. A Lucie rzuciła się ze ściany i wylądowała z impetem na plecach demona, łapiąc go za szyję.

Demon ryknął zaskoczony i zatoczył się do tyłu, wypuszczając Grace. Uderzyła o ziemię, wzrok miała dziki, jasne włosy rozsypane na twarzy. Demon warknął i pochylił głowę, jakby chciał wbić zęby w ręce Lucie. Puściła go i spadła na ziemię. Złapała Grace za nadgarstek.

Grace spojrzała na nią zdumiona.

– Co tu robisz?

Lucie uznała, że nie jest to w tej chwili najbardziej paląca kwestia. Zazgrzytała zębami i szarpnęła Grace w stronę drzwi.

– Biegiem, Grace!

Dźwięk jej imienia wyrwał Grace z paraliżu. Zaczęła biec, ciągnąc za sobą Lucie. Wypadły drzwiami do ogrodu. Grace wypuściła Lucie i obróciła się, żeby zatrzasnąć za sobą drzwi, ale demon już je chwycił. Rozległ się jęk metalu, gdy drzwi zostały wyrwane z zawiasów i poleciały w bok.

Demon rzucił się na dziewczyny. Lucie po części spodziewała się, że Grace rzuci się biegiem w stronę domu, ale ona została. Lucie wyciągnęła serafickie ostrze zza pasa, a Grace schyliła się, podniosła kamień i rzuciła nim w demona. Lucie musiała przyznać jej parę punktów choćby za przedsiębiorczość.

Kamień odbił się od skórzastej piersi demona. Potwór uśmiechnął się szeroko obiema paszczami i złapał Lucie wpół, tak że wypuściła serafickie ostrze. Została poderwana z ziemi. Demon obrzucił ją czarnym spojrzeniem od stóp do głów. Zmrużył oczy.

– Znam cię – warknął. Sprawiał wrażenie prawie zaskoczonego. – Ty jesteś to drugie.

Lucie kopnęła, trafiając demona w pierś. Stęknął, a ona wrzasnęła, gdy ścisnął ją mocniej. Otworzył dolną paszczę, zobaczyła błysk kłów, a potem powódź czarnej krwi, która siknęła do przodu. Demon zatoczył się i wypuścił Lucie. Padła na ziemię i odturlała się, kiedy ciało demona wygięło się w łuk. Ostrze miecza wyszło mu przez pierś, umazane zielonkawo-czarną posoką. Demon spojrzał z niedowierzaniem na stal wystającą mu z piersi, warknął i zniknął.

Za demonem stał nikt inny jak Jesse.

Trzymał miecz, który wcześniej wisiał w małym pokoju z trumną. Krew demona pobrudziła ostrze i obryzgała ziemię pod jego stopami, ale on sam nie miał żadnych plam na ubraniu ani na rękach. Niebo w górze było czarne. Jego zielone oczy zabłysły, gdy powoli opuścił miecz.

– Jesse... – szepnęła Lucie. – Ja...

Urwała, gdy Grace zrobiła chwiejny krok do przodu. Patrzyła to na Lucie, to na Jessego z niedowierzaniem na twarzy.

– Ale ja nie rozumiem – powiedziała, ściskając ręce. – Jak możesz widzieć Jessego?

***

James myślał wcześniej, że Matthew i Cordelia nadal będą próbowali go powstrzymać, ale po tym, jak im wyjaśnił powody –

słowa dźwięczały mu echem, gdy opowiadał im, jak wszystko poskładał w całość – wiedział, że nie będą. Obaj patrzyli na niego z pobladłymi, wycieńczonymi twarzami, ale żadne nie stanęło między nim a bramą.

Matthew – potargany, brudny, nadal w swoich osobliwych getrach – wyprostował się i uniósł podbródek.

– W takim razie, jeśli ty musisz iść, to ja pójdę z tobą.

Jamesowi pękło serce. Jak mógł zrobić coś takiego Matthew? Jak mógł rozważać śmierć w miejscu, do którego Matthew nigdy nie mógł za nim iść?

A jednak.

– To się nie uda – powiedział cicho. – Nikt nie może pójść za mną w cienie. Nawet ty, Matthew.

Matthew podszedł sztywno do łuku, chociaż James krzyknął za nim ostrzegawczo. Wyciągnął rękę, żeby dotknąć pustej przestrzeni pod łukiem, gdzie zielony grunt cmentarza zamieniał się w popiół i szarość.

Jego ręka odskoczyła, jakby uderzył w szybę. Odwrócił się do towarzyszy i Cordelia zobaczyła, że się trzęsie.

– Cordelio, masz linę? – zapytał.

Cordelia wciąż miała linę, jaką się posłużyli, wspinając się do okna Gasta. Matthew wziął ją od niej i kiedy James i Cordelia patrzyli zdziwieni, przewiązał nią Jamesa w pasie.

Mimo drżących rąk zawiązał doskonały węzeł.

Drugim końcem sznura sam przewiązał się w pasie. Kiedy skończył, spojrzał spokojnie na Jamesa.

– W takim razie idź – powiedział. – Jeśli coś się stanie, jeśli będziesz potrzebował, żebyśmy wciągnęli cię z powrotem, pociągnij za sznur trzy razy.

– Dobrze – odpowiedział James. Odwrócił się do Cordelii. Stał tak blisko łuku, że zarys jego lewej połowy ciała szarzał, jakby był szkicem, który ktoś zaczął ścierać.

– Cordelio...

Pochyliła się, żeby pocałować go w policzek. Zamrugał zdziwiony i dotknął policzka.

– Wróć – powiedziała.

James skinął głową. Nic więcej nie miał do powiedzenia. Obejrzał się po raz ostatni, przeszedł pod łukiem i zniknął.

***

Świat za łukiem był czarny i szary. James szedł najpierw między amorficznymi kształtami, a potem dotarł do miejsca, gdzie ścieżka wiła się między wydmami z suchego piasku. Powietrze było gęste i kwaśne, pachniało dymem, pył nieustannie unosił się w powietrzu, zmuszając go do zasłaniania oczu jedną ręką.

Tuż nad sobą widział szaro-czarne chmury i dziwne gwiazdozbiory. Błyszczały jak oczy pająków. Gdzieś w oddali chmury zbierały się i padał czarny deszcz.

Jedyną pociechą była lina w pasie. Jak wszystkie liny Nocnych Łowców okazywała się znacznie dłuższa, niż się wydawała – rozwijała się i rozwijała, i nic nie wskazywało, żeby miała się skończyć. Trzymał się jej mocno prawą ręką. Gdzieś na drugim jej końcu stali Matthew i Cordelia.

Po jakimś czasie krajobraz się zmienił. Po raz pierwszy widział ruiny tego, co kiedyś było cywilizacją. Połamane kolumny zaścielające suchą ziemię, sypiące się ruiny starych kamiennych murów. Wydawało mu się, że w oddali widzi kształt wieży strażniczej.

Ścieżka okrążała wydmę. Kiedy James wyszedł po jej drugiej stronie, wyraźniej zobaczył wieżę. Wznosiła się jak włócznia na tle rozdartego nieba. Przed nim rozciągał się kwadrat otoczony ruinami murów, pośrodku którego stał mężczyzna.

Był ubrany na biało jak Nocny Łowca w żałobie. Włosy miał jasnoszare, ale nie robił wrażenia starego – miały kolor gołębich piór i były niemodnie długie. Jego oczy miały znajomy stalowoszary kolor. James widział wizerunki książąt w książce, którą studiował, ale to były ich monstrualne oblicza, a tu książę piekieł pokazywał się w swojej najbardziej ludzkiej formie. Wyglądał jak posąg wyrzeźbiony boską ręką – miał wiecznie młode, przystojne, idealnie harmonijne rysy. Dało się w jego twarzy dojrzeć straszliwą urodę upadłego. Nawet jego ręce wyglądały, jakby kiedyś zostały ukształtowane przez akt boskiego stworzenia – do modlitwy i świętej wojny jednocześnie.

– Cześć, dziadku – powiedział James.

Demon podszedł do niego, uśmiechając się uprzejmie. Kwaśny wiatr zmierzwił mu jasne włosy.

– Zatem wiesz, kim jestem?

– Jesteś Belial.

– Sprytny chłopak – powiedział Belial. – Bardzo się postarałem, żeby nie zostawić za sobą żadnych śladów. – Zakreślił ręką wdzięczną parabolę. Palce miał zagięte jak zawiasy. – Z drugiej strony jesteś w końcu moim wnukiem.

– Ale to nie jest twoje królestwo – powiedział James. – To był świat Belfegora, prawda? Odebrałeś mu go.

Belial zaśmiał się łagodnie.

– Biedny Belfegor. Dość poważnie go raniłem, kiedy się tego nie spodziewał. Bez wątpienia nadal szybuje w przestrzeni między światami, próbując odnaleźć drogę do domu. Niezbyt miły gość, ten Belfegor. Na twoim miejscu nie marnowałbym współczucia na niego.

– To nie jest współczucie – odparł James. – W pierwszej chwili myślałem, że może to on jest moim dziadkiem. To jednak nie pasowało. Nie całkiem. A potem Agaliarept powiedział, że królestwo jego pana zostało mu odebrane...

– Spotkałeś Agaliarepta?! – Belial był ogromnie rozbawiony. – Co za gość. Nieźle się razem bawiliśmy, zanim dał się uwięzić w pudełku. Obracasz się w ciekawym towarzystwie.

James udał, że tego nie słyszał.

– I zacząłem się zastanawiać, kto mógłby ukraść cały świat? I po co? – Wypatrywał na twarzy Beliala jakiejkolwiek zmiany, ale książę piekieł nie zdradzał żadnych emocji. – A potem przypomniałem sobie, że czytałem książkę, w której wspomniano o tobie.

– W wielu książkach jestem wspominany.

– Ta nazywała ciebie złodziejem światów. Pomyślałem... Pomyślałem, że to pomyłka, że mieli na myśli największego złodzieja pośród światów, w jakimś świecie, ale dobrze napisano, co? Ty rzeczywiście kradniesz światy. Ten ukradłeś Belfegorowi. – Jamesowi kręciło się w głowie. Bolał go zadrapany przez Christophera nadgarstek. – Myślałeś, że nikt się nie domyśli, że stoisz za atakami demonów. Pomyślałeś, że jeśli zostawisz jakiś ślad, to zostanie przypisany Belfegorowi. Nie rozumiem jednak, dlaczego przez całe życie pokazywałeś mi ten świat, ten wymiar... – Urwał, próbując zapanować nad sobą. – Widzę ten świat, czy tego chcę, czy nie. Po co jednak miałbyś pokazywać mi świat, który do ciebie nie należy?

Belial się skrzywił.

– Jesteś śmiertelny, odmierzasz swoje życie dniami i latami. My, demony, odmierzamy życie stuleciami i tysiącleciami. Kiedy wyrwałem to miejsce od brata, nie było żadnych Nocnych Łowców. Nie zaistnieli nawet w ślicznej małej główce Razjela. Przez stulecia nagiąłem wszystko w tym świecie do swojej woli: każde drzewo, każda skała, każde ziarenko piasku służy tu moim rozkazom, tak samo jak ty, mój chłopcze. Dlatego cię tu sprowadziłem.

– Przyszedłem tu z własnej woli. Sam zdecydowałem, że stawię ci czoło.

– Kiedy się zorientowałeś, że nie jestem Belfegorem?

Jamesa nagle ogarnęło znużenie.

– A to ma znaczenie? Domyśliłem się nieco, kiedy Mandikhor rozmawiał ze mną na moście. Nie było powodu, żeby książę piekieł chciał mnie tak bardzo zobaczyć, o ile nie łączyła nas krew, a nie było powodu, żeby tak kręcił w kwestii tego, o którego księcia chodzi, o ile to nie był jakiś podstęp. Agaliarept powiedział, że królestwo jego pana zostało skradzione przez sprytniejszego demona, a słyszałem, że mojego dziadka nazywają najprzebieglejszym z książąt piekieł. A potem przemówiła Ariadne i nazwała swojego pana Panem Złodziei i wtedy już wiedziałem. Pan Mandikhora, złodziej, przebiegły książę i mój dziadek to jedna i ta sama osoba.

– A jak myślisz, kto przemawiał przez Ariadne i pozostałych? – zapytał Belial.

Machnął leniwie ręką i przez chwilę James widział izbę chorych w Cichym Mieście. Chorzy leżeli nieruchomo w łóżkach,

Jem strzegł wejścia z kosturem w rękach. W sali panowała cisza. James nie mógł nie spojrzeć na nieruchomego i posiniaczonego Christophera.

– Miałem dość twojego guzdrania się – powiedział Belial, opuszczając rękę. Obraz zgasł. – Musiałeś zrozumieć, że jeśli nie przyjdziesz do mnie, umieranie będzie trwało.

James pomyślał o Matthew i Cordelii. Jak patrzyli na niego z niedowierzaniem, kiedy im powiedział, dlaczego musi przejść przez bramę, dlaczego nie ma wyboru. „Muszę spotkać się z dziadkiem w jego świecie, bez względu na to, czy to jest pułapka. Pewne pułapki trzeba uruchomić. Bo jeśli nie spotkam się z nim i nie zawrę z nim umowy, śmierci nie będzie końca".

– To z twojego powodu w Londynie było tak mało demonów przez wszystkie te lata – powiedział James. „Za bardzo się boją, żeby się pokazać", powiedziała Polly. – Trzymały się z daleka, bo bały się ciebie. Ale dlaczego?

– Żeby sprawić, że staniecie się słabi – odpowiedział Belial. – Mandikhor przeszedł przez was jak nóż przez masło i czemu nie? Nie pamiętacie już, co to znaczy być wojownikami.

– A potem zacząłeś wpuszczać demony z powrotem – dodał powoli James. – Żebyśmy się niepokoili i nie zwracali uwagi na inne rzeczy. Żebyśmy nie uważali.

Belial strzepnął piasek z rękawa.

– Ty i twoi przyjaciele najwyraźniej byliście dostatecznie uważni.

– My ludzie nie jesteśmy takimi głupcami, za jakich nas uważasz – odezwał się chłodno James.

Belial uśmiechnął się szerzej.

– Dziecko, zupełnie źle mnie zrozumiałeś, jeśli myślisz, że uważam ludzi za głupich. To ukochane dzieło Niebios. „W uczynkach równy aniołom, w pojmowaniu równy bogom: najwyższe z żyjących istnień, korona stworzenia!"* – zacytował.

– Szekspir wyraził w tych słowach sarkazm – powiedział James.

– Bez względu na to nie jesteś do końca człowiekiem, prawda? – powiedział Belial. – Żaden Nefilim nie jest do końca człowiekiem. Chodzicie jak ludzie, wyglądacie jak ludzie, ale moce nawet najmarniejszych spośród was daleko przekraczają zdolności najsilniejszych istot ludzkich.

James nie był pewien, czego się spodziewał po Belialu. Z pewnością nie takiego stosunku do istot ludzkich. Jednak demony są podstępne, pod tym względem przypominają faerie: zniekształcają i urabiają prawdę do swoich celów. I w przeciwieństwie do faerie demony mogą kłamać.

– Dlaczego tak bardzo chciałeś się ze mną spotkać? – zapytał James, starając się zachować neutralny ton głosu. – Dlaczego nie przyszedłeś do mnie? Dlaczego nalegałeś, żebym ja przyszedł?

Belial odchylił głowę. Jeśli się zaśmiał, to bezgłośnie.

– Zaskakujesz mnie.

– Spodziewałeś się większego strachu? – spytał James. – W takim razie nie znasz mojego ojca, nie znasz mojej matki. Nie znasz mojej rodziny ani mnie.

– Spodziewałem się więcej gniewu, ale może to masz już za sobą – odparł Belial. – Robisz wrażenie, jakbyś już o mnie wiedział. Wy, Nefilim, i te wasze książczyny. Zatem czego się dowiedziałeś o swoim dziadku?

– „Stworzyłeś Beliala dla otchłani, anioła wrogości; ciemność jest jego królestwem, jego rada niesie występek i winę. Wszystkie duchy wokół niego to anioły zniszczenia, przestrzegają praw

* Przeł. Stanisław Barańczak.

ciemności, ich pragnienie kieruje się tylko do niej" – zacytował James.

Belial wyglądał na rozbawionego.

– A nie poznałeś też znaczenia mojego imienia? Oryginalnie wywodzi się z aramejskiego *Beli ya'al*... Czy może z hebrajskiego? Znaczy „nigdy się nie wzniesie". Jako jedyny spośród książąt piekieł nie mogę chadzać po ziemi we własnej formie. Muszę opętać ciało, żeby zaistnieć w twoim świecie.

– Opętałeś Ariadne – zauważył James. – W izbie chorych.

– Tylko na chwilę – odparł z goryczą Belial. – Kiedy mój duch opętuje ludzkie ciało, to jest jak ognisko płonące w kruchej papierowej oprawie. Ciało zostanie zniszczone w ciągu kilku godzin. Lilith, Samael, wszyscy pozostali mogą chodzić po ziemi nawet w prawdziwej formie. Tylko mnie tego zakazano, bo Niebo karze nas wszystkich wedle swojego pojmowania. Mnie, który ze wszystkich książąt najbardziej kochałem ludzi, mnie jednemu zakazano chodzić pośród nich. – Mówiąc, gestykulował. Jego ręce były piękne i pozbawione wieku jak reszta jego osoby. Miał szczupłe, długie palce o czarnych, matowych paznokciach. – A z drugiej strony jesteś ty.

Palenie przybrało na sile w żyłach Jamesa. Czuł pot ściekający mu między łopatkami, moczący włosy. Nie śmiał spojrzeć na rękę.

– Jedyne ciało, jakim mogę się posłużyć, to takie, które ma moją krew – powiedział Belial. – Próbowałem z twoją matką, ale mechaniczny anioł, którego nosiła, uniemożliwił mi zbliżenie się do niej. Nawet kiedy przepadł, Ithuriel ją chronił. Jest zbyt skażona krwią anioła, żeby mogła stać się dla mnie domem. – Wykrzywił usta. – Ale ty... Moglibyśmy podzielić się twoim ciałem, Jamesie. Moja obecność usunie truciznę Mandikhora z twoich żył. Będziesz żył i uzyskasz niezmierzoną moc. Bo czyż nie jesteś moim dziedzicem, z mojej krwi i mego ciała?

James pokręcił głową.

– Atak demonów, choroba... spowodowałeś to wszystko, bo potrzebujesz mojej zgody. – Ostatni element łamigłówki trafił na swoje miejsce. Całe ciało Jamesa dygotało z bólu. – To dlatego chciałeś, żeby wina za to, co próbujesz robić, spadła na Belfegora. Po to właśnie. Chciałeś obejść prawo zakazujące ci wstępu do naszego świata. To nie nas, Nocnych Łowców, chciałeś zwieść w kwestii tego, kto jest moim dziadkiem, ale innych tobie podobnych.

– Aniołów w górze i demony w otchłani – powiedział Belial, oglądając czarne paznokcie. – W rzeczy samej. Nie mogę zaprzeczyć.

– Potrzebujesz, żebym zgodził się na opętanie. Żebym pozwolił, byś stał się mną.

– Owszem. – Belial robił wrażenie znudzonego.

– Odebrałeś mojej babce jej radość. Odebrałeś życie mojej kuzynce Barbarze. I chcesz, żebym...

– Żebyś dał mi ciało, bym mógł wznieść się na ziemię – dokończył niecierpliwie Belial. – Tak, tak. Bo mogę to wszystko zakończyć. Moje stworzenie na moście już ci to powiedziało.

– Mandikhor – powiedział James. – Opętałeś kogoś i wysłałeś go do Emmanuela Gasta. Żeby wezwał demona.

– Gast był użytecznym idiotą – odpowiedział Belial. – Myślał, że kiedy wezwie demona, pozwolę mu żyć, chociaż trop prowadziłby do niego, a on nie potrafiłby znieść tortur i przesłuchania. – Ziewnął. – Wielka szkoda, Gast był utalentowany w magii wymiarów. Zdołał przywołać Mandikhora w taki sposób, że tylko częściowo żyje w twoim świecie, a częściowo tu, gdzie rozkwita.

– To dlatego może znieść światło dzienne w naszym świecie.

– W rzeczy samej. Światy nakładają się na siebie, Mandikhor i jego dzieci są osłaniane w twoim świecie przez ten świat. A tutaj służy mi całkowicie. Kiedy każę mu zaprzestać ataków na Nefilim, ataki się zakończą. Nikt więcej nie umrze. Jeśli mi odmówisz, Nocni Łowcy będą dalej umierać. I ty, mój chłopcze, też umrzesz.

– Powstrzymaj najpierw demona – wychrypiał James. – Sprowadź go i zniszcz, a wtedy będziesz mógł... będziesz mógł mnie opętać. Pozwolę ci.

– Nie – zamruczał Belial. – To tak nie działa, Jamesie Herondale'u. To mój świat i nie będzie żadnych podstępów. Najpierw oddasz mi ciało, a potem...

James pokręcił głową.

– Nie. Najpierw demon. I nie możesz po prostu unieważnić rozkazów wydanych temu stworowi. Musisz go zniszczyć.

Lodowate spojrzenie Beliala stało się twardsze.

On ma oczy zupełnie jak moja matka, pomyślał James. To było dziwne widzieć w tych oczach tak wiele zła. Tak wiele nienawiści.

– Nie masz pozycji, żeby wydawać mi rozkazy – powiedział Belial. – Chodź tu, chłopcze.

James się nie poruszył. Belial zmrużył oczy, a potem obrzucił go spojrzeniem, przyglądając się jego twarzy, strojowi, krwawiącemu nadgarstkowi.

– Odmawiasz mi – powiedział powoli, jakby nie do końca potrafił w to uwierzyć. James powiedziałby, że jest zdumiony, o ile książęta piekieł się zdumiewają.

– Jak już powiedziałem wcześniej, przyszedłem tu z własnej woli – dodał James.

– Rozumiem – odparł Belial. – Nie jesteś tak uległy, jak mi się wydawało. Jednak już wkrótce zrozumiesz mądrość mojego planu. Wolałbym ciało dorosłego mężczyzny – dodał mimochodem. – Właściwie to wołałbym, żebyś był nieco starszy, ale mus to mus i sam diabeł nie da rady, jak to mawiają. – Uśmiechnął się szeroko. – Pamiętaj, że nie tylko do ciebie mogę się zwrócić.

Machnął dłonią o czarnych paznokciach i wielobarwne światło przecięło ciemne powietrze. Przybrało kształt Lucie – Lucie w stroju bojowym, w upiętych wysoko włosach w ciasnym koczku. Wyglądała naprawdę jak ona, miała nawet plamy od atramentu na rękach. Jamesowi zacisnął się żołądek.

– Nie waż się jej tknąć – powiedział. – Poza tym... Lucie nigdy by się nie zgodziła.

Belial się roześmiał.

– Nie bądź taki pewny. Zastanów się. Pomijając siłę w twojej krwi, ciało, w którym mieszkasz, jest słabe. Spójrz, od czego umierasz w tej chwili. Cztery drobne ślady paznokci na twojej ręce. Tak niewiele, żeby zakończyć tak wiele. Zamieszkujesz kruchą skorupkę, która się starzeje, umiera i odczuwa straszliwy ból, jeśli jednak dołączysz do mnie, staniesz się nieśmiertelny. Nie chciałbyś tego dla swojej siostry? Dla siebie?

– Nie. Nie warto.

– Ach, głupia pewność siebie Nefilim. – Belial zmrużył oczy. – Może czas ci przypomnieć, chłopcze, jak kruchy tak naprawdę jesteś.

***

Zapadło milczenie. Jesse stał z mieczem w ręce, ale nie dyszał; w ogóle nie oddychał. Popatrzył na Grace, na kucającą

Lucie. Ledwie widocznie skinął głową do Lucie. Odwróciła się do Grace.

– Tak – powiedziała. – Widzę Jessego.

Grace podniosła rękę do ust.

– Ale jak? – szepnęła. – James jest Herondale'em, a mimo to go nie widzi. James nigdy nie był w stanie go zobaczyć…

– Lucie jest niezwykła – powiedział Jesse. – Widzi więcej niż zwykłe duchy.

Oparł miecz o ścianę budynku i podszedł do siostry.

– Grace – powiedział, obejmując ją delikatnie, a Grace oparła głowę na jego ramieniu. – Ten demon. To dzieło dziadka, które nadal się tu kręci?

Grace cofnęła się lekko.

– Nie. To był… – Pokręciła głową. – To nie jest bezpieczne. Nie możemy rozmawiać przy niej. Jest córką Willa Herondale'a, praktycznie jest siostrzenicą Konsul…

Lucie podniosła się bez słowa, otrzepując ubranie z trawy. Poczuła się bardzo niezręcznie. Pomyślała o syczącym szepcie demona „Przysięgi, jakie złożyła twoja matka tym, którzy są znacznie potężniejsi od niej". Wiedziała, że demon to robota Tatiany, i podejrzewała po wyrazie twarzy Jessego, że on też się tego domyślał.

– Znam Lucie – powiedział, patrząc na nią ponad blond głową Grace. – Ufam jej. Tak jak ty ufasz Jamesowi.

Grace cofnęła się i zmarszczyła brwi.

– Nigdy nie powiedziałam mu o tobie…

– Lucie!

Ktoś ją zawołał. Lucie podniosła wzrok i zobaczyła pędzącego w jej stronę Thomasa. Z łatwością przeskoczył niski żywopłot i zbliżał się, robiąc wrażenie zdumionego, ale gotowego do walki. Miał bolę w ręce.

Grace odsunęła się pośpiesznie od Jessego, ocierając twarz. Spiorunowała Thomasa wzrokiem.

– Dlaczego wtargnęliście do mojego domu? – zapytała. – Co tu się dzieje?

– Nie sądziliśmy, że będziesz w domu – powiedział Thomas.

– To nie pomaga – wtrąciła Lucie. – Powiedz jej o antidotum.

– Ach. – Thomas zerknął nerwowo na Grace. – Christopher i ja próbowaliśmy opracować antidotum na demoniczną truciznę.

– No i? – zapytała ostro Grace.

Obserwowała kątem oka Jessego; cofnął się kilka kroków i obserwował ich w milczeniu. To było jasne, że Thomas go nie widzi.

– Potrzebowaliśmy czegoś z twojej szklarni – wyjaśnił Thomas. – Konkretnej rośliny. Wziąłem ją i wątpię, żeby ktokolwiek zauważył jej brak, zważywszy na stan cieplarni.

Jesse uniósł brwi.

– Masz w zwyczaju włamywać się do cudzych domów i obrażać ich ogrody? – zapytała Grace. – I co robiła panna Herondale we włoskich ogrodach?

– Ja... – zaczęła Lucie.

Świat pobielał. Najpierw stał się biały, a potem szary. Lucie wyrwał się zduszony krzyk, kiedy ogród przed nią zniknął zastąpiony ogromną pustynią i nocnym niebem z nieznajomymi gwiazdami. Przed sobą widziała Jamesa w ubraniu zbryzganym krwią. Robił wrażenie chorego i rozgorączkowanego. Spojrzała zaszokowana, a on rzucił się do przodu z ostrzem w ręku.

Wizja zniknęła. Znowu znajdowała się na terenie posiadłości w Chiswick; zgięła się wpół, nie mogła złapać tchu. To, co widziała, było prawdą, wiedziała o tym.

– James – wykrztusiła.

„James ma kłopoty. Musimy mu pomóc". Nie potrafiła jednak powiedzieć tego przy Thomasie – musiał się skupić na antidotum, poza tym uznałby, że zwariowała. Próbowała uspokoić głos.

– Powinnam do niego dołączyć.

Thomas spojrzał zdziwiony. Tak samo jak Grace. Tylko Jesse wyglądał, jakby rozumiał.

– Gdzie on teraz jest? – zapytał Jesse. – Sprawdzę, co u niego. Wiesz, jak szybko mogę się przemieszczać.

Lucie i Grace spojrzały po sobie szybko, niemal konspiracyjnie.

– A tak w ogóle, to gdzie jest James? – zapytała Grace. – Nie jest z wami?

– Jest na cmentarzu w Highgate – odpowiedziała Lucie. – Poszedł do Cichego Miasta.

Jesse skinął głową i zniknął.

– Co jest, u diabła, Lucie? – zapytał Thomas. – O co chodzi z Jamesem?

– Powinnam pojechać do niego w Highgate – odpowiedziała Lucie. – Bardziej pomogę naszym przyjaciołom niż tobie w laboratorium. Teraz, kiedy mamy ostatni składnik, czas jest na wagę złota, prawda?

– Tak, ale musisz jechać na cmentarz już teraz?

– Po prostu czuję, że powinnam z nim być, i z Cordelią. Załatwiliśmy to, po co tu przyszliśmy, w laboratorium będę ci tylko przeszkadzać.

– Lucie może pożyczyć moją dwukółkę – powiedziała szybko Grace. – To powinno wystarczyć, żeby dojechać do Cichego Miasta, jeśli Lucie tego chce.

Zaskoczona Lucie spojrzała na nią z wdzięcznością. Thomas był rozdarty.

– Powinienem jechać z tobą.

– Nie – zaprotestowała Lucie. – Tom, musisz jechać do domu Konsul. Nie wybaczyłabym sobie, gdyby przeze mnie odwlekło się zrobienie antidotum.

Lucie pomyślała, że to szczera prawda. W końcu udało się przekonać Thomasa, żeby się pożegnał i ruszył w stronę długiego podjazdu do rezydencji.

Kiedy tylko znalazł się poza zasięgiem słuchu, Grace wbiła lodowaty wzrok w Lucie.

– Co planujesz? Wiem, że odesłałaś go z jakiegoś powodu. Z jakiego tak naprawdę?

– Odesłałam go z powodu Jessego. I ponieważ... Słyszałam, jak rozmawiałaś z demonem, Grace. Groził ci z powodu jakiegoś zaklęcia. Clave...

Twarz Grace przybrała okropny kolor. Kiedy w książkach ludzie bledną, to brzmi dramatycznie. W tej chwili widok jej twarzy sprawił, że Lucie zrobiło się trochę niedobrze.

– Nawet nie wypowiadaj tej nazwy – powiedziała Grace. – Tak, moja matka posłużyła się czarną magią, próbując wskrzesić mojego brata, a wraz z czarną magią przyszły demony. Demony, z którymi zawierała umowy, demony, które stawiały różne żądania, domagały się spełnienia obietnic. Wolałabym, żeby niczego takiego nie zrobiła. Starałam się ukrywać to co najgorsze przed Jessem, ale... Jesse to wszystko, co mam, nie mogę go stracić. Gdyby Clave dowiedziało się o poczynaniach mojej matki...

– Wiem – powiedziała Lucie, starając się mówić uspokajającym tonem. – Rozumiem, że nikt nie może wiedzieć, że Jesse tu jest, że ukrywasz go, bo gdyby Nefilim znaleźli jego ciało, zniszczyliby je. Ale musi być ukryty, chroniony, prawda? Enklawa nie znalazła go, kiedy przeszukiwano teren...

– Mama trzymała trumnę Jessego w sypialni, a Enklawa tam nie weszła – odpowiedziała prawie szeptem Grace. – Przeniosłam go, gdy ona zachorowała. Nie mogłam się zmusić do wejścia tam. Nie mogłam znieść, że będzie się tam budził każdego zmierzchu.

– To okropne... – zaczęła Lucie, ale potem krzyknęła zaskoczona, gdy Jesse się pojawił.

Grace ewidentnie przywykła do nagłego pojawiania się i znikania brata, bo pozostała niewzruszona.

– Znalazłeś go? – zapytała natychmiast Lucie. – Widziałeś Jamesa?

Jesse się zawahał.

– Nie widziałem go, ale widziałem Matthew i Cordelię. Jamesa nie było.

– Tylko tyle? Nie było?! Matthew i Cordelia nigdy by go nie zostawili.

– Myślę, że to on ich zostawił, o ile sam o tym zdecydował – odparł powoli Jesse. – Wyczułem tam pozostałości... czarnej magii.

Lucie zacisnął się żołądek.

– Musimy natychmiast do nich jechać.

– Możesz wziąć naszą dwukółkę, jak zaproponowałam – powiedziała Grace, a Lucie zauważyła, że sama nie zamierzała im towarzyszyć.

– Nie, dziękuję, ale... – Lucie odwróciła się do Jessego. – Możesz mnie zabrać ze sobą? W ten sam sposób, w jaki sam się przenosisz?

Jesse był zaskoczony.

– W sposób, w jaki przenoszą się duchy? Nie mam pojęcia, czy to się uda. Nigdy nikogo ze sobą nie zabierałem.

Lucie wyciągnęła rękę. Jesse stał blisko niej, więc mogła oprzeć dłoń na jego piersi. Był namacalny, jego skóra była miękka, gdy musnęła palcami jego obojczyk. Nie czuła jednak bicia serca pod dłonią.

Spojrzała mu w oczy. Mógł jej tego nigdy się wybaczyć, wiedziała o tym, ale nie miała wyboru.

– Jesse Blackthorn, rozkazuję ci zabrać mnie do mojego brata. Zabierz mnie na cmentarz w Highgate.

Zesztywniał.

– Lucie. Nie.

Grace zrobiła krok w ich stronę ze zdziwioną miną. Zaczęła wyciągać rękę do brata.

– Rozkazuję! – powtórzyła zaciekle Lucie.

Z gniewnym wyrazem twarzy Jesse objął ją i ziemia zniknęła spod jej stóp.

20

Dla tych, co nie są bogami

„Wieściło zemstę i bój rozpaczliwy,
Groźny dla wszystkich, co nie są bogami.
Z przeciwnej strony powstał Belial, który
Więcej miał wdzięku i bardziej był ludzki;
Równie nadobnej postaci Niebiosa
Nigdy nie stracą, zdawał się stworzony
Do czynów szczytnych i wielkich godności"*.

John Milton, *Raj utracony*

– Sznur nadal luźno zwisa – powiedział Matthew po niekończącym się czasie, jaki spędzili na cmentarzu.

Był bardzo blady, Cordelia martwiła się o niego. Przejście Jamesa do innego świata najwraźniej pozbawiło go sił.

Podeszła do łuku tak blisko, jak zdołała. Pomyślała, że może dojrzy Jamesa, ale widziała tylko mnóstwo martwej ziemi i połamanych drzew, wschód czerwonego księżyca.

– A jeśli coś mu się stało? – zapytał Matthew.

– Powiedziałeś Jamesowi, żeby pociągnął za linę, jeżeli będzie musiał się wydostać. Wie, co robić.

---

* Przeł. Maciej Słomczyński.

Zerknęła w dół. Widziała słaby ślad stóp zmierzający w stronę łuku, który raptownie się urywał. Z ciekawości wyciągnęła rękę, by dotknąć przestrzeni pod łukiem – może bariera miała jakiś słaby punkt?

Nic z tego. Bariera była nieustępliwa jak granit. Cordelia widziała przez nią w drugim świecie pojedyncze ziarenka piasku poruszane przez wiatr. Wydawało się, że jest tak blisko.

Rozległ się trzask, gdy lina się napięła. Cordelia obróciła się gwałtownie, gdy Matthew krzyknął, sznur szarpnął do przodu, przewracając go. Padł ciężko na plecy i siłował się wleczony w stronę bariery. Zapierał się o ziemię, próbując spowolnić ciągnięcie, zaczepiał ubraniem o wystające z ziemi korzenie, które rozdzierały materiał. Uderzył o łuk bardzo mocno i lina zwiotczała. Odturlał się z jękiem, a Cordelia podbiegła do niego, wyciągając z pochwy Cortanę. Opadła na kolana obok Matthew. Miał ziemię i krew we włosach. Złapała za sznur, unosząc miecz.

– Nie – wychrypiał Matthew. – James...

Wiedziała, że nie chce, żeby odcięła go od Jamesa, ale uderzanie raz po raz w barierę między światami zabiłoby Matthew. Cordelia to wiedziała i martwiła się, nawet jeśli Matthew się tym nie przejmował.

Opuściła Cortanę, przecinając linę obwiązującą go w pasie. Matthew przeturlał się na brzuch, podniósł się z trudem na kolana, a Cordelia chwyciła odcięty koniec sznura i owinęła go wokół nadgarstka najmocniej, jak się dało.

– Cordelia... – Matthew wyciągnął do niej rękę.

Lina znowu szarpnęła, siła była niewiarygodna. Cordelia poleciała w bok i prawie nadziała się na własny miecz. Wrzasnęła, gdy sznur powlókł ją w stronę łuku. Zobaczyła, że bariera się zbliża, przestrzeń pod łukiem zamigotała. Cordelia obróciła się, uniosła Cortanę. Przesuwał się coraz szybciej.

Przypomniała sobie, jak miecz wbił się w granit na Tower Bridge. Usłyszała głos ojca, bolesny dźwięk dla jej uszu. „To ostrze przetnie wszystko".

Rękojeść zapulsowała w jej dłoni. Usłyszała krzyk Matthew i zamachnęła się Cortaną w stronę łuku, jakby to był papier, który da się przeciąć.

Rozległ się dźwięk, jakby coś strzaskano, i Cortana przeszła przez barierę między tym i następnym światem. Cordelia wrzasnęła, kiedy odłamki podobne do tafli szkła posypały się wokół niej, a każdy zawierał obraz – widziała plażę i krwawiący księżyc, podziemną jaskinię, cytadelę na wzgórzu, demona stojącego przed wieżą strażniczą.

Odłamki przeleciały i zniknęły. Lina przestała się napinać. Cordelię paliły nadgarstek i dłoń. Przeturlała się, krztusząc się i dysząc.

Znalazła się w królestwie cieni. Niebo nad nią było rozdarte szarymi chmurami, wiszącymi ciężko jak bloki granitu. Wszędzie ciągnęły się wydmy popiołu i piasku. Pobielałe kości dziwnych zwierząt, od dawna nieżywych, wystawały z ziemi.

– Daisy? – rozległ się znajomy głos.

Lina wypadła jej z ręki, kiedy spróbowała wstać. Na piasku obok niej klęczał James. Miał bladą twarz, cienie pod oczami jak sińce, kości policzkowe umazane ziemią.

– Jak się tu dostałaś? – szepnął. – Jakim cudem tu jesteś?

– Cortana. Ostrze... przecięło łuk...

– Daisy – szepnął i złapał ją w ramiona.

Nie spodziewała się tego. Zaskoczona wypuściła Cortanę. Na całe szczęście, bo inaczej przebiłaby jedno z nich albo oboje.

James przycisnął policzek do jej własnego. Cordelia czuła, jak bije mu serce.

– Myślałem, że już nigdy więcej cię nie zobaczę. Daisy, aniele...

Objęła go za szyję.

– Och, James.

Tylko kilka sekund pozostała w ramionach Jamesa, ale miała wrażenie, że trwało to wieczność, a zarazem skończyło się, zanim się zaczęło. Przycisnęła usta do jego miękkich włosów i wtedy rozległ nad ich głowami hałas podobny do grzmotu. James poderwał się na równe nogi, pociągając za sobą Cordelię.

– Wracaj, Daisy – powiedział, wpatrując się w jej twarz. – Musisz wyciąć sobie drogę z powrotem. Uciekaj stąd.

Dźwięk podobny do grzmotu powtórzył się i dolatywał z mniejszej odległości.

– James, nie. Nie zostawię cię.

James wypuścił ją z jękiem. Podniósł Cortanę i wcisnął w jej rękę. Zacisnęła odruchowo palce na rękojeści.

– Wiem już, czego chce Belial. Obiecuję, że nic nie możesz zrobić...

Mocniej zacisnęła rękę na Cortanie.

– Tylko jeśli wrócisz ze mną – upierała się.

Znowu rozległ się huk. To nie był grzmot, ale niósł się echem po ziemi.

– Nie mogę – odpowiedział. Wiatr znad pustyni przybrał na sile, odwiewając mu czarne jedwabiste włosy z czoła. – Muszę to zniszczyć. To jedyny sposób, żeby to zakończyć. – Dotknął jej twarzy. – Wracaj, moja Daisy. Powiedz Matthew...

Ryk rozdarł niebo, wstrząsnął ziemią pod ich stopami. Cordelii wyrwał się słaby okrzyk, kiedy wydmy wokół nich nagle eksplodowały. Piasek trsynął w górę, przesłaniając gwiazdy. Ziemia pękła i coś wypełzło z niej, rycząc jak grom.

Cordelia zasłoniła twarz ręką. Kiedy ją opuściła, skórę i włosy miała zapiaszczone. Zamrugała i wytrzeszczyła oczy. Tam, gdzie wcześniej ciągnęła się pustynia, stał Mandikhor, trzy razy większy niż na moście. Wznosił się nad nią i Jamesem, jego cielsko dzieliło niebo.

***

Rezydencję Konsul przy Grosvenor Square wybudowano w stylu georgiańskim, jasny tynk na cegle tworzył kolumnową fasadę naśladującą architekturę starożytnego Rzymu. To był wielki dom. Korony drzew ocierały się o okna na trzecim piętrze. Dla Thomasa to było miejsce, w którym bawił się z przyjaciółmi od dziecka. Od dawna nie było w stanie zrobić na nim wrażenia ani go zaniepokoić.

A przynajmniej tak mu się wydawało. Kiedy wysiadł z powozu i ruszył szerokimi schodami do frontowych drzwi, w żołądku zagnieździł mu się niepokój. On i Lucie złamali każdą zasadę w Kodeksie, a teraz on uciekł prosto do domu Konsul. Musiał chyba oszaleć.

Pomyślał o Jamesie, Lucie, Matthew. O Cordelii. Żadne z nich nie zawahałoby się, idąc prosto do frontowych drzwi. Pomyślał o Christopherze umierającym w Cichym Mieście. Sam w ciemności, bez przyjaciół, z trucizną płonącą w żyłach. Christopher, kuzyn Thomasa i brat jego serca.

Thomas wbiegł po schodach i zaczął dobijać się do drzwi.

– Charles! – zawołał. – Charles, tu Thomas Lightwood, otwórz mi, proszę!

Jakby Charles czekał przy wejściu, drzwi otworzyły się natychmiast.

Miał na sobie świeżo wyprasowany czarny garnitur, a rude włosy zaczesał do tyłu. Thomasa ogarnęła mieszanina bólu i gniewu, które w ostatnich dniach zawsze odczuwał na jego widok. Kiedyś Charles był tylko denerwującym starszym bratem Matthew, o którym Thomas rzadko myślał. Teraz widział, w jaki sposób Alastair patrzy na Charlesa, i czuł tępy ból.

– Jeśli chodzi o Christophera, to wiem tyle samo co ty – powiedział zniecierpliwiony Charles. – Jest w Cichym Mieście. Myślę, że Matthew pojechał do Instytutu z Jamesem. Proponuję, żebyś zrobił to samo.

Chciał zatrzasnąć drzwi. Thomas bez chwili namysłu zablokował je, wsuwając umięśnione ramię między nie a framugę.

– Wiem już, co z Christopherem. Muszę skorzystać z laboratorium na dole. Christopher nie może, więc ja się tym zajmę.

– Nie. Nie bądź śmieszny. Ludzie umierają. To nie czas, żeby bawić się...

– Charles. – Alastair pojawił się w wejściu. Był w spodniach i w samej koszuli. Jego odsłonięte przedramiona były słabo umięśnione. Unosił arogancko podbródek, jak robił to zawsze, nawet gdy nikt nie patrzył. – Wpuść Thomasa.

Charles przewrócił oczami, ale odsunął się od drzwi. Thomas prawie wpadł do środka.

– Co chcesz zrobić? – zapytał Alastair. Patrzył na Thomasa, ściągając ciemne brwi.

Thomas wyjaśnił pokrótce pomysł Christophera na antidotum, pomijając, rzecz jasna, to, że wymagało nielegalnej wizyty w szklarni.

– Potrzebuję tylko laboratoriom, żeby sprawdzić, czy to zadziała – dokończył. – Alastair...

– Thomas, szczerze mówię, może i masz dobre intencje, ale to nie czas na lekkomyślne i głupie eksperymenty – powiedział Charles. – Jadę właśnie na spotkanie z Enklawą. Nie mam czasu, żeby tu zostać i pilnować, czy nie wysadzisz domu.

Thomas pomyślał o Christopherze, o nieśmiałym, bystrym Christopherze, o latach cichej desperacji, które sprawiły, że stał się ekspertem w swojej dziedzinie, szanowanym przez Henry'ego, o wiele zdolniejszym, niż się wszystkim wydawało.

Thomas z determinacją przycisnął pudełko z korzeniem moly do piersi.

– Moja siostra i mój kuzyn zachorowali z tego samego powodu, demonicznej trucizny. Moja siostra nie żyje. Christopher umiera. Jak możesz uważać, że nie podchodzę do tego poważnie? Że to lekkomyślne albo głupie? Stworzenie antidotum to jedyny sposób, żeby ocalić tych, którzy nadal żyją.

– Enklawa... – zaczął Charles, zapinając marynarkę.

– Nawet jeśli Enklawa znajdzie i zabije Mandikhora, to w niczym nie pomoże chorym – powiedział Thomas. – To nie pomoże Ariadne.

Charles zacisnął usta z irytacją i przez chwilę Thomas miał dziwne uczucie, że zaraz powie, że Ariadne nic go nie obchodzi. Widział, że Alastair rzucił Charlesowi mroczne spojrzenie, jakby to samo przyszło mu do głowy.

Thomas odchrząknął.

– Ktoś mi kiedyś powiedział, że trzeba się odsunąć i pozwolić ludziom robić to, w czym są dobrzy, a Christopher jest w tym dobry. Wierzę w niego. To antidotum będzie działać.

Charles tylko się zdziwił, ale Thomas nie powiedział tego do niego. Patrzył na Alastaira, który wkładał rękawiczki. Podniósł wzrok jak gdyby nigdy nic, nie patrząc na Thomasa, i powiedział:

– Charles, daj mu skorzystać z laboratorium. Zostanę i dopilnuję, żeby nie spalił domu.

Charles osłupiał.

– Tak?

– Wygląda na to, że to najlepsze rozwiązanie, a wiesz, że nie interesuje mnie spotkanie Enklawy.

– Pewnie tak – zgodził się Charles niechętnie. – W porządku. W takim razie przyjedź, kiedy będziesz mógł. – Wyciągnął rękę do Alastaira, jakby odruchowo, i zaraz ją opuścił. Popatrzyli po sobie zakłopotani, a Thomasowi zacisnęło się serce.

Charles ruszył w dół po schodach. Po chwili odwrócił się i zerknął na Thomasa.

– Tylko niczego nie zniszcz – powiedział, a potem zniknął za rogiem domu.

– Lepiej chodźmy do labo... – zaczął Thomas, ruszając w stronę głównej części domu.

– Stój – powiedział Alastair, a Thomas zamarł, głównie z zaskoczenia. Oczy Alastaira były jak odłamki czarnego lodu. – W nosie mam laboratorium. Chcę wiedzieć, gdzie w tym całym szaleństwie jest moja siostra. Dokąd pojechała?

– Na cmentarz w Highgate – odparł Thomas. – Do wejścia do Cichego Miasta.

– Do diabła. Po co? Wiesz co, nieważne. Tylko bardziej się zdenerwuję.

– Przykro mi – powiedział Thomas. – Nie, że ona tam jest... nawet jeśli zagrozi im niebezpieczeństwo, w co wątpię, to Cordelia potrafi się bronić... ale z powodu tego wszystkiego, co się dzieje. To nie nasza wina, ale... przykro mi.

Alastair spojrzał nieco łagodniej i przez chwilę Thomas poczuł się jak w Paryżu, gdy z rękami w kieszeniach rozmawiał cicho z Alastairem, jakby nikogo poza nimi nie było na świecie.

– Mnie też jest przykro. Z powodu twojej siostry. Nie miałem okazji powiedzieć ci tego wcześniej.

Thomasowi zaparło dech.

– Dziękuję.

– Naprawdę myślisz, że antidotum zadziała? – zapytał Alastair.

– Wiem, że zadziała.

Alastair patrzył Thomasowi w oczy przez długą chwilę, a potem skinął głową.

– Ile czasu potrzebujesz na zrobienie go?

– Dwadzieścia minut. Jeśli wszystko pójdzie dobrze.

Alastair odetchnął.

– W porządku. Masz w takim razie dwadzieścia minut. Potem jadę po Cordelię. – Thomas spojrzał na niego zdziwiony, a Alistair machnął niecierpliwie w stronę schodów prowadzących do laboratorium. – Pomogę ci. Bierzmy się do pracy.

***

Mandikhor był potężny. Unosił się nad nimi jak dym z ogniska. Nie dało się go z niczym pomylić – chociaż okrutnie urósł, to miał te same pokryte łuską lwie ciało, ten sam potrójny rząd zębów. Jeszcze jedno się w nim zmieniło – w królestwie cieni jego ciało było naznaczone tysiącem rodzajów chorób. Kiedy ruszył ku nim, rozdzierając szponami piach, Cordelii żołądek podszedł do gardła. Demony często były obrzydliwe. Trzeba było trenować, żeby się nauczyć, jak sobie z tym radzić. Jednakże było coś szczególnego w objawach śmierci, które pokrywały ciało tego stwora – paskudne dymienice czarnej śmierci zdobiły mu ręce, tułów miał poznaczony czarną ospą, pierś popękaną i pożłobioną trądem. Jeden kawał skóry miał przeżarty zgnilizną, a inne czerwone od szkarlatyny. Czarna krew ściekła mu z uszu i paszczy.

James cofnął się, pociągając za sobą Cordelię, ale piach i ziemia usypały się wokół nich stromymi wydmami. Nie mieli gdzie się wycofać.

Rozległ się przenikliwy śmiech. Na szczycie jednej z piaszczystych wydm stał mężczyzna o jasnoszarych włosach i oczach. Robił wrażenie młodego i olśniewająco pięknego, ale w jego urodzie było coś mrocznego – to było piękno krwi na śniegu, błysku białej kości w cieniu.

Przypominał Jamesa. Nie w żaden konkretny sposób, ale kształtem oczu, kośćmi twarzy, łukiem ust. Musiała sobie przypomnieć: „To Belial, książę piekieł. Jeśli przypomina ci Jamesa, to właśnie o to mu chodzi. W prawdziwej formie może wyglądać całkiem inaczej".

Kiedy kurz opadł wokół nich, wyciągnął rękę w stronę Mandikhora. Demon zamarł, a Belial odwrócił się do Cordelii i obrzucił ją zimnym spojrzeniem. Zacmokał z niesmakiem.

– James, sprowadzanie takich posiłków to oszustwo. Co z regułami uczciwej walki?

James wyjął dwa miecze zza pasa. Dyszał ciężko i był bardzo blady. Umazany ziemią i piaskiem nie wyglądał jak edwardiański dżentelmen, tylko coś bardziej prymitywnego.

– Pozwól jej wrócić do naszego świata – powiedział. – Zostaw ją w spokoju. To do mnie masz sprawę...

– Nie! – zaprotestowała Cordelia. – Nie porzucę cię!

Belial machnął znudzony ręką. To był leniwy gest. Cordelii wyrwał się słaby okrzyk, gdy czarne pnącza wyskoczyły z ziemi, owijając się wokół jej stóp i nóg, unieruchamiając ją. James zrobił krok w jej stronę. Uniosła Cortanę i opuściła, zamierzając przeciąć pnącza...

Ostrze zniknęło jej z ręki. Straciła równowagę i padła na kolana. Pnącza owinęły się ciaśniej wokół jej nóg. Cordelia zdławiła krzyk. Ból był potworny, widziała wszystko na czerwono. Słyszała, że James coś mówi, spojrzała zamglonym wzrokiem na Beliala, zobaczyła jego straszliwy uśmiech. Trzymał Cortanę w ręku.

Zaśmiał się na widok jej miny.

– W moim świecie wszystko mnie słucha. Nawet ostrze Waylanda Kowala.

Pstryknął palcami i poniósł się dźwięk głośny jak wystrzał. Mandikhor wspiął się na tylne nogi i rzucił się na Jamesa.

***

James przeturlał się na bok, kiedy Mandikhor skoczył. Usłyszał, że demon uderzył o ziemię obok niego, przez piach i ziemię poniosła się fala uderzeniowa. James obrócił się na plecy, gdy demon stanął nad nim. Dźgnął mieczem w górę. Usłyszał stęknięcie i paląca posoka obryzgała mu rękę.

Demon cofnął się, dając mu dość miejsca, żeby zdołał się poderwać. Widział Cordelię, która szarpała się desperacko z pnączami. Zrobił salto do przodu, przeturlał się, poderwał i wtedy się obrócił. Mandikhor był za nim, wymachując łapą podobną do maczugi. James zrobił unik, kiedy łapa przecięła ze świstem powietrze nad jego głowę, pudłując o włos.

Głowa go bolała. Skórę miał rozpaloną i wydawała mu się za ciasna, nadgarstek potwornie go piekł. Cofnął się, próbując zogniskować wzrok na demonie. To był cień poruszający się na tle jaśniejszego światła, które raniło mu oczy. Belial przyglądał się uważnie, kiedy Mandikhor krążył, powarkując.

Cordelia krzyknęła ostrzegawczo. Mandikhor skoczył w powietrze, wyciągając szpony – był zdumiewająco szybki mimo jątrzących się ran. Przeorał jednym rękę Jamesa, który obrócił się w bok, wyprowadził cios nad głową i przeciął pierś demona. Znowu trysnął ichor, mieszając się z jego własną krwią. James czuł metaliczny posmak w ustach. Przeturlał się i przykucnął gotowy do wypadu w przód. Mandikhor wyciągnął łapę i złapał ostrze miecza. Zawył, gdy klinga rozcięła skórę, i pchnął, przewracając Jamesa na plecy.

Chłopak uderzył o ziemię tak mocno, że powietrze uszło mu z płuc. Miecz wypadł mu z ręki. Sięgnął po niego w chwili, gdy Mandikhor nadepnął na broń. James przeturlał się w bok, gdy szarpnął nim kaszel. Podniósł się na kolana i splunął krwią. Słyszał, że Belial się śmieje.

Otarł krew z ust. Demon znowu wyciągnął się na całą długość. Patrzył z góry, mrużąc czerwone oczy.

– Poddaj się, James – powiedział Belial. – Przyznaj się do przegranej. Albo rozkażę demonowi cię zabić.

James z trudem podniósł się na kolana. Widział Cordelię, ręce miała zakrwawione od szarpania się z pnączami. Chciał ją przeprosić, powiedzieć, że mu przykro za to, że wciągnął ją w ten beznadziejny bałagan.

Spojrzała na niego, jakby chciała powiedzieć mu coś wzrokiem, przemówić oczami. Nadal trzymała pnącza. Nie poddała się mimo krwi i bólu. Była Cordelią. Ona nigdy się nie podda.

Walcz dalej, powiedział sobie, ale nie mógł się podnieść. Jego ciało umierało. Cienie zaczynały wypełniać mu pole widzenia. Mandikhor wznosił się nad nim, czekając na słowo, na gest Beliala. Beliala, który rządził tym miejscem, który naginał tę rzeczywistość do swojej woli.

James wyciągnął prawą rękę. Rozcięcie od szponu Mandikhora krwawiło mocno. Krople uderzały o piach, wsiąkały weń. Pomyślał, że słyszy szept piasku, cichy pomruk, ale może to tylko trucizna buzowała w jego ciele.

„Cienie", szepnął piach. A James pomyślał o wszystkim, czego nauczył go Jem. Skup się. Myśl jasno. Oddychaj. „Musisz zbudować fortecę kontroli wokół siebie. Musisz poznać swoją moc, żeby nad nią zapanować".

Belial zapanował nad tym światem. Nagiął wszystko do swojej woli. „Każde drzewo, każda skała, każde ziarenko piasku służy tu moim rozkazom". Każda część tego świata reagowała na to, czym był Belial.

„Czyż nie jesteś moim dziedzicem, z mojej krwi i mego ciała?".

James się skupił. Skupił się, jak światło skupia się pod soczewką. Napierał wolą, postanowieniem, krwią w żyłach. Poczuł, jak ziemia przesuwa się i zmienia pod nim. Sięgnął po substancję tego świata, skamieniałe drewno powykrzywianych drzew, przechylające się stosy kości, wydmy z piasku, cień Mandikhora.

Belial krzyknął. Mandikhor rzucił się do przodu. James poderwał się. Skierował swoją siłę w świat wokół niego, który odpowiedział skwapliwie – ziemia ryknęła, powietrze eksplodowało jak czarny ogień z jego rąk, palców. Mandikhor zatoczył się w stronę Jamesa, ale wiatr niósł piach, tworząc ciemne tornado.

Belial krzyknął, ale Mandikhor już go nie słyszał. Jego głos zginął w wyciu wiatru. James stał z szeroko rozłożonymi rękami, wiatr i piach wirowały wokół niego jak burza na pustyni. Mandikhor wył, cała substancja tego świata zwróciła się przeciwko niemu. Oderwane od drzew gałęzie leciały jak noże. Kości stały się pociskami. Demon zawył po raz ostatni, kiedy ciemne wzburzone powietrze wznosiło się kręgiem wokół niego, a potem zapadło się do środka, miażdżąc i rozrywając.

Mandikhor zniknął. James natychmiast przerwał wysiłki. Wiatr ucichł, ziemia uspokoiła się pod jego stopami. Szczątki opadły cicho na ziemię. Otarł piach i krew z oczu, rozglądając się desperacko. Krajobraz całkiem się zmienił – wydmy się przesunęły, piach leżał płasko przed nim. Zobaczył wtedy Cordelię. Leżała nieruchomo, a jej rude włosy wyglądały jak rozbryzg krwi na piachu.

– Daisy – wychrypiał i ruszył do niej.

Ledwie zdążył zrobić krok, gdy Belial pojawił się przed nim, chociaż jeszcze przed chwilą był gdzie indziej. Żadne ślady na piasku nie zdradzały, którędy przeszedł do Jamesa. W lewej ręce trzymał Cortanę, złote ostrze lśniło na tle szarego nieba.

– No proszę – powiedział Belial, wykrzywiając twarz w czymś na podobieństwo uśmiechu. – Jaki sprytny jesteś.

James tylko patrzył. Był wyczerpany, w żyłach miał truciznę, czekał, aż gorączka znowu go ogarnie. Chciał tylko podejść do Cordelii, zanim padnie.

– Zejdź mi z drogi – wychrypiał mimo suchości w gardle.

Belial się zaśmiał.

– „Przeciwstawiajcie się diabłu, a ucieknie od was". To miła myśl, co? Ze Świętego Jakuba. – Pochylił się w stronę Jamesa, który poczuł od niego zapach palonej kredy. – Widzę, że zaczynasz pojmować ułamek mocy, jaką mógłbyś dysponować, gdybyś naprawdę sięgnął po swoje dziedzictwo – szepnął. – Krew, którą dzielisz ze mną, jest o wiele potężniejsza od tej, którą dzielisz z Razjelem. Jak myślisz, jaką moc będziesz miał, jeśli pozostaniesz tym, czym jesteś teraz?

– Zostaw mnie – wychrypiał James. – Nie pozwolę ci...

– Dość! – ryknął Belial.

Zupełnie jakby stracił panowanie nad rysami twarzy – stała się nagle wydłużona, jego usta też się rozciągnęły, coraz bardziej i bardziej w grymasie potwornej wściekłości.

– Myślisz, że pozwolę ci, żebyś dopuścił do śmierci tego ciała? Nie masz wyboru, ty...

Lewa ręka Beliala szarpnęła się do tyłu. James wytrzeszczył oczy, gdy Cortana wyleciała z zaciśniętej dłoni Beliala. Książę piekieł krzyknął, obrócił się i zobaczył to, co James też teraz zauważył – Cordelia stała za nim w stroju bojowym, z którego od kolan w dół zostały strzępki. Cortana leciała do niej jak ptak. Cordelia wyciągnęła rękę i miecz uderzył o jej zakrwawioną dłoń.

– To bardzo niegrzeczne zabierać cudzy miecz bez pytania – powiedziała.

Belial zmrużył oczy. Uniósł rękę i ziemia pod Cordelią zaczęła się otwierać. James zatoczył się do przodu na oślep, zamierzając złapać Cordelię, zanim spadnie, ale ona stała pewnie. Skoczyła do Beliala i wbiła Cortanę w jego pierś jednym płynnym ruchem. Belial odchylił głowę i ryknął z bólu.

– Daisy! – James rzucił się do przodu, gdy Cordelia wyszarpnęła miecz.

Belial nadal wył. Krew lała się z rany w kolorze ciemnych rubinów, migocząc czerwono-czarno. James złapał Cordelię, która trzęsła się i dyszała. Wpatrywała się w Beliala.

– Głupcy! – syknął Belial. – Nie macie pojęcia, co właśnie zrobiliście.

Uniósł rękę, jakby zamierzał jedno z nich uderzyć, ale rozpadła się jak zrobiona z piasku. Belial patrzył na swe rozpadające się na kawałki ciało, jak dziecinna łamigłówka rzucona w powietrze. Otworzył usta, jakby chciał ryknąć albo krzyknąć, ale twarz mu się zapadła, zanim wydał jakikolwiek dźwięk. Rozpadł się i rozwiał, a James tylko patrzył na to ze zgrozą.

Cordelia krzyknęła. Ziemia zakołysała się pod nimi. Niebo zaczęło pękać, czerwono-czarne światło lało się z pęknięć jak krew z rany Beliala. Świat rozpadał się wokół nich. James przyciągnął Cordelię do siebie, kiedy dno odpadło od świata.

***

To nie przypominało przenoszenia się przez Bramę pośród wiru dźwięków i widoków, pomyślała Lucie. Ścieżka, którą podróżowali umarli, była cicha i ciemna. Lucie niczego nie widziała ani niczego nie słyszała. Gdyby nie objęcia Jessego, namacalna bliskość jego ciała, pomyślałaby, że straciła kontakt ze światem żywych na zawsze, że umarła albo została wyrzucona w straszliwą pustkę.

Ulga, jaką poczuła, gdy świat powrócił, była ogromna. Twarda ziemia uderzyła o jej stopy. Lucie potknęła się i złapały ją czyjeś ręce. Zamrugała i się rozejrzała.

Najpierw zobaczyła Jessego. Trzymał ją blisko, ale jego zielone oczy miały gniewny wyraz.

– Niech cię diabli, Lucie Herondale – powiedział i ją wypuścił.

– Jesse... – zaczęła i zdała sobie sprawę, że nie ma pojęcia, gdzie się znalazła.

Rozejrzała się gorączkowo. Stali na polanie pośrodku cmentarza w Highgate, pod koronami cedrów. Było ciemno, przez szpary pomiędzy gałęziami wpadało niedużo światła gwiazd.

Lucie drżącymi rękami wyjęła kamień runiczny z kieszeni. Światło zapłonęło. Teraz widziała wokół nich krąg grobów. Ziemia była rozorana, jakby niedawno ktoś tam walczył. Na trawie nieopodal leżała jakaś postać.

Lucie zaparło dech.

– Matthew!

Rzuciła się przez polanę do *parabatai* Jamesa. W magicznym świetle widziała siniaki na jego twarzy. Kurtkę i koszulę miał rozdarte i pobrudzone krwią. Wyciągnęła stelę zza paska i sięgnęła po jego rękę.

Run *parabatai* kontrastował czernią z wewnętrzną stroną nadgarstka. Lucie przełknęła łzy.

– Lucie.

Jesse stał nad nią. Wiatr szumiał w gałęziach nad nimi, ale jego ubranie i włosy nie poruszały się na wietrze.

– Nic mu nie jest – powiedział. – Stracił przytomność, ale nie grozi mu niebezpieczeństwo.

Przycisnęła czubek steli do dłoni Matthew i narysowała szybko *iratze*.

– Skąd wiesz?

– Gdyby umierał, widziałbym to – odpowiedział cicho Jesse. – A on widziałby mnie.

Lucie dokończyła *iratze* i zobaczyła, jak ożywa blaskiem na skórze Matthew. Chłopak jęknął i otworzył oczy.

– Matthew – powiedziała, pochylając się nad nim.

Schowała stelę za pasek i oparła rękę o jego policzek, z którego zaczęły znikać siniaki i zadrapania.

Matthew spojrzał jej w oczy, źrenice miał rozszerzone, wzrok niezogniskowany.

– Cordelia? – szepnął.

Lucie się zdziwiła.

– Nie, Math, to ja, Lucie. – Wzięła go za rękę. – Gdzie jest Cordelia? I James? Gdzie oni są?

Matthew zaczął z trudem siadać.

– Łuk – powiedział, a Lucie spojrzała na niego zdumiona. – Przeszli. Najpierw James, potem Cordelia. Posłużyła się Cortaną. – Rozejrzał się po polanie. – Łuk – powtórzył z paniką w głosie. – Gdzie on jest?

Zmartwiona Lucie spojrzała na Jessego. Nadal zaciskał gniewnie zęby, ale przynajmniej nie odszedł. Nie zniknął. Wzruszył ramionami – ewidentnie też nie widział łuku.

– Matthew, spróbuj sobie przypomnieć... – zaczęła, kiedy niebo pękło w ciszy, niewiarygodnie, na samym środku.

Przez chwilę na niebie widniała szpara, za którą Lucie widziała gwiazdozbiory z innego świata. Widziała cienie, które wznosiły się w powietrzu jak wieże gwiezdnego ognia, płonące mrocznie. Przelotnie spostrzegła parę srebrnych oczu.

A potem James i Cordelia wypadli z nieba.

Cordelia spadła pierwsza, pojawiła się nagle, znikąd, jak spadająca gwiazda dziesięć stóp nad ziemią. Huknęła o ziemię, Cortana wypadła jej z ręki. James wypadł zaraz za nią, bezwładnie. Uderzył o ziemię obok Cordelii i leżał tam bez ruchu.

– Pomóż mi wstać – powiedział Matthew, łapiąc Lucie za rękę.

Lucie zrobiła, o co prosił. James i Cordelia leżeli parę metrów dalej. Lucie i Matthew podbiegli, żeby uklęknąć obok nich.

Cordelia była wybrudzona piachem i ziemią. Włosy rozsypały jej się na ramiona jak ogień.

– James – wystękała, wytrzeszczając ze strachu oczy. – Zajmijcie się nim, nie mną... trucizna demonów...

Trucizna demonów? Lucie zrobiło się zimno, gdy pochyliła się nad bratem. Leżał blady, nieruchomy, z rękami czarnymi od ichoru. Czarne potargane włosy miał sztywne od krwi.

Cordelia próbowała się podnieść, ale tylko krzyknęła z bólu i upadła na kolana. Lucie, która klęczała obok Jamesa, spojrzała na nią spanikowana.

– Daisy...

– To nic takiego. Proszę, musi być coś, co możemy zrobić dla Jamesa... – Z trudem zaczerpnęła tchu. – Zabił Mandikhora. Zniszczył go. Nie może umrzeć. To nie w porządku.

Matthew klęczał obok Jamesa ze stelą ręce. Runy nakładane przez *parabatai* są zawsze najsilniejsze. Ręce Matthew nie drżały, gdy rysował lecznicze runy na rękach Jamesa, nadgarstkach, u podstawy gardła. Zamarli, wstrzymując oddech. Cordelia mimo bólu podczołgała się bliżej. Jej rude włosy dotykały liści na ziemi. Wpatrywała się w Jamesa.

Iratze na jego skórze zamigotały i zniknęły.

– To nie zadziała – odezwał się Jesse.

Gniew zniknął już z jego twarzy; stał niedaleko Cordelii widziany tylko przez Lucie. W jego oczach malował się potworny smutek.

– Jest zbyt blisko śmierci.

Matthew wciągnął gwałtownie powietrze. Przycisnął nagle mocno rękę do piersi, jakby nóż przebijał mu serce, a on próbował powstrzymać krwawienie. Pobladł śmiertelnie.

– On umiera – powiedział łamiącym się głosem. – Czuję to.

Lucie złapała brata za ręce. Były zimne, nieruchome. Łzy płynęły jej po policzkach, malując jasne ślady w brudzie.

– Jamie, proszę – szeptała. – Nie umieraj. Weź jeszcze jeden oddech. Dla mamy, dla taty. Dla mnie.

– Oddaj mu moje tchnienie – zaproponował Jesse.

Lucie poderwała gwałtownie głowę. Popatrzyła na niego. Miał dziwny wyraz twarzy, niemal promieniujący rezygnacją.

– Co masz na myśli?

Cordelia wytrzeszczyła oczy.

– Do kogo mówisz? Lucie?

Jesse podszedł do nich. Przyklęknął, a trawa nie ugięła się pod ciężarem jego ciała. Zdjął przez głowę złoty łańcuszek z medalionem i podał Lucie.

Przypomniała sobie, co mówił po walce na Tower Bridge. Że oddałby jej swoje ostatnie tchnienie. Że to wystarczyłoby, żeby opróżnić z wody jej płuca, gdyby to ona tonęła. Tak jak James tonął teraz w truciźnie.

– Ale co stanie się z tobą? – szepnęła.

Wiedziała, że Cordelia gapi się na nią; Matthew zgiął się z bólu, oddech mu się rwał.

– A jakie to ma znaczenie? – spytał Jesse. – To jego życie. Nie cień życia. Nie lata czekania w ciemności.

Lucie wyciągnęła rękę i zamknęła ją na medalionie. Poczuła, jak spada na jej dłoń zimny i konkretny. Wahała się chwilę, ale tylko chwilę, patrząc na Jessego, który klęczał na trawie.

Potem spojrzała na brata. Usta miał sine, oczy zapadały mu się w głowie. Ledwie oddychał. Ostrożnie, jakby trzymała szklankę z ostatnią kroplą wody na świecie, Lucie otworzyła medalik i przycisnęła metal do jego ust.

Minęła chwila, trwająca ledwie tyle co jedno westchnienie.

A potem pierś brata uniosła się dzięki ostatniemu oddechowi Jessego Blackthorna. Otworzył jasnozłote oczy, a z czterech półkolistych ranek na nadgarstku wypłynął czarny płyn – jego ciało pozbywało się trucizny Mandikhora.

Lucie zacisnęła rękę na medaliku tak mocno, że metal wciął jej się w skórę. Cordelia krzyknęła. Matthew podniósł głowę, kolory powracały na jego twarz. Podczołgał się do Jamesa i wciągnął jego głowę na swoje kolana.

James oparł się o pierś Matthew, próbując zogniskować wzrok. Lucie wiedziała, co widzi. Chłopca klęczącego nad nim, chłopca o czarnych włosach jak jego własne i zielonych jak liście głogu oczach, który już zaczynał się rozmywać, jak znika postać w chmurze, gdy zmieni się wiatr.

– Kim jesteś? – wychrypiał szeptem James.

Ale Jesse już zniknął.

***

– Jak to „kim jesteś"? – zapytał Matthew. – Jestem twoim *parabatai*, ty durniu.

Był zajęty rysowaniem leczniczych runów na wszelkich częściach ciała, których mógł sięgnąć, a Cordelia mogła mu tylko przyklasnąć. Nie miała pojęcia, co Lucie zrobiła, żeby uleczyć brata, ale to nie miało teraz znaczenia.

– Nie miałem na myśli ciebie – powiedział James. Zamknął oczy, ciemne rzęsy opierały mu się o kości policzkowe. – Rzecz jasna.

Matthew przeczesał upierścienioną ręką zmierzwione włosy Jamesa i się uśmiechnął.

– Powiesz nam, co się stało? Nie codziennie gość idzie do świata demonów, żeby potem spaść z nieba. Pomyślałem, że podzielisz się tym doświadczeniem z przyjaciółmi.

– Uwierz mi, kiedy ci powiem, że to długa historia – odpowiedział James. – Ale obiecuję, gdy już nie będzie nam grozić niebezpieczeństwo...

– Naprawdę zabiłeś Mandikhora? – zapytała Lucie.

– Tak. A Cordelia zabiła tego, który go przywołał.

Wyciągnął brudną i poranioną rękę.

– Daisy? Podejdziesz? – Uśmiechnął się słabo. – Sam bym podszedł, ale chyba nie mam siły chodzić.

Cordelia spróbowała się podnieść, ale poczuła potworny ból w nodze. Zdławiła jęk.

– Chyba złamałam nogę. To denerwujące, ale poza tym nic mi nie jest.

– O rety, Daisy! Twoja noga! – Lucie skoczyła i popędziła do Cordelii, rzuciła się na ziemię i przycisnęła stelę do ręki Cordelii. Zaczęła rysować *iratze*. – Jestem beznadziejna – jęczała. – Najgorszy *parabatai* w historii świata. Wybacz mi, proszę.

Kiedy leczniczy run zaczął działać, Cordelia poczuła, że kość się zrasta. To nie było miłe uczucie. Stęknęła i powiedziała:

– Lucie, to nic takiego. Sama narysowałabym run, ale upuściłam stelę... w tamtym drugim świecie.

Lucie odgarnęła włosy z oczu Cordelii i uśmiechnęła się do niej.

– Nie musisz nigdy robić tego sama. Runy rysowane przez *parabatai* są najlepsze.

– Koszmar – powiedział Matthew. – Patrz, jak się rozczulają nad swoimi dozgonnymi więziami przyjaźni. Publicznie.

– Zastanawiam się nad twoją definicją słowa „publicznie" – zadrwił James. Lucie i Cordelia uśmiechnęły się do siebie. Jeśli James kpił sobie z Matthew, to z pewnością dochodził do siebie. – To zasadniczo opustoszały cmentarz.

– Hmm – mruknął Matthew zaskakująco poważnym tonem i zmrużył oczy. Wstał i pomógł Jamesowi usiąść, opierając go o drzewo.

Kiedy Matthew podszedł do skraju polany, James powiedział:

– Lucie. Daj mi chwilę porozmawiać z Cordelią.

Lucie zerknęła na Cordelię, która skinęła głową i wstała. Noga nadal ją bolała, gdy oparła na niej ciężar, ale *iratze* Lucie zrobiły swoje. Lucie podeszła do Matthew, a Cordelia pokuśtykała do Jamesa i usiadła obok niego w cieniu cyprysa.

Przez chwilę, kiedy oddech Jamesa słabł, Cordelia widziała, jak życie przed nią rozdziela się na dwie ścieżki. Na jednej James nie żył, świat tracił znaczenie, Lucie miała złamane serce, Matthew był skończony, Thomas i Christopher byli załamani, a rodzina Herondale'ów miała nigdy więcej się nie uśmiechnąć. Na drugiej życie trwało jak do tej pory – niedoskonałe, zagmatwane, ale pełne nadziei.

Znaleźli się na drugiej ścieżce. Tylko to się liczyło – że James oddycha, jego usta nie są sine, a on patrzy na nią spokojnymi, złotymi oczami. Chociaż bolało ją całe ciało, uśmiechnęła się.

– Uratowałaś mi życie – powiedział James. – Tak jak uratowałaś życie mojej siostry wiele lat temu. Powinniśmy byli nadać ci bardziej wojownicze przezwisko. Artemida albo Boadicea, a nie Daisy.

Zaśmiała się cicho.

– Mnie się podoba Daisy.

– Mnie też – powiedział i delikatnie odgarnął pasmo jej włosów. Serce Cordelii prawe zamarło. James powiedział cicho:– „Gdy wzeszedł księżyc, tysiąc serc podbiła licem swym. Jej mocy nie sprostałaby ni tarcza, ni największa duma. Lajla, tak miała na imię".

– *Lajla i Madżnun* – szepnęła. – Pamiętasz?

– Czytałaś mi to. Może kiedy to już się skończy, znowu przeczytamy to razem?

„Przeczytamy razem". Cordelia nigdy w życiu nie słyszała niczego bardziej romantycznego. Już chciała pokiwać głową, kiedy Matthew zawołał nagląco:

– Ktoś idzie! Widzę magiczne światło.

Cordelia odwróciła się. Światło pojawiło się wśród drzew. Wkrótce spostrzegła blask pochodni. Próbowała się podnieść, ale *iratze* już przestawały działać i noga za bardzo ją bolała. Klapnęła z powrotem na ziemię.

– O rety – biadoliła Lucie. – Cisi Bracia nie będą zadowoleni, co? Ani Enklawa. Pewnie będziemy mieli straszne kłopoty.

– Może uciekniemy? – zaproponował Matthew.

– Ja nigdzie się nie wybieram – powiedział James. – Zostanę tutaj i przyjmę każdą karę. Rozciąganie na ławie, żelazna dziewica, śmierć zadana przez pająki. Wszystko, byle nie wstawać.

– Wątpię, żebym ja wstała – dodała przepraszająco Cordelia.

– „Zmrok się więzienia zaczyna zamykać w chłopięcych latach"* – zacytował Matthew. – Coleridge.

– Wordsworth – poprawił go James.

Światła się zbliżyły. Napastliwy głos dotarł na polanę. Znajomy głos.

– Co tu się dzieje, u diabła?

Cordelia obróciła się, starając się nie ruszać nogą. Alastair wszedł na polanę. Sprawiał niepokojąco zwyczajne wrażenie w starym tweedowym płaszczu ojca, jakby po prostu wyszedł na

* Przeł. Zygmunt Kubiak. *Oda: przeczucia nieśmiertelności czerpane ze wspomnień o wczesnym dzieciństwie.*

spacer. Jego nienaturalnie jasne włosy lśniły pod słabym światłem gwiazd. Obok niego szedł potargany Thomas. Niósł coś, co wyglądało jak przenośna apteczka.

– Dlaczego wszyscy siedzicie na ziemi? – spytał Thomas, a potem pomachał apteczką. – Antidotum jest gotowe. Którędy najszybciej dojdę do Christophera?

Wszyscy zaczęli mówić jednocześnie. Matthew wstał i objął mocno Thomasa, uważając, by nie wytrącić mu z rąk apteczki.

– Chodźmy powiadomić Braci – powiedział i zaczął ciągnąć przyjaciela w stronę ścieżki prowadzącej do Cichego Miasta.

– Nie musisz ze mną iść – zaprotestował rozbawiony Thomas.

– Na wypadek gdyby śpiewali – powiedział Matthew. – Wątpię, ale nigdy nie wiadomo.

Alastair patrzył, jak Thomas i Matthew znikają w cieniach między drzewami. Pokręcił głową, a potem skupił się na Cordelii.

– *Bija* – powiedział, pochylając się, żeby ją objąć. – Chodźmy do domu.

Zaskoczona objęła go za szyję.

– Ale, Alastair, nie mogę zostawić przyjaciół...

– Nie będą sami – odpowiedział z nietypową łagodnością. – Wysłaliśmy z Thomasem wiadomość do Instytutu. Patrz.

Spojrzała i zobaczyła szeroką ścieżkę za grobami pełną blasku magicznych pochodni niesionych przez tłum Nocnych Łowców. Rozpoznała wiele znajomych twarzy: Will Herondale, którego pochodnia oświetlała jego czarno-siwe włosy. Tessa z mieczem w ręce i z rozpuszczonymi na ramiona brązowymi włosami. Gabriel, Cecily i Anna Lightwood. Anna uśmiechała się, włosy miała czarne jak jej strój bojowy.

Lucie krzyknęła krótko:

– Tato!

Will zerwał się biegiem. Złapał córkę i porwał w objęcia. Tessa podbiegła do Jamesa, padła na kolana i zaczęła biadolić nad jego siniakami i rozcięciami. Gabriel i Cecily nadeszli za nimi i wkrótce Lucie i James byli otoczeni przez ludzi, obejmowani i besztani.

Cordelia zamknęła z ulgą oczy. Jamesowi i Lucie nic nie będzie. Wszędzie niósł się gwar. Gabriel i Cecily pytali o Thomasa, a pozostali odpowiadali, że zabrano go do Cichego Miasta, gdzie chorym zostanie podane antidotum. Ktoś z Rosewainów mówił, że nadal istnieje zagrożenie, że demony mogą znowu zaatakować bez względu na istnienie antidotum.

– Mandikhor został pokonany – powiedziała Cordelia. – Nie wróci.

– A skąd to wiesz, młoda damo? – zapytał George Penhallow.

– BO JAMES GO ZABIŁ!!! – wydarła się Cordelia najgłośniej, jak mogła. – James zabił Mandikhora. Widziałam, jak demon umierał.

Wtedy parę osób stłoczyło się wokół niej. Will zablokował im dojście, wyciągając rękę i mówiąc, że nie powinni zawracać głowy rannej dziewczynie. Alastair wymknął się z polany między cienie, nadal niosąc Cordelię na rękach.

– Błagam, żebyś się do tego nie mieszała, *chahare azizam* – powiedział Alastair. – Wkrótce wszystko zostanie wyjaśnione, ale wcześniej będzie zamieszanie, a ty potrzebujesz odpocząć.

– Ale oni muszą wiedzieć, że to James – ekscytowała się Cordelia. Przyjemnie było dać się nieść, oprzeć głowę na ramieniu brata. Ojciec ją kiedyś tak nosił, kiedy była mała. – Muszą to wiedzieć, bo... bo muszą.

Bo Belial jest jego dziadkiem i jeśli Enklawa się o tym dowie, to kto wie, co pomyśli. Bo ludzie potrafią być głupi i okrutni.

– Dowiedzą się – odparł z pełnym przekonaniem Alastair. – Prawda to prawda. Zawsze wyjdzie na wierzch.

Wygięła szyję, żeby spojrzeć na niego.

– Skąd wiecie, że antidotum działa?

Alastair uśmiechnął się w ciemności.

– Wierzę w Thomasa.

– Tak? Nie sądziłam, że tak dobrze go znasz.

Alastair się zawahał.

– Patrzyłem, jak je przygotowywał – powiedział w końcu. Doszli do powozu Carstairsów ze znakiem w postaci wieży zamkowej na drzwiach. Wiele innych powozów stało obok wzdłuż krawężnika. – Ponieważ wierzył w Christophera, uwierzył i w siebie. Nigdy nie myślałem o przyjaźni w taki sposób: że dzięki niej stajesz cię czymś więcej, niż jesteś.

– Ale, Alastair...

– Dość pytań. – Alastair wsadził Cordelię do powozu i wsiadł za nią. Uśmiechnął się w ten rzadki, czarujący sposób, który robił tym większe wrażenie, że przydarzał się tak rzadko. – Byłaś bardzo dzielna, ale też musisz dojść do siebie. Czas jechać do domu.

Minione dni

Cirenworth Hall, 1898

Cordelia często czuła się samotna, zostając tylko z rodzicami, ale nigdy tak bardzo jak wtedy, kiedy Alastair wyjechał do Akademii. Pod jego nieobecność reszta rodziny Carstairsów wyjechała do Indii, Paryża, Cape Town i do Kanady, ale kiedy wreszcie wrócił, spędzali właśnie święta w Cirenworth.

Miesiącami czekała na jego powrót, ale gdy wysiadł z powozu wyższy, bardziej kanciasty, ostrzejszy niż dotąd, sprawiał wrażenie zupełnie innej osoby. Zawsze był nerwowy i drażliwy, ale teraz prawie się do niej nie odzywał. A kiedy już to robił, to głównie po to, by powiedzieć, żeby nie zawracała mu głowy.

Rodzice udawali, że nie widzą tej zmiany. Kiedy Cordelia zapytała ojca, dlaczego Alastair nie chce z nią spędzać czasu, uśmiechnął się i powiedział, że nastoletni chłopcy przechodzą taką fazę i sama zrozumie, kiedy będzie starsza.

– Bawił się dobrze z rówieśnikami, a teraz wrócił do domu na wsi, do ludzi takich jak my – powiedział ze śmiechem Elias. – W końcu się z tym pogodzi.

To nie była satysfakcjonująca odpowiedź. Cordelia właziła bratu w drogę tak często, jak się dało, żeby zmusić go do zauważenia jej. Często jednak nie potrafiła go nawet znaleźć. Spędzał godziny zamknięty w swojej sypialni, a kiedy pukała do drzwi, nawet nie raczył jej powiedzieć, żeby się wynosiła. Po prostu ją ignorował. Wiedziała, że tam jest, tylko dzięki temu, że czasem wychodził, żeby coś zjeść albo oznajmić, że idzie na długi samotny spacer.

To się ciągnęło tygodniami. Uczucia Cordelii z oczarowania zamieniły się w smutek, samooskarżenia, rozdrażnienie i w końcu w gniew. Pewnego wieczoru podczas kolacji rzuciła w niego łyżką i wrzasnęła:

– Dlaczego ze mną nie rozmawiasz?!

Alastair złapał łyżkę w locie, odłożył na stół i spiorunował ją wzrokiem.

– Nie rzucaj sztućcami – zbeształa ją matka.

– Ale, *Mâmân*! – zaprotestowała Cordelia, czując się zdradzona.

Ojciec zignorował całe wydarzenie i jadł, jak gdyby nigdy nic. Risa podeszła i położyła przy nakryciu Cordelii nową łyżkę, co ta uznała za nadzwyczaj denerwujące.

Cordelia zrozumiała, że Alastair nie reagował, żeby ona w końcu poddała się i przestała próbować. Dlatego podwoiła wysiłki.

– A więc... – oznajmiała, gdy znalazła się z nim w jednym pokoju – ...idę zbierać dzikie jeżyny przy ścieżce.

(Alastair uwielbiał jeżyny.) Albo:

– Chyba poćwiczę fikołki w sali treningowej po lunchu.

(Alastair zawsze brał udział w jej ćwiczeniach bezpiecznego upadania, bo potrzebowała do tego partnera).

Pewnego dnia, kiedy wyszedł na spacer, Cordelia poczekała minutę i poszła za nim. Powiedziała sobie, że to dobra okazja, by poćwiczyć ciche poruszanie się, uważną obserwację otoczenia, żeby wyczulić zmysły. Udawała, że to zabawa. Jak długo zdoła śledzić brata, zanim on ją zauważy? Czy uda jej się zobaczyć, dokąd on chodzi?

Okazało się, że Alastair donikąd nie chodzi. Po prostu spacerował i spacerował, a znał las dość dobrze, żeby się w nim nie zgubić. Cordelia zaczęła się męczyć po dwóch godzinach. A potem zrobiła się głodna.

W końcu zagapiła się, zahaczyła nogą o korzeń drzewa i padła z hukiem na twardą ziemię. Alastair odwrócił się, słysząc hałas, i zobaczył ją, jak poirytowana gramoli się z ziemi. Skrzyżowała ręce i uniosła podbródek, starając się zachować resztki dumy, przygotowana na nieprzyjemną reakcję brata – jego pogardę, wściekłość, lekceważenie.

On tylko westchnął i podszedł do niej.

– Coś sobie zrobiłaś? – zapytał szorstko bez żadnych wstępów.

Cordelia podniosła stopę i poruszyła nią na próbę.

– Nic mi nie będzie. Pewnie się tylko posiniaczyłam.

– Chodź, zaprowadzę cię do domu.

Szli w milczeniu. Alastair szedł parę kroków przed nią, nie odzywał się słowem. W końcu, nie mogąc dłużej znieść milczenia, Cordelia wybuchła:

– Nie chcesz wiedzieć, dlaczego cię śledziłam?

Odwrócił się i popatrzył.

– Pewnie zakładałaś, że przychodzę tu, żeby robić coś ciekawego.

– Przykro mi – powiedziała, jak zwykle coraz bardziej się nakręcając w obliczu niewzruszonego spokoju brata. – Przykro mi, że odkąd pojechałeś do Akademii, zrobiłeś się dorosły, dojrzały i masz nowych fajnych przyjaciół. Przykro mi, że jestem tylko głupią młodszą siostrą.

Alastair popatrzył na nią, a potem wybuchł śmiechem. Bez krztyny wesołości.

– Nie masz pojęcia, o czym mówisz.

– Przykro mi, że jesteś teraz za dobry dla naszej rodziny! Przykro mi, że jesteś za dobry, żeby ze mną trenować!

Pokręcił głową lekceważąco.

– Nie bądź głupia.

– Porozmawiaj za mną! Nie wiem, czemu jesteś taki naburmuszony. Masz szczęście, że mogłeś wyjechać, świetnie się bawić w Idrisie. Wiesz, jaka byłam samotna przez ten rok?

Przez chwilę Alastair robił wrażenie zagubionego, wahał się. Minęło dużo czasu, odkąd Cordelia widziała u niego taki wyraz twarz. A potem miała wrażenie, że zatrzasnął żelazną bramę.

– Ostatecznie wszyscy jesteśmy sami.

– Co to znaczy? – dopytywała się, ale on się odwrócił i odszedł.

Po chwili wytarła twarz rękawem i poszła za nim.

Kiedy wrócili do domu, zostawiła go w holu wejściowym, a sama poszła wyjąć zapas noży do rzucania z serwantki, która pełniła rolę zbrojowni w domu. Minęła brata, piorunując go wzrokiem, i pomaszerowała do sali treningowej. Ledwie mogła unieść stos broni. Popatrzył za nią w milczeniu.

W sali treningowej ustawiła cel i zaczęła rzucać. Brzdęk. Brzdęk. Nie była dobra w rzucaniu nożami, ale chciała w coś trafiać, chciała coś zniszczyć, choćby tarczę na siatce ochronnej. Zwykle rytm treningu ją uspokajał. Zaczynała spokojniej i równiej oddychać. Powtórki wprowadzały ją w rytm. Pięć rzutów, pójście po noże, powrót na miejsce. Pięć rzutów. Kroki. Noże. Powrót. Pięć rzutów.

Po jakichś dwudziestu minutach zdała sobie sprawę, że Alastair stoi w progu sali treningowej. Udała, że go nie widzi.

Ktoś inny mógłby powiedzieć, że poprawiła się od ostatniego razu, albo zapytać, czy też może porzucać, ale Alastair tylko odchrząknął i powiedział:

– Obracasz lewą stopę przy rzucie. Dlatego tak kiepsko trafiasz.

Spiorunowała go wzrokiem i wróciła do rzucania. Ale zaczęła bardziej uważać na stopy.

Po jakimś czasie Alastair dodał:

– To głupota mówić, że jestem szczęściarzem. Nie jestem.

– Nie ugrzęzłeś tu na cały rok.

– Tak? – zakpił Alastair. – A ilu ludzi przyszło tu w tym roku, żeby z ciebie szydzić? Ilu zapytało, co z tobą nie tak, że nie miałaś prywatnego nauczyciela? Albo zasugerowało, że twoja rodzina to nieudacznicy, bo tak często się przeprowadzamy?

Cordelia popatrzyła na niego, spodziewając się zobaczyć smutek, zranienie, ale on patrzył twardo, zaciskał usta.

– Źle cię traktowano?

Alastair znowu zaśmiał się ponuro.

– Przez pewien czas. Potem zdałem sobie sprawę, że mam wybór. Istnieją tylko dwa rodzaje ludzi w Akademii. Ci, którzy dręczą innych, i ci, którzy są dręczeni.

– I ty...?

– A co ty byś wybrała? – zapytał przez zęby.

– Gdyby to był mój jedyny wybór, odeszłabym i wróciła do domu.

– Pewnie, a ja wolałem nie zostać pośmiewiskiem dla wszystkich.

Cordelia zamarła i zamilkła. Twarz Alastaira pozostała beznamiętna.

– I jak ci to służy? – zapytała najłagodniej, jak się ośmieliła.

– Okropnie. To jest okropne.

Cordelia nie wiedziała co powiedzieć ani co zrobić. Chciała podejść i objąć brata, powiedzieć mu, że go kocha, ale on stał sztywno ze skrzyżowanymi rękami, więc się nie odważyła. Wreszcie wyciągnęła rękę z nożem.

– Chcesz rzucić? Jesteś w tym o wiele lepszy ode mnie.

Popatrzył podejrzliwie, więc dodała:

– Przyda mi się pomoc. Widzisz, w jak beznadziejnej formie jestem.

Alastair podszedł i wziął od niej nóż.

– W naprawdę fatalnej – przyznał. – Wiem, że walka z mieczem przychodzi ci z łatwością, ale inne rzeczy niekoniecznie. Musisz zwolnić. Uważać na pracę nóg. A teraz powtarzaj moje gesty. Tak, właśnie, Lajlo. Trzymaj się mnie.

Zatem się trzymała.

21

Jak świeca się spalę

„Serce moje spętane zaklęciem piękności,
Nic nie będzie w stanie zniszczyć mej miłości.
Choć jak świeca się spalę,
cieniem swym się stanę,
nie zazdroszczę sercu swobodnemu wolności.
Mnie są przeznaczone kajdany miłości".

Nizami Gandżawi, *Lajla i Madżnun*

James leżał na łóżku w pokoju, na przykryciach, z rękami pod głową. Wpatrywał się w znajome pęknięcie na suficie, które kształtem trochę przypominało kaczkę. Jego ojciec byłby przerażony.

Matthew siedział obok niego w aksamitnej kamizelce i spodniach do kompletu. James odzyskiwał i tracił przytomność przez pierwsze dwa dni po wizycie w świecie Beliala. Czasem śnił o tamtym świecie i budził się z krzykiem, sięgając po broń, której nie miał. Może i nie miał przy sobie noży, ale Matthew nie opuścił go ani na chwilę.

Jeśli ktoś na świecie rozumiał więź *parabatai*, to rodzice Jamesa. W pierwszą noc po powrocie z Highgate Matthew zawlekł stos pościeli do pokoju Jamesa, zawinął się w nią i poszedł spać. Nikt nie próbował namówić go do wyjścia. Kiedy Tessa przyniosła zupę i herbatę Jamesowi, przyniosła też trochę Matthew. Kiedy Will przyszedł z kartami do gry dla zabicia czasu, to Matthew grał z nimi i zwykle przegrywał.

Oczywiście inni też byli życzliwi. Kiedy Anna przyniosła Jamesowi stylowy krawat na pociechę, to przyniosła też jeden dla Matthew. Kiedy Lucie przeszmuglowała o północy tarty z kuchni, to miała też kilka dla Matthew. Istniała możliwość, że w efekcie Matthew nigdy nie wróci do domu. James nie miałby do niego pretensji – Charles zdecydowanie był ostatnio nie do wytrzymania. Wszyscy wychwalali Christophera za stworzenie antidotum na truciznę Mandikhora, a opowieść stała się jeszcze bardziej romantyczna przez fakt, że Christopher sam zachorował i sam się uleczył. Niewielu wiedziało, że Charles omal nie zabronił Thomasowi skorzystać z laboratorium. Thomas powiedział wręcz, że „gdyby nie Alastair Carstairs, to wszystko by przepadło", i James zaczął się zastanawiać, czy nie wrócił do świata demonów.

Thomas i Christopher odwiedzali go codziennie, przynosząc opowieści o pokłosiu choroby. Nikt z tych, którzy chorowali, nie pamiętał, jak powtarzali imię Jamesa, a Ariadne nie pamiętała swojego opętania. Zniesiono kwarantannę i Charlotte z Henrym wkrótce wrócili do domu. Christopher i James byli obecnie bohaterami, co bardzo gniewało Jamesa, bo, jak sam zauważył, Cordelia towarzyszyła mu w świecie demonów i gdyby nie ona, to on by zginął. Lucie też się wykazała, podobnie jak Matthew. Thomas pomógł zdobyć korzeń moly z Chiswick House i osobiście stworzył antidotum. Anna zabrała ich do Helle Ruelle. Jego zdaniem wszyscy byli bohaterami.

To Matthew zapytał go, kiedy byli sami, czy nie brakuje mu Cordelii. Nie odwiedziła go. Okazało się, że złamanie było poważne i potrzebowała paru dni na dojście do siebie. Lucie ją odwiedziła i donosiła, że Cordelia jest w dobrym nastroju.

– Zaczęłam jej czytać *Piękną Cordelię* i od razu zasnęła – zachwycała się Lucie. – Musiała być strasznie zmęczona.

Thomas i Christopher też ją odwiedzili i przynieśli czekoladki. Zapytali Jamesa, czy chce, żeby coś od niego zanieśli z pozdrowieniami. Pokręcił głową bez słowa, bo bał się, co mu się wyleje z ust, jeśli je otworzy. Nie chciał z nikim rozmawiać o Cordelii. Chciał ją tylko zobaczyć. Wtedy by wiedział, co powiedzieć.

– Zatem zamierzasz postawić Clave jakieś żądania, korzystając ze swojego nowego statusu bohatera? – spytał Matthew, zakładając ręce za głową. Przyjrzał się pęknięciu na suficie. – Ja poprosiłbym o pokojowca. I żeby przyprowadzono do mnie Oscara Wilde'a, wtedy mógłbym z nim porozmawiać.

– On nie żyje, prawda?

– Nie ma niczego złego w nieumarłych. – Matthew zarechotał. – Poczekaj do naszej następnej wizyty w Hell Ruelle.

James milczał przez chwilę. Prawdę mówiąc, wolał unikać Clave. Zbyt wielu rzeczy nie wiedziało. Lucie, Matthew i Cordelia powiedzieli Clave tylko to, że znalazł i zabił Mandikhora na cmentarzu w Highgate z pomocą przyjaciół. Nie widział powodu, żeby mówić im coś więcej.

Z rodzicami jednak sytuacja wyglądała inaczej. Kiedy wreszcie otrząsnął się na tyle, żeby coś opowiedzieć, wszystko wyjaśnił im i Lucie. Powiedział prawdę o spotkaniu z Belialem i o tym, jak książę piekieł został raniony Cortaną i rozpadł się w pył. Na końcu powiedział im o związku pokrewieństwa między Herondale'alami a księciem piekieł.

Wszyscy zareagowali w typowy dla siebie sposób. Tessa podeszła do sprawy praktycznie i powiedziała, że od lat próbowała się dowiedzieć, kim jest jej ojciec, a teraz wreszcie wiedzą. Lucie była wstrząśnięta, ale powiedziała, że opisze to w powieści. Will się wściekł na cały świat i poszedł zobaczyć się z Jemem.

Jem, który obiecał odkryć sekret pochodzenia Tessy, powiedział Willowi, że chociaż księcia piekieł nie da się zabić, to tak poważna rana osłabi Beliala i pozbawi cielesnej powłoki na co najmniej stulecie.

James powiedział też Christopherowi i Thomasowi, ale wszyscy zgodzili się, że lepiej zachować w tajemnicy szczegóły na temat Beliala, zwłaszcza teraz, kiedy książę piekieł nie stanowi zagrożenia. Jego świat się rozpadł, jak wyjaśnił Jem, co oznaczało, że Pan Złodziei stracił moc. To było wątpliwe, żeby James jeszcze kiedykolwiek trafił do jego świata czy w ogóle go zobaczył.

– James? – Drzwi uchyliły się i matka stanęła w progu. Uśmiechnęła się na widok jego i Matthew, ale zmarszczka troski widniała między jej brwiami. Odgarnęła pasmo włosów za ucho. – Ktoś do ciebie przyszedł. Młoda dama.

James usiadł prosto.

– Cordelia?

Zobaczył, że Matthew rzuca mu spojrzenie z ukosa, ale Tessa już kręciła głową.

– Nie Cordelia. To Grace Blackthorn.

Tym razem to Matthew usiadł prosto.

– O nie. Nie, nie. Proszę ją odesłać. Powiedzieć, że zalęgły się szczury. Proszę jej powiedzieć, że podstępne, niejasne zachowanie jest nielegalne w Instytucie i obowiązuje ją zakaz wstępu.

Tessa tylko uniosła brwi.

– Powiedziała, że to ważna sprawa.

Matthew odwrócił się do Jamesa.

– Jamie. Nie. Po tym, co zrobiła...

James spiorunował go wzrokiem. Nawet teraz Tessa i Will niewiele wiedzieli o tym, co łączyło go z Grace, i wolał, żeby tak pozostało.

– Chodzi o jej matkę? Tatiana znowu zachorowała?

– Ma się całkiem dobrze – odpowiedziała Tessa. Antidotum było niewiarygodnie skuteczne. Na ile James się orientował, wszyscy Nocni Łowcy wrócili do zdrowia. – James, jeśli nie chcesz jej widzieć...

– Zobaczę się z nią – powiedział, wstając. – Wpuść ją.

Tessa poszła po Grace, a Matthew sturlał się z łóżka i włożył buty. Przy drzwiach odwrócił się do Jamesa i spojrzał przenikliwie.

– Uważaj – powiedział i wyszedł, nie zamykając za sobą drzwi.

Chwilę potem, jakby tylko czekała, aż Matthew wyjdzie, weszła Grace.

Wyglądała pięknie jak zawsze. Jasne, prawie białe włosy miała schludnie zebrane z twarzy. Policzki różowiły jej się lekko jak wnętrze muszli. Miała na sobie zieloną sukienkę z nieco mokrym rąbkiem. Popadywało prawie przez cały dzień, a teraz było już późne popołudnie.

Kiedyś jej uroda wstrząsała nim jak burza. Teraz na jej widok czuł tylko zmęczenie. Nieprzyjemne wycieńczenie, jakby wypił za dużo poprzedniego wieczoru. Wolałby, żeby jej tu nie było. Nie dlatego, że jej widok sprawiał mu ból. W tym rzecz, że nie sprawiał.

Myślał, że jest człowiekiem, który potrafi mocniej kochać.

– Chciałaś porozmawiać ze mną na osobności – powiedział. – Jesteś pewna, że to dobry pomysł? Twoja matka...

– Rozgniewałaby się, gdyby wiedziała, że tu jestem. Tak. Ale musiałam z tobą porozmawiać.

– Lepiej zamknij za sobą drzwi.

Nigdy nie zwracał się do niej równie obcesowo. To było dziwne i niezręczne, ale z drugiej strony jej obecność też była dziwna i niezręczna.

Grace trzęsły się ręce, gdy zamykała drzwi. Odwróciła się i ku ogromnemu zdumieniu Jamesa uklękła przed nim.

Cofnął się krok.

– Grace. Przestań.

– Muszę – powiedziała, zaciskając dłonie w pięści. – Rozumiem, dlaczego nie chcesz mnie słuchać. Masz wszelkie powody. Ale muszę cię o to prosić. – Odetchnęła z drżeniem. – Zaręczyłam się z Charlesem, ponieważ wierzyłam, że zanim moja matka powróci do zdrowia, nie będzie mogła mnie zranić. Że będę wtedy pod ochroną rodziny Konsul.

– Tak – odpowiedział James. – Wiem. Będą cię chronić. Fairchildowie to dobrzy ludzie. – Odetchnął. – Grace, wstań, proszę.

Podniosła się z uniesionym podbródkiem.

– Wróciłam wczoraj z Charlesem do Chiswick House, żeby zabrać trochę moich rzeczy – powiedziała. – Zamierzam pozostać poza domem do ślubu. Zobaczyłam tam moją matkę i w pierwszej chwili myślałam, że mi się udało. Robiła wrażenie zadowolonej z tego, że znalazłam tak dobrą partię. A potem zdałam sobie sprawę, że straciła zainteresowanie moimi poczynaniami, ponieważ snuje większe plany.

James zmarszczył czoło. Widział ślady łez pod jej oczami. Wbrew sobie się zaniepokoił.

– Jakie plany?

– Wiesz, że nienawidzi twojego ojca – powiedziała szybko Grace. – Nienawidzi też swoich braci. Zawsze wierzyła, że pewnego dnia zabiją ją, żeby odebrać jej Chiswick House.

– Dom jest w takim stanie, że miałaby szczęście, gdy ktokolwiek go chciał – żachnął się James, ale Grace jakby w ogóle go nie słyszała.

– Kiedy wyszła z choroby, odkryła jakimś sposobem, nie wiem jak, że prawie umarłeś, i wierzy... – Grace z trudem szukała słów. – Zawsze wierzyła, że za pomocą nekromancji zdoła wskrzesić Jessego. Wzywała czarowników w nadziei, że któryś posłuży się dla niej czarną magią. Błagała demony, żeby jej pomogły...

James był wstrząśnięty.

– To szaleństwo. Parać się takimi rzeczami to prawie pewny wyrok śmierci.

– Ona się nimi nie parała. Ona się temu poświęciła. Zbierała książki o nekromancji, szukała na Nocnych Targach Dłoni Chwały...

– Ale Enklawa przeszukała Chiswick House. Nie znaleźli śladu czarnej magii.

– Trzyma wszystko w rezydencji w Idrisie.

– I nigdy nic mi nie powiedziałaś?

– Jak mogłabym? Wplątać cię w to wszystko? Jest szalona, jeśli chodzi o ciebie. Odkąd obudziła się z zatrutego snu, nieustannie się wścieka i ciska gromy. Mówi, że wie, że Jesse już nigdy nie wróci. Mówi, że ukradłeś jego ostatnie tchnienie, przeżywając spotkanie z Mandikhorem.

– Co?! – Jamesowi w głowie się od tego kręciło. – Jak to możliwe?

– Powiedziałabym ci, gdybym wiedziała. Ona jest niebezpieczna – tłumaczyła Grace. – Zbudowała sobie pałac z marzeń i kłamstw, a kiedy coś zagraża tym kłamstwom, atakuje. Pamiętasz mechanicznego stwora w korytarzu w rezydencji w Idrisie?

– Tak, chociaż nie widzę, jak to się ma...

– Został zaczarowany lata temu przez czarownika – powiedziała Grace. – W chwili jej śmierci ma obudzić się i zabijać Nocnych Łowców. Teraz matka uznała, że Jesse nigdy nie zostanie wskrzeszony i ona nie ma już po co żyć. Zamierza zabić się dziś wieczorem, a wtedy automat zacznie szerzyć spustoszenie. Pójdzie do Alicante i...

Jamesowi serce zaczęło bić jak szalone.

– Rozumiem, co zrobi. Grace, musimy iść do moich rodziców i przekazać im tę informację.

– Nie! Nikt nie może się dowiedzieć. Jeśli Clave aresztuje moją matkę, jeśli przeszukają rezydencję Blackthornów, zobaczą, jak głęboko moja matka pogrążyła się w nekromancji i czarnej magii i wtedy wina padnie także na mnie, a Jesse... – Urwała, wymachując w panice dłońmi, które przypominały ćmy. – Gdyby dowiedziała się, że wydałam jej sekrety, spróbowałaby zrzucić winę także na mnie. Mogliby mnie zamknąć w Cichym Mieście.

– Nie musi do tego dojść. To grzech Tatiany, nie twój. Ona ewidentnie oszalała, a szaleńcom można okazać łaskę...

Uniosła twarz ku niemu. Oczy jej błyszczały, ale nie wiedział, czy z powodu łez, czy determinacji.

– James – powiedziała. – Przykro mi.

– Przykro? – powtórzył. – Z jakiego powodu?

– Nigdy nie chciałam ci tego robić, ale ona nalegała. On nalegał. To musiałeś być ty. Moja matka uczyniła mnie ostrzem, żebym przecinała każdą barierę, jaka przed nią stanie. Ale twoja krew, jego krew, to bariera, której nie mogę przeciąć. Nie mogę cię związać bez łańcucha.

Coś srebrnego zabłysło w jej dłoni. Złapała go za rękę, próbował się wyrwać, ale trzymała go mocno. Coś zimnego dotknęło jego skóry, usłyszał szczęk zamka i metalowa obręcz zamknęła się na jego nadgarstku. Iskra bólu przeskoczyła w górę jego ręki jak nagły szok elektryczny.

Próbował się cofnąć. Cieniste obrazy pojawiły się przed jego oczami. W ostatniej chwili, zanim wszystko się zmieniło, zobaczył Cordelię. Stała w pewnej odległości od niego, przy krawędzi dachu Instytutu. Kiedy próbował się odwrócić, spojrzeć na nią, zasłoniła twarz rękami i cofnęła się poza jego zasięg. Widział księżyc za nią. A może to nie był księżyc? Coś srebrnego, wirującego, koło pośród nocy, tak jasne, że zagłuszyło dla niego blask wszystkich innych gwiazd.

***

W Londynie padało, ale pogoda w Idrisie, nawet tuż przed zachodem słońca, była przyjemna. Lucie szła za wujem Jemem ścieżką z miejsca, gdzie się przenieśli tuż pod Alicante. Nie można było się przenieść prosto do obwiedzionego murami miasta, bo było chronione przed czymś takim. Lucie nie miała nic przeciwko. Nie wybierała się do miasta.

Jem – nigdy nie potrafiła myśleć o nim jako o bracie Zachariaszu, bez względu na to, jak bardzo się starała – szedł obok niej, gdy mijali Niezniszczalne Pola. Kaptur miał spuszczony, wiatr targał mu czarne włosy. Chociaż miał twarz w bliznach, po raz pierwszy zdała sobie sprawę, że to młoda twarz, o wiele bardziej podobna do twarzy jej matki niż ojca. Zastanawiała się, czy to było dziwne dla Willa starzeć się, kiedy Jem nadal wyglądał jak chłopiec? Czy kiedy kogoś kochasz, nie zauważasz takich rzeczy, tak jak jej rodzice nie dostrzegali zmian w sobie nawzajem?

To tutaj. Jem wskazał coś, co wyglądało jak miniaturowe miasto z białych domów. To była nekropolia Alicante, gdzie chowano rodziny z Idrisu. Wąskie dróżki, które ciągnęły się między grobowcami, wybrukowano tłuczonym białym kamieniem. Lucie zawsze podobało się to, że grobowce przypominają małe domy z drzwiami albo bramą i spadzistymi dachami. W przeciwieństwie do Przyziemnych Nocni Łowcy nie zdobili swoich grobów wizerunkami aniołów. Nazwiska rodzin, do których należały groby, wycięto nad drzwiami albo wygrawerowano na metalowych tabliczkach: Bellefleur, Carstairs, Crosskill, Lovelace, a nawet Bridgestock. Śmierć sprawiała, że niespodziewani ludzie zostawali swoimi sąsiadami. W końcu znalazła to, czego szukała, wielki grobowiec w cieniu drzewa opisany nazwiskiem Blackthorn.

Przystanęła i popatrzyła. Grób był taki jak wiele innych, jeśli pominąć wzór z cierni, który otaczał cokół. Imiona tych, którzy zmarli, ciągnęły się w górę i w dół po lewej stronie grobowca jak szeregi żołnierzy. Łatwo było znaleźć najnowsze. Jesse Blackthorn, urodzony w 1879, zmarł w 1896.

Był dopiero 1897, kiedy spotkała go w lesie, zdała sobie sprawę Lucie. Był duchem od niedawna. Wtedy robił wrażenie dużo starszego od niej. Nigdy nie zastanawiała się, jak bardzo sam musiał być przestraszony.

Wszyscy myśleli, że Jesse zmarł dawno temu. Nikt nie wiedział, jak się poświęcił od tego czasu.

Dotknęła medalika, który miała na szyi, i odwróciła się do Jema.

– Mogę zostać tu na chwilę sama?

Jem zerknął na nią, nie kryjąc troski. Trudno było wyczytać coś z jego twarzy, z zamkniętych oczu, ale zawahał się, kiedy pierwszy raz poprosiła go, żeby zabrał ją do Idrisu, bo chciałaby odwiedzić cmentarz, i żeby nie mówił o tym rodzicom. Zgodził się dopiero, kiedy powiedziała, że jeśli on się nie zgodzi, to znajdzie czarownika, który ją tam zabierze.

Dotknął lekko jej włosów. *Nie myśl zbyt wiele o śmierci. Lucie znaczy światło. Patrz na dzień, nie na noc.*

– Wiem, wujku – powiedziała. – To potrwa tylko chwilę.

Skinął głową i zniknął w cieniach, jak to zawsze robią Cisi Bracia.

Lucie odwróciła się do grobu. Wiedziała, że nie ma tam ani jednej cząstki Jessego, ale mimo to dawał jej pociechę.

– Nikomu nie powiedziałam, co widziałam w Chiswick House, i nigdy nie powiem – powiedziała. – Nie milczałam, żeby chronić Grace albo twoją matkę, ale tylko, żeby chronić ciebie. Nie oczekiwałam, że oddasz swoje życie za mojego brata. Wiedziałam, że byłeś na mnie zły jeszcze kilka chwil wcześniej, i przede wszystkim żałuję, że nie zdążyłam cię przeprosić. Nie powinnam była wykorzystywać swojej mocy w taki sposób. Nadal trudno mi sobie wyobrazić, że mam tę moc, i nawet teraz nie do końca ją rozumiem. – Dotknęła jego imienia palcami, liter równo wyciętych w gładkim marmurze. – Bez ciebie nie jestem pewna, czy kiedykolwiek ją zrozumiem.

– Zrozumiesz.

Podniosła wzrok i zobaczyła go. Jesse opierał się o ścianę grobu jak chłopak z farmy opiera się o furtkę. Na ustach miał ten swój dziwny uśmieszek, proste czarne włosy wpadały mu do oczu. Lucie upuściła kwiaty, które trzymała, i wyciągnęła bez zastanowienia rękę, żeby złapać go za dłoń.

Jej palce dotknęły pustki. Pomijając to, że powietrze było nieco chłodniejsze, nie był namacalny jak wcześniej.

Cofnęła rękę i przycisnęła ją do piersi.

– Jesse.

– Czuję, że moja siła słabnie – powiedział. – Może ten ostatni oddech to było coś więcej, niż myślałem.

– Ogromnie mi przykro – szepnęła Lucie. – To wszystko moja wina.

– Nie, Lucie. – Jesse zrobił krok naprzód.

Poczuła zimno emanujące z jego ciała i podniosła na niego wzrok. Wyglądał mniej ludzko, ale, jak na ironię, piękniej niż do tej pory: skórę miał gładką jak szkło, rzęsy czarne i zdumiewające. – Dzięki tobie stałem się czymś, czym nigdy do tej pory nie byłem, nawet za życia: Nocnym Łowcą. Pozwoliłaś mi być częścią tego, co robiłaś. Nigdy nie myślałem, że będę miał jeszcze kiedyś szansę coś zmienić, na coś wpłynąć.

– Ogromnie wpłynąłeś – powiedziała Lucie. – Bez twojej pomocy nigdy nie zrobilibyśmy tego, co nam się udało, nawet jeśli inni o tym nie wiedzą. I uratowałeś Jamesowi życie. Zawsze będę miała u ciebie dług.

Oczy Jessego były prawie czarne.

– Nie możesz mieć długów u zmarłych.

– Ale mam – szepnęła. – Czy twoje ciało nadal znajduje się w Chiswick House? Grace czuwa nad tobą?

– Tak. Będzie przychodziła, kiedy tylko zdoła, pod pretekstem zajmowania się domem teraz, kiedy nie możemy ufać... – Urwał. – Nauczyłaś mnie inaczej patrzeć na rzeczy, Lucie – powiedział po chwili. – Myślałem, że szaleństwo mojej matki jest niegroźne. Nie zdawałem sobie sprawy, że zawierała umowy z demonami, dopóki nie zobaczyłem, jak ten stwór atakuje Grace.

– Przykro mi – szepnęła Lucie. – Z powodu tego wszystkiego.

– To nigdy nie była twoja wina – powiedział łagodnie. – Moja matka potrzebuje pomocy. Grace zamierza dopilnować, żeby do tego doszło. Nie przepraszaj, Lucie. Wniosłaś światło do mojego pozbawionego światła świata i za to jestem ci wdzięczny.

– To ja jestem wdzięczna. I znajdę sposób, żeby ci pomóc, Jesse. Przysięgam, że cię sprowadzę z powrotem, jeśli tylko zdołam, a jeżeli nie, to zapewnię ci wieczny odpoczynek.

Pokręcił głową.

– Nie możesz obiecywać czegoś tak poważnego.

– Mogę i obiecuję. Jestem Herondale, a my dotrzymujemy naszych obietnic.

– Lucie... – zaczął Jesse. Zmarszczył brwi. – Coś słyszę. Kto przyszedł z tobą?

– Je... Brat Zachariasz. – Pewnie nie powinna się dziwić, że duchy słyszą Cichych Braci.

Późne popołudnie przechodziło w zmierzch. Demoniczne wieże błyszczały z zachodem słońca, przybierając kolory jesieni: czerwień i złoto, miedź i płomień.

– Muszę iść – powiedział Jesse. – James Carstairs to Cichy Brat. Być może zdoła mnie zobaczyć. Nie chcę ściągnąć na ciebie kłopotów. – Rzucił jej ostatnie przeciągłe spojrzenie. – Obiecaj, że nie będziesz próbować mi pomóc.

– Jesse – szepnęła Lucie i wyciągnęła rękę.

Poczuła minimalny nacisk na palce i to wszystko. Jesse rozpłynął się w nicość jak mgła w deszczu.

***

Grace stała przy oknie. Słońce zachodziło, ale przez szybę wpadał blask latarni ulicznych. Obrysowywał włosy Grace, jej kości policzkowe, wgłębienie skroni. Zawsze tam stała? Chyba tak, oczywiście, że tak. James opierał rękę o oparcie fotela. W głowie mu się kręciło. Może nie doszedł jeszcze do siebie w takim stopniu, jak myślał.

– James? – Grace podeszła do niego, jej zielona suknia głośno szeleściła w ciszy pokoju. – Pomożesz mi? Zniszczysz automat?

James spojrzał na nią zdumiony. Widział Grace, swoją Grace, którą zawsze kochał.

– Lojalność mnie wiąże – powiedział cicho. – A nawet gdyby tak nie było, jestem twój, a ty jesteś moja. Zrobiłbym wszystko dla ciebie.

Coś jak ból zabłysło w jej oczach, odwróciła wzrok.

– Wiesz, że nadal muszę wyjść za Charlesa.

Jamesowi zaschło w ustach. Zapomniał. Grace wychodziła za Charlesa. Wspomniała o tym, gdy weszła do pokoju? Nie mógł sobie przypomnieć.

– A gdybym miała wyjść za ciebie... – Pokręciła głową. – Moja matka znalazłaby sposób, żeby wiecznie dręczyć ciebie i twoją rodzinę. Nigdy nie przestanie. Nie mogę ściągnąć tego na ciebie.

– Nie kochasz Charlesa.

Spojrzała na niego.

– Och, James. Nie. Nie kocham go.

Ojciec zawsze mu mówił, że nie ma wyższego uczucia od miłości, że zwycięża ona wszystkie wątpliwości i wszelką nieufność.

Kochał Grace.

Wiedział to.

Grace wsunęła rękę w jego dłoń.

– Nie mamy czasu – mruknęła. – Pocałuj mnie, James. Tylko raz, zanim pójdziesz.

Była znacznie niższa od niego i musiał ją unieść, by ją pocałować. Objęła go za szyję i przez jedną chwilę, gdy ich usta się zetknęły, przypomniał sobie miękkość ust, które wpiły się wygłodniale w jego wargi, ciało wyginające się przy nim, miękkie krągłości i kaskadę włosów. Niszczycielskie, szaleńcze pożądanie, które oślepiło go całkowicie, więc już tylko czuł Cordelię w swoich objęciach, słodki, miękki żar jej ciała.

Grace się odsunęła. Musnęła go ustami w policzek. Nie była ani odrobinę potargana, gdy ją odstawiał. Cordelia była bosa, suknię miała przekrzywioną, szpilki powypadały jej z włosów. Ale oni tylko udawali, teraz to rozumiał. Odgrywali przedstawienie na rzecz nieznajomych, którzy mogli wejść do pokoju. Jeśli pragnął wtedy Cordelii, to tylko z przyczyn naturalnych, to było fizyczne pożądanie, a nie miłość, i był pewien, że ona nic do niego nie czuła. Cordelia była przyjaciółką, poprosiła go o pomoc w znalezieniu męża.

– Będziemy musieli powiedzieć Clave – odezwał się. – Twoja matka nie może dalej swobodnie praktykować czarnej magii. Nawet kiedy automat zostanie zniszczony, będzie knuła, jak zabić Nocnych Łowców. Może znowu spróbować.

Uśmiech Grace zrzedł.

– Ale, James... – Wpatrywała się przez moment w jego twarz, a potem skinęła głową. – Poczekaj, aż moje zaręczyny z Charlesem zostaną oficjalnie ogłoszone. Kiedy będę już naprawdę bezpieczna, z dala od wpływów matki, będzie można powiedzieć Clave.

Ogarnęła go tępa ulga. Już miał ją znowu pocałować, kiedy ktoś zapukał do drzwi. Grace zabrała rękę z jego dłoni, a on powiedział:

– Chwileczkę.

Za późno – drzwi już się otworzyły na oścież i w progu stanął Matthew. Obok niego stała Cordelia. Wyglądała ładnie w modrej jak zimorodek sukni i żakiecie od kompletu. Patrzyła na Jamesa i Grace szeroko otwartymi, zaskoczonymi oczami.

***

– Powinnam już iść – powiedziała Grace.

Policzki miała zarumienione, ale poza tym wyglądała na całkiem opanowaną. Cordelia wbrew sobie gapiła się na nią – Lucie spotkała ją na terenie Chiswick House i powiedziała, że Grace nie mogła się doczekać, kiedy ona i Thomas się stamtąd wyniosą.

Cordelia nie widziała Grace razem z Jamesem od walki na Battersea Bridge. Nie spodziewała się, że to ją tak bardzo zaboli.

Precyzyjnie przygotowywała się na tę wyczekiwaną wizytę. Wybrała jedną z ulubionych nowych sukienek w żywym niebieskim kolorze. Założyła najładniejsze złote kolczyki i zabrała tłumaczenie *Lajli i Madżnuna*. Po angielsku nie brzmiało to tak pięknie jak po persku, ale doskonale nada się do czytania z Jamesem.

A teraz, kiedy wpatrywała się w Jamesa i Grace, ucieszyła się, że schowała książkę pod żakietem.

– Panno Blackthorn – powiedziała Cordelia, kiwając uprzejmie głową.

Matthew obok niej stał sztywno. Nie odezwał się słowem, gdy Grace mruknęła słowa pożegnania i wyszła z pokoju w chmurze zapachu tuberozy.

Cordelia zbeształa się w myślach za głupotę. Najwyraźniej wszyscy odwiedzali Jamesa, więc dlaczego Grace miałaby tego nie zrobić?

– James – odezwał się Matthew, gdy tylko Grace wyszła. – Nic ci nie jest?

James był lekko oszołomiony ich widokiem. Miał na sobie koszulę i spodnie w prążki. Cordelia widziała ślady siniaków na jego twarzy i rękach. Gojące się rozcięcia na obojczyku. Włosy jak zwykle potargane spadały mu na oczy i Cordelia jak zwykle musiała zwalczyć chęć ich odgarnięcia.

– Nic mi nie jest, czuję się wręcz doskonale – powiedział James, opuszczając rękawy i zapinając mankiety. Cordelia spostrzegła coś srebrnego na jego nadgarstku.

Bransoletka Grace. Cordelia miała wrażenie, że płonie w środku.

***

– Czy Grace zakończyła związek z moim bratem? – zapytał Matthew.

– Nie. – Uśmiech Jamesa szybko zniknął. – Nadal się pobierają.

– To może zamierza go zabić?

– Matthew, przestań mówić z taką nadzieją o potencjalnym morderstwie. – James otworzył szafę, wyjął kurtkę od stroju bojowego i włożył. – Nie wychodzi za Charlesa dlatego, że go kocha. Wychodzi za niego, by uwolnić się od matki. Wierzy, że wpływy i władza Charlesa zapewnią jej ochronę.

– Ale przecież ty też mógłbyś ją chronić – odezwała się cicho Cordelia.

Nie potrafiła powiedzieć, czy ta uwaga zrobiła wrażenie na Jamesie. Miał Maskę zamiast twarzy. Nie potrafiła z niej niczego wyczytać.

– Tatiana chce, żeby Grace dobrze wyszła za mąż. Może nie jest zachwycona, ale gdyby Grace wyszła za mnie, rozpętałaby się wojna. – Zapiął guziki od kurtki. – Dała mi do zrozumienia, że wszystko, co robiła, zrobiła z miłości do mnie. A teraz ja muszę zrobić coś dla niej.

Z tyłu głowy Cordelia usłyszała głos Alastaira: „Wszystko, co robi, służy temu, żebyśmy mogli być razem".

Od ich powrotu z Highgate Alastair nie wspomniał o Charlesie ani o niczym z nim związanym. Większość czasu spędzał w domu, często w pokoju Cordelii, gdy dochodziła do siebie. Czytał jej na głos gazety. Nie wychodził wieczorami. Ja i Alastair jesteśmy niezłą parą, pomyślała Cordelia. Oboje nieszczęśliwi w miłości.

– James, po tym, co ci zrobiła... nie jesteś jej nic winny – rzucił nerwowo Matthew.

– To nie jest dług. Robię to, bo ją kocham.

Jakby ktoś wziął mały ostry nożyk, wbił Cordelii w serce i pociął je na małe kawałeczki w kształcie imienia Jamesa. Ledwie mogła oddychać. Słyszała w głowie jego cichy, słodki głos: „Daisy, mój aniele".

Kręcąc głową, James wyszedł z pokoju. Cordelia i Matthew spojrzeli po sobie, a potem poszli za nim. Szli pośpiesznie korytarzem przez Instytutu, czasem omijając jakiś mebel.

– Co się dzieje? – dopytywał się Matthew, obchodząc wystawioną dla ozdoby zbroję rycerską. – O co cię poprosiła?

– W rezydencji Blackthornów jest przedmiot, który należy zniszczyć – wyjaśnił James i szybko opowiedział im o szaleństwie

Tatiany, o automacie i zaklęciu czarownika, które czekało, by go ożywić. Powiedział, że musi go zniszczyć, a Grace zrobi, co w jej mocy, żeby zostać przy matce.

Coś się zmieniło w Jamesie, nie tylko w jego twarzy, ale i w sposobie, w jaki mówił. Nie wypowiadał imienia Grace z taką intonacją, odkąd zaręczyła się z Charlesem. Cordelia wbiła paznokcie w dłoń. Było jej niedobrze, miała ochotę krzyczeć, ale wiedziała, że tego nie zrobi. „Nie krzyczała, o nie!... Ona nie taka".

– Chyba nie ja jeden nie jestem zdziwiony, że Tatiana Blackthorn para się nekromancją – odezwał się Matthew. – Musimy powiedzieć Clave.

James, który zbiegał po dwa stopnie, pokręcił głową.

– Jeszcze nie. Najpierw muszę to zrobić. Później to wam wyjaśnię, ale nie możemy zniszczyć życia Grace.

– Czyli wybierasz się do Idrisu? – spytała Cordelia. – W jaki sposób?

– W krypcie jest Brama – rzucił przez zęby Matthew, kiedy schody zakończyły się przy wejściu do ogromnego kamiennego pomieszczenia.

Nie było tam tak ciemno, jak Cordelia sobie wyobrażała. Matowe mosiężne lampy płonęły na ścianach, oświetlając gładkie kamienne ściany i podłogi.

– Mój ojciec majstrował tu kiedyś przy swoich eksperymentach, kiedy razem z matką kierowali Instytutem – dodał. – Większość jego prac przeniesiono do laboratorium w naszym domu, ale...

Wskazał jarzący się prostokąt wielkości tremo, zdobiący przeciwległą ścianę. Jego powierzchnia falowała jak woda i przedziwnie się jarzyła.

– Brama nadal tu jest – powiedział James. – Była zamknięta na czas kwarantanny, ale teraz znowu jest otwarta.

– Mimo to przenoszenie się do Idrisu bez pozwolenia Clave jest wciąż zakazane – wtrącił Matthew.

– A ciebie nagle tak interesują przepisy? – James się uśmiechał. – Zresztą to ja będę łamał prawo. To proste zadanie: przenieść się, zniszczyć przedmiot i wrócić.

– Chyba oszalałeś, skoro myślisz, że nie pójdę z tobą – odparł Matthew.

James pokręcił głową.

– Musisz tu zostać i otworzyć Bramę, żebym mógł wrócić. Daj mi dwadzieścia minut. Znam ten dom i wiem, gdzie dokładnie znajduje się ten przedmiot. A potem otworzysz Bramę, a ja przez nią wrócę.

– Nie wiem, czy to mądry pomysł – powiedziała Cordelia. – Już raz staliśmy i patrzyliśmy, jak znikasz w bramie, i patrz, jak to się skończyło...

– Przeżyliśmy – uciął James. – Zabiliśmy Mandikhora i zraniliśmy Beliala. Wielu mogłoby powiedzieć, że skończyło się to bardzo dobrze. – Stanął przed Bramą. Przez chwilę był tylko zarysem, czarnym cieniem na tle srebrzystej powierzchni. – Poczekajcie na mnie – powiedział i po raz drugi w tym tygodniu Cordelia patrzyła na Jamesa Herondale'a znikającego na jej oczach w przejściu.

Zerknęła na Matthew. Jarzył się jak jedna z tych mosiężnych lamp na ścianie w aksamitnej marynarce w kolorze spiżu i spodniach. Wyglądał, jakby był gotowy wracać do Hell Ruelle, a nie stać na czatach w krypcie.

– Nie próbowałeś go zatrzymać – zauważyła.

Matthew pokręcił głową.

– Nie tym razem. Nie było sensu. – Zerknął na nią. – Naprawdę myślałem, że to już koniec. Nawet kiedy Grace dzisiaj przyszła, myślałem, że ją odeśle. Myślałem, że może wyleczyłaś go z tej choroby.

Jego słowa raniły jak strzały. „Myślałem, że go wyleczyłaś". Ona to samo myślała i pozwoliła sobie w to uwierzyć, zaczęła mieć nadzieję, że propozycja wspólnego czytania książki to propozycja czegoś więcej niż przyjaźń. Zdecydowanie źle odczytała wyraz jego oczu, twarzy. Jak mogła aż tak się mylić? Jak mogła uwierzyć, że James czuje coś podobnego co ona, skoro przecież wiedziała swoje?

– Z powodu Pokoju Szeptów? To naprawdę było udawane. – Słowa zabrzmiały przykro w jej własnych uszach. To nie była prawda, przynajmniej nie w jej przypadku, ale nie chciała wyjść na kogoś godnego pożałowania w oczach Matthew czy kogokolwiek innego. – Nie kryło się w tym nic więcej.

– Cieszę się, że to słyszę – powiedział Matthew. Jego oczy były bardzo ciemne, zieleń tylko wąziutkim paskiem otaczała źrenice, gdy na nią patrzył. – Cieszę się, że nie zostałaś zraniona. I że...

– Nie jestem zraniona, po prostu nie rozumiem – przerwała mu Cordelia. Jej głos odbił się echem od ściany. – James sprawia wrażenie zupełnie innego człowieka.

Matthew wykrzywił usta w gorzkim półuśmieszku.

– Był taki przez całe lata. Czasem jest Jamesem z mojego serca, przyjacielem, którego zawsze kochałem. Czasem znajduje się za ścianą ze szkła i nie mogę do niego dotrzeć, bez względu na to, jak bardzo walę w nią pięściami.

Maska, pomyślała Cordelia. Czyli Matthew też ją widział.

– Musisz uważać, że zachowuję się idiotycznie – powiedział Matthew. – *Parabatai* powinni być sobie bliscy i prawdę mówiąc, nie chciałbym żyć na tym świecie bez Jamesa. A jednak nie mówi mi nic o swoich uczuciach.

– Nie uważam tego za idiotyczne i wolałabym, żebyś nie mówił takich rzeczy. Matthew, możesz mówić o sobie tak źle, jak zechcesz, ale to nie sprawia, że twoja słowa stają się prawdą. To ty decydujesz o prawdzie na swój temat. Nikt inny. I wybór, jaką osobą będziesz, zależy tylko od ciebie.

Matthew popatrzył na nią. I chociaż raz odebrało mu mowę.

Cordelia podeszła do Bramy.

– Wiesz, jak wygląda rezydencja Blackthornów?

Matthew powrócił do rzeczywistości.

– Oczywiście. Ale minęło dopiero dziesięć minut.

– Nie widzę powodu, żebyśmy robili to, co nam każe. Otwórz Bramę, Matthew.

Patrzył na nią przez długą chwilę, a potem wreszcie uniósł w uśmiechu kącik ust.

– Jesteś dość apodyktyczna jak na kogoś, kogo nazywają Daisy – powiedział i podszedł do Bramy.

Położył rękę na powierzchni, która zamigotała jak dotknięta tafla wody. Obraz powoli pojawił się pośrodku: wielki stary kamienny dom na rozległym zielonym trawniku. Trawnik pozarastał, czarna żelazna brama przed rezydencją była najeżona poskręcanymi kolczastymi pnączami. Była szeroko otwarta i za nią Cordelia widziała kamienną fasadę domu z kilkunastoma oknami.

Gdy tak patrzyła, jedno z okien błysnęło pomarańczowymi płomieniami. A potem następne. Niebo nad rezydencją pociemniało, przybrało kolor złowieszczej czerwieni.

Matthew zaklął.

– Podpalił dom, prawda? – spytała Cordelia.

– Przeklęty Herondale – powiedział Matthew z epicką desperacją. – Pójdę...

– Nie, nie pójdziesz sam – powiedział Cordelia, podkasując suknię i wskakując w otwartą Bramę.

***

Chociaż Grace i Tatiana opuściły dom niedawno, w rezydencji Blackthornów panowała atmosfera dawno porzuconego miejsca. Jedne z bocznych drzwi nie były zamknięte na klucz. James znalazł się w pustym frontowym holu, oświetlonym tylko przez księżycowe światło wpadające przez wielkie okna. Podłogę zaścielała gęsta warstwa kurzu, a w górze wisiał żyrandol tak obwieszony pajęczynami, że przypominał kłębek szarej włóczki.

Przeszedł pustym korytarzem w cichym blasku księżyca i wspiął się szerokimi schodami. Kiedy doszedł na pierwsze piętro, oleista warstwa czerni pojawiła się przed jego oczami – okna na górze zasłonięto grubymi czarnymi zasłonami.

Zapalił magiczne światło. Ukazało znajdujące się przed nim od dawna zakurzone przejście. Kiedy ruszył, jego buty nieprzyjemnie chrzęściły i wyobraził sobie, że pękają pod nimi wysuszone kości maleńkich zwierzątek.

Na końcu korytarza przed łukiem ściany z zasłoniętymi oknami stał metalowy stwór – ogromny potwór ze stali i miedzi. Na ścianie obok niego – tak jak pamiętał – wisiał rycerski miecz z okrągłą głowicą, zardzewiały antyk.

James zdjął miecz i bez chwili wahania się zamachnął.

Przeciął tors mechanicznego potwora, przecinając go na pół. Górna połowa upadła z brzękiem na ziemię. James wbił znowu miecz, odcinając mu głowę. Czuł się trochę idiotycznie, jakby ciął ogromną puszkę na kawałki. Jednakże inna cząstka jego osoby była wypełniona gniewem. Gniewem z powodu bezmyślnej goryczy, która zżerała Tatianę Blackthorn, zamieniła ten dom w więzienie dla Grace, a Tatianę zwróciła przeciwko rodzinie i światu.

Przerwał zadyszany. Mechaniczna zbroja zamieniła się w stos metalu u jego stóp.

Przestań, powiedział sobie i co dziwne, zobaczył w myślach Cordelię, poczuł jej uspokajającą rękę na ramieniu. Przestań.

Odrzucił miecz na podłogę i odwrócił się, żeby wyjść. I wtedy usłyszał cichy wybuch.

Stos pociętego metalu wybuchł ogniem jak stos podpałki. James cofnął się i patrzył, a ogień skoczył na pajęczyny na ścianach, które zapłonęły niczym koronka. Schował kamień runiczny do kieszeni. Korytarz ożył złotem i szkarłatem, dziwne cienie trzęsły się na ścianach. Dym, który buchnął z tlących się zasłon, był gęsty i duszący, cuchnął potwornie, kwaśno.

Było coś hipnotycznego w płomieniach, kiedy przeskakiwały z zasłony na zasłonę jak bukiet przerzucany korytarzem. Jeśli James tam zostanie, umrze na kolanach, dławiąc się popiołami goryczy Tatiany Blackthorn. Obrócił się i ruszył do schodów.

***

Matthew nie zawracał sobie głowy runem Otwarcia, tylko kopnął drzwi i wbiegł do środka, a Cordelia za nim. W wejściu było pełno kłębiącego się dymu.

Cordelia rozejrzała się ze zgrozą. Widziała salon z wysokim kominkiem; kiedyś to był pewnie piękny pokój, ale teraz wypełniały go kurz i pleśń. Pośrodku stał stół obwieszony pajęczynami, na którym nadal stały talerze. Psuło się na nich jedzenie, biegały po nim myszy i karaluchy.

Podłoga była pokryta szarym kurzem. Ślady butów prowadziły do schodów. Cordelia pokazała je i szarpnęła Matthew za ramię.

– Tędy.

Ruszyli do schodów. U ich szczytu szalał pożar. Cordelia prawie krzyknęła, kiedy z płomieni wynurzył się James i zbiegł po schodach. Rzucił się przez poręcz, gdy schody się zapaliły, i wylądował pośrodku holu wejściowego. Popatrzył z niedowierzaniem na Cordelię i Matthew.

– Co tu robicie?! – zapytał, przekrzykując ryk płomieni.

– Przyszliśmy po ciebie, idioto! – krzyknął Matthew.

– A jak zamierzacie wrócić?!

– W szklarni jest Brama, która prowadzi do szklarni w Chiswick – powiedziała Cordelia. Grace jej to powiedziała. Miała wrażenie, że to się stało milion lat temu. – Możemy wrócić tamtędy.

Gdzieś w głębi rezydencji rozległ się niski chrzęst, jakby kości olbrzyma rozpadały się w pył. Matthew wytrzeszczył oczy.

– Dom...

– Się pali! Tak, wiem! – krzyknął James. – Do drzwi, szybko!

Do wyjścia nie było daleko. Pobiegli, wzbijając tumany kurzu. Prawie dotarli do drzwi. Matthew już przekroczył próg, kiedy najbliższa ściana się zawaliła. Cordelia zatoczyła się, gdy uderzyła w nią fala gorącego powietrza. Zobaczyła otynkowaną belkę, która oderwała się od ściany i poleciała w jej stronę. Matthew krzyknął jej imię, a potem coś uderzyło ją z boku. Przekoziołkowała razem z Jamesem w kurzu, a belka uderzyła w podłogę, niszcząc parkiet.

Cordelia zadławiła się, zakrztusiła i podniosła wzrok. James odepchnął ją, żeby belka w nią nie uderzyła. Przyszpilił ją do podłogi. Oczy miał w kolorze otaczających ich płomieni. Czuła jego rwany, szybki oddech, gdy gapili się na siebie tępo.

– James! – krzyknął Matthew, a James zamrugał i wstał, podał Cordelii rękę.

Jej niebieska suknia zamigotała upstrzona tysiącem punkcików ognia, gdy spadły na nią iskry.

Nie tylko jej sukienka się paliła. Wszystko płonęło. Pobiegli oszołomieni do drzwi, gdzie stał Matthew. Zdjął aksamitną marynarkę i gasił nią ogień na progu. James odwrócił się, żeby wziąć Cordelię na ręce, jakby brali udział w jakimś dziwnym, ognistym balecie, i wyniósł ją przez płomienie, które buchnęły i ogarnęły frontowe drzwi rezydencji.

Zataczając się, odbiegli spory kawał od domu między chwastami i postrzępioną trawę w ogrodach. W końcu się zatrzymali, a James uniósł głowę, żeby spojrzeć na dom. Płonął, buchając czarnym dymem, a niebo nad nim przybrało kolor krwi.

– Możesz już odstawić Cordelię – powiedział kwaśno Matthew. Dyszał, we włosach miał sadzę, stracił aksamitną marynarkę.

James ostrożnie odstawił Cordelię.

– Twoja noga...? – zaczął.

Próbowała odgarnąć pasmo włosów i zobaczyła, że ma popiół we włosach.

– W porządku. Właściwie już się wyleczyła. Czy ty, ehm...

– Podpaliłem dom? Niechcący.

Jego rzęsy były uwalane sadzą, twarz miał w czarnych smugach.

– Przypadkiem się zapalił, kiedy w nim byłeś? – burknął Matthew.

– Gdybym tylko mógł wyjaśnić...

– A nie możesz. – Matthew pokręcił głową, sypiąc popiołem. – Straciłem już cierpliwość. Zapasy cierpliwości się skończyły! Nie zamierzam udzielać jej więcej nawet na kredyt! Ty, ja i Cordelia wracamy do domu, a tam zacznę cię gromić. Przygotuj się na to.

James ukrył uśmiech.

– Na pewno to zrobię. A na razie idziemy do szklarni. Nie powinniśmy tu zostawać.

Cordelia i Matthew zgodzili się z nim ochoczo. We trójkę poszli do szklarni, która była pusta, jeśli nie liczyć przewróconej winorośli, paru butelek i Bramy, która lśniła jak lustro, odbijając oślepiające czerwone światło pożaru.

James położył rękę na powierzchni. Zamigotała i Cordelia zobaczyła w oddali dom Blackthornów w Chiswick, a dalej błyszczący zarys Londynu.

Przeszła przez Bramę.

***

Pokój w Diabelskiej Tawernie był przytulny, niski ogień płonął na kominku. Cordelia myślała, że pewnie już nigdy w życiu nie będzie chciała oglądać ognia, ale teraz się z niego cieszyła. Wesołe Złodziejaszki wyciągały się na poobijanych meblach. Christopher i Thomas siedzieli na starej tapicerowanej sofie, James w fotelu, a Matthew zajął miejsce przy okrągłym drewnianym stole.

James zdjął kurtkę, w której ogień i żar wypaliły kilka dziur, i podwinął rękawy koszuli. Zrobili, co mogli, żeby doprowadzić się do porządku po przyjściu do gospody, ale nadal miał sadzę na kołnierzyku, tak samo jak Matthew i Cordelia we włosach, a niebieska sukienka, jak podejrzewała Cordelia, była nieodwracalnie zniszczona.

Matthew obracał kieliszek w ręce, patrząc z namysłem na jasnobursztynowy płyn.

– Powinieneś wypić trochę wody – odezwał się Christopher. – Alkohol nie pomaga na odwodnienie po tym, jak nawdychałeś się dymu.

Matthew uniósł brew. Christopher nie odwrócił wzroku. Cordelia zauważyła, że Christopher trochę się zmienił. Był mniej nieśmiały i mniej przypominał sowę, miał więcej pewności siebie.

– Woda to diabelski wynalazek – powiedział Matthew.

Cordelia zerknęła na Jamesa, który powiedział tylko:

– To dlatego ciągle masz niestrawność. – Jego twarz pozostała nieodgadniona. Maska zniknęła na chwilę w rezydencji Blackthornów, kiedy ratował jej życie, ale teraz wróciła.

Cordelia zastanawiała się, czy myślał o Grace. Ból w jej piersi zamienił się z przenikliwego w tępe pulsowanie towarzyszące każdemu uderzeniu serca.

Rozległy się kroki i do pokoju wpadła Lucie. Prawie zatoczyła się pod ciężarem ubrań. Dwa garnitury dla Jamesa i Matthew, prosta bawełniana sukienka dla Cordelii.

Powitały ją oklaski. Kiedy Cordelia, James i Matthew wypadli ze szklarni w Chiswick, zdali sobie sprawę, że nie mogą wrócić do domu w takim stanie. Nawet Will dostałby apopleksji, przyznał James.

– Musimy zacząć trzymać zapasowe ubrania w Tawernie na wypadek takich sytuacji – powiedział wtedy James.

– Lepiej, żeby więcej takich sytuacji nie było – warknął Matthew.

Zatrzymali dorożkę i pojechali na Fleet Street, gdzie przyciągnęli sporo spojrzeń klientów Diabelskiej Tawerny. Matthew i Cordelia schowali się w pokoju na piętrze, a James poszukał paru Nicponi i posłał ich do Thomasa i Christophera z wiadomością, żeby przyszli natychmiast i przynieśli im nowe ubrania. Thomas i Christopher niestety nie byli w stanie niczego zorganizować. Przybiegli, ale bez ubrań. Natychmiast wysłano Nicponia do Lucie, co należało zrobić od razu, jak zauważyła Cordelia. Lucie wiedziała, jak załatwiać różne rzeczy.

Lucie rzuciła ubrania na kolana brata i spiorunowała go wzrokiem.

– Nie mogę uwierzyć, że spaliłeś dom Blackthornów beze mnie!

– Ale ciebie nie było, Lucie – zaprotestował James. – Poszłaś zobaczyć się z wujem Jemem.

– To prawda, ale żałuję, że mnie z tobą nie było. Nigdy nie lubiłam tego domu, kiedy dorastaliśmy. Poza tym zawsze chciałam jakiś spalić.

– Zapewniam, że to żadna frajda.

Lucie zabrała sukienkę z jego kolan i skinęła na Cordelię, żeby poszła za nią do przylegającej sypialni. Zabrała się do rozpinania haftek na plecach niebieskiej sukni.

– Będę ją opłakiwać – powiedziała Lucie, kiedy sukienka zsunęła się osmalonym stosem na podłogę, a Cordelia stała w samych halkach i pantalonach z koszulką. – Była taka ładna.

– Śmierdzę jak przypalony tost? – zapytała Cordelia.

– Tak, trochę – przyznała Lucie, podając jej bawełnianą sukienkę. – Przymierz to. Pożyczyłam z szafy matki. To popołudniowa suknia, więc powinna pasować. – Przyjrzała się Cordelii z namysłem. – Co właściwie się stało? Dlaczego James spalił rezydencję Blackthornów?

Cordelia opowiedziała jej wszystko, a Lucie pomogła jej zręcznie wyczesać popiół z włosów i upiąć je, żeby jakoś wyglądały. Kiedy skończyła mówić, Lucie westchnęła.

– Czyli zrobił to na prośbę Grace. Myślałam... Miałam nadzieję... Ach, nieważne. – Odłożyła szczotkę na toaletkę. – Grace nadal wychodzi za Charlesa, więc można mieć tylko nadzieję, że James o niej zapomni.

– Tak – powiedziała Cordelia.

Ona też tak myślała i miała nadzieję. I też się myliła. Tępy ból w piersi przybrał na sile, jakby straciła jakiś kawałek siebie, niezbędny do życia organ, bez którego nie może właściwie oddychać. Wciąż czuła kształt książki pod żakietem. Może powinna była wrzucić ją w płomienie.

Poszły do salonu, gdzie Wesołe Złodziejaszki się kłóciły. Thomas pił brandy razem z Matthew, Christopher i James nie przyłączyli się do nich.

– Nadal nie mogę uwierzy, że spaliłeś dom – powiedział Thomas, wznosząc toast na cześć Jamesa.

– Większość z nas nie widziała go nawet w środku – powiedziała Lucie, przysiadając na brzegu sofy obok Jamesa. – Zerknęłam raz przez okno, kiedy byłam małą dziewczynką. Pokoje były pełne murszu, karaluchów, a wszystkie zegary zatrzymały się za dwadzieścia dziewiąta. Ludzie uznają, że spalił się z powodu zaniedbania.

– Tak będziemy twierdzić? – zapytał Christopher. – Znaczy przed Enklawą. Musimy przygotować się przed jutrzejszym zebraniem.

James złożył palce pod brodą. Bransoletka na jego ręce zabłysła.

– Chętnie przyznałbym się, co zrobiłem, ale nie chcę wplątać w sprawę Matthew i Cordelii i nie mogę powiedzieć, dlaczego tam poszedłem. Złamałbym obietnicę daną Grace.

Christopher się zdziwił.

– To mamy zmyślić inny powód?

– Zawsze możesz powiedzieć, że go spaliłeś, żeby mieć lepszy widok z rezydencji Herondale'ów – zaproponował Matthew. – Albo żeby zwiększyć wartość nieruchomości.

– Albo wyznać, że jesteś niepoprawnym podpalaczem – dorzuciła wesoło Lucie.

Thomas odchrząknął.

– Wygląda mi na to, że wiele osób ucierpi, jeśli opowiesz, co się wydarzyło dzisiejszego wieczoru. Jeżeli zaś zachowasz to dla siebie, to zostanie zniszczony tylko zły stary dom pełen czarnej magii, a wraz z nim niebezpieczny automat. Zdecydowanie sugeruję, żebyś nic nie mówił.

Matthew był zaskoczony.

– Serio? To mówi nasz Szczery Thomas, który tak często radzi mówić prawdę?

Thomas wzruszył ramionami.

– Nie w każdej sytuacji. Uważam, że Clave rzeczywiście powinno w końcu usłyszeć o niebezpiecznych skłonnościach Tatiany. Jednak wiele wskazuje, że utrata rezydencji Blackthornów na jakiś czas ją unieszkodliwi.

– Kiedy już Grace i Charles oficjalnie ogłoszą zaręczyny... wtedy będziemy mogli im powiedzieć – odezwał się cicho James.

– Na razie chętnie będę milczała – powiedziała Cordelia. – W końcu to była prośba Grace i powinniśmy ją chronić.

James spojrzał na nią z wdzięcznością. Spuściła wzrok, mnąc w palcach materiał sukienki.

– Szkoda, że nikt się nie dowie, że James, Cordelia, Matthew to bohaterowie, którzy uniemożliwili demoniczny atak na Idris – powiedziała Lucie.

– My będziemy wiedzieć – orzekł Thomas i wzniósł kieliszek. – Za bycie bohaterami w tajemnicy.

– Za wspieranie się w każdych okolicznościach – dodał Matthew i wzniósł swój kieliszek.

Wszyscy wiwatowali, a Cordelia miała wrażenie, że żelazna obręcz na jej sercu nieco się poluzowała.

22

Zasady narzeczeństwa

„– Ach Melio, doprawdy, co za spotkanie!
Jak miło cię widzieć tak niespodzianie.
Wyglądasz, jakbyś w luksusy wszelkie opływała.
– To nie wiesz, żem zrujnowana? – spytała.
– Ach, mieć taką suknię powłóczystą,
klejnoty, pióra, twarz jasną, cerę czystą.
– Lepiej, byś o tym, wiejska dziewko, nie śniła.
Wszak zrujnowana nie jesteś – wyjaśniła".

Thomas Hardy, *Zrujnowana*

Cordelia nigdy dotąd nie brała udziału w spotkaniu z całą Enklawą. Jej rodzina ciągle się przeprowadzała, aż do tego lata, a ona była wciąż niepełnoletnia. Na szczęście, ponieważ wielu młodych Nocnych Łowców było bezpośrednio zaangażowanych w omawiane wydarzenia, tym razem nie zwracano uwagi na wiek uczestników. Wszyscy skorzystali z okazji, żeby się pojawić. Lucie wzięła ze sobą papier i pióro, na wypadek gdyby doznała natchnienia.

Na spotkanie wybrano Sanktuarium, ustawiono rzędy krzeseł przed mównicą. Złote posągi Razjela ustawiono w każdej niszy, a Tessa rozwiesiła na ścianach gobeliny z herbami wszystkich londyńskich rodzin Nocnych Łowców. James i Christopher siedzieli w pierwszym rzędzie. Zajęto wszystkie krzesła, wiele osób stało, pokój pękał w szwach. Cordelia przyszła z rodziną, ale zostawiła Sonę i Alastaira, żeby usiąść z Lucie i Matthew.

Will Herondale stał przy mównicy, dobrze się prezentował w szarym surducie, kamizelce i spodniach w prążki. Wyglądało na to, że spiera się przyjaźnie z Gabrielem Lightwoodem przy Tessie. Inkwizytor Bridgestock stał nieopodal z gniewną miną.

Lucie szybko pokazała Cordelii tych wśród obecnych, którzy wyszli z zatrucia. Była tam Ariadne Bridgestock, bardzo spokojna i piękna w sukni w odcieniu ciemnej oberżyny i z kokardą we włosach w tym samym kolorze. Cordelia przypomniała sobie Annę, jak sięgała po dłoń Ariadne, gdy ta leżała nieruchomo jak martwa z zapuchniętymi oczami.

„Nie umieraj, proszę".

Była tam także Rosamund Wentworth, Anna i Cecily Lightwood, które bawiły się z małym Alexandrem przy wyschniętej fontannie. Alexander rzucał czymś błyszczącym i najprawdopodobniej kruchym w powietrze.

Sophie i Gideon Lightwoodowie dopiero co przyjechali z Idrisu, uśmiechali się do Cecily i małego Alexandra, ale Sophie miała smutne oczy. Thomas i jego siostra Eugenia siedzieli niedaleko. Eugenia wyglądała jak surowsza wersja Barbary – była drobna, ale kanciasta, ciemne włosy nosiła upięte w stylu pompadour.

Na samym obrzeżu grupy Nocnych Łowców, w pobliżu pani Bridgestock, siedziała Tatiana Blackthorn sztywno wyprostowana na swoim krześle. Nie zdjęła kapelusza i ozdobny wypchany ptak na nim patrzył groźnie. Była chudsza niż zwykle, ręce zaciskała mocno na podołku, twarz miała sztywną z gniewu.

Grace usiadła w pewnym oddaleniu od matki, obok Charlesa, który mówił jej coś do ucha. Ona i Tatiana nie patrzyły na siebie. Cordelia wiedziała od Jamesa, że Grace poszła powstrzymać matkę przed desperackimi poczynaniami poprzedniej nocy. Wyglądało na to, że jej się udało, ale Cordelia zastanawiała się, co się między nimi wydarzyło, już nie wspominając o tym, że ciekawiło ją, czy wiedzą o losie rezydencji Blackthornów.

Najbardziej zaskakującym gościem był Magnus Bane, który siedział na drugim końcu sali z elegancko skrzyżowanymi nogami. Najwyraźniej wyczuł, że Cordelia na niego patrzy, bo zerknął i mrugnął do niej porozumiewawczo.

– Uwielbiam go – powiedział smutno Matthew.

Lucie poklepała go po ręce.

– Wiem.

Matthew robił wrażenie rozbawionego. Cordelia wyczuwała, że coś się zmieniło w jego stosunku do Lucie. Nie potrafiła do końca tego uchwycić, ale miała wrażenie, że zniknęło pewne napięcie między nimi.

– Witam wszystkich – powiedział Will; mównica była poznaczona runami, które wzmacniały jego głos. – Właśnie otrzymałem wiadomość, że Konsul trochę się spóźni, bo zatrzymała ją inna sprawa. Najlepiej byłoby, gdyby wszyscy wykazali się cierpliwością jeszcze przez chwilę i powstrzymali się przed niszczeniem cennych przedmiotów znajdujących się w Sanktuarium.

Rzucił znaczące spojrzenie Cecily, która odpowiedziała siostrzaną miną.

– A na razie...

Will urwał zaskoczony, kiedy Charles wszedł do niego na mównicę. Był ubrany w sztywny, oficjalny surdut, rude włosy miał zaczesane do tyłu i błyszczące.

– Chciałbym podziękować wszystkim za zaufanie, jakie pokładaliście we mnie i Konsul – powiedział. Jego głos poniósł się echem wśród ścian. – Jak wszyscy wiecie, antidotum na tę okropną chorobę opracowano w laboratorium mojego ojca przy Grosvenor Square.

Cordelia zerknęła na Alastaira. Ku jej miłemu zaskoczeniu Alastair przewrócił oczami. Jeśli Charles miał nadzieję na oklaski, to się rozczarował – w pokoju panowała cisza.

Charles odchrząknął.

– Oczywiście należy podziękować wielu innym dzielnym Nocnym Łowcom oprócz mnie. Christopherowi Lightwoodowi, rzecz jasna, a także Cordelii Carstairs i Jamesowi Herondale'owi.

Tatiana Blackthorn zerwała się na równe nogi. Ptak na jej kapeluszu zadygotał, ale w tej chwili nie robiła wrażenia śmiesznej, jak to często było. Robiła wrażenie groźnej.

– James Herondale to oszust! – krzyknęła zachrypniętym głosem. – Jest powiązany z demonami! Bez wątpienia współpracował z nimi przy organizacji ataków!

Lucie prawie się zadławiła. Pomruk niedowierzania rozszedł się po pokoju. Inkwizytor Bridgestock sprawiał wrażenie osłupiałego. Cordelia spojrzała na Jamesa – siedział jak zamrożony, z twarzą całkowicie pozbawioną wyrazu. Christopher położył mu rękę na ramieniu, ale James nawet nie drgnął.

Matthew zacisnął ręce w pięści.

– Jak ona śmie...

Tatiana stała nad tłumem.

– Zaprzecz temu, chłopcze! – krzyknęła do Jamesa. – Twój dziadek był demonem.

Cordelia starała się nie patrzeć na żadnego z Wesołych Złodziejaszków ani na Lucie. Tatiana nie mogła przecież wiedzieć o Belialu? Pewnie tylko powtarzała to, o czym wiedziało całe Clave – że Tessa jest czarownicą i w związku z tym James ma demoniczną krew.

James odsunął kopniakiem krzesło i wstał, odwracając się do sali. Will i Tessa stali za nim oniemiali. Tessa ściskała Willa za ramię, jakby chciała go zatrzymać na miejscu.

– Nie będę temu zaprzeczał – powiedział głosem ociekającym pogardą. – Wszyscy o tym wiedzą. To prawda, to zawsze była prawda i nikt nigdy nie próbował tego ukrywać.

– Nie widzicie? – wściekała się Tatiana. – Spiskował z wrogiem! Zbierałam dowody tego spisku...

– I gdzie one są? – zapytał Will. Poczerwieniał z gniewu. – Do diabła, Tatiano...

– Były w moim domu – syknęła. – Zebrałam je wszystkie w moim domu w Idrisie, ale ten chłopak, to demoniczne nasienie, spalił mój dom doszczętnie! Dlaczego miałby to zrobić, jeśli nie po to, żeby chronić swój sekret?

Cordelii zamarło serce. Nie śmiała spojrzeć na innych, na Lucie, Matthew czy Thomasa. Nie potrafiła nawet spojrzeć na Jamesa.

– Tatiano – powiedział Gabriel Lightwood, wstając, i Cordelia pomyślała „Oczywiście, to jej brat". – Tatiano, w tym nie ma za grosz sensu. Dlaczego nie słyszeliśmy nic o tym pożarze, skoro miał miejsce? Jakim cudem ty o nim wiesz?

Tatiana wykrzywiła twarz z wściekłości.

– Nigdy mi nie wierzyłeś. Nawet kiedy byliśmy dziećmi, nie wierzyłeś w żadne moje słowo. Dobrze wiesz, tak samo jak ja, że istnieje Brama między rezydencją Blackthornów w Idrisie a Chiswick House. Przeszłam tamtędy tego ranka, żeby zabrać kilka dokumentów, i odkryłam dymiącą kupę popiołu!

Tym razem to Gideon wstał. Świeża żałoba pożłobiła jego twarz głębokim liniami.

– Ten przeklęty dom stanowił zagrożenie pożarowe, bo nie chciałaś się nim zająć. W końcu musiał się spalić. To okropne z twojej strony, że próbujesz w to wplątać Jamesa, naprawdę okropne!

– Dość tego! – krzyknął Bridgestock. Podszedł do mównicy i teraz jego głos niósł się echem po sali. – Jamesie Herondale, czy jest jakaś prawda w słowach pani Blackthorn?

– Oczywiście, że nie... – zaczął Will.

Tatiana wrzasnęła:

– Powiedział Grace, że to zrobił! Ją zapytajcie, co powiedział!

– O Boże – szepnął Matthew. Ścisnął podłokietniki krzesła, palce mu pobielały.

Lucie upuściła pióro i notes. Ręce jej się trzęsły.

Grace zaczęła wstawać. Miała spuszczony wzrok. Ktoś w tłumie krzyknął, że próba z Mieczem Anioła wszystko wyjaśni, Tessa nadal ściskała ramię Willa i wyglądała, jakby miał zwymiotować.

Cordelia zaryzykowała i zerknęła na Jamesa. Twarz mu poszarzała, jego oczy płonęły, głowę miał odchyloną do tyłu. Nie będzie się bronił, uznała. Niczego nie wyjaśni.

A co z Grace? Co będzie, jeśli postanowi powiedzieć prawdę? Charles rzuciłby ją tak, jak porzucił Ariadne. Nie wiedział, co to lojalność. Wtedy będzie łatwą ofiarą dla matki. Miała bardzo dużo do stracenia.

– Prawda jest taka... – zaczęła Grace, mówiąc niemalże szeptem. – Prawda jest taka, że James...

Cordelia poderwała się z krzesła.

– Prawda jest taka, że James Herondale nie spalił zeszłej nocy rezydencji Blackthornów – powiedziała tak głośno, że pewnie było ją słychać nawet na Fleet Street. – James nie mógł być w Idrisie. Był w mojej sypialni. Przez całą noc.

W sali rozległy się zaszokowane stłumione okrzyki, które w innych okolicznościach byłyby niemal satysfakcjonujące. Sona oparła się o Alastaira, chowając głowę na jego piersi. Wiele głów odwracało się, żeby spojrzeć na Cordelię z ciekawością. Serce jej waliło jak młot spadowy. Anna spojrzała na nią osłupiała. Will i Tessa wyglądali jak rażeni gromem.

Matthew schował twarz w dłoniach.

Bridgestock wpatrywał się w Cordelię ze zdumieniem.

– Jest pani tego pewna, panno Carstairs?

Cordelia uniosła podbródek. Wiedziała, że jest skompromitowana w oczach całej Enklawy. Więcej niż skompromitowana – była skończona. Nigdy nie wyjdzie za mąż. Będzie miała szczęście, jeśli będzie podejmowana w innych domach. Nocni Łowcy podchodzili do takich kwestii mniej rygorystycznie niż Przyziemni, ale młoda kobieta, która spędza całą noc sam na sam z młodzieńcem, i to w sypialni, nie nadawała się na żonę.

– To oczywiste, że tak – powiedziała. – W jakiej kwestii spodziewa się pan, że mogłabym się pomylić?

Bridgestock poczerwieniał. Rosamund Wentworth miała minę, jakby właśnie się okazało, że dzisiaj są jej urodziny. Cordelia nie śmiała spojrzeć na Jamesa.

Tatiana bełkotała.

– Grace, powiedz im...

– Jestem pewna, że Cordelia ma rację – oznajmiła wyraźnie Grace. – James musi być niewinny.

Tatiana wrzasnęła. To był potworny dźwięk, jakby została dźgnięta.

– Nie! – zawyła. – Jeśli to nie był James, to na pewno któreś z was! – Wytknęła palcem grupę Złodziejaszków. – Matthew Fairchild, Thomas Lightwood, Christopher Lightwood! Jeden z nich, jeden z nich jest odpowiedzialny, ja to wiem!

W tłumie poniósł się szmer. Bridgestock nawoływał o ciszę. Chaos narastał i wtedy otworzyły się frontowe drzwi do Sanktuarium i wmaszerowała Charlotte Fairchild, Konsul.

Była drobną kobietą o ciemnych włosach zebranych w prosty węzeł. Siwiała na skroniach. Nosiła bluzkę ze stójką i ciemną spódnicę. Wszystko w niej było schludne i drobne, od trzewików po okulary w złotych oprawkach.

– Przepraszam za spóźnienie – oznajmiła tonem osoby, która przywykła do podnoszenia głosu tak, by było ją słychać w pokoju pełnym mężczyzn. – Zamierzałam przyjechać wcześniej, ale musiałam zostać w Idrisie, żeby zbadać sprawę pożaru rezydencji Blackthornów, do którego doszło zeszłej nocy.

– Mówiłam! Mówiłam, że to zrobili! – krzyknęła Tatiana.

Charlotte zacisnęła usta.

– Pani Blackthorn, spędziłam kilka godzin ze strażnikami z Alicante, przeszukując zgliszcza pani domu. Znaleźliśmy tam wiele przedmiotów, które wiązały się z magią nekromancką i demoniczną albo były nią przesiąknięte. Jedno i drugie to rzeczy zakazane dla Nocnych Łowców.

Tatianie zrzedła mina.

– Musiałam mieć te rzeczy – zawyła łamiącym się dziecinnym głosem. – Musiałam posłużyć się nimi, musiałam je mieć dla Jessego... Mój syn umarł i nikt z was nie chciał mi pomóc! Umarł i żadne z was nie chciało mi pomóc go ożywić! – Rozejrzała się po sali wilgotnymi, nienawistnymi oczami. – Grace, dlaczego mi nie pomożesz?! – wrzasnęła i osunęła się na podłogę.

Grace ruszyła przez salę do Tatiany. Położyła rękę na ramieniu matki, ale twarz miała jak z kamienia. Cordelia nie widziała w niej współczucia dla błagań Tatiany.

– Mogę potwierdzić słowa Charlotte – odezwał się Magnus Bane, który wstał z krzesła. – W styczniu pani Blackthorn próbowała wynająć mnie do pomocy przy wskrzeszeniu syna. Odmówiłem, ale widziałem dowody jej intensywnych studiów nad nekromancją. Nad magią, którą wielu nazwałoby czarną. Powinienem był wtedy coś powiedzieć, ale serce mi się krajało z litości. Wielu ludzi pragnie sprowadzić z powrotem swoich bliskich zmarłych. Niewielu kiedykolwiek zapędza się tak daleko. – Westchnął. – Kiedy takie przedmioty wpadną w ręce niewyszkolonych osób, mogą być niebezpieczne. Z pewnością to wyjaśnia tragiczny i zupełnie przypadkowy pożar, który zniszczył dom pani Blackthorn.

W tłumie poniosły się kolejne okrzyki.

– Trochę przesadzili, co? – mruknęła Lucie.

– To nie ma znaczenia, dopóki Clave w to wierzy – powiedział Matthew.

Will skinął głową do Magnusa. Cordelia miała przeczucie, że łączy ich przyjaźń, którą nawiązali dawno temu. Pośród wrzawy Charlotte dała znać Inkwizytorowi Bridgestockowi, by aresztował Tatianę.

Czyjaś dłoń wylądowała na ramieniu Cordelii. Podniosła wzrok i zobaczył Jamesa. Cała pierś jej się ścisnęła, jakby kurczyło jej się serce. Był blady z dwoma rumieńcami płonącymi na policzkach.

– Cordelio, muszę z tobą porozmawiać. Natychmiast.

***

James zatrzasnął za sobą drzwi do bawialni i odwrócił się do Cordelii. Jego włosy wyglądają jak po wybuchu, pomyślała Cordelia z ponurym rozbawieniem. Sterczały na wszystkie strony.

– Nie możesz tego sobie robić – powiedział z chłodną desperacją. – Musisz cofnąć swoje słowa.

– To niemożliwe – odpowiedziała, gdy James krążył przed kominkiem. Nie płonął tam ogień, ale w pokoju nie było zimno. Słońce na zewnątrz płonęło jasno, a świat był zajęty swoimi sprawami w pogodny londyński dzień.

– Cordelio – powiedział James. – Będziesz skończona.

– Wiem. – Spłynął na nią zimny spokój. – To dlatego powiedziałam to, co powiedziałam. Musieli mi uwierzyć, a nikt nie uwierzyłby, że powiedziałabym coś tak potwornego, gdyby to nie była prawda.

Przestał się kręcić. Spojrzał na nią z bólem, jakby przeszyło go tysiąc małych sztyletów.

– To dlatego, że uratowałem ci życie? – szepnął.

– Wczoraj wieczorem? W rezydencji?

Skinął głową.

– Och, James. – Ogarnęło ją nagle wielkie zmęczenie. – Nie. Nie chodzi o to. Myślisz, że mogę siedzieć i patrzeć, jak nazywa się mnie bohaterką, kiedy z ciebie robi się złoczyńcę? Nie obchodzi mnie, co pomyślą o mojej reputacji. Znam ciebie, twoich przyjaciół i co jesteście gotowi zrobić dla siebie. Ja też jestem twoją przyjaciółką i wiem, czym moim zdaniem jest honor. Pozwól mi na to.

– Daisy – powiedział, a ona z pewnym szokiem zdała sobie sprawę, że spadła Maska i jego twarz jest zdumiewająco naga. –

Nie zniosę tego. Żeby twoje życie zostało z tego powodu zniszczone? Wracajmy i powiedz im, że to zrobiłem, że spaliłem dom, a ty kłamałaś, żeby mnie osłonić.

Żeby pewnie stanąć, Cordelia oparła się o krzesło obite bladoniebieskim materiałem, z oparciem wyrzeźbionym na kształt skrzyżowanych mieczy.

– Nikt nie uwierzy – powiedziała, rzucając słowa w ciszę między nimi jak kamienie w staw. James się wzdrygnął. – Kiedy w grę wchodzi reputacja kobiety, jeśli pojawią się podejrzenia, to znaczy, że jest winna. Tak to działa na tym świecie. Wiedziałam, że uwierzą w moją winę i teraz, bez względu na to, co powiemy, nigdy nie uwierzą w moją niewinność. Stało się, James. To nie ma takiego dużego znaczenia. Nie muszę zostawać w Londynie. Mogę wrócić na wieś.

Kiedy zaczęła mówić, zrozumiała, że tak właśnie musi być. Nie była Anną, nie mogła prowadzić szalonego życia w stylu bohemy, licząc na wsparcie rodziny. Musiała wrócić do Cirenworth, gdzie za towarzystwo będzie miała lustra. Utonie powoli w samotności i nie będzie mogła żyć marzeniem o Londynie, Diabelskiej Tawernie, walce z demonami u boku Lucie, śmiechu do późnej nocy z Wesołymi Złodziejaszkami.

Oczy Jamesa płonęły.

– W żadnym razie – oznajmił. – I mam pozwolić, żeby Lucie pękło serce, bo straci *parabatai*? Pozwolić ci żyć w odosobnieniu i hańbie? Nie zgodzę się na to.

– Nie potrafię żałować swojego wyboru – powiedziała cicho Cordelia. – Nadal postąpiłabym tak samo. I teraz już żadne z nas nic nie może w tej sprawie zrobić.

Nie mógł zamienić świata w sprawiedliwy tak samo jak ona. Tylko w bajkach bohaterowie byli nagradzani, w prawdziwym życiu akty heroizmu pozostawały nienagrodzone, a świat kręcił się jak zawsze.

James może się wściekać, ale był bezpieczny. Nie żałowała.

– Mogę w takim razie prosić cię tylko o jedną rzecz. O jedno ostatnie poświęcenie dla mnie.

Ponieważ to mógł być ostatni raz, kiedy go widzi, Cordelia nie odrywała oczu od jego twarzy. Od kształtu ust, zarysu wysokich kości policzkowych, długich rzęs ocieniających bladozłote oczy. Od delikatnego śladu w postaci białej gwiazdki na szyi, gdzie ciemne włosy prawie dotykały kołnierzyka.

– Co takiego? Jeśli tylko zdołam, zrobię to dla ciebie.

Zrobił krok w jej stronę. Widziała, że ręce mu się trochę trzęsą. Chwilę potem klęczał na dywanie przed nią z głową odchyloną i wpatrywał się w jej twarz. Zdała sobie sprawę, co zaraz zrobi, i uniosła ręce, żeby zaprotestować, ale było już za późno.

– Daisy, wyjdziesz za mnie?

Świat się zatrzymał. Pomyślała o zegarach w rezydencji Blackthornów, które stanęły za dwadzieścia dziewiąta. Pomyślała o tysiącach razy, kiedy wyobrażała sobie, jak James wypowiada te słowa, ale nigdy w takich okolicznościach. Nigdy w taki sposób.

– James – powiedziała. – Ty mnie nie kochasz.

Wstał. Już nie klęczał i była z tego zadowolona, ale stał blisko, tak blisko, że mogła oprzeć rękę o jego pierś.

– Nie. Nie kocham.

Wiedziała o tym, a jednak to był cios, niespodziewany i wstrząsający, gdy to po prostu przyznał. Jakby raniono ją nożem. Zdziwiła się tylko, że tak bardzo ją to zabolało.

Słyszała jak z oddali, że James mówi dalej:

– Nie w taki sposób. I ty mnie też nie kochasz w taki sposób.

Och, James. Taki mądry, a taki ślepy.

– Ale jesteśmy przyjaciółmi, prawda? – mówił dalej. – Jesteś jednym z moich najlepszych przyjaciół. Nie zostawię cię w kłopotach.

– Kochasz Grace – szepnęła Cordelia. – Tak?

Wzdrygnął się wtedy. Tym razem to ona zraniła jego. Rozmawiali tylko, ale ich słowa były jak ostrza.

– Grace wychodzi za kogoś innego. Mogę spokojnie ożenić się z tobą. – Złapał ją za rękę, a ona na to pozwoliła. W głowie jej się kręciło, jakby trzymała się masztu na miotanym burzą statku.

– Nie chcę też sytuacji, w której mój mąż nie jest mi wierny – powiedziała Cordelia. – Nie wyjdę za ciebie, żeby udawać, że nie widzę twoich poczynań. Wolę być sama i pogardzana, a tobie zostawić wolność...

– Daisy, nigdy, przenigdy nie zrobiłbym tobie czegoś takiego. Kiedy już coś obiecuję, to dotrzymuję słowa.

Pokręciła głową.

– Nie rozumiem, co mi proponujesz...

– Rok – powiedział szybko. – Daj mi rok, żeby wszystko naprawić. Pobierzmy się i żyjmy jak przyjaciele. Nadzwyczaj dobrze do siebie pasujemy. To może być naprawdę świetna zabawa. Obiecuję, że będę lepszym towarzystwem podczas śniadania niż Alastair.

Cordelia zamrugała zaskoczona.

– *Mariage blanc*? – zapytała powoli.

„Białe małżeństwo" zawierano zwykle, kiedy jedno z małżonków musiało je zawrzeć, żeby odebrać spadek albo żeby chronić kobietę przed niebezpieczną sytuacją w domu. Istniały także inne powody. Charles szuka czegoś takiego z Grace, pomyślała. Trudno nie dostrzec ironii sytuacji.

– Rozwód jest o wiele bardziej akceptowany wśród Nocnych Łowców niż wśród Przyziemnych – mówił James. – Po roku możesz rozwieść się ze mną z dowolnego powodu. Możesz powiedzieć, że nie możemy mieć dzieci. Możesz powiedzieć, co zechcesz o niezgodności charakterów, a ja się na to zgodzę. Wtedy będziesz rozwódką do wzięcia z nienaruszoną reputacją. Mogłabyś ponownie wyjść za mąż.

Ulga i nadzieja w jego oczach wywoływały w Cordelii ból. A jednak...

Nie mogła powiedzieć, że tego nie chce. Gdyby się pobrali, mogliby razem mieszkać. Mieliby własny dom. Mnóstwo bliskości. Spaliby w tym samym miejscu i budziliby się w tym samym miejscu. Z pozoru byłoby to dokładnie takie życie, jakiego zawsze pragnęła.

– Ale co z naszymi przyjaciółmi? – szepnęła. – Nie możemy przez rok ukrywać przed nimi prawdy. Poza tym wiedzą, że kłamałam. Wiedzą, że ty spaliłeś rezydencję.

– Powiemy im prawdę. Dochowają naszego sekretu. Mogą nawet uznać, że to świetny żart kosztem Clave. I będą zachwyceni, dysponując całym domem dla swoich zabaw. Będziemy musieli pilnować naszej porcelany.

– Lucie też – powiedział Cordelia. – Nie mogę okłamywać swojej *parabatai*.

– Oczywiście. – James uśmiechnął się. – Nasi przyjaciele kochają nas i dotrzymają naszego sekretu. Zgoda? Czy mam znowu klęknąć?

– Nie! – zaprotestowała ostro Cordelia. – Nie klękaj. Wyjdę za ciebie, ale nie klękaj znowu.

– Oczywiście – powiedział i zrozumienie w jego oczach złamało resztki jej serca. – Chcesz zachować to na prawdziwe małżeństwo, które znajdziesz po tym. Miłość na pewno cię znajdzie, Daisy. To tylko jeden rok.

– Tak. Tylko rok.

Zdjął pierścień Herondale'ów z wzorem z szybujących ptaków. Wyciągnęła rękę, a James wsunął go jej na palec bez wahania. Cordelia patrzyła, jak to robi, patrzyła na długie rzęsy opadające mu na kości policzkowe jak czarny atrament na białej kartce.

„Miłość cię znajdzie".

Miłość znalazła ją wiele lat temu, i teraz, i każdego dnia, odkąd pierwszy raz zobaczyła Jamesa w Londynie. „I ty mnie też nie kochasz", powiedział do niej. Nie miał pojęcia. Skąd miałby wiedzieć?

Drzwi się otworzyły. Cordelia prawie podskoczyła. Wszedł Will z twarzą jak gradowa chmura, za nim Tessa, nieco spokojniejsza, a na końcu Sona. Na twarzach wszystkich malowała się ponura furia. Może nie na twarzy Tessy, ona robiła wrażenie raczej zmartwionej, uznała Cordelia, bardziej zrezygnowanej.

– Tatiana została aresztowana przez Bridgestocka i Konsul – oznajmił Will, a jego niebieskie oczy były jak lód. – W innych okolicznościach to byłaby wielka ulga, zważywszy, jakimi fałszywymi oskarżeniami cię obrzucała, synu.

James uniósł rękę.

– Ojcze, rozumiem, dlaczego jesteś zły, ale...

– James. – Will warknął jego imię, jakby trzasnął z bicza. Jednak w jego oczach malowało się coś więcej niż tylko gniew, był także ogromnie zraniony i Cordelia aż się skrzywiła na ten widok. Mogła sobie tylko wyobrażać, ile bólu czuje James. – Nie mogę wyrazić, jak bardzo z Tessą jesteśmy rozczarowani tobą.

Wychowaliśmy cię lepiej, nauczyliśmy, jak traktować kobiety i jak przyznawać się do własnych błędów.

– Och, Lajlo – powiedziała Sona. Patrzyła ponuro. – *Cze kar kardi*?

Coś ty zrobiła?

– Dość! – James stanął przed Cordelią, żeby ją osłonić, ale ona zajęła miejsce obok niego. Powinni stawić czoło problemom ramię w ramię. Ich porozumienie musiało znaczyć chociaż tyle.

– Ojcze – powiedział James. – Matko. Pani Carstairs. Wysłucham wszystkiego, co macie do powiedzenia, i przepraszam za wszystko, co zrobiłem nie tak, ale najpierw pozwólcie, że przedstawię wam moją przyszłą żonę.

Cała trójka dorosłych spojrzała po sobie zaskoczona.

– Chcesz powiedzieć...? – zaczęła Tessa.

James się uśmiechnął. Cordelia uznała, że robił wrażenie naprawdę zadowolonego, ale wyczuwała, że Maska powraca jak tafla szyby. Widziała, jak Tessa patrzy na Jamesa, i zastanawiała się, czy ona też to wyczuwa.

– Cordelia wyświadczyła mi ten zaszczyt i zgodziła się wyjść za mnie.

Cordelia wyciągnęła rękę z sygnetem Herondale'ów.

– Oboje jesteśmy bardzo szczęśliwi i mamy nadzieję, że wy też będziecie.

Zerknęła na matkę. Ku jej zaskoczeniu matka patrzyła zmartwiona. „Przecież zrobiłam to, co chciałaś, *Mâmân*", zżymała się w duchu. „Znalazłam dobrą partię".

Will i Tessa patrzyli na Sonę, jakby czekali na jej reakcję.

Matka Cordelii odetchnęła powoli, wyprostowała się, obrzucając spojrzeniem Cordelię i Jamesa.

– *Czeszmet roszan* – powiedziała i skinęła głową do Willa i Tessy. – Udzieliłam im błogosławieństwa.

Szeroki uśmiech wypłynął na twarz Willa.

– W takim razie nie mamy wyjścia, jak też dać wam nasze błogosławieństwo. Cordelio Carstairs, Carstairsowie i Herondale'owie będą teraz jeszcze mocniej ze sobą związani. Nawet gdyby James mógł wybrać żonę spośród wszystkich innych kobiet na świecie, nie pragnąłbym żadnej innej.

Tessa się zaśmiała.

– Will! Nie możesz komplementować naszej nowej córki tylko z powodu jej nazwiska!

Will szczerzył zęby jak chłopiec.

– Poczekaj, aż powiem Jemowi...

Drzwi otworzyły się i do środka wpadła Lucie.

– Podsłuchiwałam pod drzwiami – oznajmiła bez najmniejszego zażenowania. – Daisy! Będziesz moją siostrą!

Podbiegła do Cordelii i objęła ją. Alastair też wszedł do pokoju, milczał, ale uśmiechnął się, gdy Cordelia na niego spojrzała. Scena była niemal tak radosna, jak Cordelia sobie wymarzyła. Musiała tylko zapomnieć o tym, że o ile Will pragnął, żeby weszła do ich rodziny, to James wybrałby kogoś innego, gdyby tylko mógł swobodnie wybierać.

***

Dopiero później tego wieczoru Cordelia dowiedziała się od Alastaira – który pewnie usłyszał to od Charlesa – co stało się z Tatianą.

Tatianie okazano wyrozumiałość. Wszyscy w Enklawie powszechnie uznali, że śmierć syna pomieszała jej w głowie i, chociaż jej reakcja – szukanie pomocy u czarowników oraz paranie się czarną magią i nekromancją – była naganna, to po prostu zwariowała ze smutku. Wszyscy pamiętali utratę Jessego i współczuli jej. Zamiast zamknąć ją w Cichym Mieście albo pozbawić Znaków, Tatianę odesłano do Żelaznych Sióstr w Adamantowej Cytadeli.

To prawie więzienie, ale nie do końca, jak to opisał Alastair.

Grace miała wprowadzić się do Bridgestocków. Podobno Ariadne nalegała. Alastair przypuszczał, że Bridgestockowie próbowali w ten sposób zachować twarz i sprawić, żeby zerwane zaręczyny Ariadne i Charlesa wyglądały na rozwiązane w przyjacielskiej atmosferze.

– Jakie to dziwne – powiedziała Cordelia.

Zastanawiała się, dlaczego Ariadne zażądała czegoś takiego. Nawet jeśli nie chciała wyjść za Charlesa, to dlaczego chciałaby mieszkać z Grace? Z drugiej strony Cordelia podejrzewała, że Ariadne Bridgestock to więcej niż tylko to, co widać na pierwszy rzut oka.

– To nie wszystko – powiedział Alastair. Siedział u stóp łóżka siostry. Cordelia opierała się o poduszki, szczotkując długie włosy. – Nasz ojciec zostanie wypuszczony.

– Wypuszczony? – Cordelia usiadła prosto z bijącym sercem. – Co masz na myśli?

– Wycofano oskarżenie, uznano całą tę zagmatwaną sprawę za wypadek. Wróci do Londynu za dwa tygodnie.

– Dlaczego puścili go wolno?

Uśmiechnął się do niej, ale oczy miał poważne.

– Z twojego powodu, tak jak chciałaś. Ty do tego doprowadziłaś. Jesteś teraz bohaterką. To wiele zmienia. Gdyby sądzili twojego ojca za przestępstwo, którego on nawet nie pamięta, naraziliby się na utratę popularności. Ludzie chcą, żeby uporządkować sprawy po tak wielu stratach i zgrozie. Chcą, żeby rodziny znowu się połączyły. Tym bardziej że w drodze jest dziecko.

– Skąd wiedzą o dziecku?

Alastair odwrócił wzrok. To go zawsze zdradzało, już od małego, gdy kłamał.

– Nie wiem. Ktoś musiał im powiedzieć.

Cordelia nie mogła wykrztusić słowa. Od tak dawna właśnie tego pragnęła. Ojciec na wolności, rodzina uratowana. To była jej mantra, słowa, które powtarzała sobie w kółko, gdy zasypiała każdej nocy. A teraz nie wiedziała, co czuje.

– Alastair... – szepnęła. – Poszłam do Cichego Miasta z Jamesem i Matthew, żeby porozmawiać z kuzynem Jemem. Wiem, że *Mâmân* chciałaby, żeby ojciec trafił na leczenie do Basilias. Myślałam, że może gdybyśmy powiedzieli Clave o jego chorobie, bo to jest choroba, to wysłaliby go na leczenie zamiast do więzienia.

– Ach, na Anioła. – Alastair zasłonił oczy dłońmi na długą chwilę. Kiedy je opuścił, patrzył z niepokojem. – Tobie by to odpowiadało? Gdyby wszyscy wiedzieli o jego piciu?

– Jak już powiedziałam ci wcześniej, to nie nasza hańba, tylko jego.

Alastair westchnął.

– Sam nie wiem. Ojciec zawsze odmawiał pójścia do Basilias. Mówił, że nie lubi Cichych Braci, ale myślę, że martwił się, że go przejrzą. Podejrzewam, że dlatego trzymał kuzyna Jema z dala od rodziny. – Wziął głęboki wdech. – Jeśli chcesz, żeby poszedł do Basilias, to napiszę do niego. Ty byłaś ostatnią osobą z rodziny, które nie znała jego sekretu. To, że wreszcie go poznałaś, może wiele zmienić.

Cordelia odłożyła szczotkę. W końcu poczuła ulgę.

– To dobry pomysł. Alastair...

– Jesteś szczęśliwa, Lajlo? – Wskazał sygnet Herondale'ów. – Wiem, że tego właśnie chciałaś.

– Myślałam, że będziesz zły. Byłeś taki wściekły na Jamesa, kiedy myślałeś, że próbuje mnie skompromitować.

– Nie sądziłem wtedy, że będzie gotowy się z tobą ożenić – odparł przepraszającym tonem Alastair. – Ale wstał i wziął sobie ciebie na oczach świata. To znaczący gest. Nie pozwól, żeby ktokolwiek wmówił ci coś innego.

Prawie chciała powiedzieć bratu prawdę – że James poświęcił się bardziej, niż Alastair podejrzewał, ale nie potrafiła, tak samo jak nie potrafiła wyznać tego matce. Byłby zły, Sona zaś by się załamała.

– Mam to, czego chciałam – powiedziała, nie potrafiąc skłamać, że jest szczęśliwa. – A co z tobą? Co z twoim szczęściem?

Zerknął na ręce. Kiedy podniósł wzrok, uśmiechał się krzywo.

– Miłość jest skomplikowana. Prawda?

– Wiesz, że cię kocham. Nie powinnam cię podsłuchiwać, gdy byłeś z Charlesem. Zawsze chciałam, żebyś ze mną rozmawiał. Nigdy nie chciałam cię szpiegować.

Alastair zarumienił się i wstał, nie patrząc jej w oczy.

– Powinnaś się przespać. Masz za sobą dzień, który obfitował w wydarzenia. A ja muszę zająć się pewną ważną sprawą.

Cordelia pochyliła się, żeby zobaczyć, jak wychodzi z pokoju.

– Jaką sprawą?

Zajrzał do jej pokoju z nietypowym dla siebie szerokim uśmiechem.

– Moimi włosami – odpowiedział i zniknął, zanim zdążyła cokolwiek odpowiedzieć.

23

Nikt, kto kocha

„Nie nazywajmy nikogo, kto kocha, nieszczęśliwym, bo nawet nieodwzajemniona miłość nie jest pozbawiona blasku".

J.M. Barrie, *The Little Minister*

Lucie była pod dużym wrażeniem, chociaż głęboko wierzyła, że nie należy być pod wrażeniem własnych rodziców. Matka zaimprowizowała przyjęcie zaręczynowe dla Jamesa i Cordelii, ale wypadło tak cudownie, że nikt nie domyśliłby się, że nie planowała go od tygodni. Sala balowa jaśniała od magicznych świateł i świec, na ścianach wisiały pozłacane weselne wstążki. Okryte koronką stoły zastawiono tacami ze słodyczami, a wszystkie były w żółtych i złotych odcieniach – lukrowane cytrynowe ciasta z kremem, misy z ciętego szkła z kandyzowanymi owocami, cukierki w eleganckich złotkach na paterze, tarty z żółtymi mirabelkami i morelami. Na cokołach ustawiono wazony z kaskadami kompozycji z kwiatów – peonii, kremowych kamelii, snopków żółtych mieczyków i mgiełki mimoz, bladych złotych róż i narcyzów. W sali było mnóstwo szczęśliwych ludzi, kwarantanna się skończyła, wszyscy chcieli się zebrać i poplotkować, pogratulować Willowi i Tessie szczęścia ich syna.

Jednakże Tessa, gdy obejmowała Willa w pasie i uśmiechała się do Idy Rosewain, która zjawiła się w gigantycznym kapeluszu, sprawiała wrażenie zmartwionej. Lucie domyślała się, że większość ludzi tego nie widzi, ale ona była wytrenowaną obserwatorką nastrojów swojej matki, poza tym sama się martwiła.

Powinna być wniebowzięta. Jej brat i najbliższa przyjaciółka mieli się pobrać. To powinien być początek „i żyli długo i szczęśliwie". Ona jednak znała prawdę – James i Cordelia powiedzieli jej. Małżeństwo było na niby, zwykła formalność, która miała uratować reputację Cordelii. Tessa i Will nie dowiedzą się, zresztą nikt nie chciał im o tym mówić. Niech myślą, że James będzie szczęśliwy z Cordelią. Niech myślą, że to prawdziwe małżeństwo. Lucie żałowała, że sama nie może w to wierzyć, a skoro to było niemożliwe, to żałowała, że nie ma z kim o tym porozmawiać. Wesołe Złodziejaszki uznały, że będą traktować to małżeństwo jako swoisty żart ze strony Jamesa. Nie mogła też zwierzyć się z niepokojów Cordelii i jeszcze bardziej unieszczęśliwić bez wątpienia już nieszczęśliwą przyjaciółkę.

Może życie nie jest takie jak w książkach. Może życie nigdy takie nie będzie. Jej brat, elegancki w czerni i bieli, witał gości razem z rodzicami. Gabriel i Cecily właśnie przyjechali z Anną, Alexandrem i Christopherem, a teraz wszystkich obejmowali i gratulowali. Thomas już wcześniej przyjechał z rodziną. Fairchildowie też zjawili się wcześniej; Matthew natychmiast porzucił rodzinę i ruszył prosto do pokoju gier. Tymczasem Charles wędrował po sali, ściskał dłonie i zasadniczo przypisywał sobie zakończenie ataków. Turkot powozów wjeżdżających na dziedziniec tworzył swoistą dziwaczną muzykę, kiedy sala się napełniała. Przyjechali Bridgestockowie z Ariadne, która schudła, ale oczy jej błyszczały, oraz z Grace Blackthorn.

Lucie szarpała nerwowo medalik na szyi. Grace wyglądała ślicznie w bladozielonej sukni, ze srebrzystymi blond włosami upiętymi w kaskadę loków. Po tym, jak zobaczyła Chiswick House z bliska, Lucie znowu się zastanawiała, jakim cudem Grace zawsze wygląda tak wspaniale, skoro mieszka w ruderze z brudnych cegieł.

To znaczy mieszkała. Teraz zatrzymała się u Bridgestocków i zostanie tam do ślubu z Charlesem. Grace nie świętuje, pomyślała Lucie, patrząc na bladą twarz dziewczyny, gdy witała się z Willem i Tessą. James był całkowicie opanowany, on i Grace byli wręcz boleśnie uprzejmi, gdy mu gratulowała. Czy Grace miała coś przeciwko? – zastanawiała się Lucie. To ona zerwała z Jamesem. Wychodziła za Charlesa. A Lucie nie wybaczyła jej tego, że złamała Jamesowi serce.

A jednak. Patrzyła, jak Grace się wymawia i idzie sztywno przez salę do Charlesa. Przywitali się jak nieznajomi albo partnerzy w interesach. Och, jak Lucie żałowała, że nie może porozmawiać z Jessem. Może powiedziałby jej, co naprawdę czuje jego siostra. Może zdołałby powiedzieć coś więcej niż...

– Przyjechała – szepnął jej ktoś do ucha. – Honorowy gość.

– To znaczy Cordelia? – Lucie odwróciła się i zobaczyła Jessamine unoszącą się obok niej w pobliżu przeszkolonych drzwi prowadzących na kamienny balkon. Za nimi widać było w oddali elektryczne latarnie uliczne, rzucające dziwny blask na szybę. Jessamine jednak nie odbijała się w niej.

– Wygląda ślicznie – powiedziała Jessamine.

Uśmiechnęła się tajemniczo i ruszyła do stołu z deserami. Duchy nie mogły jeść, ale Jessamine nadal z przyjemnością patrzyła na ciastka.

Cordelia rzeczywiście wyglądała ślicznie. Przyszła z matką i bratem. Sona wyglądała po królewsku w zielonej sukni i czarnej aksamitnej *rusari*, a Alastair... Cóż, Lucie zauważyła go dopiero, kiedy oddał kapelusz pokojówce, i zdała sobie sprawę, że ufarbował włosy z powrotem na naturalny czarny kolor. Odcinały się od jego brązowej skóry.

Cordelia nosiła zwężającą się suknię z ciemnoniebieskiego jedwabiu i złotego tiulu, z marszczonymi rękawami i opalizującą broszką zbierającą jedwab i tiul w rozetkę między piersiami. Risa przybrała jej włosy perłami mrugającymi w rudych pasmach.

James ujął jej dłonie i pocałował ją w policzek. Oboje z Cordelią byli świadomi, że wielu ludzi gapi się na nich i pewnie szepcze między sobą. Deklaracja Cordelii podczas zebrania Enklawy, chociaż doprowadziła do zapowiedzi małżeństwa, była skandalem sezonu.

Poirytowana w ich imieniu Lucie zaczęła iść w stronę rodziny. Drogę zastąpił jej Thomas, który niósł jej małego kuzyna Alexandra. Ciotka Cecily i wuj Gabriel ewidentnie wepchnęli Alexandra Thomasowi, a sami zajęli się przygotowaniami do przyjęcia. To był słodki widok – wysoki, muskularny Thomas niosący ostrożnie dziecko. Lucie nigdy tego głośno nie powiedziała, żeby mu to nie uderzyło do głowy.

– Lucie, muszę iść przywitać Cordelię i Alastaira – powiedział Thomas. – Możesz wziąć tego wstrętnego bachora?

– Nie bachora – powiedział Alexander, ssąc kawałek lukrecji.

– Mogłabym, ale nieszczególnie mam ochotę.

– Matthew – zażądał ponuro Alexander. Matthew był jego ulubionym niby-członkiem rodziny. – Oscar!

– Wątpię, żeby Oscar został zaproszony, staruszku – powiedział Thomas – Z racji tego, że jest psem.

– Lepiej idź poszukaj Matthew – zasugerowała Lucie, kiedy Alexander pogrążył się w desperacji.

Thomas zasalutował jej kpiarsko i ruszył w tłum, który zrobił się większy. Lucie z zachwytem spostrzegła, że pojawił się Magnus Bane ubrany jak pirat, z rubinowymi guzikami przy kamizelce i z rubinami w uszach. Ewidentnie wniósł ze sobą trochę klasy.

Już pokonała połowę drogi, kiedy Charles, lekko się kołysząc, jakby za dużo wypił, wszedł na niską ławkę i popukał rodzinnym sygnetem w kieliszek.

– Przepraszam! – zawołał, kiedy hałas w sali zaczął cichnąć. – Mam coś do powiedzenia.

***

Herondale'owie natychmiast okazali jej dużo życzliwości, witając ją w rodzinie. Nie wiedziała, jak im patrzeć w oczy, wiedząc, że to wszystko kłamstwo. Nie była nową córką Willa i Tessy. Ona i James rozwiodą się za rok.

James też był potwornie uprzejmy. Od czasu ich zaręczyn Cordelia wmówiła sobie, że wmanewrowała go w małżeństwo. Doskonale wiedziała, że gdyby nie przekreśliła swojej reputacji, żeby go chronić, znalazłby się w więzieniu w Cichym Mieście. Był zobowiązany, żeby jej się potem oświadczyć.

Ku jej ogromnemu zdziwieniu Alastair okazał się wielkim wsparciem w ostatnich dniach. Przynosił jej herbatę, opowiadał dowcipy, grywał z nią w szachy i generalnie odrywał jej myśli od trosk. Niewiele rozmawiali o powrocie Eliasa. Nie zostawił jej samej w domu chyba nawet na chwilę, nie wychodził nawet na spotkania z Charlesem.

A skoro o nim mowa – Charles wszedł na ławeczkę i nawoływał, że chce coś powiedzieć, robiąc przy tym hałas, który szybko ściągnął uwagę zebranych. Wszyscy byli bardzo zdziwieni, nie wyłączając Tessy i Willa. Sona zmarszczyła brwi, ewidentnie uważając, że Charles zachowuje się bardzo niegrzecznie. Nie miała nawet pojęcia, pomyślała ponuro Cordelia.

– Niech jako pierwszy wzniosę toast za szczęśliwą parę! – zawołał Charles, unosząc kieliszek. – Za Jamesa Herondale'a i Cordelię Carstairs. Chciałbym też dodać ze swej strony, że James, jako *parabatai* mojego brata, zawsze był dla mnie jak młodszy brat.

– Młodszy brat, którego oskarżył o zniszczenie szklarni – mruknął Will.

– A co do Cordelii Carstairs... Jak ją opisać? – ciągnął Charles.

– Zwłaszcza gdy ktoś nie zadał sobie najmniejszego trudu, żeby ją poznać – mruknął James.

– Jest zarówna piękna, jak i urodziwa – powiedział, a Cordelia zastanawiała się, na czym polega różnica. – A także dzielna. Jestem pewien, że uszczęśliwi Jamesa, tak jak mnie moja piękna Grace. – Uśmiechnął się do Grace, która stała cicho obok niego z twarzą jak maska. – Zgadza się. Oficjalnie ogłaszam mój zamiar poślubienia Grace Blackthorn. Oczywiście wszyscy będziecie zaproszeni.

Cordelia zerknęła na Alastaira – miał beznamiętną twarz, ale ręce w kieszeniach zaciskał w pięści. James zmrużył oczy.

– Na koniec chcę podziękować Enklawie, która popierała moje poczynania jako zastępcy Konsul podczas ostatnich kłopotów – kontynuował Charles. – Jestem młody jak na tak dużą odpowiedzialność, ale co mogłem powiedzieć, gdy obowiązek wzywał? Tylko to, że jestem zaszczycony zaufaniem mojej matki, miłością mojej przyszłej małżonki i wiarą moich ludzi...

– Dziękujemy ci, Charles! – przerwał mu James, stając u jego boku i robiąc coś pomysłowego stopą, co sprawiło, że ławka, na której stał Charles, przechyliła się. Złapał Charlesa za ramię, kiedy spadał, poklepując jego plecy. Cordelia wątpiła, żeby ktokolwiek zauważył coś niewłaściwego. – Doskonała mowa!

Szatańsko ubawiony Magnus Bane pstryknął palcami. Pętle złotych wstążek zwieszające się z żyrandoli ułożyły się w kształt lecących czapli, a fortepian zaczął wygrywać bez pianisty „For He's a Jolly Good Fellow". James odciągnął Charlesa od ławki w tłum gości. Wszystkim na sali ulżyło.

– Wychowaliśmy wspaniałego syna, kochanie – powiedział Will, całując Tessę w policzek. Zerknął na Cordelię i uśmiechnął się. – I nie mogliśmy oczekiwać ładniejszej dziewczyny w roli jego żony.

Alastair sprawiał wrażenie, jakby chciał się odsunąć. Cordelia mu się nie dziwiła.

– Dziękuję, panie Herondale – powiedziała. – Mam nadzieję, że spełnię wasze oczekiwania.

Tessa się zdziwiła.

– A czemu się tym przejmujesz?

– Cordelia się martwi z powodu idiotów, którzy gadają o naszym ojcu i naszej rodzinie – odezwał się niespodziewanie Alastair. – Nie powinna zawracać sobie tym głowy.

Tessa położyła delikatnie rękę na jej ramieniu.

– Okrutni zawsze będą rozsiewać plotki, a ci, którzy czerpią przyjemność z tego okrucieństwa, będą w nie wierzyć i dalej je rozpowiadać. Nie wątpię jednak, że ostatecznie prawda zwycięży. Poza tym najciekawsze kobiety to te, o których najwięcej się szepcze – dodała z uśmiechem.

– To prawda! – powiedział Charles, pojawiając się nagle obok. Alastair prawie podskoczył. – Mogę porozmawiać chwilę z Alastairem? To sprawa prywatna.

Złapał Alastaira pod łokieć i zaczął go prowadzić w stronę cienistego kąta sali balowej. Alastair złapał Cordelię za nadgarstek. Ku swojemu zdziwieniu nagle została powleczona za tą dwójką.

Kiedy Charles się zatrzymał i odwrócił do Alastaira, był równie zaskoczony, jak czuła się Cordelia.

– Ach, Cordelia – powiedział zdziwiony. – Miałem nadzieję porozmawiać z twoim bratem na osobności.

– Nie – odpowiedział Alastair, zaskakując Cordelię. – Ona zostanie.

– *Cze kar mikoni*? – syknęła Cordelia. – Alastair, co ty wyprawiasz? Powinnam pójść...

– Nie chcę rozmawiać z tobą sam na sam, Charles – powiedział Alastair. – Na pewno dostałeś mój list.

Charles się zaczerwienił.

– Nie sądziłem, że piszesz poważnie.

– Przeciwnie. Wszystko, co jeszcze masz mi do powiedzenia, możesz powiedzieć przy mojej siostrze. Nikomu nie zdradzi naszych sekretów.

Charles ustąpił.

– Dobrze więc – wycedził przez zęby. – Nie widziałem cię od zebrania. Przyszedłem do ciebie, ale Risa dała mi do zrozumienia, że nie ma cię w domu.

– Dla ciebie już nigdy nie będzie mnie w domu – odpowiedział spokojnie Alastair.

Cordelia znowu chciała się wyrwać, ale Alastair mocno ją trzymał.

– Powinienem był cię zostawić, kiedy zaręczyłeś się z Ariadne – powiedział do Charlesa z wypiekami na twarzy. – Powinienem był cię zostawić, kiedy porzuciłeś ją w tak haniebny sposób. A teraz znowu się zaręczyłeś, a ja zdałem sobie sprawę, że nigdy nie będziesz się troszczyć o mnie ani o nikogo innego choćby w połowie tak bardzo, jak troszczysz się o swoją karierę.

Poluzował nieco uścisk na nadgarstku Cordelii. Powinna była odejść i chciała to zrobić, ale w tej chwili zdała sobie sprawę, że Alastair jej potrzebuje. Została, chociaż Charles poszarzał na twarzy.

– Alastair, to nieprawda – powiedział. – Nie ma innego sposobu.

– Jest. Spójrz na Annę. Spójrz na Magnusa Bane'a.

– Nie należę do bohemy, nie chcę dać się zepchnąć na obrzeża społeczeństwa. Chcę być Konsulem. Chcę być częścią Clave. Mieć znaczenie.

Odgłos, jaki wydał z siebie Alastair, na wpół wyrażał ból, a na wpół wyczerpanie.

– I możesz mieć, co tylko zechcesz, Charles. Po prostu nie możesz mieć mnie. Chcę żyć własnym życiem, nie ukrywać się w cieniach, kiedy ty zaręczasz się z serią kobiet w celu ukrycia tego, kim jesteś. Jeśli takie życie wybierasz, to twoja sprawa, ale nie możesz wybierać za mnie.

– Tylko tyle masz mi do powiedzenia? Po tylu latach? Z pewnością to nie może być wszystko – powiedział Charles i w tej chwili nie był śmieszny jak podczas toastu na własną cześć. W jego oczach był szczery żal, uznała Cordelia. Na swój sposób kochał Alastaira.

To jednak nie wystarczało. Niektóre rodzaje miłości nie wystarczały.

– Powodzenia, Charles – powiedział Alastair. Jego ciemne oczy błyszczały. – Jestem pewien, że odniesiesz w życiu sukces.

Odszedł. Cordelia została nagle sama z Charlesem i było to szalenie niezręczne, więc szybko chciała pójść za bratem.

– Pewnie nie wiesz, co myśleć o tej rozmowie – odezwał się sztywnym i nieprzyjemnym głosem Charles, gdy odwróciła się, żeby odejść.

Zawahała się, nie patrząc na niego.

– Wiem, że zraniłeś mojego brata – powiedziała w końcu. – Wiem, że więcej tego nie zrobisz.

– Nie – odpowiedział bardzo cicho Charles.

Nie powiedział nic więcej, kiedy Cordelia uciekła.

***

James stał na balkonie przed salą balową. To była długa kamienna konstrukcja z wysoką do piersi balustradą. Nie istniała, kiedy jego ojciec był młody, ale dodano ją podczas remontu Instytutu. Oboje rodzice mieli słabość do balkonów.

To było prawie jak siedzenie na dachu z dala od wszystkiego, ale tym razem nie podziałało to na niego tak uspokajająco jak zwykle. Powietrze jak zawsze pachniało Londynem. W oddali widział kształty domów wznoszące się na tle Tamizy. Pomyślał o głębokich, brązowo-czarnych wodach w kolorze dymu z królestwa Beliala. Sztywna biała koszula drapała o kamień balkonu, kiedy się pochylił. Żałował, że nie może pozbyć się ciężaru z piersi.

Nie chodziło o to, że przerażał go ślub z Cordelią. Nie bał się i zastanawiał się, czy powinien. Kiedy myślał o małżeństwie z nią, wyobrażał sobie ciepły pokój, ogień na kominku, szachownicę albo talię kart. Mgła napierałaby na okna, ale w środku światło oświetlałoby rzędy angielskich i perskich książek. Pomyślał o jej łagodnym głosie, czytającym mu w języku, którego jeszcze nie znał, kiedy by zasypiał.

Powiedział sobie, że jest głupcem. To byłoby niezręczne i dziwne, specyficzny taniec, który wykonywaliby przez wzgląd na to drugie, żeby przetrzymać rok, aż znowu będą wolni. Mimo to, gdy zamykał oczy...

– James.

Wiedział, kto tam stoi, zanim się odwrócił. Wszędzie poznałby jej głos. Grace stała za nim na wpół schowana w cieniu, przeszklone drzwi były za nią zamknięte. Widział złote wstążki i słyszał muzykę.

– Magnus Bane w jakiś sposób uruchomił fortepian i ludzie tańczą – powiedziała cicho Grace.

James złapał się kamiennej poręczy balkonu, wpatrując się w miasto. Nie widział Grace od zebrania Enklawy i nie wysłał jej żadnej wiadomości. To byłoby nie w porządku wobec Cordelii.

– Pewnie lepiej, byśmy nie rozmawiali sam na sam.

– To może być nasza jedyna szansa, żeby porozmawiać sam na sam – odpowiedziała Grace. Kiedy nie zareagował, dodała łamiącym się głosem: – Wygląda na to, że Anioł nie chce, żebyśmy byli razem, co? Najpierw nie mogłam zerwać zaręczyn z Charlesem z powodu matki, a kiedy tylko się od niej uwolniłam, ty zaręczyłeś się z Cordelią.

– Nie wypowiadaj jej imienia – odparł James zaskoczony własną gwałtownością. Pochylił głowę, czując smak deszczu i metalu. – To najżyczliwsza osoba...

– Wiem, co dla ciebie zrobiła – powiedziała cicho Grace. – Wiem, że nie byłeś z nią tamtej nocy. Byłeś w Idrisie, podpalałeś rezydencję Blackthornów. Wiem, że skłamała, żeby cię chronić. Nie spodziewałam się, że ma w sobie tyle sprytu.

– To nie jest spryt. To szczodrość. Marnuje rok życia na małżeństwo, którego nie chce, tylko po to, żeby mnie chronić.

– Rok? – spytała Grace. – Tak się umówiliście?

– Nie będę omawiał tego z tobą – uciął James.

Pierś go bolała, jakby ją ściskano imadłem. Ledwie mógł nabrać powietrza.

– Musisz mnie nienawidzić, jeśli to wszystko ma cię tylko chronić przed konsekwencjami tego, o co ja cię poprosiłam.

– Nie obwiniam cię, Grace, ale nie możemy być przyjaciółmi. Przez to sytuacja będzie jeszcze trudniejsza, niż już jest.

Na chwilę zapadło milczenie. Stała teraz w cieniu, ale widział ją na sali balowej w zielonej sukni ze szmaragdami w uszach. Rozpoznał te kolczyki. Należały do Charlotte. Musiała dać je Charlesowi jako prezent dla Grace.

– Cieszę się, że będziesz miał Cordelię – powiedziała Grace.

– Chciałbym móc to samo powiedzieć o tobie i Charlesie. Cordelia zasługuje na coś lepszego. Zrobię, co w mojej mocy, żeby przez następny rok była szczęśliwa. Mam nadzieję, że Charles zrobi to samo dla ciebie.

– Mogłabym być z tobą za rok – powiedziała niemal szeptem. – Długie zaręczyny z Charlesem, ty rozwiedziesz się z Cordelią... to się da zrobić.

James nic nie powiedział. Ściskanie w piersi zamieniło się w ból. Jakby był rozrywany na pół brutalnie i dosłownie.

– James? – spytała Grace.

Walczył ze słowami: „Tak, poczekaj na mnie, a ja poczekam na ciebie. Pamiętam las, cień, twoją sukienkę w kolorze kości słoniowej".

Grace.

Czuł smak krwi w ustach. Trzymał się poręczy tak mocno, że bał się, że połamie palce.

Chwilę potem usłyszał cichy szczęk drzwi, które otworzyły się i zamknęły. Stał nieruchomo przez długą minutę, a potem przez jeszcze jedną. Kiedy się odwrócił, był sam na balkonie. Nigdzie nie było śladu Grace.

Zamiast tego przez szybę zobaczył Cordelię. Tańczyła z Matthew. Jej wspaniałe włosy wysypywały się spod opaski, sprzeciwiając się wszelkim próbom okiełznania ich. Oboje się śmiali.

***

Anna westchnęła, zręcznie wymijając tańczące pary na parkiecie. Chciałaby się lepiej bawić, niż to miało miejsce. Chociaż już dawno temu porzuciła myśl o romantycznej miłości, nadal lubiła przyjęcia zaręczynowe, zwłaszcza kiedy lubiła ludzi, którzy się zaręczali, co nie zdarzało się aż tak często.

Dzisiejszy wieczór był inny. Było tu wielu jej ulubieńców z Enklawy – Wesołe Złodziejaszki, różne ciotki i wujowie oraz dalsi krewni, oraz wyjątkowo jarmarczny cukiereczek na już złoconym torcie – Magnus Bane. Bardzo pomógł przy wzmocnieniu zaklęć chroniących wokół jej rodzinnego domu w dniu, kiedy Christopher został zaatakowany. Miała wobec niego dług i była przekonana, że kiedy Magnus się zjawi, żeby go odebrać, będzie to nadzwyczaj interesujące. Mimo to dręczyły ją pewne kwestie. Chociaż James należał do jej ulubionych kuzynów i bardzo lubiła Cordelię, było coś podejrzanego w ich nagłych zaręczynach.

Anna wiedziała od balu powitalnego dla rodziny Carstairsów w Londynie, że Cordelia jest beznadziejnie zakochana w Jamesie, a James jest beznadziejnie zakochany w Grace Blackthorn. Zauważyła to, odnotowała i postanowiła zaprosić Cordelię na herbatę. Beznadziejna miłość to potworny stan. Uznała, że może zdoła wyciągnąć z tego tę dziewczynę.

Wkrótce zorientowała się, że Cordelia jest twarda i uparta, co Annie bardzo przypadło do gustu. Wystarczająco, żeby zapragnęła, by James przebudził się i zobaczył, co stoi pod jego nosem. Pomyślała, że sukienki mogą pomóc. I była usatysfakcjonowana oniemiałą miną Jamesa na widok tańca Cordelii w Hell Ruelle. Anna prawie uwierzyła, że James zdał sobie sprawę, że Cordelia to dziewczyna dla niego. W końcu Grace zaręczyła się z Charlesem, więc ta możliwość zniknęła ze stołu. I wtedy miało miejsce nagłe oświadczenie Cordelii podczas zebrania Enklawy.

Anna wiedziała, że w wielu kwestiach jest doskonała, i jedną z nich była ocena ludzkich charakterów. Cordelia Carstairs, która czerwieniła się na widok wyzywającej sukni, nie spędziłaby nocy z mężczyzną, za którego nie wyszła za mąż, nawet gdyby to była miłość jej życia. Ani też James nie naraziłby w taki sposób niezamężnej dziewczyny. Anna założyłaby się w tej kwestii o własne mieszkanie przy Percy Street.

Wymknęła się drzwiami na końcu sali. Obejrzała się i zobaczyła, że Matthew i Cordelia tańczą. Cordelia sprawiała wrażenie rozbawionej, co nie było zaskakujące – Matthew potrafił każdego rozśmieszyć. Nie widziała jego twarzy, ale coś w sposobie, w jaki pochylał się nad Cordelią, ją zaniepokoiło. Nie potrafiła dokładnie ująć tego w słowa.

Will wyszedł na parkiet. Wszyscy się uśmiechali, gdy zaczął tańczyć z Cordelią. Biedna Cordelia, pomyślała Anna – zgodnie z tradycją Nocnych Łowców taniec z przyszłą panną młodą miał przynosić szczęście. Cordelia nie będzie miała chwili dla siebie. Przynajmniej robiła wrażenie dostatecznie szczęśliwej, gdy tańczyła z przyszłym teściem, a Matthew poszedł porozmawiać z Thomasem.

Matthew też wyglądał na szczęśliwego, gdy tańczył z Cordelią, uznała Anna, idąc do pokoju gier. Przy odrobinie nadziei wychodził wreszcie z trwającego latami dołka – Anna już się martwiła. Traktowała Wesołych Złodziejaszków jak młodszych braci, a Matthew zawsze był jej kompanem w tarapatach i przygodach.

W pokoju gier panował półmrok. Anna lubiła to miejsce – proste pomieszczenie bez wstążek, rozetek i pozłotek. Szachy, które jej ojciec podarował Willowi, błyszczały we wpadającym przez okno świetle Księżyca. Blask rozlewał się jak blady ogień po wypolerowanej posadzce i młodej kobiecie, która stała pośrodku pokoju. Ariadne Bridgestock.

Ariadne również dręczyła Annę cały wieczór. Już z tuzin razy chciała ją zapytać, czy dobrze się czuje, czy doszła do siebie, i tuzin razy się wycofywała. Gdyby uroda była miarą zdrowia, to Ariadne byłaby najzdrowszą osobą na przyjęciu. Jej ciemne włosy lśniły, delikatna śniada cera wyglądała jak jedwab, usta były pełne i czerwone. Pierwsze usta, jakie Anna pocałowała. Pierwsze, które kochała.

– Przepraszam – powiedziała Anna, kłaniając się lekko, oficjalnie. – Nie zdawałam sobie sprawy, że tu jesteś.

Odwróciła się, żeby wyjść, ale Ariadne przeszła szybko przez pokój, wyciągając do niej rękę.

– Anno, proszę, chciałam z tobą porozmawiać.

Anna zatrzymała się, wpatrując się w drzwi. Czuła pulsowanie krwi w uszach. Zaklęła pod nosem. Powinna już dawno przestać się tak czuć. To głupie. Dziecinne. Jestem Anna Lightwood, powiedziała sobie. Nic mnie nie wzrusza.

– Słyszałam cię – powiedziała cicho Ariadne.

Anna odwróciła się od niej.

– Co?

– Słyszałam, gdy przyszłaś do izby chorych i prosiłaś, żebym nie umierała.

Zaszokowana Anna zapytała:

– Więc usłyszałaś o zdradzie Charlesa ode mnie?!

Ariadne zbyła to machnięciem ręki. Wąskie złote bransoletki zabrzęczały jak dzwonki.

– To nie miało dla mnie prawie żadnego znaczenia. Jedyne, co się liczyło, to świadomość, że nadal masz miłość do mnie w swoim sercu.

Anna podniosła rękę do wisiorka na szyi. Matka dała go jej, kiedy opłakiwała utratę Ariadne. To był pierwszy i ostatni raz, kiedy Anna pozwoliła, by ktoś złamał je serce.

– Zdałam sobie sprawę, że się myliłam.

– Zaręczając się z Charlesem? – spytała Anna.

Pamiętała, jak dwa lata temu zastała Charlesa w domu Bridgestocków, kiedy przyszła z kwiatami dla Ariadne. Jak Bridgestockowie uśmiechali się, kiedy całował Ariadne w rękę, a Anna właśnie wchodziła do pokoju.

– Są lepsi kandydaci, jeśli upierasz się przy małżeństwie – dodała.

– Nie – powiedziała Ariadne. – Myliłam się co do ciebie i mnie. Co do tego, czego pragnę. – Złożyła ręce. – Część z tego, co powiedziałam parę lat temu, nadal jest prawdą. Nie chcę zranić rodziców. Chcę mieć dzieci. Ale nic z tego nie ma znaczenia, jeśli nie mam w życiu tego, co kocham. – Uśmiechnęła się tęsknie. – Wyrobiłaś sobie niezłą reputację, Anno, jak na kogoś, kto nie wierzy w miłość.

– Owszem – odparła chłodno Anna. – Uważam, że miłość romantyczna jest przyczyną całego bólu i cierpienia na tym świecie.

Jedwab sukni Ariadne zaszeleścił, gdy się poruszyła. Chwilę potem stała obok Anny, wspięła się na palce, żeby musnąć ją ustami w policzek. Kiedy się cofnęła, jej ciemne rzęsy błyszczały.

– Wiem, że jesteś uparta, Anno Lightwood, ale ja także. Sprawię, że zmienisz zdanie. Odzyskam cię.

Podkasała suknię i wyszła z pokoju w chmurze zapachu pomarańczowego kwiatu, który ciągnął się za nią jak dym.

***

– Nie masz nic przeciwko tańczeniu z takim starcem jak ja? – zapytał Will, zręcznie okręcając Cordelię na parkiecie.

Uśmiechnęła się. Will nie miał w sobie nic ze staruszka, a w jego uśmiechu było coś z wręcz chłopięcej figlarności. To dziwne, że ani Jem, ani Tessa nie zestarzeli się od Wojny Mechanicznej, ale oboje robili wrażenie starszych i poważniejszych od Willa Herondale'a.

– W żadnym razie – odpowiedziała. – Przez wiele lat kiedy dorastaliśmy, oboje z Alastairem żałowaliśmy, że nie możemy częściej widywać pana i pani Herondale. Uważaliśmy was poniekąd za wuja i ciotkę.

– Teraz, kiedy będziesz tak blisko i staniemy się naprawdę rodziną, pojawi się wiele okazji – powiedział Will. – Może urządzimy jakieś przyjęcie powitalne dla twojego ojca.

Cordelia pobladła. Z pewnością jej ojciec nie życzyłby sobie niczego takiego. Wolałby zapomnieć, że go nie było, bo nie chciałby pamiętać powodów nieobecności.

Will pochylił głowę, żeby przyjrzeć jej się uważniej.

– Albo możemy niczego nie urządzać, jeśli tak wolisz. Nic to coś, co najchętniej organizuję. Wymaga to ode mnie najmniejszego wysiłku.

Cordelia uśmiechnęła się blado.

Will westchnął.

– Dużo żartuję. To jedyny sposób, w jaki radzę sobie w skomplikowanym świecie. Ale wyczuwam, że nie jesteś do końca szczęśliwa z powodu powrotu ojca.

– Jak sam pan powiedział, świat jest skomplikowany – odpowiedziała Cordelia.

Miała świadomość, że inni na nich patrzą, pewnie zastanawiając się, o czym tak poważnie rozmawiają.

– Kochałem ojca jako dziecko – powiedział Will. – Myślałem, że jest najlepszym człowiekiem na świecie. A potem odkryłem, że roztrwonił wszystkie nasze pieniądze przy stołach hazardowych, i wtedy myślałem, że jest najgorszym człowiekiem na świecie. Teraz, kiedy sam jestem ojcem, rozumiem, że był po prostu człowiekiem.

Cordelia spojrzała na niego.

– Dziękuję.

Chciała powiedzieć Willowi Herondale'owi, że docenia jego szczerość. Zastanawiała się, ile wie o jej ojcu albo ile się domyśla. Z pewnością krążyły plotki. Żałowała, że nie może odwzajemnić się, mówiąc szczerze o jej małżeństwie z Jamesem. Z pewnością Will zauważył, że James prawie się do niej nie odzywał przez cały wieczór, a przecież to było ich przyjęcie zaręczynowe.

– Daisy?

Cordelia i Will przestali tańczyć. Cordelia ze zdziwieniem zauważyła, że James podszedł do nich na parkiet. Czerń i złamana biel wieczorowego stroju doskonale mu pasują, pomyślała. Sama jego uroda to już był piękny kontrast czerni, bieli i złota.

– Daisy? – zapytał znowu nieśmiało i Cordelia ledwie zauważyła, że Will się odsunął. Dopiero wtedy zobaczyła, że James wyciąga rękę. – Zatańczysz ze mną?

***

Sprawiają wrażenie nadzwyczajnie szczęśliwych, pomyślała Lucie. Nie uznałaby tego za dziwne, gdyby nie znała prawdy. Z drugiej strony James i Cordelia byli dobrymi przyjaciółmi. Cordelia zaśmiała się z czegoś, co powiedział James, a on upchnął jej pod opaskę luźne pasemko włosów. Może Wesołe Złodziejaszki miały rację – może jej najlepsza przyjaciółka i brat znajdą sposób, żeby potraktować tę sprawę jak świetną zabawę?

– O czym myślisz? – zagadnął ją Thomas, który opierał się o ścianę z rozwiązanym krawatem.

Zatańczył szlachetnie kilka raz z Esme Hardcastle, zanim wycofał się bezpiecznie w kąt w pobliżu stołu z przekąskami. Matthew dołączył tam do niego, podobnie jak Lucie.

– Patrzysz na Jamiego i Cordelię z bardzo zamyśloną miną.

Matthew przechylił głowę.

– Na Anioła, małżeństwo. Wiedziałeś, że James poprosił, żebym został jego *suggenes*?

Podczas ceremonii ślubnej Nocnych Łowców *suggenes* to osoba, która odprowadza cię do ołtarza. Zwykle wybiera się kogoś bliskiego – matkę, ojca, brata, najlepszego przyjaciela.

– To nic dziwnego – powiedziała Lucie. – *Parabatai* najczęściej wybierają siebie nawzajem.

– To sprawia, że człowiek czuje się bardzo dorośle – oznajmił Matthew.

Popijał z piersiówki, co nie było dla Lucie dobrym znakiem. Zwykle na przyjęciach z alkoholem widywało się Matthew z kieliszkiem wina w ręce. Jeśli popijał coś mocniejszego z piersiówki, to znaczyło, że chce jak najszybciej się upić. Oczy też mu błyszczały dość niebezpiecznie. Może był zły na Charlesa? Zły na rodziców, że tak łatwo zaakceptowali jego małżeństwo z Grace? Ale co oni mogli wiedzieć? Lucie zastanawiała się, patrząc na Henry'ego i Charlotte przy stole na drugim końcu sali. Fotel na kółkach Henry'ego stał jak wartownik pod ścianą, a Konsul i jej mąż pochylali się ku sobie, rozmawiając cicho, trzymając się za ręce.

– Chociaż nie dość dorośle, żeby znieść coś takiego – powiedział, mrużąc oczy i patrząc poza Thomasa.

Lucie zerknęła i zobaczyła, że Alastair Carstairs idzie do nich przez tłum. Był lekko zgarbiony, a ciemne włosy sprawiały, że wyglądał jak inny człowiek.

– Bądź dla niego uprzejmy – powiedział Thomas, prostując się. – Bardzo mi pomógł, kiedy musiałem zrobić antidotum.

– Ktoś już próbował tart cytrynowych? – zapytał beztrosko Alastair, gdy do nich podszedł. – Masz doskonałą kucharkę, Lucie.

Lucie zamrugała zaskoczona. Matthew zacisnął zęby.

– Nie wysilaj się na rozmowę towarzyską, Alastair – powiedział. – Głowa mnie od tego boli.

– Matthew – rzucił surowo Thomas. – Potrzebujesz usiąść?

Matthew schował piersiówkę do marynarki trzęsącymi się rękami.

– Nie. Potrzebuję, żeby Carstairs zostawił nas w spokoju. Dzisiejszy wieczór jest dostatecznie trudny...

Nie było okazji, żeby Lucie mogła zapytać, dlaczego dzisiejszy wieczór jest trudny, bo Alastair wszedł jej w słowo. Robił wrażenie na wpół poirytowanego, na wpół speszonego. Mówił spokojnie, ale w jego głosie wyczuwało się napięcie.

– Nie możemy zostawić naszych szkolnych dni za nami? Jeśli przyznam, że byłem draniem, to wystarczy? Jak mam przeprosić?

– Nie możesz. – Matthew miał bardzo dziwny głos i wszyscy na niego spojrzeli.

Lucie miała dziwne uczucie, że patrzy, jak ktoś balansuje na ostrzu noża. Matthew wyglądał w tej chwili, jakby składał się z samych ostrych kątów, jakby składał się ze sztyletów pod skórą.

– Bez względu na wszystko, co się wydarzyło, nie myśl sobie, że jesteś teraz naszym przyjacielem albo kimś mile widzianym w naszym kręgu.

Thomas zmarszczył brwi.

– Matthew – zaprotestował, chociaż zwykle mówił łagodnie. – To przeszłość. Czas, żebyśmy byli dorośli i zapomnieli o dziecinnych zniewagach.

– Thomas, jesteś dobry – powiedział Matthew. – Zbyt dobry i chcesz zapomnieć. Ja nie jestem dobry i nie mogę przestać pamiętać.

Światło zgasło w oczach Alastaira. Jednakże ku zaskoczeniu Lucie nie robił wrażenie złego. Był niemalże zrezygnowany.

– Niech mówi, co chce, Thomasie.

– Nie masz prawda odzywać się tak poufale do Thomasa – zaprotestował Matthew. – Nigdy ci tego nie powiedziałem, Thomasie. Nie byłem w stanie. Ale lepiej, żebyś znał prawdę, niż pozwolił, żeby ta żmija zaprzyjaźniła się z tobą.

– Matthew... – Thomas zaczął tracić cierpliwość.

– Wiesz, co zwykł mówić w szkole? – zapytał Matthew. – Że moja matka i twój ojciec byli kochankami. Że jestem bękartem twojego ojca. Powiedział mi, że Henry jest tylko w połowie mężczyzną i nie mógł mieć dzieci, dlatego Gideon go zastąpił. Powiedział, że twoja matka jest potwornie ohydna z powodu blizny na twarzy i nikt nie może winić twojego ojca za to, że szukał okazji gdzie indziej. Że jesteś chorowitym, paskudnym dzieckiem, bo odziedziczyłeś po niej słabe zdrowie, bo była Przyziemną, a nawet gorzej niż Przyziemną. Była służącą i dziwką.

Matthew urwał, żeby zaczerpnąć powierza, jakby sam nie wierzył, że to powiedział. Thomas stał w bezruchu, kolory odpłynęły mu z twarzy. Alastair też się nie poruszył. To Lucie się odezwała, ku swojemu własnemu zdziwieniu.

– To on był źródłem tej paskudnej plotki? Alastair?

– Nie... nie źródłem – powiedział Alastair takim głosem, jakby ledwie mógł wykrztusić słowa przez zaciskające się gardło. – I nie powiedziałem tego do Matthew...

– Ale powiedziałeś do innych – uciął lodowato Matthew. – Nasłuchałem się na ten temat w późniejszych latach.

– Tak – przyznał beznamiętnie Alastair. – Rzeczywiście rozpowiadałem tę historię. Powtarzałem... te słowa. Zrobiłem to. – Odwrócił się do Thomasa. – Jest mi...

– Nie mów, że ci przykro. – Usta Thomasowi poszarzały. – Myślisz, że nie słyszałem tej historii? Oczywiście, że słyszałem, chociaż Matthew próbował mnie przed tym chronić. Słyszałem, jak matka płakała z tego powodu, ojciec pomstował bez ładu i składu, tak go roznosił gniew, siostry załamywały się ze wstydu z powodu tych kłamstw... – Urwał, nie mogąc złapać oddechu. – Powtarzałeś te słowa, nie wiedząc, czy to prawda, nie interesując się, czy to prawda. Jak mogłeś?

– To był tylko słowa. Nie sądziłem...

– Nie jesteś tym, za kogo cię brałem – przerwał mu Thomas, a każde słowo było zimne i ostre. – Matthew ma rację. To przyjęcie zaręczynowe twojej siostry i przez wzgląd na nią będziemy zachowywać się wobec ciebie tak, jak wypada, ale jeśli zbliżysz się do mnie albo odezwiesz się do mnie kiedykolwiek później, wrzucę się do Tamizy.

Lucie nigdy w życiu nie słyszała, żeby Thomas mówił tak lodowatym tonem. Alastair cofnął się, na jego twarzy malowało się zdumienie. Potem odwrócił się na pięcie i czmychnął w tłum.

Matthew mruknął coś do Thomasa, ale Lucie nie została, żeby słuchać. Już biegła za Alastairem. Uciekał, jakby miał skrzydła u nóg, a ona biegła za nim – do drzwi z sali, po kamiennych schodach, aż wreszcie złapała go w holu wejściowym.

– Alastair, poczekaj! – krzyknęła.

Odwrócił się i spojrzał na nią, a ona zszokowana zdała sobie sprawę, że płakał. To dziwne, ale przypomniała sobie wtedy pierwszy raz, gdy zobaczyła płaczącego mężczyznę – w dniu, w którym ojciec dowiedział się, że jego rodzice nie żyją.

Alastair otarł gniewnie łzy z oczu.

– Czego chcesz?

Lucie prawie z ulgą usłyszała, że Alastair odzywa się w typowy dla siebie sposób.

– Nie możesz wyjść.

– Co? Ty mnie nie nienawidzisz?

– To nieważne, co myślę. To przyjęcie zaręczynowe Cordelii. Jesteś jej bratem. Złamiesz jej serce, znikając, dlatego mówię, że nie wyjdziesz.

Z trudem przełknął ślinę.

– Powiedz Lajli... Powiedz Cordelii, że rozbolała mnie głowa i odpoczywam w powozie. Nie ma powodu, żeby śpieszyła się albo psuła sobie wieczór.

– Alastair...

On jednak wyszedł już w noc. Lucie odwróciła się do schodów przygnębiona. Przynajmniej Alastair nie opuścił Instytutu, ale wolałaby...

Podskoczyła. W niszy w cieniach stała Grace. Jej bladozielona sukienka prawie świeciła w mroku. Skrzywiła się na widok Lucie.

– Pewnie to wygląda, jakbym podsłuchiwała, ale zapewniam cię, że nie miałam ochoty słuchać akurat tego – powiedziała.

Lucie złapała się pod boki.

– To co tu robisz?

– Już byłam na schodach, kiedy usłyszałam, jak gnasz na złamanie karku i uznałam, że lepiej się schować niż musieć rozmawiać.

– Wychodziłaś – powiedziała Lucie. – Tak?

Grace nie odpowiedziała. Stała wyprostowana, nie opierała się o ścianę. Lucie przypomniała sobie coś, co powiedział jej kiedyś James – że Tatiana zmuszała Grace do chodzenia w tę i z powrotem po salonie w rezydencji Blackthornów z książką na głowie, żeby uzyskała idealnie prostą sylwetkę.

– Wiesz... – zaczęła Lucie, czując ogromne zmęczenie – ...nie musisz wychodzić za Charlesa.

Grace przewróciła oczami.

– Proszę, nie martw się. Nie śpieszę się do wyjścia z powodu nadmiaru zranionych uczuć. I nie zawracaj sobie głowy tłumaczeniem, że James nie chce tak naprawdę żenić się z Cordelią, bo o tym też wiem.

Lucie zmarła.

– Nigdy bym tego nie powiedziała.

– Nie. Pewnie nie.

Lucie sapnęła poirytowana.

– Wiem, że uważasz, że nic nas nie łączy, ale jestem jedyną osobą na świecie poza tobą, która wie o twoim bracie. Która zna sekret, jaki chronisz.

Grace zamarła.

– Widziałam Jessego w Idrisie. Rozmawiałam z nim. Wiem, że powiedział ci, żebyś mu nie pomagała, i że wy, Herondale'owie, jesteś tacy honorowi. – Prawie wypluła to słowo. – Jeśli poprosił, żebyś mu nie pomagała, to mu nie pomożesz. Jaki użytek twoim zdaniem będę miała z jeszcze jednej osoby, która nie pomoże mojej rodzinie?

Lucie uniosła podbródek.

– Od razu widać, jak dobrze mnie znasz, panno Blackthorn. Mam szczery zamiar zrobić wszystko, co mogę, żeby pomóc Jessemu, bez względu na jego życzenia.

Grace zrobiła krok naprzód i wyszła z cienia. Zielone kolczyki zatańczyły w świetle jak błyszczące oczy kota.

– W takim razie powiedz mi, proszę, coś więcej.

***

Magnus nie potrzebował dużo czasu, żeby znaleźć Matthew Fairchilda – opierał się o ścianę w pobliżu drzwi do pokoju wypoczynkowego przylegającego do sali balowej. Miał już całkiem rozwiązany krawat.

Magnus stał przez chwilę, patrząc na niego. Matthew był dokładnie tym typem osoby, jakim Magnus zawsze chciał pomóc, a potem beształ się za to, że próbował. W życiu Magnusa były setki takich Matthew Fairchildów – młodych ludzi równie pięknych, jak skłonnych do autodestrukcji, którzy mimo otrzymanych talentów chcieli tylko spalić swoje życie, jakby to była świeca. Powtarzał sobie wielokrotnie, że Matthew Fairchildów tego świata nie da się ocalić, a jednak nie potrafił oprzeć się pokusie spróbowania.

Oparł się o ścianę obok Matthew. Zastanawiał się, czemu chłopak wybrał sobie akurat to miejsce – był na wpół ukryty przed resztą sali za filarem. Wpatrywał się dość obojętnie w parkiet.

– Zawsze słyszałem, że to niegrzeczne w przypadku dżentelmena podpierać ściany – zagadnął go Magnus.

– Więc pewnie także słyszałeś, że ogólnie uważa się mnie za bardzo niegrzecznego – odpowiedział Matthew.

Trzymał piersiówkę w prawej ręce; na jego palcu błyskał sygnet z herbem Fairchildów.

Magnus już dawno zaobserwował, że mężczyzna, który przynosi własny alkohol na przyjęcie, gdzie podaje się alkohol, jest naprawdę w żałosnym stanie. Uznał jednak, że prawdziwe pytanie brzmi: dlaczego nikt inny nie zauważa, że Matthew stoi tylko dzięki temu, że podtrzymuje go ściana?

Zwykle Magnus nie uznałby tego za szczególnie dziwne – upicie się na przyjęciu to nic zaskakującego dla siedemnastolatka, ale Matthew był także pijany, gdy byli na Tower Bridge, chociaż mniej wprawne oko niż Magnusa mogłoby tego nie zauważyć. Mniej wprawne oko mogłoby nawet teraz nie zauważyć, że Matthew jest pijany, uznał Magnus, a ponadto widział, że Matthew ma dużą wprawę w udawaniu, że w ogóle nie pił.

– Pomyślałem, że może okażę się wyjątkiem, skoro tak podziwiasz moje kamizelki.

Matthew nie odpowiedział. Nadal patrzył na parkiet, ale nie tyle na tłum, ile na konkretną parę: Cordelię Carstairs i Jamesa Herondale'a.

Kolejny Carstairs wiążący się z kolejnym Herondale'em. Magnus był rozbawiony, kiedy usłyszał o zaręczynach. Wydawało mu się, że James pomrukiwał coś o innej dziewczynie, kiedy pierwszy raz się spotkali, ale sam Romeo myślał kiedyś, że był zakochany w dziewczynie imieniem Rosalind. To było jasne ze sposobu, w jaki James i Cordelia na siebie patrzyli, że łączy ich miłość. Było też jasne, dlaczego Matthew stoi tam, gdzie stoi – z tego miejsca doskonale widział Jamesa i Cordelię, ciemną głowę pochyloną nad ognistą, twarze tuż obok siebie.

Magnus odchrząknął.

– Już rozumiem, dlaczego moje kamizelki nie mają szans przyciągnąć pańskiej uwagi, panie Fairchild. Wiem, jak to jest. Marzenie o czymś, czego nie może się mieć, tylko złamie ci serce.

– Gdyby James ją kochał, to byłoby co innego – rzekł cicho Matthew. – Poszedłbym w cichą ciemność jak Jem i nigdy więcej nie powiedziałbym na ten temat słowa. Ale on jej nie kocha.

– Co? – Magnus był niemile zaskoczony.

– To udawane małżeństwo – odparł Matthew. – Potrwa tylko rok.

Magnus odłożył tę informację na później jako zagadkę, którą trzeba rozwiązać – to nie pasowało mu do tego, co wiedział o Herondale'ach, zarówno o ojcu, jak i synu.

– A jednak podczas tego roku będą mężem i żoną – powiedział Magnus.

Matthew podniósł wzrok, jego zielone oczy rozbłysły.

– I w czasie tego roku niczego nie zrobię. Za kogo mnie masz?

– Myślę, że jesteś niewiarygodnie smutną osobą, chociaż nie znam przyczyn tego smutku – odpowiedział bardzo wolno Magnus. – I myślę, że jako nieśmiertelny mogę ci powiedzieć, że bardzo dużo może wydarzyć się w ciągu roku.

Matthew nie odpowiedział. Patrzył na Cordelię i Jamesa. Jak wszyscy inni na sali. Tańczyli blisko siebie i Magnus mógłby z radością założyć się o tysiąc funtów, że są w sobie zakochani.

I wygląda na to, że by przegrał. A jednak...

O rety, pomyślał Magnus. Może będę musiał zostać w Londynie nieco dłużej.

Może powinienem posłać po mojego kota.

***

Miała wrażenie, że nie upłynęła więcej niż chwila od jej pierwszego balu w Londynie, a jednak wszystko się zmieniło.

Czuła się o milion mil odległa od niespokojnej dziewczyny, która przyjechała do Londynu i rozpaczliwie szukała przyjaciół i sprzymierzeńców, a wszędzie wokół widziała tylko nieznajomych. Teraz miała przyjaciół, mnóstwo przyjaciół: widziała Annę w wejściu do sali balowej, rozmawiającą wesoło z Christopherem. Był tam Thomas, który siedział z siostrą i Matthew obok Magnusa Bane'a. I Lucie, jej Lucie, która pewnego dnia stanie obok niej w płonących kręgach ceremonii *parabatai*.

– Daisy – odezwał się James z uśmiechem. Z prawdziwym uśmiechem, chociaż nie potrafiła powiedzieć, czy jest szczęśliwy, smutny, czy też gdzieś pomiędzy. – O czym myślisz?

Jedna rzecz się nie zmieniła – jej serce nadal za szybko biło, gdy tańczyła z Jamesem.

– Myślałam, że to musi być dla ciebie dziwne: to, że świat Beliala został zniszczony.

James uniósł brew jak atramentowy zawijas na stronicy.

– Co masz na myśli?

– Miejsce, które tylko ty mogłeś widzieć. Do którego tylko ty mogłeś się udać. Teraz przepadło. To jak wróg, którego znałeś do bardzo dawna. Nawet jeśli go nienawidziłeś, to musi być dziwne pomyśleć, że nigdy więcej się go nie ujrzy.

– Nikt inny tego nie rozumiał. – James patrzył na nią z łagodną, zagadkową czułością. Maska już całkiem zniknęła. Przyciągnął ją bliżej do siebie. – Musimy myśleć o tym jak o przygodzie.

Czuła teraz jego serce przy swoim.

– O czym?

– O naszym małżeństwie – odparł z zacięciem. – Wiem, że dużo dla mnie poświęciłaś, i nie chcę, żebyś kiedykolwiek tego żałowała. Będziemy żyć razem jak najlepsi przyjaciele. Pomogę ci trenować do ceremonii *parabatai*. Będę cię bronił i wspierał. Nigdy nie będziesz samotna. Zawsze będę przy tobie.

Musnął ustami jej policzek.

– Przypomnij sobie, jak dobrze się sprawiliśmy w Pokoju Szeptów – szepnął James i Cordelia zadrżała, czując jego ciepły oddech na skórze. – Oszukaliśmy ich wszystkich.

„Oszukaliśmy ich". Zatem było tak, jak się obawiała, bez względu na to co powiedział i w co może wierzył w tamtej chwili: dla niej to było coś prawdziwego, ale nie dla niego. Dziwna i gorzka przyjemność.

– Chcę chyba powiedzieć, że rozumiem, jakie to dziwne doświadczenie, ale mam nadzieję, że da ci chociaż odrobinę szczęścia.

Włosy opadały mu na czoło. Cordelia przypomniała sobie te tysiące razy, kiedy chciała je odsunąć z jego twarzy. Tym razem to zrobiła – odgarnęła mu je z oczu.

Uśmiechnęła się równie fałszywie, jak promiennie.

– Jestem odrobinę szczęśliwa.

Na jego policzku pojawił się dołeczek.

– Miło mi to słyszeć – powiedział i przyciągnął ją bliżej przy kolejnym kroku w tańcu.

Przypomniała sobie bal, kiedy zostawił ją na parkiecie i poszedł do Grace. Teraz by tego nie zrobił, był zbyt honorowy. Miała go na ten rok, rok gorzkiej radości. Odzyska też swojego ojca. Zostanie w Londynie i będzie *parabatai* Lucie. Miała wszystko, czego chciała, a jednak żadna z tych rzeczy nie była taka, jak sobie wyobrażała.

Pomyślała o tym, co James powiedział na temat owoców faerie – że im więcej się ich je, tym bardziej się ich pragnie i tym bardziej się cierpi, gdy ich zabraknie. A jednak, czy niewiedza, jak smakują, nie jest inną formą cierpienia?

Kochała Jamesa i zawsze będzie. Tak wielu ludzi kochało bez nadziei na wzajemność, bez możliwości dotyku czy spojrzenia ze strony przedmiotu ich uczuć. Tęsknili w milczeniu i cierpieniu jak śmiertelnicy umierający z głodu bez owocu faerie.

Los dawał jej teraz rok z takim owocem na jej stole. Rok życia z Jamesem i kochania go może przekreślić jej szansę na jakąkolwiek inną miłość, ale przynajmniej spłonie w chwale. Przez rok będzie dzielić z nim życie. Będą razem chodzić, razem czytać, razem jadać i razem mieszkać. Będą razem się śmiać. Przez rok będzie stała tuż obok ognia i dowie się, co to znaczy płonąć.

Epilog

Chiswick House, Londyn

Niedaleko od świateł Londynu strażnicy Nefilim odprowadzili Tatianę do Chiswick House. Zarówno brama, jak i droga tam prowadzące były tak zarośnięte cierniami, że prawie nie dało się ich pokonać. Dzikie róże pożerały światło z każdego okna, więc strażnicy, w tym jej bracia, Gideon i Gabriel, nie mogli widzieć, jak Tatiana zbiera rzeczy i pojawia się z powrotem we frontowych drzwiach domu z małą brązową walizeczką w ręce.

Spojrzała na nich ze szczytu schodów.

– Chciałabym, żeby pozwolono mi raz jeszcze przejść się po ogrodzie – powiedziała.

Wątpiła, żeby nienawiść, jaką czuła do nich, odmalowała się na jej twarzy. Najwyraźniej nie byli jej świadomi; nie rozumieli, jak bardzo zasługiwali na jej pogardę.

– Żebym mogła pożegnać się ze wspomnieniami o moim mężu i ojcu.

Jakiś spazm przepłynął przez twarz Gabriela. Gideon położył rękę na jego ramieniu. Nigdy nie szanowali ojca w należytym stopniu. Nigdy nie opłakiwali go po tym, jak pozwolili Willowi Herondale'owi i Jemowi Carstairsowi go zamordować.

Gideon skinął głową.

– Śmiało – powiedział, kiwając głową. – Poczekamy na ciebie tutaj.

Herondale'owie, pomyślała Tatiana, idąc przez włoskie ogrody. W ich żyłach płynie splugawiona krew. Jej zdaniem ich nazwisko dominowało w książkach historycznych bardziej, niż na to zasługiwało. O wiele częściej powinno się wspominać Lightwoodów niż Herondale'ów. W końcu nie byłaby zaskoczona, gdyby się okazało, że małżeństwo Willa z czarownicą to nie pierwszy raz, kiedy Herondale'owie splugawili swój ród krwią Podziemnych.

Doszła do małej budowli pośrodku ogrodu. Drzwi nie były zamknięte na klucz. Tatiana przeklęła w duchu głupotę Grace – głupia, leniwa dziewucha – i weszła pośpiesznie do środka, żeby sprawdzić, czy nie narobiono jakichś szkód. Ku jej uldze trumna Jessego wyglądała nieskazitelnie – drewno błyszczało, na szkle nie było śladu kurzu. Starodawny miecz Blackthornów, który pewnego dnia miał trafić do jej syna, błyszczał na ścianie.

Położyła rękę na powierzchni. Tam leżał jej chłopiec, śpiący królewicz. Według Tatiany przypominał jej męża. Rupert miał tak drobne kości, jego rysy i sylwetka miały w sobie wielką delikatność i doskonałość. Dzień, w którym został wyrwany z tego świata, był dniem tragedii. Zatrzymała każdy zegar w domu i w rezydencji na godzinie, w której zabrano jego ciało, bo dla niej wtedy nastąpił koniec świata.

Jeśli pominąć Jessego – bo teraz żyła tylko dla niego i dla zemsty.

– Nie martw się – rozległ się jedwabisty głos.

Tatiana wiedziała, kto się odezwał, zanim podniosła wzrok.

Był wiatrem kurzu, garścią błyszczącego piasku, który przyjął kształt pięknego mężczyzny ubranego na szaro, z oczami jak odłamki luster.

– Grace się nim zaopiekuje – powiedziała Tatiana. – Troszczy się o brata tak, jak ty o nikogo.

– Nie pozwolę, żeby Jessemu stała się krzywda – powiedział książę piekieł. – To, co on nosi, jest zbyt cenne.

Tatiana wiedziała, że Belial nie znajduje się tu naprawdę, bo nie może kroczyć po ziemi, a jedynie przesłał swoją iluzję. Mimo to skrzył się jak potłuczone szkło, jak płonące miasta. Mówiono, że Lucyfer był najpiękniejszym aniołem, który utracił niebo, ale Tatiana w to nie wierzyła. Nie mógł istnieć anioł piękniejszy od Beliala, bo on wiecznie się zmieniał. Miał tysiąc kształtów.

– Dlaczego miałabym w to wierzyć? – zapytała. – Pozwoliłeś, żebym zachorowała od tej trucizny, mogłam umrzeć. Obiecałeś mi, że tylko moi wrogowie zostaną skrzywdzeni, a patrz... – Wyciągnęła rękę w stronę dziedzińca, gdzie czekali na nią Gideon i Gabriel. – Nadal żyją!

– Nigdy nie pozwoliłbym, żebyś umarła – powiedział Belial. – To było konieczne, żeby nie padły na ciebie podejrzenia. Zrobiłem to, by cię ratować.

Gorycz zabarwiła jej głos:

– I po co mnie ratowałeś? Żebym mogła gnić w więzieniu, kiedy moi wrogowie prosperują?

Belial położył rękę na trumnie Jessego. Miał długie palce podobne do odnóży pająka.

– Rozmawialiśmy już o tym, Tatiano. Śmierć Barbary była moim prezentem dla ciebie, ale to tylko początek. To, co planujemy dla Herondale'ów, Lightwoodów i Carstairsów, jest o wiele większe i straszliwsze od zwykłej śmierci.

– Jednak twój plan, żeby wciągnąć Jamesa Herondale'a w ciemność, zawiódł. Chociaż przygotowałam go dla ciebie...

Na chwilę Belial stracił opanowanie i w tym ułamku sekundy Tatiana dojrzała otchłań i ciemność piekieł.

– Ty go przygotowałaś?! – zaszydził. – Kiedy przyszedł do mojego królestwa, nie miał bransoletki na nadgarstku. Był chroniony.

Tatiana pobladła.

– To niemożliwe. Miał ją dzisiaj na ręce podczas spotkania. Widziałam!

Krzywy uśmieszek przemknął po twarzy Beliala, ale szybko zniknął.

– To nie wszystko. Nie powiedziałaś mi, że Carstairsówna dzierży jeden z mieczy Waylanda Kowala.

Rozpiął marynarkę. Został raniony w pierś – miał krwawe rozdarcie w koszuli, przez które sączyła się ciemnoczerwona krew. Rana wyglądała na świeżą i niezagojoną. Chociaż Tatiana wiedziała, że nie zjawił się tutaj w materialnej formie, nie krwawił tak naprawdę, to widok nadal był niepokojący. Nikt nie powinien być w stanie zranić księcia piekieł.

Cofnęła się o krok.

– Nie... nie sądziłam, że to ważne. Ta dziewczyna to nikt...

– Więc nie rozumiesz, czym jest Cortana. Dopóki ona ma ten miecz i chroni Jamesa, nie będę w stanie zbliżyć się do niego. – Belial zapiął marynarkę. – Ci głupcy wierzą, że ponieważ zostałem raniony mieczem, nie będę mógł wrócić do ich świata przez kolejne stulecie. Nie wiedzą, że mam tu kotwicę. Nie rozumieją potęgi mojego gniewu. – Obnażył zęby. Każdy był spiłowany na ostro. – Zobaczą mój powrót szybciej, niż myślą.

Tatiana wiedziała, że powinna bać się gniewu księcia piekieł, ale nie można się bać, gdy się już straciło wszystko, co miało znaczenie. Wykrzywiła usta.

– Chyba sam zajmiesz się tym powrotem, bo ja będę zamknięta w Adamantowej Twierdzy. – Dotknęła trumny Jessego i szloch podszedł jej do gardła. – A mój śliczny chłopiec będzie marniał beze mnie.

– Och, Tatiano, mój czarny łabędziu – mruknął Belial i teraz znowu się uśmiechał. – Nie widzisz, że to kulminacja mojego planu? Herondale'owie, Lightwoodowie, Enklawa, oni wszyscy uniemożliwili ci zdobycie jakiejkolwiek władzy. Jednak gdzie znajduje się serce Nefilim? W ich darze od anioła, w adamasie. W stelach, którymi rysują runy, serafickich ostrzach, które ich chronią.

Spojrzała na niego, zaczynając rozumieć.

– Chcesz powiedzieć...

– Nikt nie może włamać się do Adamantowej Cytadeli – powiedział. – A ty zostaniesz tam odwieziona. I uderzysz w Clave z samego serca Cytadeli. Uderzymy razem.

Z ręką opartą o trumnę syna Tatiana zaczęła się uśmiechać.

Uwagi do tekstu

Większość miejsc w Londynie wymienionych w *Łańcuchu ze złota* istniało naprawdę – rzeczywiście stała kiedyś Diabelska Tawerna na rogu Fleet Street i Chancery, gdzie pijali Samuel Pepys i dr Samuel Johnson. Chociaż została zburzona w 1787 roku, lubię sobie wyobrażać, że przetrwała jako lokal Podziemnych, niewidzialna dla Przyziemnych. Wiersz, który recytuje Cordelia, kiedy tańczy w Hell Ruelle, pochodzi z *Księgi tysiąca i jednej nocy* w tłumaczeniu sir Richarda Francisa Burtona, opublikowanego w 1885 roku. Kamień pamiątkowy dla Dicka Whittingtona istnieje naprawdę i znajduje się u stóp Highgate Hill. *Lajla i Madżnun* (ليلى و مجنون) to perski poemat epicki napisany w 1188 roku przez Nizamiego Gandżawiego. Posługiwałam się terminem „perski" w odniesieniu do języka, jakim mówią Cordelia i jej rodzina, ponieważ Cordelia i Alastair nie dorastali w Iranie i każdy, kto mówił i myślał po angielsku w 1903 roku, określiłby ich język jako „perski". Chciałabym przy tej okazji podziękować Tomedes Translation i Faribie Kooklan za pomoc z językiem perskim w tej książce. Wyjątki z *Lajli i Madżnuna* zaczerpnęłam z tłumaczenia Jamesa Atkinsona z 1836 roku, które najprędzej mogło znaleźć się w posiadaniu Cordelii.